그림자 없는 남자

그림자 없는 남자

THE MAN WITHOUT
A SHADOW

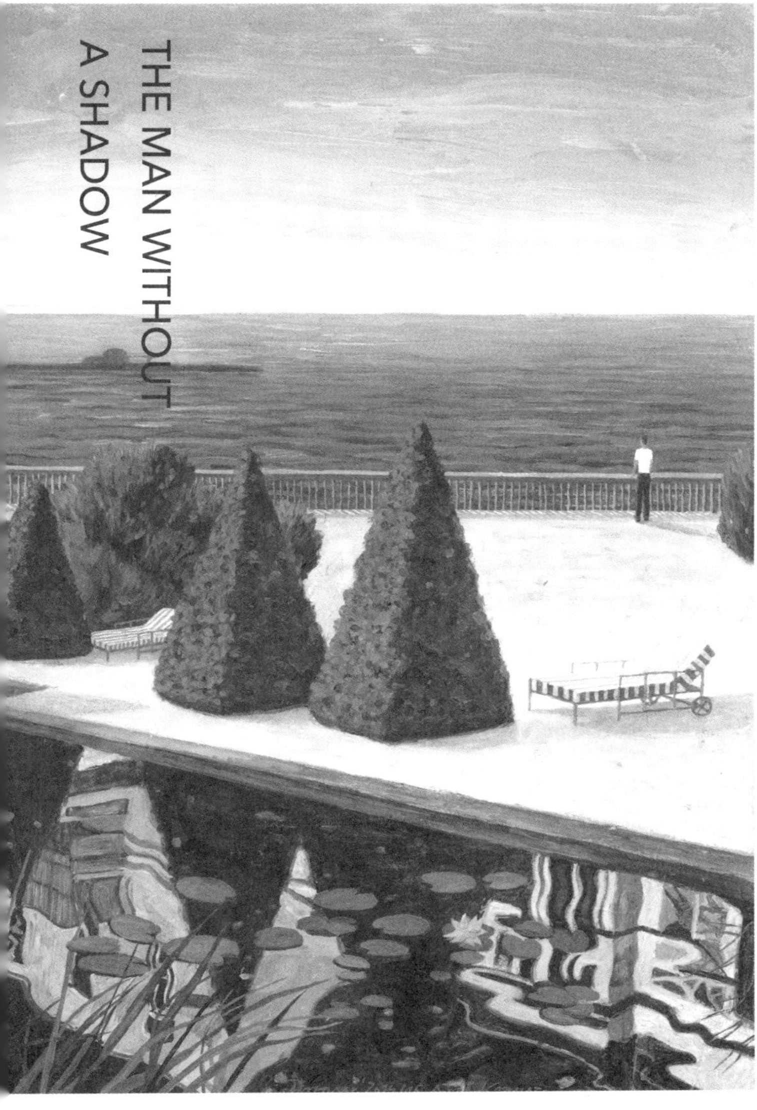

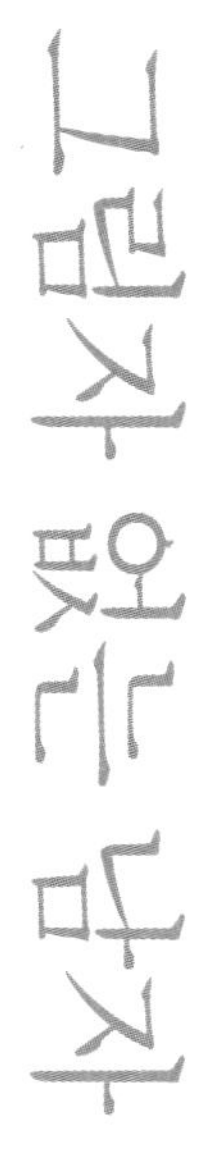

조이스 캐럴 오츠 장편소설 | 하윤숙 옮김

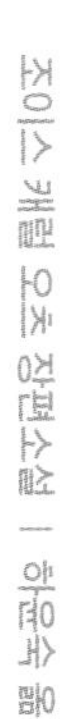

위즈덤하우스

내 책의 첫 번째 독자인

남편 찰리 그로스에게 바친다.

소멸하는 게 두렵지는 않아요.

소멸해가는 과정이 두렵지요.

_엘리후 후프스

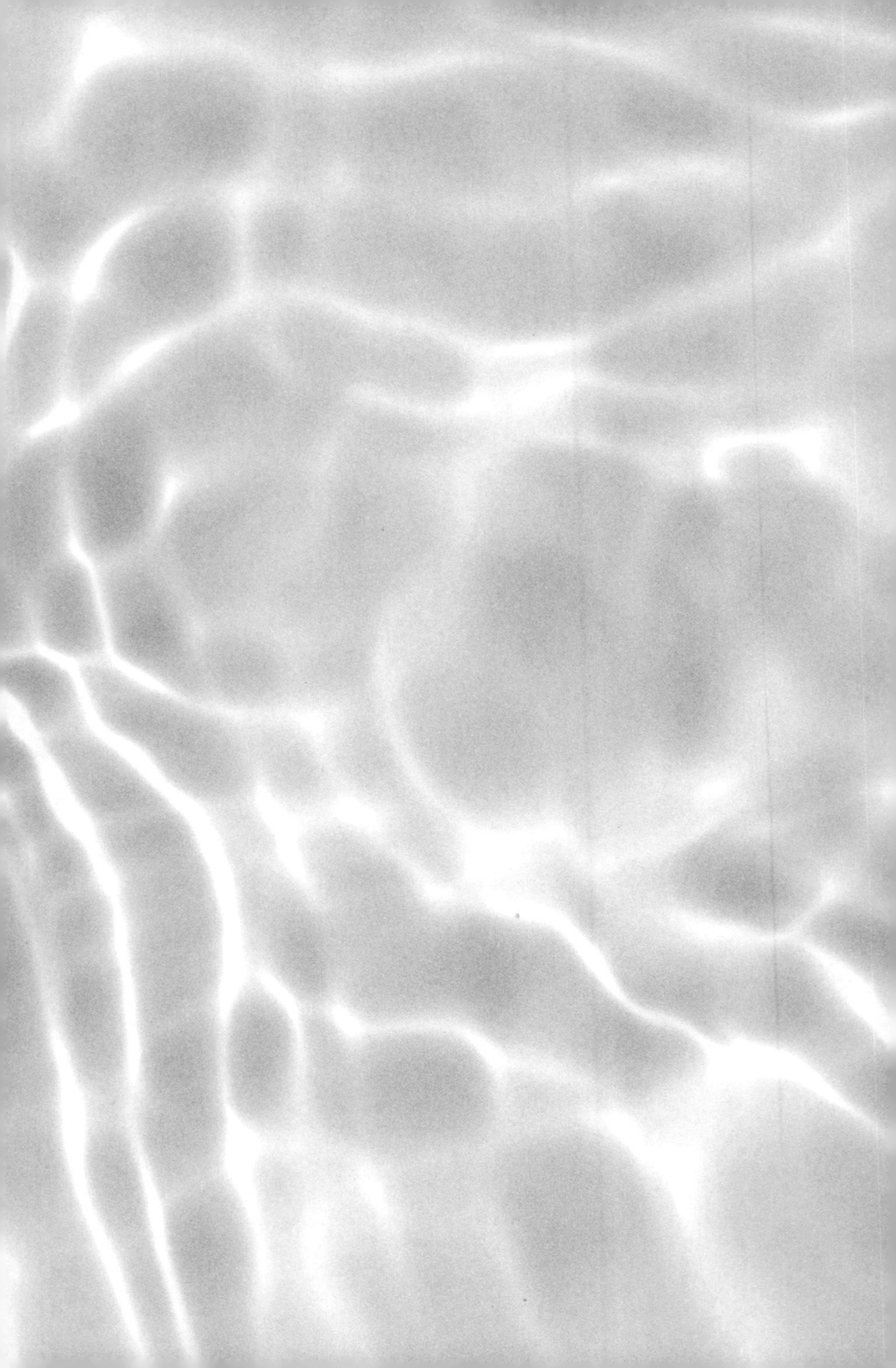

차례

1

기억상실증에 관한 메모 : 'E. H.' 프로젝트(1965년~1996년)

그녀는 그를 만나고 사랑에 빠진다. 그는 그녀를 잊는다.

그녀는 그를 만나고 사랑에 빠진다. 그는 그녀를 잊는다.

그녀는 그를 만나고 사랑에 빠진다. 그는 그녀를 잊는다.

그들이 처음 만난 지 31년이 되던 해, 마침내 그녀는 그에게 작별을 고한다. 죽음을 맞이하던 순간 그는 이미 그녀를 잊었다.

발밑으로 습지대가 낮게 펼쳐진 나무판자 다리 위에서 그는 갑자기 불어닥칠지 모르는 돌풍에 쓰러지지 않으려고 두 다리를 살짝 벌린 채 뒤꿈치에 힘을 주고 서 있다.

처음 마주하는, 경이로울 만큼 아름다운 풍경을 보면서 나무판자 다리 위에 서 있다. 그는 쓰러지지 않게 몸에 힘을 주어야 한다는 것을 알고 있고, 두 손으로 난간을 꽉 붙잡고 있다.

처음 보는 곳이고 경이로울 만큼 아름다운 풍경인데도 그는 두려워서 돌아보지 못한다. 뒤편 다리 아래로 흐르는 얕은 개울 속, 물에 빠진 여자아이의 시체를 보게 될까 봐.

……열한 살쯤 된 벌거벗은 아이. 초점 없는 두 눈을 뜬 채 물속에서 희미하게 어른거리는 모습. 개울에 이는 잔물결 때문에 아이의 얼굴이 떨리는 것처럼 보인다. 하얗고 가녀린 몸, 흔들리는 희고 긴 다리와 맨발. 얼룩처럼 점점이 박힌 햇빛, 얼굴에 드리운 '소금쟁이'의 확대된 그림자.

"죽음을 맞이하던 순간에 그는 나를 알아보지 못했어요." 그녀는 이 말을 아무에게도 털어놓지 않을 것이다.

"죽음을 맞이하던 순간에 그는 나를 알아보지 못했어요. 하지만 늘 그랬던 것처럼 내가 희망을 가져다줄 사람이라도 되는 양 간절하게 말했지요. '안녕-하세요!'라고." 그녀는 이 말을 아무에게도 털어놓지 않을 것이다.

그녀는 당당하게 공개적으로 인정할 것이다. 그는 나의 삶 자체입니다. E. H.가 없었다면 내 삶은 무의미했을 겁니다.

오늘 저녁, 여러분이 나를 이 영광스런 자리에 초대한 이유이자 내가 과학자로서 이루어낸 그 모든 업적은 E. H.가 내 삶에 있었기에 가능했던 결과입니다.

나는 지금 과학자이자 한 여자로서 가장 솔직한 진실을 말하고 있습니다.

그녀는 열정적으로 말하면서도 자꾸 멈칫멈칫 말을 멈춘다. 숨을 고르는 듯하다. 이제 그녀는 준비해온 원고를 보지 않고 젖은 두 눈으로 청중을 응시한다. 눈부신 조명 때문에 얼떨떨한 얼굴로 눈을 깜빡

거리는 그녀에게는 청중석을 메운 얼굴들이 일일이 다 보이지 않는다. 그렇기에 어쩌면 청중 속에 그의 얼굴이 있다고 상상하고 있을지도 모른다.

나는 그의 이름으로 이 크나큰 영광을 받아들입니다. 엘리후 후프스를 기리는 마음으로.

미국심리학협회의 공로상을 받은 올해의 수상자가 마침내 연설을 마치고, 청중은 큰 안도감을 느낀다. 작은 깃발들이 변덕스러운 바람에 펄럭이듯, 넓은 반원형 강단 여기저기에서 갑작스레 박수갈채가 터져 나온다. 곧이어 수상자가 믿기지 않는 듯 혼란스런 얼굴로 연단에서 돌아선다. 뒤늦은 공감의 박수 소리가 점점 드높아지면서 크고 우렁차게 파도를 이룬다.

그녀가 놀란다. 한순간 두려움에 사로잡힌다.

저들은 나를 조롱하는 걸까? 저들은…… 알고 있을까?

무작정 연단에서 내려오다가 비틀거린다. 그녀의 이름이 새겨진, 피라미드 모양의 무겁고 거추장스러운 크리스털 트로피를 그냥 놔둔 채 내려왔다. 한 젊은이가 그녀 대신 얼른 트로피를 집어 들고는 그녀를 부축한다.

"샤프 교수님! 거기 계단 조심하세요."

"안녕-하세요!"

맨 처음 놀란 이유. 엘리후 후프스가 너무도 따뜻하게 진심 어린 인사를 건넸기 때문이다. 오래전부터 그녀를 알았던 것처럼. 둘 사이에 깊은 감정적 애착이 있는 것처럼.

그다음으로 놀란 이유. 엘리후 후프스라는 바로 그 인물 때문이다. 그는 마고 샤프가 예상했던 것과 전혀 다른 사람이었다.

1965년 10월 17일 오전 9시 7분. 이 시간은 마고 샤프의 인생에서 단 한 번의 결정적 순간이며, 장차 마고 샤프의 경력에서도 단 한 번의 결정적 순간이 될 것이다.

마고 샤프가 페리스 교수의 신경심리학 실험실에 연구원으로 들어와 기억상실증 환자 엘리후 후프스를 처음 소개받는 이날은 정말 우연하게도 마고 샤프의 스물네 번째 생일 전날이다. (이곳 펜실베이니아 다른파크에 그 사실을 아는 이는 아무도 없다. 마고는 중서부 지역에서의 삶을 완전히 접고 낯선 사람들 속으로 던져졌으니까.) 마고는 이 유명한 '기억' 실험실에 최연소로 가장 최근 합류했다. 페리스가 수많은 지원자들 가운데 그녀를 선발하여 대학원 1학년생 자격으로 받아들였고, 기대감에 부푼 그녀는 입 안이 바싹 말랐다. 지난 몇 주간 그녀는 'E. H. 프로젝트'에 관한 자료들을 수없이 읽었다.

그렇지만 기억상실증 환자 E. H.가 너무나 상냥하고 신사적이어서 마고는 이내 마음이 편안해진다.

남자는 예상외로 키가 커서 적어도 188센티미터는 될 것 같다. 꼿꼿한 자세에 활기가 넘친다. 피부에는 따스한 빛이 감돌고, 왼쪽 눈의 시력이 매우 나쁜데도 불구하고 두 눈 다 아주 정상으로 보인다. 불과 15개월 전인 37세 때 심각한 뇌 손상을 입고, 이후 신체의 수많은 기본 기능을 다시 익혀야 했다는 걸 알고 있지만, 그는 그녀의 예상과 달리 아무런 장애가 없는 사람처럼 보인다.

마고는 E. H.에게서 남자다운 카리스마를 느낀다. 뭐라 설명할 수 없지만 본능적으로 반응하게 되는 어떤 신비한 힘을 감지한다. 그는 심지어 옷도 잘 입어서, 깔끔한 카키색의 긴소매 리넨셔츠에 적갈색 모카신과 패턴이 들어간 면양말로 귀족학교 졸업생 같은 스타일을 소화하고 있다. 마고가 연구소에서 얼핏 본 다른 환자들은 환자복이나 후줄근한 사복을 입은 채 축 늘어져 있었는데, 그들과는 전혀 딴판이다. 마고는 E. H.가 필라델피아의 유서 깊은 명문가 후프스 집안의 후손이며, 한때 퀘이커교도(전쟁과 노예제도에 반대했던 개신교의 한 파 ― 옮긴이)였던 그의 가문이 남북전쟁이 발발하기 몇 년 전 지하철도조직(남북전쟁 이전에 노예의 탈출을 도운 비밀 조직― 옮긴이)에서 핵심적 활동을 했다는 이야기를 들었다. 또 필라델피아에 많은 일가친척들이 있지만 정작 그에게는 아내도, 자식도, 부모도 없다고 했다.

마고는 엘리후 후프스에게 예술가의 면모가 있다는 걸 깨달았다. 그는 스케치북을 갖고 다니며 기록을 한다. 아프기 전까지 필라델피아에 있는 집안 소유의 투자회사에서 경영진으로 일했지만, 그 이전에는 유니언신학교 학생이었고 인권운동가이자 후원자였다. 엘리후 후프스가 마흔이 가까워 오도록 결혼하지 않은 게 이상한가? 마고는 다소 귀족적인 이 사람에게 과거에는 여자가 있었으나 아마 여자 쪽이 부족해서 버림받지 않았을까 추측한다. 이 남자가 사랑하고 결혼하고 아이의 아버지가 될 수 있는 시간이 그렇게 어느 날 돌연 끝나게 될 줄은 꿈에도 예상하지 못했을 것이다.

지난해 여름 뉴욕 조지호에 있는 섬에서 캠핑을 하던 E. H.는 매우 치명적인 단순포진 바이러스 뇌염에 감염되었다. 이 바이러스성 질병은 대개 입술에 발진이 생겼다가 며칠 만에 사라지는 것이 일반적이지만 E. H.의 경우에는 바이러스 감염이 시신경을 거쳐 뇌까지 퍼졌고 결국 오랜 기간 계속된 고열로 인해 기억이 파괴되었다.

안타깝게도 E. H.는 너무 많은 시간을 지체한 뒤에야 도움을 요청했다. 탐구욕이 병적으로 강한 과학자라도 되는 듯 그는 쓰러지기 직전까지 공책에 연필로 체온을 기록했다. (기록상으로 가장 높은 체온은 39.5도였다.)

아이러니한 일이었다. 과시적인 자기 파괴였다. 오래전 화가 조지 벨로스가 맹장염에 걸린 상태에서도 화실을 떠나지 않으려 하다가 제때 도움을 받지 못해 때 이른 죽음을 맞이한 것과 같았다.

광활한 애디론댁산맥 인근 지역에는 상급 병원이 없었고, 그처럼 치명적인 희귀 감염에 대처할 만한 적절한 처치 방안도 없었다. 의식이 혼미한 상태에서 경련 증세를 보이는 남자를 앰뷸런스에 싣고 올버니메디컬센터병원으로 옮겨 뇌부종을 가라앉히기 위한 응급수술을 실시했을 때는 이미 너무 늦은 뒤였다. 그의 뇌에서 중요한 뭔가가 파괴되었고, 손상된 것은 원래대로 되돌릴 수 없었다. (밀턴 페리스는 해마라고 불리는 조직이 손상되었을 것으로 추정한다. 뇌간 바로 위, 대뇌피질과 인접해 있는 이 뇌 조직에 관해서는 아직 잘 알려져 있지 않지만 기억의 응고화와 저장에 매우 중요한 역할을 하는 것으로 여겨진다.) 그리하여 E. H.는 새로운 기억을 형성하지 못하며, 과거의 기억 역시 일정하지 않고 불확실한 양상을 보인다. E. H.는 임상 용어로 부분적 역행성 기억상실과 전면적 순행성 기억상실을 앓고 있다. 비록 표준화된 지능검사에서 지속적으로 높은 점수를 얻고 외견상 정상적인 외모와 태도를 보이나 그는 새로운 정보를 70초 이상 기억하지 못한다. 70초도 채 유지하지 못하는 경우도 많다.

70초라니! 생각만 해도 끔찍한 악몽이다.

E. H.가 매우 온화한 성품을 지닌 데다 낯선 사람을 대할 때 세심하게 주의를 기울일 줄 안다는 것이 그나마 유일하게 다행스러운 일이라고 마고는 생각한다. 적어도 그의 병은 정신적 고통을 안겨주지는 않는다. (마고가 생각하기에는 그렇다.) 그가 지닌 먼 과거의 기억은 때때로 생생할 만큼 구체적이고 꿈처럼 느껴지는 반면, 보다 최근의 기억들(그가 아프기 전 약 18개월 동안의 기억들)은 안개처럼 흐릿하거나 불분명한 경향을 보인다. 두 경우 모두 '약한 해리성', 즉 E. H. 본인이 아닌 다른 사람의 기억처럼 느끼는 경향을 가진 것으로 규정되었다. 환자는 기분에 민감하게 반응하지만 매우 한정적인 기분에만 반응한다. 인간의 복잡한 개성을 단순화하여 그려놓은 캐리커처처럼 그의 정서도 단조로운 양상을 띠게 된 것이다.

(매우 신기하게도 E. H.는 과거 사건을 언제나 똑같이 떠올리고 똑같은 어휘를 사용해 이야기한다. 그럼에도 그는 자신의 기억이 정확하다고 확신하지 못하며, 심지어 객관적 증거를 통해 자신의 기억이 정확하다고 밝혀진 뒤에도 확신하지 못한다.)

E. H.는 몇몇 친척들(시간이 흐르면서 얼굴이 달라지는 친척들)을 일관되게 기억하지는 못해도 사진 속의 유명인(그가 아프기 전에 존재했던 유명인)은 알아본다. 때로는 학자에 버금가는 놀라운 암기력을 보여주기도 한다. 통계, 역사적인 날짜, 노래 가사, 만화 캐릭터와 영화 대사(무

성영화 「전함 포템킨」의 모든 대사를 암기한다고 한다), 학창 시절 암송한 시구들(휘트먼의 「앞뜰에 라일락이 피었을 때」는 그가 좋아하는 시다), 널리 칭송받는 미국인의 연설(에이브러햄 링컨의 「게티즈버그 연설」, 프랭클린 델러노 루스벨트의 「우리가 두려워해야 할 것은 오로지 두려움 그 자체뿐이다」와 「네 가지 자유」, 마틴 루서 킹 주니어의 「나에게는 꿈이 있습니다」)들을 암송할 수 있었다. 그는 아무것도 기억하지 못하면서도 '뉴스'를 궁금해해서 텔레비전 뉴스를 시청하고, 『뉴욕타임스』와 『필라델피아인콰이어러』를 비롯해 적어도 두 가지 신문을 매일 읽는다. 또 매일 『뉴욕타임스』에 실린 십자말풀이를 완성하는데 (가족의 증언에 따르면) 병이 나기 전에는 어쩌다 한 번 시간이 날 때 십자말풀이를 완성했다고 한다. ("엘리에게는 그런 식으로 허비할 시간이 없었어요.")

E. H.는 겉으로 보기에 별로 깊이 생각하지 않고도 구구단을 외울 수 있고, 연필을 사용하지 않고도 대수학 문제를 풀 수 있으며, 아래로 길게 이어지는 여러 개의 수를 합산할 수 있다. '엘리후 후프스'가 경쟁이 치열한 분야에서 기업가로 성공을 거두었다는 것을 감안하면 그리 놀라운 일은 아니다.

(눈에 확연히 드러나 보이는) 장애를 가진 사람에게는 본능적인 연민을 느끼지만 이처럼 건강해 보이는 남자에게는 그런 연민을 품기 힘들 것 같다고 마고는 생각한다. E. H.가 잃어버린 것이 무엇인지 쉽게 알아차릴 수 없기 때문이다. 실제로 E. H.는 자신에게 심각한 신경학적 결함이 있다는 이야기를 반복적으로 들어왔음에도 이런 상태를 온전히 이해하는 것처럼 보이지는 않는다. 예를 들면 발병 이후 수첩을 반드시 갖고 다녀야 한다고 강박적으로 느끼면서도 왜 그렇게 느끼는

지는 이해하지 못하는 것 같다.

마고 샤프도 수첩을 갖고 다니기 시작했다. 이 수첩은 얼마간 개인적인 기록이며 기본적으로 과학 자료가 되겠지만, 부분적으로는 밀턴 페리스의 기억 실험실에 참여한 뒤부터 쓰기 시작한 일기이자 일지라고도 할 수 있다. 그녀는 연구 활동을 하는 내내 수첩 자료, 아니 정확히 말하면 여러 권의 수첩 자료를 이용하여 과학 논문이나 저서를 쓰게 될 것이다. 'E. H. 프로젝트 관련 메모'는 수많은 수첩에 기록되고 궁극적으로는 컴퓨터 파일 형태로 E. H.가 죽는 날(1996년 11월 26일)까지 정리되다가 이후에는 기억상실증 환자의 두개골에서—매우 조심스럽게!—제거해낸 사후의 뇌 운명을 그 내용 속에 담게 될 것이다.

그러나 과학자로서 마고 샤프의 모든 삶은 1965년 10월 이날 아침 펜실베이니아 다븐파크에 있는 대학 신경학연구소에서 시작된다. 'E. H.'를 소개받는 순간 그녀는 마치 누군가의 손에 이끌려 벼랑 끝에서 황홀한 풍경을 본 사람처럼 입이 바싹바싹 마르고 온몸이 떨려온다.

드디어 나의 삶이 시작되는가? 나의 진정한 삶이.

과학에서는 **중요한** 문제가 있는가 하면 **사소한** 문제가 있다.

삶의 문제에서도 마찬가지다.

일반적으로는 수긍되지 않고 공공연하게 인정되는 사실도 아니지만, 우리에게는 **진정한 삶**이 있는가 하면 **우연한 삶**도 있기 때문이다.

아마 어느 시대든 개인이 **진정한 삶**을 발견하는 일은 드물 것이다. 대개는 평생 **우연한 삶**을 사는 것이 현실이다. 이른바 사회나 후세에 미치는 영향력 면에서 볼 때 **우연한 삶**이란 그저 기존의 것에 0을 더하는 데 지나지 않는다.

그렇다고 우연한 삶이 곧 사소한 삶이라 주장하는 것은 아니다. 우연한 삶도 즐겁고 충만한 삶일 수 있다. 우리 모두는 가족과 소규모의 친구 집단 내에서 사랑하고 사랑받기를 원하며, 소중한 사람으로 대우받고 있다고, 그래서 아주 행복하다고 느낄 수 있다. 그러나 그러한 삶은 더 큰 세계에 아무 흔적을 남기지 않은 채 스러져간다. 작은 물결조차 일으키지 않고, 그림자도 드리우지 못한다. 그저 우연적이기만 한 것은 아무 기억도 남기지 못할 것이다.

마고 샤프는 우연한 삶을 살아가는 집안에서 태어났다. 시골 풍경이 얼마간 남아 있는 중북부의 미시간 오지브와족 자치 구역에서, 우연한 삶들이 이어지는 지역에서 살아가던 집안이었다. 그럼에도 마고는 열두 살의 어린 나이에 주변 사람들처럼 무계획한 삶을 살지 않겠노라 다짐했고, 언제라도 여건이 될 때 고향 오리온폴스와 가족을 떠나는 것만이 자신의 진정한 삶을 발견하는 길이 되리라고 확신했다.

오리온폴스의 젊은이들은 가령 군대에 지원하거나, 주립대학의 분교나 간호학교 등에 입학하는 방식으로 외지에 나가는 경우도 있지만 결국은 모두들 돌아온다. 마고 샤프는 자신이 다시는 돌아가지 않으리라는 걸 안다.

마고는 늘 호기심이 강했고, 끝까지 파고들어 알아내는 걸 좋아했다. 맨 처음 좋아하게 된 책은 열한 살 때 도서관 책꽂이에서 발견한, 삽화가 그려진 『다윈 입문서』였다. '진화'라는 마법 같은 이야기를 들려주는 책이었다. 어린 시절 그녀가 좋아했던 또 다른 책은 『마리 퀴리 : 물리학을 연구하는 여자』였다. 고등학교 때는 우연히 B. F. 스키너와 '행동주의'에 관한 논문을 읽게 되었는데 그 글은 강렬한 호기심과 흥분을 불러일으켰다. 그녀는 언제나 곧바로 답을 얻을 수 없는 물음을 던지곤 했다. 과학자가 된다는 건 어떤 물음을 던져야 하는지 아는 것이라고 마고는 생각한다.

마고는 눈에 보이는 세계가 여러 사실과 조건이 축적된 결과라는 걸 위대한 다윈으로부터 배웠다. 세계를 이해하기 위해서는 거꾸로 거슬러 올라가 이런 결과가 생기게 된 과정을 발견해야 한다.

(말하자면) 시간을 거슬러 올라감으로써 (말하자면) 시간을 장악하는 것이다. '자연법칙'은 신비한 수수께끼가 아니라 미시간을 남북으로 가로지르는 75번 주간고속도로의 출구처럼 우리가 알 수 있는 것임을 깨닫게 된다.

한 사람의 삶에 닥친 재앙(E. H.의 파멸)이 다른 사람들의 삶(밀턴 페리스의 '기억' 실험실)에 희망과 기대를 몰고 온다는 것, 입신출세와 성공의 가능성을 가져온다는 것이 불공평하고 역설적인가?

그것이 과학의 길이라고 마고는 생각한다. 포식자가 먹잇감을 찾듯 과학자는 연구 대상을 찾는다.

그러나 나치 의사라면 몰라도 끔찍한 사례를 연구해보겠다고 엘리후 후프스의 뇌에 일부러 뇌염 바이러스를 집어넣은 사람은 없었다. 또는 만에 하나 있을지 모르는 유익한 목적을 위해 그에게 극단적인 정신외과 수술을 실시한 사람도 없었다. 이제껏 침팬지와 개, 고양이와 쥐를 대상으로 많은 실험이 이루어졌으며 1940년대와 1950년대에는 한동안 불운한 인간들을 대상으로 한 전전두엽 절제술이 한바탕 유행했다가 결국 잦은 재앙적 결과만을(정확한 기록이 있는 건 아니지만)

남겼다.

뇌엽 절제술을 받은 뒤 급격한 변화가 일어나고 이런 변화가 적어도 환자 가족에게는 '도움이 된다'고 받아들여진 경우가 더러 있었다. 반항적인 청소년이 돌연 고분고분해지고, 성적 모험을 즐기는 청소년(대개는 여자)이 수동적이고 얌전한 성격으로 바뀌며 섹스에 대한 관심을 잃기도 한다. 걸핏하면 성질을 부리고 고집을 피우는 사람이 유순한 아이처럼 변하는 경우도 있다. 그러나 가족과 사회에 '도움이 된다'고 해서 개인에게도 꼭 그런 것은 아니다.

엘리후 후프스의 경우는 병 때문에 급격한 성격 변화가 생겼을 가능성이 높다. E. H. 정도의 업적과 사회적 지위를 지닌 성인 남자가 그 정도로 사람을 잘 믿고 아이 같으며, 가슴이 뭉클할 만큼 천진난만하게 희망으로 가득 차 있는 경우는 없을 것이다. E. H.가 옆에 있으면 불편한 느낌이 든다. 이는 너무도 절실하게 남들에게 잘 보이려 하고 호감을 사려 하는 사람 옆에 있을 때 느껴지는 불편함과 같다. 주변 사람들이 전해준 이야기에 따르면 E. H.에게 너무 극단적인 변화가 일어나는 바람에 병이 난 지 몇 달도 지나지 않아 약혼녀가 파혼을 선언했으며, 그의 집을 찾는 가족과 친지, 친구들의 발길도 뜸해졌다. 그는 필라델피아 교외의 부촌인 글래드와인에서 (죽은) 아버지의 여동생이자 '돈 많은' 과부인 고모와 함께 살고 있다.

마고는 기억상실로 망가진 사람보다는 육체적 질병으로 망가진 사람을 받아들이기가 훨씬 수월하다는 것을 경험으로 알고 있다. 또한 전자보다는 후자를 지속적으로 사랑하는 일이 훨씬 쉽다고 믿는다.

어린 시절 마고는 '증조할머니'를 무척 사랑했음에도 어른들 손에 이끌려 요양원에 있는 늙은 할머니를 뵈러 갈 때면 망설이곤 했다. 자긍심을 느낄 만한 일이 아니었으므로 차츰 머릿속에서 그 일을 지웠다.

그러나 E. H.는 알츠하이머를 앓던 할머니(돌아가신 뒤에 그런 진단이 내려졌을 것이다)와는 전혀 다르다. E. H.의 상황을 모르는 사람이라면 그에게 심각한 신경학적 결함이 있다는 사실을 바로 짐작하지 못할 것이다.

마고는 궁금해진다. E. H.는 모기에 물려 뇌염에 걸린 걸까? 특별한 모기였을까? 아니면 보통 모기인데 그 모기가 감염되어 있었던 걸까? 단순포진 바이러스 뇌염이 다른 경로로도 전염될까? 뉴욕 조지호 인근 지역에 다른 감염 사례도 있었을까? 애디론댁산맥 인근 지역에도 있었을까? 마고는 올버니의 과학자들이 사례를 연구하고 있으리라 생각한다.

"정말 끔찍한 일이야! 가엾은 사람……."

E. H.를 본다면 당신은 이렇게 첫마디를 꺼낼 것이다. 물론 그의 귀에 들리지 않을 만큼 안전한 거리가 확보되었을 때 말이다.

사실 이 말은 마고 샤프의 입에서 나온 첫마디다. 다른 실험실 동료들은 얼마간 그와 함께 일해온 터라 훨씬 더 적응되어 있었다.

마고는 병에 걸린 남자에게 불안한 미소를 던지지만 남자는 자신이 **병에 걸린** 걸 아는 것 같지 않다. 그녀가 미소를 보내자 이를 본 남자는 친숙함이 얼핏 스치는 듯한 미소로 답한다. (마고가 생각한다. 그는 나를 아는지 모르는지 확신하지 못해. 내게서 단서를 찾는 중이야. 그에게 잘못된 신호를 보내서는 안 돼.)

마고는 이런 상황을 처음 겪는다. 이전에는 살아 있는 '실험 대상'

을 대해본 적이 없었다. 그녀는 저도 모르게 E. H.에게 연민을 느끼고 그가 처한 곤경에 두려움을 느낀다. 인생의 전성기에 있던 매력적이고 활기 넘치는 건강한 남자가 어쩌다 돌연 죽음을 눈앞에 둔 상황으로 내몰려, 몸무게가 9킬로그램이나 줄고 백혈구 수치가 곤두박질치며 극심한 기억상실과 혼수상태를 겪게 되었을까? 단순포진이 뇌염으로 발전하는 일은 매우 드물고, E. H. 같은 경우는 차라리 번개에 맞을 확률이 더 높다고 할 만큼 희귀하다.

그럼에도 E. H.의 태도에는 방어적인 면이 없고 경계하는 기미나 경직된 모습도 전혀 보이지 않는다. 오히려 이름이 생각나지 않는 손님을 자기 집에 반갑게 맞아들이는 모습이라고 할 만하다. 실제로 그는 연구소를 편안하게 여기는 것 같다. 적어도 어리둥절한 모습은 보이지 않는다. 이번 실험 기간 동안 E. H.는 필라델피아 근교에 있는 고모 집에서 안내원과 함께 자가용을 타고 연구소를 오갔다. E. H.는 원래 연구소의 환자였으며 이후 외래환자 신분으로 바뀌었다. 지금도 연구소 의료진에게 치료를 받는 중이다. E. H.는 아무도 알아보지 못하면서도 자신을 알아보는 사람이 아주 많다는 사실에 으쓱해한다.

그에게는 곱씹어 생각하는 능력이 거의 없는 듯 보이는데, 이는 자기 성찰 능력을 상실했기 때문이다. 마고는 자신의 이름을 "마-고"라고 부르는 그의 발음이 무척 좋았다. 그 발음은 아름답고 고유한 이름처럼 들렸고, 늘 그녀에게 얼마간 당혹감을 안겨주던 강강격 리듬(2음절의 단어에서 각 음절이 똑같은 강세를 지닌 리듬 — 옮긴이)이 느껴지지 않았다.

밀턴 페리스는 스쳐 지나가듯 그저 형식적인 몸짓 정도로만 실험실의 막내 연구원을 소개하려 했으나 E. H.는 이 과정을 길게 끌면서

즐긴다. 깍듯하게 예의를 지키면서도 다정하게 어루만지듯 그녀와 악수를 나눈다. 그러더니 누구라도 확실히 알아챌 만큼 마고 쪽으로 바싹 몸을 기댄다. 마치 그녀를 들이마시기라도 할 것 같다.

"반가워요. '마고 샤프.' 당신은…… 새로 온 의사인가요?"

"아니에요, 후프스 씨. 전 페리스 교수 실험실의 대학원생이에요."

E. H.가 얼른 바로잡는다. "'대학원생……. 페리스 교수 실험실.' 맞아요. 나도 그렇게 알고 있었어요."

E. H.는 마고가 말한 낱말들이 풀어야 할 수수께끼라도 되는 양 열띤 목소리로 또박또박 정확하게 반복한다.

기억에 문제가 있는 사람들은 사실이나 연이은 낱말을 반복해 말함으로써 장애에 대처하기도 한다. 그러나 E. H.가 낱말을 반복하는 동안 조금은 이해를 하는 건지, 아니면 그저 암기하는 척 흉내 내는 것뿐인지 마고는 궁금해진다.

뇌 손상을 입은 사람에게는 일상의 많은 부분이 언제나 미스터리로 가득할 것이다. 내가 어디에 와 있는 거지? 여기가 어디지? 주변에 보이는 이들은 누구지? 이런 당혹감 너머에는 훨씬 더 크고 중요한 미스터리가 있다. 죽어가다가 살아난 자신의 존재 자체와 관련된 수수께끼이며, (마고가 짐작하기로) 그가 깊이 생각하기에는 너무도 심오한 문제다. 찰나의 기억밖에 갖지 못하는 기억상실증 환자는 얼굴과 거울이 사실상 맞닿을 만큼 너무 가까워서 자기 자신을 '보지' 못하는 사람과 같다.

마고는 E. H.가 거울 속에서 무엇을 보는지 궁금하다. 자기 얼굴을 볼 때마다 놀랄까? 저 얼굴은 누구지?

E. H.가 참관인을 대할 때 상대가 가장 중요한 인물(밀턴 페리스)이건 가장 중요하지 않은 인물이건 태도를 달리하지 않는다는 점 역시 마음을 움직인다. (사실 이런 모습은 신경학적 결함을 지닌 사람의 특성일 뿐 신사다움과는 아무 상관이 없을지도 모른다.) E. H.는 서열에 대한 본능적 감각을 잃어버린 것이다. 이전에 만난 적 있는 페리스 실험실의 다른 조수들, 좀 더 정확하게는 '연구원들'(페리스는 이렇게 불렀지만 사실상 그들은 '조수들'이다)을 그가 어떤 존재로 이해하는지는 확실하지 않다. 방 안에는 마고보다 나이 많은 또 다른 대학원생, 박사 후 연구 과정에 있는 몇몇 선임 연구원들, 들리는 바에 따르면 연구소에서 페리스가 가장 아끼는 수제자이자 그와 함께 신경과학 학술지에 몇몇 중요한 논문을 발표하기도 한 똑똑한 젊은 조교수 등이 있다.

E. H.는 천천히 마고 샤프의 손을 놓는다. 남몰래 그녀의 머리카락 냄새와 체취를 맡기라도 하듯 계속 옆에 바싹 붙어 서 있다. 마고는 불편하다. 밀턴 페리스를 성가시게 하고 싶지 않다. 그녀는 자신의 지도교수가 앞으로 몇 시간에 걸쳐 진행될 오전 테스트를 한시라도 빨리 시작하려고 기회를 엿보고 있다는 걸 알고 있다. 하지만 E. H.는 손님들이 무슨 이유로 자신을 찾아왔는지 완전히 잊은 채 검은 머리의 매력적인 젊은 여자에게만 온 신경을 집중하고 있는 듯 보인다.

(뇌 손상을 입은 사람은 기억상실에 대한 보상으로 후각이 예민해지는 게 아닐까, 하는 의문이 머리에 떠오른다. 개연성 있는 흥미로운 가설이며 언젠가 이에 대해 연구하게 될지도 모른다고 마고는 생각한다.)

(분명 기억상실증 환자는 마고에게 특별한 관심을 보인다. 그녀는 노골적인 성적 관심이 아니기를 바란다. 환자의 성적 취향이 기억상실증 때문에 영향을 받

거나 혹은 다른 방식으로 영향을 받지 않았을까 하는 의문이 불현듯 머리를 스친다.)

그러나 E. H.는 어린 소녀를 대하듯 상냥한 태도로 마고에게 말을 건다.

"'마-고.' 당신은 글래드와인 초등학교에 다닐 때 나와 같은 반 친구였던 것 같아요. '마-고 매든' 아니면 '마거릿 매든'요."

"죄송하지만 아니에요, 후프스 씨."

"아니라고요? 정말요? 확실한가요? 1930년대 말이었을 거예요. 샬 랫 선생님이 담당하던 6학년 교실에서 당신은 앞줄 왼쪽 끝 창가에 앉았어요. 머리에 커다란 은색 핀을 꽂고요. 마기 매든."

마고는 얼굴이 화끈 달아오른다. 마음이 불편한 건 비단 희롱당하는 기분 때문만이 아니다. E. H.에게 그의 상황을 사실대로 말해주지 않은 채 그저 듣고만 있는 다른 이들과 마찬가지로 그녀 역시 모종의 공모에 가담하는 기분이 들기 때문이다.

그에게 상황을 이야기해주는 것, 정확하게 말하자면 상황을 한 번더 이야기해주는 것은(E. H.는 자신의 상황에 대해 수없이 들어왔다) 페리스 박사가 해야 할 일이다.

"저는…… 죄송하지만 저는……."

"잠깐만요! 날 '엘리'라고 불러줄래요? 부탁해요."

"엘리."

"고마워요. 정말 친절하네요."

E. H.는 카키색 옷 주머니에 넣어 다니는 작은 수첩을 뒤적거리더니 메모를 한다. 무엇을 적는지 볼 수 없게끔 수첩을 약간 비스듬히 들

고 있지만, 마고가 모욕감을 느낄 만큼 노골적이지는 않다.

마고는 이 기억상실증 환자가 병에서 회복되어 펜을 쥘 만큼 힘이 생겼을 때부터 수첩에 기록을 해오고 있다고 들었다. 지금까지 기록한 작은 수첩뿐만 아니라 가로 120센티미터, 세로 90센티미터 크기의 스케치북도 수십 권에 이른다. 수첩과 스케치북 중 어느 하나라도 빠뜨리고 실험실에 오는 날은 없다. 아마도 수첩과 스케치북은 각기 다른 기능을 맡고 있을 것이다. E. H.는 수첩에 맥락 없는 사실들과 이름, 시간, 날짜를 적고, 4층 라운지에서 잡지와 신문 기사를 뜯어 끼워놓는다. (4층 화장실을 사용하는 남자 직원들은 E. H.가 그곳에 나타난 날이면 어김없이 그런 쓰레기가 발견된다고 보고한다. 그런 쓰레기를 보면 '당신의 멋진 기억상실증 환자'가 그곳에 다녀갔음을 알 수 있다고 그들은 말한다.) 스케치북은 그림을 그리는 용도다.

읽기, 쓰기, 수학 계산에 필요한 복잡한 신경학적 능력은 E. H.가 아프기 전에 습득한 것이기 때문에 병의 영향을 받지 않은 듯하다. E. H.가 밝은 목소리로 수첩의 메모를 읽는다. "엘리후 후프스는 애머스트대학에 입학하여 경제학과 수학을 복수전공하고 최우등으로 졸업했다……. 엘리후 후프스는 유니언신학교를 다녔고 와튼스쿨에서 학위를 받았다." E. H.는 자신이 어떤 사람인지를 밝히라고 요청받기라도 한 듯 이 문장들을 읽고 있다. 주변에서 지켜보는 이들이 얼굴에 감정을 드러내지 않도록 신중한 표정을 짓는 걸 보면서, 그는 지금 이 순간 자신이 바보 같고 애처로운 상황에 처해 있다는 걸 깨닫고는 참관인들에게 관용을 청하듯 작은 경련 같은 미소를 보낸다. 날 용서해줘요! 이 기억상실증 환자는 참관인들이 어떤 기분을 느끼는지 알고, 그들의 관심을 사고 그들을 즐겁게 해주려고 진심을 다한다. "나는 이 사실을 알아요. 내가 누군지도 알고요. 단지 내 신분이 수첩에 여전히 잘 적혀 있는지 자주 꺼내서 확인해봐야 할 것 같아서요." E. H.가 작은 수첩을 접어 주머니에 도로 넣으면서 허허 웃자 다른 사람들도 따라 웃는다.

간신히 따라 웃는 건 마고뿐이다. 어쩐지 잔인한 일처럼 느껴진다.

이쪽도 웃고 저쪽도 웃지만, 결코 같은 웃음이 아니다.

웃음 역시 기억, 과거에 웃었던 기억에 의존한다.

페리스 박사는 젊은 연구원들에게 그들의 피험자 'E. H.'가 신경과학 역사상 가장 유명한 기억상실증 환자가 될 거라고 말했다. 한층 발전된 신경심리학 실험의 시대에 또 다른 피니스 게이지(갑작스러운 사고로 두개골의 상당 부분과 왼쪽 대뇌 전두엽 부분이 손상된 후 성격과 행동양상이 완전히 뒤바뀌는 모습을 보여 19세기 신경과학에 큰 논쟁을 불러일으킨 인물 — 옮긴이)가 될 거라고 했다. 실제로 E. H.는 머리 부상 — 쇠막대가 왼쪽 전두엽을 관통하는 부상 — 으로 기억력이 심각하게 훼손된 게이지에 비해 신경학적으로 훨씬 흥미로운 사례다.

페리스 박사는 적어도 초기에는 실험실 밖에서 E. H. 이야기를 너무 자유롭게 하지 말도록 젊은 연구원들에게 주의를 주었다. 이 연구팀의 일원이 된 것이 "커다란 행운"임을 알아야 한다고 했다.

비록 대학원 1학년생에 불과하지만 마고 샤프가 운이 좋다는 말까지 들을 이유는 없다. 이 놀라운 기억상실증 환자에 관해 누구에게도 이야기해서는 안 된다는 말을 들을 필요도 없다. 그녀는 밀턴 페리스를 실망시킬 마음이 없다.

페리스와 그의 조수들이 E. H.를 대상으로 한 여러 가지 테스트를 준비하고 있다. 이전에 한 번도 시행된 적 없는 테스트들이었다. 환자는 여전히 익명으로 보호할 것이다. 연구소 안팎에서 그의 신원은 'E. H.'로 불릴 것이며 연구소에서 그를 연구하고 돌보는 모든 이는 비밀 유지 서약을 한다. 펜실베이니아 의과대학에 수백만 달러를 기부한 후프스 집안은 E. H.가 기꺼이 동의하고 협력한다는 조건하에서—실제로 동의하는 것처럼 보인다—다븐파크대학 신경학연구소가 독점적으로 이런 테스트를 진행할 수 있게 허락했다. 타인의 인정과 사랑을 갈구하고 '정상인'과의 관계를 절실히 원하는 점으로 미루어볼 때, 부유한 필라델피아 명문가의 아들인 품위 있는 엘리후 후프스는 사람 발에 걸어차인 개에게 결코 뒤지지 않을 정도로 진심 어린 협력을 보여줄 거라고 마고는 생각하고 싶다.

마고는 엘리후 후프스가 영원한 현재 속에 갇힌 거라고 생각한다. 어둑하게 땅거미가 진 숲속을 맴돌며 헤매는 남자, 그림자 없는 남자와 같다.

그는 그처럼 어둑한 땅거미 속에서 구조되어, 비록 영문은 모르나 관심을 한 몸에 받게 된 데 몹시 감격하고 있다. 이런 방식이 아니라면 기억상실증 환자는 자신이 존재한다는 걸 어떻게 알까? 이것저것 질문을 던지며 관심을 보이는 낯선 이들의 자극 없이 홀로 남겨진다면, 어둑어둑한 땅거미마저 사라지고 그는 완전히 길을 잃을 것이다.

"마고 비非매든? 이게 당신 이름이죠?"

마고는 무슨 말인지 알아듣지 못하다가 잠시 후 E. H.가 일종의 농담을 시도하는 거라고 이해한다. 그는 작은 수첩을 다시 꺼낸 다음 논리 다이어그램처럼 보이는 그림을 정성껏 그려 넣었다. 하나의 원으로 나타낸 범주는 M M이고, 또 다른 원으로 나타낸 두 번째 범주는 M 비非M이다. 각기 끈이 달려 있는 것으로 보아 풍선으로 볼 수도 있는 두 원이 점선으로 이어져 있다.

"기호논리학을 배웠던 시절이 있었는데 그 시절이 내게서 떠나버린 모양이에요."E. H.가 유쾌하게 말한다. "하지만 내 생각에 지금 상황이 이런 양상이 아닌가 싶어요."

"아, 네……."

사람들은 장애를 가진 사람을 대할 때 흔쾌히 기분을 맞춰준다. 앞으로 마고는 시각장애인이나 청각장애인과 마찬가지로 기억상실증 환자의 궤도 범위 안에도 일종의 강한 인력이 작용하며, 이 힘이 장애로 고통받는 이의 의지력에 따라 달라진다는 것을 차차 알게 될 것이다.

그렇지만 지금 마고는 어떤 반응을 보여야 할지 확신이 서지 않는다. 어설프긴 해도 아무튼 용감하게 농담을 시도한 기억상실증 환자에게 대충 얼버무리는 식으로 반응하여 그를 부추기고 싶지는 않다. 그녀보다 연배가 높은 연구원들과 밀턴 페리스가 좋아하지 않으리란 건 누가 말해주지 않아도 알 수 있다.

게다가 서열 문제가 얽힌 어색한 사회적 상황이 펼쳐져 있었다. E. H.의 관심 영역이 제한된 상태에서 (낮은 지위의) 마고 샤프가 (높은 지위의) 밀턴 페리스 자리를 차지해버린 것이다. 페리스 박사가 옆에 바싹 붙어 끼어들 기회를 기다리는데도 뇌 손상을 입은 사람은 (고의로 교묘하게) 페리스 박사를 '무시'했을 가능성이 있다. ('무시'는 뇌 손상으로 인한 병 때문에 어떤 대상이 보이지 않는 현상을 가리키는 신경학적 용어다.)
또한 페리스가 (명백한) 권위자로서의 모습을 확실하게 드러낼 수 있
도록 마고가 E. H.에게서 천천히 멀어져야 한다는 것 역시 자명하다.
마고는 장애를 지닌 남자도, 저명한 신경심리학자도 알아채지 못하도
록 가능한 한 눈에 띄지 않게 이 일을 해내고 싶다.

E. H.의 감정이 일시적인 것이라 해도 마고는 그의 감정을 상하게
하고 싶지 않고, 당대의 가장 유명한 신경과학자인 밀턴 페리스의 감
정도 자극하고 싶지 않다. 흰 수염이 빳빳하게 돋아 있는 이 50대 후반
의 남자에게 과학자로서 그녀의 인생이 달려 있다. 이 남자를 둘러싸
고 '서로 엇갈린' 이야기를 들은 바 있다. (밀턴 페리스는 연구소에 모인 똑
똑한 과학자들 중에서도 가장 똑똑한 사람이지만, 한편으로는 '어쩌다 무심코라
도 뜻을 거슬러서는 안 되는 사람, 특히 무심코 그렇게 해서는 안 되는' 사람으로
평가되기도 한다.) 대학 심리학과의 몇 안 되는 나이 어린 여성 과학자로
서 마고는 그러한 상황에서 사람들 눈에 띄어서는 안 된다는 걸 본능
적으로 알고 있다. 미시간대학 학부생 시절 실험인지심리학에 특별한
관심을 갖고 있던 마고는 이러한 지혜를 피부로 깨달았다.

미시간대학 심리학과에는 사실상 여자 교수가 없었고, 신경과학 분
야에는 단 한 명도 없었기 때문에 너무도 분명하게 깨달을 수 있었다.

마고는 자신이 예쁘지 않다는 걸 잘 알고 있고, 일반적으로 인정되
는 '아름다움'에 불신을 갖고 있다. 학창 시절 그녀보다 매력적이었던
여자들은 남자들의 관심에 둘러싸여 엇길로 샜고 몇몇 경우에는 인생
이 바뀌기도 했다(어린 나이의 사랑, 이른 임신, 성급한 결혼 등). 그러나 마
고는 자신이 영리한 젊은 여자라고, 순진하게 실수를 저지르지 않으

리라고 다짐한다. E. H.가 사람들에게 호감을 얻으려고 진심을 다하는 개라면 마고는 마음씨 좋은 주인 덕분에 보호소를 벗어날 수 있었던 개, 그러므로 자신을 구해준 이에게 그가 진짜로 주인이라는 사실을 가능한 한 미묘한 방식으로 늘 확인시켜주어야 하는 개와 다름없다.

1930년대 말에 마고가 E. H.와 같은 반 친구가 되기에는 "나이가 너무 어리다"고 밀턴 페리스가 E. H.에게 설명하는 중이다. 강철같이 단단하면서도 기분 좋게 들리는 말투다. "미시간 출신의 이 젊은 여자분은 이 대학에 처음 왔고, 우리 연구팀에도 처음이에요. 장차 '기억 프로젝트'에서 우리를 도울 겁니다."

E. H.는 이 문장에 담긴 정보를 흡수하기라도 하듯 깊은 생각에 잠겨 이맛살을 찌푸린다. 그가 나긋나긋하게 동의를 표한다. "'미시간'이라고요. 알겠습니다. 그렇다면 우리가 글래드와인에서 같은 반이었을 가능성은 없네요."

또한 E. H.는 '기억 프로젝트'라는 말을 잘 알고 있는 것처럼 처신하기 위해 역시 나긋나긋한 태도로 애쓰고 있다. (마고는 기억상실증 환자가 무의식적인 습득의 결과로 이처럼 설득력 있고 온화한 성격을 지니게 된 게 아닐까 생각해본다. 혹은 E. H.처럼 뇌 손상을 입은 이들이 테스트를 거치면서 그러한 '기억'을 습득하게 된 게 아닐까 하고도 생각해본다.)

밀턴 페리스가 '테스트'에 관해 폭넓게 이야기하는 동안 E. H.는 진지한 태도와 열의를 보인다. 지난 18개월간 E. H.는 신경학자와 심리학자들에게 수없이 많은 테스트를 받았지만 기간과 그 내용을 일일이 기억할 리는 없다. 그는 손상을 입기 전부터 '테스트'에 관한 일반적인 지식을 갖고 있었다. '지능검사'가 무엇인지 알기 때문이다. 손상을 입기 전부터 자신의 지능지수가 열여덟 살 때 153이었다는 걸 알고 있었을 것이다. 하지만 손상을 입은 뒤 여러 차례 실시한 지능검사에서도 149에서 157 사이의 수치가 나왔다는 것은 알지 못한다. 적어도 이론상으로는 매우 높은 지능이다.

마고의 흥미를 끄는 사실들이 있다. 손상을 입기 전 E. H.가 알던 어휘나 언어능력, 수학 능력은 어느 정도 온전하게 남아 있지만 (전해 듣기로) 새로운 단어나 개념, 사실들은 설령 익숙한 정보 속에 들어 있다 해도 기억하지 못한다. 또한 좋아하는 신문의 금융란을 보고 메모하는 모습을 보고서 그에게 몇 분 전 무엇을 적고 있었느냐고 물으면 그는 경멸하듯 어깨를 으쓱하며 말한다. "호모사피엔스는 돈을 벌고 또 잃는 종족이지요. 달리 새로울 게 있나요?" 그는 자신이 무엇에 몰두하고 있었는지 다 잊어버리지만 그 사실을 감추기 위해 재빨리 다른 주제를 생각해낼 수 있다.

E. H.는 존 F. 케네디가 최근(2년 전)에 암살되었다는 사실을 아는 것 같다가도, 어떤 때는 그가 아직 살아 있는 것처럼 '케네디 대통령'에 대해 이야기한다. "케네디는 쿠바에 대한 입장을 바꿔야 해요. 그리고 우리 나라가 베트남이라는 수렁에서 빠져나오게 해야 할 겁니다."

대담한 말을 하기도 한다. "우리 중 몇몇은 워싱턴으로 가서 대통령을 만나기를 희망하고 있습니다. 상황이 점점 급박해지고 있어요."

필라델피아의 후프스 집안이 오래전부터 주 정치인이나 연방 정치인과 인맥을 맺어왔다는 사실을 페리스가 언급하지 않았다면 이런 말을 망상이라고 여겼을 것이다.

뇌를 다친 많은 사람이 그러하듯 E. H.는 사전 외에도 단어집을 지니고 다닌다. 그의 수첩에는 단어 목록이 길게 알파벳순으로 정리되어 있다. 즉 A난, B난, C난 등등에 해당하는 페이지가 별도로 나뉘어 있다. (E. H.는 『뉴욕타임스』의 십자말풀이를 할 때 이 단어 목록을 즐겨 찾지만 가족의 증언에 따르면 병이 나기 전 십자말풀이를 할 때는 사전을 보는 일이 없었다고 한다.) 뛰어난 수학 실력이 매우 인상적이며, 세계 지리에 대한 지식도 인상적이다. 그는 케인스경제학과 고전경제학, 마르크스경제학 등 서로 대립하는 경제학 이론을 논할 수 있으며, 폰 노이만의 『게임 이론과 경제 행동』에 관해 상세하게 설명하는 걸 좋아하고 그 책의 핵심 문장들을 기억한다. 그러나 그에게 질문을 던지면 이미 말한 내용을 되풀이할 뿐이다. 그의 생각은 어휘처럼 고정되어 있다. 새로운 생각 혹은 과거의 생각을 새롭게 수정한 것이 뚫고 들어가지 못한다. 또한 궁지에 몰리면 상냥하던 성격이 사라지고 짜증을 부리거나 빈정거린다. 어렸을 때 배운 보드게임이나 퍼즐은 능숙하게 잘하지만 새로운 게임은 좀처럼 익히지 못한다.

E. H.가 보다 명확한 추론을 할 수만 있다면, 지금의 이 반복적인 테스트가 자신의 상태를 얼마간 호전시켜줄지도 모를 일종의 치료법이나 요법의 일환이라고 추측할 수 있으리라. 그러나 그의 상황을 반복적으로 설명해주어도 그는 자신의 '상황'을 알지 못한다. 또한 테스트가 사실상 '반복'된다는 것도, 이 테스트들이 연구 목적이라는 것도 알지 못한다. 말하자면 이 테스트는 신경과학을 위한 것이지, 환자를 위한 게 아니다.

페리스가 E. H.에게 조심스럽게 말한다. "난 펜실베이니아대학에서 가르치는 신경심리학자이고 이들은 내 실험실에 소속된 사람이라는 점을 후프스 씨에게 다시 한번 설명드립니다. 우리는 지난 15주간 매주 수요일마다 이곳 다븐파크연구소에서 함께 일해왔고 예비 단계에서 몇 가지 흥미로운 발견을 했어요. 당신은 날 만난 적이 있고 우리는 아주 잘 지내왔어요! 내 이름은 '밀턴 페리스'입니다."

E. H.가 다 안다는 듯 격하게, 심지어는 조금 짜증스럽게 고개를 끄덕인다. "'밀턴 페리스.' 네. '닥터 페리스.'"

"난 '닥터'가 아니에요, 교수입니다. 물론 박사학위는 있지만 그게 핵심은 아니지요! 부탁이니 날 그냥……."

"'페-리스 교수님'이라 부르라는 거죠. 네."

"또한 앞서 설명했듯이…… 난 임상의가 아니에요."

이 말은 환자에게 난 의사가 아니고 당신은 내 환자가 아니에요, 라고 이야기하는 하나의 방법이다.

하지만 E. H.는 페리스의 말을 일부러 곡해하는 것처럼 행동하며 어색한 농담을 흘린다. "그래요, 교수님……. 그 점은 우리 둘이 같군요. 나 역시 임상의는 아니거든요."

이 말을 하는 E. H.의 목소리가 조금 지나칠 만큼 컸다. 페리스 교수에게 짜증이 났다는 걸 표시하는 하나의 방법인가? 검은 머리의 마고 샤프에게 향했던 관심을 일부러 돌려놓았다고?

(또한 밀턴 페리스가 알려주는 정보에 그다지 관심이 없다는 걸 은연중에 표시라도 하듯 E. H.가 빠르게 말하는 건 아닐까, 마고는 생각한다. E. H.가 심각한 기억상실증에 걸리긴 했지만, 이전 대화 내용을 바탕으로 앞으로 자신이 이 정보 역시 기억하지 못하리란 걸 알아낼 만큼은 '기억하는' 게 아닐까, 그래서 그런 정보를 제공받는 데 화가 치민 게 아닐까 생각한다.)

참관인들이 지켜보는 가운데 E. H.는 작은 수첩을 획획 넘기다가 마침내 중요한 페이지에서 멈춘다. 미소를 지으며 그 페이지를 보여주는데 페리스보다는 마고에게 보여주려는 것이다. 두 사람이 테니스를 치는 그림으로, 둘 중 한 명이 머리 위로 날아가는 공을 향해 라켓을 냅다 휘두르고 있다. (이 사람이 자신이라는 의미인가? 테니스 라켓을 휘두르는 쪽의 머리와 생김새로 미루어 그런 것 같다. 희미한 얼굴로 싱긋 과장되게 웃고 있는 또 다른 사람은…… 죽음을 의미하는가?)

"이 시합, 그러니까 '테니스'는 예전에 내가 하던 운동이에요. 애머스트대학팀에 있을 때는 꽤나 잘했어요. 지금 '테니스' 치러 갈 건가요?"

"엘리, 당신은 훌륭한 테니스 선수예요. 테니스는 다른 날 칠 수 있어요. 괜찮다면 지금은 자리에 앉아서……."

"'훌륭하다'고요? 그런가요? 하지만 나는 오랫동안 테니스를 치지 않았는데요."

"엘리, 실은 바로 지난주에 테니스를 쳤어요."

엘리가 페리스를 가만히 쳐다본다. 예상치 못한 말이라 선뜻 받아들이지 못하는 듯 보이는데 페리스는 한순간의 주저함도 없이 따뜻한 격려가 담긴 목소리로 말한다. "그래요, 엘리, 당신은 언제나 내게 완승을 거뒀어요. 우리 직원 가운데 가장 실력 있는 사람과도 시합을 했고 매번 이겼다는 사실도 보고받았습니다."

"'보고받았다'고요, 정말요!"

E. H.는 조금은 믿지 못하겠다는 듯 웃는다.

마고는 안다. 이 불쌍한 남자는 자신에 대한 가장 완벽한 정보를 오로지 외부로부터, 낯선 이들로부터 얻을 수밖에 없다고 깨닫게 된 사람이 느낄 법한 불편함을 느끼고 있다.

낯선 이들은 자신에 대해 알고 있는데 자신은 그들만큼 확실하게 알지 못한다는 사실을 깨달아야 하다니, 마고는 서글픈 자각이라고 생각한다!

페리스는 E. H.가 이날 어떤 이유로 연구소에 오게 되었는지, 자신들이 왜 E. H.를 '테스트'하려고 하는지 인내심을 갖고 차근차근 설명하며, 과거에도 테스트를 한 적이 있다고 덧붙인다. 처음에는 E. H.도 공손하게 귀 기울이지만 다시 마고를 발견하고는 이내 멍하니 그녀에게 마음을 빼앗긴다. 다시 보게 된 그녀는 검은 랩스커트와 작은 체구에 꼭 맞는 검정 풀오버 스웨터를 입고서, 팬티스타킹에 발레리나 플랫슈즈를 신고 있다. 여성 무용수의 차림이지, 의료진의 빳빳한 실험실용 흰 가운 차림도 아니고 간호사의 칙칙한 녹색 유니폼 차림도 아니다. 그에게 그녀의 이름을 알려줄 플라스틱 명찰도 옷깃에 달려 있지 않다.

페리스가 짜증 섞인 투로 말한다. "대체 언제쯤 시작할 생각입니까, 후프스 씨. 우리는 이 일 때문에 왔는데요."

"이 일 때문에 왔다고요, 닥터? 그럼 나는 여기 왜 온 거죠?"

"예전에 당신은 테스트를 받으며 즐거워했어요, 엘리. 이번에도 그럴 겁니다."

"그 일 때문에 내가 여기 온 거군요. 내가 '즐거워하는' 일을 하려고요."

"우리는 기억과 관련된 몇 가지 사실을 밝히길 희망해요. 기억이 뇌의 ‘전체’ 영역과 관련되는지, 아니면 일정 영역에 국한되는지 연구하려 하죠. 지금까지 당신은 우리에게 도움을 주었어요, 엘리.”

“그자들이 나를 회사에서 몰아낸 건가요? 다른 사람이 내 자리를 차지한 거예요? 애버릴 형과 삼촌…….” 화가 난 이 순간 E. H.는 후프스앤드어소시에이츠의 이사이자 자신의 친척 중 한 사람의 이름이 떠오르지 않는 듯 잠시 말을 멈춘다. 그러다가 이내 아리송한 말을 덧붙이며 기운을 되찾는다. “다른 곳에 있을 수도 있지만 여기 말고 달리 어디 있겠어요?”

밀턴 페리스는 E. H.가 “역사를 만들기에 딱 적당한 시기에, 딱 적당한 장소”에 와 있다고 확인시켜준다.

“내가 말했던가요? 킹 목사의 연설을 들었다고. 여러 번이었지요. 그게 ‘역사’예요.”

“네. 비범한 사람이지요, 킹 목사는…….”

“필라델피아에서는 공공도서관 계단에서 연설을 했고 앨라배마 버밍햄에서는 한 흑인교회에서 연설을 했는데 그 교회는 나중에 백인 인종차별주의자들에 의해 불탔지요. 킹 목사는 매우 용감한 사람이고 성인이에요. 용기 있는 성인요. 상황이 나아지면 난 다시 그와 함께 행진할 생각이에요. 전에 그런 약속을 했지요.”

“물론이에요, 엘리. 어쩌면 약속을 잡도록 우리 쪽에서 도울 수도 있어요.”

“앨라배마에서 머리에 곤봉, 그러니까 경찰 곤봉을 맞아서 이런 거예요. 내가 보여줬나요? 흉터가 있어요, 여긴 머리가 자라지 않지요…….”

E. H.는 고개를 숙이더니 숱 많은 검은 머리를 갈라서 지그재그로 줄이 나 있는 두피를 보여준다. 마고는 손을 내밀어 만지고 싶은 충동을 느낀다. 불쌍한 남자의 머리를 쓰다듬어주고 싶다.

마고는 이해한다. 그를 가장 괴롭히는 건 외로움이야.

"네, 보여준 적 있어요, 엘리. 목숨을 건졌으니 정말 운이 좋네요."

"운이 좋다고요! 닥터는 그게 '목숨을 건진' 거라고 생각하는군요." E. H.가 씁쓸하게 말한다.

밀턴 페리스는 E. H.의 기분을 맞춰주면서도 그를 진정시키며 이야기를 계속 이어간다. 마고는 페리스가 이제 곧 '희생'당할 흥분한 실험동물, 이를테면 원숭이를 진정시키는 모습을 떠올린다.

실험과학에서는 그렇게 완곡하게 돌려 말한다. 실험동물은 죽임을 당하는 것이 아니며, 살해당하는 것은 더더욱 아니다. 그들은 희생되는 것이다.

E. H. 곁에 있으면 기억상실증 환자의 미소가 천진난만하고 진심 어린 것으로 느껴지기보다 오히려 절박하고 애처롭게 다가온다. 그의 미소는 물에 빠진 사람이 어떻게 구조될지, 무엇이 자신을 구조해줄지 아무것도 모른 채 그저 누구라도 자신을 구원해주기를 간절히 원하는 미소다.

그는 내 안에서 무언가를 보고 있어. 구원의 희망을 보는 거야.

심각한 신경 장애를 가진 경우 예기치 않게 기억의 조각들이 개별적으로 머릿속에 떠오르기도 한다. 마고는 자신의 얼굴과 목소리, 냄새가 E. H.의 파괴된 뇌 속에 남아 있는 희미한 기억을 자극한 게 아닐까, 그래서 다른 이들과 마찬가지로 그 역시 설명할 길 없는 어떤 감정을 자신에게 느끼는 게 아닐까 궁금해한다. E. H.는 페리스 박사의 사무적인 이야기에 귀 기울이려고 애쓰는 와중에도 여전히 갈망하는 눈빛으로 마고를 바라본다.

마고는 외과 수술로 뇌의 일부분을 제거한 실험동물이 감각을 지닌 채 살아 있으면서도 아무것도 못 하는 무력한 상태에 빠진 걸 본 적이 있다. 또한 그녀는 인간의 기억상실증에 관해서도 읽을 수 있는 것이라면 다 읽었다. 그럼에도 조금 떨어져서 보았다면 정상인—정확하게 말하면 카리스마 있는 남자—이라 여기고 지나쳤을 남자에게서 이런 모습을 목격하고 나니 마음이 무겁다.

"아주 좋아요, 엘리! 여기 이 탁자에 와서 앉을까요?"

E. H.가 쓴웃음을 짓는다. 분명 그는 앉고 싶지 않다. 방 안에서 자유롭게 움직일 수 있도록 서 있는 게 가장 편하다. 마고는 신체 건강한 이 남자가 테니스 코트에서 한곳에 묶여 불리해지지 않도록 부드러운 동작으로 움직이는 모습을 상상할 수 있다.

"이쪽이에요. 이 탁자로 와요. 자리를 잡고 앉아요……."

"'자리를 잡는다.' 자리는 무엇으로 잡아야 하나?" E. H.가 미소 지으며 눈을 찡긋한다. 의자를 잡고 들어 올리려는 듯한 몸짓을 보이고는 손가락을 풀기도 하고 꺾기도 한다. 페리스가 과장된 웃음을 터뜨린다.

"의자에 앉으라고 제안한 겁니다. 이 의자요."

E. H.가 한숨을 쉰다. 그는 짧게 손질한 강렬한 흰 턱수염에 반짝거리는 안경을 쓴 이 낯선 이의 기분을 풀어주고 싶었던 것뿐이다.

"제기, 그래요. 내 말은 제기랄이라고요, 닥터."

E. H.의 미소는 너무도 상냥해서 그 속에 어떤 모욕의 의도도 보이지 않는다. 사람들이 오전의 첫 테스트를 준비하는 동안 마고는 그저 지켜보기만 할 뿐 아무 역할도 하지 않으므로 E. H.의 관심은 그녀에게서 멀어진다. 또한 마고는 기억상실증 환자의 시야 주변부로 차츰 밀려나 있었고 거기서는 E. H.에게 그저 유령 정도로만 보일 것이다. 마고는 E. H.가 좀 전에 소개받은 사람들의 이름—캐플런, 멜처, 루빈, 슐츠—을 벌써 잊어버렸을 거라고 추측한다. 누가 변덕스럽게 바뀌는 기억상실증 환자의 관심을 차지할지를 두고 밀턴 페리스와 경쟁을 벌이지 않아도 되어 마음이 놓인다.

병이 난 이후 E. H.의 기억 테스트 결과에서는 심각한 단기기억상실증이 나타났다. 검사자들이 그에게 일련의 숫자를 기억하라고 했을 때 그가 기억하는 숫자는 대략 다섯 개에서 일곱 개 사이를 오갔다. 몇 달이 지난 지금 그는 똑같은 테스트에서 아홉 개를 암기할 수 있고 더러는 열 개나 열한 개를 기억할 때도 있다. 이러한 실력은 평균 범위에 속하며, 누군가는 E. H.가 '정상'이라고 판단할 것이다. 그의 태도가 차분하고 반듯하며 심지어 기계적이기까지 하기 때문이다. 그러나 숫자 개수를 늘리고 중간에 잠시 쉬는 등 보다 복잡한 상황을 테스트 과정에 끼워 넣으면 E. H.는 곧바로 혼란을 느낀다.

다음 숫자로 넘어가기 전 말없이 쉬면서 외운 것을 '기억'하라고, 즉 의식 밖으로 빠져나가지 않게 하라고, 기억을 유지하라고 요구하는 시간이 길어질수록 실험은 점점 고통스러워진다. 마고는 불쌍한 남자가 기억을 잃지 않으려고 안간힘을 쓰면서 '반복'의 노력을 기울이는 걸 느낀다. 그의 손을 잡고 위로와 격려를 건네고 싶다. 내가 도와줄게요. 당신은 좋아질 거예요. 평생 이렇지는 않을 거예요!

마고는 장애에 사람을 평등하게 만드는 힘이 있다고 생각한다. 병에 걸리지 않았던 18개월 전이라면 엘리후 후프스가 마고 샤프에게 두 번이나 눈길을 주는 일은 아마 없었을 것이다. 그녀는 그를 보호하고 싶은 마음, 심지어 연민의 마음을 가슴 뭉클하게 느끼며 손을 잡아준다면 그가 고마워하리라 생각한다.

40분간의 강도 높은 테스트가 끝나고 그보다 더 높은 강도의 테스트가 이어지기 전 10분의 휴식이 주어진다. E. H.는 열의와 희망을 보이며 협조하지만 테스트가 점점 복잡해지고 강도가 높아지자 ('신사'다운 온화한 모습을 유지하기 위해 엄청난 힘을 발휘하며 애를 쓰는데도 불구하고) 점점 빨리 혼란에 빠진다. 숫자 목록 중간에 쉬는 시간이 늘어나면서 그는 마치 물에 빠져 허우적대는 사람처럼 보인다. 단기기억 시간이 심하게 줄어들어 40초밖에 되지 않는다.

두 시간의 테스트가 끝나자 페리스가 보다 긴 휴식 시간을 알린다. 검사자들 역시 기억상실증 환자 못지않게 기진맥진해 있다.

E. H.가 좋아하는 오렌지주스가 제공된다. 그는 지금껏 의식하지 못했던 갈증을 비로소 느낀다. 벌컥벌컥 몇 모금에 주스를 다 마셔버린다.

E. H.에게 오렌지주스를 가져다준 사람은 마고 샤프다. E. H.가 유난히 따뜻한 미소를 보내자 그녀는 보살피고 시중드는 여성의 역할에 만족감을 느낀다.

가벼운 현기증이 인다. 기억상실증 환자는 분명 그녀를 인지하고 있다.

E. H.는 무엇 때문인지 이유도 알지 (기억하지) 못한 채 지치고 불안

한 마음으로 창가에 서서 밖을 응시한다. 자신이 어디에 있는지 가늠하는 중인가? 자신을 '테스트'하는 낯선 이들이 누구인지 헤아리는 중인가? 자존심 강한 그는 묻지 않을 것이다.

비좁은 공간에 너무 오래 틀어박혀 있던 운동선수처럼 혹은 반항적인 10대 아이처럼 E. H.가 방 안을 빙글빙글 돌아다니기 시작한다. 사람들은 그의 이런 행동에 짜증을 느끼기 일보 직전이다. 어쩌면 벌써 짜증이 나기 시작했을지도 모른다. E. H.는 방 안의 낯선 이들을 개의치 않는다. 손가락을 꺾고 두 팔을 흔든다. 종아리 근육도 쭉 편다. 천장으로 팔을 뻗어 척추를 길게 늘인다. 나직하게 뭔가 중얼거리지만(욕하는 중일까?) 표정은 여전히 온화하다.

"후프스 씨, 스케치북 좋아하지요?" 연구소 직원 한 명이 스케치북을 건네며 묻는다.

E. H.가 스케치북을 보고 반색한다. (아마도) 놀라는 것 같기도 하다. 다른 사람들이 들여다보지 못하도록 스케치북을 적당한 각도로 들고는 인상을 찌푸린 채 페이지를 넘긴다.

그러다가 셔츠 주머니에 있는 작은 수첩을 발견한다. 얼른 수첩을 열더니 꼼꼼히 정독한다. 수첩에 뭔가를 기록하고는 도로 주머니에 넣는다. 다시 스케치북을 들여다보더니 마음에 들지 않는 뭔가를 발견하고는 스케치북을 뜯어 손으로 구긴다. 마고는 기억상실증 환자의 행위에 흥미를 느낀다. 그는 일관된 논리를 갖고 저 행위를 하는 것일까? 어떤 목적이 있는 걸까? 마고는 E. H.가 아프기 전에도 저런 작은 수첩을 갖고 있었는지, 커다란 스케치북을 들고 다녔는지 궁금하다. 분명 그랬을 것이다. 그 덕분에 지금 별다른 노력 없이도 이 두 가지 물건을 기억할 수 있는 것이리라.

지켜보는 사람 없이 혼자 있다고 여기는지 E. H.는 더 이상 미소 짓지 않는다. 상황을 가늠해보려고 안간힘을 쓰느라 완전히 몰입한 사람처럼 침울하게 인상을 찌푸리고 있다.

기억상실증 환자는 자신이 얼마나 오랫동안 이런 노력을 기울이고 있었는지 기억하지 못할 테니 무척 슬프고 지칠 거라고 마고는 생각한다. 그의 입장에서는 이 장소에 있었던 시간이 몇 분이 될 수도, 몇 시간이 될 수도 있다. 이곳에 살지 않는다는 건 아는 것 같지만, 병이 나기 전처럼 필라델피아에 혼자 사는 게 아니라 글래드와인에서 친척과 함께 살고 있다는 건 명확하게 알지 못한다.

암기 기억과 연관된 테스트를 몇 번씩 반복해도 E. H.는 결코 나아지지 않는다. 그에게 지시 사항을 몇 번이나 알려줘도 다음번에 또다시 알려줘야 한다.

기억상실증 환자의 뇌는 체와 같아서 그 사이로 물이 계속 빠져나갈 뿐 절대 고이지 않는다. 발병 이전 이 남자가 살아온 38년의 생애는 대부분 세잔의 몽환적인 풍경화처럼 빽빽한 나뭇잎 사이로 저 멀리 얼핏얼핏 보이는 잔잔한 강물을 닮았다.

마고는 E. H.의 손상된 뇌 부위에 뭔가 불가해한 잔재가 남아 있을지 궁금하다. 손상 부위와 인접한 조직에서 모종의 신경 생성, 즉 뇌의 복구가 일어날 수 있을까? 또한 그런 신경 생성이 일어나도록 **자극할** 수 있을까?

수천 년이 지났건만 인간의 뇌에 대해서는 알려진 것이 상대적으로 너무나도 적다! 뇌 기능에 관한 이론을 만들려면 오로지 관찰된 행위를 기반으로 해야만 하며, 1965년 현재로서는 뇌의 기본 생리조차 거의 파악하지 못하고 있다. 오로지 동물의 뇌만 '살아 있는' 상태로 검사할 수 있으며, 주로 원숭이 뇌가 그 대상이 된다. (살아 있는 정상적인) 인간 뇌에 칼을 대는 연구는 금지되어 있다. 마고는 궁금해진다. 복잡한 기억은 대뇌피질 전체에 분포되어 있을까, 아니면 일정 영역에만 국한되어 있을까? 일정 영역에 국한되어 있다면 어떤 방식일까? E. H.의 뇌에 관해 알려진 사실들을 근거로 판단할 때 해마와 인접 조직은 바이러스 감염으로 파괴되었지만, 뇌의 다른 부위는 손상되지 않은 채로 있을까? 마고는 E. H.가 뇌 수술을 받거나 정교한 촬영 기기가 개발되어 뇌를 '엑스레이'로 촬영하지 않는 한, 사후에 뇌를 부검해보기 전까지는 그의 뇌에 관한 정확한 해부 구조를 알 수 없을 거라고 생각한다.

그 순간 마고는 한 줄기 희미한 두려움과 흥분을 느낀다. 시체 안치소의 대리석 판 위에 누워 있는 E. H.가 보인다. 시체 상태인 그의 두개골을 톱으로 갈라 벌려놓았다. 병리학자가 뇌를 꺼내면 신경과학자가 그의 뇌를 고정시킨 뒤 쪼개고, 색깔을 입히고, 검사하고, 분석할 것이다.

마고는 신경과학자가 될 것이다.

E. H.가 그녀의 생각을 읽기라도 한 듯 걱정스런 눈길로 흘깃 쳐다본다. 마고는 다른 사람의 몸을 은밀한 손길로 더듬다가 들킨 사람처럼 얼굴이 화끈거린다.

하지만 난 당신의 친구가 될 거예요, 후프스 씨!

당신이 믿을 수 있는 사람이 될 거예요.

'기억의 비밀을 밝히는 일', 마고는 이 일을 가장 먼저 해내는 사람

중 한 명이 될 것이다.

E. H.는 마고의 관심을 계속 붙잡아두기 위해 둘째 손가락을 든 채로 작은 수첩을 넘기며 뭔가 중요한 것을 찾는다. 그가 밝고 상냥한 목소리로 읽는다.

"여정이 없으니 길이 없다. 지知가 없으니 공空이다. 공空도 없다." 그가 잠시 쉬다가 다시 덧붙인다. "이것이 붓다의 지혜다. 하지만 지知가 없으니 붓다도 없다." 이유는 알 수 없지만 그가 기분 좋게 웃는다.

검사자들이 끼어들지 못한 채 그저 바라보기만 한다.

테스트가 재개된다. E. H.는 다시 희망에 차서 열의를 보이는 것 같다.

이해하기 힘든 일이다. 오전에 한바탕 어려운 테스트를 치렀는데도 환자에게는 지금부터 시작일 뿐이다. 자신이 '지친' 상태라는 걸 잊어버린 것이다.

식욕이 그렇듯 '지쳐 있다'는 느낌도 상당 부분 기억에 의존한다. 예전의 마고는 이런 사실을 믿지 않았을 것이다. 이런 것은 자연스러운 일로 여겨지지 않는다!

과학자는 자연의 많은 부분이 '자연스럽지 않다'는 걸 곧 깨닫게 된다. 테스트 중간에 밀턴 페리스가 자리를 뜬다. 다른 일정—아마도 점심 약속—이 있기 때문이다. 이 연구 책임자는 자신이 설계한 테스트를 그의 지휘나 감독 없이 조수들이 실시하게끔 맡겨둔다.

마고는 열심히 지시 사항을 따른다. 다음에 무엇을 해야 하는지 알고 있을 때도 페리스의 수제자 앨빈 캐플런이 지시를 내려주기를 기다린다. E. H.에게 테스트를 실시하는 작업은 고되고 반복적이지만 흥미롭다. 청각 기억과 시각 기억 등 갖가지 기억 테스트가 실시되고, 과정도 점차 복잡해진다.

어떤 테스트는 환자에게 일부러 낙담과 좌절감을 안겨주기 위해 설계된 것처럼 보인다. 캐플런이 E. H.에게 "중간에 멈추지 말고 셀 수 있는 데까지" 수를 계속 세라고 요구한다. 수를 세기 시작한 E. H.는 70초를 지나 제법 오래 지속해나간다. 암기를 바탕으로 차근차근 수를 센다. 이윽고 89에 이르자 캐플런이 중간에 끼어들어, 정교한 기하학무늬가 그려진 카드를 내밀고 그 모양을 설명해보라고 하면서 E. H.의 정신을 흐트러뜨린다. "세 개의 피라미드를 뒤집어놓은 모양일까요, 아니면 혹시 파인애플일까요?"

이어 캐플런이 E. H.에게 수를 세는 일을 계속하라고 하자 E. H.는 완전히 당황한다. 어떻게 계속해야 하는지 아무 생각도 나지 않는다.

"'수를 세다'니 무슨 수요? 내가 무엇을 '세고' 있었나요?"

"'셀 수 있는 데까지 계속' 수를 세고 있었어요. 그러다가 중간에 멈추고 이 카드의 무늬를 설명했지요. 하지만 엘리, 이제 계속해도 돼요."

"'계속'해요? 무엇을요?"

"숫자가 기억나지 않아요?"

"'숫자'요? 기억이 없네요."

E. H.는 자신이 한눈을 팔았던 그림 카드를 응시하고, 이내 그 카드가 속임수였음을 알아차린다.

"어렸을 때 카드놀이를 했어요. 체커와 체스도 했고요." E. H.는 카드나 게임 판이 더 있지 않을까 주위를 한번 둘러본다.

그의 손가락이 파르르 떨린다. 대체로 온화했던 눈에 분노의 빛이 떠오른다. 피라미드인지 파인애플인지 알 수 없는 그림이 그려진, 저 망할 놈의 카드를 얼마나 찢어발기고 싶겠는가!

E. H.의 얼굴에 떠오른 표정을 보면서 마고는 한 가닥 죄의식이 찌릿하게 가슴을 파고드는 걸 느낀다. 어차피 테스트란 잔인한 게 아닌가 하는 생각도 든다. 일종의 정신적 학대인 셈이다. 그렇지만 E. H.는 지금까지 관심의 중심에 놓인 걸 분명 좋아하는 것 같았다.

마고는 생각한다. 그는 기억 못 할 거야! 잊어버릴 거야.

그녀는 수십 년 전 과거에 실험실에서 원숭이, 개, 고양이 같은 동물들의 성대를 자르곤 했다는 사실을 떠올린다. 동물이 고통과 공포로 울부짖지 못하게 하기 위해서였다. 동물에게 모진 짓을 하는 사람들은 그런 비명 소리를 듣지 않아도 되었고, 동물의 고통을 모른 채 넘어갈 수 있었다. 동물실험 분야에서 보다 인간적인 새 시대가 열리기 전의 일이지만, 밀턴 페리스의 기억 속에는 그때의 일이 또렷하게 남아 있을 거라고 마고는 확신한다.

페리스는 '인간적인' 새 시대에 대해 종종 농담을 했다. 새 시대가 동물 연구에 어떤 한계를 가져왔는지, 또한 그리 오래되지 않은 과거에 자신도 직접 참여하여 훌륭한 성과를 거두곤 했던 실험을 두고서 '동물 테러리스트들'이 얼마나 입에 거품을 물고 항의했는지 농담 삼아 말하곤 했다.

마고는 자신이 과거 그런 실험실에 있었다면 어떻게 처신했을지 생각하고 싶지 않다. 동물의 고통에 대해 항의했을까? 아니면 수치심을 느끼면서도 잠자코 넘어갔을까? 당시에 이의를 제기한다는 것은 곧 대가의 실험실에서 쫓겨난다는 의미이고, 신경과학 분야에서 더는 경력을 쌓을 수 없다는 의미였을 것이다.

마고는 이 모든 것이 과학이라고 스스로를 타이른다. 과학은 깊은 곳에 숨겨진, 좀처럼 얻기 힘든 진리를 추구하는 것이다.

진리는 지구 표면에 널려 있지 않으며, 조각 그림을 맞추듯 한데 모아 끼워 맞추는 화석 조각이 아니다. 진리는 깊이 파묻히고 감춰져 있으며 마치 미로와 같다. 다른 사람들이 보고 있는 것은 겉모습, 즉 피상적인 것에 지나지 않는다. 과학자는 **보다 깊이 파고들어 캐는** 사람이다.

E. H.가 멍한 얼굴로 테스트실을 둘러본다. 이제 이곳은 그가 알지 못하는 장소가 되어 있다. 무대배경이 철거되고 그저 휑뎅그렁한 벽만 남아 있는 것 같다. 진심 어린 환한 미소는 그의 입가에서 사라져버렸다. 엘리후 후프스는 비통한 상실 속에 혼자 버려진 사람이다. 그의 태도에서 더는 카리스마가 느껴지지 않고 그 대신 절망감이 물씬 풍긴다. "89까지 세었어요, 후프스 씨." 마고가 부드러운 말투로 쓸쓸히 남겨진 남자를 위로한다. "중간에 끊기기 전까지 아주 잘하고 있었어요." 그녀는 캐플런과 다른 이들의 시선을 무시한다. 그들의 시선은 마고가 잘못 처신하고 있다는 표시다.

부드러우면서도 강단 있는 마고의 목소리에 E. H.가 놀라서 고개를 돌린다. 이제껏 캐플런에게 관심을 집중하느라 마고의 존재는 완전히 잊은 상태였다. 그는 방 안에 몇몇 다른 이들이 있고 자기 뒤쪽 한구석에 마고가 여학생처럼 앉아 있는 걸 알아차리고 놀란다.

"안녕―하세요!"

확실히 E. H.는 전에 마고 샤프를 본 적이 없다. 그녀는 유난히 창백한 피부에 체구가 아주 작은 젊은 여성으로, 검은 눈썹과 속눈썹을 지녔고, 윤이 나는 검은 앞머리가 이마의 대부분을 가리고 있다. 생각에 잠겨서 눈을 가늘게 뜨고 있지 않았다면 아몬드 모양의 두 눈이 아름다웠을 것이다.

그녀는 무용수처럼 검은색 옷을 여러 벌 겹쳐 입은 특이한 차림이다. 무릎에는 공책이 놓여 있고 손에 펜을 든 채 이맛살을 찌푸리고 있지만 그럼에도 얼굴에 미소가 감도는데, 이런 그녀는 젊은 의사일까? 그렇게 보아야 할까? 의과대학 학생일까? (간호사는 아니다. E. H.는 그녀가 간호사가 아니라는 걸 안다.) 하지만 그녀는 실험실용 흰 가운을 입지 않았다. 옷깃에 이름표가 없어서 E. H.는 당혹스러우면서도 호기심이 인다.

E. H.는 캐플런과 다른 사람들을 무시한 채 손을 뻗어 젊은 여자와 악수한다. "안녕-하세요! 서로 아는 사이 같은데요. 같은 학교를 다녔지요? 글래드와인에서 말예요."

검은 머리의 젊은 여자는 머뭇거린다. 그러다 우아하게 자리에서 일어나 그에게 다가간 뒤 미소를 지으며 그의 손을 맞잡는다.

"안녕하세요, 후프스 씨. 마고 샤프예요. 오늘 처음 만난 사이지요."

잔물결이 일렁이는 물속, 여자아이의 흰 얼굴 위로 잠자리와 '소금쟁이'의 그림자가 어른거린다. 곤충의 그림자가 실제 곤충보다 훨씬 커서 이상하게 보인다.

그는 개울에서 그녀를 발견한 적이 있다. 다른 사람은 아무도 모른다. 그는 이곳에 혼자 있으니까.

그런데 그는 쳐다보지 않는다. 물에 빠진 여자아이가 (아직은) 보이지 않았다. 그는 거기 없었기 때문에 보이지 않는 것이다. 자신이 보지 못한 것을 기억하지는 못한다.

아주 많은 세월이 흐른 뒤 이 낯선 장소의 나무판자 다리 위에 선 그는 고개를 돌리지 않는다. 주변을 돌아보지 않는다. 곧 불어닥칠 것 같은 바람에 쓰러지지 않으려고 용감하게 두 손으로 다리 난간을 꽉 잡고 버틴다.

2

"후프스 씨?"

"안녕-하세요!"

"제 이름은 마고 샤프예요. 페리스 교수님의 연구원이지요. 전에 만난 적이 있어요. 오늘 오전에 당신의 시간을 얼마간 빼앗게 되었어요……."

"네! 반가-워요."

그의 눈에 빛이 떠오른다. 그의 눈에서 희망이 솟구친다.

"반가-워요, 마고!"

그녀의 손을 맞잡는 그의 손. 움켜쥐는 그의 손길은 그녀를 알아보고 있다.

날 기억하고 있어. 의식상으로는 기억하지 못하지만 그래도 그는 기억해.

하지만 그녀는 이 사실을 글로 쓸 수 없다. 아직은 과학적 증거가 없다.

기억상실증 환자는 '기억하는' 방법을 발견할 거야. 이것은 비서술 기억이며 의식을 완전히 비껴가지.

서술 기억이 있듯이 감정 기억도 있기 때문이야.

몸에 깊이 새겨지는 기억이 있지. 정념이 만들어낸 기억.

마고 샤프는 행복감이 차올라 순식간에 풍선처럼 부풀어 오르는 기분이다. 아찔할 만큼 빵빵하게 헬륨이 가득 든 풍선.

"후프스 씨? 엘리?"

"안녕-하세요!"

그는 전에 그녀를 본 적이 없다. 진심 어린 미소를 보내며 그녀 쪽으로 가까이 몸을 기울여 악수를 한다.

크고 힘센 손으로 마고 샤프의 작은 손을 잡는다.

"당신은 생각이 안 날지 모르지만 우리는 전에도 만났어요. '마고 샤프'예요. 페리스 교수님 밑에 있는 연구원이지요. 우리는 함께 일해왔어요……. 으음, 얼마 전부터요."

"'마고 샤프.' 그래요. 우리는 함께 일해왔어요……. 얼마 전부터요." 그는 오랫동안 함께 일해왔다는 걸 아주 잘 알지만 이런 사실이 둘만의 비밀인 것처럼 점잖게 웃는다.

오늘 E. H.는 좀 더 큰 스케치북을 가지고 왔다. 『뉴욕타임스』의 십자말풀이는 벌써 다 풀었고, 여느 때처럼 신문지가 바닥에 버려져 있다.

E. H.는 4층 테스트실 앞쪽에 있는 창가 자리에 앉아 목탄으로 그림을 그리는 중이었다. 주변의 임상 환경을 전혀 의식하지 않는 것처럼 유리창에 세차게 부딪치는 빗줄기도 전혀 의식하지 못한다. E.

H.의 관심을 강렬하게 자극하는 그림의 주제는 대부분 내면적인 것이며, 그는 다른 사람에게 자기 그림을 보여주는 것을 좋아하지 않는다.

(때때로 예외도 있어서, 마고 샤프에게는 그림을 보여준다.)

(하지만 마고는 E. H.에게 그림을 보여달라고 요구하지 않고 E. H.가 먼저 보여주겠다고 제안할 때까지 기다릴 줄 안다. 그는 자발적인 경우에만 그림을 보여준다.)

"우리가 얼마나 오랫동안 함께 일해왔는지에 대해 뭔가 생각나는 게 있나요?" 마고는 늘 이렇게 묻는다.

E. H.의 미소가 흔들린다. 그가 깊이 생각하면서 진지하게 말한다.

"으음, 내 생각엔―아마도―6주쯤 된 것 같아요."

"6주요?"

"그보다 더 길 수도 있고 짧을 수도 있어요. 알다시피 난 이른바 '기억'에 문제가 있거든요."

"당신에게 이 문제가 생긴 지 얼마나 되었나요, 엘리?"

"내게 이 문제가 생긴 지 얼마나 되었냐고요? 으음, 내 생각엔―아마도―6주쯤 된 것 같아요." E. H.는 뭔가 애원하는 표정으로 마고에게 미소를 짓는다. 그는 아직도 마고의 손을 잡고 있다. 그녀는 살며시 손을 빼야 한다.

"뭐 때문에 이런 문제가 생겼는지 알아요, 엘리?"

"으음, '신경학적인' 거예요. 엑스레이를 찍었다고 알고 있어요. 머리를 민 기억도 있는 것 같고요. 앨라배마 버밍햄에서 내 두개골에 금이 갔어요. 당시에는 아무도 몰랐지요. '아주 가느다란 금'의 골절이었어요. 그러고 나서 몇 달 전인 7월, 호수에 갔을 때 불이 났어요. 사람들이 내게 그렇게 말한 것 같아요. 불이라고요. 내가 불이 붙은 숯덩이를 부주의하게 벽난로에 남겨놓고 왔다고는 믿기 힘들어요. 하지만 무슨 일이 있긴 했어요." E. H.가 말을 끊고는, 몸의 모든 근육을 동원해야 할 만큼 아주 무겁고 버거운 뭔가를 깊은 우물에서 끌어 올리려 애쓰는 것처럼 인상을 찌푸린다. "불이에요. 그 불이 빌어먹을 내 뇌를 불태워버린 거예요."

"고열을 말하는 건가요, 혹시?"

"고열도 불이기는 하지요. 빌어먹을 머리 속의 불 말예요."

이날은 1969년 3월, 바람이 몹시 불고 구름이 잔뜩 낀 습한 날이다.

그녀는 그의 이름이 섬뜩할 정도로 미래를 예언했다고 생각한다. **후프스, 고리들.**

엘리후 후프스가 지난 4년 반 동안 설명하기 힘든 현재시제로 살아왔기 때문이다. 일종의 시간 고리, 무한히 제자리로 돌아오는 뫼비우스의 띠.

하지만 '무한'이라고 해봐야 70초가 되지 않는다.

엘리후 후프스의 삶에는 과거가 없고 오로지 현재만 있다.

그는 영원토록 서른일곱 살에 머물 것이다. 영원토록 자신이 어디에 있는지, 자신에게 무슨 일이 일어났는지 혼란스러워할 것이다.

불이었나? 내 생각에는 불이 났던 것 같아. 그게 아니라면 할아버지가 타고 다니던 2인승 싱글 프로펠러 비행기가 섬에 불시착해서 불탔을 거야. 나중에 병원에 있을 때도 역시 불이 났던 것 같아. 옷과 머리카락이 젖었지만 그을려 있었어. 머리카락 타는 냄새도 났고. 아마도 난 불 속에 있었을 테고 폐가

화상을 입었을 거야.

사람들은 내 몸에 열이 났다고 했어. 하지만 불이 났던 거야. 내 눈으로 보았고 냄새도 났지.

여자아이를 찾지 못했어. 구조대원들이 찾으러 나섰지. 조지호 주변 숲속을 수색하고 섬도 뒤졌어.

다들 누군가 여자아이를 데려갔다면 아마도 여러 섬 중 한 곳으로 데려갔을 거라고 여겼어. 그 사람에게 배가 있었다면. 아무도 보지 않았다면 그랬을 거라고.

할아버지는 거대한 새처럼 밝은 바나나색을 칠한 작고 가벼운 비치크래프트 비행기를 타고 호수 위를 날아갔어. 할아버지는 수없이 호수 위를 날았고 사람들은 지붕 위로 낮게 지나가는 프로펠러 비행기의 엔진 소리를 들었을 거야.

할아버지가 말했어. 같이 가자, 엘리! 실종된 네 사촌을 찾으러 갈 거야.

어린 소년이 할아버지와 함께 비행기를 탄 건 이번이 처음은 아니었어. 하지만 이번이 마지막이 되었지.

E. H.가 밝고 정중한 목소리로 수첩의 글을 읽기 시작한다.

"여정이 없으니 길이 없다. 지知가 없으니 공空이다. 공空도 없다."

잠시 쉬었다가 다시 이어서 읽는다. "이것이 붓다의 지혜다. 그러나 지知가 없으니 붓다도 없다."

그가 서글프게 웃는다.

"테스트가 없으니 '테스티스(testes, 영어로 고환을 뜻한다 — 옮긴이)'가 없어요."

그가 다시 웃는다. 서글프게.

발견하기 위해서는 파괴해야 한다고 그녀는 배웠다.

행위의 원천이 뇌의 어느 부위에 있는지 밝히기 위해서는 뇌의 많은 부분을 파괴해야 한다.

많은 원숭이의 뇌, 고양이의 뇌, 쥐의 뇌. 명확하게 규정할 수 없고 신비에 싸인 기억을 찾는 과정. 몇 년, 몇십 년, 수천 개에 이르는 동물의 뇌. 수십만 시간에 이르는 외과 수술. 체계적으로, 조직적으로 진행되는 절차. 꼼꼼한 실험 기록들. (살아 있는) 어떤 표본도 목적으로 보지 않고 더 큰 목적을 이루기 위한 (가능한) 수단으로 여기는 연구 과학자들의 가차 없는 잔인함. '기억 흔적', 즉 뇌에 남아 있는 기억의 외면적인 기록을 찾기 위해 희생당한 수십만 마리의 동물들.

실험신경과학의 한 가지 원칙.

(살아 있는 정상적) 인간의 뇌를 외과적 방법으로 연구할 수 없으며 오로지 동물의 뇌만 가능하다. 지난 수십 년에 걸친 연구에도 불구하고 결정적인 성과를 거두지 못했다. 마고 샤프는 기억상실증 일지에 위대한 실험심리학자 칼 래슐리의 (유명한/악명 높은) 결론을 적는다.

기억 흔적이라고 볼 수 없는 것은 무엇인지, 기억 흔적이 남지 않은 곳은 어디인지 이 일련의 실험을 통해 많은 정보를 얻었다. 나는 때때로 느낀다, 필연적인 결론은 (기억이) 가능하지 않다는 거라고.

순결한 딸. 마고 샤프는 얼마나 운이 좋았던가! 그리고 그녀는 다짐한다. 연구자의 경력, 나의 진정한 삶이 바야흐로 펼쳐지는 거야.

1969년 무렵 기억상실증 환자 'E. H.'의 놀라운 이야기가 과학계에 알려지기 시작한다.

전면적 순행성 기억상실증이라는 특이한 사례! 이 증상을 제외하면 환자는 건강 상태가 양호하고 지적이며 협조적이고 온전한 정신을 갖고 있다. 살아 있는 환자 대부분이 정신병을 앓고 있거나 빈사 상태에 놓여 있거나 뇌 상태가 엉망진창인 알코올중독자였기 때문에 뇌병리 연구에서 이는 매우 희귀한 사례였다.

다븐파크대학 신경학연구소에서 밀턴 페리스가 'E. H.'에 대해 쓴 여러 논문이 가장 권위 있는 신경과학 학술지에 실리기 시작했다. 대개 이 논문들에는 페리스의 연구원들이 공동 저자로 이름을 올렸으며 그중에는 마고 샤프도 있다. 그런 무리 속에 자기 이름이 올라 있는 걸 보고 마고는 진심으로 기뻤다. 놀라울 만큼 순식간에 일어난 일이었다.

데이터, 그래프, 통계, 인용문이 풍부하게 들어 있는 논문들에는 「감염성 뇌염을 앓은 뒤 생긴 최근 기억상실」「기억상실증 환자의 '서술 기억' 및 '비서술 기억'―'E. H.'의 역사」「기억상실증에서 나타나는 언어, 시각, 청각, 후각 관련 사항의 단기기억」「순행성 기억상실증에서 나타나는 정보의 부호화, 저장, 검색 과정」 등의 제목이 붙어 있다. 밀턴 페리스의 감독하에 몇 달, 심지어는 몇 년의 기나긴 노력을 쏟아 공동으로 이 논문들을 준비했다. 실제로 실험을 설계하고 실시한 사람이 누구였든, 또 연구와 저술 과정을 대부분 도맡았던 사람이 누구였든 페리스의 승인 없이는 어떤 논문도 학술지에 보낼 수 없다. 최근 마고는 감각 양식, 그리고 '비서술적' 학습과 기억의 가능성에 관한 실험을 독자적으로 설계해봐도 좋다고 페리스에게 허락을 받았다. 권위 있는 『미국실험심리학저널』에 밀턴 페리스와 마고 샤프 두 사람의 이름만 올라 있는 논문이 조만간 발표될 것이다. 이는 「역행성 기억상실증과 순행성 기억상실증의 단기기억과 응고화된 기억—'E. H.'의 간략한 역사」라는 제목으로 마고가 쓴 학위 논문을 40쪽 분량으로 발췌한 글이다. 이 학위 논문은 밀턴 페리스가 이제껏 여자 대학원생에게서 받아본 논문 중에서, 아니 '그 문제에 관한 한 어느 여자 동료'에게서 받아본 논문 중에서도 가장 의욕적이고 철저한 연구를 거친 논문이라고 그가 직접 말한 바 있다.

(페리스의 칭찬은 진심이며 비꼬려는 의도는 전혀 없다. 이때는 1969년으로, 과학계에 여성이 거의 없고 페미니스트는 사실상 전무한 상태라, 반어법으로 여성을 비꼬는 시대가 아니다. 그녀로서는 부끄러운 일이지만 마고는 밀턴 페리스가 동료들에게 그녀 이야기를 자주 하고 그들이 인상 깊게 받아들이는 표시를 보인 데 몹시 흥분했었다. 대학 심리학과에 여자 교수는 고작 둘뿐이고 두 사람 모두 '사회심리학자'로, 실험심리학자와 신경과학자들은 이들의 면전에서 대놓고 멸시하는 것만 간신히 자제하는 상황이었기 때문에 스승의 칭찬이 별거 아니라고 생각하고 싶지는 않다.)

마고의 논문 분량이 제법 많은데도『미국실험심리학저널』에 제출한 뒤 비교적 빠른 시일 안에 논문이 받아들여진 것은 필시 페리스의 개입과 관계가 있을 거라고 마고는 생각한다. 학회 편집자 중 한 사람이 1940년대 말 페리스의 수제자였다는 것, 그리고 페리스 자신이 '편집 자문위원'으로 발행인 명단의 수많은 이름 속에 들어 있다는 것을 마고는 모르지 않았다.

어쨌든 마고는 페리스에게 감사했다.

그녀는 자주 페리스에게 감사했다.

마고는 자신의 운이 대단히 좋다는 것을 알고 있다. 그리고 이런 행운이 계속되기를 갈망한다.

여자는 똑똑한 것만으로 충분치 않다. 여자는 남자 경쟁자보다 눈에 띄게 똑똑해야 한다. '똑똑하다'는 것은 남성적 속성을 지니고 있다. 따라서 이와 균형을 이루기 위해서는 적당히 여성적이어야 한다. 그렇다고 정서적으로 불안하거나, 변덕스럽거나, 어쨌든 '부드럽다거나', 그저 조용하기만 하거나, 신경을 쓰거나, 정보를 빨리 받아들이거나, 대립하지 않거나, 겸손해야 한다는 말은 아니다.

마고가 생각한다. 아무도 쳐다보지 않는 얼굴이라면 겸손하게 살아가는 일은 그리 어렵지 않아.

"안녕-하세요!"

"안녕하세요, 후프스 씨. 어떻게 지내세요?"

"아주 잘 지내요, 고마워요. 당신은 어때요?"

E. H. 주변에 있으면 현재시제라는 중력권 속으로 빨려 들어가는 걸 느낀다.

E. H. 주변에 있으면 혹시 그림자를 잃어버린 게 아닌지 두리번거리며 자신의 그림자를 찾게 된다.

그러나 마고는 몹시 외롭다. E. H.와 함께 있을 때는 외롭지 않다. 페리스의 실험실에 다른 이들이 있을 때는 말없이 뻣뻣하기만 하던 마고 샤프가 기억상실증 환자에게는 이따금 충동적으로 말을 걸고, 듣는 이 없이 단둘만 있을 때면 신뢰하는 가까운 친구에게 하듯 그에게 속마음을 털어놓곤 한다는 걸 알게 되면 사람들은 무척 놀랄 것이다.

마고는 E. H.를 데리고 연구소 뒤편 공원에 산책 나가는 일을 자원했다. E. H.가 점심 식사를 할 수 있도록 1층 식당까지 데리고 내려가는 일도 자원했다. 의료 검사 일정이 있는 경우에는 그녀가 자원해서 그를 데리고 간다.

마고와 함께할 때면 E. H.가 유쾌한 모습을 보이듯이 그녀 역시 그와 함께할 때는 유쾌한 모습을 보인다. 그녀는 나이 많은 친척, 아마도 아버지에게 자랑하듯 E. H.에게 자신이 이룬 학문적 성공을 자랑스럽게 말하곤 한다. (하지만 마고가 엘리후 후프스를 '아버지처럼' 생각하는 건 아니다. 그녀는 그를 남자로 여기고 있고 아주 많이 끌리고 있다.) 이곳 동부 펜실베이니아에는 아는 사람이 없어 때때로 매우 외롭다는 이야기를 그에게 털어놓은 적이 있다. "엘리, 당신 말고는 아는 사람이 없어요. 당신이 내 유일한 친구예요." E. H.가 이 고백에 미소 짓는다. 이 대화가 테스트의 일부이며 자신은 때맞춰 응답해야 한다고 여기는 것 같다. "그래요…… '내 유일한 친구'. 당신도 내 유일한 친구예요."

마고는 E. H.가 고모와 함께 산다는 걸 알고 있고, 그가 가끔 가족들을 만날 거라 생각한다. E. H.가 수술에서 회복된 지 몇 달 만에 파혼했으며 약혼녀는 그 후로 그를 찾지 않았다는 걸 알고 있다. 그의 다른 친구들은 어떨까? 그들도 모두 그를 버렸을까? E. H.가 **그들을** 버렸을까? 장애를 지닌 환자는 사람들에게서 멀리 떨어져, 스트레스와 불안을 악화시킬지 모를 상황을 피하고 싶을 것이다. E. H.는 아마도 연구소에 있을 때 가장 안전하고 마음이 놓일 것이다. 그곳에 있으면 어김없이 계속해서 관심의 중심에 놓이기 때문이다.

기억상실증 환자의 입장에서는 모든 대화가 테스트의 일부가 아닐까, 마고는 생각한다. 인생 자체가 끝없는 거대한 테스트 아닐까?

두 사람이 친밀한 대화를 나누는 동안 E. H.가 마고의 이름을 기억하는지는 확실치 않지만(그녀를 어린 시절의 같은 반 친구와 자주 혼동한다) 그는 틀림없이 그녀를 기억한다.

E. H.는 마고를 권위 있는 사람, 이를테면 '의사'나 '과학자'로 이해한다. 그녀를 존경하며, 그녀가 관찰한 바에 따르면 간호사에게 말할 때와는 다른 태도로 그녀에게 이야기한다.

당연히 E. H.에게는 무슨 말이든 할 수 있다. 70초만 지나면 잊어버릴 테니까.

E. H.에게 속마음을 털어놓고 나면 마고의 머릿속에는 그 일이 스며들어 도저히 지울 수 없게 되는데 그의 기억 속에는 전혀 남지 않는다는 사실, 이는 제아무리 '과학자'라도 납득하기 쉽지 않다. 그녀는 밤이면 상상이 걷잡을 수 없이 뻗어나가 깊은 잠을 이루기 힘들 정도다. 흥분과 열의로 두세 시간마다 잠에서 깬다. 새로운 아이디어! 새로운 테스트 아이디어! 인간의 뇌에 관한 새로운 이론들!

마고는 밀턴 페리스를 기쁘게 해주고 싶은 마음이 얼마나 간절한지, 그 사람을 실망시킬까 봐 얼마나 마음을 졸이는지 E. H.에게 말한다. (밀턴 페리스는 젊은 동료와 조수들에게 자주 실망하고, 이들을 빠른 시일 내에 살펴본 뒤 해고하는 것으로 유명하다.) 마고는 그녀의 '과학 두뇌'에 대한 페리스의 평가가 정확하며 결코 과장된 게 아닐 거라 믿고 싶다. 행여나 그녀가 온순하고 그에게 순종적인 젊은 여자라서 수제자로 삼은 건 아닐까 하는 두려움을 품고 있다.

마고는 가끔 옷도 벗지 않은 채 침대에 들어가 잔다고 E. H.에게 털어놓는다. "샤워도 안 해요. 내 몸 냄새를 맡으며 잠들죠."

(그러면 E. H.는 맞장구치며 말한다. "당신 냄새는 정말 좋아요, 내 친구!")

마고는 왠지 모르지만 자신에게 불만과 혐오감을 느끼는 사람처럼, 또는 일하지 않고는 견딜 수 없는 사람처럼 밤늦게까지 실험실에 남아 기진맥진하도록 스스로를 혹사시킨다고 털어놓는다. 남보다 뛰어나지 않으면 사랑받지 못할 테고, 열심히 일해서 밀턴 페리스 같은 나이 많은 윗사람을 기쁘게 하지 않는 한 두각을 나타낼 방법이 없기 때문이라고 말한다. 그녀는 미시간대학 시절 문학 수업에서 읽었던 아주 끔찍한 단편소설을 떠올린다. 이 소설에는 유죄 선고를 받은 죄수가 등장하는데, 몸에는 그가 어긴 법이 문신으로 새겨져 있고 그는 이 법을 '읽어야' 한다. 작가 이름은 생각나지 않지만 줄거리는 좀처럼 잊히지 않았다.

E. H.가 애정 어린 질책을 담아 말한다. "프란츠 카프카가 쓴 「유형지에서」라면 누구라도 잊을 수 없지요."

E. H. 역시 애머스트대학 학부 시절 이 작품을 읽었다.

마고는 놀라고 감동받는다. "그 작품을 기억해요, 엘리? 그건, 물론……." E. H.가 병이 나기 한참 전에 읽은 단편소설을 기억하는 것은 으레 있는 일이며 지극히 당연한 일이기도 하다. 하지만 마고는 이 소설을 읽은 지 그리 오래된 것도 아닌데 제목을 기억하지 못한다.

E. H.가 문장을 외우기 시작한다. "'특이한 장치예요.' 감탄의 눈으로 장치를 바라보는 여행자에게 장교가 말했다……. 상관에게 불복종하고 모욕한 병사의 사형 집행을 와서 지켜보라고 초대했을 때, 여행자는 그저 예의상 사령관의 초대에 응한 것처럼 보였다……. 유죄는 늘 의심의 여지가 없다."

E. H.가 묘하게 웃는다. 마고는 이유를 알지 못한다.

그림자 없는 남자가 이 문장을 외우는 동안 마고는 그에게서 뭔가 두려움을 느낀다. 알고 싶지 않아. 아, 제발 난 알고 싶지 않아.

사람들은 E. H.에게 이런 말을 하지 않았다. 네 사촌은 죽었어. 실종되자마자 바로 죽었어.

아무도 보지 못했지. 아무도 몰라.

일어나, 엘리! 바보 같은 엘리, 그건 그냥 꿈이야.

그해 여름 엘리는 아주 많은 것을 보았지만, 그저 꿈일 뿐이다.

마고는 음침한 대학원 기숙사에 1인실 방을 얻는다. 구불구불 뻗어 있는 캠퍼스 가장자리의 바위투성이 골짜기가 내려다보인다. (다른 파크 신경학연구소는 여기서 몇 킬로미터 떨어진 필라델피아 교외 부촌에 있다.) 그녀는 옆방 사람들과 거리를 둔다. 음악을 크게 틀고 큰 소리로 웃고 떠드는 것으로 보아 그녀와 달리 별로 진지하지 않은 듯하다. 특히 결혼한 부부를 멀리한다. 친밀한 부부 관계를 생각하기만 해도, 또한 가정생활이 얼마나 하찮은지, 그런 생활에 들이는 시간이 얼마나 아까운지 생각하기만 해도 현기증이 난다. 마고는 친구를 만날 시간도 없다. 대학 시절에 만난 친구들에게 편지하는 일조차 그만두었다. 지금의 그녀에게 그들은 피그미족처럼 너무 작아 보인다. 페리스 실험실에 소속된 남자 한두 명이 어색한 태도로 넌지시 성적 제안을 한 적이 있다. (확실하지는 않지만 그런 것 같다.) 그녀 역시 어색한 태도로 심한 당혹감을 표하며 그들의 기대를 저버렸다. 아닌 것 같아요. 난…… 내가 보기에 실험실 밖에서 만나는 건 좋은 생각이 아닌 것 같아요…… 동료 연구원들과 매일 몇 시간씩 줄기차게 붙어 지내다 보면 남자에게 연애 감정을 품거나 다른 여자에게 우정을 느낄 수가 없다. 그들은 경쟁적인 형제자매처럼 별것 아닌 일로도 서로에게 화를 내고 질투를 느낀다. 모두들 밀턴 페리스의 칭찬과 인정과 애정을 얻기 위해 다른 이들과 끊임없이 경쟁하기 때문이다. (이 얼마나 피곤한 일인가!)

마고에게 일이 구원이 되었듯이 이제는 일이 중독이 되었다. 인간관계에서는 자신이 어디에 서 있는지 결코 알 수 없지만, 일에서는 얼마나 발전했는지 뚜렷하게 알 수 있고 이렇게 발전된 모습은 다른 사람들, 다시 말해 저명한 윗사람들에게 주목받을 것이다.

밀턴 페리스에게 칭찬받기 위해 살아가는 게 마고는 조금 부끄럽다. 잘했어, 마고! 애무하듯 그녀의 몸을 쓰다듬으면서 나지막이 속삭이는 칭찬.

어떤 때는 마고와 페리스 사이에 아직 불을 켜지 않은 성냥처럼 (겉으로 말하지 않은 암묵적인) 약속이 있다는 확신이 든다.

그런가 하면 페리스의 관심이 높아졌다가, 시들해졌다가, 높아졌다가 하는 걸 보면서 아무 확신도 하지 못하는 때가 있다.

희고 뻣뻣한 턱수염, 까칠한 태도와 날카롭게 반짝거리는 안경, 번뜩이는 기지와 비꼬는 말과 통찰력과 뛰어난 지능(이 남자와 함께 일하는 사람은 모두 그의 천재성을 확신한다)을 지닌 남자는 마고 샤프에게 (비록 금지된 것이지만) 연애 감정의 대상이 되어 있었다. 그는 쉰일곱 살이며 신경심리학 분야에서 이름이 높았다. 오래전부터 미국국립과학원의 회원으로 활동해왔다. (들리는 말에 의하면) 그는 행복한 결혼 생활을 하고 있거나 그렇지 않더라도 최소한 무탈한 결혼 생활을 하고 있다. 그럼에도…… 우린 서로에게 특별한 존재야.

실험실에서 페리스가 그녀를 꼭 집어 칭찬할 때면, 마고는 힘없이 쓰러질 것 같은 느낌이 든다. 얼굴에 피가 몰려 화끈거리고 커다란 행복감으로 심장이 뛴다. 마고는 줄곧 모범적인 여학생으로, 딸로 살아왔기에 이런 일이 자주 있었다.

그녀는 순결한 딸이다. 당신이 그녀를 믿으면 결코 당신을 배신하지 않을 그런 사람이다.

하지만 마고는 생각한다. 난 밀턴 페리스와 사랑에 빠진 게 아니야.

그러고 나서 생각한다. 절대로 그가 알게 해서는 안 돼.

한밤중에 침대에 누워 있을 때. 낯선 어둠 속에서 침대에 누워 있을 때. 이따금 마고는 포옹하듯 두 팔로 살며시 허리를 감싼다. 이따금 피부 아래 갈비뼈를 애무하면서 너무도 친밀한 (그러면서도 위협적이지 않은) 손길에서 어떤 애절한 기쁨을 맛본다. 두 눈을 감고 잠을 청한다. 그러면 그녀 앞에 진심 어린 희망의 미소를 띤 채 고통받는 눈으로 쳐다보는 엘리후 후프스가 서 있다. 마고? 안녕-하세요!

E. H.가 말한다. 마고? 난 너무 외로워요.

(현실에서는 E. H.가 결코 이런 말을 하지 않으리라는 걸 마고는 알고 있다. E. H.는 마고를 자주 만나도 결코 기억하지 못할 것이기 때문이다.)

"그는 우리의 '기억상실증 환자'입니다. 그의 신분을 철저히 비밀에 부쳐야 해요."

우리의 기억상실증 환자라는 표현에 어딘가 장난기가 느껴져 밀턴 페리스의 말투가 가볍게 들린다. 물론 그는 아주 진지하다. 엘리후 후프스와 접촉하고 그의 정체를 아는 연구소의 모든 사람은 비밀을 지키겠다고 맹세해야 하며, '법적 이유로' 다른 이에게 그의 이름을 알려서는 안 된다.

페리스가 E. H.에 관한 '흥미롭고', '논쟁적인' 연구 결과를 발표하기 시작한 이후 다른 대학의 과학자들이 페리스에게 연락하여 기억상실증 환자와 인터뷰를 하고 싶다고 요청했다. 페리스는 이런 요청이 터무니없다며 대부분 거절했다. 그의 말대로 그와 그의 밑에 있는 연구자들은 현재 E. H.를 연구하는 중이고, E. H.에게 다른 테스트를 추가로 실시하는 것은 불가능하기 때문이다.

"그는 우리 환자예요. 독점하는 거지요. 그렇게 합의했어요."

밀턴 페리스는 환자에 대해 강경한 입장을 갖게 되었다. 독점이라는 표현은 분명한 주장이다.

샤프 교수님, 과학 문헌에 'E. H.'로 알려진 사람을 교수님과 동료 연구원들이 이용하고 있다고 생각해본 적이 한 번도 없나요?

한 번도 없어요.

정말인가요? 샤프 교수님, 그를 연구했던 31년 동안 그의 장애를, 그의 '기억상실증'을 이용한 것이 비윤리적 행위일지 모른다고 한 번도 생각해보지 않았나요?

한 번도 없다고 말씀드렸는데요. 그런 적 없어요.

동료 연구원들을 대표해서 말씀하시는 건가요? 신경과학계를 대표하시는 건가요?

내 이야기를 하는 겁니다. 다른 사람들의 이야기는 그들이 할 수 있겠지요.

하지만 'E. H.'는 자기 이야기를 할 수 없었잖아요? 'E. H.'는 자신이 겪는 고통의 본질을 이해했나요?

말씀드렸듯이 난 내 이야기를 하는 거예요. 그뿐입니다.

'그뿐'이라고요. 그런가요, 샤프 교수님? 31년이나 되었는데요?

E. H.는 이용당하고 있지 않다. 그는 이용당하지 않도록 보호받고 있다!

마고 샤프는 항의하고 싶다. 언젠가 마고 샤프가 공개 석상에서 항의할 날이 오리라.

E. H.는 '낯익은' 얼굴을 기억하지 못하고, 조금 전 점심에 무엇을 먹었는지, 아니 뭘 먹긴 한 건지 기억하지 못하지만, 그와 동시에 특이하고 예측할 수 없는 기억력을 보인 점에서 신경학적으로 경이로운 사람이다. 그는 기계적 암기 테스트를 받던 중에 불쑥 1935년 글래드와인 초등학교를 함께 다닌 급우들 이름을 책상별로 줄줄이 외워 참관인들을 놀라게 한 적이 있다. 또한 메이저리그 야구에 관한 각종 통계나, 좋아하던 만화「딕 트레이시」「테리와 해적들」「꼬마 고아 애니」의 대사나 오스카 해머스타인의 노래 가사를 줄줄이 외운 적도 있다.

그는 링컨, 루스벨트, 존 F. 케네디, 마틴 루서 킹 주니어의 연설문 중 일부를 외울 수 있다. 미국독립선언문 전문을 암기하며 존 로크의 『인간의 권리』를 부분적으로 암기한다. 소로의 『월든』, 휘트먼의 『풀잎』, 진 투머의 『사탕수수』 속 문장들을 안다. 연구소에 마련된 코트에서 멋진 솜씨로 열심히 테니스를 친다. 몇몇 클래식과 미국대중가요, 체르니 연습곡 8단계를 '즉석에서 악보를 보고' 피아노로 연주할 수 있다. 조각 그림 맞추기와 십자말풀이는 물론, 숫자가 적힌 손바닥 크기의 사각 플라스틱 퍼즐을 특정 패턴으로 맞추는 데에도 놀라운 재능을 보인다. (마고는 저 빌어먹을 플라스틱 퍼즐이 정말 싫다! 오빠들은 학교 성적이 늘 그녀보다 뒤떨어졌고 이들의 수준 때문에 그녀는 이런 게임을 한 번도 해보지 못했다. E. H.가 한번 해보라며 퍼즐을 내밀자 그녀는 이를 옆으로 밀쳐놓는다.) 언론사 기자들이 E. H.에 대한 이야기를 접한다면 선정적인 텔레비전 프로그램으로 방영되고, 『피플』『타임』『뉴스위크』『필라델피아인콰이어러』와 그 밖의 지방 언론에도 기사가 실릴 거라는 걸 마고는 상상할 수 있다. E. H.를 아는 이웃, 지인, 병원 직원, 연구원들에게 인터뷰 요청이 쇄도할 것이다. 다행히 후프스 집안은 돈이 궁하지 않으니 친척들이 그를 이용할 가능성은 거의 없다.

마고는 생각한다. 맹세코 엘리후 후프스가 이용당하는 일이 없도록 보호하리라.

"엘리후 후프스."

이 음절들을 큰 소리로 웅얼거리는 소리가 그의 귀에 들린다. 그의 머리 근처에서 불쑥 튀어나온 소리처럼 느껴진다.

이 음절들, 이 소리들, 네 개의 강세가 모여 하나의 '이름'이 되며 그 이름이 '그의 것'이라는 낯선 주장(그는 이것이 '사실'이라고 생각하지 않는다).

그의 몸, 그의 뇌. 그의 이름. 그런데 정작 그는 어디 있는가?

오래전 어린 시절이라면, 고열로 뇌가 불타버리기 전이라면, 특이한 표현법이라고 생각했을 것이다. 왜 모두 그렇게 말하는가, 내가 **엘리후 후프스**라고.

조금은 조롱 섞인 거친 목소리로 이 음절을 읊는 소리가 다시 들린다.
"예전의 그는 '엘리후 후프스'였지요."

조지호에 있는 건가? 여기가 어디지? 섬은 아니다. 여기 보이는 오솔길은 소나무 숲을 지나 시야 저편으로 사라지는데 섬의 오솔길은 이만큼 선명하지 않다.

또 그가 기억하는 한, 호수에는 이렇게 생긴 나무판자 다리가 없다.

정말 길을 잃은 느낌이다! 몇 살인지, 다른 사람들은 어디에 있는지 전혀 모른다. 배가 고픈지, 최근에 식사를 했는지, 아니면 오랫동안 먹지 못했는지조차 모른다.

타인들. 부모, 조부모, 친척 어른, 손위나 손아래의 많은 사촌들이 무엇을 의미하는지 제대로 알지 못한다. 어린아이는 **타인들**의 존재를 모호하게 감지한다. 친척을 제외한 많은 어른의 얼굴과 이름, 나이마저 혼동하는 것 같다.

어린아이의 삶에는 너무 많은 어른이 존재한다. E. H. 또래의 아이들, 가령 어린 사촌들에 대해서는 훨씬 생생하게 묘사할 수 있고 이름도 안다.

그레천은 어디 있는 걸까? 그녀가 사라졌다.

그레천을 다시 볼 수 있을까? 한동안 보지 못할 것이다.

E. H.는 '수색대'가 나서기 전에 이런 생각을 한 건지(그런데 왜 수색대가 나서게 되었을까? 왜 숲속을 뒤진 걸까? 그레천이 사라졌는데, 왜 '수색대'가 나서고 어른들이 슬퍼하는 걸까?), 혹은 이후인지 기억을 떠올려보려고 한다. 아니면 할아버지가 비치크래프트 비행기를 몰고 나서겠다고 고집하고 결국 섬에 비상착륙을 해야 했던 일 이전일까?

E. H.는 뇌에 열이 난 게 비행기 불시착으로 인한 건지, 아니면 병원에 불이 났기 때문인지 기억해보려 한다.

얕은 개울 위로 나무판자 난간이 이어져 있다. 졸졸 물 흐르는 소리가 들리지만 그는 깨닫지 못한다. 그러다 개울이 시야에 들어오고, 물이 흐르는 걸 확인한 뒤에야 비로소 물소리를 듣는다.

두 손으로 난간을 꼭 붙잡고 있다. 두 다리를 벌린 채 혹시라도 바람이 갑자기 불어올까 봐 온몸에 힘을 주며 버티고 있다. (그러나 바람은 전혀 불지 않는다.) 늪에서 자라는 풀, 높다란 갈대, 갯버들, 부들이 우거진 습지대를 마주 보고 있다. 껍질이 벗겨진 채 온통 덩굴식물로 뒤덮여 질식할 것 같은 나무들이 늙은이처럼 구부정하게 서 있다. 뭔가가 축축하게 썩어가는 냄새. 어둠 속에서 경고하듯 반짝거리는 인광처럼 군데군데 빛이 어른거리는 물.

느슨하게 짜여 틈새가 훤히 보이는 나무판자 다리 아래로 얕은 개울이 있는데, 물이 너무 천천히 흘러 어느 방향으로 흐르는지 가늠할 수 없다.

수면 위에서 뭔가 신기한 것을 발견한 그가 입가에 미소를 띤다. 날개가 달린 작고 이상하게 생긴 곤충, '잠자리'다.

반짝거리는 이 곤충을 뒤늦게 보고서 그가 난간 위로 몸을 숙인다. 다른 곤충 '소금쟁이'도 있다. (그는 곤충의 이름을 어떻게 아는 걸까? 구불구불 흐르는 개울처럼 아주 자연스럽게, 그리고 거의 알아차리지 못하게 그의 생각 속으로 '소금쟁이'와 '잠자리'가 날아 들어온다.)

그는 '잠'이라는 말을 들어본 적이 있고 '자리'라는 말도 들어본 적이 있다. 둘을 합쳐놓으니 '잠자리'라는 새로운 말이 된다. 자신이 두 가지 말을 합쳐놓은 건 아니라고 생각한다. 그러나 누군가 합쳐놓은 사람이 있다.

그는 나무판자 난간에 몸을 기댄 채 아래를 보고 있었다. 입이 살짝 벌어져 있고 호흡은 가쁘고 불안하다. 의미를 알 수 없는 중요한 뭔가가 지금 그의 곁에 있고, 이로 인해 그는 자신의 나이가 아주 어리다고 생각하게 되었다. 지금의 그는 나이 든 또 다른 엘리후가 아니다. 그런 엘리후는 아직 존재하지 않는다.

정말 안심이다! (이게 안심할 일인가? 어차피 일어날 일은 일어나게 마련이다.)

그는 알고 있다. 곤충이 헤엄치는 수면 몇 센티미터 아래 개울 바닥에 커다랗게 확대된 곤충 그림자가 있기 때문에 그의 시선이 곤충 주변을 맴도는 것이다. 지금 보이는 이 그림자가 둥그렇고 부드러워 보인다면 날개 윤곽선이 날카로운 곤충의 그림자는 아니라고 추정할 수 있다. 저 아래 그림자를 관찰하고 있다면 곤충을 보는 게 아니다. 곤충을 관찰하고 있다면 그림자를 보는 게 아니다.

그는 가슴 부위에 희미한 불안을 느끼기 시작한다. 이유는 알 수 없다.

늪지대 너머로 야트막하게 펼쳐진 형체들. '언덕'이 보인다. 물론 '언덕'처럼 그려놓은 무대배경일지도 모른다.

그는 고개를 돌려 자기 뒤에 무엇이 있는지 보지 않는다. 결코 뒤돌아보아서는 안 된다. 그런 이유로 그가 판자 난간을 그토록 꽉 붙잡고 있는 것이며 다리를 벌린 채 온몸에 힘을 주고 있는 것이다.

그는 쳐다보지 않을 것이다. 얕은 개울에 빠져 있는 여자아이의 시체를 (아직은) 보지 않았어.

"엘리, 고마워요!"

마고는 E. H.가 가장 최근에 그린 연필화와 목탄화를 탁자 위에 조심스럽게 펼쳐놓는다.

E. H.의 커다란 스케치북에서 뜯어낸 수십 장의 그림.

그림자가 드리워진 어두운 장면들. 주제가 무엇인지는 명확하지 않다. 실내인가? 숲속인가? 동굴인가? 간신히 알아볼 수 있는 사람 형체들이 여기저기 어둠 속에 웅크리고 있다.

마고는 아무 말 없이 감탄하며 E. H.의 그림을 응시한다. 연필화들은 섬세하고 목탄화들은 가볍고 부드럽다. 마고는 E. H.의 그림에 신중하게 반응해야 한다는 걸 안다. 반응에 따라 남자의 온화한 태도가 순식간에 바뀔 수 있다. (E. H.에게는 대부분의 사람들이 알아보지 못한 어떤 면이 있다. 그는 때때로 갑작스레 분노하지만, 얼굴 근육이 딱딱하게 굳고 두 주먹을 불끈 쥐는 것 외에는 겉으로 잘 드러나지 않는다.) 사실 그녀가 알기로 밀턴 페리스도 포함하여 E. H.의 그림을 볼 수 있도록 허락받은 사람은 마고 샤프가 유일하다. 기분이 으쓱해지는 일이다. E. H.가 **그녀를** 신뢰하는 것이다.

몇 달, 몇 년이 지나는 동안 이상한 기억상실증 환자에게 익숙해져버린 동료들과 달리, 마고는 E. H.의 특별한 점을 자주 발견해낸다. 이 때문에 둘 사이의 거리감이 커질 가능성도 있긴 하지만 그를 향한 존경심은 더욱 깊어진다. 마고는 단지 기억상실증 환자를 연구하는 사람이 아닌 이 남자의 친구라고 생각하고 싶다. 둘 사이에 특별한 교감이 있다고 생각하고 싶다. 처음 만났을 때부터 분명히 알 수 있었다. 다른 사람들은 그의 기분을 대충 맞춰주고, 그가 두서없이 이야기를 늘어놓을 때 제대로 귀 기울이지 않지만, 마고는 늘 귀담아들으며 응해준다. 테스트가 끝나고 실험실 동료들이 모두 자리를 뜬 뒤에도 마고는 종종 남아서 그와 이야기를 나눈다. 그녀는 기억상실증 환자에게 짜증 내는 법이 없고, 쓸데없이 반복되는 테스트를 진행할 때도 지루하다고 여긴 적이 없다.

실험심리학은 그 자체로 반복적인 특성을 갖고 있으며, 마고가 대학 생활을 시작할 때 생각했던 것만큼 영감으로 가득한 학문이 결코 아니다. 과학적 '진리'는 한순간 번뜩이듯이 찾아오는 게 아니라 오랜 기간 축적된 것을 바탕으로 발견하는 경우가 훨씬 많다. '증거'를 실험하고, 데이터를 수집해야 한다. 이는 실험실 조수들의 공동 노력으로 이루어지며, 그들은 연구 책임자인 밀턴 페리스가 분석하고 평가하고 통합할 수 있도록 보고서를 준비한다.

마고는 E. H.가 기억상실증에 걸리기 전 제법 높은 기량과 자신감을 갖고 그림을 그렸지만 이제는 주제의 다양성을 잃으면서 과거의 기량과 함께 자신감도 잃어버렸다는 걸 깨닫는다. 뇌염에 걸리기 전 엘리후 후프스는 필라델피아에서 작품을 전시할 정도로 실력 있는 아마추어 사진작가였고, 과거 필라델피아미술관에서 '젊은 필라델피아 사진작가들 1954'를 주제로 열린 단체 전시회에도 참여한 적이 있었다. 그의 사진 주제는 다양했다. 인물과 클로즈업 사진, 거리 풍경, 강 풍경, 인권 행진과 시위 장면, 시위 진압복 차림의 경찰을 사진에 담았다. 전업 작가로 지낸 적이 없음에도 그는 데생, 스케치, 유화 등에서 또한 독특한 스타일을 선보였다. 기억상실증에 걸린 뒤 E. H.는 자신이 한때 사진작가였다는 사실을 완전히 잊은 것처럼, 혹은 (마고의 생각으로는) 기술적 정확성과 외부 세계에 대한 지속적인 관심이 요구되는 예술을 거부한 것처럼 사진에 대한 흥미를 잃어버렸다. (그녀가 밀턴 페리스에게 말하지 않고 독자적으로 고안한 어떤 실험에서 1950년대와 1960년대 초 E. H.가 찍은 사진의 복사본을 보여주었더니 그는 거만한 투로 이렇게 말했다. "이게 뭐예요? 나쁘진 않군요." 또한 인물 사진들이 어쩌면 속임수일지 모른다고 생각하는 듯 이렇게 말했다. "이제는 모르는 사람이에요." 마고가 사다 준 사진집, 예를 들어 앤설 애덤스, 워커 에번스, 이머전 커닝햄의 흑백사진에 좀 더 관심을 보이기는 했지만 그마저도 잠시뿐이고, 그가 떠난 후 값비싼 책이 테스트실 뒤쪽에 그대로 놓여 있는 것을 발견하게 될 때가 많았다.)

병이 난 이후 E. H.의 그림 실력은 현저히 줄어든 것으로 보인다. 기억상실증 이후에 그린 연필화는 열의를 다해 그렸음에도 아마추어 냄새가 났다. 그림을 보는 사람의 상상력이 들어갈 수 있도록 여백이

나 빈 공간을 남겨두지 않고 지면 전체를 강박적으로 채워놓는다. E. H.가 그린 전형적인 그림을 살펴보려면 상당한 노력이 필요하다. 연필화에 많은 시간, 지나치게 많은 시간을 쏟아부었다는 걸 알 수 있다. 과거의 엘리후 후프스가 가볍고 능숙하게 미니멀한 그림을 그렸다면, 지금의 그는 그림자 속에 그림자가 들어 있는 걸 암시하려는 듯 꼼꼼하게 음영의 차이를 둔다. 크로스해칭을 무척 좋아하는데 이는 틀에 박힌 시각 표현이다. 어떤 그림들은 너무 상세하며 연필선이 매우 흐릿하다. 마고는 이런 그림이 무엇을 표현하고자 하는지 거의 알아차리지 못한다. (마고는 E. H.에게 연필 세트와 연필깎이를 사주었고 목탄화를 보존하기 위한 정착액도 사주었지만 그가 이것들을 사용하는지는 분명치 않다.) 목탄화는 많은 공을 들이지 않았으나 훨씬 훌륭했고, 기억상실증 이전의 그림에 좀 더 가까웠다. 하지만 부주의하게 보존한 탓에 군데군데 지문으로 얼룩져 있다. 마고의 눈에는 일종의 최면 상태에서 그림을 그리다가 정신을 차린 후 잊어버린 것처럼 보인다.

마고는 언제나 열띤 반응을 보여준다. "엘리, 정말 멋진 작품이에요! 이번 주에 열심히 그렸군요. 당신에게 영감이 온 거예요."

영감이 왔다는 것은 정확한 표현이 아니다. 홀렸다고 해야 옳을 것이다.

마고가 탁자 위의 그림을 왼쪽에서 오른쪽으로 천천히 옮기는 동안 E. H.는 뭐랄까 당혹스런 긍지를 느끼며 그림을 자세히 들여다본다. 놀란 기색을 드러내지 않으려 애쓰지만 그가 자신의 그림 대부분을 기억하지 못한다는 걸 마고는 알고 있다.

목탄화들은 불길하게 낮게 깔린 하늘 아래 늪지대를 묘사하고 있다. 뒤틀린 나무들, 떨어진 잎사귀들, 기다란 풀, 수면에 잔물결이 이는 얕은 개울이 보인다. 그중 한 그림에서는 개울 속에 어떤 형체 같은 것이 보인다. 아마도 아이인 듯한, 벌거벗은 창백한 그 형체는 물결을 따라 긴 머리카락을 출렁이며 두 눈을 초점 없이 뜨고 있다. (마고는 이 그림을 보면서 입술이 말라가는 걸 느낀다.) E. H.가 짜증인지 경멸인지 알 수 없는 소리를 낸다. 손으로 더듬더듬 그림을 잡더니 갑자기 홱 잡아당겨 다른 것과 바꿔놓는다. 목탄화에 얼룩이 생겼다. 그림에 정착액을 뿌리지 않았다는 걸 알 수 있다. 마고는 아무 문제 없다는 듯 여느 때와 다름없이 탁자 위의 그림을 옆으로 옮겨놓는다. (E. H.의 호흡이 가쁘다. 마고는 무엇을 본 건지 확실히 알지 못한다. 개울에 누워 있는 형체는 전체적인 인상으로 다가왔다.) 맨 밑에 있는 그림들은 맨 위에 있던 그림들과 거의 같다고 할 만큼 비슷하다. 늪지대 풍경, 개울, 작고 부드러운 그림자를 수면 아래에 드리운 곤충들. 그리고 끝으로 소나무에 에워싸인 거대한 호수 혹은 내해 같은 풍경이 보인다. 그림 속 하늘은 협곡처럼 거대하다. 그림 속 수면은 잔물결로 일렁인다. 고요한 분위기가 감돌지만 더 자세히 들여다보면 점점 무서워진다.

"엘리? 이게 조지호예요?"

"아마도 그럴 거예요."

"정말 아름다운 호수라고 알고 있어요! 가본 적은 없지만요."

마고는 E. H.에게 언제나 밝은 목소리로 말한다. 이는 보호막처럼 걸치는 직업적 태도다.

"사진으로만 봤어요. 엘리, 당신은 오래전 이곳 어딘가에 간 적이 있어요……." 마고가 조심스럽게 말하지만 엘리는 아무 반응이 없다.

"엘리, 이 호수에서 무슨 일이 벌어졌나요? 이곳에서 특별한 일이 있었어요?"

E. H.가 구부정한 자세로 그림을 지그시 내려다본다. 그림에 대한 기억을 떠올리려고 애쓰는 것 같다. 그의 눈 속 깊은 곳에서 고통을 느끼는 흔적이 보인다. 그가 내뱉듯이 말한다. "아직은 일어나지 않았어요."

"무슨 일이 '아직 일어나지 않았다'는 건가요?"

E. H.가 고개를 젓는다. 아직 일이 일어나지 않았는데 어떻게 알 수 있느냐고 호소하는 것 같다.

이제 맨 아래 그림에 이르렀다. 마고는 다시 돌아가서 개울 속 (창백한, 벌거벗은?) 형체를 살펴보고 싶었다. 그녀는 자신이 본 게 정말 그 형체인지도 확신하지 못한다. 얼굴에 숨결이 느껴질 만큼 E. H.가 옆에 바싹 붙어 서 있어서 불편하다.

만날 때마다 손을 꽉 쥐고 어루만지듯 악수하는 걸 빼면 E. H.가 마고 샤프의 몸에 손을 대는 일은 없었다. 그는 악수할 때를 제외하곤 어느 누구와도 신체적으로 접촉하지 않고(그녀는 이런 사실을 알아차렸다) 의료 담당 직원이 자신의 몸을 건드리는 것에도 예민하게 반응한다. 그러나 마고는 E. H.가 종종 그녀의 몸을 만지고 싶어 할 거라고 상상했다.

마고는 E. H.가 그런 적 있다는 것을 기억해낸다. 그는 그녀의 몸을 만진 적이 있다.

아마 꿈속이었을 것이다. 다븐파크에서 수없이 꾸었던 꿈 중 하나였다. 밤에는 꿈이 그녀를 강렬하게 사로잡지만, 잠에서 깨고 나면 희미한 연기가 날아가듯 흐릿해졌다.

그럴 때 그녀는 기시감을 경험한다. 유사 기억 중 가장 신비한 경험.

E. H.가 말하고 있다. "그 일은 일어나지 않았어요, 아직은. '안전한 시간'이지요. 그 일이 있기 전이에요."

"무슨 일이 있기 전인가요, 엘리?"

E. H.의 얼굴이 닫히고 있다. 상점 유리창 위로 셔터를 내리듯이. 갑작스레 돌변해 마고 샤프를 차단시키고 있다.

"엘리? 이전이라면 언제를 말하는 건가요?"

E. H.는 그림과 스케치들을 얼른 끌어모으더니 마구 뒤섞어 다시 서류철 안에 넣는다. 그는 서두르고 있고 어찌할 바를 모르고 있다. 그림 몇 장쯤 찢어져도 상관하지 않는 것 같다. 마고가 큰 소리로 외친다. "아! 엘리. 내가 도와줄게요……." 그녀는 E. H.에게서 서류철을 빼앗아 그림을 조심스럽게 정리하고 싶다. 파라핀지를 가져다 목탄화 사이사이에 끼워 넣을 것이다. 하지만 그날은 더 이상 E. H.의 그림에 손을 댈 수 없다.

E. H.가 거칠게 웃는다. "어떤 작자가 이걸 그렸는지는 모르겠지만, 불쌍한 놈, 미래를 다 날려버렸군."

테스트실에 E. H.와 단둘이 있다. 복도에서 인기척이 들리긴 하지만 문이 잠긴 상태다.

마고는 생각한다. 이 사람이 날 해칠 수도 있어. 순식간에, 손으로. 힘센 손으로.

마고는 생각한다. 정말 말도 안 되는 생각이야! 엘리후 후프스는 내 친구이고, 절대 날 해치지 않아.

그녀는 그런 생각을 하는 자신이 부끄럽다. 그런 생각을 했다는 사실이 경악스럽고 도저히 믿기지 않는다.

「기억상실증 전후의 그림 : 'E. H.'에 관한 연구」.

이것은 1970년 12월 샌프란시스코에서 열릴 미국심리학협회 회의에서 마고 샤프가 발표할 슬라이드 프레젠테이션(밀턴 페리스의 승인을 받았다)의 제목이다. 논문 초안을 읽어본 밀턴 페리스는 뜨거운 반응을 보이면서도 신중했다. 자기 밑에 있는 박사과정 학생 마고 샤프가 "너무 앞서가는" 게 아닌지 우려한다.

마고는 터무니없는 우려라고 항의하고 싶다! 그녀는 페리스가 전에도 종종 자신을 돕는 젊은 과학자들에게 "너무 앞서간다"고 충고성 발언을 했다는 걸 알고 있다. 그렇지만 여자에게 "너무 앞서간다"는 표현을 사용하면 훨씬 비난조로 들릴 것이다.

박사학위 요건을 충족하기 위해 마고 샤프가 얼마나 오랜 시간을 쏟았는가! 거의 5년이다.

이만하면 충분한 것 같은데도 그녀의 지도 교수는 번번이 새로운 비판과 제안을 내놓는다. 그는 언제나 그녀의 연구에 (신중하게) 뜨거운 반응을 보인다. 또한 (아마도) 말없이, 진중하고 성실한 태도로 실험에 임하고, 다른 사람들과 달리 그의 판단에 좀처럼 이의를 제기하지 않는 그녀의 태도를 높이 평가하면서 애정과 신뢰를 보낸다. (다른 사람들이란 이를테면 캐플런 같은 이들을 가리킨다. 페리스와 캐플런은 부모와 자식처럼 언제라도 터질 듯 불안한 관계다. 마고 샤프는 이런 관계가 부럽다. 그녀는 캐플런이 8년 가까이 페리스 밑에서 헌신적으로 일해왔다는 걸 안다.) 페리스는 마고의 논문을 심사하는 심사위원장이고, 그녀가 실험실에 온

날부터 아버지만큼은 아니라도 친척 아저씨 정도의 관심은 보여주었으므로, 그녀는 모든 면에서 그를 받아주어야 한다고 여긴다. 아니, 받아주는 정도를 넘어 그의 비위를 맞춰주어야 한다고 생각한다.

생각해보면 밀턴은 자신이 가르친 (신중하게 고른 엘리트) 학생들이 향후 연구자로 활동할 때 지속적인 도움을 준다고 알려져 있으니, 그에게서 박사학위를 따내기 위해 들인 5년의 시간이 그렇게 길다고만은 할 수 없다.

특수 사례. "우리는 언젠가 유명해질 거예요, 엘리! 당신과 나 말이에요."

"그럴 거예요!" E. H.는 당혹스런 빛을 보이면서도 마고를 향해 온화하게 미소 짓는다.

"당신은 '특수 사례'예요. 당신도 알 거예요. 그래서 우리가 오랫동안 연구했던 거고요. 우리는 복합 기억이 작은 영역에 국한되지 않고 대뇌피질 전체에 분포되어 있다는 견해에 이의를 제기하고 있어요. 그런 견해가 틀렸다는 걸 당신이 입증해줄 거라고 생각해요, 엘리!"

"기억…… 대-뇌-피-질." E. H.는 이런 용어를 한 번도 들어보지 못한 것처럼, 낯선 외국어 단어인 것처럼 발음한다. 그가 마고를 보고 어린아이처럼 기뻐하며 웃는다. 그 웃음이 마고의 마음을 아프게 한다. 본래의 E. H.가 곧잘 비꼬는 버릇을 갖고 있고 훨씬 똑똑한 사람이라는 걸 알기 때문이다.

그가 새로운 성격을 계속 만들어내면서 이를 방패 삼아 우리와 게임을 하는 걸까?

사람의 기분을 상하게 하지 않는 성격. 잔인한 마음 대신 동정심을 불러일으키는 성격을 만들어내면서.

마고의 속마음을 읽기라도 한 듯 E. H.가 얼굴을 찌푸리고 윙크하며 말한다. "음, 당신 생각이 그렇다면 말이에요, 닥터. 난 당신 때문에 행복해요. 뇌과학의 미래를 생각해도 행복하고요."

물론 그녀는 환자가 참여하는 실험의 특성에 대해 환자와 이야기해선 안 된다는 충고를 들었다. 이런 대화를 하다 보면 마고는 머릿속에 뇌 수술이 떠올라 마음이 불편하다. 두개골을 톱으로 갈라 살아 있는 뇌를 드러낸다. 환자는 통증을 느끼지 않으므로(왜 통증이 없을까? 분명 사람들은 놀랄 것이다) 의식이 있는 상태로 수술을 받고, 외과의는 수술하는 동안 환자와 대화할 수 있다.

마고는 궁금해진다. 그런 뇌 수술의 계획안에는 어떤 내용이 담겨 있을까? 외과의와 그의 보조는 수술대에 고정시켜놓은 환자와 담소를 나누는 걸까? 그 대화는 고상하고 진지한 내용일까? 엘리후 후프스처럼 자신을 잘 인식하는 환자라면 지미 듀랜티, 잭 베니와 로체스터, 시드 시저, 이머전 코카의 익살맞은 대사를 들려주고 이들을 흉내내면서 사람들을 즐겁게 해주려고 할 것이다. (최근 E. H.가 다른 테스트로 넘어가기 전 휴식 시간에 연구소에서 보여주었던 모습처럼.)

마고는 E. H.의 수수께끼 같은 말에 웃어주기로 한다. E. H.가 입고 있는 스트라이프 면 와이셔츠 소매에 가볍게 닿자 가슴이 설렌다. 살짝 스친 정도의 가벼운 접촉. 어쩌다 테스트를 지켜본 사람이라면 이를 알아차리지 못했을 테고 마찬가지로 기억상실증 환자도 알아차리지 못한 채 그냥 지나쳤을 가능성이 높다.

"엘리, 정말 재치 있어요!"

신사적인 엘리후 후프스는 서로 닿은 걸 분명히 눈치챘을 텐데도 아무 반응을 보이지 않는다. 이 역시 신사다운 태도다.

그가 70초도 지나지 않아, 그리고 혼자된 고모와 살고 있는 필라델피아 교외 저택으로 돌아갔을 즈음이면 이미 오래전에, 그들의 대화도, 스치는 듯 가벼운 접촉들도 까맣게 잊으리란 걸 마고는 알고 있다.

1974년 늦겨울에서 이듬해 초봄 사이 새로운 테스트들이 실시된다.

새로운 테스트 과정에서는 E. H.에게 갖가지 엉뚱한 낱말 목록을 보여주고 암기하게 한다. 단계가 올라갈수록 목록은 늘어난다. E. H.는 대체로 '정상' 범위의 실력을 보인다. 검사자들은 E. H.의 실력에 대해 칭찬을 늘어놓는다.

지금까지는 다소 판에 박힌 듯한 지루한 테스트가 이어지고 있다. 흔히 있는 일이지만 E. H.는 잘하고 있다는 말을 듣는다. 그가 눈을 찡긋하며 묻는다. "'고환' 테스트가 있나요? 그런 테스트는 아주 작은 꼬마 테스트인가요?"(고환에 해당하는 영어 단어가 testes이므로 철자가 비슷한 점을 이용하여 말장난을 하고 있다 — 옮긴이)

마고와 다른 이들이 어색하게 웃는다. E. H.는 일종의 치매 흉내를 내면서 (절제된 형태로) 자신의 뇌 손상을 풍자하는 걸까?

다리가 불편한 사람이 과장된 몸짓으로 절룩거리며 웃음을 유발하고 동정심을 없애려 하는 것과 같다.

테스트가 다시 시작된다. E. H.는 좋은 실력을 보여준다.

그러다 검사자들이 암기 도중 잠시 훼방을 놓고 다른 목록을 내민다. 낱말이 세 개뿐인 짧은 목록이지만 다시 처음 목록으로 돌아가라고 지시하자 E. H.는 어찌할 바를 모르고 절망한다. 불과 몇 초 사이에 그의 약한 기억이 엉망진창이 돼버린 것이다. 낱말을 떠올리지 못해 당혹스럽기 때문만은 아니다. 이전에 다른 테스트가 있었다는 것조차 생각나지 않기 때문이다.

비유하자면 겁 없는 당나귀가 버거울 정도로 커다란 화물이 실린, 흔들거리는 마차를 끌고서 가파르고 울퉁불퉁한 언덕을 올라갔지만 마차가 뒤집히고 화물이 바닥으로 굴러떨어진 것 같은 상태라고 마고는 생각한다.

"엘리, 다시 해봐요. 숨을 깊이 들이마셔요. 긴장을 풀고……."

중간에 훼방을 놓는 테스트가 몇 차례 반복된다. E. H.는 매번 형편없는 실력을 보인다. 기억이 70초 이상 유지되지 않는데도 테스트가 거듭될수록 E. H.는 점점 더 좌절하고 낭패감을 드러낸다. 기억상실증 환자가 화난 이유는 정확히 몰라도 화나는 감정은 '기억'한다고 검사자가 기록한다.

이 테스트가 끝나갈 무렵 E. H.는 잿빛 얼굴에 엄숙한 모습을 하고 있다. 미소는 오래전에 사라졌다.

이 테스트는 가학적인 면에서 가히 창의적이라 할 만하다. 공동 설계자인 마고 샤프는 수치심이 와락 몰려오는 걸 느낀다.

"후프스 씨?"

"네? 안녕-하세요!"

"오늘 정말 잘했어요. 실은 탁월했어요. 고마워요!"

E. H.는 이해되지 않는다는 표정으로 마고 샤프를 바라본다. 그녀

는 기억상실증 환자가 몇 시간 동안 심각한 기억상실 증상을 여실히 보여주는 상황에서도 그에게 실은 아주 잘했다고 이야기해주는 사람으로 사전에 정해져 있었다.

E. H.가 엷은 미소를 띠며 턱을 문지른다. 처음 연구소에 왔을 때만큼 깔끔하게 면도한 상태는 아니다. "으음. 당신에게 고마워요." 그녀에게 할 말이 남은 것처럼, 정확히 말하면 물어볼 말이 남은 것처럼 간절한 눈빛으로 마고를 바라본다. 그러나 상심한 그는 묻지 않는다.

곤혹스런 악수. 10시 30분이 되자 정확히 제시간에 앨빈 캐플런이 테스트실로 들어온다. 시각 단서와 관련된 일련의 테스트를 진행하느라 오전 시간 대부분을 기억상실증 환자와 일했던 마고 샤프가 E. H.에게 캐플런을 소개한다. (소형 카메라를 든 대학원생 한 명이 눈에 띄지 않게 살며시 다가와 둘의 만남을 촬영한다.)

"엘리, 내 동료인 앨빈 캐플런을 소개할게요. 앨빈은 대학 신경심리학 교수이고 페리스 교수 실험실의 연구원이에요."

E. H.가 자리에서 일어난다. E. H.가 환하게 미소 짓는다. 남자의 눈에 희망의 빛이 어린다! 마고는 어김없이 설렌다!

E. H.가 대담하게 손을 뻗는다. "안녕하세요, 교수님!"

"안녕하세요, 후프스 씨."

물론 E. H.는 전에도 앨빈 캐플런을 수없이 만났다. (마고의 어림짐작으로는 대략 50번쯤?) 그러나 E. H.에게는 이 남자에 대한 기억이 없다.

얼핏 평범한 악수처럼 보일 테지만 사실 캐플런은 E. H.와 악수하면서 손에 힘을 주어 꽉 움켜쥔다. E. H.는 놀라고 고통스러워하면서도 손을 빼지는 않는다.

캐플런은 고의로 E. H.를 아프게 했다거나 심지어는 E. H.의 반응을 알아차린다는 어떤 낌새도, 표시도 드러내지 않는다. 누군가 옆에 있었다면 캐플런이 '정상적으로' E. H.와 악수를 했는데 E. H.가 '비정상적으로' 반응한 거라고 짐작했을 것이다.

내가 어떻게 엘리에게 이런 짓을 한단 말인가! 정말 끔찍한 배신이다.

E. H.는 곤혹스런 악수의 충격에서 금세 회복된다. 손가락에 통증을 느끼지만 몇 초 뒤면 왜 아픈지 알지 못한다. 이유를 알지 못하므로 손가락의 통증도 금방 멎는다.

독창적인 고전적 실험에서 프랑스의 신경과학자 에두아르 클라파레드는 기억상실증 환자와 악수하면서 그를 아프게 하려는 의도가 분명히 드러나도록 손가락 사이에 핀을 꽂고 악수한 적이 있었다. 그러나 마고와 캐플런은 좀 더 미묘하고 어쩌면 훨씬 잔인할지도 모르는 변형 실험을 고안했다. 이 변형 실험은 일정 수준의 사회적 상호작용과도 관련이 있으며 통증에 대한 '기억' 자체만큼이나 흥미로운 주제다.

1분도 지나지 않아 E. H.는 자신을 테스트했던 마고 샤프와 앨빈 캐플런과 웃고 농담을 한다. 이 두 사람이 함께 있는 동안에는 E. H.도 의식상으로 이들을 안다. (70초밖에 지속되지 않는 기억상실증 환자의 단기 기억의 한계를 이런 식으로, 즉 중간에 끊기거나 분리되지 않고 흐르는 물처럼 계속 늘일 수 있다는 사실이 마고는 흥미로웠다.) 그러나 몇 분 뒤 다른 실험실 연구원이 들어오는 바람에 환자의 관심이 흐트러졌고 캐플런은 E. H.의 의식에서 슬그머니 빠져나가 '사라져버린다'.

마고가 다정하게 말한다. "계속할까요, 엘리? 조금 전까지 아주 잘

하고 있었어요.”

“내가 잘했군요! 그렇게 말해줘서 고마워요. ‘마그릿’이죠?”

“마고요. 내 이름은 마고예요.”

“‘마-고.’ 알았어요!”

E. H.가 마고에게 눈을 찡긋한다. 그는 이따금 음흉하게 친밀한 표정으로 마고를 쳐다보는가 하면 곁에 아무도 없을 때는 혀를 내밀어 입술을 핥으면서 마고를 깜짝 놀라게 하고 혼란스럽게 만든다.

성적 암시인가? 아니면 그저 E. H.의 어색한 유머인가?

E. H.는 뇌 손상으로 성욕이 급격하게 저하되었다고 다들 믿어왔다. 기억상실증 환자에게서는 대체로 ‘무감각’ 증상이 관찰되었다. 선천적으로 예민하고 두뇌 회전이 빠른 사람이라도 기억상실증에 걸리면 친친 감아놓은 두툼한 막 사이로, 혹은 눈구멍을 벌겋게 칠한 가면 사이로 세상을 인지할 수밖에 없는 것과 같다. 그는 정상인처럼 보이려고 연기하지만 늘 능숙하게 해내는 건 아니다. E. H.가 병원의 젊은 여직원이나 간병인을 대할 때 따뜻하게, 말하자면 ‘아버지처럼 다정하게’ 행동하는 모습이 관찰된 적은 있다. 그러나 지나치게 성적인 행동을 보였다는 보고는 없었다. 성적으로 공격적이라고 할 만한 행동을 보인 적은 더더구나 없었다.

마고는 이 남자에게 본질적인 절제력, 혹은 정서적 선량함이 있다고 생각한 적이 있다.

이런 점은 안타깝게도 ‘기록’으로 남길 만한 사항은 못 된다!

한 시간 10분 뒤, 한 가지 테스트가 끝나고 E. H.가 창가 의자에 앉아 쉬면서 작은 수첩에 조심스럽게 손자국을 내고 있을 때 문을 두드리는 소리가 들리고 마고 샤프가 문을 열어준다. 앨빈 캐플런이 들어온다.

"엘리, 내 동료인 앨빈 캐플런을 소개할게요. 앨빈은 대학 신경심리학 교수이고 페리스 교수 실험실의 연구원이에요."

E. H.가 자리에서 일어난다. E. H.가 환하게 미소 지으며 작은 수첩을 옆으로 밀어놓는다. 남자의 눈에 예의 희망의 빛이 어린다. 마고는 불안이 엄습해오는 걸 느낀다.

E. H.가 대답하게 팔을 뻗는다. "안녕하세요, 교수님!"

"안녕하세요, 후프스 씨."

1965년 대학원 1학년생이던 마고가 앨빈 캐플런을 처음 만났을 당시 그는 대학 심리학과 조교수였다. 종신 재직권이 없는 젊은 교수였지만 밀턴 페리스의 '공식 지명'을 받은 사람 중 한 명으로, 이미 남들이 부러워할 만한 연구 지원금을 국립과학기금으로부터 받고 있었다. 그사이 캐플런은 종신 재직 교수로 승진했다. 그는 지금도 팔다리가 강철같이 단단하고 비꼬기를 잘하지만 그때보단 몸무게가 7킬로그램이나 늘었고, 결혼을 했고 아버지가 됐고 출판 활동도 활발히 하고 있어 자신에 대한 불확실한 마음을 떨쳐버린 것처럼 보인다. 마고는 앨빈 캐플런에게 이의를 제기한 적이 없고, 그를 매우 똑똑하고 상황 판단이 빠른 사람으로 여긴다. 마고는 캐플런이 그녀에게 경쟁의식을 느끼며, 밀턴 페리스의 또 다른 수제자로서 늙은 과학자의 칭찬과 편애와 호의를 놓고 실험실에서 유일하게 상대가 될 만한 만만찮은 경쟁자로 여기는 게 아닌가 짐작한다. 그러나 마고는 캐플런이 있을 때 자신을 드러내지 않고, 그에게 감탄과 찬사를 보내는 게 편하다고 느낀다. 캐플런은 좋은 아이디어를 갖고 있기 때문이다. 그의 감정을 건드리는 것은 끔찍한 실수가 되리라고 그녀는 믿는다.

E. H.는 캐플런을 수없이 만났음에도 여느 때처럼 그를 기억하지 못하는 듯 보인다.

혹시 기억하고 있을까? 캐플런이 E. H.와 악수하려고 손을 내밀자 전에는 한 번도 그런 적이 없던 E. H.가 머뭇거린다. 분명 그는 이 낯선 사람과 악수하는 것을 경계하고 있으며, 상황을 파악하여 냉철한 판단을 내린 다음 캐플런의 손을 잡고 악수할 것이다. 이번에도 캐플런이 그의 손을 이상할 정도로 세게 움켜쥐자 E. H.가 말없이 움찔하면서 놀라움과 고통의 반응을 보이고 바로 손을 뺀다.

그러나 이번에도 캐플런은 고의로 E. H.를 아프게 했다거나 심지어는 E. H.의 반응을 알아차린다는 어떤 낌새도, 표시도 드러내지 않는다. 누군가 옆에 있었다면 캐플런이 '정상적으로' E. H.와 악수를 했는데 E. H.가 '비정상적으로' 반응한 거라고 짐작했을 것이다.

가엾은 E. H.는 매우 사교적이고, 또 정상인처럼 보이고 싶은 마음이 간절한 나머지, 아픔을 숨기고 축소한다. 캐플런과 마고 샤프(E. H.는 그녀를 실험실 '친구'라고 생각한다)에게서 단서를 얻은 E. H.는 공격적인 젊은 캐플런이 아프게 할 의도가 전혀 없고 E. H.를 아프게 했다는 것조차 깨닫지 못한다고 (잘못) 이해한다. 캐플런은 악수한 뒤 아무것도 잘못된 게 없다는 듯 E. H.에게 말을 걸고 평소와 다름없이 행동한다. 마고도 두 남자에게 미소를 지으면서 자신이 뭔가 알아차렸다는 내색을 전혀 하지 않는다.

몇 분 후 캐플런의 말을 끝으로 자리를 파한다. 촬영을 하던 대학원생에게 그만해도 좋다는 신호를 보낸 것이다.

"만나서 반가웠습니다, 후프스 씨! 당신 이야기를 많이 들었어요."

E. H.가 경계의 빛을 보이며 미소 짓는다. 그러나 이 방문객이 무슨 이야기를 들었는지 묻지 않는다.

캐플런과 마고가 눈빛을 교환한다. 사실 기억상실증 환자는 악수할 때마다 매번 조금씩 다른 반응을 보였다. 비록 악수할 때의 구체적인 상황은 잊었지만 '곤혹스런 악수'로 인해 그의 행동이 변화된 것이다.

마고는 부리나케 여자 화장실로 가서 몸을 숨기고, 이러한 발견에 흥분하며 전율한다. 이것은 매우 중대한 발견이다!

어떤 방식인지는 몰라도 기억상실증 환자는 '기억'하고 있다.

외관상 시각장애가 있는 사람도 어떤 방식인지는 몰라도 '볼' 수 있다.

뇌의 어떤 부분이 기억의 기능을 하고 있다. 원래는 일어날 수 없는 일이지만 그럼에도 일어나고 있다.

마고는 갑자기 구역질이 난다. 자신이 발견한 사실에 흥분하여 속이 메슥거린다.

싱크대에 몸을 숙이고 토하려고 한다. 하지만 아무것도 나오지 않는다.

이런 증상이 몇 번이나 찾아온다. 토하려고 하지만 아무것도 나오지 않는다. 거울에 비친 얼굴을 보며 말한다. "맙소사. 우리가 그 사람에게 무슨 짓을 하는 건지. 내가 그 사람에게 무슨 짓을 하는 건지. 엘리! 하느님, 절 용서해주세요."

계획한 대로 캐플런이 테스트실에 들어온다. 다음 수요일 11시 8분.

가장 최근에 대면한 뒤로 일주일이 지났다.

마고 샤프와 다른 연구원 두 명이 오전 시간 대부분을 E. H.와 함께 일하고 있었다. 이들이 기억상실증 환자에게 실시하고 있던 테스트는 '관심 흐트러뜨리기' 테스트를 변형시킨 것으로, 시각적 단서, 청각적 단서, 후각적 단서, 중간의 방해 활동이 포함된다. 마고는 오전 내내 거의 테스트실을 떠나지 않고 E. H. 곁에 머물렀고, E. H.는 그녀를 '잊지' 않은 것처럼 보였다. 그렇지만 그녀는 반신반의한다. 그녀가 잠시 자리를 비우고 화장실에 다녀올 때면 기억상실증 환자는 그녀를 보고 놀라지 않은 척 연기할 뿐, 실은 낯선 사람이 다가와 자신을 아는 척 미소 짓는 거라고 여기는지도 모른다.

E. H.는 주변에서 벌어지는 알 수 없는 상황을 어떻게 보완해야 하는지 깨우친 거야. 기억상실증 환자에게 놀라운 일은 이제 더 이상 '놀라운' 일로 인식되지 않는 거지.

마고 샤프는 아직 공책의 형태로 기록되어 있는 일지에 이러한 관찰의 결과와 깨달음들을 기록한다. 언젠가 이 기록은 가장 많은 찬사를 받은 그녀의 저서 『기억의 생물학』에 부록으로 실릴 것이다.

"우리가 전에 만난 적 있나요, 후프스 씨?" 캐플런이 묻는다.

E. H.가 아니라고 고개를 젓는다. 그는 실험실 '친구'인 마고 샤프를 쳐다보고, 그녀는 잠시 뜸을 들이다가 말한다. "아닐 거예요, 교수님. 내 생각에 당신과 후프스 씨는 만난 적이 없어요."

캐플런이 곁눈질로 마고를 흘낏 본다. "후프스 씨와 나는 만난 적이 없어요. 샤프 양, 이건 당신이 어떻게 생각하느냐의 문제가 아니라 내가 어떻게 알고 있느냐의 문제예요."

캐플런이 마고를 손등으로 후려치며 혼내는 것 같다. 마고는 가슴을 찌르는 듯한 분노를 느낀다. 네가 맡은 거짓말이나 잘해, 이 자식아. 감정도 없는 비정한 개새끼.

당연히 두 사람은 곤혹스런 악수 테스트를 미리 연습했다. '실험'이라고 하지만 그리 어려운 실험도 아니다. 마고는 자신이 어떻게 행동해야 하는지 알고 있다.

그렇지만 뭐가 문제인가? 몇 초 후면 E. H.는 잊기 시작할 것이다.

"엘리, 내 동료인 앨빈 캐플런 교수를 소개할게요……."

그러나 캐플런이 평소처럼 미소를 띠고 E. H.에게 다가가자 이번에는 기억상실증 환자가 눈에 띄게 굳은 채 가만히 서 있다. 눈은 노려보면서도 얼굴은 억지로 환한 미소를 짓는다.

E. H.가 악수하기 위해 용감하게 손을 내민다. 그런데 캐플런이 E. H.의 손을 꽉 움켜쥐기 전에 E. H.가 먼저 캐플런의 손을 세게 쥔다.

캐플런이 움찔하며 얼른 손을 놓는다. 너무 놀라 한동안 아무 말도 하지 못한다.

이윽고 벌게진 얼굴에 눈물을 글썽이며 캐플런이 간신히 웃음을 보인다. 그가 곁눈질로 마고를 흘낏 쳐다본다. 그녀 역시 놀란 얼굴이다.

"후프스 씨, 악수가 무척 거칠군요! 이봐요, 아프거든요."

캐플런은 기억상실증 환자의 예상치 못한 반응에 정신이 멍했는지, 평소와 다르게 학부생 같은 투로 말한다. 마고는 신경질적으로 웃으면서도 한편으로 안도한다.

E. H.는 평소의 그답지 않게 행동했다는 내색도 없이 차분한 모습을 하고 있다. 그의 얼굴에 떠오른 미소는 억지웃음이 아니다. 만일 당신

이 보았다면 많이 절제되긴 했어도 득의만면한 미소라고 했을 것이다.

비꼬는 말투 역시 절제되어 있다. "짐작컨대 우리 중 한 사람은 테니스 선수일 겁니다, 교수님. 그래서 악수가 세졌어요."

최근 E. H.가 악수에 반응하여 보인 행동은 마고와 캐플런에게 깊은 인상을 남겼다. 기억상실증 환자는 의식상으로 기억하지 못하면서도 깨우치게 되었던 것 같다. 그래서 반사적 행동을 보인 것이다. 환자가 **고통을 '기억'하는 거야. 행동은 비서술 기억을 나타내지.**

두 사람의 공동 논문은 「기억상실증에서 나타나는 비서술 기억―기억상실증 환자의 사례」(1973년~1974년)라는 제목으로 나올 것이다. 그러나 실험이 완결되려면 아직 멀었다.

또 일주일이 지나고 '방문객'이 다시 들어와 악수를 청할 때 기억상실증 환자는 그를 '신뢰하는' 것처럼 행동한다. 차분하게 손을 내밀어 악수하며, 움찔 놀라는 기색 없이 고통스런 악수를 견딘다.

이런 모습은 기억상실증 환자가 모종의 기억을 간직하고 있다는 증거라고 마고는 생각한다. 그러나 캐플런의 생각은 다르다.

놀랍게도 캐플런은 E. H.에 대해 알려고 하지 않는다. 마고가 반응의 미묘한 변화를 보았다고 확신하고 공책에도 이를 꼼꼼히 기록해둔 반면, 캐플런은 기억상실증 환자에게서 이런 변화를 감지하지 못했다. (학부생이 제공한 비디오는 화질 탓에 이런 미묘한 변화가 선명하게 보이지 않아 마고는 무척 실망한다.)

캐플런이 딱 잘라 말한다. "환자는 기계적으로 행동하는 거예요. 행동이 프로그램화되어 있지요. 그는 매번 거의 똑같아요. 간격을 24시간으로 줄이는 경우에만 뭔가를 '기억'하지요. 그렇지 않을 때는 뇌 속의 뉴런이 매번 정확히 똑같은 방식으로 반응해요. 그는 좀비예요. 더 심하게 말하면 로봇이지요. 그는 달라지지 않아요."

이 말을 들은 마고는 경악을 금치 못하며 그에게 항의한다. "엘리가 상황을 고려해서 약하게 반응하는 건지도 몰라요. 엘리는 연구소가 어떤 곳인지 느끼고 있고 당신이 '교수'라는 사실도 의식해요. 당신에게 욕을 하고 당신을 때리고 싶지만—그 정도는 아니라 해도 최소한 지난번처럼 복수의 의미로 당신 손을 꽉 움켜쥐고 싶어 하지만—그는 선뜻 행동하지 못해요. 사교적인 사람이다 보니 잡힌 손이 아파도 묵묵히 참지요. 그는 비폭력과 인권운동을 배웠어요. 예의를 차리도록 길들여진 사람이에요."

"말도 안 돼요! 저 불쌍한 작자는 로봇이에요. 등에 태엽이 붙어 있어서 우리가 감아줘야 한다고요. 하루나 이틀이 지나면 아팠던 걸 '기억'하지 못해요. 실제로는 하루 이틀까지도 '기억'하지 못하죠."

"E. H.는 불길한 예감 같은 걸 느껴요. 그건 기억의 일종이에요."

"'불길한 예감'이라, 그게 뭐죠? '불길한 예감'에는 신경학적 근거가 없어요."

"문자 그대로의 '불길한 예감'을 말하는 게 아니에요. 당신도 알잖아요."

마고는 캐플런의 얼굴을 한 대 칠 것처럼 손을 번쩍 들어 올린다. 그러자 캐플런이 순간적으로 뒷걸음치며 한 팔을 올려 자신을 보호한다. 마고가 의기양양하게 소리친다. "거봐요. 방금 당신이 어떻게 했죠? 스스로를 보호했어요. 조건반사죠. E. H.도 마찬가지예요. 당신에게서 스스로를 보호한 거예요.”

캐플런은 적잖이 충격을 받는다. 아무리 불수의적 반사 행동의 현상을 보여주기 위해서라고 하지만, 마고 샤프가 윗사람인 자신에게 맞서 손을 ‘들어 올렸다’는 사실을 캐플런은 결코 잊지 않을 것이다.

“자, 봐요. 환자는 뇌 손상을 입었어요. 우리는 기억상실 속에서도 또 다른 ‘기억’의 행로가 있는지 판단하기 위해 실험하고 있고요. 이 불쌍한 사람을 왜 그렇게 감싸는 거요? 그를 사랑하기라도 하는 겁니까?”

정말 터무니없고 당치도 않은 일이라는 듯이 캐플런이 웃는다.

하지만 마고 샤프는 이미 뒤돌아서 저만치 걸어가고 있다.

지옥에나 가버려. 우린 당신이 싫어. 당신이 죽어버렸으면 좋겠어.

마고는 연인이 따라놓은 위스키를 마신다. 순간적으로 불길이 타오르듯 목 안에 환한 불꽃이 인다. 절망의 전율이 기쁨이 되어 가슴이 부풀어 오르는 것 같다.

이 남자 앞에서는 한없이 몸을 낮추었지. 이보다 더 수치스러울 수는 없을 거야.

그렇지만 그녀는 미소 짓고 있다. 그녀보다 서른두 살 많은 연인의 눈에 그녀는 젊은 여자다. 그의 눈에서 그가 여전히 그녀를 원한다는 걸 볼 수 있다.

두 사람이 함께하는 시간은 마치 빠르게 움직이는 시계처럼 급하다. 그는 과학계에서 전쟁하듯 보낸 젊은 시절의 이야기를 들려준다. 행동주의의 한계에 대한 짜증과 하버드대 동료들(그 위대한 B. F. 스키

너도 포함해서)과의 불화, 뒤이은 그의 최종적인 승리. 그의 스승이었던 몇몇 사람들, 그를 비방하고 그의 경력을 망가뜨리려고 애썼던 사람들(여기에도 '독재적인' 스키너가 등장한다). 신경심리학에서 그가 최초로 이루어낸 위대한 발견들. 그가 거쳤던 학계 직책들, 연구 지원금, 수상 경력, 서른두 살에 최연소 심리학자로 미국국립과학원 회원에 선출된 일 등등. 그는 자기 자식들의 재능에 대해 이야기한다. 착하고 친절한 데다 고상하기까지 한, 더없이 '모범적인' 아내에게 상처를 주었고, 지금도 주고 있다고 이야기한다. 그는 마고를 사랑하며 그녀에게 상처를 줄 마음이 없다고 이야기한다.

이 말은 서약인가? 맹세인가? 진심이기는 한가?

위스키를 한 잔 더 하라는 건가? 질투심 많은 연인이 그녀에게 묻지도 않고 술을 따르고, 마고는 거절하지 않는다.

3

"안녕-하세요!"

"안녕하세요, 엘리."

(그가 그녀를 기억하는가? 마고는 그렇다고, 기억상실증 환자가 분명 '그녀를' 기억한다고 믿기 시작한다.)

"오늘은 아주 재미있는 테스트를 몇 가지 할 거예요, 엘리. 당신도 좋아할 거예요."

"테스트……. 알았어요. 난 테스트에 능해요. 아니, 그런 것 같아요."

기억상실증 환자가 두 손을 비빈다. 그의 미소에는 상대를 기분 좋게 해주고 싶은 마음과 희망에 찬 마음이 모두 담겨 있다.

사실 E. H.는 테스트에 매우 능하다. 또한 그가 테스트를 통과하지 못한다고 해도 때로는 통과한 경우에 못지않게 (테스트의 측면에서는) 중요한 의미를 지닌다.

그런데 테스트를 시작하기 전 E. H.가 마고에게 자신이 즐겨 하는

'고난이도' 퍼즐을 한번 해보라고 한다. 손바닥 안에 들어가는 이 퍼즐은 숫자가 적힌, 여러 색상의 네모난 플라스틱 조각으로 구성되어 있고, 엄지손가락으로 조각을 이리저리 움직여 숫자와 색상이 이상적으로 결합되도록 하는 게임이다. 연구소 내에서 E. H.는 경이의 대상이다. 이곳에서 일하는 직원 중 어느 누구도, 심지어 젊은 남자 간병인조차도 퍼즐을 맞추는 속도 면에서 그의 적수가 되지 못한다. 마고 샤프와 대다수 여자를 포함한 다른 이들이 작은 퍼즐을 맞추려다 완전히 혼란에 빠져, 네모난 조각들을 될 대로 되라는 양 이리저리 밀면서 바보가 된 듯한 기분을 느낄 때쯤, E. H.가 싱긋 웃으며 이들의 손에서 퍼즐을 가져간다. "잠깐만요! 이렇게 하면 돼요."

몇 초 만에 그는 네모난 조각들을 완벽하게 정렬해놓았다.

마고가 E. H.에게 간곡하게 부탁한다. 제발 머리가 돌아버릴 것 같은 그 작은 퍼즐을 시키지 말라고, 거기에 비결이 있다는 걸 안다고(그 '비결'이 무엇일까?), 그런 바보 같은 게임을 할 시간이 없다고 말한다. 하지만 E. H.는 간절한 소년처럼 그녀에게 게임을 해보라고 조른다. 마고는 한숨을 내쉬며 손바닥만 한 플라스틱 퍼즐을 건네받아 엄지손가락으로 네모난 작은 조각들을 이리저리 움직이다가—시도하고, 시도하고, 또 시도하다가—실패하고, 또 실패하자 결국 빌어먹을 퍼즐에 짜증이 치밀어 눈에 눈물이 가득 차오른다. E. H.가 싱긋 웃으며 그녀의 손에서 퍼즐을 가져간다. "잠깐만요! 이렇게 하면 돼요."

몇 초 만에 그는 네모난 조각들을 완벽하게 정렬해놓았다.

그리고 사춘기 소년처럼 득의양양하며 살짝 조롱하듯이 미소를 짓는다.

"안녕-하세요!"

"안녕하세요, 엘리."

그가 그녀를 기억하는가? 어떤 방식인지는 알 수 없지만 그가 기억한다고 마고는 확신한다.

E. H.는 자신이 실험 대상이라는 걸 이해하지 못해. 우리에게 그는 데이터야. 하지만 그의 생각은…….

(E. H.는 어떻게 생각하고 있을까? 가엾은 이 남자는 자신을 우리와 똑같은 사람으로 여기는 게 아닐까. 마고는 마음속에서조차 이 가정에 수긍하기를 주저한다.)

E. H.는 자신이 '중요한' 사람이라는 이야기를 여러 번 들었다. 그는 이 사실이(이것이 정말 사실이라면) 발병 이전의 일(가족이 투자한 회사에서 책임 있는 자리를 맡고 인권운동가로 활동하던 시절의 일)이자, 그의 병('상황'이라기보다는 '병'이라면)과도 관계가 있다고 믿지만 그것이 무엇을 의미하는지는 확실히 알지 못한다.

평균보다 높은 지능, 성취, 강한 자의식을 갖고 있던 '과거의' 엘리후 후프스가 '새로운' 엘리후 후프스와 불편한 동거를 하고 있으며 이 '새로운' 엘리후 후프스는 자신의 장애를 예민하게 느끼면서도 그것이 무엇인지 이해하지 못한다.

"사냥용 라이플총을 호수에 보관한 건 잘한 일이에요." E. H.가 다 알고 있다는 듯 눈을 찡긋하며 마고 샤프에게 말한 적이 있다. "그리고 그 무기에 총알을 장전하지 않은 채 보관한 것도 잘한 일이고요."

이 말은 무슨 의미인가? 마고는 두려움으로 전율한다.

기억상실증 환자는 마고 샤프에게 이처럼 알 수 없는 말을 자주 하지만, 그녀가 무슨 뜻인지 설명해달라고 하면 그저 웃으면서 고개를 젓는다. "당신은 박사잖아요, 닥터. 당신이 내게 알려줘야죠."

마고가 밀턴 페리스에게 보고한다. "우리가 아는 한, 그는 기억하지 못할 텐데도 E. H.가 가끔 사물을 작은 덩어리로 '기억'한다는 생각이 들어요. 가령 지난주에 우리는 스페인에 관한 단편영화를 보았지요. E. H.가 이 영화를 본 일을 잊고 나에 대해서도 잊었는데 영화 속의 단편적인 것을 기억하는 듯 보여요. 그가 '스페인 생각'을 하고 있었다고 뜬금없이 내게 말했어요. 그리고 영화에 나오는 스페인 음악을 일부 기억하는 것 같아요. 테스트실에 둘이 함께 있을 때 그가 노래를 흥얼거리는 걸 들은 적이 있거든요. 게다가 평소에 그리던 것과는 다른 그림을 그리고 있었어요. '이런 장면들이 방금 떠올랐어요, 닥터. 이게 뭔지 아나요?'라더군요. 어딘가 희미하게 스페인 분위기가 풍기는 장면들이었어요. 이국적인 건물 같기도 하고 사원 같기도 한데, 이를테면 알람브라궁전과 비슷하게 생겼어요……."

밀턴 페리스에게 말할 때면 줄타기 곡예를 하는 것 같은 기분이 든다.

마고가 말하는 단어들의 내용이 한편에 있는데 다른 편에서 그에게 말하고 있다는 긴장감이 있다.

"아주 좋아요, 마고. 잘했어요. 계속 기록해요. 무슨 일이 전개될지 알게 되겠지요."

그가 마고의 어깨에 손을 가볍게 얹는다. 고맙다는 의미이기도 하고 그녀를 떨쳐내는 의미이기도 하다. 밀턴 페리스는 이것저것 신경 쓸 것이 많은, 바쁜 사람이다.

마고는 온몸에 전류가 흐르는 듯한 느낌에 멈칫한다. 힘겹게 침을 삼킨다. 입 안이 말라 있다.

둘 사이에 일어나는 한순간의 접촉. 은밀하며 성적인.

그러나 얼마 후 실망스럽게도 E. H.는 스페인을 잊은 듯 보인다. 마고가 옆에 있어도 더 이상 스페인 음악을 흥얼거리지 않고, 그림 역시 익숙한 주제로 다시 돌아갔다. 마고가 조심스럽게 '스페인'이나 '스페인 분위기', '알람브라궁전' 같은 단어를 입에 올리면 E. H.는 점잖은 미소를 띤 채 어리둥절하게 바라본다. 딱히 알아듣는 기색을 보이지 않는다. 스페인 배경의 사진을 보여주자 그가 말한다. "스페인 아니면 남미 쪽 나라네요. 내 짐작으로는 분명 알람브라궁전일 거예요."

"알람브라궁전에 가본 적 있나요, 엘리? 기억이 나요?"

"글쎄요! 기억하지도 못하는 알람브라궁전에 가봤다고 말할 수는 없지요."

E. H.가 유쾌하게 웃는다. 마고는 그의 눈에서 불편한 기색을 읽는다.

사실 마고는 E. H.가 스페인에 가본 적 없다는 걸 알고 있다. 그만한 교육 수준과 사회적 신분, 예술적 관심을 지닌 사람치고는 해외여행을 많이 다니지 않았다. 젊은 남자의 에너지는 미국에 집중되어 있었다.

"당신이 나랑 함께 거기 갔었나요? 이 사진들은 우리가 함께 찍은 건가요?" E. H.가 뜻밖의 질문을 한다. 추파를 던지는 건지, 싸우자는 건지, 비꼬는 건지, 장난하는 건지 해석하기 힘들다.

마고는 질문을 받은 기억상실증 환자가 역으로 질문자에게 물어봄으로써 그럴듯한 대답을 찾으려 하는 거라고 이해한다. 그럴 때면 E. H.는 순진함을 가장한 어린애 같은 목소리를 낸다. 설령 계략에 걸려

들더라도 그에게 호의가 있다면 장단을 맞춰줄 거라고 믿는 것 같다 (마고는 그렇게 짐작한다).

"그래요, 엘리. 그곳에 함께 있었어요. 당신하고 나하고. 스페인에서 3주 동안…….”

이렇게 말하는 건 옳지 않다. 그녀도 알고 있다. 하지만 입에서 말이 튀어나왔고 이제는 주워 담을 수 없다.

"우리가 함께 있었다니! 다른 여행자도 함께 있었나요, 아니면…….”

E. H.가 애처로운 갈망의 눈빛으로 그녀를 바라본다.

마고는 충동적으로 내뱉은 말을 후회하면서도 그나마 가까이서 엿들은 사람이 없는 걸 다행으로 여긴다.

"……당신이 내 '약혼녀'였나요? 그래서 함께 있었나요?”

"그래요, 엘리. 그랬어요.”

"혹시 그 여행이 약혼 여행이었나요?”

"네. 약혼 여행이었어요.”

"우리가 행복했나요?”

"정말 행복했어요!"마고는 눈물이 넘쳐흐르는 걸 느낀다.

"그러면 우리는 지금 부부인가요? 날 집에 데려가려고 온 거예요?”

"곧 그럴 거예요, 엘리! 병원에서 가도 좋다고 허락하면……. 당연히 내가 당신을 집에 데려가죠.”

"나를 사랑하나요? 나는 당신을 사랑하나요?”

마고는 자신의 대담함에 놀라 몸을 떤다. 너무 멀리 나갔다. 왜 그런 말을 했는지 그녀도 알지 못한다.

이건 스키너 이론의 실험이라고 마고는 생각한다. 자극/반응. 행동/보상/강화.

마고가 실험 대상이 되는 스키너 이론의 실험인 것이다.

이는 명확한 사실이며 이 실험을 막아야 한다. 그러나 E. H.가 성적 갈망을 암시하는 듯한 미소를 보내자 마고는 몸속 깊숙한 곳에서 흥분이, 행복한 전율이 몰려오는 걸 느끼며 자신도 모르게 미소로 답한다.

본능적으로, 무의식적으로 기억상실증 환자는 신경심리학자인 그녀를 길들여, 그녀를 향한 그의 감정에 반응하도록 하고 있다. 그리고 마고가 이에 반응할수록 그 역시 그녀에게 점점 더 길들어간다.

E. H.의 의식 범위 안에 들어가자 마고는 벌써 가슴 부위에 갈망이 짜릿한 흥분으로 파고드는 걸 느낀다. E. H.의 눈에 마고 샤프가 보이지 않고 그녀의 이름을 기억하지 못해도 그는 **그녀를** 보고 있다. 매력적으로 느껴지는 얼굴의 젊은 여자. 부분적인 이유인지, 아니면 온전한 이유인지 그녀의 얼굴을 보고 있으면 어린 시절의 얼굴이 떠오른다. 기억상실증이라는 끔찍한 고립 속에서 그에게 위안이 되는 얼굴. 마고를 바라보는 E. H.의 눈빛에는 강한 갈망이 담겨 있어, 당신이 보았다면 분명 그가 그녀의 연인이거나 한때 연인이었다고 생각할 것이다.

"나를 사랑하나요? 나는 **당신을** 사랑하나요?" 진심이 담긴 질문이다.

마고는 죄의식이 몰려드는 걸 느낀다. 불안감도 찾아온다. 프로답지 않은 그녀의 행동, 그녀의 약한 모습을 밀턴 페리스가 알면 어떻게 될까!

마고는 '주문'과도 같은 심리적 전이 상태를 끊어내야 한다. 얼른 간호조무사를 불러 자신이 화장실에 다녀오는 동안 E. H.를 지켜봐달라고 부탁한다. 그녀가 다시 돌아왔을 때 E. H.는 젊은 여자 간호조무사와 사이좋게 대화를 나누고 있다. 여자는 멋있는 기억상실증 환자의 재치 있는 말에 이제껏 그렇게 재미있는 이야기는 들어본 적 없다는 듯 웃고 있다.

물론 E. H.는 마고 샤프를 까맣게 잊었다.

마고가 다가가자 그가 돌아보며 얼른 예의 바른 미소를 보낸다. 관심의 한가운데 서는 것에 익숙해서 딱히 이유가 궁금하지는 않지만, 다만 방해를 받아 적잖이 짜증이 난 듯 보인다. "안녕-하세요!"

"안녕-하세요!"

"안녕하세요, 엘리."

그가 **그녀를** 기억하는가? 그렇다고, 그가 **그녀를** 기억한다고 마고는 생각하고 싶다.

물론 그녀는 어리석지 않다. 뇌가 그처럼 심하게 손상된 사람은 엄밀한 의미에서 그녀를 기억할 수 없음을 뇌과학자인 그녀는 알고 있다.

이날 마고 샤프는 혼자 연구소에 왔다. 그녀가 타고 다니는 볼보 세단을 혼자 몰고 왔다. 평소와 달리 옆자리에 실험실 동료를 태우지 않았다. 밤새 뒤숭숭한 꿈을 꾸고 난 뒤라 마음이 어지러운데 다른 사람과 말을 섞지 않아도 되니 다행이다.

이날은 일정표상 기억상실증 환자와 단둘이 일할 예정이라 특히나 기분이 좋다. 기억상실증 환자가 끝없이 이어지는 테스트를 받는 동안 그와 함께 있으면, 물론 혼자 있는 것과는 다르지만 옆에 아무도 없는 듯한 느낌이 든다.

(이날은 마고 샤프의 인생에서 그다지 행복한 하루가 아니다. 마고 샤프의 인생에서 그다지 행복한 한 주도 아니었고, 마고 샤프의 인생에서 행복한 한 달도 아니었다. 그러나 마고 샤프는 직업적 일을 할 때 개인 문제에 신경 쓰는 사람이 아니다.)

최근 몇 년 사이 밀턴 페리스가 E. H. 프로젝트에서 마고 샤프를 대리인으로 지목하는 일이 부쩍 잦아졌다. 페리스는 마고 샤프를 '무조건' 신뢰하며(그의 입으로 그렇게 말한 바 있고 그녀로서는 무척 기분 좋은 말이다) 대학에서 가장 아끼는 수제자가 이제는 그녀인 것처럼 행동한다. 그녀가 심리학과에서 종신 재직권을 확보하고 괜찮은 연봉을 받을 수 있도록 나서주었다. 앨빈 캐플런이 떠난 뒤로 마고 샤프는 페리스 휘하의 수많은 동료들 중 그가 가장 신뢰하는 사람으로 여겨진다.

대학의 기억 실험실에 좋은 소식이 있었다. 연방 보조금 지급 기간이 연장되었을 뿐 아니라 규모도 늘었다. 마고가 상당히 많은 역할을 맡아서 제안서를 공들여 작성했다. 이제 밀턴 페리스는 인기 있는 PBS 과학 프로그램의 자문위원이 되었고 워싱턴과 미국국립보건원도 자주 방문한다. 해외 출장이 잦아졌고 그 때문에 실험실에는 그의 수제자, 특사, 대표자 역할을 믿고 맡길 마고 같은 사람이 필요하다. 지금 페리스는 미국해외공보처의 후원을 받아 중국에서 야심찬 순회 강연을 시작했다.

페리스가 아끼던 남자 수제자 앨빈 캐플런이 최근 대학을 떠났다.

록펠러대학의 실험심리학 교수로 임명되었는데 젊은 사람이 맡기에는 매우 높은 자리다. 현재 대학의 심리학 및 신경과학과의 조교수로 일하는 마고 샤프가 그러듯이 과거 캐플런도 밀턴 페리스와 공동으로 많은 논문을 발표했었다.

앨빈 캐플런과 마고 샤프 모두 최근 샌프란시스코에서 열린 미국실험심리학협회 컨퍼런스에서 기억상실증에 대한 획기적인 연구 논문을 발표했다.

신문에서 네 이름을 봤어! 가끔씩 누군가 마고 샤프에게 전화를 걸어올 것이다. 가족, 친척, 미시간대학에서 알고 지내던 옛 친구일 것이다. 너 정말 대단한 일을 하는 거 같더라.

때때로 마고는 전화나 편지를 받을 것이다. 왜 도통 소식을 들을 수 없니, 마고? 내가 갖고 있는 주소가 틀린 거니?

일전에 마고는 자신의 이름이 오른 논문을 크게 다룬 유력 학술지 『미국실험심리학저널』을 E. H.에게 보여주고 말았다. 「기억상실증 환자 'E. H.'의 집중력 방해, 작동 기억, 기억 유지」라는 제목의 논문이었다. E. H.가 호기심 어린 표정으로 살짝 미소를 머금은 채 논문을 읽는 동안 그녀의 심장은 빠르게 뛰었다.

(프로답지 못한 행동일까? 동료에게 발각되었다면 큰 타격을 입었을 것이다.)

신사다운 E. H.는 분노 대신 곤혹감을 드러냈다.

"여기서 말하는 'E. H.'가 나인 거죠? 내가 이렇게 중요한 사람인 줄은 몰랐어요." 그는 집에 가서 자세히 읽어볼 수 있도록 학술지를 가져가도 되느냐고 물었다. "나의 '뒤죽박죽된' 뇌 속에서 대체 무슨 일이 벌어지고 있는지" 이해해보려 한다고 했다. 마고는 물론 그래도 된다고 답했다. 그리고 E. H.가 집에 가져갈 수 있도록 학술지를 테스트실 탁자 위에 놓아두었다.

(70초 후면 학술지에 대해 잊을 테니, 그때 가서 그가 눈치채지 못하도록 살짝 가방 안에 넣으면 된다고 생각했다.)

그 후로도 마고는 'E. H.'에 관한 논문이 실린 학술지를 몇 차례 더 보여주었다. 마고 샤프를 포함해 모두 여섯 명의 연구원이 참여한 밀턴 페리스 연구팀이 그와 공동으로 쓴 것들도 있었고, 밀턴 페리스와 마고 샤프 두 사람의 이름만 공저자로 오른 논문들도 있었다.

두 사람은 과학자로서 차츰 한 팀을 이루게 되었다. 공동 연구자가 된 것이다.

몇 년이 흘렀다. 정확히 몇 년이었을까?

기억 실험실에서는 시간이 이상하게 흐른다.

마고가 '엘리후 후프스'를 처음 소개받은 게 불과 얼마 전이었다(그런 것만 같다). 그는 그녀를 알아보는 듯 갈망과 동경이 어린 눈길로 그녀를 응시하고 그녀가 순순히 내민 손을 잡았다.

당신을 알아요. 우린 서로 아는 사이지요. 그렇죠?

같은 초등학교를 다녔어요…….

E. H.가 힘세고 메마른 손으로 마고의 손을 잡는다. 그녀는 이 순간을 기대했다. 테스트실에 다른 사람들이 함께 있을 때와 달리 마고는 잡은 손을 빨리 빼지 않는다.

"후프스 씨, 당신을 만나게 되어 정말 기뻐요."

"당신을 만나게 되어 정말 기뻐요."

오늘 오전은 뭔가 다르다고 마고는 생각한다.

내가 그럴 수는 없어. 그건 잘못하는 거야.

두 사람은 아직도 손을 잡고 있다. 테스트실에는 지켜보는 이가 없으므로 두 사람이 신경 써야 할 사회적 제약도 없다. 마음 깊은 곳에 있는 본능의 잔재만이 두 사람 사이에 감돈다.

"나를 기억해요, 엘리? '마고'예요."

"아, 네. '마고'."

"당신 친구예요."

"네, 내 친구…… '마-고'."

E. H.는 의식적으로 그녀의 이름을 마-고라고 발음한다. 그가 재빨리 따라서 발음하기 때문에 어쩌면 이런 요령을 일종의 기억이라고 착각하는 사람도 있을 것이다.

"과거에 알던 사람 같아요. 학교에서 만났지요? 초등학교요?"

"네, 글래드와인에서요."

학교를 다니는 내내 서로 친하게 지냈어요. 그 후 당신은 애머스트로 갔고, 난 앤아버로 갔지요.

우린 서로 사랑했지만 어떤 일로 인해 헤어지게 되었어요…….

(마고 샤프의 나이가 훨씬 어리다는 걸 엘리가 알아차리지 않을까? 적어도 열일곱 살 차이는 나 보일 텐데?)

(그러나 E. H.는 영원히 서른일곱 살이고 마고의 나이는 이제 서른넷이다. E. H.가 이런 관점에서 생각할 수 있었다면 젊은 여자 심리학자가 마법처럼 그의 나이를 따라잡았다고 생각할 것이다.)

"지난 수요일 이후로 줄곧 오늘을 기다렸어요. 아주 중요한 일을 하는 중이거든요, 엘리……."

“네. 그래요, 마-고.”

두 사람 사이의 거리가 좁혀지면서 흥분이 고조된다. 은밀하다. 남자가 마고 쪽으로 몸을 기울이자 그녀는 얼굴에 그의 숨결이 와 닿는 걸 느낀다.

E. H.는 들숨으로 마고를 들이마시는 것 같다. 그녀는 자신의 체취가 그에게 익숙해졌을 거라 생각하고 싶다(그녀가 직접 후각 기억 테스트를 고안해 실시한 적이 있었다. 이 테스트 결과에 따르면 E. H.는 다른 감각 단서에 비해 냄새를 더 잘 기억할 가능성이 높다. E. H.는 몇십 년 전에 맡은 냄새도 웬만큼 기억하기 때문이다.)

E. H.의 키가 마고보다 13센티미터 이상 커서 그녀가 올려다볼 수밖에 없는데, 이러고 있으면 그뿐만 아니라 그녀도 기분이 좋아진다.

이제 E. H.는 마흔일곱 살이 거의 다 되었나? 시간이 얼마나 빨리 지나갔는가! (그러나 E. H.의 입장에서는 시간이 전혀 지나지 않았다.)

E. H.의 높다란 이마가 벗겨졌고 적갈색 머리도 세어서 땜납 같은 아름다운 회색빛으로 변했지만 그럼에도 그는 여전히 젊고 꼿꼿하다. 당혹스럽거나 걱정이 있을 때면 이마에 주름이 살짝 잡혔다가 방문객에게 미소를 보낼 때면 곧 사라져버린다.

“엘리, 그동안 어떻게 지냈어요?”

“아주 잘 지냈어요, 고마워요. 당신은요?”

진심으로 묻는 말이다. E. H.는 정말로 알고 싶어 한다.

기억상실증 환자에게는 세상의 모든 것이 단서가 된다. 조각 그림 상자가 뒤집혀 조각들이 마구 흩어져 있는 것과 같다. 노력(보통 사람의 능력을 넘어서는 초인적인 노력)을 기울이면 수많은 그림 조각을 맞춰 전체적으로 앞뒤가 맞고 명확하게 드러나는 그림을 만들어낼 수 있다.

E. H.는 지금 '아주 잘 지내고' 있는가? 마고는 이 불쌍한 남자가 이번 겨울 몇 주 동안 기관지염을 앓았다는 걸 알고 있다. 기침 발작이 너무 심해서 때때로 테스트를 건너뛰어야 할 정도였다. 단기기억은 마치 구멍이 듬성듬성한 체 사이를 빠져나가듯 기억상실증 환자의 뇌에서 빠져나갔고, 심한 기침으로 인해 기억상실 증상도 더욱 악화된 것처럼 보였다.

(최근 몇 년 사이 마고는 E. H.의 건강을 염려하게 되었다. 기억상실증 환자가 연구소에서 신체검사를 받고 있는지, 혈압과 피, 그 밖의 다른 건강상 수치에 대해서도 정기적으로 검사받고 있는지 확인했다. 그녀도 종종 치과 치료나 부인과 검사, 시력검사 일정을 잡아야 한다는 걸 깜빡 잊어버리는데, 하물며 기억력에 결함이 있는 사람이 자신을 방치할 가능성은 얼마나 더 크겠는가.)

E. H.는 기관지염도, 그로 인한 불편도 다 잊었다. 자신에게 큰 타격을 입혔던 과거의 병도 잊었다. E. H.는 모든 신체적 고통과 병을 빨리 잊는다. 기분에 따라 영향을 잘 받지만 그마저도 어떤 기분이었는지 금세 잊어버린다.

E. H.는 몸무게가 줄었다. 마고가 짐작하기로는 2~3킬로그램쯤 감소한 것 같다. 그의 얼굴은 잘생긴 수도자의 얼굴이다. 과거에 운동선수였던 사람답게 날렵하고 민첩한 구석이 있긴 하지만, 이제는 병들 날을 기다리는 왕년의 운동선수가 되었다.

오늘 그는 영국인처럼 보이는 카키색 스트라이프 셔츠를 깔끔하게 다려 입고 그 위에 짙은 녹색 캐시미어스웨터를 걸쳤다. 양말은 노란색 체크무늬가 잔잔하게 섞여 있는 짙은 자주색이다. 그가 입고 다니는 옷은 모두 J. 프레스나 랄프로렌, 아르마니 같은 최고급 남성 의류 가게에서 구입한 제품이다. 마고는 이런 종류의 옷을 본 기억이 있지만 한동안은 못 보았다. (E. H.의 옷은 누가 챙겨줄까? 옷을 세탁했는지, 드라이클리닝을 맡겼는지 챙기는 사람은 누구일까? 함께 살면서 돌봐주는 다정한 후견인 고모가 분명 이런 일을 해주고 있을 거라고 마고는 짐작한다.) 기억상실증이라는 극심한 고통을 겪으면서도 E. H.는 남자의 자존심을 인상적으로 드러내고 있다. 마고는 늘 E. H.의 옷차림을 칭찬한다. 그는 늘 "고마워요!"라고 말하고는, 마치 할 말이 더 있지만 그게 무엇인지 기억나지 않는 듯 잠시 입을 다문다.

마고 샤프는 과학계 동료들이 거의 하지 않거나 과학자로서 옳지 않다고 여길 법한 일을 했다. 심층 취재를 하는 기자처럼, 혹은 정말 탐정이라도 된 것처럼 대담하게 기억상실증 환자 E. H.의 배경을 조사했다. 며칠씩 시간을 들여 필라델피아에서 엘리후 후프스의 옛 동료들을 만났다. 아울러 흑인사회 조직가들도 만났다. 이들은 1950년대와 1960년대에 흑인운동뿐만 아니라 미국흑인지위향상협회, 마틴 루서 킹 주니어 목사가 이끄는 남부그리스도교도지도회의에도 돈을 낸 몇 안 되는 백인 시민의 한 명으로 그를 기억하고 있었다. 그녀는 몇몇 지역에서 엘리후 후프스가 '영웅' 대접을 받는 것을 알았다. 시청 앞에서 피켓을 들고 시위하고, 필라델피아 경찰의 폭력과 괴롭힘에 항의하며, 사우스필라델피아에 더 좋은 학교와 의료 시설을 만들기 위해, 자치 정부의 차별적 고용 행태를 종식시키기 위해 캠페인을 벌이는 인권운동가들 사이에서 그가 '영웅적으로' 행동했다는 의미다. E. H.는 펜실베이니아에 대학 장학기금을 만들어 '불우한 청년'들에게 지급했다. 1960년대에 비정기적으로 발행된 『마더존스』의 지역판이라고 할 만한 『필라델피아인콰이어리』에도 돈을 댔다. (이곳에서 일했던 편집자가 마고에게 전해준 잡지에는 엘리후 후프스가 쓴 「신학교와 사후의 삶 속으로 숨다」라는 제목의 글이 실려 있었다. 엘리후 후프스는 이 자극적인 회고록 기사에서 유니언신학교에서의 경험과 2년 만에 학교를 그만둔 이유에 관해 언급했다. "특권의 보호막 안에서 살고 있다고 느꼈어요. 어느 흑인 그리스도교도가 제2차 세계대전 이후 남부 지방에서 일어난 린치 사건을 내게 들려주었고 그 사람 덕분에 눈을 뜨게 되었지요.")

기억상실증 환자에게 신뢰를 얻고 살가운 인상을 주기 위해 마고는 E. H.가 '운동가'로 살던 시절과 '신학교'에 다니던 시절에 관해 몇 차례 물었다. 이런 지나간 삶의 이야기를 하다 보면 E. H.가 몹시 들떠 흥분할 가능성이 있는데, 그는 이것이 '과거의' 일이라는 걸 아는 듯 보이지만 어떻게 아는지는 전혀 모르고 그사이에 무슨 일이 있었는지도 알지 못한다. 가령 E. H.는 마고가 이야기한 흑인사회 조직가를 한동안 보지 못했다고 어렴풋이 이해하지만, 자신이 서른일곱 살이라고 믿는 데다 여전히 필라델피아에서 살고 있기 때문에 왜 그들을 보지 못했는지, 왜 필라델피아시민권연합이 해체된 건지 몰라 혼란스러워한다. (마고는 필라델피아시민권연합이 해체되지 않았다는 얘기를 선뜻 꺼내지 못하고 망설인다. 왜 그가 이 단체와 다시 접촉할 수 없는지 E. H.가 이해하지 못할까 봐 염려해서다.) 신학교에 대한 E. H.의 기억들은 생생한 것도 흐릿한 것도 있어서, 마치 카메라 초점이 맞았다가 어긋났다가 하는 영화 같다. 가까운 과거의 기억들은 이상하게 구멍이 숭숭 뚫리면서 빈 공간을 만들어내고 있다. 그는 정확한 이름도 잊어버리기 시작한다. 마고는 주목하기를 꺼리지만 뇌가 노화함에 따라 어쩔 수 없이 생기는 일반적 건망증일 것이다.

그래서 마고는 기억상실증 환자에게 감정을 불러일으키거나 기억을 자극하지 않는 활동 혹은 일상 쪽으로 그를 이끄는 게 가장 현명하다는 걸 깨달았다. 이날 오전 마고는 '작동 기억'을 측정하기 위한 일련의 테스트 가운데 첫 번째 테스트를 진행한다. 테스트가 시작되자 E. H.는 똑똑한 열두 살짜리 아이처럼 좋은 실력을 보여준다. 복잡하고 창의성이 필요한 테스트들이었다(마고가 직접 설계했다). 그러나 E. H.와 함께 일하는 동안 마고는 평소보다 부쩍 가라앉아 있다.

마고는 기억상실증 환자를 칭찬하는 걸 잊는다. 그는 칭찬받고 싶은 마음이 간절하다. 그러나 그를 칭찬하지 않고 넘어가도 뭐가 빠진 건지 떠올리지 못할 것이다. 마고의 눈에 눈물이 차올라 금방이라도 뺨을 타고 흘러내릴 것 같다. 그녀는 지금 너무 불행하다!

마침내 E. H.가 무슨 문제인지 묻는다.

아무 일 아니다. 당연히 아무 문제 없다.

마고는 앞만 쳐다보도록 시선이 고정된 사람처럼 묵묵히 테스트를 진행한다. 이쪽이든 저쪽이든 곁눈질을 하는 건 위험하다.

"미안해요. 당신한테 이런 얘기 하면 안 되는 건데."

이런 일은 전략적으로 이루어졌어야 했다. 이 일은 마고의 기억에 남아 장차 이와 비슷한 것을 전략으로 삼게 될 것이다.

하지만 일은 벌어졌고, 마고는 엘리후 후프스의 신사적이면서도 다정하고 배려심 있는 태도에 마음이 약해져, 원래 하려던 것보다 훨씬 많은 얘기를 털어놓는다.

마고는 생각한다. 이 남자는 목사가 되기 위한 훈련을 받았어. 나보다 영혼의 크기가 훨씬 크지.

기억상실증 환자에게 이야기하는 자신의 목소리가 마고의 귀에 들린다. 너무 불행하다고 말하는 목소리……. 그녀가 눈물을 닦는 동안 목소리가 점점 작아져 아무것도 들리지 않는다.

E. H.가 불쑥 이해한다고 말한다. 안타까워하며 도울 일이 있는지 알고 싶어 한다.

아니요. 마고가 대답한다. 누구도 그녀를 도울 수 없다.

정말 그렇게 생각해요? E. H.가 묻는다.

외부와 차단되어 은밀하고 조용한 테스트실에서 두 사람은 나직하게 이야기를 나눈다. 테스트는 저만치 밀쳐놓았다. 일단은.

(테스트실 바깥에 있는) 누구라도 두 사람 사이에 오가는 이야기를 들었다면 적잖이 놀랐을 것이다.

마고는 자신이 겪은 특이한 불행에 대해 어느 누구에게도 말할 생각이 없었다. E. H.에게 말할 생각은 더더욱 없었다. 그것은 전적으로 그녀의 잘못에서 비롯된 불행이며 그녀가 감내해야 할 고통이라고 믿는다. 그런데 그 일을 털어놓는 자신의 목소리가 들린다. 용서가 안 된다. 그녀는 누군가를 사랑하고 있지만 그의 사랑을 받지 못하고 있다고 털어놓는다.

그녀는 유부남을 사랑하고 있다. 그녀보다 서른두 살이나 많은 남자다.

너무 부끄럽다. 그런 일이 벌어졌다는 게 믿기지 않는다.

놀라움과 염려, 동정이 담긴 E. H.의 얼굴을 보고서 마고가 웃기 시작한다. 이 모든 게 정말 우습다!

이제 그녀는 인정할 것이다. 자신이 사랑하고 있음을 믿는다고. 순진하게도 그 남자가 그녀를 사랑한다고 믿었다고.

그녀는 그 남자와의 관계에서 실수를 했다. 어리석고 맹목적으로 굴었다.

그렇다, 그 남자는 연구소 동료다. 모든 면에서 그녀보다 우위에 있다. 그는 그녀의 스승이며 논문 지도 교수다.

마고 샤프가 무분별하게 뛰어들어 저지른 많은 실수들. 그런 걸 열정이라고 하나? 늦은 시간까지 함께 일하거나 그녀가 의논할 게 있다는 핑계로 늦도록 남아 있던 날이면, 두 사람은 그의 연구실로 갔다. 그의 시선이 향할 때마다 그녀는 아찔한 현기증과 감당할 수 없는 감정에 빠져들었고, 이런 느낌은 황홀하면서도 고통스러웠다. 마고 샤프는 한 번도 순진했던 적이 없었고, (이따금 남자들이) 관심을 보여도 진지하게 받아들이거나 관계를 진전시키려 한 적이 없었다. 오히려 반대였다. 오빠 둘을 두었던 그녀는 듣는 이가 없거나 들어서 문제가 될 사람이 없을 때 남자들이 여자에 대해 얼마나 상스럽고 거칠게 말하는지를 익히 들어 알고 있었다. 그녀에게 여성성이란 신체 기관일 뿐이었고 그저 비웃고 넘기는 문제였기에, 결국 남자를 모르고 쉽게 넘어가는 여자가 된 것이다.

또한 그녀는 고교 시절과 대학 시절에 몇 가지 사건을 겪었다. 트라우마를 남기거나 굴욕감을 느낄 만한 일은 아니었다. 여자아이나 젊은 여자라면 겪어보았을 법한 유사 성행위 같은 것이었고, 단지 자기 비하감과 당혹감을 살짝 느낀 정도였지만 이런 사건들로 인해 마고는 더욱 남자를 조심하고 멀리하게 되었다.

그러나 밀턴 페리스는 처음부터 강한 중력처럼 그녀를 끌어당겼다. 비좁은 장소에서 이 남자와 함께 일할 때면 그를 쳐다보지 않으려 애쓰는 것만으로는 충분하지 않았다. 그와 가까이 있기만 해도, 그의 목소리를 듣기만 해도, 건조하고 이상야릇하고 다정하고 유머러스하고 짓궂은 깊은 바리톤의 목소리가 들리기만 해도 마음이 걷잡을 수 없이 흔들려 집중할 수가 없었다. 이 남자가 옆에 있을 때 간신히 무시하고 넘어갔던 모든 것들이 혼자 있을 때 마구 밀려들곤 했다. 그가 탁월한 과학자로서 보여주는 모든 것들이 밀려들었고, 그의 모든 것들이 밀려들었다.

물론 밀턴 페리스를 둘러싼 소문들도 있었다. 그가 여러 동료나 조수들과 관계를 맺었다는 이야기. 순진하게 믿고 따르는 이들을 '이용'한다는 이야기. 그러나 마고는 단호하게 그런 소문들을 무시했다.

그녀는 처음부터 그를 사랑했다. 아마 그랬던 것 같다.

나는 밀턴 페리스를 사랑하는 게 아니야! 결단코 아니야.

그러나 그녀가 그에게 이끌리고 있음은 연상의 남자가 알아볼 만큼 은연중 티가 났다. 아니, 정확히 말하면 그가 보여주는 관심을 차단하지 못했다.

그녀가 티를 내고 상대가 이를 받아들인 뒤, 그리고 어떤 반사적 행동이 시작된 뒤, 마고는 이제 되돌릴 수 없다고 생각했다. 애틀랜타에서 열리는 신경과학 컨퍼런스에 동행해달라는 지도 교수의 제안을 받아들인 건 돌이킬 수 없는 결정이었다. **물론 비용은 지급될 거야, 마고. 비용 전부 말이야.**

그녀는 승낙했다. 그러겠다고 대답한 건 아니었지만, 그러지 않겠다고 말하지도 않았다.

그러겠다고 대답하면 엎을 수 없다. 그러겠다고 대답해놓고 이를 번복한다면 그녀의 경력에 치명타가 될 것이다.

그러자 그가 그녀의 어깨에 손을 얹었다. 무겁게 누르는 손길은 아니었지만 마고는 이해했다. 이 사람은 요구하고 있는 거야.

일종의 혼미한 착란상태가 그녀를 덮쳤다. 남자의 관심, 특히 탁월한 남자의 관심에 익숙하지 않았던 젊은 여자, 벌거벗고 있는 데 뭔가 불편함을 느끼는 젊은 여자, 그런 그녀가 어떻게 거부할 수 있었겠는가? E. H.는 마고를 판단하지 않고 그녀의 이야기에 귀 기울인다. 그는 유난히 조용하다. 마고는 또다시 그에게 깊은 애정을 느낀다. 두 눈에 눈물이 차오른다. 그녀는 생각하는 중이다. 마지막으로 운 게 언제였던가? 아버지 장례식 때였나? 묘지에 아버지를 묻을 때였나? 너무 생생하게 기억난다는 게 두려워진다.

밀턴 페리스의 이름을 입 밖에 내는 것은 경솔한 짓이다. 그런데도 E. H.에게 ‘밀턴 페리스’를 기억하는지 묻는 그녀의 목소리가 들린다. 물론 마고는 그가 기억하지 못한다는 걸 알고 있다. 하지만 E. H.는 그녀를 격려하기 위해 현명하게 고개를 끄덕인다. 두 사람은 탁자를 사이에 두고 마주 보면서 서로를 향해 최대한 몸을 기울이고 있다. 마고는 등 근육이 땅기는 걸 느낀다.

E. H.가 그녀의 손을 잡고 위로한다.

마고는 손을 빼지 않는다…….

10년 전 마고가 대학에 입학한 뒤로 밀턴 페리스는 줄곧 그녀의 스승이자 지도 교수였다고 E. H.에게 말해준다. 페리스는 마고가 과학자로 자리 잡도록 도와주었다. 일일이 헤아릴 수 없을 정도로 도와주었다. 마고가 컨퍼런스에 초대받고 논문을 발표하도록 주선해준 사람도 페리스였다. 마고의 박사학위 논문이 펜실베이니아대학 출판사에서 출간되고, 마고가 대학에 자리를 얻는 과정에서도 페리스가 많은 도움을 주었다. 덕분에 마고는 인지신경심리학 분야에서 여성 최초로 교수에 임명될 수 있었다.

그러나 지난 11개월 사이에 두 사람의 관계는 변했다. 많은 것이 달라졌다.

현재 밀턴 페리스는 6주 일정으로 중국에 출장을 가 있다. 마고는 독창적인 기억상실증 연구에 참여한 젊은 동료로서 동행해달라는 그의 어렴풋한 제안을 받았지만, 어찌 된 일인지 이 제안은 흐지부지되었다. 마고가 용기를 내어 이 문제를 꺼내고, 그녀가 함께 가는 건지, 여행 준비를 해야 하는 건지 물었을 때, 페리스는 계획이 변경되었다고 얼버무리듯 말했다.

무슨 말씀이세요? 그녀가 물었다.

무슨 말씀이세요, 계획이 변경되었다니?

마고는 목소리를 높이지 않았다. 울지도 않았다. 다만 토할 것 같은 두려움을 느꼈고 입 안 깊숙한 곳에 담즙이 올라오는 걸 느꼈다. 수치심의 맛이 났다.

마고는 지금 E. H.에게 말하고 있다. 그때 간신히 품위를 지킬 수 있었노라고.

너무도 안쓰럽다는 듯 자신을 바라보는 E. H.에게 그 후 더는 당혹스럽지 않았다고 말하고 안심시킨다.

그렇지만 지금도 마고는 그 사람의 전화를 기다리는 중이다. 마지막으로 한 번은 이야기를 해야 한다. 한 번은 만나야 한다.

아마도 지난번이 마지막 관계였던 모양이라고 짐작한다. 이제 받아들여야 한다.

두 사람은 어딘가에서 만날 것이다. 함께 술을 마실 것이다. 여러 잔으로 이어질 것이다.

타는 듯한 위스키의 달콤함. 위스키는 밀턴 페리스가 좋아하는 술이었고 마고 샤프는 뒤늦게 그 맛을 알게 되었다.

페리스와의 관계가 어떻게 끝났는지 정확히 기억나지 않는다고 그녀는 눈물 젖은 얼굴로 E. H.에게 말한다. 그녀의 기억이 뿌연 흙탕물 같고 온통 얼룩져 있는 것 같다. 마치 진흙탕 속을 달리고 있었던 것처럼 온몸에 진흙이 묻어 있고, 얼굴도 진흙으로 얼룩져 있는 것 같다.

입 안 깊숙이 느껴지는 담즙의 맛. 하지만 속은 메슥거리지 않았고, **토하지도 않았다.**

자신은 약한 여자가 아니라고 마고가 E. H.에게 말한다. 다른 사람에게 의지하거나 애걸복걸 매달리는 여자가 아니라고. 그런 여자가 아니라고.

지금 밀턴 페리스는 중국에 있으며, 출국한 뒤로 한 번도 연락한 적 없다고 마고는 E. H.에게 말한다. 출발하기 전날 저녁에 짧은 통화를 했으나 마지막 대화는 잘되지 않았다.

마고는 밀턴 페리스가 중국에 혼자 간 건 아니라고 E. H.에게 말한다. 그녀는 페리스가 혼자가 아닐 거라 생각한다.

(그렇지만 아내를 데려간 건 아니다. 그건 마고도 알고 있다.)

실수야, 끔찍한 실수. 그가 관심을 보여주었다고 너무 고마워했어. 어떻게든 되겠지 하는 심정으로 어리석게 행동했어.

마고가 E. H.에게 말한다. 거부당하는 것만큼 수치스러운 일은 없다고.

마고가 E. H.에게 말한다. 수치심을 없애기 위해 죽음을 생각한 적이 있다고.

마고가 E. H.에게 말한다. 기억상실증 프로젝트가 처음 시작되었을 당시에는 밀턴 페리스가 모든 테스트와 실험을 설계했으며 실행 과정 역시 꼼꼼하게 감독했다고. 처음에는 그가 연구소에 와서 직접 E. H.와 함께 일했다고. "그를 기억해요, 엘리? '밀턴 페리스'요. 머리가 하얗고 턱에 빳빳한 흰 수염이 나 있어요. 그 사람은 유명한 신경과학자이고 노벨상 후보에도 올랐어요……."

E. H.는 '밀턴 페리스'가 누구인지 알지 못하지만 마고를 격려하는 의미로 고개를 끄덕인다. 마고가 멈칫거리면서 두서없는 이야기를 늘어놓는 동안 그는 줄곧 그녀의 두 손을 감싸 쥔 채 깊은 연민의 표정으로 귀 기울였다.

그런 연민의 마음은 상대를 판단하지 않는다. 마고는 자신을 판단하지 않는 E. H.에게 깊은 고마움을 느낀다.

그런 고마움의 감정! 그녀의 뇌가 하얀 지방질처럼 분해되고 있다.

부끄러운 일이지만 마고는 밀턴 페리스를 숭배하고 있다.

마고는 밀턴 페리스에게 사로잡혀 있다.

그 남자가 마고와의 관계를 끊어버린 지금—한때 둘 사이에 뭐라

규정할 수 없는, 모호하고 은밀한 관계가 있었다 해도(실험실의 다른 사람들은 둘의 관계를 알거나, 적어도 의심하고 있다)—부끄러운 사실은 마고가 여전히 그와의 관계를 끊지 못했다는 것이다.

밀턴 페리스는 그녀가 이제껏 만났던 사람 중 가장 똑똑한 과학자다. 그녀는 그렇게 확신한다. 밀턴 페리스는 그녀를 진심으로 보살펴준 가장 똑똑한 사람이다.

그녀는 그를 잃게 될 거라고 예상하면서 겁을 먹는다.

그녀는 그를 잃게 될 거라고 예상하면서 두려움을 느낀다.

그녀는 순결한 딸이다. 한 번도 밀턴 페리스에게 저항한 적 없었고 심지어 저항한다는 상상조차 하지 못했다.

너무 부끄럽다! 마음이 설레면서도 부끄럽다.

난생처음 자신의 벌거벗은 영혼을 그대로 내보이면서 낯선 이에게 이런 이야기를 하는 지금, 그녀는 수치심 속에서도 설렌다. 이런 은밀한 사랑, 이런 수치스런 사랑을 털어놓는 것만으로도 '사랑'이 있었다고 인정하는 것이기 때문이다. 그것은 '성적인 사랑'이었다(마고가 그와 성관계를 가졌는지는 확실하지 않다). 마고는 그 사랑이 자랑스럽다. 지금까지도.

E. H.는 열심히 경청한다. E. H.는 판단하지 않는다. 친절하고 인내심 있는 사람이니까. 그는 밀턴 페리스가 갖지 못한 모든 것을 갖고 있다.

밀턴 페리스를 인생의 중심에 놓고 살아온 게 잘못이었다고 마고는 말한다. 그녀는 프로답게 행동하지 못했다. 여성의 시각에서 본다면 이렇게 말해야 할 것이다. 페리스가 내 약점을 이용했어요. 나는 아랫사람이고 그는 자신이 내게 어떤 힘을 발휘할 수 있는지 알았지요.

그럼에도 엄연한 사실 몇 가지가 남아 있다. 마고는 그 남자 앞에서 자신을 낮추었다. 그에게서 처음 제안받았을 때 슬그머니 피할 수도 있었다. 공격적이거나 강압적인 제안이 아니었다(이 점은 그녀도 인정해야 한다). 달콤한 장난 같고 완곡한 제안이었다. 마고의 손목을 잡던 그의 손길. 빗줄기가 거세게 쏟아지는 가운데 깊은 협곡이 내려다보이는 마고의 임대 아파트까지 차로 데려다주겠다는 제안. 마그리트의 그림에 나오는 것처럼 커다란 검은 우산을 펼쳐서 아파트 뒷문까지 바래다주겠다는 제안. (놀랄 만큼 생생하게 기억이 떠올라서 마고는 심장이 멎을 것 같다.) 더듬거리며 열쇠를 찾는 동안 마고는 가까이 선 그의 숨결이 얼굴에 와 닿는 걸 느낀다.

마고의 이름을 부르는 그의 발음. "마-고 샤프."

그는 언제나 마고에게 넋을 빼앗긴 듯 보였다. 마고는 그가 70년 가까운 삶을 살면서 아주 많은 여자와 친밀한 관계를 갖지 않았을까 생각했다. 그를 얼마간 두려워하면서도 숭배했던 아주 많은 여자의 눈을 뜨겁게 응시하지 않았을까 생각했다. 밀턴 페리스에게 '마고 샤프'가 온전히 실재하는 존재일까 궁금했다.

올해. 둘 사이는 잘 이어지지 않고 뚝뚝 끊겼다. 며칠씩 페리스를 보지 못하고 그에게서 연락조차 받지 못하는 나날이 이어졌다. 마고는 절대로 그에게 전화해서는 안 된다는 명령을 받았다.

마고는 알고 있다. 그녀는 어떤 본질적 문제에서도 그에게 저항하지 않았고, 다만 아주 사소하고 '딸로서' 말할 수 있는 문제에서만 저항했다. 실험실에서는 한 번도 그에게 이의를 제기한 적이 없었다. 그가 뭔가를 잘못 알고 있더라도 잠자코 있었다. 다른 사람이 나서서 말하게 놔두었고, 위대한 사람에게 반감을 살지 모르는 위험성도 다른 이들에게 미루었다. 밀턴 페리스에게 얽매여 있는 그녀로서는 그가 없는 삶을 상상할 수 없었다.

"그 사람은 날 위해 많은 것을 해주었어요, 엘리! 그 사람 덕분에 경력을 쌓을 수 있었어요. 날 이끌어주었고 보살펴주었지요. 밀턴 페리스가 없었다면 이 대학의 조교수가 되지 못했을 거예요. 물론 당신도 만나지 못했을 거고 'E. H.'를 연구할 기회도 얻지 못했을 거예요. 내가 『기억의 생물학』이라는 책을 쓸 수 있는 것도 전부 그 사람 덕분이에요."

페리스는 물에 떠 있는 가벼운 배를 한 발로 살며시 밀 듯 마고 샤프를 이끌었다. 그러면 작은 배는 물 위를 움직이기 시작하고, 이내 탄력을 받아 멀리 나아갈 것이다.

그렇지만 밀턴 페리스가 자기 것이 아닌 다른 연구원들의 아이디어를 수없이 도용한 건 사실이다. 마고 샤프가 생각해낸 아이디어, 마고 샤프가 E. H.에게 실시했던 실험, 그리고 마고와 이곳 연구소에 있는 대학원생 조수가 상세하게 남긴 일련의 테스트 기록들. 이런 것들을 바탕으로 나온 논문 「기억 결함을 보완하는 후각」. 물론 마고 샤프의 이름이 저자로 올라 있다. 밀턴 페리스와 함께 쓴 공저자로.

다른 이들에겐 샤프가 페리스의 조수로 보였을 것이다. 아마 페리스가 가르치는 대학원생으로 보였을 것이다.

마고가 속으로 생각한다. 하지만 그 사람의 관점에서 보면 지극히 공정한 일이야. 그 사람이 없었다면 난 논문을 쓰지 못했을 거고 연구도 하지 못했을 테니까.

처음에는 밀턴 페리스가 명실상부하게 연구 책임자였다고 마고는 E. H.에게 말한다. 밀턴 페리스가 보고서 초안을 썼다. 그래프와 수치와 주를 첨부하는 작업을 포함하여 모든 단계에 밀턴 페리스가 참여했다. 그는 연구원들의 보고서를 꼼꼼하게 살폈고 데이터를 확인했다. 논문 한 편을 준비하는 데 몇 주씩 걸렸다. 실험실의 모든 연구원이 공저자로 이름을 올렸고 '밀턴 페리스'는 맨 마지막에 연구 책임자로 이름을 올렸다.

그러다 차츰 연구소에 와서 연구팀과 함께 일하는 날이 뜸해지기 시작했다. 그는 '외부 일'을 보고 있었고 '출장' 중이었다. 뉴욕에서 인간 뇌에 관한 다큐멘터리를 준비하는 텔레비전 프로듀서를 만나 자문을 했고, 워싱턴으로 날아가 생명 윤리를 다루는 대통령특별자문위원회에서 자문을 맡았다.

그 당시 페리스가 가장 신뢰하던 조수는 앨빈 캐플런이었으므로 그가 논문 초안을 쓰곤 했다. 그런 다음 마고 샤프가 몇 가지를 손보았다. 세 번째, 네 번째, 다섯 번째 안까지 나오기도 했다. 모두 캐플런과 샤프가 만든 것이었다. 실험실의 다른 연구원이 일정 부분 참여한 적도 있었다.

이제 밀턴 페리스가 연구소에 모습을 드러내는 건 왕족의 방문만큼이나 드문 일이 되어버렸다. E. H.에 대한 논문 준비에 참여하는 일도 드물었다. 그럼에도 그는 여전히 (고집하면서) 젊은 연구원들이 쓴 모든 걸 읽었다. 상세한 비판을 달고, 내용을 빼거나 더하며 의문점, 제안, 수정 지시 사항을 달아 원래 저자에게 초안을 돌려준다. 페리스의 지시가 떨어져야만 논문은 '완성'된 것으로 인정되고, 이런저런 학술지에 게재를 의뢰할 수 있는데, 이런 학술지에는 페리스가 잘 아는 편집자들이 포진하고 있다. 뭐든 실험실 바깥으로 나가기 위해서는 밀턴 페리스의 지시가 있어야 한다. 그의 승인을 받지 않고서는 감히 논문을 발표할 엄두를 내지 못할 것이다.

시간이 흐르면서 E. H.와 관련된 실험 설계에서 밀턴 페리스는 빠지고 젊은 연구원들이 모든 걸 도맡아 하게 되었다. 모든 데이터와 증거를 수집하고 분석하는 것도 물론 연구원들이었다.

하지만 누가 실험을 설계했든, 누가 많은 시간을 들여 E. H. 관련 실험을 기록했든, 누가 논문을 썼든, '밀턴 페리스'라는 이름은 여전히 공저자 명단의 맨 끝, 눈에 띄는 자리에 올라 있었다.

때로는 E. H.에 대한 논문이 '밀턴 페리스'의 이름만 달고 유력 학술지에 실리기도 했다.

일전에 앨빈 캐플런이 『미국실험심리학저널』 한 권을 마고 샤프의 책상에 툭 던져놓고는 말없이 돌아선 적이 있었다. 학술지를 펼쳐본 마고는 「기억 손상 환자의 구성적 기억, 기억 왜곡, 작화증」이라는 제목의 논문이 밀턴 페리스의 이름으로 발표된 걸 알아차렸다. 이 논문은 원래 캐플런과 샤프가 설계하고 연구팀이 실시한 실험들을 바탕으로 두 사람이 작성한 것이었다.

마고는 실험실에서 이런 얘기를 하지 않는다.

마고는 기억 실험실에 있는 누구와도 가까이 지낸 적이 없었다. 처음 이곳에 왔을 때 그녀보다 나이가 많은 젊은 여자 대학원생이 있었지만, 이미 오래전 실험실을 떠났다. 그 여자는 밀턴 페리스의 도움을 받지 못한 채 (페리스가 웃으며 한 말을 빌리자면) "저기 서쪽 어디쯤" 있는 퍼듀대학에 겨우 종신 재직 자리를 얻을 수 있었다.

순결한 딸은 아버지를 배신하지 않는다. 아버지가 배신했을 때도 순결한 딸은 배신하지 않는다.

마고는 자신이 얼마나 깊은 수치심을 느끼는지, 얼마나 감당하기 힘든지 지금에야 비로소 깨닫는다. 자신이 직무와 관련해 아마도 불만을 품었을 것이라는 사실을 지금에야 비로소 이해한다.

그 사람은 우리 것을 훔치고 있어. 우리 피를 빨아먹고 있다고.

그 사람은 도둑이야. 그 사람의 본모습을 폭로해야 해.

뭐라고 말할 것인가! 순결한 딸은 뭐라고 말해야 할지 알지 못한다.

마고 샤프가 이런 이야기를 스승에게 꺼낸다고 해도, 혹은 페리스가 사기에 가까운 거짓 핑계를 대면서 발표한 논문 중 딱 한 편만 골라 그에게 캐묻는다고 해도 그는 인정하지 않을 것이다. 그녀가 무슨 주장을 하건 가장 단호한 말로 부정할 것이다. 그리고 곧바로 그녀에 대한 사랑을 거둬들일 것이다.

이제 그 사람은 나를 사랑하지 않아. 정말 그런 건가?

언젠가 그 사람은 나를 사랑하게 될 거야. 그렇게 될까?

아버지의 심기를 건드리는 건 끔찍한 일이다. 페리스는 그녀에게 화를 낼 것이다.

병 속에서 정교한 배를 만들고자 하는 광적인 사람처럼 행동 하나하나를 조심하면서 마고 샤프가 오랫동안 열심히 쌓아 올린 둘 사이의 모든 것이 한순간에 산산조각 날 것이다.

페리스는 마고를 배신자라고, 배신하는 딸이라고 여길 것이다. 더나아가 마고 샤프를 그의 학문적 명성에 위협이 되는 존재로 여기고,

그녀를 실험실에서 쫓아낼 것이다.

페리스는 기분에 따라 달라지는 사람이다. 그를 숭배하는 젊은 여자 동료가 딱히 화날 만한 일을 한 것도 아닌데 뚜렷한 이유 없이 그녀를 비판하면서 탐탁찮게 여기고 비아냥거리는 일이 수없이 많았다. (상대에게 마음을 주었다가도 얼마나 순식간에 돌변하여 빈정거렸던가!) 조금이라도 반대하는 낌새를 느끼거나 자신의 권위에 도전하는 것으로 판단하면 사소한 일에도 불같이 화를 냈다. (마고는 이런 이유로 앨빈 캐플런이 대학을 떠난 게 아닐까 생각한다. 열렬히 숭배하면서도 원망하는 막강한 스승으로부터 자유로워지고 싶어서.) 그녀가 하는 말이 비난이다 싶으면 페리스는 부인할 것이다. 그는 그렇게 마고 샤프에게 맞설 테고 그녀는 혼란스러워하며 뒤로 물러설 것이다.

내 말과 그 사람의 말이 맞부딪히는 거지. 하지만 난 밀턴 페리스를 거역하는 말을 할 수 없어.

이야기를 하는 내내 E. H.는 마고의 손을 꼭 감싸 쥐고 있었다. 마고의 가느다란 손가락, E. H.의 크고 튼튼한 손가락. 공모자들처럼 찰싹 붙어 있는 손가락. 마고는 아찔한 현기증을 느낀다. 그녀가 존경하는 사람, 그녀의 진정한 친구가 되어주는 사람이 곁에 있는 것이다. 밀턴 페리스는 결코 친구가 되어주지 못했다.

당연한 일이다. 무슨 생각을 하는 건가? 밀턴 페리스는 친구가 될 수 없으며 다만 스승일 뿐이다.

마고 샤프는 밀턴 페리스의 연인이 될 수 있어도 그는 마고의 연인이 될 수 없다.

페리스는 남몰래, 얼마간 기분 전환 삼아 마고 샤프와 성적 관계를 가졌다고 할 수 있다. 하지만 '성적 관계'라는 매우 거칠고 단순화된 표현으로는 마고의 감정적 경험을 사실상 아무것도 담아내지 못한다. 페리스의 입장에서는 그렇지 않았겠지만, 마고의 입장에서 이 감정적 경험은 삶의 엄청난 변화였다.

목이 잠긴 듯 조그맣게 웃으면서 마고가 E. H.에게 말한다. 아까 한 말은 진심이 아니었다고. 결코 죽지 않을 거라고. 절대로.

절대로 남자 때문에 죽는 일은 없을 거야. 그 사람 때문에 죽는 일은 더더욱 없을 거야.

그리고 이제 E. H.가 마고를 놀라게 한다. 그는 줄곧 그녀의 말에 귀를 기울이며 강한 연민을 보인다. 그녀는 이런 그의 모습을 한 번도 본 적 없다.

"누군가가 그를 죽여야 해요."

마고가 E. H.의 심각한 얼굴을 물끄러미 바라본다. 기억상실증 환자의 얼굴에 미소가 보이지 않는다. 마고는 자신이 제대로 들은 건지 확신하지 못한다.

"그 남자가 당신에게 거짓말을 했고, 당신의 것을 훔쳐 갔고, 당신을 이용했고, 당신을 그렇게 기분 나쁘게 만들었으니 누군가가 그를 죽여야 해요."

E. H.가 태연하게 말한다. 마고가 보기에 E. H.는 '밀턴 페리스'가 누구인지 전혀 알지 못한다. 밀턴 페리스 때문에 그녀가 제정신을 잃었으니 그를 벌해야 한다는 생각뿐이다.

"안 돼요, 엘리! 절대로 안 돼요. 안 돼요."

마고는 충격을 받는다. 그런 말은 온화하고 친절한 엘리후 후프스답지 않다.

“엘리, 그러지 말아요. 이런 얘기 하지 말 걸 그랬어요……. 그러지 말아요.”

바로 곁에서 분별력과 자제력을 완전히 잃어버리고 눈물을 흘리는 그녀로 인해 기억상실증 환자 안에 있던 속상한 기억이 되살아난 건지도 모른다. 발병하기 전 성적으로 왕성한 한창 나이였을 당시의 기억이 잘못 살아난 결과 그녀에게 뭔가 감정을 품게 된 것 같다고 마고는 생각한다.

E. H.가 집요하게 물고 늘어진다. “그가 누구인지 말해줘요. 어디에 있는지도요. 내가 찾아낼 거예요.”

“엘리, 그러지 말아요. 좋은 생각이 아니에요.”

“말해줘요. 당신을 위해 그를 죽일 거예요.”

마고가 놀란다. 겁이 나기 시작한다.

엘리후 후프스에게는 그처럼 강한 신념이 있다. 강한 확신을 갖고 있다!

기억상실증 환자가 눈을 가늘게 뜨고 있다. 지금 저 눈 속에는 아이 같은 상냥함이 없다.

마고는 궁금하다. E. H.는 과거에 살인을 해본 적이 있는 걸까?

아무도 모르게? 그저 E. H. 본인만 희미하게 기억하는 걸까?

기억상실증 환자의 과거로부터 불현듯 기억의 섬들이 떠오르고 있다.

기억의 섬. 아름다운 표현이다. 이 말을 처음 사용한 사람은 밀턴 페리스였다고 그녀는 생각한다.

마고는 진이 다 빠져버린 것 같다. 이렇게 길게, 이런 식으로 자신의 영혼을 남에게 드러내어 이야기해본 적이 없다. 밀턴 페리스가 연인이긴 하지만, 아니 연인이었던 적이 있긴 하지만 사실상 그와는 어떤 이야기도 마음을 터놓고 해본 적이 없었다. 마고는 눈을 감고 어둠 속에 뭔가 떠 있는 걸 본다. 내륙호에 떠 있는 섬들. 반사된 빛 속에 떠 있는 작은 섬들. 호수 자체가 엄청나게 커서 둘레가 보이지 않는다. 호수에 잔물결이 인다. (보이지는 않지만) 태양 혹은 달에서 빛이 나와 호수에 주름을 만들고 있다. 섬 사이를 잇는 결합조직은 땅, 즉 호수 바닥이다. 그러나 눈에 보이지 않는다. 빛이 일렁이는 수면 아래 결합조직이 있는 걸 모른다면 이에 대해 짐작조차 하지 못할 것이다.

E. H.가 마고를 안아 위로해준다. 이제껏 이런 식으로 마고 샤프를 안아준 사람은 없었다.

마고 샤프와 엘리후 후프스가 이토록 친밀하게 몸을 맞대고 있었던 적이 없었다. 두 사람이 이렇게 오랫동안 단둘이 있었던 적이 없었다. 방금 전 자신이 한 행동과 지금 하는 행동이 아주 잘못되었다는 걸 깨달은 마고는 심장이 걷잡을 수 없이 빨리 뛰는데도 이 남자의 가슴에 얼굴을 묻는다. 그녀의 얼굴이 닿아 있는 부드러운 캐시미어 울과 불과 몇 센티미터 떨어진 가슴 속에는 기억상실증 환자의 심장이 따뜻하게 뛰고 있다.

아름다운 사람이야. 아름다운 영혼. 이 사람이 내가 사랑하는 사람이야. 다른 사람이 아니고.

그녀가 꺼낸 이야기, 그녀가 한 행동. 정말 부끄러운 일이다!

프로로서 망신스러운 일이다. 누구라도 알게 된다면 그녀는 망신을 당할 것이다.

털어놓아야 할 것 같은 압박감이 밀려든다. 하지만 누구에게 털어놓을 수 있겠는가?

"밀턴, 용서해줘요. 잘 모르는 사람에게 우리에 관한 끔찍한 이야기를 했어요……."

(창피한 사실은 지금 이 순간에도 마고 샤프가 유부남인 연인이 돌아와주길 바라고 있다는 점이다. 사실 그는 '마고와 함께한' 적이 없으므로 정확히 말하자면 그녀에게 '돌아오는' 게 아니지만, 그녀는 이전의 관계를 회복하는 것만으로도 만족할 것이다. 마음이 내키면 그녀에게 연락하는 관계. 하지만 그녀 쪽에서 먼저 연락하는 건 금지된 관계.)

그녀의 눈이 붉게 물들었다. 촉촉하게 젖은 지친 두 눈, 흰 얼굴.

추운 겨울, 여자 화장실에서 그녀가 얼굴을 씻는다. 당연히 그녀는 '자기 얼굴'을 알아본다.

극심한 기억상실증은 얼굴인식불능 증상을 동반한다. 거울에 비친 자기 얼굴을 알아보지 못한다.

엄밀히 말해서 얼굴인식불능 증상은 기억상실증이 아니다. 그건 기억 결함이 아니라 인지 결함 문제다.

테스트실에 돌아오니 E. H.가 약간 구부정한 어깨를 하고 창가에 앉아 스케치북에 목탄으로 빠르게 그림을 그리고 있다. 마고가 방 안에 들어서자 E. H.가 놀란 얼굴로 그녀를 올려다보더니 얼른 스케치북을 닫는다.

"안녕-하세요!"

기억상실증 환자가 미소를 지으면 딱 달라붙는 가면을 쓴 것처럼 얼굴 전체가 달라진다고 그녀는 생각한다.

마고가 위스키 한 잔을 들이켠다. 손을 떨지 않도록 얼른 들이켠다.
불덩이 같은 술이 목구멍으로 넘어간다. 심장이 있는 가슴 부위가
화끈거리며 타들어간다.
두 남자 앞에서 못난 짓을 했어. 나의 수치심이 바닥까지 내려간 거야.
누군가 그 사람을 죽여야 한다. 맞아!
그런데도 그녀는 미소를 짓고 있다. 입술이 뒤틀리며 조롱인지 절
망인지 알 수 없는 야릇한 미소를 머금고 있다.
위스키를 또 한 잔 들이켠다. 이 정도면 밤새 잠들 수 있을 것이다.

그의 머릿속에 불이 난다! 처음에는 연기가 서서히 피어오르더니
이내 불꽃이 타오른다.
그 후 그는 오랫동안 앓는다. 그랬다고 전해 들었다.
다른 사람이 전해주는 이야기로만 자신이 어떤 사람인지 알 수 있
다. 연기가 위로 올라가면서 희미하게 사라지듯 그의 '존재'도 사라져
버렸다.
남은 것이라고는 흥분한 상태에서 정신없이 그린 그림들뿐. 그것
들은 고모가 그에게 건네준 스케치북 속에 남아 있었다. (그는 아버지의
여동생인 고모 얼굴을 알아보지만 이름은 기억하지 못한다.) 물에 빠진 아이
들의 형체, 어린 여자아이들, 무서워서 머리카락이 쭈뼛 선 어떤 소년
(소년의 머리에서 작은 뱀들이 올라오는 것 같다), 그리고 음울한 표정의 기
다란 얼굴이 그려져 있다. 동물을 닮은 얼굴이다. 발굽이 있는 동물. 이

건 뭐예요? 누구예요, 엘리? 그는 질문을 받는다.

그는 대답하지 못한다. 고개를 마구 젓는다.

당신은 이게 누구인지 알고 있어요. 엘리후 후프스예요. 죽은 사람이지요.

반가운 모습이다. E. H.가 테니스 코트에 있다!

마고 샤프는 기억상실증 환자가 연구소에 딸린 코트에서 테니스를 치는 걸 몇 번 본 적이 있다. 그는 대체로 자기보다 나이가 많은 연구소 직원들과 시합을 벌일 것이고 한쪽 시력이 좋지 않은데도 거의 매번 이길 것이다.

"멋진 서브예요, 엘리!"

"세상에, 엘리! 어떻게 **그런** 서브를 넣은 거예요!"

그럴 때면 E. H.의 얼굴에 행복감과 자신감이 가득 번진다. 그는 노련한 테니스 실력을 갖추었다. 어릴 때부터 계속 테니스를 쳤다(마고는 그런 사실을 새로 알았다). 그가 다니던 사립 고등학교 테니스 대회에서 우승을 차지한 바 있고, 애머스트대학 학부 시절에는 미국 랭킹에도 이름을 올렸다.

그는 본능적으로 강한 근육질의 두 다리를 움직여 민첩하게 테니스 코트를 누비고 다닌다. 그의 강한 오른팔이 본능적으로 라켓을 휘두른다. 그의 백핸드 동작은 강렬한 인상을 남긴다. 그의 서브는 굉장히 빠르다. 그는 약해진 시력을 무의식중에 다른 것으로 보완한다. 잠시 쉬면서 생각을 정리하고 지난 게임을 되돌아보아야 하는 휴식 시간이 되어서야 E. H.의 얼굴에서 어리둥절한 표정을 볼 수 있다. 꿈을 꾸다가 깜짝 놀라 일어난 사람에게서 볼 수 있는 그런 표정이다.

여기가 어디지? 저기 있는 상대 선수는 누구지?

스코어는 어떻게 되었지?

실수. 마고는 E. H.와 테니스 시합을 하기로 약속을 미리 잡아놓았다. E. H.의 옷차림을 흉내 내어 티셔츠, 반바지, 테니스화 모두 새것 같은 흰색으로 제대로 차려입었다.

두 사람은 네트를 사이에 두고 서로 미소 짓는다. 신사다운 E. H.는 마고가 먼저 서브를 넣도록 기다리는데 마고가 그에게 소리친다. "시작해요. 먼저 서브를 넣어요."

마고는 테니스 실력이 "기대된다"는 이야기를 들었었다.

미시간주 오리온폴스에서 고등학교를 다니던 시절, 마고 샤프는 어떤 운동에서도 평균보다 나은 실력을 보인 적이 거의 없었다. 뛰어난 학업 성적과 아이답지 않은 신중함이 방탄복 역할을 하여 같은 반 학생들의 놀림감이 되지 않도록 막아주었다.

두뇌 회전이 빠르고 날카로우며 뛰어난 지능을 가진 덕분에 같은 반 학생들의 성적 놀림을 피할 수 있었던 것처럼. 아니, 정확히 말하면 그런 놀림을 인정하지 않을 수 있었던 것처럼.

E. H.가 주저하지 않고 빠르게 서브를 날린다. 마고는 첫 번째 서브를 막아내지 못한다.

미사일처럼 빠르게 그녀를 스쳐 지나간 두 번째 서브 역시 막아내지 못한다.

E. H.가 그녀를 보고 웃는다. 하지만 불쾌한 웃음은 아니다. (마고는 알고 있다. E. H.는 지금쯤 그녀의 이름을 잊었고 그녀가 누구인지도 잊었다.

그러나 '그녀를' 잊지는 않았다고 마고는 확신한다. 지난주 두 사람이 포옹한 이후 그는 분명 '그녀를' 잊지 않았다.) 마고가 서브를 하자 E. H.는 바로 그녀 쪽으로 공을 때리지 않고 조금 약하게 쳐서 상대가 발리로 맞받아치게 해준다. 이는 신사다운 행동이라 할 수 있고 어정쩡한 태도라고도 할 수 있다. 이제 마고가 종종 거칠게 나오기도 하면서 좀 더 확신을 갖고 시합에 임하기 시작하자 E. H.는 본능에 따른 것처럼 시합의 강도를 높인다. 공을 놓치지 않으려는 무서운 집중력, 민첩하게 코트를 누비는 움직임, 부드러운 백핸드 동작. E. H.는 아주 노련하게 시합을 끌어간다. 깊이 생각할 것도 없을 정도다. 그는 마고가 공을 받아치려고 뒷걸음질하면서 팔을 뻗다가 비틀거리며 넘어질 뻔하게 만든다. 그런가 하면 앞으로 돌진해 나오다가 네트에 걸려 넘어질 뻔하게 만든다. 몇십 년 전부터 몸에 익은 E. H.의 테니스 실력은 달리기, 자전거 타기, 수영, 운전 기술처럼 뇌에 깊이 새겨져 있다. 하지만 E. H.가 서브 연습을 하게 된다면 엄밀히 말해 연습 기간의 일에 대해서는 아무것도 '기억'하지 못해도 그의 실력은 향상될 거라는 사실이 관찰되었다.

이런 게 비서술 기억이야. 마고는 생각한다. 그녀는 기억상실증에서 보이는 비서술 기억에 대해서 글을 썼고 E. H.를 대상으로 한 추가 실험 아이디어를 생각해낸다.

그녀는 생각지도 않게 땀을 흘리기 시작한다. 기름진 땀이 등과 옆구리를 타고 줄줄 흐른다. 뒤로 넘겨 포니테일 형태로 묶은 짙은색 머리카락이 흐트러져 달아오른 뺨으로 흘러내린다. 얼마 전 그녀를 다정하게 안아주던 엘리후 후프스의 모습, 머뭇거리는 그녀의 말에 깊은 연민을 보이며 귀 기울이던 모습, 얼굴에 느껴지던 그의 심장박동이 떠올라 시합에 집중하지 못한다.

당시 두 사람은 키스하지 않았다. 마고는 남자가 성적 흥분을 느끼고 있고, 자신도 그렇다는 사실을 깨닫고는 몹시 당황하며 그의 품에서 빠져나왔다.

누가 보기라도 했다면! 연구소 직원 중 누구라도 보았다면!

나아가 실험실 동료 중 한 사람이 대학에 알리기라도 했다면!

최악의 경우 밀턴 페리스가 그녀의 행동을 알게 된다면…….

이런 생각들이 땀에 젖은 얼굴과 머리카락에 몰려드는 각다귀처럼 머릿속을 맴맴 도는 바람에 마고는 집중하지 못한다.

"포인트!" E. H.가 득의양양하게 소리친다. 다른 곳에서는 뚜렷이 보이지 않지만 테니스 코트에서는 확실하게 나타나는 남자의 호전적 성향에 뭔가 마음을 아프게 하는 구석이 있다.

마고도 자기 자신에게 웃음을 보여주기로 한다. 네트 너머에서 두 손으로 라켓을 잡은 채 웅크린 자세로 냉정하게 그녀에게 시선을 고정하고 있는 흰색 옷차림의 남자를 향해 명랑한 목소리로 소리친다. "맹렬하게 시합을 하네요, 엘리! 사람들 말대로 절대 봐주지 않는군요."

절대 봐주지 않아! 마고의 심장은 화를 참지 못해 마구 펌프질 한다. 그녀는 왜 그렇게 어리석은 말을 했던 걸까?

상대의 말이 전혀 들리지 않는 것처럼 혹은 상대의 농담을 이해하지 못하는 것처럼 E. H.가 희미한 웃음으로 응답한다. 그는 무릎을 굽히고 두 발을 벌린 채 여전히 살짝 웅크린 자세로 서 있다. 이제 그가 그녀를 적수로 보지 않고 사람으로 보고 있다는 걸 마고는 안다. 그는 판단하려고 애쓰는 중이다. 이 사람은 누구지? 나랑 무슨 관계지?

마고가 서브를 넣자 E. H.는 별로 힘들이지 않고 공을 받아쳐서 네트 너머로 넘기지만 마고의 서브를 똑같이 받아친 모양새다. 공이 풍선처럼 둥둥 떠서 네트 위로 날아오는 것 같다. 이어지는 발리, 슬로모션으로 보여주는 것 같은 동작. 결국 E. H.는 공을 받아치지 못한다. 공이 몇 차례 통통 튀면서 코트 옆으로 굴러가는 동안 그는 눈을 껌뻑거리며 시선으로 공을 쫓는다.

"무슨 문제 있어요, 엘리?" 마고가 걱정스럽게 외친다. 눈부신 흰 셔츠와 흰 바지와 흰 운동화 차림의 E. H.가 혼란 속에 배회하는 것처럼 서 있다. 희부연 안개가 그를 덮고 있는 것 같다. 마고는 자신이 주문을 깬 거라고 생각한다. 시합에 몰두하던 기억상실증 환자에게 어리석은 말을 해서 관심을 돌리는 바람에 그의 집중력을 흐트러뜨린 것이다. 그는 어쩔 수 없이 그녀에 대해 생각해야 했을 테니까.

전에 한 번도 본 적이 없는 이 여자, 네트 너머에서 숨을 헐떡이며 걱정스런 눈으로 자신을 보고 있는 이 여자는 누구인가?

마고는 이 일을 일지에 기록하지 않는다. 그날의 일을 기록한 그녀의 실험실 공책에는 기억상실증 환자와 테니스 시합을 한 일이 암호로라도 암시되어 있지 않다.

마고는 연구소 사람들이 아무도 눈치채지 못했기를 바란다. 설령 눈치챘더라도 나중에 다시 생각을 바꾸었기를 바란다.

그녀는 생각한다. 다시는 이런 일 없을 거야. 절대 그래서는 안 돼.

마고가 위스키 한 잔을 들이켠다.

아. 타는 듯한 술이 목으로 넘어가자 술기운이 가슴 가득 퍼진다.

목 안이 화끈거리는 달콤한 느낌. 성욕의 불꽃이 미끄러지듯 목을 타고 내려간다. 이 느낌이 좋아.

4

"엘리, 넥타이가 정말 예뻐요! 언제 봐도 옷을 참 잘 입네요."

테스트를 받기 위해 연구소에 올 때마다 엘리후 후프스는 좋은 소식을 기대하는 사람처럼 신경 써서 옷을 입고 온다.

30년이 흘러도 이럴 것이다! 그리고 그 세월 동안 마고 샤프가 증인이 되어줄 것이다.

E. H.는 대체로 면도를 깔끔하게 하고, 세월과 함께 숱이 줄고 벗겨진 머리는 단정하게 빗어 손질했다. 그는 3주마다 한 번씩 머리를 자른다. 손톱은 깨끗하게 정리했으며 아마 발톱도 마찬가지일 거라고 마고는 짐작했다.

적어도 남들 앞에 나설 때만큼은 늘 깔끔하게 보이기 위해 E. H.는 달력에 열심히 기록한다. 침대 옆 벽에 걸린 달력에 머리 자르는 날, 치과와 병원 예약일, 연구소 '테스트 날'이 표시되어 있다. 매일 밤 잠자리에 들기 전 달력 날짜에 X 표시를 하여 지운다.

이렇게 한 번에 하루씩 나아간다.

(기억상실증 환자가 이전 달 달력을 다시 들춰볼 때면 온통 X로 지워진 몇 주의 날들이 묵직하게 다가온다. 그럴 때면 그는 매번 낯선 삶을 대하는 기분으로 이제는 과거시제가 된 그때의 삶을 궁금해한다.)

E. H.의 옷에도 역시 표시가 되어 있다. 갖가지 색깔의 포스트잇으로 무엇을 입었는지 표시해서 같은 옷을 너무 자주 입지 않도록 한다. 오늘 정말 멋지네요, 엘리! 넥타이가 정말 예뻐요. 이제 E. H.는 자신이 남들 앞에 나서는 유일한 '공공장소'가 연구소뿐이라는 걸 이해하지는 못해도 아마 어렴풋이 느끼고는 있을 것이다.

E. H.는 구두를 여러 켤레 갖고 있어서, 사람이 드나들 수 있는 삼나무 수납장에 순서를 바꿔 놔둔다. 연구소에는 스포티한 옷, 캐주얼한 옷, (가끔은) 정장 옷을 번갈아가며 입고 온다.

쇼핑을 좋아하는 그는 언제나 똑같은 몇 곳의 남성복 가게를 찾는다. 글래드와인에 있는 이 옷 가게들은 '엘리후 후프스'의 이름을 알고, 그의 후견인이자 고모인 루신다 매티슨 부인을 알고 있다. 매티슨 부인은 조카가 이미 갖고 있는 셔츠나 스포츠 코트, 신발을 또다시 구입하지 않도록 각별히 주의를 기울인다.

마고는 매티슨 부인을 통해 이런 내밀한 정보를 알고 흥미를 느끼게 되었다. 엘리후 후프스에 관한 것이라면 어떤 정보든 그녀의 흥미를 끈다.

병에 걸리기 전의 엘리는 외모에 그렇게 유난을 떨지 않았다고 매티슨 부인이 마고 샤프에게 말한다. "알다시피 내 조카는 신경 쓸 일이 아주 많았거든요."

엘리가 무슨 일에 신경 써야 했는지 묻자 매티슨 부인은 생각에 잠기며 말한다. "내 조카 엘리후 후프스 같은 남자가 신경 써야 할 일이 어떤 것이었을까요? 내 조카에게 물어보면 알겠지요."

바보 같은 질문이었다. 때때로 마고는 자신의 뇌가 오른 장갑을 낀 손과 같다고 느낀다.

어쩌면 마고가 연기를 한 것인지도 모른다. 기억상실증 환자가 종종 연기를 하듯이(마고는 그럴 거라고 짐작한다) 그녀 역시 그와 별반 다르지 않은 연기를 하는 것이다.

우리 같은 사람은 멍청해 보일수록 덜 위협적으로 느껴져. 우리에게 친절을 베풀어도 큰 위험이 없고, 비밀을 이야기해도 어차피 기억하지 못할 테니까.

마고로서는 실망스럽게도(짐짓 거짓으로 그런 척한 것이지만) 다음번에 E. H.는 그녀와 매티슨 부인이 있는 응접실에서 함께 차를 마시지 않겠다고 사양한다. 그가 정중하게 자리를 뜨고는 스케치북을 꼭 쥔 채 2층으로 사라진다.

이만저만 실망스러운 일이 아니다! 곤혹스런 악수 실험의 변형된 형태와 같으며, 다만 이번에는 마고 샤프가 부지불식간에 실험 대상이 되고 엘리후 후프스가 실험 주체가 되었다는 점만 다르다.

마고가 차로 E. H.를 집까지 데려다줄 때면 두 사람은 30킬로미터 거리를 가는 동안 E. H.가 기억상실증에 걸리기 이전의 일 중에서 머릿속에 자연스럽게 떠오르는 주제를 중심으로 다정하게 이야기를 나누곤 한다. (E. H.는 필라델피아와 남부 지역에서 있었던 인권운동 집회나 행진과 관련하여 흥미진진한 이야깃거리를 많이 알고 있고, 마고는 이 이야기에 푹 빠져 귀 기울여 듣는다. 그는 영화 「전함 포템킨」에서 멜로드라마 같은 장면이 나올 때면 간절한 음성으로 "형제들이여!"라고 외치기도 하면서 이 영화 전체를 외워서 재미있게 들려준다.) 그러나 마고가 자신을 글래드와인 파크사이드 466번지에 있는 영국 튜더 시대풍의 고풍스럽고 품위 있는 저택으로 데려온 걸 깨닫는 순간, E. H.는 대화의 끈을 놔버리고 어리둥절하다가 이내 얼른 집 안으로 들어가고 싶은 간절한 일념을 보인다.

(E. H.는 그녀가 자신을 '집'에 바래다주겠다고 해놓고 리튼하우스광장 대신 고모 집으로 데려온 걸 이상하게 여기는 걸까? 그는 이에 대해 절대 말하지 않는다. 그래서 마고는 E. H.가 자기 삶이 바뀌었다는 걸 뭔가 직감적으로 '아는' 게 아닌가 하고 생각하지 않을 수 없다.)

그렇지만 E. H.는 언제나 정중한 태도로 집에 들어가 루신다 고모를 만나보고 가라고 그녀를 초대한다. 물론 마고와 매티슨 부인은 수없이 첫 인사를 나누었다.

"안녕하세요! 만나서 정말 반가워요."

"안녕하세요, 매티슨 부인. 당신을 만나 뵙게 되어 정말 반가워요."

기억상실증 환자를 위해서 두 여자는 전에 만난 적이 있다는 내색을 하지 않는다. 아주 자연스럽게 물 흐르듯 그런 연기를 하게 된다고 마고는 생각한다. 고통받는 이가 아파하지 않도록 지켜주고 싶은 마음이 있다면 그 사람의 기분을 맞춰주게 된다.

다른 사람의 기분을 맞춰주는 건 삶을 살아가는 전략의 일환으로 매우 손쉬운 방법이다. 그녀도 부지불식간에 자기 기분을 만족시키면서 살아가는 게 아닌가 하는 생각이 든다.

매티슨 부인은 '인품'이 뛰어난 여자다. 마고는 한눈에 알 수 있었다. 매티슨 부인은 작고한 엘리의 부친 바이런 후프스의 여동생이다.

바이런 후프스에 대해 마고가 아는 것은 그가 매우 성공한 사업가이며 태프트, 듀이, 골드워터, 닉슨 같은 보수 정치인의 후원자였다는 점이다. 엘리의 아버지는 마틴 루서 킹 주니어 목사가 민주당 지지자가 아니라 공화당 지지자였다고 일깨움으로써 인권운동가 아들을 "놀리고 화를 돋우는" 걸 좋아했다고 매티슨 부인이 말한 적 있다.

(정말일까? 다른 누구보다 마고가 놀란다. 불쌍한 엘리!)

루신다 매티슨은 대략 50대 후반쯤으로 보인다. 겉보기에는 늙어 보이지만 사실 늙은 나이는 아니고, 최근에 몸무게가 줄어든 사람처럼 수척하고 피부가 탄력 없이 처져 있다. 얼굴에 분을 바르고 뺨에는 붉은 볼터치를 살짝 했으며 숱이 적은 금발을 뒤로 빗어 넘겨 뒷목 부근에서 거북딱지 핀으로 고정했다. 편견 때문인지는 몰라도 마고는 매티슨 부인의 말투에서 저절로 부가 연상된다. 부인의 목소리는 거칠고 허스키하며 마치 속삭이는 듯해서 마고가 그 소리를 들으려면 (하인처럼?) 몸을 굽혀야 한다.

엘리가 말해준 덕분에, 마고는 그의 고모가 아주 젊었을 때 엄청나게 돈이 많고 나이 든 남자와 결혼했다는 걸 알고 있었다. 그녀에게서는 시들어가는 미인의 심통 사나운 분위기가 풍긴다. 그녀는 평일 저녁 집에서도 긴 치마와 캐시미어스웨터를 입으며, 서늘한 계절에는 고급 모직바지, 따뜻한 계절에는 리넨바지 등 값비싼 옷을 몸에 낙낙하게 맞도록 입는다. 그녀는 어김없이 마고를 집 안으로 들여 '차'를 대접한다. '차'는 어쩌다 손님이 왔을 때만 내놓는 메뉴가 아니라, 이 집의 관습인 듯하다. 루신다 매티슨이 E. H.에게 함께 차를 들자고 달래보지만 그는 매번 응접실에 몇 분 정도만 머물다가 **그럼 실례합니다!**

라고 나지막이 말하고는 사과의 뜻으로 싱긋 웃으며 슬그머니 자리를 뜬다.

어른을 피해 도망가는 10대 아이처럼 긴 다리를 흐느적거리며 계단을 올라간다. 그럴 때면 E. H.가 평소 자신을 서른일곱 살로 여긴다는 사실을 잊어버린 게 아닌가 하는 생각이 든다.

혼자 있을 때면 그가 주머니에 넣고 다니는 작은 수첩과 스케치북을 찬찬히 살피면서 그날 무엇을 기록했는지 살펴볼 거라고 마고는 짐작한다. 그날 자신에게, 그리고 자신의 주변에 무슨 일이 일어났는지 알게 될 것이다.

마고 역시 언제나 그날의 일지를 확인하고 나서야 자신과 주변에 무슨 일이 일어났는지 확실하게 알게 된다. 종종 놀라기도 하고 가끔은 가슴이 뭉클할 때도 있다. 이렇게 하루를 되돌아볼 때면 그녀는 엘리후 후프스와 주고받는 교감이 더욱 깊어지는 것 같다.

매티슨 부인이 쉰 목소리로 말하고 있다.

"샤프 양, 엘리를 차로 데려다주다니 정말 친절하군요. 연구소에서 만난 사람들 모두 우리에게 아주 친절했지요. 우리 집안은 불쌍한 엘리의 기억이, 음, '치료'는 아니라도 뭐랄까 일종의 '회복' 정도는 되지 않을까 하는 희망을 절대로 포기하지 않을 겁니다……. 페리스 박사는 엘리가 특수한 사례이며 그를 도울 방법을 찾기 위해 실험하는 중이라고 말했어요……. 물론 엘리가 '다친' 지는 오래되었지요. 적어도 8년은 되었을 거예요." 매티슨 부인은 아쉬운 듯이 말하지만 어딘가 미묘하게 질책의 어조도 담겨 있다. 마고는 부인의 조카가 병이 난 지 8년이 아니라 10년이 되었다고 알려줘야 하나 생각한다. 눈치 빠르게 아무 말 하지 않는다.

마고는 가슴 한구석에 죄의식이 파고드는 걸 느낀다. 후프스 집안은 여전히 E. H.의 기억상실증 연구가 임상 목적이며 E. H.를 위한 것이라고 믿는다.

마고는 엘리후 후프스가 다븐파크연구소에서 세계 최고의 신경학적 치료를 받고 있다고 매티슨 부인에게 말한다.

아울러 전에도 얘기했듯이 엘리의 신분이 알려지지 않도록 철저하게 비밀을 지켜야 한다고 말한다.

"모든 사람이 엘리와 일하고 싶어 할 거예요. 자격도 되지 않는 어중이떠중이들이 지원할 겁니다. 엘리의 생활이 과도하게 공개될 테고 어쩌면 미디어 서커스가 될 수도 있어요. 그런 일이 일어나지 않도록 할 겁니다."

"'미디어 서커스'라니 무슨 말이에요?"

"지나친 흥미 위주의 보도를 말해요. 신문, 라디오, 텔레비전 등에서 엘리후 후프스와 인터뷰를 하려 들 거예요."

매티슨 부인이 불쾌감을 보이며 진저리를 친다. 분명 후프스 집안은 그런 일을 원하지 않을 것이다.

두 사람이 차를 마시는 응접실에는 묵직하고 단단해 보이는 빅토리아 시대의 오래된 가구들이 야단스럽게 놓여 있다. 빛바랜 쿠션, 소파와 의자들, 가장자리에 술 장식이 달린 전등갓, 동양적인 카펫, 높다란 납틀 창문을 거의 뒤덮다시피 한 진홍색 벨벳 커튼 등이 방 안을 장식하고 있다. 퇴창에는 아름다운 균형을 이룬 커다란 그랜드피아노가 있다. 스타인웨이 피아노로, 그 위에는 족히 몇십 년이 되었을 법한 체르니 교본이 놓여 있다. 심지어는 촛불 모양을 본뜬 투명한 전구가 갓도 없이 매달린 크리스털 샹들리에도 있다. 벽면마다 집안 친척이나 조상일 것으로 추정되는, 뻣뻣한 자세의 이상화된 개인 초상화가 걸려 있다. 그렇지 않다고 하기엔 예술 작품으로서의 가치가 아주 미미하기 때문이다. 응접실의 매끈한 벽면을 손가락으로 쓱 쓸어보면 먼지가 얇은 막처럼 일어날 것 같다고 마고는 생각한다.

매티슨 부인이 내놓은 찻잔과 받침도 얇은 먼지 막으로 살짝 덮여 있다. 마고는 감탄의 눈길로 아름답고 정교하기 그지없는 웨지우드 도자기를 찬찬히 살핀다.

"고맙습니다. 마거릿, 아니 마고라고 했지요? 이 집에 있는 모든 것은 물론 집안 물건들이에요. 나와 내 남편의 집안인 매티슨가요. 하지만 이 집은 내 부모님이 살던 집이에요. 200년 가까이 후프스 집안의 소유였지요. 1961년 남편이 죽은 뒤 이곳으로 다시 옮겨 왔어요. 물론 그 후로 불쌍한 엘리가 아플 때면 이곳에 와서 나와 함께 지냈지요."

부인이 쉰 목소리로 나지막이 자신과 집안에 대해 이야기하는 동안 마고는 흥미롭게 듣는다. '후프스'라는 이름이 자주 입에 올랐고 그 발음 속에 순수한 기쁨과 자긍심이 배어 있었다. 매티슨 부인의 설명에 따르면 조카는 더 이상 리튼하우스광장에서 살 수 없게 되었고 그에게 이 집만 한 곳은 없었다. 이곳은 그의 조부모가 몇십 년간 살았던 집이고 그는 이 집에 자주 들락거렸다. "엘리가 이 집을 기억하는 데에는 아무 문제가 없어요. 어떤 경우든 2층은 대부분 닫혀 있고 거실이나 우리 아버지의 오래된 서재는 절대 사용하지 않지요. 엘리는 공간 감각이 탁월해요. '중심가'에 가려면 어느 방향으로 가야 하는지 알고,

집으로 돌아오는 길이나 공원 산책로도 잘 알아서, 절대 길을 잃는 법이 없어요. 알다시피 조카는 운전을 할 수 있고 면허증도 갖고 있지만, 의사들은 직접 운전하는 건 바람직하지 않다고 하더군요. 엘리는 할 수 없이 그러겠다고 했어요. 사고가 날 경우 설령 엘리에게 과실이 없더라도 보험회사는 보험금을 지급하지 않을 거예요. 당신도 알겠지만 보험회사란 곳은 불한당같이 굴기도 하잖아요! 조카가 새로운 것에 대해서는 심한 혼란과 당혹감을 보이지만 아프기 전에 자주 했던 일들은 대부분 큰 노력 없이도 기억할 수 있어요. 다만 후프스앤드어소시에이츠에서 했던 일은 예외였어요. 회사에서 그 애를 다시 받아들이려고 애썼지만 잘되지 않았죠."

매티슨 부인의 어조에는 이상하게 기분 좋은 체념의 분위기가 풍긴다. 마고에게 굳이 차를 직접 따라주고 은 쟁반에 놓인 과자를 먹어보라며 권하기도 한다. 자주 웃지만 마치 자기 자신을 향한 웃음 같다. 마고는 자기보다 나이 많은 여자가 **차분하게 평정을 유지하는 모습**이 매력적이라고 느낀다. 마고가 미시간 오리온폴스에서 알고 지내거나 한때 알았던 대다수 사람들에게서는 한 번도 본 적 없고, 그녀 역시도 천성적으로 갖지 못한 이런 자신감이 무척 인상적이었다.

마고가 회상하건대, 루신다 매티슨처럼 남편을 잃고 혼자 사는 오리온폴스의 여자들은 대개 부인병에 걸려 있거나, 얼마 전 그런 진단을 받았거나, 치료 중이거나, 치료를 끝내고 뼈만 앙상하게 남은 경우가(단지 이런 이유들로 마고가 오리온폴스 생각을 하는 일은 좀처럼 없다) 대부분이며 이 여자들이라면 이런저런 변명을 늘어놓지, 이렇게 **차분한 모습**을 보이지 않을 것이다.

그들과 달리 루신다 매티슨은 매우 건강해 보이고, 어쨌거나 건강 문제로 흔들리는 것 같지는 않다. 말이 혼자 사는 과부지, 실제로는 전혀 그렇게 보이지 않는다. 과부에게 돈이 있으면 엄밀히 말해 남편을 잃은 게 아니라고 마고는 생각한다.

마고는 E. H.와 함께 지내는 루신다 매티슨이 고맙다. 이처럼 넓은 마음을 지닌 친척이 없었다면 E. H.의 삶은 어떠했을까…….

마고는 기쁨의 표시로 따뜻한 차를 마시고 초콜릿칩 쿠키를 먹는다. 구운 라드에 타르를 살짝 가미한 것 같은 맛이다. 이 집에서 그녀가 있을 만한 곳은 이 응접실뿐이라고 생각하면서 미소를 짓는다.

매티슨 부인이 이야기하는 동안 마고는 위층이나 계단에서 발소리가 들리지 않을까 귀를 곤두세운다. 엘리가 작별 인사를 하러 내려올 거야. 내가 떠나기 전에 날 보러 올 거야. 이런 생각을 하면서.

아니, 더 나은 생각도 해본다. 엘리는 내가 떠나는 걸 원치 않을 거야. 내 손을 붙잡고 더 오래 머물러달라고 청할 거야. 저녁을 먹고 가라고…….

마고의 순진한 생각을 읽기라도 한 듯 매티슨 부인이 너그러운 미소를 지으면서 나무라듯 말한다. "엘리는 실망을 안겨줄 때가 많아요."

실망을 안겨준다고? 마고가 멍하게 바라본다.

"그렇다니까요. 다들 그렇게 말했어요. '엘리에게 벌을 주겠다는 어리석은 생각을 한다면 상심하게 돼'라고요."

매티슨 부인은 마고(얼굴이 조금 화끈거리는 상태다)에게 조카가 유년 시절에도 손윗사람들에게 "골칫거리"였다고 말한다. 엘리는 "이상주의적이면서도 매우 고집스러웠다". 예의와 절제가 부족했다. "당시에는 거친 태도가 온 나라를 휩쓸었으니 당신도 1960년대 젊은이들에게서 그런 모습을 보았을 거예요. 엘리는 자기와 생각이 다른 사람들, 또는 자기만큼 머리가 빨리 돌아가지 않는 사람들에게 관용과 인내를 보여주지 않았지요. 자기보다 보수적인 집안사람들에게도 결코 세심하지 않았는데, 결국은 모든 사람에게 그런 셈이죠! 특히 엘리의 아버지이자 내 오빠인 바이런에게 분노를 드러냈어요. 바이런이 처음 심장마비를 일으키게 된 건 사실 엘리 때문이었어요. 어깨까지 머리를 기르고 이마에 빨간 띠를 두르고 다니는 것만으로도 결코 그 애가 용서되지 않았던 거죠! 빨간 띠에는 '절대 안 갈 거야'라고 적혀 있었는데, 어디에 안 가겠다는 말인가 하면…… 베트남에 싸우러 가지 않겠다는 소리였어요. 그런 일이 일어날 리도 거의 없었는데 말이에요. 엘리는 퀘이커교도처럼, '급진주의자'처럼 행동했어요. 신을 믿지도 않으면서 유니언신학교에 입학했지요. 신학교 선생들에게 싸움을 걸기 위해 입학했다고 생각한 이들도 있었어요. 물론 그 상태가 지속되지는 않았지요. 결국 엘리는 서른 살이 다 되어 집안에서 운영하는 회사의 자리를 받아들였고 재정적으로는 아주 훌륭하게 해냈어요. 하지만 그 애 마음은 편치 않았지요. 엘리는 '돈을 버는 건 영혼의 죽음을 의미한다'고 했어요." 매티슨 부인은 잠시 말을 끊더니 부드럽게 솟은 가슴에 손을 얹는다. "엘리는 결혼을 했어야 해요. 약혼은 최소한 두 번 했지요. 이곳 필라델피아의 좋은 집안에서 태어난 사랑스러운 아가씨들이었지만 늘 뭔가가 조카를 실망시켰어요. 마지막 상대와는 필라델피아 유니테리언교회에서 결혼식을 올리기로 날짜를 잡았어요. 공공도서관 인근에 있는 오래된 아름다운 교회지요. 하지만 1964년 10월 더 이상 예전의 엘리를 볼 수 없게 되었어요……. 아, 우리는 오랫동안 엘리를 못마땅하게 여겼어요. 전혀 다정하지도, 친절하지도 않았지요. 여자들에게 말예요. 알다시피 조카는 아주 멋있었죠. 지금 모습을 보고 판단하면 안 돼요. 조카는 사람들 마음을 아프게 했어요. 비단 젊은 아가씨들에게만 그런 건 아니었지요.” 매티슨 부인은 하지 말아야 할 이야기를 한 것처럼 숨죽인 채 웃는다. 장난기 어린 표정으로 마고 쪽을 흘낏 쳐다보는데, 그 얼굴이 마치 이렇게 말하는 것 같다. 당신은 내 조카에게 온통 마음을 빼앗긴 저 가련한 여자들 중 하나가 아니길 바라요.

“엘리는 1950년대 필라델피아에서 있었던 시민 평등권 행동주의에 참여했는데 다른 이들에 비해 훨씬 일찍부터 관련되어 있었어요. 미국흑인지위향상협회에 돈을 냈고 남부그리스도교도지도회의, 그러니까 조카가 영웅으로 숭배하는 마틴 루서 킹 주니어 목사에게도 돈을 냈지요. 앞뒤 가리지 않는 행동 때문에 그 애 부모는 걱정을 많이 했어요. 엘리는 이 지역 흑인이나 백인 운동가와 함께 행진했을 뿐만 아니라 남부 지방에서도, 앨라배마와 미시시피처럼 끔찍한 곳에서도 행진을 했지요. 함께했던 동료들 중에는 죽은 사람도 있어요. 그들은 스스로를 가리켜 ‘자유의 버스 탑승객’이라고 불렀는데, 엘리를 포함해 모두가 구타당했지요. 나중에 알려진 바로는 이들이 남부로 향하기 전 유서까지 작성했다고 하더군요! 상상해보세요. 젊은이들이 린치를 당할지도 모른다는 걸 알면서 유서까지 작성해놓고 그곳으로 떠났던 거예요. 엘리는 늘 두들겨 맞고 구타당했어요. 갖고 있던 카메라도 부서졌죠. 조카 말로는 ‘과격한’ 인종주의자들이 그랬대요. 앨라배마의 어떤 끔찍한 곳에서는 체포되어 감옥에 갇혔어요. 우린 앨라배마를 미국 땅이라고 생각조차 하지 않는데 왜 ‘자유의 버스 탑승객’

들은 그곳에 가려 했던 걸까요? 엘리는 집에 전화를 걸어 '나 아직 안 죽었어요!'라고 말하곤 했어요. 그 애한테는 기운 나는 일이었고 대단히 흥분되는 일이었지요. 우리는 조카가 그런 운동가들 중 한 명과 결혼해서 돌아오는 건 아닌지 늘 걱정했어요. 유대인이나 흑인 말이에요……. 결국 조카는 집에 돌아와야 했고 후프스 회사에서 자리를 맡아야 했지요. 조카도 그 사실을 줄곧 알고 있었어요. 완전히 무책임한 아이는 아니니까요. 조카는 글래드와인 대신 필라델피아 중부에 있는 리튼하우스광장에서 살기로 했어요. 공원 북쪽에 있는 오래된 아름다운 건물로 실은 집안 소유였지요. 조카는 운동가 조직에 돈을 댔고, 흑인교회에도 돈을 댔어요. 너저분한 과격 신문 『필라델피아인콰이어리』에 지원금도 주었고요. 펜실베이니아와 드렉셀의 '소수 집단' 학생들에게 장학금도 지급했지요. 존 F. 케네디 암살에 큰 충격을 받고 우울해했어요. (조카가 사랑했던 킹 목사도 암살되었지만 그 애가 알지 못해 다행이에요. 물론 엘리가 '알기'는 하지만 그 일이 일어난 게 1969년이기 때문에 기억하지 못할 거예요. 내 생각에는 그래요.) 엘리는 항상 자기 목숨을 아끼지 않았어요. 어릴 적에도 애디론댁산맥에서 혼자 하이킹이나 캠핑을 했어요. 악천후에도 혼자 수영하고 카누를 탔지요. 알다시피 조지호는 내해와 같아서 **무척 넓어요**. 폭풍우에도 혼자 카누를 타고 나가서 불쌍한 그 애 엄마가 크게 놀라곤 했지요. 9월 초 다른 식구들이 모두 집으로 돌아간 뒤에도 조카는 오랫동안 호수에 남아 있었어요. 조카가 조지호에 혼자 머물지 않았다면 그 애에게 일어난 이 끔찍한 일, 이 '감염', 그러니까 '뇌염'에 걸리는 일도 없었을 거예요. 엘리는 언제나 지독히도 **고집불통**이었어요."

마고는 E. H.의 일을 과거시제로 말하는 매티슨 부인의 어투에 당혹감을 느낀다. 그의 인생을 다 끝나버린 것으로 간주한다고 생각하니 오싹한 느낌이다.

"엘리는 한꺼번에 여러 인생을 사는 것 같았어요. 그중 한 가지 인생을 사는 엘리만 알았다면 다른 인생을 사는 그에 대해서는 알 수 없어요. 내 아들 조너선이 언젠가 도시의 대학 부근 거리에서 '광분한 듯 보이는 지저분한 사람들'과 엘리가 함께 있는 걸 분명히 보았다고 했지요. 마구 헝클어진 텁수룩한 머리를 하고서 히피처럼 이마에 머리띠를 둘렀다고 하더군요. 당시 도로가 부분적으로 통제 상태여서 아주 천천히 운전하고 있었는데 사촌 엘리후 후프스를 비롯한 무리가 자동차 보닛을 마구 두드리면서 음란한 욕을 퍼붓고 심지어 유리창에 침을 뱉기도 했대요. 이제 엘리가 우리 모두에게 이따금 이런 행동을 하는 것 아닌가 싶어요. 한 번도 본 적 없는 사람인 것처럼 우리에게 주먹을 휘두르고 싶어 하고 우리가 자기 때문에 얼마나 상심하는지 아랑곳하지 않지요."

"하지만 엘리는 폭력적이지 않잖아요? 어쨌거나 그런 모습을 보였다는 기록은 없어요."

"네, 그래요. 엘리는 결코 '폭력적'이지 않아요. 당연히 아니죠. 내 말은 우리를 보는 엘리의 태도가 그렇다는 거예요. 아니면 우리를 아예 보지 않았는지도 모르고요. 불쌍한 내 조카를 예전에 알았어야 이 말을 이해할 수 있을 거예요."

마고는 자기보다 나이 많은 여자가 손에 보석 반지를 여러 개 낀 데 주목한다. 실제로 매티슨 부인이 성마르게 이야기를 이어가는 동안 마고는 반지에 온 관심을 두고 있었다.

마고는 생각한다. 내가 결혼해서 후프스 집안사람이 될 수 있다면! 엘리의 남은 인생 동안 그를 보살펴줄 거야.

"저녁 식사 때까지 좀 더 있다가 가라고 청하고 싶지만, 미스…… 샤프턴이라고 했나요? 이제는 우리가 '저녁을 들지' 않아서요. 20년간 일한 가정부가 필라델피아로 돌아갔고 후임을 찾지 못했어요. 엘리는 내가 일깨워주지 않는 한 배고픈 걸 몰라요. 식사를 할 때도 함께 식탁에 앉아 먹으려 하지 않고, 쟁반을 들고 2층에 올라가서 텔레비전을 보며 먹어요. (망할 뉴스 프로그램들 같으니라고! 그런 걸 보고 나면 엘리는 잔뜩 흥분해서 화를 내요. 하지만 몇 분 지나면 왜 그랬는지 알지 못하고 무엇 때문에 그렇게 화가 났는지 내게 설명도 못 하지요.) 때로는 쟁반에 음식을 차려 '텔레비전 저녁 만찬'을 먹지요. 이야기하려니 좀 멋쩍긴 하지만 버즈아이에서 만든 냉동 치킨알라킹을 즐겨 먹는 편이에요. 우린 함께 옛영화를 봐요. '고전' 영화들요. 「폭풍의 언덕」과 「레베카」는 정말 많이 봐서 엘리는 로런스 올리비에의 대사를 모두 알아요. 올리비에와 정확하게 입을 맞추어 대사를 외우면서 아주 즐거워해요. 그리고 「전함 포템킨」이라고 100년 전에 나온 무성영화도 있어요. 러시아 공산주의 영화인데, 나는 절대 다시 보고 싶지 않지만 엘리는 이 영화를 전부 외웠고 싫증을 내는 법이 없어요. 하지만 대체로 나는 이런저런 간식거리를 하루 종일 입에 달고 사는 버릇이 있어서 저녁에는 식욕이 별로 없어요. 해럴드가 죽은 뒤로 8킬로그램이 줄었지요." 매티슨 부인은 회한에 젖어 아쉬운 듯이 말했다.

마고는 생각한다. 아, 아무튼 날 초대하면 되잖아요, 매티슨 부인! 2층에서 엘리와 함께 텔레비전을 봐도 되고요.

마고는 엘리가 연구소에 있을 때도 식사를 하라고 일깨워줘야 한다고 매티슨 부인에게 말한다.

어떤 기억상실증 환자는 방금 전 식사를 해놓고도 잊어버리는 반면, 어떤 환자는 먹는 걸 잊어버린다니 이상하지 않은가. 한쪽은 비만의 위험이, 다른 쪽은 영양 결핍의 위험이 있다.

'E. H. 프로젝트'에서 가장 성공적이었던 실험 중 하나는 배고픔을 인식하는 능력을 테스트하는 것이었는데, 마고는 이 이야기를 매티슨 부인에게 하지 않는다. 기억상실증 환자 앞에 잘 차려진 식사를 내놓고 그가 '배고픈 상태'임을 알려준다. 그러면 그는 음식을 먹는다. 그로부터 한 시간 뒤 똑같은 식사를 다시 내놓고 한참 동안 음식을 먹지 않았다고 이야기하면 E. H.는 이번에도 객관적인 관찰자의 눈에 '정상'으로 보일 법한 모습으로 음식을 다 먹거나 거의 다 먹는다.

반대로 일정 시간 동안 E. H.에게 방금 전 식사를 했다고 말하면 그는 '배고픈' 내색을 전혀 하지 않을 것이다. 심지어는 "먹을 것을 좀 더 내오겠다"는 제안을 정중하게 거절할 것이다.

현재 이와 비슷한 실험이 마고의 감독하에 핵심 대학원생 그룹에서 실시되고 있다. 기억상실증 환자가 갈증을 느끼는 정도와 고통을 견디는 능력을 테스트하는 것이다. 마고는 가장 신뢰하는 박사 후 연구 과정 학생 한 명과 함께 E. H.의 수면 능력과 꿈을 꾸는 능력에 대해서도 일련의 테스트를 계획하는 중이다.

이러한 실험을 통해 알아낸 몇 가지 사실이 유력지 『사이언스』에 게재된 마고의 최근 논문 「기억 결함과 '식욕' : 'E. H.'의 사례」와 『실험신경심리학 저널』에 실린 논문 「'식욕'의 사회적 결정 요소 : 'E. H.' 의 사례」를 통해 보고되었다. 하지만 마고는 자랑삼아 떠드는 것처럼 비칠까 봐 매티슨 부인에게 이야기하지 않기로 한다. 마고가 조심스럽게 말을 꺼낸다.

"아시겠지만 인간적인 것의 많은 부분은 기억에 의존하고 있어요. '성욕'이나 식욕이 본능적인 거라고 생각하실지 모르지만 전혀 그렇지 않아요."

"정말 이상하지 않아요?" 매티슨 부인이 흠칫 몸서리치며 말한다. "다들 허기를 느낄 때 먹는다고 생각할 거예요. 엘리가 '배고프지' 않은 상태로, 혹은 '배고프지' 않다고 주장하는 채로 오랫동안 버티는 게 정말 이해되지 않아요. 열두 시간이나 버티기도 해요. 하지만 일단 먹기 시작하면 먹고, 또 먹고, 또 먹어요. 옆에서 지켜봐야 해요. 안 그러면 탈이 날 테니까요." 매티슨 부인이 잠시 말을 끊고 찡그린다. "술도 마찬가지예요. 불쌍한 엘리가 '술'을 마시게 놔둬선 안 돼요."

연구소에서는 술이 허용되지 않는다고 마고가 매티슨 부인을 안심시킨다. 흡연도 제한된 장소에서만 허용된다.

그럼에도 매티슨 부인은 못마땅한 기색으로 말한다. "한때 비글을 키운 적이 있어요. 그 귀여운 개들은 배가 아플 때까지 먹고 또 먹지요. 금붕어는 배가 터질 때까지 먹어요. 자연은 상식적으로 설계된 것 같지 않아요."

마고는 자연이 '설계'된 게 아니라고 전문가의 권위로 말해줄까 생각한다. 하지만 부인에게 무례하게 들릴지도 모르고, 그런 점에서 이 역시 자랑삼아 떠드는 말에 지나지 않는다.

마고는 유머를 시도하며 말한다. "사람도 그렇지만 자연 속에도 '상식'이 들어갈 자리가 별로 많지 않아요."

마고는 E. H.가 연구소에서 늘 똑같은 음식을 먹는다고 매티슨 부인에게 설명한다. 양상추와 토마토, 참치 샐러드로 만든 통밀빵 샌드위치에 사이드 메뉴로 포테이토칩을 먹는다.

그런데도 E. H.는 점심 식사를 주문할 때 늘 메뉴판을 꼼꼼하게 본다. 매번 참치 샌드위치를 처음 선택하는 것 같은 모습이다. 또한 무슨 빵으로 할지 깊이 고민하고는 어김없이 통밀빵을 선택한다. 이 역시 처음 선택하는 것 같은 모습이다.

마고는 따뜻한 신뢰의 미소를 보낸다는 마음으로 얼굴에 미소를 띤 채 이런 정보를 알려주었다. 그럼에도 매티슨 부인이 얼굴을 찡그린다.

"네. 불쌍한 엘리가 그렇군요. 당연히 그렇겠지요. 예전의 엘리는 젊은이 중에서도 정말 예측할 수 없는 아이였는데, 지금은 아주 정확하게 예측할 수 있는 사람이 되었네요. 세상에나."

후회가 몰려온다. 애당초 그 말을 꺼낸 건 매티슨 부인이 미소 짓게 만들려는 의도였다. 그리하여 그 자리에 없는 괴팍한 엘리에 대해 두 사람이 사랑하는 마음으로 하나가 되어 다정히 함께 웃을 수 있기를 바랐다. 하지만 매티슨 부인에게 슬픔만 안겨주었다. 정말 경솔한 말이었다!

그럼에도 마고는 엘리의 인생에 있었던 여자들 이야기를 매티슨 부인에게 더 물어보고 싶다. 두 번이나 약혼을 했었다고? 마고는 그중 한 명에 대해서만 들었다. 그 여자들은 어떻게 되었을까?

여전히 엘리를 사랑하고 있나요? 아니면 당신 빼고 모두들 그랬듯이 엘리를 버렸나요?

그보다 E. H.의 스케치북에 그려진 심란한 그림들에 대해, 그리고 얕은 개울에 빠져 죽은 것처럼 보이는 아이에 대해 묻고 싶은 마음이 간절하다.

이제 얼마나 되었나, 10년쯤 되었을까? 그 세월 동안 마고는 기억 상실증에 걸린 E. H.와 함께 일하면서 수많은 주를 보냈고, 적어도 일주일에 두세 번은 그 주의 일을 일지에 기록했다. 그 기나긴 시간 동안 E. H.는 스케치를 수백 번이나 그렸다.

아니, 수천 번쯤 될까?

연필로 그릴 때도 있고 목탄으로 그릴 때도 있다. 형체를 작게 그릴 때도 있고 종이가 꽉 차도록 크게 그릴 때도 있다. 마고는 빅토리아 시대의 삽화가 존 테니얼이 그린 저 『이상한 나라의 앨리스』 그림들(어린아이에게는 무섭게 보인다)이 떠오른다. 조그마한 앨리스, 거대한 앨리스, 점점 커져서 머리가 천장에 닿고 작은 유리창 밖으로 팔을 내밀어야 하는 어떤 방 안에 갇힌 앨리스…….

그림 속 모습은 매번 거의 똑같다. 잔물결이 일렁이는 개울, 수면 아래 누워 있는 열한 살 남짓의 (벌거벗은) 여자아이. 얼굴 주변으로 머리카락이 물에 출렁이고, 동그랗게 뜬 두 눈에는 초점이 없으며 피부는 시체처럼 창백하다.

여자아이는 언제나 상체가 지면의 왼쪽에 놓여 있다. 머리카락이 물결 따라 왼편 가장자리의 어둠 속으로 흘러가고 창백한 맨발은 오른편 가장자리의 그늘 속으로 사라진다.

여자아이의 벌거벗은 모습은 생생하게 그려져 있지 않고 약간 어슴푸레하게 암시적으로 그려져 있다. 아이의 두 다리 사이로 더 짙은 어둠이 보인다.

스케치를 볼 때마다 마고는 충격을 받는다. 결코 익숙해질 수 없는 그림이다. 우연한 관심을 가장하며 엘리, 무슨 그림이에요? 라고 물으면 E.H.는 얼굴을 찌푸리고 스케치북을 덮어버릴 것이다.

E. H.의 다른 그림이나 스케치들 역시 강박적으로 반복 등장한다. 대다수는 호수를 배경으로 한 그림인데, 마고는 조지호일 거라고 짐작한다.

황혼 녘의 호수, 달빛 아래의 호수 등 호수 그림이 많다. 저 멀리 산꼭대기에 나무들이 서 있는 애디론댁산맥을 배경으로 소나무 숲이 보이고 강물과 개천이 보인다. 그늘이 짙게 드리운 숲속, 늪지대, 밭과 목초지를 그릴 때도 있다. 호수에는 요트가 떠 있고 부두에 카누와 노 젓는 배들이 매여 있다. 호숫가에 통나무로 지은 커다란 집도 그린다. 필시 후프스 집안의 여름 별장일 것이다. 인물 그림을 그릴 때도 있으며(일부러 번지게 해놓거나 흐릿하게 그린다) 저 멀리 (어른) 형체들이 등장하기도 한다. 소형 프로펠러 비행기도 등장한다. '비치크래프트 싱글 프로펠러식 비행기(E. H.가 마고에게 확인시켜준 바 있다)'인데, 땅에 착륙해 있을 때도 있고 위태롭게 하늘을 날 때도 있다. 앞쪽 조종석에 어린 아이가 앉고 그 뒤에서 나이 든 어른이 비행기를 조종하는 그림도 있다. 이 그림들 중에는 유령 같은 모습으로 물에 빠져 있는 여자아이보다 더 자주 등장하는 것들도 많지만, 여자아이 그림만큼 강렬한 인상을 주는 것은 없다.

마고가 머릿속으로 구상해본 실험 한 가지가 있다. E. H.가 연구소에서 테스트를 받는 동안 (몰래) 그의 스케치북을 빼돌려 물에 빠진 여자아이 그림의 사진을 찍을 것이다. 그런 다음 네거티브 필름을 만들고 이를 인화하거나 슬라이드로 만드는데, E. H.의 그림을 좌우로 뒤집어 여자아이의 머리가 오른편 위쪽에 놓이고 맨발이 왼편 아래쪽에 놓이게 할 것이다. 그런 다음 아무 설명 없이 그 사진을 기억상실증 환자에게 보여주고 그가 어떤 반응을 보이는지 지켜볼 것이다…….

최상의 결과를 얻기 위해 실험자는 다른 사진도 포함시킬 것이다. 여러 장의 사진들 사이에 물에 빠진 여자아이 사진을 섞어놓아야 한다.

엘리, 이 사진 알아보겠어요?

엘리, 이게 무슨 사진으로 보이는지 말해봐요. 맨 처음 떠오르는 걸 이야기해줘요.

매티슨 부인은 조카가 무례하게 굴려는 의도는 아니라고 마고에게 말하는 중이다. "아시겠지만 당신이 여기 온 걸 잊었을 거예요. 물론 나를 잊지는 않아요. 병이 나기 전, 예전에…… 엘리가 예전의 모습이었을 때부터 '루신다 고모'를 알았으니까요."

예전에 엘리가 살아 있었을 때. 마고는 매티슨 부인이 이 말을 하려던 게 아니었을까 생각한다.

"매티슨 부인, 조카분은 전혀 무례하지 않아요. 제가 만난 어느 누구보다도 신사적인 사람이에요. 친절하고, 남을 배려할 줄 알며, 신중하고, 주의 깊지요. 다른 사람의 말을 귀 기울여 들어요. 그처럼 진심으로 귀 기울여 듣는 사람은 아마 거의 없을 거예요."

매티슨 부인은 과찬이라고 고마움을 표하면서 마고의 손목을 살며시 어루만진다. "마고, 당신은 정말 상냥한 사람이에요. 엘리에게 당신 같은 친구가 있으면 좋겠어요. 이제 다른 사람들은 모두 그를 버렸어요. 심지어 형제자매도 그를 버렸지요."

"정말요? 슬픈 일이네요."

"정말 슬픈 일이지요. 이기적인 사람들이지만 그들 말로는 엘리를 보고 있으면 속상하대요. '좀비 같다'고 하더군요. 심지어는 그 여자아이, 아니 아가씨라고 해야겠군요. 엘리가 결혼하려 했던 약혼녀 말이에요. 둘 중 그나마 성격이 좋았던 그 약혼녀마저 그를 버렸으니……. 나는 앞으로도 계속 엘리를 돌봐줄 거예요. 그 애 엄마도 그러기를 원했을 겁니다. 난 젊지 않지만 내 나이 정도면 앞으로 한참 동안 엘리를 보살펴줄 수 있어요. 그러길 바라요! 엘리를 아들처럼 아끼지요. 실은 내 아들들도 있지만요." 매티슨 부인이 묘하게 웃는다. "하지만 이럴 때를 위해 아들이 새로 생겼고, 엘리는 내 곁을 떠나지 않을 거예요."

마고가 머뭇거리며 웃는다. 그녀는 외견상 매티슨 부인이 자발적으로 공모자가 된 듯한 몸짓으로 자신의 손목을 잡고 있는 게 좋았다.

매티슨 부인이 최고급 웨지우드 찻잔에 얼그레이를 한 잔 더 따르고 권하자, 마고는 사양하지 않고 희미하게 퀴퀴한 냄새가 나는 쿠키도 먹는다. 순전히 불안 때문에 식욕이 생기기도 하는 모양이라고 마고는 생각한다. 말하자면 입 안에서 느끼는 불안한 허기다.

매티슨 부인도 쿠키를 조금 베어 먹는다. "더 드실래요? 주방에 더 있어요. 싱크대 찬장 안에요."

마고는 감사하지만 괜찮다고 사양한 뒤, 문득 매티슨 부인의 이 말이 혹여 모종의 암시가 아닐까 생각한다. 마고가 직접 쿠키를 가지러

주방에 들어가면 집 안을 좀 더 둘러볼 수 있을 것이다. 그녀는 아까부터 루신다 매티슨이 품격 있고 유서 깊은 후프스 저택을 구경시켜주기를 바라고 있었다. 특히 E. H.가 거처하는 2층을 보고 싶다.

엘리, 안녕하세요! 마고예요, 샤프 박사요. 이 집에…… 고모님과 함께 왔어요.

파크사이드 애비뉴에서 바라본 후프스 저택은 대부분이 돌과 벽돌로 된 주변의 작은 집들 사이에서 영국 튜더양식의 위용을 떨치고 있다. 뒤쪽으로 느릅나무와 버즘나무, 오크나무와 상록수가 울창하게 넓은 터를 이루고 있다.

가까이서 보면 저택은 오랜 풍상에 낡고 군데군데 얼룩져 있는 데다 축축하게 썩은 나무 냄새도 풍긴다. 먼 과거에서 시간을 건너뛰어 온 집 같다. 제멋대로 웃자란 관목들이 1층 유리창을 거의 가려서 아래층의 방들은 늘 어둠침침하다.

이 집에서는 무엇 하나 바꿔선 안 된다는 걸 마고는 깨닫는다. 그럴 경우 엘리, 불쌍한 엘리는 방향감각에 혼란을 일으키고 헤맬 것이다.

마고는 곧 엘리의 집에서 내쫓겨 나가야 하는 순간이 올까 봐 두려운 마음에 응접실의 초상화에 대해 묻는다. 그녀는 줄곧 이 초상화들을 감탄하며 보고 있었다. 매티슨 부인은 작은 박물관의 나이 든 관리인처럼 흔쾌히 초상화 속 인물들을 소개한다. 실제로 후프스 집안의 조상들이며 모두 남자다. 이 중 가장 나이 많은 집안 어른은 이래즈머스 후프스로, 남북전쟁 이전의 유명한 노예제 폐지론자 퀘이커교도였으며, 1864년 흑인을 적대하는 반전 시위자들과 실랑이를 하다가 '순교자'가 될 운명이었다. 이래즈머스의 장남인 벤저민은 1870년대에 남동생들과 함께 필라델피아 브로드가에 미국 최초의 '대형' 백화점 중 하나인 후프스 엠포리엄을 세웠다. 마고는 매우 관심 있게 이야기에 귀 기울인다. 엘리후 후프스의 집안은 그녀의 집안과 너무도 달랐다! 또한 기억상실증 환자는 이런 집안 역사를 모두 기억해낼 수 있다. 조상의 이름을 거의 빠짐없이 알고 있을 것이다.

"아주 흥미롭네요, 매티슨 부인. 초상화 속 인물이 모두 남자예요. 집안에 유명한 여자는 없었나요?" 위험할 수도 있는 질문이라서 마고는 공손하게 가벼운 어조로 묻는다. 거의 장난삼아 말하는 듯한 투다. 하지만 매티슨 부인은 인상을 찌푸리더니 마고가 뭔가 조금은 재치 있는 이야기를 한 듯이, 혹은 재치 있게 보이려던 거라고 여기는 듯이 이내 얼굴에 미소를 띤다. 그런 상황에서 정중하게 대응하려면 이야기를 들었다는 내색을 하지 말아야 한다.

벽난로 선반에 놓인 도자기 시계가 울린다. 오후 6시다. "자, 그럼!" 매티슨 부인이 한숨 쉬듯 말한다. **티타임이 끝났다고** 알리려는 듯이.

마고가 무거운 숄더백을 찾는다. 가방은 소파에 있었다. 마고는 엘리후 후프스가 위층에 머물고 있는 이 집을 정말 떠나기 싫다! 차로 돌아가서 그녀 말고는 아무도 없는 집을 향해 골치 아프게 운전해야 하는 게 정말 싫다!

마고는 혼자 있을 때 이따금 E. H.에게 말을 건다. 그가 뭐라고 대답할지 대부분 알기 때문에 완전히 **혼자** 있는 기분은 아니다.

"매티슨 부인, 무척 송구스러운 질문인데요, 엘리가 아프기 전 언젠가 혹시 집안사람 가운데 조지호에서 죽은 사람이 있었나요? 어린 여자아이가 죽은 일이 있나요?" 마고는 자기도 모르게 충동적으로 이런 말을 꺼낸다. 자신의 대담함이 섬뜩할 만큼 놀랍지만 이제 와서 멈출 수는 없다.

"어쩌면 오래전 일일 거예요. 엘리 자신도 어렸을 때요."

매티슨 부인이 무슨 말인지 모르겠다는 듯 마고를 물끄러미 바라본다. 마고는 무례한 질문이었다고 곧바로 후회한다. 그리고 얼른 말한다. "그게, 엘리가 물에 빠진 여자아이로 보이는 인물에 집착하는 것 같아서요……." 매티슨 부인이 말없이 그녀를 응시하다가 뒤이어 얼굴에 분노의 표정마저 확연히 떠올리자, 머쓱해진 마고는 그저 이렇게만 말한다. "엘리가 그 장면을 여러 번 그렸어요. 아주 깊은 관심을 가진 것 같아요. 그래서 궁금했어요. 혹시……."

물에 빠진 여자아이가 당신이 아는 사람인지.

"엘리에게 그림이나 여자아이 이야기는 물어볼 수가 없어요. 너무 자극하게 될까 봐요. 게다가 그의 신뢰를 잃을 위험도 있으니까요."

"도와드릴 수 없어 유감이군요, 닥터."

매티슨 부인은 약간 미묘한 불쾌감을 담아 당혹감을 점잖게 드러내면서 고개를 젓는다. 마치 하인을 물리듯이.

이처럼 다급한 순간에 마고는 판단이 서지 않는다. 부인이 물에 빠진 여자아이에 대해 전혀 아는 바 없다고 말하는 건지, 아니면 물에 빠진 여자아이에 대해 마고가 뭐라도 알 수 있도록 **돕는 일은 없을** 거라고 말하는 건지.

어색한 침묵의 순간에 마고는 엘리를 자극하고 싶지 않았다는 말만 되풀이할 뿐이다. "엘리는 그림을 보여주기를 매우 꺼려요. 저한테는 이따금씩 보여줘서, 영광으로 여기고 있지요. 저는 결코 그의 신뢰를 저버리지 않을 거예요."

마고는 이제 자리를 뜨는 것 외엔 별도리가 없다고 생각했는데, 그때 매티슨 부인이 갑자기 친근한 말투로 이야기를 쏟아내기 시작한다. 말의 홍수로 마고의 질문을 막아내기라도 하려는 듯이.

"엘리는 언제나 매사를 곰곰이 생각하곤 했어요. 아버지를 닮았지요. 우리 오빠 말이에요. 뭐든 겁을 먹고 떨었어요. 집안사람이 아니면 엘리의 본성을 짐작조차 못 했지요. 사교적인 게 마음에 들면, 으음, 뮤지컬 영화에 나오는 빙 크로스비만큼이나 사교적이 돼요. 그러다가 고독하고 고집스러운 게 마음에 들면 이내 그렇게 변하지요. 우리 집안 남자들은 그곳, 조지호에 집착을 보였어요. '병적' 집착까진 아니고요. 당연히 조지호가 매우 아름다웠으니까요. 1926년에 세워진 오래된 집이 있는데 애디론댁 통나무집 건축을 좋아하는 사람이 본다면 무척 아름답다고 할 거예요. 시간이 갈수록 점점 마음에 드는 곳이라고 들었어요. (바이런 말로는) 거기 묘지가 있는데 가끔은 우리 조상이 이곳 글래드와인이 아니라 그곳에 묻혀 있는 듯한 기분이 든대요……. 엘리는 어른이 된 뒤 그곳에서 혼자 그렇게 오랜 시간을 보내지 말았어야 했어요. 병이 난 것도 이상할 게 없지요. 불쌍한 약혼녀가 감정적으로 치닫고 히스테리 상태에 이르도록 혼자 내버려두지 말았어야 했어요. 게다가 병이 났는데도 치료를 미루었지요. 엘리는 도보로 산을 넘고 여러 날 동안 숲속을 걸어 다녔어요. 그렇게 완전히 혼자가 된 상태에서 뭘 하는 건지 나로선 상상이 안 돼요. 조카 말로는 사진을 찍고 그림을 그린다더군요. 그런 걸 하는데 굳이 혼자여야 하는 건가요? 게다가 기껏 찍은 사진이나 그림도 보기 싫다면서 전부 던져버리기 일쑤였어요. '완벽주의'는 악의 같은 거라고 생각해요. 신이 부여한 자신의 재능이 현재의 그 수준이고, 그 이상 특별한 뭔가가 될 수 없다는 걸 받아들이지 못하는 거예요. 그렇게 많은 시간을 보내고도 엘리는 노동절만 지나면 또다시 조지호를 찾아가곤 했어요. 엘리와 약혼녀는 1964년 10월에 결혼식을 올릴 예정이었지요. 지금도 또렷하게 기억해요! 하지만 무슨 이유에선지 엘리는 호수로 떠나 혼자 그곳에 머물렀지요. 두 사람이 왜 다투었는지는 아무도 몰라요. 아니, 두 사람 사이에 다툼이라고 할 만한 게 있었는지조차 모르지요. 엘리는 신사적인 아이라, 앰버가 그에게 헤어지자고 요구한 것처럼 일을 수습했어요. 그 반대가 아니고요. 그러면 다들 속아 넘어갈 것처럼요. 당시 약혼녀 이름은 앰버 맥퍼슨이었어요. 물론 지금도 그 이름 그대로 고요."

앰버 맥퍼슨. 이름부터 낭만적이고 신비스럽다.

마고는 '앰버 맥퍼슨'이 어떻게 되었는지 묻는다.

매티슨 부인이 묘한 미소를 짓는다. 슬픈 미소지만 어렴풋한 만족감도 엿보인다.

"정말 몰라요. 우리 집안사람들은 서로 가깝게 지내지 않거든요."

앰버 맥퍼슨이 엘리후 후프스와 결혼하지 않았고 지금도 그와 부부 사이가 아니라는 사실에 마고는 갑자기 흐뭇해진다.

그러나 이내 수치심이 몰려온다. 타인의 불행을 즐거워하는 건 영혼이 성숙하지 못한 사람이나 하는 짓이다.

마고는 매우 훌륭한 과학자이고 다른 누구에게 질투를 느낄 이유가 없다. 심각한 기억상실증을 앓고 있는 남자에게 버림받은 '약혼녀'

를 질투할 이유는 없다.

적어도 마고는 엘리후 후프스가 행복하기를 빌어야 한다. 병이 나기 전 결혼했더라면 현재 엘리의 삶은 완전히 달라졌을 것이다. 그의 곁에는 아내가 있을 테고, 아마 자녀도 두었을 것이다. 이 늙은 여자 말고 다른 누군가에게 사랑과 보살핌을 받았을 것이다.

엘리후 후프스의 사랑을 받으려면 그가 아프기 전에 만났어야 한다. 그날 이후 기억상실로 고통받는 이에게 사랑은 더 이상 가능하지 않다.

매티슨 부인은 몹시 격분하면서도 감탄하는 사람처럼 한숨을 길게 내쉬고 말한다. "어쩌면 엘리는 늘 자기 모습대로 살려고 했던 거예요. 그러니까 내 말은 애초 고독한 삶을 살 운명이었다는 거죠. '비극적' 삶요. 결국 엘리는 퀘이커교도 조상들과 다르지 않아요. 그들은 더불어 사는 게 얼마나 힘들었겠어요! '정당한 명분을 위해 죽는 순교자의 삶.' 그들에게는 가정을 꾸리고 온갖 책임을 다하는 보통의 삶보다 그런 삶이 훨씬 쉬웠어요. 샤프턴 양, 지금 같아서는 믿기지 않겠지만 엘리는 학교에 다닐 때나 대학에 들어갔을 때, 그리고 그 후로도 누구보다, 정말 어느 누구보다 친구가 많은 아이였어요. 그 애한테는 아주 쉬운 일이었지요. 여자들에게 그토록 인기 있는 남자라면 그저 유혹에 굴복하기만 해도 되는 거 아닐까요? 그 사랑을 받아들이기만 하면 되는 거죠. 엘리 안에는 광기가 있었고 그 때문에 우리 곁을 떠나 신학교에 들어갔다가 다시 나오게 되었어요. '신을 찾고' 있었던 거예요. 엘리는 그렇게 말했지요. 아, 우리 엘리! 때때로 그런 생각이 들어요. 후프스 집안의 몇몇 고약한 이들은 이런 말을 했어요. '엘리는 조지호에서 신이 건재하다는 걸 알았을 거야. 이제 신과 함께 살 수 있겠군'이 라고요."

매티슨 부인은 신중하게 처신해야 하는 사람처럼 감정을 절제하면서 이야기하고 있었다. 이제 누가 엿들을까 걱정하는 것처럼 마고 쪽으로 몸을 기울인다. "솔직하게 말해주세요, 선생님. 신경학적으로 엘리의 상황이 좋아졌나요? 좋아질 수 있나요? 당신과 당신 동료들이 지금까지 엘리에게 '실험'을 해왔잖아요. 그 애의 기억이 조금이라도 좋아졌다고 생각하나요? 다시 '정상'으로, 아니, 거의 '정상'에 가깝게 될 수 있을까요?"

그는 뇌의 일부가 사라지고 있어요. 당신이 묻고 있는 그런 일은 불가능해요.

마고는 어떻게 대답할지 궁리한다. 그녀는 의사가 아니므로 환자나 가족과 소통할 일이 없다. 의학적인 용어를 사용하여 사실은 전혀 다른 의미를 전달하는 요령 또는 기술을 익힌 바 없었다. **거짓말**을 하자니 마고 샤프의 양심에 걸린다. 그러나 **거짓말**, 다시 말해 일종의 직업적 속임수가 필요한 상황이 있다.

그래서 마고는 엘리의 기억이 어떤 면에서는 "좋아졌다"고 말한다. E. H.가 의식적으로 기억을 떠올리지 않고도 잘해내는 일들이 있으며, 예를 들어 테니스 서브를 넣을 때 비록 연습 기간의 일을 기억하지는 못해도 실제 테니스 코트에서 전보다 나아진 기량을 보인다는 사실이 입증되었다. 피아노도 연습하면 연주 솜씨가 좋아질 수 있다. 하지만 E. H.는 이전에 알던 곡들만 연주하겠다고 고집을 피우는데, 그런 곡의 경우는 (손상되지 않은) 뇌 부위에 기억이 깊이 각인되어 있어 의식적 노력 없이도 손가락이 기억해낸다.

마고는 이런 사례들에 주목하고 기록으로 남겨놓았으며, 기억상실증에서 나타나는 비서술 기억의 현상들을 보다 깊이 탐구하기 위한 철저한 실험을 최근 새로 설계한 바 있다.

"하지만 엘리가 '정상'으로 돌아올 수 있을까요, 선생님? 너무 지나친 요구를 하는 건가요?"

"확정적으로 말할 수 있는 것은 없어요, 매티슨 부인. 매일매일 뇌에 관한 새로운 사실이 발견되고 있어요. 아직은 불가능하지만 이제 곧 뇌 사진도 찍게 될 거예요."

마고가 신중한 어조로 마음을 달래주듯 말한다. 그녀가 샤프 교수로서 연단에 서서 청중의 질문에 정중하게 답할 때 공식적으로 사용하는 어조다.

"'뇌 사진을 찍는다'고요!" 매티슨 부인은 이런 가능성에 깊은 감명을 받은 것 같다. "그러니까 엑스레이처럼 촬영한다는 뜻이지요?"

"완전히 똑같지는 않지만 그와 비슷한 거지요."

"그럼 영혼은 어떻게 돼요? '영혼'을 눈으로 볼 수 있나요?" 매티슨 부인의 어조에는 두려움 없는 동경이 담겨 있다.

마고는 멍해진다. 이런 순진한 질문에 어떻게 대답해야 할까!

마고는 나이 든 여자의 섬세한 손을 잡아주고 싶다. 매티슨 부인을 위로하고, 동시에 자신도 위로받고 싶다.

마고가 조심스럽게 말한다. "매티슨 부인, 언젠가는 그런 날이 오겠지요."

벽난로 선반 위의 벽시계가 다시 울린다. 우아한 소리로, 확실하게. 이제 티타임은 끝났다.

마고는 연석 위에 세워놓은 차에서 잠시 후프스 저택을 돌아본다. 조금 멍한 기분이다. 피곤하면서도 흥분된 상태다. 기분이 들떠 있다. 앞으로 마고는 이날 루신다 매티슨과 두서없이 나눈 긴 대화를 수없이 복기할 테고, 물에 빠진 여자아이 이야기, "집안에 죽은 사람"이 있었냐는 마고의 질문에 부인이 끝내 대답하지 않았다는 사실을 뒤늦게 깨달을 것이다.

놀라운 일은 아니지만 엘리후 후프스는 아래층으로 내려와 마고에게 작별 인사를 하지 않았고, 그녀는 이런 사실에 마음이 아프다.

물론 엘리는 2층에 올라가자마자 마고의 존재를 잊었을 것이다.

손에 차 열쇠가 쥐어져 있다. (열쇠를 언제 꺼낸 거지? 기억이 없다.)

별수 없이 출발해야 한다.

다음 주에 적어도 한 번은 저녁에 E. H.를 차로 집까지 데려다줄 것이다. 다른 사람에게 의심을 사지 않고 자연스럽게 할 수 있다면.

아마 밀턴은 동의하지 않을 것이다. 실험실 동료들도 동의하지 않을 것이다.

대체 마고는 E. H.에게 뭘 하려는 거지? 암암리에 모종의 테스트를 하는 건가?

마고가 기억상실증 환자와 사랑에 빠진 건 아니잖아?

마고의 몸이 떨리고 잔인한 웃음소리가 들린다. 머릿속으로 후프스 저택의 위층 창문 중 한 곳에 남자의 얼굴이 나타나는 광경을 그려보는 중이다. 창문으로 마고를 내다보는 E. H.의 모습. 하지만 그녀 눈에는 아무것도 보이지 않는다. 당연한 일이다.

부분적으로 목재를 대놓은, 오래된 저택의 정면이 넓게 펼쳐져 있다. 고집스러워 보인다. 창문에는 아무도 내다보는 이가 없다. 슬레이트 지붕에는 어슴푸레하게 푸른빛이 감돈다. 군데군데 이끼가 자라고 있다. 창문 접합제와 같은 색깔의 치장 벽토에 번개가 갇힌 것처럼 지그재그로 희미하게 금이 가 있다.

5

실은 그런 질문을 수없이 받았어요. 잘 모르고 던지는 도발적 질문이고, 짜증날 만큼 자주 받는 질문이에요. 과학이 무엇인지, 과학이 무얼 하는지 전혀 이해하지 못한다고 시인하는 질문이고요. 하지만 그런 질문이라도 무시할 마음은 없습니다. 당신 질문에 대답을 드리지요. 기억상실증 환자 E. H.와 30년 이상 함께하는 동안 그를 이용한 적은 없습니다.

기억상실증 환자는 현재시제로 살았습니다. 그 오랜 세월 동안 현재시제로 그와 이야기를 나누었으며, E. H.는 행복했고, 희망에 차 있었어요. 테스트 받는 걸 좋아했고 오랜 시간 이어져도 지치지 않았습니다. 유년기와 청소년기에 교사에게 칭찬받고 좋은 성적을 거두는 등 우수한 실력을 보여주었던 것처럼 그는 테스트실에서도 매우 우수한 환자였어요. 우리가 실시한 테스트가 뇌 손상 환자에게 유일한 지적 참여의 기회인 경우가 많았습니다. E. H.에게도 조심스럽게 설명한 바 있듯이, 그와 진행한 연구는 그가 알지 못하는 수많은 사람에게 많은 혜택을 주었어요. 물론 우리도 알지 못하는 사람들이고요.

뇌졸중, 알츠하이머, 치매, 뇌종양, 뇌 손상으로 고생하는 환자들이었지요. 한때 탁월한 능력을 지닌 시민이었으나 이젠 아무것도 할 수 없게 된 뇌 손상 환자의 입장에서 그런 활동에 참여하는 것은 매우 만족스러운 일이었고, '엘리후 후프스'의 경우도 마찬가지였어요. 이제야 그의 이름을 공개할 수 있게 되었습니다.

그렇습니다. '엘리후 후프스'가 가고 없는 세상은 훨씬 허전하네요.

E. H.가 '실패한 과제'도 우리, 그러니까 과학에는 소중했어요. 보통 사람은 할 수 있지만 E. H.는 하지 못하는 모든 것이 우리의 사고에 빛을 비춰주었지요. 우리 팀의 연구 책임자인 밀턴 페리스는 해마라고 불리는 뇌 부위의 손상으로 기억상실증이 생겼다고 가설을 세웠지요. 그 시절에는 뇌를 촬영할 MRI가 없었어요.

다른 신경심리학이나 신경과학 실험실에서는 영장류의 뇌에 장애를 일으키는 실험을 하기도 했지요. 우리는 이들 학문의 기억 연구를 바탕으로 가설을 세워, E. H.의 해마가 뇌염으로 망가졌다는 얼마간 확고한 믿음에 이르렀습니다. 하지만 이를 알 방법이 없었고 인접한 다른 뇌 부위가 영향을 받았는지, 그렇다면 얼마나 영향을 받았는지도 알 길이 없었지요. 그러다 1993년 E. H.의 뇌를 MRI로 촬영하면서 비로소 알게 되었습니다.

그 질문을 자주 받아요. 사실 몰이해한 인터뷰어가 과학자에게 물어볼 만한, 어리석고 도발적인 질문 중 하나지요. 그러나 나는 대다수, 사실상 전부라고 할 수 있는 남자 동료들보다 훨씬 공손하게 그 질문에 답할 겁니다. 그런 적 없어요. E. H.는 '성적 특이성을 보이지' 않았습니다. 우리가 아는 한에서는 없어요. (생각해보세요. 우리는 임상 상황에서만 E. H.를 보았고, 그의 삶 전체를 놓고 보면 그 비중은 그리 크지 않아요. E. H.가 집에 있을 때 어떻게 '행동’하는지, 그의 후견인 루신다 매티슨 부인이 가끔 지나가는 말로 들려주는 단편적 정보 외에 우리가 아는 건 없었어요.) E. H.의 편도체, 즉 감정 및 성적 행동과 관련된 뇌 부위가 뇌염으로 손상되었다는 게 우리의 가설이었고 이후 MRI를 통해 사실임이 입증되었습니다.

아마도 이런 결함 때문에 E. H.는 지나간 과거 시대의 신사처럼 행동했을 거예요. 목소리를 높이는 일도, 싸우는 일도 없었습니다. 그는 공손하고 정중했어요. 선정적이거나 무례한 말도 절대 하지 않았지요. 나이가 들면서는 여자들을 “숙녀분”이라고 불렀어요. 여성 의료진을 보면 “간호사 숙녀분”이라고 했고요. 우리는 그가 나이 들어가면서 늙은 친척 남자를 흉내 내는 거라고 믿게 되었습니다.

그리고 중요한 사실 한 가지가 있어요. 고통받은 이 남자는 E. H. 프로젝트가 없었다면 서른일곱 살부터 죽는 날까지 고독 속에 혼자 고립되어 있었을 거라는 사실입니다.

그래서 마지막 내 대답은 아니요, 입니다. 우리는 엘리후 후프스를 ‘이용하지’ 않았어요.

나, 마고 샤프는 31년 동안 이 놀라운 사람과 함께 일해온 것에 대해 어떤 후회도, 회한도, 죄의식도 느끼지 않습니다. 그저 무한한 감사를 느낄 따름입니다.

엘리후 후프스에게 뭔가 다른 감정을 느꼈더라도 그건 영원히 사적인 것으로 덮어둘 겁니다.

“나는 남을 시샘하는 사람이 아니에요. ‘연구하는’ 중이지요.”

마고는 아슬아슬한 행동을 하고 있다! 체계적이고 인습적인 과학자이자 (실제로도) 체계적이고 인습적인 마고 샤프 교수라면 전혀 하지 않을 일을 하고 있다.

엘리후 후프스의 전 약혼녀를 찾아 나선 이 상황에서 마고는 그녀답지 않은 모습을 보인다.

엘리후 후프스가 아무 설명 없이 버리고 떠났던 약혼녀. 자신이 버림받고 거부당했다고 느꼈을 약혼녀. 엘리후 후프스에게서 아무 통보가 없었기 때문에 약혼이 깨졌는지 아닌지조차 알지 못했던 약혼녀.

이 사실에서 어떤 흥분을 느낀다. 저급하고 지저분한 흥분. 샤프 교수가 혐오하는 종류의 흥분.

사랑에 빠졌고, 무시당했던 여자. 상대는 엘리후 후프스였지.

마고가 알게 된 사실을 바탕으로 추측하건대 엘리후 후프스는 차를 몰고 혼자 무작정 애디론댁산맥으로 향했다. 그곳에 가고 있다는 말을 약혼녀에게 했을지도 모른다. 혹은 그의 여동생이 약혼녀에게 알렸을 수도 있다. 하지만 그는 약혼녀에게 그곳에 와서 함께 지내자고 청하지 않았고, 전화 연락을 이어가려는 노력도 하지 않았다.

그렇다면 '앰버 맥퍼슨'은 당혹감을 어떻게 견뎠을까? 어쩌면 수치심이었을까? 공개적인 수모, 남자에게 거부당한 여자, 남자가 무례하게 대했던 여자, 약혼녀는 어떻게 견뎠을까, 어떻게 살아남았을까, 10년이 지난 지금 이 여자가 직접 들려줄 '이야기'는 어떤 내용일까. 샤프 교수는 정말 알고 싶다.

교수는 대학 편지지를 이용하여 지금은 펜실베이니아 브린모어 밸모럴 드라이브 28번지에서 '프레스콧 애덤스 부인'으로 살고 있는 앰버 맥퍼슨에게 편지를 쓴다. 답장이 없자 교수는 일주일 뒤 다시 편지를 보낸다. 또 일주일이 지나고 쓴 세 번째 편지에서 교수는 대학 편지지에 다븐파크 신경학연구소에서 수년간 엘리후 후프스와 함께 일해 온 신경심리학자라고 자신을 소개한다. 애덤스 부인이 그녀와 이야기를 하려고 할까?

당신이 사는 브린모어에 기꺼이 가겠습니다. 인터뷰는 한 시간을 넘지 않을 거예요.

이 편지를 보내면서 마고 샤프 교수라고 서명할지, 아니면 M. J. 샤프라고 서명할지 깊이 고민했다.

'마고'라고 쓰기로 결정한다. 불친절하거나 기만적이라고 받아들여질지 모르는 서명으로 앰버 맥퍼슨을 놀라게 해서 득 될 게 없다. 샤프 교수가 여자의 신뢰를 얻길 원한다면 그것은 좋은 전략이 아니다.

그렇지만 마고는 정확한 표현을 담아 편지를 쓰면서도 자신이 임상의가 아니라 연구자라는 점을 앰버 맥퍼슨에게 알리지 않았다. 마고가 '닥터'라고 불리는 경우가 있긴 해도 '의학박사'는 아니다. 엘리후 후프스가 그녀의 환자가 아니라 연구 대상이라는 것도 앰버 맥퍼슨에게 알리지 않았다. 가슴 한구석을 찌르는 죄의식을—그야말로 희미하게!—느끼면서도 상대가 그렇게 가정하는 것을 바로잡지 않는다.

"닥터 샤프, 엘리는 어떤가요? 조금이라도 좋아졌나요? 난, 난 정말 두려웠어요. 그 사람의 집안에서 내가 그를 버렸다고 생각하지 않기를 바라요……."

앰버 맥퍼슨은 말 그대로 두 손을 비틀어 짜고 있다. 아름다운 손에 반지가 끼워져 있다. 앰버 맥퍼슨이 희미하게 숨 가쁜 소리로 말한다. 1950년대의 아주 아름다운 '여성성'이 담긴 바로 그 목소리다. 마고는 소녀 시절에 이런 목소리를 들었던 걸 떠올린다. 그럴 때면 그런 금발 미인과 차분한 몸가짐에 대해 짜증 섞인 가벼운 질투가 일어나고, 그런 자신이 못마땅해진다.

마고는 그런 걱정 말라고 공감의 표시로 고개를 끄덕인다. 마고는 엘리후 후프스가 앰버 맥퍼슨을 버렸다는 걸 알고 있지만 앰버 맥퍼슨은 그 사실을 모른다. 또한 버림받은 약혼녀에 대해 매몰차게 판단하려는 사람은 없다.

"엘리가 아직…… 살아 있다는 걸 알고 나니 기분이 이상하네요. 그렇게 많은 시간이 지났는데……. 엘리는 잘 있나요? 제 말은 기대한 만큼은 '잘 지내는가' 하는 거예요."

마고는 그렇다고 고개를 끄덕인다. 엘리후 후프스는 기대한 만큼은 잘 지내고 있다.

"점점 과부가 되어가는 것 같은, 아니 과부인 것 같은 기분이었어요. 우리가 결혼한 적은 없지만요."

가슴에 와닿는 말이다. 마고 샤프의 마음에 공감을 불러일으키면서도 다른 한편으로 질투심을 일으키는 말이다. 마고는 이 말에도 그렇다고 고개를 끄덕이고 싶다. 아, 정말 그래요.

잘 짜인 교수의 일과에서 좀처럼 벗어나는 법이 없고, 어떤 날이든 오전 일찍 뭔가 진지한 일을 시작하지 않으면 배 속 깊은 곳에서부터 신체적 불안 증상을 느끼는 마고가 평일 오후 차를 몰아 펜실베이니아 브린모어의 울창한 교외로 와서 밸모럴 드라이브 28번지의 웅장한 화강암 저택을 찾았다는 건 그녀에게 일종의 들뜬 승리감 같은 것을 안겨준다.

마고는 이 저택과 주변의 품격 있는 주택가를 둘러보면서 글래드와인에 있는 매티슨 부인의 튜더양식 저택을 떠올린다. 그의 세계는 이런 곳이구나. 떠나고자 했지만 결국 떠나지 못한 그의 세계.

지금은 프레스콧 애덤스 부인이 된 이전의 앰버 맥퍼슨이 머뭇거리면서도 용기 있게 말한다. 분명 그녀는 오늘의 만남을 위해 준비를 해두었다. 유리가 깔린 탁자에 마고가 원하면 볼 수 있도록 사진 뭉치를 모아놓았다. 정말 많았다! 마고는 현기증을 느낀다.

사람들이 서로 얽혀 내밀한 삶까지 함께 나누며 산다는 걸 깨달을 때마다 마고는 놀라움을 느낀다. 그런 일이 어떻게 가능할까? 그녀에게도 아직 가능성이 있을까?

앰버 맥퍼슨은 우아했다. 조금 살이 찌긴 했지만 옅어져가는 금발에 파리한 낯빛이 여전히 아름다웠다. 옅은 금발 머리를 멋지게 부풀렸고 고가의 울바지와 캐시미어스웨터를 입었다. 그녀는 지금 살짝 경의를 표했다고 할 정도로 "닥터 샤프"라는 호칭을 사용하지만 마고 샤프를 만나는 일이 내키지는 않았을 것이다. 마고는 그녀가 부유한 남자의 아내이며 필시 부유한 집안의 딸일 거라고 추정한다. 그녀가 눈물을 살며시 훔치며 이야기하는 동안 슬픔의 무게를 깎아내리듯 손가락에 낀 값비싼 반지가 반짝거리며 윙크한다.

"미안해요! 정말 진심으로 미안해요. 내가 잘못 처신했다는 거 알아요. 이기적이었지요. 엘리와 결혼해서 그를 돌봐야 한다고 사람들이 기대했다는 거 알아요. 우리 집안에도 그런 기대를 가진 사람들이 있었지요. 그가 '회복'될 거라고, '좋아질' 거라고 늘 기대했어요. 하지만 난 불가능하단 걸 알았어요. 내게는 견딜 힘도, 용기도 없었지요.

사실 엘리는 나를 사랑하지 않았어요. 병이 났을 때쯤엔 거의 나를 버린 상태였어요. 다들 몰랐지요. 몇몇 사람만 알고 있었는데, 그와 가까운 친구 몇 명과 아마 여동생 정도가 다일 거예요. 그는 집안 때문에 나와 결혼하려고 했어요. 그의 집안에도, 우리 집안에도 그 결혼을 성사시켜야 할 이유가 있었지요. 하지만 막상 결혼할 때가 되자 그는 약혼을 깼고 나와 결혼하려 하지 않았어요. 만일 결혼을 했더라도, 심지어 아이를 낳고, 그것도 여러 명을 낳았더라도 끝내 결혼 생활을 그만두었을 거예요. 나는 알고 있었어요. 지금도 그렇게 믿어요. 난 엘리에 대한 사랑을 한 번도 접은 적이 없어요. 그가 병에 걸리지 않았다 해도 어차피 가슴 아픈 실연으로 끝날 사랑이었지만요. 그래서……."

그래서 엘리후 후프스의 약혼녀는 브린모어 밸모럴 드라이브의 안주인인 프레스콧 애덤스 부인이 되고, 다른 남자의 아내가 되고, 사랑스러운 예쁜 아이들의 어머니가 된 거라고 마고는 생각한다. 자유의사로 선택한 운명은 아니었고, 1964년 엘리후 후프스에게 버림받은 뒤 그저 날씨처럼 다가온 운명이었다.

"누군가와 엘리에 대해 이야기해본 지 정말 오래되었어요. 하지만 가끔 '엘리'라고 그의 이름을 소리 내어 말해보곤 해요. 그가 '기대한 만큼은 잘 지낸다'고 했지요, 닥터?" 애처로운 물음이다. 파리하게 아름다운 얼굴이 걱정으로 굳어 있다.

마고는 걱정하는 여자를 안심시킨다. 엘리후 후프스의 상황은 '악화되지' 않았다고.

애덤스 부인은 마고 샤프를 반갑게 집 안으로 맞아들였다. 직접 현관문을 열어주었지만, 뒤편에 가정부 혹은 하녀 한 명이 서 있는 게 보였다. 애덤스 부인은 마고를 보고 놀라면서도(더 나이 든 사람이 올 거라고 예상했던 걸까? 아니면 보다 권위적이거나 '의사답게' 보이는 사람을 예상했을까?) 그녀를 우아한 방으로 안내했다. '서재'라고 부를 만한 곳으로, 장식 가구로 꾸민, 연회장 크기의 거실과 붙은 공간이다. 애덤스 부인은 어딘가 초조한 기색으로 커피와 차, 과일주스 중 무엇을 마시겠느냐고 물었지만 마고는 정중하게 사양했다. 애덤스 부인은 어리석게도 엘리후 후프스와 사랑에 빠졌던 젊은 시절의 사진, 오래전에 잃어버린 삶의 사진들을 보여주던 중이었다. (마고는 앰버 맥퍼슨이 엘리후 후프스보다 최소한 열 살은 아래라고 판단했다. 그래서 마음이 편치 않다. 마고는 엘리후 후프스보다 열네 살 어린 자신이 기억상실증 환자의 연애/성에 있어 아주 특별한 의미를 지닌다고 줄곧 생각해왔기 때문이다.)

벽난로 선반 위에 놓인 도자기 화병에 꽃이 한 아름 꽂혀 있다. 싱싱해 보였으며 분명 매우 값비싼 꽃일 것이다. (애덤스가에서는 평일의 일상적 풍경일까, 아니면 그녀를 위한 것일까?) 치자와 카네이션과 옥잠화가 주를 이루는 아름다운 꽃다발이 자극적인 향기를 뿜어내 방 안을 가득 메우고 있었다.

"닥터 샤프, 내 처신이 잘못되었고 비양심적이었다는 거 알아요. 엘리에게 병이 난 뒤에도 그의 삶에 계속 남아 있으려고 했지만 너무 고통스러웠어요. 처음에는 매일 그를 찾아갔지만 그게 잘되지 않았어요. 엘리의 여동생 로절린과 함께 그를 찾아갔는데, 당시에 우린 가까운 친구였지요. 물론 엘리는 나를 '기억'했지만 어떤 낯선 이가 엘리후 후프스인 척하면서 나를 '기억'하는 것 같았어요. 엘리는 자기 흉내를 내고 있었고, 게다가 어색한 흉내였지요. 조롱하는 것처럼 보일 정도였어요. 내가 만지거나 키스하려 하면 그의 몸은 굳었고, 엘리는 억지로 '자연스러운' 척 꾸미면서 반응했지요. 그는 농담도 하고, 찾아온 이들을 즐겁게 해주려고 늘 애쓰는 것처럼 보였어요. 찾아온 사람이 한 명일 때는 불편한 기색을 보였지요. 이런 '엘리'를 받아들일 수는 있었지만 그건 그의 영혼이 쪼그라든 것 같은 모습이었어요. 엘리는 잘 비꼬고 옹졸한 면이 있으며 상처 주는 말을 곧잘 했는데, 이제 그에게서 지금과 같은 모습밖에 볼 수 없었지요. 그가 우리를 멀리 밀어내고 있었다고 생각해요…….

참담한 비극이었어요! 그의 삶은 너무 하찮은 것으로 바뀌었고, 반복적이며 틀에 박혀 있었지요. 그를 잘 알던 사람으로서 그런 모습을 지켜보는 게 너무 우울했어요. 엘리는 그의 표현을 빌리자면 '사회정의'에 언제나 깊은 관심을 가졌고, 가족(그리고 나)처럼 가까운 사람이라도 이런 대의명분에 자기만큼 열성적이지 않으면 몹시 질책했지요. 그는 가업을 잘 꾸렸지만 자기 일에 냉소적 태도를 보이며 악착같이 돈을 긁어모으는 일이라고 경멸했어요. 우리는 모두 그가 신학교를 그만두지 말았어야 했다고 생각했지요. 아마 멋있는 목사가 되었을 거예요. 신도를 거느리는 전통적인 목사가 아니라, 말하자면 신념을 위해 감옥도 마다하지 않는 베리건 형제 같은 사람 말예요. (엘리라면 베리건 형제를 정말 존경했을 거예요! 하지만 애석하게도 그 사람들은 너무 늦게 등장했죠.) 제가 생각하기에 베리건 형제와 다른 운동가의 차이는 이들 형제가 가톨릭 신부라서 아내나 가족에게 그다지 얽매여 있지 않았다는 점이에요……."

앰버 맥퍼슨의 말투는 이제 한층 격해져 있었다. 무덤덤한 중년 여자의 육체 안에 상처받은 소녀가 있었다. 그녀의 아름다운 면전에서 사랑이 내팽개쳐졌지만 끝내 이유를 알 수 없었던 소녀의 모습.

"엘리는 늘 관심을 한 몸에 받았어요. 언제나 타고난 리더였지요. 가난한 사람이나 흑인 등 자신이 도울 수 있는 사람 말고는 다른 사람을 의식하는 일도 없었고, 관심도 두지 않았어요. 그는 **존경**을 받아야 했어요. 그게 엘리 마음속의 비밀이었다고 생각해요. 물론 그런 마음 때문에 엘리가 특별한 사람이 되기도 했지요. 나 같은 사람, 그리고 형제자매나 사촌 등 그의 가족 같은 사람들. 이런 우리의 본모습을 그는 참고 봐주지 않았어요."

밀랍 같은 흰색의 치자꽃. 향기가 강하다. 마고는 마음 깊이 황홀감에 취하듯 향기를 들이마신다.

마고는 앰버 맥퍼슨에게 이해한다고 확실하게 말한다. 당연히 이해한다.

마고는 엘리후 후프스가 무능하고 왜소한 사람이 되기 전 한때 연인으로 선택했던 이 여자에게 강한 질투를 느끼지 않으려고 애쓰는 중이다. 그 시절의 엘리는 **마고**를 선택하지 않을 거라고 인정해야 한다.

마고는 결코 성적인 여자가 아니다. 이 여자처럼 풍만한 몸매에 사랑스럽게 가녀린 주름이 잡힌 얼굴의 여자 옆에 선다면 결코 성적인 여자로 보이지 않을 것이다.

"저, 닥터, 열 달 정도 지나면서 내가 더 이상 엘리를 찾지 않았다고 아마 후프스 집안사람들에게 이야기를 들었을 거예요. 도저히 견딜 수 없었어요. 그가 퇴원하고 상태가 '안정'되자마자 발길을 끊었어요. 엘리가 영영 예전의 모습을 되찾지 못하리란 사실이 분명해졌던 때이

기도 하고요. 내 자신이 무너져버렸던 것 같아요. 무척 우울했지요. 머리카락을 쥐어뜯고 제대로 먹지도 않았어요. 솔직히 내가 살든 죽든 아예 관심이 없었지요. 지금도 그 끔찍했던 시절의 꿈을 꿔요. 엘리가 내 안부를 종종 묻고 나를 기억한다고, 그러니까 '앰버'라는 여자가 있었다는 걸 기억한다고 전해 들었어요. 차츰 내가 죽었다고 믿게 되었다는 이야기도 전해 들었고요. 내가 고열을 앓고 뇌염으로 죽었다고 믿게 되었대요……."

앰버 맥퍼슨의 고통스러운 목소리가 점점 작아진다. 피를 뽑아내기라도 하려는 듯 엄지손톱 주변의 연한 살을 할퀴고 있었다.

마고는 생각한다. 그녀는 죽고 싶었구나, 그 사람 때문에. 사랑 때문에.

이런 사실 역시 마고 샤프에게 질투심을 불러일으킨다. 그녀가 부럽다.

마고는 존중의 의미로 잠시 시간을 두었다가 엘리후 후프스가 병이 난 뒤 어떤 점에서 변했는지 묻는다. 가장 큰 변화는 무엇이었는지. 그걸 설명해줄 수 있는지.

"어떤 점에서 변했냐고요, 닥터?"

정말 바보 같은 질문을 했다는 듯이 앰버 맥퍼슨이 그녀를 물끄러미 바라본다.

"어떤 점요? 모든 점이 변했어요."

"그가 당신을 안다고 하지 않았나요? 그가 당신을 알아보고 기억한다고요……."

"아, 그래요. 엘리는 우리를 '알았어요'. 친척도, 친구도 알았지요. 그러면서도 다른 한편으론 우리를 전혀 모르는 것 같았어요. 그는 우리가 낯설었던 거예요. 우리를 아는 것처럼 행동하려고 애썼지요. 배우처럼 말이에요. 하지만 엘리 몸의 세포 전부가 변한 것 같았어요……. 그 사람처럼 보이지도 않았다고요.”

마고는 앰버가 탁자에 펼쳐놓은 사진 중 몇 장을 자세히 들여다보고 있었다. 기억상실증 환자의 과거를 보여주는 이 증거들이 그녀의 관심을 끌고 있었다. 중년의 엘리후 후프스가 1950년대와 1960년대 숱 많은 짙은색 머리의, 젊고 생기 있고 활기찬 이 남자와 더 이상 닮지 않은 건 사실이지만 실제로 더 많이 변한 쪽은 앰버 맥퍼슨이었다.

마고가 옅은 금발을 어깨까지 늘어뜨린 젊은 여자와 큰 키의 멋진 남자가 함께 찍은 폴라로이드 사진들을 자세히 들여다보는 동안, 앰버는 불안한 듯 끊임없이 이야기를 늘어놓는다. 자신이 임상심리학자였다면 이렇게 장황하게 이야기를 쏟아내는 환자를 상대하느라 애를 먹었을 거라고 마고는 생각한다. 이런 환자보다는 간결하면서도 의미 있는 말만 하는 과묵한 환자가 더 나을 것이다. 속마음을 터놓는 이야기 속에는 선택이 들어 있지 않다. 심리학자가 직접 선택해야 한다.

“우리 둘은 행복했어요. 그러니까 내 말은 그렇게 생각했다는 거죠. 적어도 나는 그랬던 것 같아요. 이런 일이 일어날 때, 당신이 거부당할 때 그 일이 무엇이었든 당신은 뒤돌아보며 그 의미를 이해하려고 애쓸 거예요. 하지만 무슨 일이 일어났는지 아는 사람은 상대예요. 이 경우에는 엘리지요. 내가 아니라요.”

잘 자란 초록 잔디밭에서, 호화로운 정원에서, 강둑에서 함께 포즈를 취하고 찍은 두 사람의 폴라로이드 사진과 스냅샷과 카메라 사진들. 테니스 코트에서 각자 라켓을 들고 먼지 한 점 없이 눈부시게 하얀 옷을 입고 찍은 사진들. 묵직해 보이는 긴 카누에서, 높다란 소나무 사이로 나 있는 산책로에서, 흰 모래사장(카리브해일까?)에서 찍은 사진들. 엘리후 후프스가 햇볕에 검게 그을린 모습으로 선원 모자를 쓰고 있는 사진들도 있고, 히피처럼 머리를 기르고서 붉은 머리띠를 두른 사진들도 있었다. 엘리와 앰버 둘 다 반바지를 입고 있거나, 둘 다 멋진 운동복을 입고 있거나, '정장' 야회복을 입고 있었다. 엘리가 앰버의 어깨에 팔을 두르고 자기 쪽으로 당기고 있고, 굽 높은 구두를 신은 앰버는 확실히 균형을 잃은 자세로 불안정하게 서 있다. 두 사람은 카메라를 향해 행복하게 미소 짓고 있으며 누가 봐도 알 만큼 '사랑에 빠져' 있다. 적어도 증거는 그렇게 암시하고 있다.

몇몇 사진들에서 엘리는 귀찮다는 듯이 얼굴을 살짝 찡그리고서 먼 곳을 바라본다. 마고는 연구소에서 그의 이런 모습을 주목한 적이 있다. 한창 테스트를 하는 중에 기억상실증 환자가 곧잘 시야에서 사라지곤 한다. 눈을 들어보면 그는 다른 곳에 가 있다. 이런 표정으로.

엘리? 후프스 씨? 저기요…….

많은 사진 속에서 금발의 약혼녀 옆에 서 있는 엘리에게서는 보호 심리가 엿보인다.

"그렇죠. 아주 많은 사진이 보일 거예요. 이 모든 게 결국은 무엇이었는지, 나는 잘 모르겠어요." 앰버 맥퍼슨이 서글프게 웃는다.

그러면서도 앰버 맥퍼슨은 이 사진들을 자랑스러워한다. 프레스콧 애덤스 부인으로 살아가는 현재의 삶에는 이 정도로 그녀의 관심과 죄의식과 후회를 불러일으키는 일이 없을 거라고 마고는 추측한다.

"사진 속의 당신은 무척 예뻐요!" 마고가 순진하게 감탄하며 말한다. 예뻤다고 과거시제로 말하는 실수를 저지르지 않아서 다행이다.

마고는 앰버 맥퍼슨이 지금보다 젊었던 20대에는 머리를 땋았다는 걸 알아차린다. 몇몇 스냅샷에서 앰버는 유독 눈에 띄는 모습인데, 한 가닥으로 땋은 머리를 얼굴 왼편으로 늘어뜨려 묘한 매력을 풍긴다. 그 시대에 유행했던 헤어스타일로, 흑인에게서 영향을 받았을 것이다. 콘로 스타일로 꽁꽁 땋는 대신 이마에서 어깨까지 머리를 한 가닥으로 땋아 늘어뜨린다. 이처럼 섹시한 흑인 헤어스타일로 꾸민 모습이 엘리후 후프스의 마음을 끌어당겼을까, 마고는 궁금해진다. 엘리가 이런 헤어스타일을 제안한 걸까, 그랬다면 엘리는 옅은 금발 머리를 땋아 늘어뜨린 모습을 매력적이라 여겼을까 궁금하다.

조지호를 배경으로 찍은 듯한 사진들이 많다. 바위투성이 호숫가를 따라 이어진 길, 카누를 타고 있는 사람들, 회색빛 하늘이 비친 드넓은 호수가 보인다. 부두 끝에 흰옷을 입은 두 사람이 흰색 요트 옆에서 포즈를 취하고 있다. 마고가 앰버 맥퍼슨에게 조지호의 후프스 집안 별장에서 자주 시간을 보냈느냐고 묻는다. 그곳에서 보낸 엘리의 소년 시절에 대해 많이 아느냐고도 묻는다. 그곳은 엘리에게 많은 의미를 지닌 장소인 듯하다.

앰버 맥퍼슨이 눈물을 닦는다. 그랬다, 그녀는 여름날 그곳에서 얼마간 지냈다. 조지호 별장은 방이 많은 커다란 주택으로, 후프스 집안 사람과 그들의 친척, 친구 등 수많은 이들이 그곳을 오갔다. 앰버는 엘리의 손님으로 최소한 열두 번은 그곳을 찾았다. 엘리는 조지호에 아주 특별한 애착을 지녔다. 그가 자란 글래드와인의 저택에 대해서는 별다른 감정을 느끼지 않았지만, 여러 개의 베란다와 수많은 별채가 딸려 있고 방부 처리한 소나무와 자연석으로 지어진 조지호의 아름다운 별장은 그에게 특별한 의미를 지니고 있었다. "엘리가 말했어요. 꿈을 꾸면 늘 '그곳'에 갔다고요. 꿈속 풍경이 또렷하지 않을 때도 자신이 호수에 있다는 걸 알 수 있었대요."

"호수에서 그에게 무슨 일이 있었나요?"

"무슨 일이 있었냐고요? 짐작하건대 오랜 세월에 걸쳐 많은 일이 있었을 거예요. 아기 때부터 그를 볼턴랜딩이라는 작은 마을에 데려갔대요."

"그곳에서 뭔가 특별한 일이 있었을 거라고 생각하나요? 그런 기억이 있나요? 아니면 가족 행사나 사고 같은 건요? 누가 죽었다든가, 물에 빠졌다든가……."

앰버 맥퍼슨은 그런 기억이 있다고, 뭔가 일이 있었다고 마지못해 대답한다.

정확히 무슨 일이었는지는 알지 못하지만 앰버는 후프스 집안에 죽은 사람이 있었던 것 같다고 생각한다.

"엘리는 한 번도 이야기한 적 없지만 여동생 로절린이 말해줬어요. 사촌 언니 한 명이 숲속에서 실종되었다가 얕은 개울에서 시체로 발견되었다고요. 어쩌면 시체가 발견되지 않았을 수도 있다고 했어요. 로절린이 아주 어렸을 때래요. 어쩌면 태어나기 전의 일인데 나중에 이야기를 전해 들은 건지도 모른다고 했어요."

"엘리는 한 번도 이야기한 적 없나요?"

"네."

앰버 맥퍼슨이 얼굴을 찌푸린다. 이런 유의 질문이 못마땅하다는 의미다. 그녀와 엘리의 이야기가 관심권에서 멀어지고, 이야기가 다른 방향으로 흐르기 때문이라고 마고는 생각한다. 사진에는 앰버가 상기하고 싶은 과거의 모든 일, 즉 엘리후 후프스와 함께했던 소중한 개인사가 담겨 있다. 이 역사가 시작되기 이전의 일에 그녀는 아무 흥미도 없다.

그 남자의 감정의 역사는 나로부터 시작돼. 모든 여자는 이렇게 생각하고 싶어 한다.

앰버 맥퍼슨이 비난 섞인 어조로 말한다. "엘리는 자기 목숨을 너무 함부로 여겼어요. 다들 그가 시민권 항의 집회에서 죽거나 심한 부상을 입게 될 거라 생각했어요. 우리는 엘리 스스로 이런 일을 예상하고 있다고 여겼어요. 하지만 다른 일이 벌어졌지요. 다른 양상의 참담한 일 말예요." 이제 앰버의 목소리는 흥분한 기색 대신 곰곰이 생각에 잠긴 이의 위엄을 풍긴다. "엘리를 아꼈던 이들 중에는 차라리 그가…… 죽는 게 더 나았을 거라고 생각한 사람도 있었지요."

저 멀리 빛이 일렁이는, 아마도 조지호인 듯한 호수를 배경으로 젊은 연인이 티셔츠와 반바지 차림을 하고서 햇볕이 얼룩얼룩 내리쬐는 베란다 난간에 기대어 미소 짓는 사진 한 장이 눈에 들어온다.

마고는 사진 뒷면에서 1963년 7월이라고 휘갈겨 쓴 날짜를 확인한다.

이날 이후로 그는 딱 1년밖에 엘리후 후프스로 살지 못했다. 검게 그을린, 사진 속의 멋진 청년은 선글라스로 얼굴을 가린 채 한쪽 팔로 미소 짓는 금발의 약혼녀 어깨를 감싸고 있다. 자신에게 파국이 오고 있다는 걸 예견하지 못한 채, 이렇게 자신감에 차서 미소 짓고 있다.

마고는 앰버 맥퍼슨의 충격적인 발언을 뒤늦게 알아듣는다. 그 말을 들었지만 판단하고 싶지 않다. 차라리 그가 죽었다면 나았을 거라니.

그렇지 않다. 마고는 그렇지 않다고 항의하고 싶다.

거부당한 약혼녀는 지금도 엘리후 후프스를 사랑한다. 예전에 알던 그 엘리후 후프스를. 그녀의 마음속 깊이 감춰진 비밀이다.

앰버가 불안한 어조로 말한다. "닥터, 당신은 내가 무서운 사람이라고 생각할 거예요. 그런 말을 입에 담는다고요. 하지만 당신도 과거에 엘리를 알았다면……."

"당연히 이해해요."

마고는 앰버 맥퍼슨의 아량을 고맙게 여기며 지금은 판단하지 않는다. 비록 그 말이 조금은 섬뜩하긴 했지만. 그의 입장에서는 차라리 죽는 게 더 나았을 거라고? 아마 당신과 그의 가족 입장에서 그렇다는 거겠지. 엘리에게는 그렇지 않아. 그리고 나에게도 그렇지 않지.

"감사합니다, 애덤스 부인. 많은 친절을 베풀어주었어요. 정말 도움이 되었습니다."

"그랬나요, 닥터? 난 잘 모르겠어요……."

"과거에 환자를 알던 사람들을 만나면 언제나 도움이 됩니다."

마고는 얼마간 의식적으로 환자라는 단어를 사용했다. 이런 식으로 앰버 맥퍼슨이 마고 샤프를 정말 엘리후 후프스의 '의사'로 여기도록 허용한 셈이다.

상대를 속이는 걸까? 비윤리적인가? 마고의 동료들은 그녀의 동기에 놀라고 의심을 품을까? 마고는 그렇지 않을 거라고 생각하고 싶다.

앰버 맥퍼슨은 자신이 불쑥 던진 절망적인 말을 마고 샤프가 기억에 담은 채 떠나도록 내버려둘 수 없었다. 그래서 그녀는 아내와 엄마로서 살아가는 삶이 "매우 풍요롭고 바쁘다"고 마고에게 확인시켜주느라 마지막 몇 분을 할애한다. 브린모어역사협회 공동 의장을 맡아서 하는 일도 "도전 의식을 북돋우며 보람 있다"고. 또한 그녀는 젊은 시절 엘리후 후프스와 찍은 사진의 의미를 상쇄하기 위해 아이들의 사진을 마고에게 보여준다. "토드, 에밀리, 스튜어트예요. 예쁘지 않아요?" 앰버가 처음으로 진주 같은 완벽한 치아를 드러내며 활짝 웃는다.

마고는 예쁘다고 맞장구친다. 장남 토드의 생김새를 꼼꼼히 뜯어보면서 혹시 엘리후 후프스의 모습이 어른거린다면 알아볼 수 있을까 상상한다. 하지만 그런 모습은 찾을 수 없다.

집을 나서기 전 웅장한 현관으로 안내된 마고는 현관 입구에서 높이가 215센티미터나 되는 대형 괘종시계를 발견한다. 오래된 고급 목재로 만들어진 시계에 광택이 흐른다. 스텐실로 무늬를 새긴 유리 안쪽에서 묵직하게 움직이는 청동 시계추가 마치 몸 밖으로 튀어나온 심장 같다.

앰버 맥퍼슨은 천성적으로 자애로운 데다 훈련을 통해 이런 특성이 한층 강화된 사람이어서 '의사' 손님을 그냥 보내지 않는다. 진심을 담아 상대는 예상치도 않았던 포옹을 하면서 다시 만나기를 바란다고 조용히 말한다. "언젠가 또 만나요."

마고는 약간 멍한 상태로 차에 돌아온다. 다른 여자의 몸이 자기 몸에 남겨놓은 부드러운 흔적을 느끼면서, 정신을 몽롱하게 하는 치자꽃의 풍부한 향을 여전히 느끼면서 차를 출발시킨다. 집까지 절반쯤 왔을 무렵, 앰버 맥퍼슨이 엘리후 후프스에게 대신 "안부를 전해달라고" 부탁하지 않았다는 걸 깨닫는다.

그를 죽은 사람으로 여기는 거야. 지금 살아 있는 사람은 그가 아닌 거지.

그는 바닥에 쓰러져 뒤로 벌러덩 누웠다. 바람이 거세게 그를 때린다.

거친 손가락이 그의 발목을 붙잡고 흙 위로 그를 질질 끌어당긴다. (형들은 어디 갔나? 왜 도와주러 오지 않지?) 현관 의자에 놓여 있던 쿠션 하나가 얼굴을 세게 짓누르는 동안 찢어질 듯한 조롱의 웃음소리가 들린다.

숨이 막혀 비명을 지를 수 없다. 숨을 들이쉴 수도 없다. 쿠션은 점점 세게 얼굴을 짓누르고, 폭행을 가하는 사람은 쿠션 위로, 엘리의 얼굴 위로 몸무게를 싣는다.

나중에 가서 말하겠지. 액슬이 너를 해치려던 건 아니라고. 그냥 장난이 좀 지나쳤던 거라고.

나중에 가서 말하겠지. 엘리는 소심한 아이라고. 다른 애들과 함께 어울려 놀고 수영도 하도록 용기를 북돋워줘야 한다고. 엘리는 이번 여름에 수영을 배워야 한다고.

베란다 밑에 숨어 있는 엘리의 눈에 여자아이들의 다리가 보이고, 등과 어깨를 드러낸 상의와 반바지 차림의 호리호리한 몸이 보인다. 그중 한 아이는 엘리의 사촌 그레천이다.

그레천이 입가에 두 손을 모아 소리친다. 엘리? 어디 있니? 엘―리…….

엘리는 이 목소리가 머릿속에서 메아리처럼 울리는 걸 듣게 될 것이다. 엘리? 엘―리…….

엘리? 아, 엘―리…….

그는 설명하느라 애쓰고 있다. 바위를 굴려 언덕 위로 올리고, 또

올리고, 또 올리느라 애쓰는 시시포스와 같다.

처음에 그는 젊은 여자의 얼굴이 낯익어 친척이라고 생각했다. 그러다가 초등학교 때 알던 여자아이라고 생각했다. 그다음에는 고등학교 때 알던 여자아이라고 생각했다.

그녀는 약혼녀가 아니다. 금발의 약혼녀도 아니고, 다른 약혼녀도 아니다.

의료진 중 한 명으로 보인다. 하지만 의사는 아니다. 흰 실험실 가운을 입지 않았고, 그녀가 입은 검은 재킷의 옷깃에 플라스틱 명찰도 달려 있지 않다.

그녀가 자기소개를 했고 그가 그녀의 손을 잡았다. 그는 악수하는 손의 온기를 기억하지만 그녀의 이름은 잊었다.

"내 기억에 문제가 있는 것 같아요."

"그래요, 엘리? 무슨 문제인데요?"

"그냥 뭐랄까……. 모르겠어요. 안개 같기도 하고 늪 같기도 해요. 그 속으로 걸어 들어가면 그냥 흩어져 사라져요." 그가 멋쩍게 웃는다. 건강에 대해 깊이 생각하는 건 엘리후 후프스답지 않다는 걸 젊은 여자가 알았으면 좋겠다. 훨씬 중요한 다른 많은 주제들을 미루어둔 채 자기 자신에 대한 이야기를 많이 하는 건 결코 엘리후 후프스답지 않다는 걸 젊은 여자가 알았으면 좋겠다.

"한동안 이랬던 것 같아요. 이 기억 '결함' 문제요."

"얼마나 오래된 것 같아요, 엘리?"

"으음, 적어도 6개월은 되었어요. 무슨 사고가 일어나 머리를 다친 것 같아요. 혹은 누가 고의로 내 머리를 쳤을 수도 있고요. 그래서 입원했다가 감염이 되었고 내 뇌가 '불타는 것처럼 뜨거웠어요'……."

"대략 6개월 전이라고요?"

"더 길 수도 있어요. 확실하지 않아요." 엘리가 메마른 웃음을 짓지만 두 눈에는 고통이 어려 있다. "그래서 이 병원에 왔을 거예요. 그런데 여기가 병원 맞나요? 흰 가운을 입은 사람들이 보이고 간호사도 보이는데 병상은 안 보이네요. 혹시 내가 외래환자인가요?"

"네, '외래환자'예요. 그러니까 당신은 오늘 아침 이곳에 왔고 몇 시간 후에는 집으로 돌아간다는 의미지요. 당신은 이곳에 다녀가는 것뿐이에요, 후프스 씨. 입원한 게 아니에요."

"거참 반가운 얘기네요! 거기 잠시 있는 동안 내가 그냥 **입원**만 한 게 아니라 **죽은** 거라는 생각까지 들기 시작했거든요."

마고 샤프가 희미하게 웃는다. 그녀는 누군가 웃음을 유발하려는 의도를 갖고 말할 때 거기에 반응하도록 사회적으로 길들여져 있다. 반응하지 않도록 억누르기가 힘들다.

마고는 E. H.가 '아픈' 게 아니라 엄밀히 말하자면 '만성신경질환'을 가진 거라고 말해주고 싶다. 하지만 평소에 비해 그가 상냥하지도 않고 편해 보이지도 않아서 더 이상 곤혹스럽게 만들고 싶지 않다. 그는 방금 전 일련의 테스트를 연속으로 마쳤다. 몇 년 전에도 똑같은 테스트를 받은 적이 있고, 지난번과 이번의 점수를 비교하여 변화 그래프를 작성할 계획이었다. 물론 E. H.는 지난번 테스트를 기억하지 못하며, 오늘 나온 수행 점수를 근거로 하여 그가 지난번 테스트에서 어떤 식으로든 남은 기억 잔상을 통합했다고 추측할 수도 없다. 이전 테스트의 수행 점수를 빠르게 훑어본 마고는 묘하게도 E. H.가 과거와 거의 똑같은 점수를 기록했다는 걸 깨닫는다.

"당신도 그런가요, '마-그릿'?"

(마고는 감격스럽다. E. H.가 그녀의 이름을 거의 기억하고 있었던 것이다.)

"나도 '외래환자'냐고요?"

"나는 보잘것없는 사람/당신은 누구인가요?/당신도 보잘것없는 사람인가요?"

E. H.는 유쾌하지만 어딘가 오싹한 느낌으로 암송한다. 마고는 이 구절이 시, 아마도 에밀리 디킨슨의 시일 거라고 생각한다.

"'외래환자'는 아니에요, 엘리. 이 대학의 교수예요."

'대학'을 언급해봐야 소용없다. 자신이 다븐파크연구소에 와 있다는 걸 전혀 모르듯, E. H.는 이곳이 어느 '대학'인지도 짐작조차 못 할 테니까.

"당신은 '정상'인가요, 교수님?"

"'정상'일 거라고 생각해요."

"하지만 '평균'은 아니지요, 네?"

마고가 곰곰이 생각하며 미소 짓는다. 이건 마음을 떠보는 농담이다. 숨이 가빠온다. E. H.는 종종 그녀에게서 나는 냄새를 들이마시려는 듯 옆에 바싹 붙어 선다. (그녀가 누구인지 확인하기 위해 E. H. 나름대로 획득한 무의식적 방법일 거라고 마고는 확신한다.) 자연히 마고 역시 그에게서 나는 냄새를 맡지 않을 수 없다. 거슬리는 병원 냄새 속에서도 남자 특유의 냄새와 수렴 화장수 냄새, 아마도 오드콜로뉴로 짐작되는 냄새, 면도 크림과 헤어 오일과 좋은 비누 냄새 등을 확실히 느낄 수 있다. E. H.는 최고급 가죽 벨트를 둘렀으며 구두를 신고 있다. 부드러운 이탈리아제 송아지 가죽이다. 마고는 이제 친구가 된(그렇게 생각하고 싶다), E. H.의 고모 루신다를 통해 이를 알게 되었다.

연구소를 찾는 외래환자 중에서, 아니 그보다 범위를 좁혀 적어도 신경심리학연구소에서 마고가 만나는 사람들 중에서 엘리후 후프스만큼 세심하게 개성을 살려 옷을 입는 사람은 없다. 오늘 그는 흰색면셔츠에 연보라색 캐시미어스웨터와 짙은색 코르덴바지를 입고 '로퍼 슈즈'를 신었다. 왼쪽 손목에는 멋진 시계를 차고 있다. (물론 디지털 손목시계는 아니다. E. H.는 디지털 손목시계도, 디지털시계의 '흉한 모양'도 질색하므로, 그런 물건이 그의 눈에 띄지 않게 해주는 것이 곧 그에게 친절을 베푸는 것이다.) 희끗희끗해진 회색빛 머리는 최근에 다듬었다. 치아가 유난히 희다. 몇 살일까? 마고는 그의 나이를 따져보지 않는 것 같다. 그렇게 나이를 계산하다 보면 그녀의 나이도 함께 알게 되고, 이는 정말 생각하고 싶지 않은 문제다.

얼마 안 남았다! 이제 곧 일어날 일이야.

내게도 일어날 거라고 줄곧 예상해왔던 일이지.

E. H.가 과학 연구의 대상이며 결코 그녀와 동등한 존재가 아니라는 사실을 상기하기 위해서는 애써 노력해야 한다.

"누구에게나 기억 문제는 있어요, 엘리."

"그렇지요! 근데 내 말은 당신이 그렇다는 거예요."E. H.가 애매하게 웃는다.

묘한 말이다. 요전 날 마고 샤프가 겪은 일을 아는 듯이 말한다. 기억과 관련 있는, 별로 유쾌하지 못한 일이었다.

마고는 이 이야기를 E. H.와 함께 나누는 게 좋을지 확신이 서지 않는다. 이 이야기를 하다 보면 남자가 그녀에 대해 매몰찬 판단을 내릴지도 모르기 때문이다. E. H.가 선한 농담을 잘하고 순수한 사람이라고 해도 그의 태도로 미루어볼 때 강한 도덕의식을 갖고 있는 게 분명하다. 게다가 퀘이커교도이자 운동가로 살아온 이력이 있기 때문에, 망가진 기억 아래에는 강한 도덕의식, 청교도적인 올바른 도덕관념이 깊이 새겨져 있을 것이다. 설령 E. H.가 마고의 이야기를 잊게 되더라도 기억의 잔상, 뭔가 흐릿한 흔적이 남아 그녀에 대한 그의 감정에 부정적 영향을 미칠까 봐 걱정된다. 마고는 남자에게 인정받고 싶은 마음이 간절하다.

마고가 조심스럽게 말을 꺼낸다. "우리가 아주 오래 살게 되면, 엘리, 결국은 단기기억에 문제가 생길 거예요. 하지만 삶이 다하는 날까지 어린 시절은 기억할 거예요. 좋은 일이라고 생각해요."

"왜 그게 '좋은 일'이죠, 교수님? 어린 시절이 모두 '행복한' 기억이라고 생각하나요?"

마고는 흠칫 놀란다. E. H.의 말투가 조금 날카로웠기 때문이다.

게다가 왜 그녀를 '교수님'이라고 부르는 걸까? 그는 그녀의 이름을 알고 있다.

마고는 자신이 놀란 표정을 지었다는 걸 의식하지 못하지만, 그 표정을 본 E. H.는 어조를 조금 누그러뜨리고 말한다. "물론 나도 그게 '좋은 일'이라고 생각해요. 어린 시절의 기억을 좋게 생각하고 싶은 마음이 있지요."

E. H.는 벼랑 끝에 서 있는 사람처럼 상당히 절제하며 말한다.

그가 슬그머니 손을 뻗더니, 마고를 제자리에 고정하기라도 하듯 그녀의 손을 꼭 쥔다.

마고는 생각한다. 그의 손이 다른 사람의 손을 기억해. 그게 내 손일 수도 있어.

앰버 맥퍼슨의 손일까? 마고는 그렇게 생각하지 않는다.

앰버 맥퍼슨이 엘리후 후프스의 삶에서 강한 존재감을 지녔을 리 없다. 엘리가 그 젊은 여자를 버린 건 이상할 게 없다!

"엘리! 당신과 함께 있으면 늘 행복해요."

이윽고 마고는 누가 보기 전에 얼른 손을 빼면서 분별 있게 처신한다.

그 일의 내막은 이랬다. 정말 부당하다!

마고는 모두들 그녀에 대해 잔인하고 터무니없는 판단을 내린 거라고 여긴다. 잘못 판단한 것이다.

마고는 E. H.에게 말하지 않을 것이다. 아무에게도 말하고 싶지 않았다. 하지만 마고 샤프의 삶에서 함께 이야기할 만한 사람이 E. H. 말고는 아무도 없다.

대학 일을 마치고 집에 돌아와 어스레한 부엌에 서서, 오빠 네드가 비난조로 남겨놓은 음성 메시지를 듣는 동안 그녀는 질겁했다. 망할 마고, 대체 왜 연락이 없는 거야. 월요일 이후 너한테 전화해서 빌어먹을 메시지를 남긴 게 대여섯 번이나 된다고. 젠장, 집에 없는 거야? 오빠의 성난 목소리에 큰 충격을 받은 나머지 마고는 그가 뭐라고 했는지 정확히 파악하지도 못하고 얼른 메시지를 삭제해버린다.

이윽고 마고는 네드 오빠 이전에도 다른 친척들이 메시지를 남겼다는 사실을 알아차린다. 마고, 어디 있니? 우리가 얼마나 기다리고 있다고. 엄마가 널 기다려. 무슨 일 있니? 무슨 문제라도 생긴 거야? 제발 전화 좀 해줘. 이곳에서는 별별 생각을 다 하고 있어. 불쌍한 네 엄마도 너한테 전화하려고 했는데, 넌 아무 연락이 없구나……. 마고?

마고는 부들부들 심하게 몸을 떤다. 네드에게 전화하지 않고(마고는 늘 오빠를 두려워하고 싫어했다. 그는 불한당 같은 사람이다) 대신 엄마의 여동생인 에디 이모에게 전화를 건다. 마고는 에디 이모를 좋아한다. 이모와 직접 통화하지 않고 그냥 음성 메시지만 남길 수 있길 바랐지만 에디 이모는 첫 번째 벨 소리가 울리자마자 수화기를 든다. "마고! 하느님, 감사합니다."

엄마의 "상태가 좋지" 않다는 이야기를 듣고 속이 상한다. 엄마는 마고가 어디 있는지 계속 물었고, 마고가 자신을 보러 병원에 찾아와주기를 기대하고 있었다고 한다. "마고, 지난주에 오도록 해보겠다고 말했잖니. 그 말을 듣고 우린 네가 올 거라고 기대하고 있었어."

마고는 속상하기도 했지만 충격도 받는다. 오리온폴스에 있는 어느 누구에게도 지난주 혹은 조만간 집에 갈 거라고 약속한 적 없다는 사실을 애써 설명한다. 누구에게도 전화를 받은 적 없고 설령 그런 일이 있었다 한들 몇 주 전의 일이며, 수술 직후인 당시에는 엄마의 상태가 좋다고 들었다. 네드가 뭐라고 비난했든 그건 전혀 사실이 아니야. 사실이 아닐뿐더러 부당해.

마고의 목소리가 떨리고, 두 눈엔 충격과 분노의 눈물이 가득했다. "내가 네드 오빠에게 말했다고요? 이모에게 말했어요? 당치도 않은 일이에요, 에디 이모. 이야기가 잘못 전달되었을 거예요. 당장 비행기를 타고 집에 가겠다고 이야기했을 리가 없어요. 거기 있는 어느 누구에게든 말이에요. 요즘 너무 바쁘거든요. 정말 너무 바빠서 단 며칠이라도 개인 용무로 휴가를 낼 형편이 안 돼요. 지금 다븐파크대학 신경학연구소에서 매우 중요한 프로젝트의 총괄 책임을 맡았다고 이모에게 말하지 않았는지도 몰라요. 이곳 역시 말하자면 긴급 상황이에요. 우린 심각한 뇌 손상 환자를 연구하는 중이고, 난 그 자리에 반드시 참석해야 하거든요……."

마고는 같은 이야기를 반복하며, 자신은 병문안을 가겠다고 약속한 적 없다고 부인한다. 그녀는 그런 약속을 한 기억이 없었고, 심지어 최근 몇 달 동안 네드 오빠와 대화조차 한 적 없었다. 어렴풋이, 정말 그야말로 어렴풋이 이모와 대화한 기억은 있었다. 엄마의 검사 결과, 진단, 수술, 화학요법과 방사선 치료에 대해 이야기했다. 마고는 엄마의 "상태가 좋다"고 들은 기억이 난다. "지금 기대할 수 있는 수준에서는 좋다"고 했다. 그러나 그 뒤의 대화는 기억나지 않고, 조만간 집에 가겠다고 약속한 기억은 전혀 없다. "그런 일은 절대 있을 수 없어요, 에디 이모. 엄마에게 잘 이야기해줘요, 네? 부탁해요."

정말 불편한 대화였다! 이모는 좀처럼 물러서지 않는다. 절대 착각한 게 아니라고, 그곳에 있는 어느 누구도 착각하지 않았다고 끝까지 고집하는 바람에 마고는 충격을 받는다. 분명 샤프 집안사람들이 똘똘 뭉쳐 마고를 따돌리고 그녀에게서 등을 돌린 것이다. 마고는 자신이 옳다고 믿기 때문에 대화를 이어가는 게 고통스럽다. 그녀는 오리온폴스에 있는 어느 누구에게도 그런 약속을 한 적 없으며 정신이 덜 깬 상태에서도 그런 일은 없었다. 만일 그랬다면 기억이 날 텐데 아무 기억도 없기 때문이다.

대화가 고통스럽게 느껴지는 또 다른 이유는 마고 샤프가 더 이상 어린아이도, 잔소리를 듣거나 꾸지람을 당하거나 일부러 오해를 사는 사춘기 소녀도 아니기 때문이다. 그녀는 마흔이 다 된 성인 여성이며, 또한 전문직 여성으로서 사람들이 그녀의 의견에 따르고 그녀의 기분을 맞춰주는 상황에 익숙해져 있었다. 이제는 그녀에게 맞서는 사람도 많지 않다. 대학의 신경심리학 교수가 되었을 뿐만 아니라 신경과학 역사에서 중요한 의미를 갖는 연구 프로젝트인 'E. H. 프로젝트'의 연구 책임자로 지명되었기 때문이다(그 유명한 밀턴 페리스가 직접 지명했다). 마고 샤프는 대학과 연구소에서 존경받고 있다. 그녀가 가르치는 많은 학부생과 대학원생, 실험실 조수들, 학과 동료들, 연구소 직원들 모두 그녀를 존경하며 우러러본다. 사정이 이렇다 보니 미시간주 오리온폴스의 친척들이 그녀의 성취에 대해 거의 아무것도 모르고 그녀에게 존경심을 표하지도 않는 것이 너무 충격적이며 어이없기까지 하다. 마고는 자신을 옹호해야 하는 부당한 압박감에 눌려 말조차 조리 있게 하지 못한다. "이모가 뭐 때문에 나를 비난하든 결국 네드 오빠의 바보 같은 비난을 다른 말로 반복하는 것에 지나지 않아요, 에디 이모. 지금 다븐파크에는 너무 많은 일이 일어나고 있어서 시간을 뺄 수가 없어요. 물론 나도 그러고 싶어요. 하지만 이모 말을 들어보니 엄마는 호스피스에 있는 게 아니라 병원에 있는 거네요. 그러니 사실 긴급 상황은 아니에요. 엄마는 이해할 거예요, 제대로 설명해주기만 하면요. 이모는 내가 일에 대해 얼마나 진지한지 알잖아요. 가볍게 여기지 않아요. 크리스마스 휴일이 있으니……."

"2년 전 크리스마스 이후로 넌 집에 오지 않았어. 전화나 편지도 없었고."

"실은 **그렇지 않아요**. 엄마한테 전화도 하고 편지도 써요."

"마고, 무슨 소리니? 그 말은 사실이 아니야. 네 엄마는 크게 상심했고, 우리 모두 당혹스러워하고 있어. 우리는 네가 대학에 다닐 수 있도록 학비를 지원했어. 잊으면 안 돼. 그렇지 않니?"

"결국 이모도 말만 달랐지, 네드 오빠와 똑같네요. 두 사람 다 사실이 아닌 엉터리 말을 하고 있어요. 내가 하지도 않은 일을 가지고 날 비난하고 있다고요. 이런 이야기는 들을 필요가 **없어요**. 전화 **끊을게요**." 마고는 아프고 억울하고 분해서 숨을 가쁘게 몰아쉬며 반쯤 흐느낀다. 그들은 늘 마고의 성공을 질투했고 애당초 마고가 미시간대학에 가는 것도 원치 않았다. 이건 마고와 샤프 집안사람 간의 가슴 아픈, 해묵은 갈등이다.

마고는 수화기를 쾅 내려놓으며 전화를 끊는다. 다시 전화가 걸려오지 않는 데 크게 안도한다.

마고는 또 다른 전화 통화에 대해서도 E. H.에게 말하지 않을 것이다. 몇 달 뒤인 1984년 1월 첫째 주에 받은 전화인데, 이전 것보다 훨씬 충격적이며 예상하지 못한 전화였다.

마고, 당신에게 은밀히 할 얘기가 있어요.

'E. H. 프로젝트'와 관련된 겁니다.

마고에게 전화를 건 사람은 심리학과의 학과장이다. '은밀하게' 만나자고 그녀에게 요청하고 있다.

샤프 교수는 침착하게 학과장의 안쪽 사무실로 들어가서 책상을 사이에 두고 마주 앉는다. 밀턴 페리스와 마찬가지로 학과장도 유명한 과학자다. 하지만 그의 분야는 신경심리학이 아니라 임상심리학이어서 마고 샤프와 가깝게 지내는 동료는 아니다.

마고는 겁먹고 있다. 그녀는 생각한다. E. H.를 차로 집까지 데려다주는 걸 누군가 보고한 거야. 내가 E. H.와 단둘이 있는 걸 보고한 거야. 나를 질투하고 미워하는 누군가가 그런 거야.

마고는 귓속에서 윙윙거리는 소리까지 들릴 만큼 극심한 공황 상태에 빠져, 학과장이 나직한 목소리로 꺼내놓은 매우 충격적인, 뜻밖의 이야기를 간신히 들을 수 있었다. 몇몇 사람이 학과장인 그와 대학 학장과 총장 앞으로 내용증명우편을 보내 정식으로 고발했다는 얘기였다. 그러나 샤프 교수가 기억상실증 환자에게 비양심적인 행위를 저질렀다는 내용은 아니었다. 밀턴 페리스 교수가 '기억 실험실의 연구 책임자로서 오랜 기간 반복적으로 학문적 위법행위'를 저질렀다는 것이다.

학과장은 마고에게 절대 비밀을 보장할 테니 이 문제와 관련하여 밀턴 페리스에 대해 할 말이 없는지 묻는다.

"부탁이니 모든 걸 터놓고 말해줘요. 충격적인 소식이라는 거 알아요. 하지만 이런 일이 벌어질 수 있다는 걸 아마 다들 알고 있었을 거예요."

마고는 너무 놀라 멍한 상태다. 심장이 세차게 뛴다. 그녀 자신이 공격받고 있다고 굳게 믿었던 터라 이 이야기를 제대로 들은 게 맞는지 확신할 수 없었다.

마고는 쓰러지지 않도록 의자 팔걸이를 꼭 붙잡고 몸을 지탱했다.

얼굴에서 핏기가 가시는 게 느껴졌다.

"물 한잔 마실래요? 이렇게 당혹스럽게 해서 정말 미안해요……."

해리 밀스는 마고 샤프와 친한 사이가 아니지만 그렇다고 그녀를 비방하는 쪽도 아니다. 심리학과에 있는 다른 이들이 그렇듯이 그 역시 세간의 이목이 집중되어 연구기금을 풍족하게 지원받는 'E. H. 프로젝트'에 대해 오랜 기간에 걸쳐 비판 발언을 했을 수는 있다. 또한 결코 비열한 의도가 아니라 정확한 사실의 측면에서 갖가지 이야기가 돌고 있던 유명한 동료 밀턴 페리스에 대해 비판적 의견을 내놓았을 수도 있다. 밀턴 페리스와 관련하여 많은 말이 돌았다. 이 대가가 지난 20년 동안 학부 학생에게는 눈길조차 준 적 없고, 박사학위 논문 지도를 받는 학생들을 하인이나 노예처럼 부리며, 그의 지도 아래 박사과정을 마치려면 무려 8년이나 걸리는데 이는 언제라도 이용할 수 있는 무상 노동의 공급원으로 학생들을 묶어두기 위함이라고 했다. 페리스의 기억상실증 실험실이 심리학과의 '꽃'으로 자리 잡으면서 동등한 자격을 갖춘 다른 연구자들의 활동이 부당하게 관심권에서 밀려나 빛을 잃었다는 지적도 있었다. 르네상스 시대의 군주가 후원을 베풀듯이 밀턴 페리스가 영향력을 행사하여 수제자를 모두가 선망하는 학교나 유력 학술지에 취직시켜주었다는 지적도 있었다. 또한 밀턴 페리스가 아마도 기억에 관한 선구적인 연구 덕분에 지난 15년간 노벨상의 '주요 후보군'으로 꼽혀왔다는 이야기도 있었다.

밀스가 마고에게 다시 한번 묻는다. 괜찮은지. 물이 필요한지, 혹은 휴지가 필요한지…….

(마고가 어느새 울고 있었던 걸까? 소금기 어린 물이 흘러내려 뺨이 따끔거린

다.)

마고가 천천히 고개를 젓는다. 이제 마고의 심장은 천천히 세게 쿵쿵 뛴다. 어른이 된 후로 이렇게 크게 놀란 적이 없지만 그래도 그녀는 쓰러지지 않을 것이다.

그녀는 간신히 예의를 갖춰 말한다. 괜찮다고. 물은 필요 없다고.

밀스가 미안해한다. 그는 마고 샤프가 이토록 격한 반응을 보일 거라고 예상하지 못한 게 분명하다.

"지금 생각해보면 그럴 만한 이유도 없는데, 마고 당신이 이 고발 내용을 전부 알고 있을 거라고 여겼어요. 당신이 알던 이전 실험실 동료들이 고발한 내용이었거든요." 밀스는 잠시 말을 멈춘다. 실수를 한 걸까? 고발자들의 신원이 여전히 비밀에 부쳐질까? 마고가 뭔가 반응을 내놓기 전에 밀스가 얼른 말을 이으면서, 밀턴의 '비정통적인' 연구 방법을 둘러싸고 오래전부터 소문을 듣고 있었다고 말한다. "게다가 당신은 밀턴의 측근으로 일해왔으니 이런 사정을 알 만한 위치에 있었고요."

"아뇨. 난 그런 사정을 알 만한 위치에 있지 않아요."

마고가 잠시 말을 중단했다가 같은 말을 반복한다. "난 아는 게 없어요."

밀스가 밀턴 페리스를 고발한 이들의 신원을 밝힐 일은 없겠지만, 그들이 지난 12년에서 15년 사이 페리스와 함께 일했던 박사 후 연구 과정 학생이라는 사실을 마고에게 알려준 셈이었다. 그들은 페리스의 실험실에서 몇 년간 일한 뒤 교수 자리를 얻었고 대부분은 종신 재직 교수였다.

마고는 생각한다. 혹시 캐플런일까? 그럴 가능성도 있을까?

특혜를 누린 아들이 아버지를 배신하다니. 그런 일은 있을 수 없다.

학과장은 근엄한 말투로 마고에게 그 사안과 관련된 "모든 걸 터놓고 자세하게" 말해달라고 한다. 그녀가 말한 모든 내용은 철저하게 비밀에 부쳐질 거라고 장담한다. 마고가 이러한 폭로를 주도한 게 아니므로 어떤 시점에서도 그녀의 증언은 페리스를 포함한 누구에게도 알려지지 않을 거라고 약속한다. 마고의 승인 없이는 어떤 서류에도 그녀의 이름을 올리지 않을 거라고 확언한다.

"해리, 지금 녹음하는 중인가요? 우리 대화를요?"

"물론 아니에요, 마고! 당신의 정식 승인 없이는 아무것도 녹음하지 않을 거예요."

밀스는 불쾌한 표정을 짓는다. 상처 입은 것 같다. 마고가 생각한다. 하지만 당신을 믿을 수 있을까요? 어떻게 당신 말을 모두 믿을 수 있죠? 아마 밀턴 페리스도 이렇게 생각했을 것이다.

"지금 말고 나중에 이 문제를 의논하고 싶다면, 마고, 물론 그래도 돼요. 하지만 잊지 마요, 우리 대화에 관해 어느 누구에게도 발설해선 안 돼요." 밀스가 잠시 말을 멈췄다가 묘한 어투로 말한다. "당연한 일이지만 밀턴 페리스에게 말하면 안 돼요."

"그러니까 아직은 안 된다는 말이지요. 밀턴 페리스에게 말하지 않을게요, 아직은요."

"좋아요. 고발 내용이 사실이라는 게 입증되지 않는 한 결코 밀턴이 알아서는 안 돼요. 조사는 비밀리에 은밀하게 진행될 거고 조사위원회에 속한 이들의 신원도 드러나지 않을 거예요."

"'조사위원회'에 누가 포함되는지 알아요?"

"아, 아니요……."

밀스는 눈에 띄게 머뭇거렸다. 마고는 그가 거짓말을 하는 거라고 의심한다.

혹은 뭔가 숨기는 게 있거나.

(밀스는 누가 조사위원회 위원으로 위촉되었는지는 알지만 이를 수락한 사람이 누구인지는 모른다는 의미로 말한 것일 수도 있다. 그렇다면 엄밀히 말해 그는 동료 마고 샤프에게 거짓말을 한 게 아니다.)

"고발 내용이 뭐였어요? '오랜 기간 반복적으로 저질렀다는 학문적 위법행위' 말이에요. 정확히 무슨 의미예요?"

"페리스가 출간 저작물에 데이터를 허위로 기재했다는 의미는 아니에요. 그런 일로 페리스를 비난하는 사람은 없어요. 적어도 지금까지는요. 주요 고발 내용은 페리스가 오랜 기간에 걸쳐 대학원생을 포함한 젊은 동료들의 연구를 '도용'했다는 거예요. 그가 연구 과정에 참여한 적도 없는 여러 논문을 자신의 이름으로 발표했고, 아무리 가벼운 것이라도 그에게 이의를 제기한 사람들에게 일상적으로 '벌'을 주었다는 내용이지요. '공포 시대'라고 하더군요. 과거 박사 후 연구 과정에 있던 학생 한 명이 페리스와 함께 지낸 시기를 이렇게 말했어요. '보복이 두려워서 감히 누구도 그에게 불평하거나 도전하지 않는다' 라고요."

넌 시베리아에 가게 될 거야. 아니면 저기 서쪽 어딘가에 있는 퍼듀대학 같은 곳에 가겠지.

마고는 지금도 몸이 떨리고 머리가 어지럽다. 학과장이 학장과 공모하여 그녀를 음해하려는 게 아닐까 하는 의심이 여전히 가시지 않는다.

밀턴 페리스에 대한 고발이 하나의 술책일 가능성도 있지 않을까? 혹은 그녀의 스승 밀턴 페리스에 대한 고발에서 더 나아가 그녀에 대한 고발도 들어오는 게 아닐까?

마고를 쳐다보던 해리 밀스의 눈길이며, 비웃음을 억지로 참는 듯한 그의 입 모양이 그녀를 당혹스럽게 한다. 순간 그녀는 대화의 끈을 놓쳐버리고, 고발 내용이 무엇이었는지 기억하지 못한다.

엘리후 후프스와 나 사이에 부적절한 일은 없었어.

사실 특별한 교감이 있긴 하지. 다른 사람의 눈에도 (필시) 보일 거야. 하지만 나와 환자의 관계에서 비윤리적인 일은 없었어. 이를 입증하기 위해서 난 누구와도 맞설 거야.

분명하게 말할 수 있는 상태가 되자 마고는 밀턴 페리스 측에서 저지른 위법행위에 대해 "결코 아무것도 알지 못한다"고 말한다. 그런 고발 내용에 대해 지금까지 어떤 이야기도 들어본 적 없으며, 그 내용을 들은 지금 매우 큰 충격을 받고 당혹스럽다고 말한다.

"오랜 기간 밀턴 페리스를 도와 함께 일해왔지만 그는 나의 연구를 한 번도 '도용'한 적 없었어요. 처음 이곳에 왔을 때 바로 'E. H. 프로젝트'에 합류했어요. 평생에 한 번 올까 말까 한 기회지요. 당시에는 이게 얼마나 좋은 기회인지, 얼마나 대단한 특혜인지 알지도 못했어요. 난 겨우 스물세 살이었거든요."

마고는 차분하고 신중하게 말한다. 어쨌든 대화 내용이 녹음되고 있다고 믿는 것처럼 분명하게 말한다. 밀턴 페리스는 마고의 연구 중 어떤 것도 도용한 적 없으며, 그 시기 실험실에 있던 어느 누구의 연구도 도용한 적 없다고, 그렇게 확신한다고 몇 번씩 반복해서 말한다. "앨빈 캐플런과 함께 초기 단계부터 줄곧 실험실 감독 일을 도왔어요. 우리는 다른 동료들과 가깝게 지냈지요. 데이터를 수집해 분석했고 서로 협력했어요. 밀턴은 모든 면에서 언제나 '연구 책임자'였어요. 그가 실험을 설계했고, 실험 실행과 데이터 수집을 도왔어요. 대부분의 시간 동안 그랬어요. 물론 밀턴이 출장 중일 때도 있었고 우리 프로젝트를 기반으로 한 중요 논문을 발표하기 위해 컨퍼런스에 참석하는 일도 많았지요. 하지만 18년 동안(18년이나 되었나?) 나는 밀턴이 학문적 위법행위를 저지르는 건 고사하고 어떤 식으로든 비윤리적이거나 전문가답지 못하게 행동하는 걸 본 적이 없어요. 밀턴은 매우 품격 있는 **학문 활동**의 모범을 보였지요." 마고가 말을 끊고 얼른 숨을 쉰다. 맥박이 빠르게 뛰고 있다. 동공이 확대된 느낌이다.

"해리, 그런 고발이 있었다니 마음이 아파요. 화가 나네요! 분명 밀턴 페리스에게 개인적 앙심을 품고 그랬을 거예요. 학계에 질투하는 이가 많았다는 거 알아요. 밀턴이 공영 텔레비전에 자주 출연한 뒤로 특히 그랬지요. 성공한 '대중적인 학자'만큼 부러움을 사는 사람도 없지만 그만큼 분노의 대상이 되기도 쉬워요. 학과장님은 뛰어난 동료의 명성을 보호하기 위해 애써야 해요. 명성을 손상시켜서는 안 되지요. 밀턴이 알게 된다면 아마…… 소송하려고 할지도 몰라요."

밀스 박사는 바로 그런 일, 즉 밀턴 페리스의 명성을 보호하는 일을 하려는 거라고 얼른 마고를 안심시킨다. 그러기 위해 그와 학장은 현시점에서 순전히 사전 대비 차원의 조사를 시작한 거라고 말한다.

"알겠지만, 그래도 밀턴에게 말하면 안 돼요. 그건 윤리 위반이에요, 마고."

"물론 밀턴에게 말하지 않을 거예요. 그런 비난에 대해 다시 또 이야기해서, 특히 밀턴에게 이야기해서 뭔가 중요한 일인 것처럼 부풀리는 일은 없을 거예요. 밀턴은 자존심이 짓밟힌 기분을 느낄 테고 불같이 화를 내겠지요. 내 생각에는 그가 고소를 하려고 할 것 같아요. 명예훼손죄로요."

밀스는 마고 샤프가 그처럼 격한 반응을 보이리라고는 예상하지 못했다. 마고와 그녀의 스승이 어떤 관계인지 밀스가 알고 있다면, 둘의 관계에 대해 뭘 좀 알고 있다면, 마고 샤프와 밀턴 페리스가 더 이상 서로 친밀하게 얽혀 있지 않다는 것, 그리고 마고가 페리스를 두둔할 이유가 없으며 심지어는 그에게 앙심을 품고 있을지도 모른다는 걸 알 것이다. 하지만 마고는 결코 앙심을 품고 있지 않다. 이런 사실이 학과장에게 강한 인상을 남긴다.

"이제 그만 가봐야 할 것 같아요. 이 문제에 대해서는 더 이상 얘기하고 싶지 않아요."

마고는 학과장 사무실을 나가려고 자리에서 일어난다. 늙은 여자처럼 몸이 뻣뻣하게 움직인다. 마고가 휘청거리며 넘어지려고 하자 밀스가 얼른 자리에서 일어나 부축한다.

몽유병 환자처럼 비틀거리며 연구실로 돌아오는 동안 마고는 생각한다. 밀턴에게 갈 거야. 그 사람한테 경고해야지. 내가 그를 얼마나 사랑하는지 알게 될 거야. 그는 나를 다시 사랑하게 될 거야.

그녀는 밀턴 페리스에게 전화하지 않는다.

절대로 전화하지 않을 것이다.

남자의 목소리에서 놀란 기색이 느껴질 텐데 그녀는 그런 목소리를 들을 엄두가 나지 않는다. 목소리는 낮게 가라앉을 테고, 식어버린 열정을 가리기 위해 억지로 상냥한 인사를 건네겠지만 그 끄트머리에서는 죄의식이 묻어날 것이다. 아, 그래, 마고. 잘 있었지…….

마고가 밀턴 페리스와 사적으로 이야기를 나눈 지 꽤 오래되었기 때문이다. 상당한 시간이 지났을 것이다. 마고는 자존심 때문에 먼저 전화하지 않았고, 밀턴이 그녀에게 전화한 지는 훨씬 더 오래되었다.

대신 그날 저녁 마고는 앨빈 캐플런에게 전화한다. 용기를 내기 위해 위스키를 한 잔 마신 다음 전화한다.

캐플런은 마고의 목소리를 듣자마자 그녀가 왜 전화했는지 알아차린다.

"앨빈, 어떻게 그럴 수가 있어요! 세상에."

둘의 대화는 자주 끊기고 곤혹스럽다. 잘못을 저지른 아이들이 그러듯이 캐플런은 밀턴 페리스를 고발한 사람들 속에 끼지 않은 척하려 애쓰지만, 마고는 캐플런이 그 속에 있다고 주장한다. 그렇게 확신한다. 이내 캐플런은 방어적인 태도를 취한다. "망할 밀턴, 우리 모두를 상대로 도둑질을 하고 있었어요. 심지어는 대학원생에게서도! 제발, 마고, 그는 당신 것도 훔치고 있었어요. 처음부터 당신을 이용한 거라고요."

캐플런이 분한 목소리로 말하는 동안 마고는 수화기를 귀에서 떼어놓는다. 이런 말을 듣는 걸 참을 수 없다! 그녀는 생각한다. 내가 그와 사랑에 빠져 있었다는 걸 그들은 당연히 알고 있었어. 모두 알고 있었지. 그들은 날 비웃으면서도 동정했어. 나를 미워하지 않았지.

밀턴 페리스가 아니었다면 둘 중 어느 누구도 자리를 얻지 못했을 거라고 마고가 지적한다.

"마고, 어떻게 그런 얘기를 할 수 있어요? 말도 안 되는 소리예요. 당신도 나도 최고의 과학자지요. 허세처럼 들렸다면 미안하지만 우리 둘 모두에게 해당되는 얘기예요. 분명 우리는 다른 사람들과 함께 연구하고 일했을 테지요. 다른 대학에 갔을 수도 있고, E. H.는 끝내 만나지 못했을지도 몰라요. 하지만 학문적으로 그만큼 잘해냈을 가능성은 있어요. 분명 그랬을 거예요."

"당신은 그렇게 믿지 않아요, 앨빈. 어떻게 그런 말을 할 수 있어요! 우리가 아는 모든 건 밀턴이 가르쳐준 거예요."

"밀턴이 우리에게 많은 걸 가르쳐준 건 사실이에요. 밀턴은 뛰어난 과학자였고, 지금도 마찬가지지요. 하지만 그는 연구에 흥미를 잃었고 이 역시 분명한 사실이에요. 그는 더 이상 일에 흥미가 없어요. 그래서 우리 연구를 도용하고는 마치 자기가 연구한 것처럼 행세했지요. 그는 엘리후 후프스 덕분에 아주 값진 금광을 깔고 앉아 있었던 거예요. 기억상실증 환자와 연결된 모든 것이 밀턴에게는 금이 되었어요. E. H.는 신경과학 분야에서 특이한 사례이고 밀턴은 그를 자기 소유로 만들어버렸지요. 게다가 우리는 감히 밀턴에게 도전하지 못했어요. 그에게 도전했던 사람들은……."

"무슨 소릴 하는지 모르겠네요. 밀턴에게 '도전'한 사람이 있었다는 것도 난 몰라요. 그게 누구예요? 누가 밀턴을 고발한 거예요?"

캐플런은 예전에 이 대학의 조교수로 있다가 지금은 워싱턴에 있는 미국국립보건원으로 간 사람의 이름을 댄다. 그를 잘 아는 마고는 크게 놀란다. 캐플런의 말이 도무지 믿기지 않는다.

"그 사람한테 전화할 거예요! 진심으로 그랬을 리 없어요."

"전화하지 말아요, 마고! 부탁해요."

"'부탁'이라니, 무슨 뜻이에요? 밀턴이 위법행위를 했다고 허위 고발을 당하고 있는데 어떻게 가만히 있어요? 밀턴은 절망과 모욕감을 느낄 거예요. 그의 명성도 무너질 거고요. 그의 나이 일흔이에요……."

"그가 10년이 넘도록 비윤리적 행동을 해왔기 때문이에요. 다른 과학자들의 명성도, 그들의 삶도 망가뜨렸기 때문이고요. 젊은 여자들의 삶도 망가뜨렸지요."

"말도 안 돼요! 그건 사실이 아니에요."

"당신 눈에 보이지 않았던 것뿐이에요. 당신은 알고 싶어 하지 않았어요." 캐플런이 말을 끊었다가 다시 잔인하게 말한다. "당신을 대하는 밀턴의 태도는 다른 사람을 대할 때와 달랐어요, 마고. 그는 언제나 당신을 편애했어요. 다른 여자들의 경우는 그냥 이용했던 거예요. 이런 식으로 몰고 가는 건 당신의 허영심 때문이에요. 직업적 판단에 근거한 게 아니고요."

마고는 할 말을 잃는다. 비록 캐플런에게는 보이지 않겠지만, 마고는 얼굴이 화끈거리며 뜨거운 기운이 올라오는 걸 느낀다. 반은 수치심 때문이고 반은 기쁨 때문이다. 언제나 당신을 편애했어요. 마고는 이 말을 기억할 것이다.

마고가 더듬거리며 말한다. "하지만…… 우리가 밀턴에게 해를 입힐 순 없어요. 그가 가끔 비양심적으로 행동했는지는 모르지만 우리

에겐 ‘양심’이 있어요. 늙은 사람에게 비통한 마음을 안겨줄 순 없어
요.”

늙은 사람에게 비통한 마음을 안겨줄 순 없어요. 마고가 한 번도 본 적
없는 유형의 텔레비전 드라마에서 나올 법한 대사다. 그렇지만 마고
는 진심이다. 몸이 떨리고, 뜨거운 얼굴에 눈물이 흐른다.

캐플런이 악의적으로 말한다. “밀턴이 당신을 프로젝트의 총괄 책
임자로 지명했잖아요. 당연히 당신은 그가 고맙고 그를 보호하고 싶
겠지요.”

“밀턴이 록펠러대학에 당신 자리를 얻어주었어요! 당신한테 자리
를 옮길 마음이 없었다면 당신을 프로젝트의 책임자로 지명했을 거예
요.”

“난 자리를 옮길 ‘마음’이 없었어요. 그렇게 하도록 강요받은 거예
요. 밀턴에게서요.”

“당신한테 그랬다고요? 도대체 왜요?”

“그래야 당신을 그 자리에 앉힐 수 있으니까요. 다른 이유가 뭐가
있겠어요? 그는 언제나 당신을 편애했으니까요.”

여느 형제 사이에 있을 법한 원한이다. 나아가 마고는 캐플런이 받
은 마음의 상처와 그 상처 아래에 끓어오르는 분노를 느낄 수 있다.

“하지만 앨빈, 밀턴이 애써주지 않았다면 당신은 록펠러대학에 자
리를 얻지 못했을 거예요. 그 많은 연구 지원금도 받지 못했을 테고
요.”

“그건 나에 대한 모욕이에요. 당신은 그런 말을 할 자격이 없어요,
마고.”

"당신은 지금까지 이야기한 것 중에 어떤 것도 말할 자격이 없어요, 앨빈."

하지만 캐플런은 어느새 누그러져 있었다. 마음속에 죄의식과 수치심이 가득하다는 걸 마고는 깨닫는다. 경력을 쌓고 삶을 펼칠 수 있게 해준 사람을 배신하다니! 모두의 아버지를 배신하다니!

캐플런은 밀턴이 여전히 '전혀 훼손되지 않은' 명성을 누리고 과학계에 영향력을 휘두르는 데 강한 반감을 품은 여섯 명이 밀턴 페리스에 대한 폭로를 강력하게 추진했던 정황을 들려준다. 그중 몇몇은 비록 잘 알지는 못해도 마고가 아는 사람이다. (그렇다, 그중 한 명은 한때 그녀의 동료였고 현재 퍼듀대학에서 일하고 있다. 마고는 이 사람을 알고 있었다!) 캐플런은 밀턴이 학자로서 보여준 의심스러운 행동의 또 다른 사례들을 열거한다. 그중에는 여성 연구원을 "이용한" 일도 포함되어 있다. 이 미묘한 문제를 언급할 때 캐플런은 요령 있게 대처하며, 다른 여자들의 이름을 입에 올려 마고에게 굴욕감을 안기는 실수를 범하지 않는다. 그러면서도 그는 다들 이 문제를 알고 있고, 페리스가 젊은 여성 과학자들의 순수함을 성적으로, 학문적으로 이용하기로 "유명하고 악명 높다"고 마고가 알 수 있게끔 이야기한다. 캐플런은 인정한다. "물론 밀턴은 매우 좋은 사람이기도 해요. 그럴 때가 있어요. 품위 있고 멋진 사람이지요. 모든 상을 휩쓸었고 연구 지원금을 신청하면 모두 받았어요. 미국국립과학원의 회원자격심사위원회에서 의장도 맡고 있고요. 그가 이 소식을 듣는다면, 그리고 우리가 이 고발을 끝까지 밀고 나가 적어도 그 막강한 위원회에서 그를 몰아내는 데까지 가지 않는다면 그는 죽을 때까지 우리가 국립과학원 회원이 되지 못하도록 거부권을 행사할 거예요.”

“‘그가 이 소식을 듣다’니, 무슨 말이에요? 난 밀턴을 고발하지 않았어요. 그를 옹호했지요. 방금 전 밀스 학과장 사무실에서 나는 그를 옹호했어요. 내 말을 각서로 남길게요. 그러면 당신도 믿겠지요.”

“당신이 이번 조사를 방해할 수는 없어요, 마고. 밀턴 페리스가 물러나야 한다는 건 당신도 잘 알잖아요.”

“아까도 말했잖아요. 사실이 아니라고. 난 결코 그게 사실이라고 증언하지 않을 거예요.”

마고는 아무튼 국립과학원이든 다른 어떤 전문기구든 회원이 되는 데 관심 없다고 흥분해서 말한다.

캐플런은 그런 말이 다 헛소리라고 말한다. 당연히 그녀는 관심이 있으며 또 그래야 한다고, 그는 관심이 있다고 말한다.

마고가 같은 말을 반복한다. 밀턴 페리스를 배신하지 않을 거라고. 앞으로도 영원히 배신하지 않을 거라고.

“그는 곧 은퇴할 거예요. 이제 와서 그를 망가뜨리는 게 무슨 의미가 있죠?”

한 시간 이상 전화기를 붙들고 진을 뺀 캐플런이 수그러든다. 아니, 수그러드는 것처럼 보인다. 마고는 감정에 복받쳐 떨리는 음성으로 캐플런에게 고맙다고 인사한다. 두 사람 모두 날카롭게 날이 서고 흥분한 상태로 전화를 끊는다.

그로부터 얼마 지나지 않아 마고는 해리 밀스로부터 밀턴 페리스에 대한 조사 절차가 “잠정적으로 보류되었다”는 소식을 듣는다. 그는 원하면 그녀의 발언을 기록에서 삭제해주겠다는 말도 한다.

"네, 전부 삭제해줘요. 이 대화 내용도요. 잘 자요!"

진을 뺀 승리감에 젖어 마고가 생각한다. 당신에게 결코 그런 짓을 하지 않을 거예요, 밀턴. 우린 서로 많이 사랑했잖아요.

그녀에게 술을 가르쳐준 사람이 밀턴 페리스였다. 그가 좋아하는 위스키, 조니워커 블랙라벨을 좋아하도록 가르쳐준 사람도 밀턴 페리스였다.

타는 듯한 느낌이 목구멍을 타고 내려가고 몸 구석구석이 불꽃으로 화끈거린다. 그녀는 비틀거리며 어두컴컴한 침실로 들어가 옷도 다 벗지 않은 채 침대에 쓰러진다. 가장 달콤하고 가장 맛있는 잠 속으로, 점점 더 깨어나기 힘든 잠 속으로 서서히 빠져든다.

6

엘리? 엘리!

발밑으로 습지대가 낮게 펼쳐진 나무판자 다리 위에서 그는 갑자기 불어닥칠지 모르는 돌풍에 쓰러지지 않으려고 두 다리를 살짝 벌린 채 뒤꿈치에 힘을 주고 서 있다.

처음 마주하는, 경이로울 만큼 아름다운 풍경을 보면서 나무판자 다리 위에 서 있다. 조지호의 풍경이 이럴 거라고 생각하지만 확신하지 못한다. 전에는 이곳을 본 적이 없다. 이 점은 확실히 안다. 그는 쓰러지지 않게 몸에 힘을 주어야 한다는 것을 알고 있고, 두 손으로 난간을 꽉 붙잡고 있다.

처음 보는 곳이고 경이로울 만큼 아름다운 풍경인데도 그는 두려워서 돌아보지 못한다. 뒤편 다리 아래로 흐르는 얕은 개울 속, 물에 빠진 여자아이의 시체를 보게 될까 봐.

……열한 살쯤 된 벌거벗은 아이. 초점 없는 두 눈을 뜬 채 물속에서 희미하

게 어른거리는 모습. 개울에 이는 잔물결 때문에 아이의 얼굴이 떨리는 것처럼 보인다. 하얗고 가녀린 몸, 흔들리는 희고 긴 다리와 맨발. 얼룩처럼 점점이 박힌 햇빛, 얼굴에 드리운 '소금쟁이'의 확대된 그림자.

사람들이 그를 세게 흔들었을 것이다. 사람들이 그에게 말했을 것이다. 엘리, 넌 보지 못했어. 숲속에서 사촌을 보지 못했다고. 그날 그레천을 전혀 보지 못했고, 네가 착각한 거야.

사람들이 그를 점점 세게 흔들었을 것이다. 사람들이 그에게 말했을 것이다. 제발, 넌 악몽을 꾸는 거야, 엘리. 악몽에 질 순 없잖아. 너 때문에 우리 모두 돌아버리겠어.

"후프스 씨?"

그가 돌아본다. 깜짝 놀라서 돌아본다. 누군가 소리 없이 그의 뒤로 다가왔거나 아니면 한동안 뒤에 서 있었을 텐데, 그는 전혀 알아차리지 못했다.

"이제 돌아가셔야 해요, 후프스 씨. 1시에 약속이 있어요. 기억을 떠올려보세요."

"네! 맞아요."

그가 밝은 어조로 말하면서 미소 짓는다.

그는 젊은 여자의 갑작스런 등장에 당혹스럽다. 지금까지 머릿속으로 그리고 있던 여자아이가 아니다. 그가 보고 있던 여자아이가 아니다. 이 여자는 나이가 훨씬 많아서 20대로 보인다. 피부는 캐러멜색이고 꽁꽁 땋은 짙은색 머리 여러 가닥이 얼기설기 복잡하게 엮여 있다. 짙은 초록색 면바지 위에 연한 녹색의 면셔츠를 걸쳐 입고 있다. 두 발에는 크레이프 고무창을 댄 신발을 신었고 왼쪽 옷깃에 흰색 플라스틱 명찰을 달고 있다. 아마 병원 직원일 것이다. 간호조무사나 간병인. 그는 시력이 좋은 눈을 가늘게 뜨고는 그녀의 이름을 읽는다. 욜란다.

혼란스럽다. 놀란 기색을 숨기려고 애쓴다. 그의 뒤편, 나무판자 다리 아래로 얕은 개울이 흐르는데 다리 난간 너머에는 그가 봐서는 안 되는 뭔가가 있다(그는 그렇게 알고 있다). 욜란다가 그걸 볼까 봐 두렵지만 그녀는 전혀 이상한 게 없다는 듯이 그를 향해 계속 미소 짓는다. 욜란다는 그를 알고 있다. "후프스 씨"라고 불렀으니까. 그녀는 놀라거나 당황하지 않고 무서워하지도 않는다. 그녀는 개울 속에 있는 아이에 대해 모르는구나.

"이곳에서 산책하면서 좋은 시간 보내셨나요, 후프스 씨? 정말 멋지지 않아요? 이 주변은 제가 자주 찾는 곳이에요."

"그래요, 나도 자주 와요."

그의 목소리는 성인 남자의 목소리다. 목구멍에서 울리는 깊은 바리톤의 음성을 느끼면서 자신이 아이가 아니라는 걸 깨닫는다. 그는 다섯 살 아이가 아니다. 그보다 훌쩍 늙어버린 육체를 몸에 맞지 않는 커다란 코트처럼 걸치고 있다.

그 일이 무엇이었든 다른 시간에 일어난 거야. 여기 말고 다른 곳에서.

"후프스 씨? 저기 스케치북을 잊으셨어요."

캐러멜색 피부를 가진 여자가 다리 난간에 기대놓은 화가의 스케치북을 가리킨다. 다른 데 정신이 팔려 한쪽에 밀쳐놓은 모습이다. 스케치북이 닫혀 있고 그의 손에 목탄이나 연필이 쥐어져 있지 않지만 손가락 사이에 뭔가 쥐고 있었던 기분 좋은 기억이 난다. 실제로 그의 재킷 주머니에 목탄이 들어 있다. 다리 저편에 찌르레기와 붉은깃찌르레기들이 무리 지어 있는 무성한 습지를 그리고 있었을 것이다.

"고마워요! 이걸 놔두고 가면 안 돼요."

"맞아요, 후프스 씨. 지난번에도 스케치북을 놔두고 갔다가 제가 그걸 찾느라 애먹었어요."

"'욜-란다'도 이곳에서 산책하는 걸 좋아해요? 근처에 살아요?"

"아니에요, 후프스 씨! 이 부근에 살지 않아요."

젊은 여자가 작고 하얀 이를 드러내며 웃는다. 부드러운 말씨다. '섬 출신'일 것이다. 그녀의 말씨를 듣고 도미니카공화국 출신일 거라고 짐작한다.

"내가 늦었나요, 욜란다? 아니면 좋겠는데."

"아니에요, 후프스 씨. 늦지 않게 하려고 제가 온 거예요."

"내가 가끔 늦을 때도 있나요? 그래서 나를 따라다니는 건가요?"

엘리후 후프스가 간지럼이라도 태운 것처럼 여자가 까르르 웃는다. "후프스 씨, 전 '당신을 따라다니지' 않아요. 당신과 함께 걷고 있어요."

"그래서 내가 길을 잃지 않는군요."

"당신이 길을 잃는 일은 절대 없을 거예요."

"병원에서 당신에게 월급을 두둑하게 주면 좋겠네요, 나 같은 사람들이 길을 잃지 않도록 지켜주라고."

이건 하나의 물음이다. 나 같은 사람들이 있는지 묻는 것이다. 엘리후 후프스는 젊은 여자의 반응을 통해 실제로 나 같은 사람들이 있는지, 아니면 그가 유례를 찾기 힘들 만큼 특별한 사람인지 판단하고 싶어 한다.

유례를 찾기 힘들 만큼 특별한 사람이 된다는 건 끔찍한 운명이다. 자신이 그런 존재일까 봐 두렵다.

하지만 욜란다는 앞서 걷고 있고, 실제로 그의 말을 듣고 있는지 어떤지 확실하지 않다. 낯선 사람들과 이야기하는 건 테니스 발리로 공을 넘기는 것과 같다. 계속 테니스 발리로 공을 넘기면 긴박한 흥분 상태로 상황이 이어지지만, 일단 그 상황이 끊기고 나면 허공에 대고 헛손질만 날리고 어쩔 줄 모르는 상태가 된다.

그는 나무판자 다리를 잊었다. 그리고 그가 봐서는 안 되는 다리 아래의 개울, 잔물결이 일렁이고 그림자가 어른거리는 시냇물도 잊었다. 보지 말라는 경고도, 고개를 돌리지 말라는 경고도 잊었다.

그러나 그가 고개를 돌려도 거기엔 아무것도 없다. 무엇이 그토록 그를 두려움에 떨게 했을까? 심장박동이 서서히 느려지는 걸 느낀다. 위험이 지나갔기 때문이다.

그가 손바닥을 마주 비빈다. 손바닥과 손바닥 사이에 싸늘한 땀이 흐른다.

이제 그는 눈앞이 보인다. 두 사람은 나뭇조각이 깔려 있는 길 위에 있다. 이들이 서 있는 곳은 애디론댁산맥이나 다른 야생 지역이 아니라 공원처럼 보이는 곳이다. 저 앞에 서 있는 나무들 사이로 유리 건물이 희미하게 반짝인다.

풍족한 곳이다. 그의 마음이 내려앉는다. 풍족함은, 영혼을 기죽이는 술책이다. 그의 뒤편에는 갈대와 부들이 무성하게 자란 늪지대가 펼쳐져 있고, 깨진 거울 조각 같은 물웅덩이들이 반짝거린다. 왕나비와 붉은깃찌르레기들이 날아다닌다. 잔물결이 일렁이는 수면 위에는 마치 뉴런이 발화하듯 물벌레들이 경박스럽게 뛰논다.

그의 뒤편에서 나무판자 다리와 얕은 개울이 망각 속으로 사라지고 있다.

이곳 산책로에는 표지판이 있다. 길 전체에 나뭇조각이 깔려 있고 미로처럼 400미터마다 고리 모양으로 길이 구부러져 있다. 그는 실망한다. 여기는 조지호가 아니기 때문이다. 분명 그는 조지호 부근에 있는 게 아니다. 이곳에는 깔끔하게 손질된 산책로가 있고, 죽은 기증자의 이름이 적힌 화강암 벤치들이 있으며 화단에는 백일홍과 마리골드와 과꽃이 형형색색으로 피어 있다.

늪지대는 자연적으로 형성되었을 거라고 짐작한다. 아마도 누군가 늪지대 부근에 공원을 만들 생각을 했을 것이다. 풍족함이 자연에까지 넘쳐 들어와서 자연의 이미지를 바꾸고 있다.

전에 한 번도 와본 적 없는 곳인데도 그가 어느 방향으로 가는지 아는 것처럼 보이니 정말 이상하다. 나뭇조각 깔린 산책로가 갈림길에 이르자 캐러멜색 피부의 여자와 엘리후 후프스는 깊이 생각하지 않고 왼쪽 길로 접어든다.

그가 이름을 잊어버린(아름다운 이국적 이름이라고 알고 있다) 여자가 앞서서 길을 가고 있다. 두 사람의 머리 위로 얼룩진 햇살이 떨어진다. 그는 손을 뻗어 여자를 만지고 싶은 충동을 느낀다. 연한 녹색 셔츠를 걸친 가녀린 어깨, 머리 뒤로 꽁꽁 땋아 내린 머리카락을 만지고 싶다. 하지만 그는 알고 있다. 그럴 수 없어. 그러면 안 되는 거야. 다시는 그러면 안 돼.

그는 흥분한 게 아니다. 성적으로 흥분한 게 아니다. 다만 그녀를 만지고 싶은 갈망을 느낀다. 너무 외롭다.

그러면 안 되는 거야. 다시는 그러면 안 돼.

여자가 그의 간절한 생각을 읽기라도 한 듯 고개를 돌려 미소 짓는다. "후프스 씨, 제게 새 이야기 다시 해주실 거죠? 새들이 비슷해 보여서 뒤죽박죽 헷갈려요."

두 사람은 버드나무가 늘어서 있는 커다란 연못 가장자리에 서 있다. 연못에는 청둥오리, 거위, 위엄 있는 흰 백조를 비롯해 물새들이 떠 있다. 물가에는 그보다 작은 새들이 누군가 뿌려놓은 곡물을 열심히 쪼아대고 있다.

그가 오리들을 가리키며 말한다. "푸른날개쇠오리." "청둥오리." "아메리카홍머리오리." 거위들을 가리키며 말한다. "캐나다거위." "눈거위." 백조들을 가리키며 말한다. "휘파람백조." 그보다 작은 새들은 "홍방울새", "눈방울새", "저녁참새", "노래참새", "들참새" 들이다. 그가 마술 동작처럼 손가락으로 가리키면 새들이 이에 합세하기라도 하듯 그의 머릿속에 생각지도 않게 새 이름들이 떠오르고, 젊은 여자는 그가 놀라운 마술이라도 부린 듯이 이에 반응하며 기쁨의 웃음을 터뜨린다.

"하지만," 엘리후 후프스가 말한다. "새들은 자기 이름을 모르지요. 우리만 새 이름을 아는 거예요. 우리가 새들에게 이름을 붙여주었으니까요."

캐러멜색 피부의 여자가 애매하게 웃는다. 경계의 빛이 감도는 존경의 눈길로 엘리후 후프스를 바라본다. 머릿속에 질병을 감추고 있는, 연구소의 어느 중년 남자 환자에게든 이런 눈길을 보냈을 것이다.

그의 눈길이 하늘로 향한다. 하늘에는 뜻밖에 멋진 구름이 펼쳐져 있었다. 가파른 협곡 모양의 구름 속으로 뛰어들면 끝없이 떨어질 수 있을 것만 같다. 그 위로 빗물에 씻긴 듯한 은은한 연청빛의 유리가 덮여 있다.

"대체로 권적운, '비늘구름'이 덮여 있군요. 지평선 부근에는 층적운, 즉 비구름이 있고요."

이 구름 명칭 역시 생각지도 않게 엘리후 후프스의 머리에 떠올랐다. 그는 여자가 이런 걸 물어놓고도 정작 그의 대답에 별로 놀라지 않는다는 걸 감지할 수 있다. 또한 본질적으로 그의 대답에 별 관심 없으므로 앞으로도 이를 떠올리지 않으리란 걸 알 수 있다.

그는 아름다운 캐러멜색 피부의 여자에게 말하고 싶다. 당신에게 이런 걸 말하는 이유는 당신을 사랑하기 때문이라고. 당신이 누구든 상관없이.

그가 남몰래 미소 짓는다. 여자가 이를 알았다면 무척 놀랄 것이다!

"후프스 씨, 당신은 선생님인가요? 교수예요?"

"미안하지만 아니에요."

"그럼 변호사예요?"

"아니요. 아마 아닐 겁니다."

"'예전에, 어떤 사업'을 하셨군요."

"'예전에, 어떤 사업', 맞아요."

하지만 그가 했던 일, 책상 업무, 사무실 업무, 전화, 길게 이어진 숫자들을 떠올리려고 했을 때, 그리고 아버지가 후프스사의 문제에 관해 그에게 다급하게 말하던 것을 떠올리려고 했을 때 머릿속에 무언가가 와락 엄습한다. 얼음이 깨지는 것 같다. 그게 무엇이든, 무엇이었든 떠올릴 수 없다. 모든 게 끝나버렸다.

“연구소가 마련해준 아름다운 공원이에요, 그렇죠, 후프스 씨?”

“아름답다고요?”

“아름답지 않다는 말씀이세요?”

“나는 너무 다듬어놓은 건 별로예요, 욜란다.”

그는 (이번에도) 여자의 이름이 욜란다라는 걸 눈으로 확인한다. 내내 알고 있던 이름인 것처럼 편하게 발음하려고 신중을 기한다.

그는 다른 이들의 기대에 과도할 만큼 예민해졌다. 그의 말이 그럴 듯하고 타당한지, 아니면 분별없고 터무니없어서 듣는 이가 이 사람에게 무슨 문제가 있는 모양이라고 알아차리는 건 아닌지, 상대 얼굴 근육의 미묘한 변화를 통해 알 수 있게 되었다.

하지만 욜란다는 엘리후 후프스가 뭔가 괴상한 이야기를 한 것처럼 웃는다.

“너무 다듬어놓았다고요? 그럼 어떤 곳을 좋아하세요, 후프스 씨? 야생 지대요?”

“그래요, 욜란다. 야생 지대가 좋아요.”

엘리후가 아쉬운 듯이 말한다. 욜란다의 표정에 짜증이 배어 있다. 엘리후는 그녀가 후프스 씨라고 발음할 때 줄곧 조심스러워했다는 것을 깨닫는다. 후프스라는 이름에서 연상되는 게 있는 걸까, 그녀가 필라델피아 출신이라서 후프스라는 이름을 접한 적이 있으며 억지로 즐거운 척해야 하는 상황에 놓였던 걸까, 그는 생각해봐야 한다. 그보다 유력한 한 가지 경우가 더 있다. 엘리후 후프스가 제정신이 아닌 이상한 사람으로 보이는 것처럼, 그녀에게는 이 이름도 그저 이상한 이름으로 들리는 건지도 모른다.

그가 자기 모습을 슬쩍 훑어본다. 단정하게 다림질한 카키색 리넨 셔츠와 적갈색 로퍼슈즈. 엘리는 병원복 차림이 아닌 듯 보인다. 그러니 '환자'가 아니다.

어쩌면 '외래환자'인지도 모른다.

(하지만 그는 몸이 '불편'하지 않다. 몸이든 내장이든 통증을 느끼는 감각이 무뎌지고 무감각해진 것 같다. 신체 부위가 잠들어버린 것처럼.)

엘리는 지금 여기가 어디인지, 왜 여기 있는 건지 욜란다에게 물어보고 싶지만 가벼운 농담처럼 건넬 적당한 단어가 떠오르지 않는다.

"지금 바로 저기로 올라가셔야 해요. 1분도 지체하면 안 돼요, 후프스 씨." 욜란다가 그의 생각을 읽기라도 한 듯 단언한다.

이제 혼자만의 조용한 공원을 떠난다. 자갈길은 희미하게 빛나는 건물 후문으로 이어지고 그는 길을 따라가면서 빠르게 층수를 세어본다. 8층이다.

병원인가? 메디컬센터인가?

숫자로 간단하게 정리할 수 있는 것은 얼른 세어야 한다는 강박감, 그러나 머릿속에서 어떤 숫자로 정리하든 실질적으로는 거의 쓸모없는 이런 강박감은(그는 쓸모없다는 걸 알고 이해하지만 그 이유는 모른다) 곧 그의 머리에서 흐릿해지고 이내 사라져버린다.

주차장에 세워놓은 빌어먹을 자동차들을 세지 않으려고 눈길을 돌리지만 생각의 체계가 돌아간다. 각 줄마다 자동차가 몇 대지, 모두 몇 줄이지, 둘을 곱하면.

"저, 안녕하세요, 후프스 씨! 산책은 잘 하셨어요?"

"안녕, 엘리. 욜란다가 잘 돌봐줬어요?"

낯선 이들이 미소를 지으며 불쑥 나타난다. 여자 두 명, 역시 유니폼을 입은 남자 한 명. 연한 녹색의 셔츠 같기도 하고 재킷 같기도 한 윗옷, 짙은 녹색의 바지, 크레이프 고무창을 댄 흰 신발 차림이다. 그들은 엘리를 알고 그에게 호감과 존경심을 표하는 것처럼 보인다. 이건 긍정적인 일이다. (그가 느끼기에) 그들의 이름을 알아야 한다면 애써 명찰을 읽으려고 하겠지만 지금은 그런 수고를 하지 않는다.

사람들이 호감과 존경심을 보여주는 것은 긍정적인 일이다. 그런 경우에는 다칠 가능성이 없다.

그는 예전에 구타를 당한 적이 있다. 한 번만은 아니었다. 눈을 감으면 얻어맞고, 주먹이 날아오고, 발길질을 당하고, 욕이 날아오던 당시의 일이 떠오른다. 흑인을 좋아하는 새끼! 망할 유대인! 순식간에 바닥으로 쓰러진다. 일단 그렇게 쓰러지고 나면 속수무책이다. 머리를 보호하려고, 얼굴을 보호하려고, 복부를 보호하려고 애쓴다. 죽을지도 모른다는 공포감, 그 공포 속에 담긴 이상한 정적. 아마도 영혼이 아닐까 생각되는 그의 한 부분이 자기를 보호하기 위해 동그랗게 몸을 말고는 망각 속으로 사라져버린 것 같다.

이런 기억들은 마치 어두운 늪지대에 떠올라 있는 섬과 같다. 그는 이 기억들을 붙잡지 않는다. 기억이 떠올랐다가 다시 망각 속으로 사라지는 걸 그냥 내버려두게 되었다. 아무리 계산해봐야 소용없는 수고로 진을 빼지 않게 되었기 때문이다. 어쩌다 머릿속으로 흘러 들어온 생각들은 특별히 따져보는 수고 없이도 그의 마음속으로 들어올 것이다. 또한 아무리 노력을 해도 이 기억들은 다시 흩어지고 멀리 달아날 것이다.

자신이 통증을 기억하는지, 혹은 다른 누군가의 통증을 기억하는지 확신하지 못한다. 발길질을 당하고 포장길을 따라 질질 끌려가는 몸, 고함과 신음 소리, 부츠 신은 발에 발길질을 당하는 몸. 하지만 (아마도) 그의 몸은 아니다.

"안녕하세요, 엘리! 좋은 날이죠." 또 다른 낯선 이가 미소 지으며 지나간다. 이 사람은 흰 가운을 입었으니 분명 의사일 것이다.

"네, 좋은 날이에요. 살아 있다면 말이죠."

그를 어디로 데려가는지 전혀 모르는데도 그가 엘리베이터에 이르는 길을 아는 것 같아 이상한 기분이다. 두 사람은 엘리베이터 안으로 들어가고 캐러멜색 피부의 여자가 버튼을 누른다. 엘리는 이를 보지만 다음 순간에는 잊어버린다. 어느 층에선가 엘리베이터를 탄 사람이 그의 어깨를 만지자 그가 뒤돌아본다. 가면을 쓴 것처럼 미소를 짓는다. 고개를 너무 빨리 돌리면 더러 이 미소 가면을 미처 쓰지 못할 수도 있다. 그러면 상대는 공포에 질린 엘리의 눈을 볼지도 모른다.

"엘리? 잘 지내요?"

"아주 잘 지내요, 고마워요. 당신은요?"

"아주 잘 지내요."

캐러멜색 피부를 가진 여자의 안내를 따라 4층에서 내린다. 그는 이 숫자를 기억할 것이다. 4층.

4층은 대체로 노란색이다. 할아버지의 소형 비행기 같은 밝은 노랑은 아니고 조금 가라앉은 은은한 노란색이다.

그러므로 그가 **노란색**을 기억할 수 있다면 **4층**을 기억할 것이다.

"저랑 같이 가세요. 시간 맞춰 오셨군요."

지금은 활기 넘치는 젊은 남자와 함께 걷고 있다. 엘리후 후프스를 아는 것처럼 그를 향해 다정하고 확실하게 말을 걸고 있다. 엘리베이터를 함께 타고 왔던 사람이 누구인지는 몰라도 그 여자는 이제 가고 없다. 고개를 돌리고 그녀를 애타게 찾지만 소용없다는 걸 안다. 그녀는 벌써 어딘가로 가버렸다.

사랑하는 그녀. 그녀를 사랑했다. 그녀가 가버렸다.

회전문으로 들어간다. 신경심리학 실험실이다.

흰 벽, 대리석 빛깔의 타일 바닥, 형광등 불빛. 그는 전에 여기 와본 적이 없지만 장소가 낯익고, 그래서 마음이 편하다.

지금은 흰 실험실 가운을 입은 두 명의 남자가 그와 함께 걷고 있다. 한 명은 오른편에서, 다른 한 명은 왼편에서 걷고 있다. 무서운 생각이 떠오른다. 이들은 신경과 전문의이고 신경외과 의사야. 내 두개골에 구멍을 뚫을 테고 나는 뇌가 훈제되는 것 같은 냄새를 맡게 될 거야.

이곳 신경심리학과에서 그는 "후프스 씨"보다는 주로 "엘리"로 불리는 것 같다. 그의 감각이 빠르게 살아나고 의문의 핵심에 접근한다.

이번에도 역시 이상하다. 전에 와본 적이 없는데도 마치 본능처럼 열린 출입구를 통해 방으로 들어간다.

오른쪽 눈을 감으면 때로 시야의 절반이 사라진다. 그러다가 오른쪽 눈을 뜨면 모든 것이 원래대로 돌아오지만 (가끔) 전에 본 적 없는 또 다른 사람이 난데없이 나타나 그의 옆에 서 있을 때도 있다. 이럴 때 놀라거나 당황한 기색을 내비쳐서는 안 된다.

햇빛이 비치는 방에 몇 명이 앉아 있다. 그를 기다리는 중인가? 그런데 왜 그를 기다리는 걸까? 불안해진다. 그들 중 한 명은 여자이고,

그녀는 기대와 두려움이 뒤섞인 표정으로 그를 바라보다가 얼른 자리에서 일어나 맞이하며 밝은 목소리로 외친다. "엘리! 오, 엘리."

불안한 모습의 그를 보고 그녀는 멍한 얼굴을 한다. 어색하게 그를 안으려 하는 것도 같고 그의 품에 안기려는 것도 같다. 하지만 그는 뻣뻣한 자세로 미동도 하지 않은 채 가만히 서 있다. "엘리, 잘 지내요? 로절린이에요."

로절린은 엘리의 여동생이다. 그러나 이 여자는 로절린이 아니다.

"날 모르는 거예요, 엘리? 저기……." 여자의 목소리가 애처롭게 잦아든다.

여자가 너무 가까이 있어서 엘리후 후프스는 편치 않다. 그녀가 그의 팔을 붙잡고 애원하는 눈길로 쳐다본다. 충격과 원망의 눈물이 어른거린다.

"엘리, 무슨 말이라도 해봐요. 오빠를 만나면 좋은 시간을 보내게 될 거라고 들었어요."

엘리는 정중하게 물러서며 저돌적인 여자에게서 떨어진다.

"안녕-하세요! 만나서 반가워요."

프로그래밍된 목소리처럼 단조롭고 기계적인 음성으로 들린다. 그는 확신이 들지 않고, 두렵다. 아무 느낌도 없고 누구인지 알지도 못하는 사람을 보면서 기쁜 척하기란 힘들다.

발목을 삔 상태로 테니스를 치는 것과 같다. 어떻게든 시합을 할 수는 있겠지만 엄청난 노력으로 의지를 발휘해야만 가능하다. 이마에 땀이 흐르고 통증이 극심하다.

"아, 그래도 오빠를 만나서 좋아요, 엘리 오빠! 지난번보다 한결 좋아진 것 같네요. 여전히 그림을 그려요? 보여줄 수 있어요?"

여자의 목소리는 초조하고 다급하다. 대담할 만큼 필사적으로 간청하고 있다. 그가 어떤 반응을 내놓을 수 있을까? 어떤 대답을 해야 할까? 그는 정신이 딴 데 팔린 사람처럼 옆구리에 손을 올린 채 방 안 그 자리에 딱 멈춰 서 있다. 옆에 있던 두 남자는 자리에서 일어서 있고, 기대와 두려움이 뒤섞인, 조금 전의 그 표정으로 애매하게 미소 짓고 있다.

내 여동생 이름이지만 이 여자는 내 동생이 아니야.

얼굴은 내 형들이지만 형이 아니야.

"날 못 알아보는 거예요, 오빠? 여동생 로절린이에요, 로지라고요. 아, 제발!"

"로절린, 로지." 엘리가 잠시 부드럽게 이름을 부른다. 사실 여자의 긴장한 얼굴이 찜찜한 기시감처럼 익숙하게 느껴진다. 그가 기억하는 여동생의 얼굴에 비해 나이가 들고, 살이 찌고, 덜 아름다웠다. 그로서는 받아들일 수 없다. 눈과 눈 사이가 좁고 원망의 눈물이 어려 있는 그녀의 두 눈은 로절린의 눈이 아니다. 그의 뺨에 키스하려고 입술을 문지른 탓에 립스틱 자국이 보기 흉하게 번져 있다.

"날 알아볼 수 있을 거예요, 엘리 오빠. 오빠가 병에 걸리기 전과 같은 머리를 하고 왔어요. 그리고 이 스웨터도 오빠가 기억할 거라고 확신해요."

엘리는 기억한다. 스웨터를 기억하고, 연한 자주색 모직털실과 나무로 된 단추를 기억한다.

머리 모양은 기억나지 않는다. 얼굴도 기억나지 않는다.

엘리는 이러지도 저러지도 못하는 기분이다. 그들은 너무 엉성하게 조작했다. 단서(나무 단추가 달린 스웨터 등)를 만들고 이 단서에 관심을 쏟도록 공공연하게 주의를 끌어 그에게 당혹감을 불러일으켰다. 우리가 당신을 속이고 있다고 인정하면 어떻게 당신을 속일 수 있겠어요?

"제발 나한테 인사 한 마디라도 해줘요, 엘리 오빠! '안녕, 로지'라고 해봐요."

"'안녕, 로지.'"

"무슨 뜻이 있긴 한가요? 내가 당신 여동생이고 당신을 사랑한다, 그런 건가요?"

"내가 당신 여동생이고 당신을 사랑한다."

엘리는 정확한 의미를 파악하지 못해 이 이상한 낱말들을 그대로 받아서 되풀이한다. 그는 자신에게 말을 거는 이 여자가 여동생이 아님을 확신하고 있지만, 상대가 이를 알면서도 여동생인 척 말한 건지, 아니면 그저 착오를 일으켜 실수한 건지는 명확히 결론 내리지 못했기 때문이다.

"나를 봐도 아무 느낌이 없어요?"

"'나를 봐도 아무 느낌이 없어요?'"

모든 사람의 기분을 맞춰주고 싶은 마음이 불쑥 생긴다. 이 여자가 누구든 상관없이. 또한 미소를 지으면서 그에게 다가왔던 남자들(경계의 미소였고 방어적인 미소였다. 상대를 알아보고 기분 좋게 웃는 미소는 아니었다), 기시감이라는 바람직하지 않은 방식으로 그에게 낯익은 얼굴의 남자들이 누구든 상관없이.

엘리는 실수를 했다고 영리하게 간파한 뒤, 그들이 사기꾼임을 알고 있으며 이런 거짓말이 위험할 수 있다는 걸 그들에게 깨닫게 해주었다. 과거 잃어버린 삶에서 그는 자족적이며 비타협적인 태도로 다른 이들의 반감을 불러일으키곤 했지만, 지금은 약한 위치에 있으며 조심스럽게 반응해야 한다.

그가 활기차게 인사한다. "안녕-하세요!"

그는 자기 형제들 이름이 '애버릴'과 '해리'이며 둘 다 형이라는 걸 알고 있다. 애버릴은 엘리보다 두 살 위고 해리는 다섯 살 위다. 그러므로 사기꾼 중 어느 쪽이 어느 형인지 알아보는 건 엘리로서 쉽지 않은 일이다. 어느 쪽이 나이가 많고 적은지 명확하지 않기 때문이다(그는 이들을 똑바로 쳐다보고 싶지 않아서 제대로 보지 않고 있다).

그가 느닷없이 활기차게 악수를 청해 이들을 놀라게 한다. "애버릴! 해리!"라고 외치며 악수한다. 무턱대고 한쪽 남자의 손을 움켜잡고, 무턱대고 다른 쪽 남자의 손을 움켜잡는다. 그가 틀렸더라도 이들이 바로잡아주도록 유도하는 것이다.

다른 사기꾼인 여동생이 이들 곁에 있다. 서로 이야기를 나누는 중이다. 아니, 이야기를 나누려고 애쓰는 중이다. 엘리는 이 소란 속에서 침묵을 지킨다.

이런 만남은 카누를 젓는 것과 같다고 생각하는 중이다. 목재를 정확하게 조각조각 끼워 맞춰 제작한 기다란 카누. 무겁고 아름답다. 하지만 악천후에 뒤집어질 우려가 있으므로 카누는 위험하다.

이들은 거친 물살 속에서 카누를 젓고 있고 저마다 손에 노를 쥐고 있다. 하지만 서로 손발이 맞지 않는다. 오직 엘리후 후프스만 노련하게 카누를 젓는다. 다른 이들은 서툴고 실수를 한다. 이들은 사기꾼이며 차츰 방어적인 모습을 보인다.

"엘리, 우리가 누구인지 알잖아. 넌 알고 있어."

"오늘 여기서 나가면, 엘리, 다시는 오지 않을 거야. 이번이 마지막이야."

마지막. 그러나 엘리는 이전에 그들과 만난 적이 없다고 확신한다. 눈앞의 거짓말쟁이들을 떠올려보려고 하지만 아무 생각도 나지 않는다.

엘리가 약간 더듬거리며 말한다. "당신들을 '알아요'. 말했잖아요. '애버릴', '해리', '로지'라고요."

해리로 가장한 나이 많은 남자가 부루퉁하게 말한다. "그래, 넌 우리를 알지. 알면서도 모르는 척하고 있어."

"모르는 척하는 게 아니에요. 어떻게 하면 모르는 척하는 게 아니라고 모두가 믿게끔 할지 고민 중이라고요."

애버릴로 가장한 나이 적은 남자가 말한다. "다 헛소리야."

로절린으로 가장한 여자가 상처받은 듯한 울음소리를 내며 말한다. "엘리 상태가 좋지 않아요! 기억이 망가진 거예요."

"우리를 알고 있어. 엘리를 보라고. 늘 거만한 녀석이었잖아."

그럼에도 사기꾼들은 확신하지 못한다. 엘리가 이들을 알아보고도 거부하는 걸까? 아니면 정말로 알아보지 못했으면서도, 이들을 속여 자신이 알아보았다고 믿게 하려는 걸까?

이 무렵 엘리는 상황이 정리되었다는 걸 깨닫는다. 사기꾼 여동생과 형들과 그는 주변의 설득에 떠밀려 자리에 앉았고, 이제 서로 "이야기를 나누라"고, "서로의 관계를 설명해보라"고 요청받고 있었다. 병원이나 진료소 안에 있는 라운지처럼 보이는데 '자연스러운' 상황은 아니라고 엘리는 생각한다. 분명 개인 집은 아니기 때문이다. 그는 자리에 앉아 있고 '로절린'과 '애버릴'과 '해리'는 맞은편에 앉아 있다. 몇십 센티미터쯤 떨어진 곳에서 한 젊은이가 카메라를 들고 이들을 찍고 있다.

문제는 엘리후 후프스가 이 사람들, 이 낯선 이들을 알지 못한다는 것이다.

엘리는 이들의 기분을 달래려고 할 것이다. 말썽이 생기는 걸 원치 않기 때문이다. (그는 스케치북을 꼭 움켜쥐고 있다. 손에서 놓아서는 안 된다고, 안 그러면 스케치북을 빼앗길 거라고 믿는다.) 하지만 사실 그는 이들을 알지 못한다. 상대는 수상쩍은 속임수를 부린다고 의심되는 형제를 대하듯 다그치면서도 친근하게 말을 걸지만, 엘리는 이들과 똑같이 하지 못한다. 결코 그럴 수 없다.

지시 사항이 들려온다. 카메라는 무시하세요. 카메라를 보지 말고 자연스러운 대화를 나누는 것처럼 서로를 쳐다보세요.

그러나 이건 자연스러운 대화가 아니다. 망할 놈의 카메라가 있고, 방 안의 낯선 이들이 지켜보는 중이다. 결코 자연스러운 상황이 아니다.

"엘리, 우리를 봐. 우리를 보지 않으려고 하잖아."

"우리 목소리를 알아보잖아?"

"가망 없어. 우리를 알지 못해."

"당연히 우리를 '알아'. '기억'하지 못하는 거지."

"우리를 알고 있다고! 맙소사."

"그렇다면 그땐 왜 모른 척했지?"

"젠장! 직접 물어봐."

그는 끓어오르는 분노를 느끼며 이들의 말을 듣고 있다. 마치 그가 이 자리에 없다는 듯 어떻게 저런 얘기를 할 수 있을까? 그가 인간 이하의 동물이라도 되는 듯이.

"모두 집어치워! 다들 꺼져버려!" 그가 갑자기 이들에게 덤벼들면서 위협적으로 주먹을 휘둘러 충격을 안긴다.

사기꾼 형들이 그를 피하려고 몸을 움츠린다. 사기꾼 여동생이 겁을 먹고 그의 분노를 피하려다가 의자에 부딪혀 하마터면 넘어질 뻔한다.

그가 소리를 지른다. 고래고래 고함치며 듣기 싫은 말을 퍼붓는다.

이들은 포식자이고 그는 먹잇감이다. 하지만 먹잇감이 돌변하여 포식자에게 덤벼든 것이다.

사기꾼 형들 중 한 명이 그의 팔을 만지면서 달래려 한다. 그가 충격받은 이 남자의 얼굴을 주먹으로 때린다. 속이 후련할 만큼 아주 세게 쳐서 손뼈에 금이 간다.

통증을 느낀 그가 움찔하고, 사기꾼 형은 얼굴을 감싸 쥔 채 비틀거리며 뒤로 물러서다가 탁자에 부딪친다.

"엘리, 후프스 씨! 안 돼요."

이제 혼란이 일어나고 주위가 소란스러워진다. 지켜보던 낯선 이들이 기겁한 얼굴로 나타난다.

사람들이 그를 빙 둘러싼다. 그 안에 그를 가둬놓았다. (사기꾼 형들과 사기꾼 여동생은 자리를 떴다. 몇 초가 지나자 그는 그들을 잊었다.) 그가 오른손 마디를 입으로 빨고 있다. 뼈가 부러진 것 같은 느낌이다. 누가 그를 다치게 한 걸까, 아니 그보다 그가 누구를 다치게 한 걸까. 그는 궁금하다. 심장이 세차게 뛰고 있지만 기분 좋은 느낌이다.

"엘리? 우리와 함께 가요……."

"후프스 씨, 우린 친구예요. 당신은 우리를 알아요."

사실이 아니다. 그에게는 친구가 없다. 그러나 상황 판단이 빠른 그는 살아남기 위해서 친구인 척해야 한다는 걸 안다. 그리하여 순순히 구석에 갇힌 채로 있다. 낯선 이들의 눈에 그가 진정되었다고 보이게 해준다.

그가 주머니를 뒤져 뭔가 꺼낸다. 작은 수첩이다. 본능적으로 수첩을 넘긴다. 내용을 읽을 필요는 없다. 그는 외우고 있다.

"여정이 없으니 길이 없다. 지知가 없으니 공空이다. 공空도 없다." 잠시 쉬었다가 다시 덧붙인다. "이것이 붓다의 지혜다. 그러나 지知가 없으니 붓다도 없다." 이유는 알 수 없지만 기분 좋게 웃는다.

작은 배. 그가 두 눈을 꼭 감는다. 부모가 그에게 잘 가라고 인사하는 모습을 떠올린다. 그가 작은 배에 타고 있었다. 조지호 보트 창고에 보관되어 있는 집안 소유의 배라면 그가 알아볼 테지만 이 배는 거기 있던 것이 아니다. 혼자 배를 타고 가다니, 낯설고 예상치 못한 일이었다. 그는 이제껏 혼자 배를 타본 적이 없다. 이제 작은 배가 떠밀려 강가에서 멀어지고 아버지와 어머니가 잘 가라고 그에게 손을 흔들었다. 어머니는 아주 젊었다! 아버지도 아주 젊었다! 잘못하는 건가, 그를 너무 일찍 떠나보내는 건가? 그는 혼자 배를 타고 어딘가로 보내지는 걸 원치 않았으므로 아버지와 어머니를 향해 소리를 질렀다. 무서운 건 배에 노가 없다는 사실이다. 배 뒤쪽으로 시커멓고 지저분한 강물이 흘러드는 것도 무서웠다. 그는 자리에 앉아 가슴으로 무릎을 감싸 안은 채 오들오들 떨고 있었다. 두려울 정도로 엄숙한 분위기가 감도는 가운데 필연적으로 배는 점점 멀리 개천 한가운데로 나아가고 빠른 물살에 떠내려간다. 요컨대 이곳은 조지호가 아니라 강이고 그것도 강둑이 저 멀리 겨우 보일 만큼 드넓은 강이었기 때문이다. 그의 부모가 강가를 따라 빠르게 걷고 있었다. 처음에는 그와 나란히 움직였지만 물살이 점점 빨라지면서 뒤처졌다.

이제 물살을 헤치고 강가로 걸어가기에는 강물이 너무 깊어졌다. 수영을 해야 한다고 생각하니 두려움이 몰려왔다.

엘리, 잘 가!

사랑하는 엘리, 잘 가!

연인의 다툼. "후프스 씨, 안녕하세요! 오늘 아침은 어때요?"

"아주 좋아요. 당신은 어때요?"

"아주 좋아요, 엘리. 나 기억해요?"

"그럼요. 당신을 기억해요."

(정말일까? 엘리후 후프스는 확신하지 못한다. 그러나 그는 신사이고 어떻게 말해야 하는지 알고 있다.)

"내 이름은," 그녀는 엘리후 후프스가 먼저 그녀 이름을 말하도록 격려하듯이 사려 깊게 말을 멈춘다. 그러면서도 얼굴에 미소를 띠어 혹시라도 기억상실증 환자가 느낄지 모르는 불편함을 덜어주고, 둘 사이에 친밀하고 다정한 관계가 오래 지속되어온 듯한 분위기를 풍기다가 결국 스스로 이름을 밝힌다. "마고 샤프예요."

"그래요! 마-고 샤프, 안녕-하세요!"

그녀의 손을 잡고 악수한다. 그녀의 가느다란 손가락을 꼭 쥔다. 그가 그녀 쪽으로 몸을 기울여 숨을 들이마시면서 그녀의 머리 냄새를 맡는다. 윤기가 흐르는 검은 머리에 희끗희끗한 은발 몇 가닥이 보인다.

의사일까? 이 병원 혹은 진료소와 연관이 있는 사람일까? 하지만 흰색 실험실 가운을 입지 않았고 옷깃에 플라스틱 명찰도 달려 있지 않다.

그는 이 여자를 전에 본 적이 없다고 믿는다. 여자의 얼굴에 희미하게 환한 빛이 돌지만 그녀를 알아볼 수 없다. 우린 서로에게 특별한 존재예요. 어떤 식으로든 연결되어 있어요.

그는 그녀의 이름을 또 잊어버렸고 그녀가 다시 알려준다. "마고 샤프예요."

"그래요. '마-고 샤프.'"

"당신의 초등학교 동창과 닮았을 거예요. '마고 매든' 혹은 '마거릿……'요."

그녀가 웃자 엘리후 후프스는 당혹스러워하면서도 함께 웃는다.

"'마-고 매든' 혹은 '마거릿'을 닮았다고 말했지만, 그렇다고 당신이 그녀가 아니라고 말하는 건 아니잖아요. 당신이 나의 옛 동창이라고 해도 닮을 수는 있어요. 내 말이 맞지요?"

"네, 후프스 씨. 맞아요. 그런데 사실 난 글래드와인 초등학교 출신의 옛 동창이 아니에요. 그녀에 대해 아무것도 알지 못하고요. 내 이름은……."

"잠깐만요, 당신 이름을 정확하게 알아요. '마-고 샤프'지요."

엘리는 그녀의 이런 태도가 모호하긴 해도 일종의 성적 유혹이라고 생각한다. 당혹스러우면서도 호기심이 생긴다. (확신하건대) 이 여자는 이전까지 모르던 사람인데도 그를 아는 듯 보이고, 그 역시 그녀가 어딘가 낯이 익다. 그럼에도 그는 그녀를 한 번도 본 적 없으며 그녀 역시 그를 본 적 없다고 확신한다. 설령 그녀가 그의 파일(의료 파일일까?)을 입수했더라도 어린 여자아이 매튼을 어떻게 알 수 있단 말인가. 엘리후 후프스도 그 애를 오랫동안 보지 못했는데. 얼마나 오래되었을까? 사반세기쯤 되었을 것이다.

이보다 심각한 것은 여자가 자기소개를 하는데 대학의 신경심리학자이며 몇 년 동안 그와 함께 연구를 진행해왔다는 것이다.

신경심리학자라니! 몇 년이라니! 어안이 벙벙하다. 도저히 믿기지 않는다.

그가 웃음으로 이 말을 일축한다. "아닐 거예요, 교수님."

"내가 기억나지 않아요, 엘리?"

"네, 그런 것 같아요. 기억에 문제가 있어서요……."

"언제부터 기억에 문제가 생겼어요, 엘리?"

그는 이 여자 교수가 마음에 들지 않고 신뢰가 가지 않는다. 신경심리학자라니, 무슨 뜻일까? 신경이라는 말만 들어도 신물이 난다. 그 단어가 들어가지 않은 다른 것을 생각하고 싶다.

"확실하지 않아요. 말했잖아요. 때때로 기억에 문제가 있다고요. 6주쯤 되었겠네요."

"6주요?"

"6개월이겠네요. 어림짐작으로 그게 더 가까울 거예요."

"기억 문제를 더 악화시킨 요인이 있었나요?"

"아팠던 것 같아요. 열이 났어요. 감염된 거죠. 내 생각엔 비행기 사고로 다친 것 같은데 그게 언제인지는 확실하지 않아요. 내 생각에는…… 앰뷸런스에 실려 조지호에서 이곳 병원까지 온 기억이 나는 것 같아요. 하지만 언제인지는 기억 안 나요."

"몇 살 때 아팠는지 생각나요?"

"서른일곱 살 때요."

"그럼 지금은 몇 살이에요, 후프스 씨?"

"내 나이요? 그게, 서른일곱요. 그렇게 오래되지 않았거든요. 말했잖아요, 6주 전이라고요." 초조함이 밀려와 그가 짜증스럽게 웃는다.

강한 연민과 호기심이 담긴 표정으로 그를 주시하는 여자의 모습이 이제 그의 눈에 들어온다. 여자는 건강이 좋지 못한 사람처럼 피부가 창백하고 나이에 비해 너무 젊은 헤어스타일을 하고 있다. 아시아인처럼 윤기 흐르는 검은 머리에, 앞머리를 일자로 가지런히 잘랐다. 나이는 그보다 많은 40대 초반으로 보인다. 검은색 긴 소매 저지에 검은색 바지 같기도 하고 레깅스 같기도 한 하의를 입고 있다. (무용수처럼 입은 걸까? 아니면 정말 무용수일까?) 붉은 입술에 눈썹은 짙고 뚜렷하다. 성적 매력이 있는 여자라고 생각한다. 호기심이 많으며, 친절하고, 강한 의지를 지닌 여자. 몇 번 스치듯 흘긋 보기만 해도 이 여자에 대해 알 것 같다. 전문직 여자, 미혼. 자기 자신과 타인에게 엄격한 성격. 동료나 부하 직원에게 존경을 받긴 하지만 아마 마지못해 하는 존경일 것이다.

그녀가 그의 나이를 물었고 그가 대답했다. 그는 서른일곱 살이라고 확신한다. 그보다 젊을 수는 없다. 만일 그렇다면 그를 탈수증상에 빠뜨려 혼수상태에서 제대로 걷지도 못하고 도움을 청하는 전화조차 걸지 못하게 만든 의문의 열병에 굴복하기 이전이어야 한다. 그 일은 서른일곱 살에 일어났다. 그렇다고 서른일곱보다 나이가 더 많을 리도 없다. 그랬다면 그가 알았을 것이다.

그는 이름을 잊어버린 질문자에게 어리둥절한 얼굴로 되묻는다. "당신은 내가 몇 살이라고 생각하나요?" 조금은 무례하게 당신이라는 말에 힘을 준다.

윤기 흐르는 검은 머리를 일자로 자른 여자가 한동안 말없이 그를 바라본다. 그녀의 눈은 아름답지만 아주 강렬한 뭔가가 그 안에 담겨 있다. 홍채의 색이 매우 짙어서 눈동자와 홍채가 사실상 거의 구분되지 않는다. 여자가 떨리는 목소리로 말한다. "짐작이 안 가요, 후프스 씨. 우린 어떻게 느끼는가에 따라 나이가 많기도 하고 적기도 하지요."

그가 얼떨떨하게 웃는다. 왜 이런 이상한 대화를 나누는 걸까? 지극히 평범하면서도 이해할 수 없는 내용이 불안하게 뒤섞여 있다. 이 방 안에서 다른 누군가가 지켜보고 있는 걸까? (카메라 눈이 이들을 향해 있는 걸까? 그런데 왜 꼭 '그를' 촬영하려는 걸까?)

"지금 어디에 살고 있나요, 후프스 씨?"

"내가 어디에…… 살고 있냐고요?"

깊은 뜻이 담긴 질문이다. 큰 망치로 머리를 맞은 것 같다. 이 질문에 멍해진다. 지금 어디에 살고 있는가? 아니, 만일 지금 그가 살아 있는 거라면 어디에 살고 있는가?

검사자는 엘리후 후프스의 마음을 상하게 했다는 걸 깨닫고 그런 질문을 던진 걸 후회한다. 그녀는 또다시 검지로 그의 손목을 가볍게 쓰다듬는다. 그에게 신호를 보내는 것처럼 보인다. 내가 당신을 돌봐줄 거예요. 당신을 위로해줄 거예요. 난 당신의 특별한 친구니까 제발 날 믿어요, 엘리!

그러나 엘리는 쌀쌀맞은 말투로 그녀에게 충격을 준다. "필라델피아에 살아요. 리튼하우스광장 44번지에 살지요. 1959년부터 그곳에서 줄곧 혼자 살았어요. 당신만 괜찮다면 이제 곧 집에 돌아갈 거예요."

"하지만 엘리, 우린 방금 시작했는데요……."

"아니요. 이제 끝이에요."

자리에서 일어선 그가 그녀를 덮칠 듯이 우뚝 선다. 그는 지금 그녀에게 충격과 두려움을 안겨주고 있다! 그녀의 희고 가녀린 목을 두 손으로 움켜잡을 수도 있다. 목을 조르려는 게 아니며 고통을 주려는 건 더더욱 아니다. 다만 그가, 엘리후 후프스가 하찮게 여길 사람이 아니라는 걸 알려주려는 것이다. 아무리 외래환자일지라도 그는 여전히 한창때의 남자인 것이다.

"하지만 후프스 씨, 잠깐만 기다려요."

"내가 이곳에 '수용된' 건가요? '억류된' 거예요?"

"절대로 아니에요, 엘리……."

"체포된 건가요?"

"물론 아니에요!"

"그럼 안녕히 계세요."

"제발 잠깐만 기다려요."

그는 기다리지 않는다. 기다릴 필요가 없다. 이곳에 수용된 게 아니며 체포된 것도 아니다. 정식 절차 없이는 합법적으로 그를 감금할 수도 체포할 수도 없고, 게다가 지금 이곳에는 그를 체포할 사람도 없다. 이곳에는 그의 어린 사촌 그레천에 대해 아는 사람이 없고, 그가 그레천을 구할 수 있었는데도 구하지 않은 것에 대해, 그가 그레천을 구하지 못하고 끔찍하게 죽어가도록 한 것에 대해 아는 사람이 없다. 그 모든 것은 지워지고 망각되었다.

그의 뒤에서 간청하는 여자의 목소리가 들린다. "엘리! 후프스 씨! 제발 돌아와요."

"지옥에나 가버려, 모두 다. 꺼져버리라고."

그가 회전문을 밀고 나간다. 흘낏 뒤돌아보지도 않는다. 온몸이 떨릴 만큼 깊고 진한 행복감이 차오른다.

신경심리학과를 벗어나 1층으로 내려가는 엘리베이터를 탔을 무렵, 단호했던 그의 마음이 누그러지기 시작한다. 그가 있는 곳이 어디인지 전혀 기억나지 않는다. 머릿속의 퍼즐 조각이 사라져가는 것을 예민하게 느낄 수 있다. 주변에는 온통 낯선 사람들뿐이고 누구도 그에게 관심을 두지 않는다. 의료진 유니폼을 입은 이들도 있고 사복 차림을 한 사람도 있다. 정장 바지와 셔츠와 넥타이 위에 흰색 실험실 가운을 걸친 이들은 내과 의사다. 반짝거리는 새 건물 밖 표지판에 다븐파크대학 신경학연구소라고 적혀 있다. 다븐파크가 필라델피아의 교외 지역이라는 사실, 그리고 그의 조부모가 살고 있는, 혹은 과거에 살았던 글래드와인에서 대략 32킬로미터쯤 떨어져 있다는 사실이 떠오른다. 지금 그가 사는 곳은 필라델피아 중부의 리튼하우스광장인가? 그런데 왜 이곳 다븐파크의 메디컬센터에 와 있는 거지? 누가 여기로 데려온 거지? 직접 차를 몰고 왔나? 하지만 이곳까지 차를 몬 기억은 없다. 어떤 차를, 어떤 운송 수단을 몰고 왔는지 아무것도 생각나지 않는다.

머릿속에 떠올려보려고 애쓴다. 그는 회전문을 통해 건물을 나왔고 회전문은 그를 빨아들였다가 바깥으로 내동댕이친 것 같았다. 주차장에서 자동차를 찾아봐야겠다고 생각하지만, 넓디넓은 주차장을 돌아다니려니 막막하다. 기운만 빼고 아무것도 얻지 못한 채 극심한 고통 속에서 오랫동안 지속되는 꿈과 같다.

주머니에 자동차 열쇠도 없다. 게다가 다른 뭔가를 두고 왔다. 무엇을 두고 온 거지?

습관처럼 늘 지니고 다니는 것, 너무 커서 주머니에 넣지 못하는 것.

손가락을 까딱거린다. 불안한 느낌이 스멀스멀 몰려온다.

작은 개미들이 줄지어 몸 아래쪽에서부터 타고 올라오는 느낌이다.

정신을 차려보니 자갈길 위에 서 있고, 이 길은 건물에서 뻗어 나와 잘 조성해놓은 공원으로 이어진다. 공원에는 커다란 연못이 있고, 가지가 늘어진 버드나무와 플라타너스가 연못가를 아름답게 장식하고 있다. 잔물결이 일렁이는 수면에는 백조와 청둥오리, 캐나다거위와 눈거위가 노닐고 있다.

조지호에 이르는 길을 찾았다고, 다른 시간으로 이어지는 길을 (어찌 된 건지는 모르지만) 찾았다고 믿고 싶은 유혹이 든다(하지만 이 유혹에 넘어가지 않을 것이다!). 점점 속도를 높여 산책로를 따라가다 보니, 이제는 아무도 지켜보는 이가 없다. 곧 습지대로 들어서서 높이 돋워놓은 나무판자 산책로를 따라 다리까지 다다른 그가 나무판자 다리 난간에 기대서서 늪지대를 응시한다. 이곳은 야생 지역인가? 볼턴랜딩 앞 바다인가? 다리 아래로 얕은 개울이 흐른다. 유속이 너무 느려서 어느 방향으로 흐르는지 가늠할 수 없다. 그는 안도한다. 아직 일이 벌어지지 않았다.

사촌 그레천은 아직 살아 있다. 어른들이 수군대는 소리가 들리지 않았고, 숙모의 비명이 들리지 않았다. 다급하게 그를 내쫓지도 않았다.

습지의 개울에 물벌레들이 놀고 있다. 몇 센티미터 아래 개울 바닥에 드리운 희미한 물벌레 그림자가 그의 눈길을 끈다.

이 풍경을 그릴 수 있다면! 그러면 기분이 한결 좋아질 것이다. 그러나 그의 손가락만 공허하게 까딱거린다.

목탄도 연필도 없다. 스케치북도 없다.

이 비옥한 곳에는 도처에 생명이 있다. 곳곳에 왕나비와 잠자리들. 붉은깃찌르레기, 찌르레기, 까마귀들. 높다란 갈대와 부들. 심지어는 죽은 고목들에서도 묘하게 삭막한 아름다움이 풍긴다. 그럼에도 불안이 엄습한다. 무슨 일이 생겼거나 곧 생길 것이다. 갑작스런 돌풍이라도 불어올까 예상하는지 두 손으로 난간을 움켜잡는다. 하지만 바람은 불지 않고, 대기는 아주 잠잠하고 평온하다. 뭔가 잘못되고 있는 징후인가? 너무 평온하지 않은가? 회색 구름이 짙게 깔린 따뜻한 날이다. 두려움이 밀려든다. 눈에 보이는 모든 것에서 색깔이 서서히 빠지고 있다. 왕나비가 박쥐나방으로 변해 있다.

깜깜한 절망감이 마비 증상처럼 다리를 타고 올라와 그를 덮친다.

성경에 나오는 저주처럼 그는 돌로 변했다.

🌿

미래에 대한 상상. 그는 미래를 상상하지 못한다.

왜일까, 마고 샤프는 물음을 던진다. 왜 기억상실증 환자는 미래를 상상하지 못할까? 과거를 잃어버렸기 때문일까?

테스트. "후프스 씨, 의자 편해요?"

그는 지금 테스트를 받는 중이고 이 테스트 방식 때문에 심장이 마구 뛴다. 그가 좋아하는 느낌은 아니지만, 그럼에도 이런 느낌을 갈망하는 것처럼 보인다.

상급 검사자 한 명, 대학원생 정도로 보이는 젊은 조수 세 명, 그리고 테스트 과정을 촬영하는 또 다른 조수가 한 명 있다. 이들의 이름을 들었지만 기억하지 못한다.

상급 검사자는 피부가 지독하게 창백하고, 윤기 흐르는 검은 머리에 희끗희끗한 은발이 군데군데 나 있는 매력적인 여자다. 그녀가 그에게 일련의 사진들을 보여주면서 확인해보라고 한다. 엘리의 눈에 그녀는 아주 매력적인 미모를 지녔고, 나이를 가늠할 수는 없지만 젊어 보이진 않는다. 원숙기에 들어선 여성으로, 검은색 옷차림에 체구가 작고 강렬하다. 부드러운 억양으로 말하는데도 목소리에서 강철 같은 단호함이 느껴진다. 그녀가 탁자에 사진들을 펼쳐놓는다. 아주 어린 여자아이들, 10세 미만의 아이들이다. 그중에는 눈을 동그랗

245

게 뜨고 구름 같은 머리 모양을 한 여자아이도 있다. 여동생 로절린이며, 대략 다섯 살 무렵이다. 물론 엘리는 단번에 로절린을 알아본다.

"1930년 무렵의 사진일 거예요."

대부분 낯선 얼굴이 담긴 사진들 속에서 엘리는 좀 더 나이가 든 로절린의 또 다른 사진 몇 장을 집어낸다. 열한 살, 열다섯 살, 열여덟 살 때의 사진이다. 주저함 없이 한눈에 그녀를 알아본다. 사랑했던 예쁜 여동생을 한동안 보지 못했다고 그는 생각한다.

"저건 조지호에 있는 우리 여름 별장이에요. 우리 부두지요."

오, 하느님. 엘리는 심장이 답답하게 조여온다.

검사자들이 메모를 한다. 그가 테스트를 통과했다고 기록한다. 이를 본 그는 으쓱해진다.

이들은 그를 **후프스** 씨라고 부른다. 총괄 책임을 맡은, 윤기 흐르는 검은 머리의 여자만 이따금 그를 엘리라고 부른다.

또 다른 서류철에서 어린 소년들의 사진이 나온다. 이번에도 대부분 낯선 얼굴이지만 몇몇 사진은 엘리의 형인 애버릴과 해럴드(해리)의 사진이다.

이번에도 한눈에 형들을 알아본다. 대략 여덟 살, 열한 살, 열세 살, 열일곱 살 무렵이다. 글래드와인에 있는 부모님 집의 뒷마당 잔디밭 깊숙한 곳. 학교 졸업식에서 모자와 가운을 입고 카메라를 향해 싱긋 웃고 있는 10대 시절의 애버릴. 파크사이드 애비뉴에 있는 조부모 집에서 크리스마스를 맞아, 예쁘게 손질된 커다란 상록수를 배경으로 애버릴과 해리와 엘리후가 함께 찍은 사진.

또 한 번 심장을 얻어맞은 것 같은 충격을 느낀다. 형들과 그.

너무나 오래전 일처럼 느껴진다! 그와 형들은 정치적 문제로, 그리고 다른 개인적 문제로 멀어졌다.

"그럼 이 사진들은요?"

검사자가 탁자에 열두 장의 잡다한 사진을 펼쳐놓았다. 대개는 별 준비 없이 편안하게 찍은 가족 스냅샷들이다. 처음에는 낯선 사람들처럼 보이지만 이윽고 엘리가 어머니, 아버지, 조부모, 고모, 삼촌 등 가족을 찾아낸다. 언제 찍은 사진들인가? 몇십 년 전인가? 그 외의 다른 사진들은 낯선 이들의 사진이라고 엘리는 확신한다. 왜 이 사진들을 보여주는 건가? 기억이 나지 않는다.

그는 알아볼 수 있는 사진을 가능한 한 많이 찾아낸다. 이번에는 별로 으쓱하지 않다.

"무슨 문제가 있나요, 후프스 씨? 조금 쉬었다가 계속할까요?"

"아무 문제 없어요! 그냥 기분이 좀……."

모든 힘이 고갈된 느낌. 텅 비어버린 느낌. 배 속이 허한 느낌. 지금 여기에 없는 느낌.

테스트가 계속된다. 모르는 이들의 사진이 점점 늘어난다. 처음에는 알 듯 말 듯 후프스 집안의 친척이나 지인들을 연상케 하는 사진들이 나오다가 이후에는 전혀 알지 못하는 낯선 이들의 사진이 등장한다. 엘리는 얼굴을 찡그리면서, 왜 이들의 얼굴을 보여주는지 이유를 파악하려고 한다. 몇 분인지 알 수 없지만 오랜 시간이 흘렀다. 그는 테스트 과정의 논리에 대한 감각을 잃어버렸다. 어쩌면 악몽 속에서 겪은 일일지도 모르지만, 오래전에 시각 인지 검사를 받았던 기억을 희미하게 떠올리는 것 같다. 뇌 수술을 받은 뒤 그가 (또는 엘리후 후프스를 닮은 누군가가) 말도 조리 있게 하지 못하고, 비틀거리며 걷고, 가장 기본적인 손동작도 하지 못했을 때 시각 인지 검사를 받은 적이 있었다.

마음 상하지 말아요, 엘리. 제발 울지 마요.

당신을 도우려는 거예요. 당신을 도와줄 거예요.

"이 중에 아는 사람이 아무도 없어요, 엘리? 확실해요?"

성인 남자들의 얼굴인데, 모두 낯선 이들이다. 그는 확신한다.

혼자 미소를 띤 채 카메라를 응시하는 사람들이 있는가 하면 여자나 아이들과 함께 있는 사람들도 있다. 가족사진도 있다.

그는 분노인지 시기심인지 분간이 되지 않는 감정을 느낀다.

"내 가족이 없어졌어요."

"엘리, 뭐라고요? 뭐라고 했어요?"

그가 신경질적으로 고개를 젓는다. 입 밖으로 소리 내어 말하려던 게 아니었다.

카메라가 모든 대화를 녹음하고 있다.

윤기 흐르는 검은 앞머리를 이마까지 내리고 아몬드 모양의 눈을 한 흰 피부의 여자, 의사 혹은 심리학자인 이 여자가 새로운 종류의 사진들을 탁자 위에 펼쳐놓고 기억상실증 환자에게 보라고 한다.

'유명한' 사람들의 사진이 얼핏 '모르는' 사람들의 사진과 뒤섞여 있다. 엘리후 후프스는 어리둥절한 표정으로 빠르게 '유명한' 사람들을 골라낸다. 드와이트 아이젠하워, 카르멘 미란다, 에드거 앨런 포, 리처드 닉슨, 부커 T. 워싱턴, 허먼 멜빌, 애벗과 코스텔로, 말런 브랜도, 엘리자베스 테일러, 린든 존슨, 마틴 루서 킹 주니어 목사, 재클린 케네디, 에드워드 R. 머로, 어니스트 헤밍웨이, 조 루이스, "고저스" 조지, 론 레인저와 톤토, 톰과 제리, 미키 마우스와 미니 마우스를 알아본다. 그런가 하면 대중적 지명도를 가진 인물임을 알아볼 만큼 생김새가 별나고 특이한데도 그가 알아보지 못하는 이들이 있다. 이 경우에도 그는 이렇게 생각한다. 이건 속임수야. 나는 이들을 알고 이들도 나를 알아.

"이 중에는 아는 사람이 없어요, 엘리? 확실해요?"

"네, 확실해요."

그는 신경질적으로 사진들을 밀쳐놓는다. 검사자들이 어떤 시선으로 그를 주시하고 있는지 보인다. 여자 감독자와 젊은 보조들. 이들이 그의 뇌를 검사하고 있다고 생각하니 오싹한 느낌이다. 어떤 점에서 이들은 그의 뇌를 해부하고 있는 것이다. 미로처럼 복잡한 간접적 방식을 사용하지 않고는 뇌 안쪽을 들여다볼 수 없다. 엘리후 후프스가 죽어 뇌를 부검하기 전까지는 불가능하다.

특히 묘하게 불편한 느낌을 주는 사진 한 세트가 있다. 왜 그런 느낌이 드는지는 확실하게 말할 수 없다. 그는 어딘가 부자연스럽게 보이는 낯선 이들의 얼굴을 가만히 응시한다.

"왜 그런 거죠, 엘리? 설명할 수 있어요?"

아니, 설명할 수 없다.

"자세히 봐요. 어쩌면 이유를 알 수도 있어요."

그가 자세히 들여다본 뒤 생각한다. 좌우가 바뀐 거울상이야.

그런데 처음 보는 얼굴이라면 어떻게 이 사실을 알게 되었을까?

(그가 땀을 흘리기 시작한다. 얼굴 옆쪽으로 땀이 한 줄기 흘러내린다.)

(분명 테스트에는 속임수가 들어 있다. 이것은 실험이고, 그는 실험 대상 혹은

속여야 하는 대상이다. 그에게 다시 친척들 사진을 보여준다. 속임수인가? 가족과 친척들이 기억상실증 환자의 기억 범위를 벗어날 만큼 늙어버렸다.)

"이 사람요! 해럴드 형을 닮았어요."

"당신 형 해럴드요? 이 사람이 당신 형이라는 말인가요? 아니면 '당신 형을 닮았다'는 말인가요?"

"양쪽 다요."

하지만 엘리는 그다지 확신이 없다. 사실은 전혀 확신이 없다.

"아니에요. 닐스 매티슨 삼촌일 거예요. 이 여자는 루신다 고모고요."

이번에도 엘리는 확신이 없다. 속이 메스꺼워서 사진들을 옆으로 치워버린다.

"잠깐 중단할까요, 엘리? 원하면 10분쯤 쉬어도 돼요."

너무 많은 얼굴을 보았다! 인간에게 왜 **얼굴**이 있어야 하는지, 그리고 인간의 정체성이 왜 **얼굴**과 밀접하게 연결되어 있는지는 매우 난해한 수수께끼다. 엘리는 이 점이 부당하다고 의문을 품는다. 왜 다른 많은 동물처럼 서로 비슷비슷하게 닮지 않았을까? 개별적인 정체성을 갖게 되면 어떤 진화적 이점이 있는 걸까? 인간이 서로 더 많이 닮는다면 개인의 성격과 개성의 차이가 줄어들 것이다. 특정 종류의 필사적인 갈망과 고통도 사라질 것이다.

그는 그녀의 이름을 잊었다. 윤기 흐르는 검은 머리에 다정한 눈을 가진 여자.

그녀가 없었다면 엘리후 후프스는 어찌할 바를 모를 것이다.

그녀가 다른 서류철에서 새로운 사진 뭉치를 꺼내 보여준다. 사진

속 인물은 성인 남자들로 보이며 낯선 이들이다. 모두 중년의 백인이다. 좋은 교육을 받고, 옷을 잘 차려입은 매력적인 남자들이라는 걸 바로 알 수 있다. 대부분 카메라를 향해 미소 짓고 있는데, 공격적인 모습은 아니고 눈가에 주름이 잡혀 있어 다정해 보인다. 신기하게도 하나같이 짙은 적갈색 머리가 심하게 벗겨졌고, 귀가 약간 길며 비슷한 모양을 하고 있다. 엘리는 특별한 수수께끼라도 되는 듯이 사진들을 꼼꼼하게 살펴본다. 그가 어깨를 으쓱하며 말한다. "모두 같은 대학을 졸업했어요. 같은 사교 클럽 소속이었고요."

"다른 건 더 없어요?"

"친척 관계예요. 어쩌면 서로 이런 사실을 모를 수도 있어요."

"자세히 봐요, 엘리."

물론 속임수다. 어떤 속임수일까?

이윽고 그는 깨닫는다. 각 사진 속의 주인공은 모두 동일 인물로, 다른 배경과 다른 조명에서 사진을 찍었다. 엘리에게는 낯선 사람이지만, 필라델피아에 살던 사람이고 아마도 엘리를 아는 사람이 아닐까 하는 불편한 생각이 든다.

짜증스런 표정으로 사진을 응시하는 엘리를 보면서, 윤기 흐르는 검은 머리의 여자가 말한다. "당신이에요, 엘리. 지난 2년 동안 당신을 찍은 사진들이에요."

엘리가 어이없다는 듯 웃음을 터뜨린다. 그러다 이내 잠잠해진다.

사진을 한 장씩 넘기면서 물끄러미 들여다본다. 그 자신이라고? 그리고? 속이 메슥거리는 육체적 상실감을 느낀다.

"'엘리후 후프스'라고요, 이 사람이?"

"네, 엘리. 당신이에요."

길을 잃은 사람. 나무판자 다리 위에 있는 그를 그녀가 발견한다.

그는 나무판자 산책로를 따라 연구소 뒤편에 있는 습지대로 도망쳐 왔다. 그 자리에 얼어붙은 것처럼 나무판자 다리 위에 서서 늪지대를 응시하고 있다.

그녀는 그를 놀라게 하고 싶지 않다. 그녀가 조용히 부른다. "후프스 씨?"

그가 뒤돌아본다. 매우 혼란스러워 보이지만 그래도 안도하는 기색이다.

그가 나를 알고 있어. 나를 두려워하지 않아.

"엘리! 어디 갔나 했어요."

그가 겁을 먹는다. 하지만 본능적으로 두려움을 숨길 줄 안다.

한 번도 본 적 없는, 검은 머리의 가녀린 여자가 그를 향해 미소 짓는다. 그를 아는 것처럼 그의 손목을 가볍게 어루만진다.

그는 그녀가 권위 있는 사람이라는 걸 알 수 있다. 하얀 피부, 따뜻하고 다정한 눈을 가진 아름다운 여자.

"안녕-하세요!"

간호. "엘리? 다쳤어요?"

"다치다니, 누가요? 어디를요?"

"여기가 멍든 것 같은데요."

"새끼 박쥐처럼 보이네요."

그는 아주 유쾌한 기분이다. 마고가 좋아하지 않는 기분 상태다.

그가 웃으면서 셔츠 소매를 내린다. (아름다운 셔츠다. 연한 라벤더색의 고운 이집트면으로 만들었으며 EMH라는 모노그램이 새겨져 있다. 엘리후 마이클 후프스Elihu Michael Hoopes의 약자다.) 마고가 기억상실증 환자의 팔에 이상한 모양으로 진한 와인색 멍이 든 것을 발견한 것이다. 반바지 차림으로 테니스 코트에 있을 때도 그의 근육질 다리에 종종 멍이 든 것을 발견하곤 했다.

연구소의 의료진은 엘리후 후프스가 정기적으로 검사를 받고 있다고 마고에게 확인해주었다. 후프스는 심각한 기억장애를 겪고 있기 때문에 다른 사람이 건강을 체크해줘야 한다. 또한 의료진은 엘리의 건강 상태가 양호하며, 적어도 "적정 수준으로는" 양호한 상태라고 한다. 마고는 의료 차트를 보여달라고 요구했지만 엘리의 혈족도, 법적 후견인도 아니어서 언쟁을 벌이며 연구소 직원과 맞서야 했다. 결국 마고가 끝까지 버텼다. 의료진에게 반복적으로 알렸듯이 그녀는 'E. H. 프로젝트'의 연구 책임자이기 때문이다. 즉, '이 남자의 건강 상태에 관한 정보를 항상 알고 있어야 하는 사람'인 것이다.

사실 엘리후 후프스는 이제 쉰여섯 살이며 고혈압과 관절염 증상이 나타나고 있다. 몇 년 전 기관지염을 심하게 앓은 이후로는 호흡기 질환에도 잘 걸렸다.

가장 흔하게는 면도하다가 베이는 일이 많다. 그는 매일 아침 하루도 거르지 않고 면도를 한다.

살이 베이면 피가 난다. E. H.는 피가 천천히 응고된다. 그러고 나면 또다시 베인다. 팔, 정강이, 허벅지에 이유를 알 수 없는 멍이 생기는데, 어쩌다가 멍이 들었는지 기억하지 못한다. 괴로워하는 마고의 표정을 보면서 그가 웃는다. "'사고가 잘 나는' 사람이 있는 것 같지 않아요, 닥터? 아마도 그 불쌍한 사람이 넘어져 머리를 부딪치는 경우에는 아주 제대로 부딪치게 될 거예요."

그는 통증을 잘 못 느낀다고 자랑한다. 치주염에 걸렸을 때도 치과 정기검진에서 염증이 발견되기 전까지 거의 알아차리지 못했고, 결국 긴급 근관 치료를 받아야 했다. 팔, 다리, 허벅지에 멍도 든다. E. H.는 웃어넘긴다. 그에게는 별 의미가 없기 때문이다. E. H.를 담당하는 신경과 전문의 플린트가 법적 후견인인 루신다 매티슨 부인에게 확인하자 부인은 조카 엘리후에게 "건강상의 문제가 전혀 없으며, 매우 양호한 상태"라고 말한다.

연구소에서는 엘리후 후프스가 정기적으로 일상적인 신체검사를 받도록 정해놓았다. 적어도 마고는 그렇게 알고 있었다.

마고는 E. H.의 팔에 생긴 새끼 박쥐 모양의 멍을 좀 더 꼼꼼히 살피기 위해 그에게 셔츠 소매를 걷어보라고 요구한다.

다른 멍도 발견된다. 제법 흰 남자의 살갗에 짙은 와인색 멍이 여러 개 있다. "여기 아파요? 여기는요?" 그녀가 멍든 부위를 여기저기 건드려본다. 어렸을 때 봤던 할아버지 팔이 생각난다. 할아버지에게도 비슷한 모양의 멍이 있었는데, 어느 날 갑자기 생겼다가 며칠이 지나면 사라졌다.

그녀가 할아버지를 얼마나 살뜰하게 보살피고, 얼마나 많이 걱정했던가! 그때 할아버지 역시 멍든 부위에 통증을 거의 느끼지 못하는 듯 '꼬마 간호사'를 향해 웃어주었다……. 그러나 마고는 이런 기억을 털어버린다. 현시점에서는 도움이 되지 않는다.

마고가 아르니카 몬타나를 가져와 E. H.의 멍에 바르고 기름진 액체가 살갗 속으로 스미도록 문지른다. E. H.는 마고의 관심에 감동하면서도 당황한다. 그가 그녀의 손을 잡는다. 그리고 손깍지를 낀다. 풀리지 않도록 꼭 낀다.

"닥터! 당신을 사랑해요."

그는 거울을 이용해 기하학 도형 그리는 법을 배우는 중이다.

그녀는 기억상실증 환자가 반복을 통해 기술을 '배우도록' 하는 독창적인 실험을 고안해냈다. 펜을 잡고 거울에 비친 자기 손을 보면서 거울로 펜의 방향을 잡아 팔각형을 그리는 법을 배운다.

처음에 E. H.는 낙담하고 몹시 화를 낸다. "빌어먹을! 도저히 못 하겠어요."

"천천히 해봐요, 엘리. 많고 많은 게 시간이에요."

"그렇죠!"

마고가 기록한다. 힘겨운 남자는 왜냐고 묻지 않는다.

왜 내가 이런 걸 하나요. 왜 날 괴롭히나요.

이런 게 내 인생인가요, 한 번뿐인 내 인생요? 내가 존재한다는 사실을 확인하기 위해 이런 걸 하는 건가요? 그래서 내가 알지도 못하고 아무것도 기대하지 않는 당신을 만족시키기 위해 노력하는 건가요?

그러나 E. H.는 '당당한 사람'이다. E. H.가 한때 운동선수였다는 걸 알게 될 것이다. 운동선수는 포기하지 않는다.

그리하여 그는 투지를 발휘하여 시도하고, 시도하고, 실패한다. 또

다시 시도하고 부분적으로 성공을 거둔다. 시도하고, 시도하고, 시도하고 마침내 거울로 자기 손을 주시하면서, 물 흐르는 듯한 동작으로 한 번에 흠잡을 데 없이 팔각형을 그리는 데 성공한다. 그는 또 하고, 또 한다. 이제 20분간 휴식을 취한다. 그 시간이 지나는 동안 그는 좀 전에 무슨 일을 하고 있었는지 잊어버린다. 그러나 마고의 지도 아래 또다시 팔각형을 그리기 시작하자 이번에는 놀라울 만큼 잘해낸다. 몇 차례 더 시도하자 실력이 빠르게 향상된다.

E. H.가 당혹스러워하면서 웃는다. "이상해요, 닥터. 내가 거울을 보면서 이 빌어먹을 것을 그리는 법을 알고 있는 것만 같아요. 무슨 속임수라도 쓴 건가요?"

속임수 같은 건 없다고 마고가 말한다. 그녀는 '닥터'가 아니라 신경심리학자라는 것도 말한다.

마고는 결과에 매우 만족한다. 마고는 다음 주, 그리고 그다음 주에도 E. H.를 다시 테스트할 것이다. 기억상실증 환자가 비록 의식상으로는 '잊어버렸더라도' 복잡한 기술을 '기억'할 수 있다는 걸 발견하게 될 것이다.

자랑스러워할 만한 일이라지만 E. H.는 이유를 알지 못한다. 거울로 자기 손을 보면서 팔각형을 그린 게 자랑스러운 일인가? 검사자의 말은 진심인가?

웃고 싶다. 과거 필라델피아의 집안 소유 회사에서 주식중개인으로 일했던 그였다. 애머스트대학을 최우등으로 졸업한 그였다…….

마고 샤프는 그녀가 발견한 것들을 『실험신경심리학 저널』에 「기억상실증에서 보이는 또 다른 기억 회로」라는 제목의 논문으로 발표할 것이다.

❧

충격적인 신문 헤드라인이 얼른 눈에 들어온다.

밀턴 페리스, 73세.

(처음에는 무서운 생각이 들었다. 스승이 죽었고 부고 기사가 실렸는데도 그녀가 전혀 모른 줄 알았다.)

노벨생리의학상 수상자.

밀턴 페리스가 노벨상을 받은 것이다! 『필라델피아인콰이어러』 1면에는 한 줄짜리 헤드라인 위에 이 과학자의 사진이 실려 있다. 하얀 머리를 늘어뜨리고 흰 턱수염을 짧게 손질한, 패기만만한 멋진 중년 남자의 모습으로, 아무리 줄여 잡아도 20년 전에 찍은 사진이다.

너무 놀라 기사를 읽고 또 읽는 동안 마고의 눈앞이 뿌옇게 흐려진다. 밀턴 페리스가 마흔다섯 살 이전에 완성한 연구로 노벨위원회로부터 상을 받은 것이 놀라운 일이기는 해도, 사실 엄청나게 놀랄 일은 아닐 것이다.

밀턴은 1950년대에 인간 뇌의 감각 지각, 추론, 기억, 문제 해결에 대해 함께 연구했던 UC버클리대학의 다른 신경심리학자 두 명과 함께 60만 달러가 넘는 상금을 나누어 받는다.

다른 지면까지 이어진 기사도 함께 읽으면서 이 놀라운 기사를 세 번째 접할 무렵에는 걷잡을 수 없었던 감정이 그래도 얼마간 가라앉아 있었다. 그럼에도 연인이 죽은 줄 알았던 첫 충격의 여파는 여전히 가시지 않는다.

아버지가 죽고 사망 소식을 뒤늦게 접했을 때도(그녀는 하루하고도 반나절 동안 음성 메시지를 확인하지 않았다) 이와 비슷한 충격과 당혹감을 느꼈다. 손으로 더듬더듬 의자를 붙잡아 겨우 자리에 앉았고, 머리가 어깨 위에서 이리저리 흔들리는 듯한 기분을 느꼈다. 그녀는 생각했다. 이제 내 삶에는 아무 의미가 없어. 이제 나는 혼자야.

얼마 지나지 않아 그녀는 이런 사실을 잊어버렸다. 마찬가지로 신문 지면에 실린 젊은 밀턴 페리스의 사진을 보고 받았던 충격도 머지않아 잊힐 것이며, 여자로, 딸로 살아온 삶이 끝나버렸다는 비슷한 확신도 잊힐 것이다.

기운을 차린 마고가 비틀거리며 전화기 쪽으로 간다. 사랑하는 마음을 한 번도 접은 적이 없었던 마고가 과거의 연인에게 전화를 건다. 망설임 없이 버튼을 누르지만, 그녀는 지난 몇 년간 밀턴에게 전화한 적이 없었다. 다소 퉁명스럽고 차가운 자동 응답 메시지가 흘러나온다. 밀턴의 목소리가 아니라 기계음이다. 마고는 더듬거리며 축하 메시지를 남긴다.

당신 소식에 너무 기뻐요, 밀턴!

당신보다 그 상에 어울리는 사람은 없어요…….

하고 싶은 말이 더 있지만 목이 잠긴다. 그녀는 울고 있다. 몸이 둘로 쪼개지는, 날것의 고문 같은 고통이다.

그녀가 하지 않은 말들. 우리는 행복할 수 있었을 거예요, 밀턴.

함께 연구하고 서로 사랑할 수 있었을 거예요.

우리 두 사람을 위해 넘치도록 사랑할 수 있었을 거예요.

얼마 후 그녀는 흥분 상태에서 참지 못한 채 밀스 박사에게 전화를 걸고 만다.

조심스럽게 전화를 받은 밀스가 마고의 목소리를 단박에 알아차린다. 페리스의 수상 소식이 그날 아침 일찍 로이터통신을 통해 알려지고 AP통신이 이를 보도한 뒤 심리학과에 전화가 쇄도했다고 그가 말한다.

마고가 말한다. "당신 입장에서는 밀턴을 핍박하지 않았던 게 다행이지요? 이렇게 결론이 나왔으니 마음이 놓이지 않나요?" 마고는 흥분해서 공격적으로 말한다. 그녀의 말이 상대에게 어떻게 들릴지, 심장이 얼마나 빨리 뛰고 있는지 전혀 의식하지 못한다.

"그래요, 마고. 이렇게 결론이 나서 우리 모두 정말 '마음이 놓여'요."

"밀턴이 그 사실을 알았나요? '고발'을 당했다는 거 말예요."

"아니요, 몰랐을 거예요." 밀스가 예리하게 말을 끊는다. "마고, 당신이 알리지 않았다면 그는 모를 거예요."

"그렇다면 모르겠군요. 난 말하지 않았으니까요."

"그랬다면 고마워요, 마고. 어쨌든."

"당신에게도 고마워요."

마고가 흥분해서 수화기를 쾅 내려놓는다. 왜 그렇게 흥분하는지, 왜 맥박이 빨리 뛰는지 전혀 알지 못한다.

그녀는 혼자 밀턴의 수상을 축하할 것이다. 함께 축하할 사람이 없기 때문이다. 위스키를 한두 잔 마실 것이다.

나한테 미안해하지 말아요. 당신을 사랑했던 걸 후회하지 않아요.

난 당신이 날 이용하고 버린 걸 슬퍼하지 않아요.

난 지금 다른 누군가를 사랑하고 있거든요.

내 평생의 사람을 만나 사랑하고 있고, 그는 결코 날 배신하지 않을 거예요.

7

연인들. 그는 결혼 생활이 어땠는지 기억한다고 말한다. 그녀와의 결혼 생활이 어땠는지 기억한다는 것이다.

"당신이 나의 사랑하는 아내였던 거 같은데요? 내가 아프기 전에 말예요."

영리한 마고 샤프가 머리 모양을 바꾸었다. 희끗희끗한 은발이 뒤섞인, 윤기 흐르는 검은 머리를 이마 뒤로 빗어 넘겨 하나로 땋은 다음 얼굴 왼편 턱 아래로 늘어뜨렸다. 대학에서, 연구소에서 이렇게 하나로 땋은 머리는 감탄의 시선을 한 몸에 받았다. 적어도 마고는 그렇게 생각하고 싶었다.

E. H.도 이런 시선을 보내는 사람 중 하나다. 그날 처음 그녀를 본 뒤로 줄곧 마고를, 그녀의 땋은 머리를 뚫어지게 쳐다보았다.

"예뻐요!" E. H.가 땋은 머리를 잡아당겼다. 기분 좋게 장난치는 중이다. 아니, 어쩌면 아닐 수도 있다.

가슴 깊은 곳에서 불현듯 솟아오르는 기쁨에 마고의 얼굴이 뜨겁게 달아오른다. 누군가 이렇게 장난스러운 친밀감으로 그녀의 몸을 만진 것이 얼마만인가. 더구나 머리를 잡아당긴 것은 아주 오래된 일이다.

"우리만의 특별한 장소로 갈까요, 여보?"

"네, 엘리. 가요."

기억상실증 환자를 연구소 밖으로 데려가 야생 지역처럼 보이는 인근 공원을 함께 산책할 때면 E. H.의 목소리가 조용해지고 말하는 태도도 한결 진지하게 바뀐다는 사실을 마고는 깨달았다. 가벼운 농담기가 섞인 평소의 밝은 태도가 차츰 사라지고 그의 두 눈은 갈망하는 듯한 시선으로 그녀를 훑어본다.

"사랑하는 여보! 당신 곁을 떠난 건 잘못이었어요. 그 때문에 난 벌을 받았지요. 그들 중 한 명이 야구방망이로 내 머리를 쳤어요. 뼈에 금이 가는 걸 느낄 수 있었지요. 내게 '흑인을 두둔하는 놈'이라고 했어요……."

이럴 때면 E. H.가 감정적인 상태가 되어 그녀의 손을 잡는다는 것도 깨달았다. 그녀의 손을 꼭 움켜잡고는 자신의 옆구리 쪽으로 당길 것이다.

연구소 뒤편의 '녹색 보호구역'으로 산책 가는 일이 그녀를 설레게 한다는 것도 깨달았다. E. H.와 함께하는 이곳에서의 산책은 어두운 실내에 갇혀 지내는 그녀의 일상에서 밝은 빛의 섬과 같다.

마고는 예전에 그의 아내였다고 E. H.에게 말한 적이 없다. 현재 그의 아내라고 말한 적도 없다. 하지만 이들이 예전에 남편과 아내였다고 여기는 E. H.의 생각을 바로잡지도 않았다.

E. H.가 다정한 말투로 급하게 말한다. 마고는 기억상실증 환자가 머릿속에 떠오르는 대로 말하는 중이라고 생각하지 않을 수 없다.

"'결혼 생활'이 어땠는지 기억해내려고 애쓰는 중이에요. 안전하고 따뜻한 느낌이었을 것 같아요. 지금처럼 말이에요. 당신 옆에 누군가 항상 있었을 거예요. 그녀 옆에서 잠들고 그녀는 당신 손을 잡아주었을 거예요. 외롭거나 두려울 때는 당신을 안아주었을 테고요. 그런 기억이 나는 것 같아요." E. H.는 눈을 뜬 채 아무 의심 없이 꿈속으로 들어가는 사람처럼 말한다. "그녀는 항상 당신 옆에 있었을 거예요. '아내'니까요. 하지만 난 부주의함 때문에 아내를 잃었어요. 그녀를 도와주지 못했고 그녀는 극심한 고열로 죽었지요. 원래 고열은 나에게 생길 일이었는데. 그래서 당신이 여기 내 옆에 있는 거지요, 닥터?"

마고는 마음이 아프다. 그녀가 아내라는 걸 E. H.는 잊어버렸다.

마고는 전에도 수없이 바로잡았듯 이번에도 바로잡아준다. "엘리, 난 의학박사가 아니에요. 박사학위를 갖고 있으니 '닥터'이긴 하지만 당신이 생각하는 병원 '닥터'는 아니에요. 난 교수이고 대학의 신경심리학 연구자이며, 지금 우리가 서 있는 이곳 다븐파크대학 신경학연구소 소속이에요."

"우리가 연구소에 있는 거군요!"

"연구소 뒤편에 있는 공원에 산책하러 갈 거예요. 우리는 그곳에 자주 가지요. 이렇게 산책하는 걸 '보행 테스트'라고 불러요." 마고가 웃는다. 이렇게 생각하면 기분이 좋기 때문이다.

"당신이 뭐라고 하든, 닥터, 당신은 닥터예요."

두 사람은 유쾌하게 웃는다. 마고는 목 안에서 샴페인 거품처럼 웃음이 방울방울 올라오는 걸 느낀다.

그러나 마고는 그들을 아는 연구소 사람 어느 누구의 눈에도 띄고 싶지 않다. 연구소에서 어느 정도 떨어진 곳에 이르기까지 E. H.가 그녀의 손을 잡지 않도록 조심한다. 비옥한 늪지대의 풍부한 생명들이 깊은 가을을 맞이하여 소란을 떠는 곳, 혹은 조용한 소나무 숲까지는 들어가야 한다.

마고의 맥박이 빨라진다. 감정이 차오른다. 통념에 어긋나는 행동을 하고 있기 때문이다. 그렇지만 속임수를 쓰는 건 아니라고 그녀는 생각한다. E. H.를 속이는 게 아니다. 마고 샤프는 진심으로 엘리후 후프스를 사랑하니까. 그들이 정말로 결혼하지 않았더라도 그건 우연일 뿐이다. '언젠가 바로잡을 수 있는 우연한 일.'

두 사람은 자갈길을 벗어나서 이제 나뭇조각이 깔린 길을 걷고 있다. 습지를 가로지르며 높이 돋워놓은 판자 길 위로 올라서고, 서로 손을 맞잡은 채 작은 나무판자 다리 쪽으로 다가간다. E. H.는 늘 이 다리에 머물렀다가 가기를 고집한다. 이곳에 다다른 E. H.는 깊이 몰입한 채 늪지대를 응시할 것이고 스케치북을 펴서 그림을 그리기 시작할 것이다. 그리고 마고는 그런 그를 관찰하면서 그가 얼마나 집중하는지, 의식 속에서 그녀가 얼마만큼 지워지고 있는지 기록할 것이다. 그러다 마침내 그녀를 완전히 잊는 때가 온다는 걸 그녀는 알고 있다.

그가 길을 잃은 줄 알고 어쩔 줄 몰라 하며 두리번거리면, 그 모습을 본 마고는 그의 손목을 가볍게 잡고서 자신이 누구인지 밝힐 것이다. 그러면 E. H.는 놀란 얼굴로 그녀를 쳐다볼 것이다. 그는 그녀를 알아보지 못한다. 그렇지만 마고는 그의 뇌 일부가 낯익은 점을 알아차릴 거라고 확신한다. 기억상실증 환자에게서 보이는 그런 현상을 연구하던 중이다. 가령 시각 테스트에서 기억상실증 환자는 대상을 거의 알아보지 못하면서도 완전히 처음 보는 것들 중에서 전에 봤던 몇몇 항목에 대해서는 어김없이 '낯익다'고 표시한다.

마고는 늘 E. H.를 위한 테스트를 고안한다. 이것이 그를 독점하고 사랑하는 방법이라고 여기게 되었다. 그가 그녀의 손을 잡고, 그녀의 손가락을 다정하게 꼭 쥐고, 느린 말투로 두서없이 그녀에게 말을 걸 때면 마고의 뇌는 이 놀라운 남자를 보다 제대로 규정하기 위한 테스트와 실험을 끊임없이 만들어낸다. 그러면서도 그녀는 그의 말에 주의 깊게 귀 기울인다. 그녀가 기억상실증 환자의 말을 녹음하고 있다면 이는 실험실을 위해서가 아니라 순전히 그녀만의 내밀한 목적을 위해 개인적으로 다시 듣기 위함이다. E. H.가 들려주는 친밀한 말 중 어떤 것도 학술 논문에 실리는 일은 없을 것이다. (마고는 그러리라고 맹세한다.)

그녀에게는 연인이 별로 없었다. 마고가 여지를 주었다면(상대가 마고의 지성과 야심에 주눅 들지 않게 해주었다면) 연인이 되었을지도 모르는 남자 친구도 거의 없었다.

E. H.가 들려주는 말은 그녀에게 소중한 의미를 지닌다. 아무도 E. H.처럼 마고 샤프에게 말을 걸어주지 않았다.

밀턴 페리스는 결코 그렇게 하지 않았다. 그는 대개 자기 이야기만 했고 가끔 마지못한 듯이, 심지어는 쓸쓸하게 마고 샤프에 대한 '복잡한' 심정을 이야기했다. 밀턴 페리스는 약한 감정을 드러내는 걸 두려워하고 다른 사람에게 감정적으로 의존하는 것을 불쾌하게 여기는 유형의 남자이기 때문이다. E. H.는 강한 친밀감과 신뢰가 담긴 말을 기꺼이 들려주지만, 밀턴은 한 번도 그런 말을 해주지 않았다.

"당신이 내 아내였어요, 닥터? 아내를 닮은 것 같아요. 당신이 늙기 전이었다면요. 그러니까 나이 들기 전이라는 의미요."

"나이 들기 전이라니 무슨 뜻이에요?" 마고가 마음이 상해서 웃는다. "난 당신만큼 늙지 않았어요, 사랑하는 엘리."

"물론, 당연히 그렇지요. 우리는 똑같이 '늙었어요'. 똑같이 '나이가 든' 거지요."

뇌 손상을 입은 환자는 아무리 이상한 말을 해도 사람을 화나게 하지 않을 것이다. E. H.의 어느 뇌 부위가 고열로 파괴되었건, 금지 사항을 검열하는 특정 부위도 마찬가지로 영향을 받았다. E. H.는 대개 공손하고 신사답지만, 때때로 침울한 사람들 속에 있는 그루초 막스처럼 버릇없이 불손하게 행동할 때가 있다. (그루초는 E. H가 좋아하는 희극배우 중 한 명으로, E. H.는 눈썹과 '보이지 않는' 콧수염을 꿈틀꿈틀 움직이고 엉뚱한 대화를 그대로 따라 하면서 그루초의 코미디를 훌륭하게 흉내 낼 수 있다.)

사실 마고는 엘리후 후프스보다 열네 살 어리고, 이제 그의 나이는 예순이 다 되었다. 그러나 E. H.의 기억 속에 그는 서른일곱 살로 고정되어 있다. E. H.가 거울에 비친 자신을 볼 때면, 어쨌거나 그의 눈에는 실제보다 젊은 사람이 '보이는' 것이리라고 마고는 짐작한다.

마고 샤프가 눈을 가느다랗게 뜨고 거울 속을 들여다볼 때면 여전히 젊은 여자가 '보이고' 매우 세련되게 똑바로 자른 검은 머리에는 희끗희끗한 은발도 섞여 있지 않다. 또한 흰 피부나 눈가, 입가에 생긴 희미한 주름도 보이지 않는다. 인지 원리. 우리는 눈앞에 있는 것을 보는 게 아니라 보고 싶은 것만 본다. 뭐든 볼 수 있지만 우리 마음에서 받아들일 수 있는 것만 '볼' 수 있다.

E. H.의 부주의한 말 때문에 마고의 자존심이 상처를 입는다. 그녀는 자신에게 여성의 성적 자존심이 전혀 없다고 규정할 테지만 그럼에도 마음에 상처를 입고 심지어는 충격을 받기까지 한다.

늙었다니! 마음의 준비가 되기 전까지 그녀 자신이 늙었다는 사실을 받아들이지 않을 것이다.

"당신 손을 잡는 게 좋아요, 엘리. 당신 손은 강하고 남성적이에요."

그녀의 손은 부드럽고 여성적이다.

함께 있는 동안에는 E. H.가 편하고 안전하게 느끼도록 해주겠다고 그녀는 결심한다. 두 사람이 처음 만난 이후 그녀를 신뢰하도록 그를 길들여왔다.

다른 사람을 '길들이는' 일은 그리 어렵지 않다. 특히 당신이 뭘 하고 있는지 상대가 전혀 알지 못하는 경우에는 더더욱 어렵지 않다.

"어릴 때 어머니가 당신 손을 잡아준 기억도 있을 거예요. 당신을 사랑했던 사람이 많았어요. 우리 중에도 많고요. 절대 외롭다고 생각하지 말아요."

"닥터, 당신을 사랑해요."

마고 샤프가 기억상실증 환자를 이런 식으로 부추기는 게 잘못일까? E. H.가 그녀와 단둘이 있을 때는 정서적으로 허약한 상태가 되어 외부의 영향에 쉽게 휘둘리고, 이런 이유로 마고가 다른 배석자 없이 E. H.와 단둘이 있을 때 하는 행위가 (편협하고 질투심 많은) 사람들 눈에는 일종의 학문적 위법행위로 비칠 수 있다는 생각 같은 건 하고 싶지 않다. (이런 생각을 자신에게 허락하지 않을 것이다.) (다른 검사자들, 특히 남자 검사자들과 있을 때 E. H.는 퉁명스럽고 무시하는 듯한 태도를 보이기도 한다. 'E. H. 프로젝트'를 처음 시작했을 당시만큼 모든 이에게 친절하고 천진한 모습을 보이지 않는다.)

E. H.가 산책 도중 걸음을 멈춘다. 여전히 마고의 손을 잡은 채로 그녀가 아파서 얼굴을 찡그릴 만큼 강하게 손깍지를 끼더니 시를 암송한다.

"아, 내 사랑, 서로에게 진실하도록 해요,

서로에게!

세상은 우리 앞에 꿈속의 나라처럼 펼쳐지며

다채롭고, 아름답고, 새로워 보이지만,

실제로는 기쁨도, 사랑도, 빛도 없고

확신도, 평화도, 고통을 덜어줄 도움도 없는 세상.

우리가 있는 이곳, 어두워가는 평원은

온통 싸움과 도주의 혼란스런 충격으로 뒤덮였고

무지한 군대들은 어두운 밤을 틈타 전투를 벌인다."

마고는 이 시 암송에 사로잡혀 있다. E. H.의 목소리는 낮고 친근하며 떨리고 있다. E. H.가 시를 암송하는 게 드문 일은 아니지만 이만큼 열정적으로 암송해준 적은 별로 없었다. 마고에게 사랑에 관한 시를 암송해준 사람도 이제껏 없었으며 이번이 처음이다.

마고는 무슨 말을 해야 할지 알지 못한다. 시어가 현대적이니 셰익스피어일 리는 없다고 짐작하면서도 바보처럼 소리친다. "아, 엘리!

아름다운 시예요. 셰익스피어인가요?”

E. H.가 어깨를 으쓱한다. 아니라는 뜻이다.

(마고가 그를 실망시킨 걸까? 손깍지를 끼고 있던 그의 손가락이 약간 느슨해지는 걸 느낀다.)

“아마 내가 쓴 시일 거예요. 감동적이었나요?”

“네, 감동받았어요.” 마고가 웃는다. 분명 E. H.가 농담으로 한 말이기 때문이다. 그런데 그의 농담이 우울한 어조였나? 비꼬는 어조였나? 아니면 그냥 장난이었을까?

마고는 뭔가 놓쳤다고 느낀다. 뭔지는 모르지만 실수를 했다. 이런 생각이 처음은 아니지만 자신이 엘리후 후프스와 같은 수준이 못 된다고 생각한다. 그의 영혼은 그녀의 영혼보다 한없이 넓다. ‘영혼’이 있다고 믿을 수 있다면.

두 사람이 손깍지를 약간 느슨하게 낀 채로 계속 걷는 동안 E. H.가 좋아하는 주제인 ‘게임이론’으로 돌아간다. 그의 목소리는 더 이상 다정하지도, 열정적이지도 않다. 이제 그의 말투는 딱딱하며 얼마간 조롱기도 섞여 있다. 이 주제에 대한 그의 생각은 고정되어 있고 도저히 바꾸기 힘든 것이어서 마고가 어떤 질문이라도 할라치면 그녀를 무시하려고 한다. 마고는 심리학과 대학원생 세미나에서 이 이론을 조금 배웠지만, 게임이론이 근본적으로 수학이며 마고가 전공하는 심리학 하위 분야와는 관련이 없어서 피상적으로밖에 알지 못한다. E. H.가 좋아하는 이 주제에 빠지게 된 것이 이 이론을 강하게 지지해서인지, 아니면 회의적이기 때문인지, 혹은 다른 이들에게 맞서고 싶은 그만의 독자적인 ‘이론’이 있기 때문인지도 확실하지 않다.

마고가 사랑 시에(그것이 정말로 사랑 시였다면) 기대만큼 반응을 보여주지 않아 E. H.가 실망한 거라고 그녀는 추측한다. 하지만 그 주제로 돌아갈 방법이 없다. 지금쯤 E. H.는 시를 암송했다는 사실조차 잊었을 테고, 그녀가 확실하게 기억할 수 있는 시구라고는 다듬어지지 않은 호소, "아, 내 사랑, 서로에게 진실하도록 해요"뿐이니까.

그녀는 엘리후 후프스에게 진실할 것이다. 엘리후 자신을 포함하여 누구 하나 알지 못한다 해도.

복잡하게 뒤얽힌 게임이론에 몰입한 E. H.가 잇몸까지 드러내면서 자주 웃는다. 예전의 그는 공적인 이야기를 하는 척 가장하는 농담의 분위기로 빠져들곤 했었는데, 이는 다른 사람과 거리를 두기 위한 계산된 행동이었다. 하지만 마고는 자신이 E. H.에게 특별한 존재이며 그가 그녀에게는 그런 식으로 행동하길 원치 않으리라 믿는다.

두 사람은 공원 안쪽의 숲으로 들어섰다. 이곳은 조용하고 외부로부터 고립된 외딴곳처럼 느껴진다. 그녀는 최대한 정중한 태도로 E. H.에게 잠시 이곳에 머물면서 그림을 그리자고 제안한다. "스케치북 가지고 왔죠, 엘리? 볼까요?"

E. H.는 옆구리에 스케치북을 끼고, 주머니에 연필과 목탄을 넣어 왔다는 걸 잊고 있다가 마고가 일깨워주자 기뻐한다.

이후 30분 동안 E. H.는 연필과 목탄을 사용하여 스케치북에 열심히 그림을 그린다. 마고는 근처에 앉을 곳을 찾았는데 화가를 방해할 정도로 가까운 거리는 아니었다.

마고는 어디를 가든 늘 숄더백에 넣어 다니는 공책에 메모를 남긴다. 마고 샤프의 실험실 공책이 아니라 사적인 공책이다. 그녀는 날짜를 적고 장소를 기록할 것이다. E. H.가 한 말을 기억나는 대로 모두 기록할 것이다. (그녀는 그가 암송한 시가 누구의 작품인지 찾아내려 애쓸 것이고, 19세기에 매슈 아널드가 쓴 「도버 해변」이라는 시임을 알게 될 것이다. 또한 엘리후 후프스가 애머스트대학 시절 몇몇 문학 강의 중 한 곳에서 이 시를 암송했으리라 추측할 것이다. 특별히 '그녀에게' 바치기 위해 이 시를 암송했을 거라고 추측해 기록하지는 않을 것이다.)

반드시 기록해야 한다고 느끼는 결정적 사항이지만 그녀와 기억상실증 환자 사이의 친밀한 관계를 암시하는 내용일 경우에는 명확하게 드러나지 않도록 기록할 방법을 찾는다. 더러는 핵심적인 단어를 약자로 표시하거나 모종의 암호를 사용하기도 할 것이다.

그렇지만 그녀와 E. H. 사이가 '친밀하다고' 해석될 수 있는 내용에 모종의 반항적인 자부심을 느끼면서도 한편으로는 마음이 편치 않다. 연구소 사람이나, 최악의 경우 대학에 있는 사람이 이 공책을 발견한다면 어떻게 될까? 경쟁자가 이 공책을 보게 된다면? (얼토당토않은 생각이지만 마고 자신이 스스로를 학대하듯이) 그녀가 예기치 않은 죽음을 맞이하여 심리학과 학과장이 그녀의 논문, 자료, 공책, 밖으로 드러나지 않은 은밀한 자아까지 모든 걸 독차지한다면 어떻게 될까?

마고 샤프가 비윤리적이며 심지어는 부도덕하다고 비난받을 수도 있는 행동을 했다고 어느 날 누군가가 폭로한다면 어떻게 될까? 사후에 그녀가 기억상실증 환자에게 학문적 위법행위를 했다고 비난받게 된다면 어떻게 될까?

그럼에도 그녀는 E. H.를 향한 감정을 버릴 수 없다. 좁은 범위 내에서 살아가는 그녀에게 그 외의 어느 누구도 그토록 큰 의미를 지니지 못한다.

그녀가 E. H.를 지켜보면서 큰 소리로 중얼거린다. "아, 내 사랑, 서로에게 진실하도록 해요!" 언어에서 우울한 아름다움이 느껴지던 그 시의 나머지 부분은 생각나지 않는다.

그러나 한 시간 전 자기 입으로 암송했다는 걸 기억하지 못하는 E. H.가 이 시구에 감동하여 마고 쪽으로 몸을 기울이며 그녀의 뺨을 다정하게 어루만진다. "아, 내 사랑, 서로에게 진실하도록 해요. **그래요.**"

이윽고 E. H.가 다시 그림을 그리기 시작한다. 하지만 얼마 지나지 않아 그림에 집중하지 못하고 고통스러워한다. 너무 열심히 그린 나머지 손가락에 통증을 느끼는 모양이다. 그가 손가락을 풀고 팔을 쭉 편다. 갑자기 스케치북을 덮더니 나무판자 난간에 기대놓는다. 무슨 생각을 하는 걸까? 마고는 궁금하다. 한 줄기 빛처럼 그의 머릿속에 뭔가 떠오른 걸까? 생각은 일종의 빛, 뉴런의 도약일까? 전류일까? 생각은 어디에 들어 있으며, 어느 침묵의 영역에서 생겨나는 걸까? 마고는 심연의 가장자리에 서 있듯 홀로 서 있는 이 용감한 남자에게 강렬한 사랑을 느낀다. 바람에 넘어지지 않으려고 버티는 것처럼 다리 난간을 꼭 붙잡고 있는 그를 가만히 지켜본다. 그러나 지금 바람은 불지 않는다. 그가 찡그리며 저 멀리 늪지대를 응시한다. 마고가 용기 있게 그의 고독을 방해하면서 가까이 다가간다면 강렬하면서도 불안한 그의 표정을 보게 될 것이다. 그녀가 알고 있는 모습의 그가 아니라는 걸 알게 될 것이다.

이 무렵 마고는 어느새 기억상실증 환자의 시야에서 벗어나 있었다. 그의 의식 밖으로 밀려나고 있다는 느낌은 슬프면서도 달콤하고 황홀한 감각이다. 월식이 진행되는 달을 닮았다! 마고는 지워지지만 그렇다고 존재하지 않는 건 아니다. 그보다는 남자의 눈에 그녀가 들어오기 전까지 유예된 상태라고 할 수 있다.

"후프스 씨? 엘리? 안녕하세요."

E. H.가 돌아본다. 그녀를 보고 놀란 그는 한동안 어리둥절하고 심지어는 겁을 먹기까지 한다. 그러다 이내 진심과 희망이 담긴 미소를 지어 보인다.

"안녕-하세요!"

그녀가 그에게 선물 하나를 가져왔다.

둘만의 비밀로 남아 있어야 할 선물 하나를 그에게 가져왔다.

두 사람이 연구소에서 멀리 떨어져 나무판자 다리 위에 다다랐을 때, 그리고 주변에 아무도 보이지 않아 마음이 놓일 때 마고는 숄더백에서 작은 반지 두 개를 꺼낸다.

은으로 된 결혼반지다. 비싼 것은 아니지만 개성 있고 아름답다. 은세공인은 켈트 문양 반지라고 알려주었다.

"당신 거예요, 사랑하는 엘리. 그리고 이건 내 거고요."

E. H.의 손가락 치수를 재어서 간 덕분에, 손에 꼭 맞는 그녀의 반지처럼 그의 손가락에 꼭 맞는 반지를 살 수 있었다. 그녀가 E. H.의 손가락, 왼손 셋째 손가락에 살며시 반지를 끼워준다. 그리고 엘리가 마고 손에 있는 다른 반지를 가져다가 그녀의 왼손 셋째 손가락에 살며시 끼워준다.

E. H.가 마고의 손바닥에 입을 맞춘다. 차오르는 감정과 욕망으로

그의 몸이 떨린다. 마고가 E. H.의 손바닥과 손등에 입을 맞춘다. 손가락 마디가 갈색 털로 덮여 있다.

"닥터, 당신은 정말 아름다워요! 사랑해요! 지금 우리가 결혼하는 건가요?"

"네, 엘리. 지금 우리가 결혼하는 거예요."

그녀가 자신의 손을 꼭 잡은 그의 손을 끌어당긴다. 그의 입술에 키스하자 이번에는 그의 입술이 그녀의 입술을 탐하며 덮쳐온다. 남자가 그녀의 옷을 거칠게 잡아당긴다. 고통스러운 신음 소리를 낸다. 그는 몹시 흥분해 있다. 마고는 배 속 깊은 곳에서 황홀한 욕망을 느끼고 작은 불꽃이 아주 강렬한 쾌락으로 불타오른다. 발아래 땅이 질척이는 습지인데도 마고는 무작정 남자를 이끌고 숲속으로 들어간다. 두 사람이 있을 만한 곳을 찾아내 어색하지만 간절한 마음으로 몸을 누인다. 햇빛이 군데군데 내리비치는 작은 구역 한가운데 거대한 흰색 오크나무 아래다.

그 후 두 사람은 오랫동안 서로에게 빠져든다. 마고의 귀에 자신의 비명이 들린다. 사람의 소리라고 알아듣기 힘들 만큼 거친 후두음의 비명. 남자의 비명은 훨씬 부드러우며 쉬잇 하고 숨을 토해내는 소리다. 그녀는 이 소리도 들을 것이다. 영혼이 빠져나가는 듯이 쉬잇 숨을 내뱉는 소리. 마고의 뇌 위로 그림자 하나가 지나가고 그녀의 뇌가 쪼개지며 완전히 파괴되어버린다. 말이 나오지 않는다. 얼굴은 눈물로 젖었다. 그녀의 하체는 성적 쾌락으로 불타는 듯하고 두 다리는 힘없이 늘어진다. 그녀는 E. H.의 헝클어진 옷과 자신의 옷매무새를 단정하게 가다듬어야 할 것이다. 두 사람의 손이 굶주린 동물처럼 서로의 몸을 더듬는다. 둘만의 은밀한 장소에서 나온 두 사람은 필사적으로 달려오기라도 한 듯 숨이 가쁘다. 웃음소리가 흐느낌처럼 목에 걸려 숨이 막힌다.

아, 우리가 무슨 짓을 한 건가. 무슨 일이 벌어진 건가.

누구의 잘못도 아니며, 다시는 이런 일이 없을 것이다.

물론 이런 일은 다시 생길 것이다. 또 생기고, 또 생길 것이다…….

E. H.는 그녀를 향한 사랑에 푹 빠져 있지만 그녀의 이름은 잊어버렸다. 누군가를 사랑하지만 그 사람의 이름을 알지 못하는 심정이란 얼마나 끔찍할까, 마고는 생각한다.

"잠깐만요. 제발 잠깐만요. 돌아와요. 부탁해요."

"안 돼요, 엘리. 이러면 안 돼요."

"왜 안 되죠? 당신은 내 아내 아닌가요?"

"다른 사람이 없을 때만 그래요. 아무도 몰라야 해요."

"정말! 그런 건가요." E. H.가 갑자기 체념하며 차분해진다. 마고가 그의 손가락에서 결혼반지를 빼고 자기 것도 빼서 지퍼 주머니에 담아 숄더백 안에 넣을 때도 그는 저항하지 않는다.

"안 돼요, 엘리. 우리는 지금 돌아가야 해요."

"그래요. '지금 돌아가야 해요.'"

마고가 그의 옷매무새를 가다듬고 숱 적은 곧은 머리카락도 빗겨준다. 엘리의 머리가 예전에는 훨씬 길었다고 마고가 농담한다. "히피였어요, 여보. 빨간 머리띠도 둘렀고요. 하지만 당신 목숨을 함부로 다루었어요." 그녀가 그의 팔과 가슴에 수없이 생긴 멍에 입을 맞춘 적이 있었다. 아르니카 몬타나 연고를 가져다가 멍에 바르고 마사지해주었다.

그녀는 숄더백에서 꺼낸 작은 브러시로 머리를 빗었다. 꽁꽁 땋은 머리가 떨어지며 눈을 찌른다. 옷에 쐐기풀이 붙어 있다. 아. 망할 쐐기풀! 머리카락에도 붙어 있다. 쐐기풀을 모두 없애려면 여러 번 브러시로 쓸고 가늘고 촘촘한 빗으로 빗어야 할 것이다.

마고가 서둘러 E. H.를 끌고 나무판자 다리를 거쳐 나뭇조각이 깔린 길로 간다. 이렇게 서두는 건 어느새 늦은 오후가 되어 연구소 직원들이 두 사람의 행방을 궁금해할 것이기 때문이다. (마고는 그녀의 목적에 적합한 다른 층의 중독 학습 실험실에서 E. H.를 테스트할 거라고 연구소 직원들에게 말해두었다. 하지만 이 장소에 대해서는 구체적으로 밝히지 않았고, 아무도 거기에 대해 묻지 않기를 바라고 있다.)

"엘리, 서둘러요! 돌아가야 해요."

"돌아가다니, 어디로요? 우리가 지금 필라델피아에 살고 있나요? 리튼하우스광장요?"

"아니에요, 엘리. 리튼하우스광장에 살지 않아요."

"우리가 그곳에서 결혼했나요? 그곳에서 함께 사나요?"

E. H.는 점점 혼란에 빠지고 고통스러워한다. 마고는 남자를 열렬히 사랑하지만 두 사람의 비밀이 탄로 날까 두렵다. 그녀가 생각한다. 언젠가는 그를 집으로 데려가서 함께할 거야. 진짜로 결혼할 거고 지금 내가 한 행동을 만회할 거야.

4층으로 올라가는 엘리베이터에 단둘이 있게 되자 마고가 마지막으로 과감히 E. H.에게 키스하며 그의 입 속으로 살며시 혀를 밀어 넣는다. 그가 그녀를 꼭 끌어안자 그녀가 그를 밀친다. "이러면 안 돼요, 엘리. 사람들이 보면 내게서 당신을 떼어놓을 거예요." 남자의 표정에서 당혹감과 혼란을 본 그녀가 태도를 누그러뜨린다. 과감하게 그의 두 손을 잡아 그녀의 배와 가슴으로 가져간 다음 황홀한 기분을 느낀다.

4층에 거의 다 왔다. 몇 초 후면 문이 열릴 것이다.

"당신이 나의 사랑하는 아내예요, 닥터? 당신을 사랑해요."

"엘리, 당신을 사랑해요."

무언의 사랑 행위. 아무 말도 하지 않으며, 기억도 없다.

행위가 끝나고 나면 그녀는 잊지 않고 두 사람의 반지를 빼야 한다.

우리 사이에 오간 일은 기록하지 않을 거야. 모든 기억 속으로 사라질 거야.

마고 샤프는 이 사실을 한 사람에게 그만 털어놓고 만다.

"드디어 사랑하는 사람이 생겼어요."

그에게 알려야 했기 때문이다. 그녀 문제로 계속 죄의식을 느끼지 않아도 된다고, 지금처럼 그녀를 피하지 않아도 된다고 알려야 했다.

"정말인가, 마고! 좋은 소식이네."

그의 목소리에는 놀라움이 담겨 있다. 그리고 이 놀라움 속에 마고 가 기대했을 확실한 안도감은 들어 있지 않았다.

"내가 아는 사람인가? 대학에 있는 사람이야? 심리학과 사람은 아 니지? 그렇지 않기를 바라네."

두 사람이 함께 웃는다. 그들이 함께해온 역사 속에는 심리학과에 서 일어난 재미있고, 화나고, 스캔들 비슷한 이야기들이 많았다.

두 사람이 연인으로 지냈던 짧은 기간 동안 밀턴 페리스는 자기보 다 연배가 높은 유명한 동료들의 이야기를 들려주고 한참 어린 마고 샤프가 놀라 충격받는 걸 즐겼다. 오래전 밀턴 자신이 젊었던 시절 연구소장이었던 교수의 시각에서 바라본 이야기들이었다. 아버지가 순결한 딸에게 둘이 함께하는 분야의 역사를 가르쳤던 것이며 순결한 딸은 이런 역사를 전혀 모르고 있었다.

"그래, 마고! 결혼은…… 할 예정인가?"

(마고는 밀턴이 그녀의 왼손을 슬쩍 쳐다보는 걸 확인했다. 그러나 왼손 셋째 손가락에는 반지가 없었다.)

"고려 중이에요. 조만간 하고 싶어요."

"조만간이라고? 얼마나 빨리 할 거지? 그때까지 내가 여기 남아 축하해줄 수 있을까?"

마고는 어정쩡하게 미소를 지으며 밀턴을 바라본다. 그때까지 여기 남아 있다고? 잠시나마 그녀는 밀턴이 나이 이야기를 하는 거라고, 죽음을 이야기하는 거라고 생각한다. 이윽고 밀턴의 말이 그렇게 극단적인 의미는 아니란 걸 깨닫고 놀란 표정을 감춰야 했다.

"안타깝게도 그렇게는 안 될 것 같아요, 밀턴. 당신은 곧 떠날 테니까요……."

밀턴 페리스는 노벨상 수상 이후 드높아진 명성 속에서 많은 갈채를 받으며 대학을 떠났다. 그는 인터뷰에서 자신의 유명한 기억 실험실을 후배 동료들에게 "물려주었다"고 말했다. 또한 대학에서 그의 뒤를 이를 '후계자'로 이따금 마고 샤프의 이름을 거론하여 그녀에게 흐뭇한 기쁨과 함께 일종의 행복한 불안감을 안겨주었다. 밀턴에게 바치는 기념 논문집에는 약간 날이 서 있는 애정 어린 농담이 실리기도 했는데, 밀턴 페리스가 신경심리학계의 칭기즈칸이며 과학계에 그의

DNA, 즉 후손을 널리 심어놓았다는 것이었다.

위대한 과학자의 시대가 저물어가고 있다. 그렇기는 해도 그는 워싱턴에 있는 미국국립보건원에서 비상근직을 맡았으며, 들리는 소문에 의하면 머지않아 대통령이 그를 국립과학위원회 위원으로 임명할 거라고 한다. 또한 밀턴이 조지타운의 타운하우스와 플로리다의 보카러톤에 바다를 끼고 있는 콘도미니엄 두 곳을 오가며 살 거라는 소문도 들렸다. 플로리다에는 오랫동안 부부 관계를 이어온 늙고 병든 아내가 페리스의 결혼한 딸과 그녀의 가족 가까이 살고 있다.

밀턴 페리스가 '은퇴했다'고 생각하니 마고 샤프는 마음이 아팠다. 스승의 시대가 이런 식으로 '저물어간다'는 걸 받아들일 수 없다. 그러나 예전에 밀턴 페리스와 함께 일했던 젊은 과학자들이 이제는 밀턴 페리스의 '딸'로 여겨지는 마고 샤프와 함께 일하고 있다.

때때로 심한 죄책감이 밀려온다. 마고는 이유를 알지 못한다.

밀턴이 학문적 위법행위를 저질렀다는 잘못된 고발을 당했을 때 이에 맞서 그를 옹호하긴 했지만 확실하게 강경한 태도를 취하지는 않았다. 또한 용기를 내어 밀턴에게 그 사실을 알리지도 않았다.

밀턴은 불같이 화를 냈을 것이다! 회복할 수 없을 만큼 깊은 상처를 받았을 것이다. 그를 더 이상 사랑하지 않는다고 해도 그에게 그런 짓까지 할 수는 없었어.

밀턴이 신뢰했고 교수로 자리 잡도록 도움을 주었던 예전 학생들과 연구원들이 그를 고발했다는 사실을 그가 아는지 모르는지 마고는 전혀 알지 못했다. 밀턴 페리스가 여러 친목 모임과 인간관계망을 갖고 있는 걸 고려할 때 분명 알았을 거라고, 적어도 의심은 했을 거라고 마고는 추측한다. 그 무렵 밀턴은 노벨상 수상자로서 갑옷의 보호 효과를 누렸으므로 필시 누군가 그에게 말해주었을 것이다. 위대한 밀턴 페리스에게 아첨하여 경쟁자들에게 타격을 주고 싶어 하는 충성스러운 예전 학생이 있었을 것이다. 그렇지만 밀턴과 매우 가까웠고 그에게 철저하게 충성했던 마고 샤프는 그에게 사실을 알리는 데까지 나아가지 못했다. 또한 밀턴을 사랑했지만 결국 그를 배신했던 사람들 중 한 명인 앨빈 캐플런도 그에게 사실을 말하지 못했을 것이다.

결국은 고발의 실질적 내용이 충분하지 않았다. 마고 샤프만 고발 내용을 부정한 게 아니었다. 지금은 하버드대학의 유명한 심리학 교수가 되었지만 한때 페리스 밑에 있었던 또 다른 (여)학생도 페리스에게 아무 잘못이 없었다고 고발 내용을 부정했고, 만일 조사가 계속된다면 직접 맞고소하여 '공론화'하겠다고 위협했다. 마고는 그 여자가 누구인지 알고 있고, 그녀의 충성스러운 태도에 감동하면서도 한편으론 마음이 꺼림칙하다. 밀턴이 마고와 관계를 갖기 불과 1, 2년 전 이 여자와도 분명 관계를 가졌으리라 짐작되어 속이 편치 않지만, 자세한 정황을 알아볼 마음은 들지 않는다.

마찬가지로 밀턴 페리스가 그녀의 새로운 사랑에 대해 세세하게 아는 것도 원치 않는다.

엘리후 후프스를 향한 열정적인 사랑, 그러나 불운한 미친 사랑.

모든 사랑은 미친 짓이다. 그렇지 않다면 사랑이 아니라 감상에 불과하다.

마고가 미소를 짓는다. 그녀의 귀에 희미하게 윙윙거리는 소리가 들린다. 밀턴 페리스가 묘한 시선으로 그녀를 바라보는 것 같다.

(마고는 밀턴이 늙었다는 걸 깨닫는다. 그는 왼손을 살짝 떨고 있고 눈꺼풀도 거의 감지하기 힘들 만큼 가늘게 떨린다. 손에는 노인의 숨길 수 없는 흔적, 혈액 희석제를 사용한 증상이 보인다.)

(아, 그래도 그렇게 많이 늙지는 않았다. 마고는 그를 보며 안심한다.)

"과학자인가? 과학자는 아니지?"

"과학자 아니에요."

마고가 조용히 말한다. 순결한 딸은 부드러운 목소리로 말한다.

"정말! 놀랍군, 마고."

좋다는 뜻인가, 아니면 그다지 좋지는 않다는 뜻인가? 마고는 늙은 스승이 얼굴을 찌푸리는 걸 알아챈다. 숱이 별로 없는 하얀 머리가 분홍색 두피 위로 솟아 가볍게 흔들린다. 그의 치아는 믿기 힘들 만큼 희고 도자기처럼 흠 하나 없다.

못마땅한 듯 넓은 이마에 주름살을 그리며 찡그린다. 다정한 농담은 더 이상 나오지 않았다. 밀턴 페리스를 실망시킨 거라고, 그의 기대에 부응하지 못한 거라고 어쩔 수 없이 생각하게 된다. (여자) 과학자가 다른 과학자가 아닌 일반인 동반자를 만나 함께 살아가는 데 만족한다면 과학자로 살아가는 데 뭔가 아주 커다란 문제가 생긴 것이기 때문이다.

마고는 생각한다. 당신이나 잘해. 난 E. H.를 사랑한 것에 대해 어떤 변명도 하지 않을 거야.

"행복하기를 바라, 마고. 당신은 정말 똑똑하고 진실한 사람이야. 당신은 사랑스러운 여자였지만 나의 상상력이 부족한 탓에 행복하게 해주지 못한 것 같아. 정말 미안하게 생각해."

밀턴은 축복의 말을 전하려다가 다시 번복하려는 사람처럼 무겁게 가라앉은 어조로 말한다. 진심으로 하는 말일 리 없지만 그럼에도 밀턴은 깊이 뉘우치는 표정을 짓고, 누가 보았다면 거의 믿을 정도였다.

마고가 들은 소문에 의하면 밀턴 페리스에게는 건강상 문제가 있었고, 노벨상 수상이 발표되기 바로 전날 대학 병원에 MRI 촬영이 예약되어 있었다고 한다. 오래전의 패기는 이제 사그라져 자애로운 빛으로 바뀌었고, 강철처럼 빳빳했던 흰 수염도 숱이 줄어 턱의 살갗과 지친 목이 그 아래로 드러나 있다. 그리고 손의 떨림. 마고는 이를 보지 않을 것이다.

당신을 사랑했어요, 당신도 알잖아요.

언제까지나 당신을 사랑할 거예요.

밀턴 페리스가 이 말을 이해할까? 그럴 것이다. 메타언어의 심리학에 관해 중요한 연구를 발표한 적 있으므로 마고 샤프를 이해하는 데 어려움이 없을 것이다.

헤어질 시간이다. 그렇게 되었나? 마고에게 불현듯 당혹감이 밀려온다.

밀턴이 떠나기 직전 마고는 다시 한번 노벨상 수상을 축하한다. 다른 이들이 수도 없이 축하 인사를 건넸을 것이다. 귀가 멍멍할 정도로 들어온 후렴구 같은 인사. 분명 그런 축하 인사에는 두려운 뭔가가 담겨 있다. 그리하여 위대하고 거대한 상의 영예 이외에 다른 뛰어난 점들은 모두 휩쓸려 사라진다. 마치 영향력 있는 다른 중요한 연구는 결코 없었고 노벨상 자체는 뭔가 사후의 인정이 되어버리는 것 같다. 오직 노벨과학위원회만 알고 있는 어떤 이유로 밀턴 페리스가 '독창적이고 혁신적인 연구'를 했다고 상을 주었지만, 이 연구는 적어도 30년 전에 이제는 노장이 된 다른 과학자들과 협력하여 이룬 작업이기 때문이다.

"그래, 마고! 언젠가 어쩌면 E. H.에 관한 당신의 연구도 상을 받게 될 거야. 당신이 받는 거지."

따뜻하면서도 당찬 소망이다. 두 눈의 눈꺼풀이 파르르 떨리면서 밀턴 페리스는 교활한 여우 같은 인상을 풍긴다.

헤어질 때가 되자 두 사람은 갑자기 멋쩍어진다. (혹여 누가 지켜보고 있는가? 그들은 공개적인 장소나 다를 바 없는 곳에서 만나는 중이다.) 그러나 마고는 바보같이 움츠리고 물러선다면 후회할 거라고 생각한다. 밀턴 역시 똑같이 느낀 것 같다. 그는 두 손으로 마고의 손을 잡고는 가까이 다가와 그녀의 뺨에 흠칫 놀랄 만큼 차가운 입을 맞춘다.

"잘 가게, 마고! 그리고 축하해. 그게 무슨 일이든 충분히 그럴 만해서 당신에게 일어난 일이니까."

그가 알고 있는 걸까? 당연히 모른다. 결코 짐작조차 하지 못할 것이다.

밀턴이 연구했던 기억상실증 환자 'E. H.'라는 걸 알 리 없다.

밀턴 페리스는 마고 샤프가 엘리후 후프스와 사랑에 빠졌다는 건 알지 못하지만 그래도 마고 샤프가 여전히 자신을 사랑하고 있다고 믿는다.

마고는 속으로 생각하며 미소 짓는다. 그녀는 아무것도 후회하지 않는다. 후회할 게 뭐가 있는가? 그녀의 삶은 이제부터 펼쳐지고 있다.

위스키를 조금씩 들이켜다 보니 눈꺼풀이 내려온다. 자야 할 시간이다.

기억상실증 환자 E. H.의 성적 본성. 경쟁 연구소에 있던 연구심리학자들이 밀턴 페리스에게 수많은 제안을 한 바 있다. 이 가운데 마고 샤프를 가장 화나게 했던 것은 유명한 아이비리그 대학의 임상심리학자가 한 제안으로, 뇌 손상 환자의 '성 충동', '성적 판타지', '성행위 능력'을 테스트하고 측정할 기회를 달라는 것이었다. 어리둥절한 페리스가 실험실 사람들에게 이 제안 내용을 읽어주었을 때 당시 서른 살이던 마고 샤프가 특히 화를 냈다. "그건 엘리후 후프스를 잔인하게 이용하는 거예요! 그는 우리를 신뢰하고 그의 가족도 우리를 신뢰해요. 그는 실험동물이 아니라 인간이라고요."

밀턴 페리스는 젊은 동료가 격분하는 모습에 무척 놀랐다. 평소 마고 샤프는 그의 면전에서 매우 조용하고 좀처럼 나서지 않았기 때문이다. 그러나 밀턴은 그녀의 진실성과 열정에 깊은 인상을 받았다. (훗날 두 사람이 연인으로 지냈던 짧은 기간에 밀턴이 그녀에게 말해주었다.)

당시 밀턴은 젊은 과학자의 분노에 너털웃음을 터뜨렸다. 실험실의 모든 사람이 웃었다. 밀턴이 경쟁자를 불러들여 우리 연구소의 기억상실증 환자를 테스트하게 해줄 리 없었다. 그런 일을 걱정할 필요가 없었다.

밀턴 페리스가 대학에서 은퇴한 뒤 마고 샤프가 'E. H. 프로젝트'의 연구 책임자가 되고 'E. H.'가 신경심리학 분야에서 더욱 유명해진 지금은 그때의 제안만큼 저속하거나 심지어 더 천박한 제안도 쏟아져 들어온다. 마고가 연구 책임자로서 E. H.를 보호하지 않았다면 어떻게 되었을지 염려된다. E. H.의 나이 든 고모 루신다가 후프스 집안의 다른 친척들처럼 연구 과학 분야의 복잡한 내막과 (혹여 있을지 모르는) 표리부동한 이중성에 대해 아무것도 알지 못한 채 자신도 모르는 사이 나쁜 사람들에게 E. H.를 내줄까 봐 염려된다. 마고가 늘 신경을 곤두세우고 경계하지 않았다면 지금쯤 '엘리후 후프스'의 신분이 세상에 알려져, 선정성을 추구하는 달갑지 않은 부도덕한 사람들이 다 브파크 연구소로 몰려들었거나 나아가 펜실베이니아 글래드와인에 있는 소박하고 오래된 영국 튜더양식의 저택으로 몰려들었을 것이다. 게다가 단기기억이 70초도 지속되지 않는 기억상실증 환자는 자신에게 어떤 잔인무도한 행위가 가해졌더라도 이를 수첩이나 스케치북에 기록해두지 않는 한 결코 기억하지 못할 것이다.

과거에 마고가 밀턴 페리스와 함께 있으면 마음이 약해져 감정적으로 되고 페리스는 아버지처럼 보호막이 되어주던 시절에 그녀가 나이 든 과학자에게 속마음을 털어놓은 적이 있었다. 그들이 하는 일, 다시 말해 뇌 손상을 입은 인간이 자신에게 무슨 일이 일어나는지 명확하게 의식하지 못하고 '동의' 여부도 확실치 않은 상태에서 그를 상대로 실험하는 일에는 근본적으로 부도덕한 면이 있지 않을까 가끔 걱정된다고 했다.

"심지어 때로는 동물 연구를 할 때도 걱정돼요. 불안한 마음이 들어요. 영장류도 성격이 있거든요. 그런 걸 알고 나면."

"마고, 그런 걸 알려고 하지 마."

흰 턱수염을 기른 사티로스 연인이 조금은 어색하게 웃으면서 마고의 입술에 키스를 했다. 업신여기는 듯한 어정쩡한 키스가 있다면 바로 이런 키스였다.

그럼에도 마고는 행복감에 젖어 그 키스를 떠올린다.

당시의 삶은 얼마나 단순했던가. 밀턴 페리스의 젊은 동료로서 똑똑하고 유망했으며 아직 그의 자리를 대신 맡지 않았다.

현재 동료들은 그녀가 너무 예민하다고 말한다. E. H.를 지나치게 보호한다고도 한다.

(동료들 중 몇몇이 등 뒤에서 그녀를 비웃는 걸 알고 있다. 심지어 젊은 동료와 실험실 조수와 박사학위 지도 학생들도 그런다. 그런가 하면 그녀의 얼굴을 보고 미소를 보내는 이들도 있다.)

사실 샤프 교수는 지독하게 원칙적이며 완고하다. 점차 나이가 들고, 급성장하는 기억 연구 분야에서 유명해지면서 다른 이들의 한계에 아량을 보이지 않는다. 다른 이들이 지닌 여전히 '상스러운' 야욕, '수치심을 모르는' 야욕에 불같이 화를 낸다. 스승 밀턴 페리스가 하던 방식대로 '게으른 과학', '나쁜 과학', '유사 과학'에 대해 경멸적으로 이야기한다. 그녀는 심리학과에서 수입이 가장 많은 교수 세 명 중 하나이고, 연구 지원금도 풍족하게 받는다. 모든 연구 재단이 기억 및 뇌 손상 연구에 돈을 대고자 하는 데다 비밀에 싸인 'E. H.'가 기억상실증 환자 중에서 가장 유명하기 때문이다. 마고 샤프는 유력 학술지에 과거 밀턴 페리스만큼이나 자주 논문을 발표한다. 심리학의 역사를 바탕으로 빈틈없고 공정하며 날카로운 보고서를 쓰는 것으로 유명해졌다. 그녀는 연구 과학자이자 동시에 신경심리학의 역사가다. 미국실험심리학자협회에서 마고 샤프에게 상을 수여하며 언급한 바에 따르면 "실험심리학 분야에서 대다수 과학자들은 자기 전문 분야의 역사에 대해 어렴풋한 정도밖에 알지 못하는 반면" 그녀는 논문뿐 아니라

보고서에서도 "실험심리학 분야의 문헌에 대해 놀라운 지식"을 보여준다고 한다.

마고는 이제 중년에 접어들었고, 전설적 인물이 되었다. 그녀의 외모와 태도는 여전히 젊음이 넘치고 심지어는 소녀 같기도 하다. 윤기 흐르는 검은 머리를 어깨까지 찰랑찰랑 늘어뜨리거나 목뒤로 우아하게 묶고, 앞머리는 눈썹 선에 맞춰 일자로 잘랐다. 희끗희끗한 은발이 보이고 눈가에 희미하게 잔주름이 잡히는데도, 마고 샤프는 딱 붙는 검은색 저지상의와 재킷에 검은 바지나 레깅스를 입고 검은 단화를 신어 발레리나 여학생 같은 차림을 한다. 그녀는 상대를 무장 해제시켜 마음을 열게 만들며, 다 알면서도 모른 척하는 의뭉한 구석을 갖고 있다. 재빠르고 민첩하며, 선 자세는 우아하고 몸은 무용수처럼 유연하다. ('정말' 무용수일까? 궁금하다.) 학계 모임에서도 그녀는 단연 눈에 띄어, 종종 뒤에서 수군대는 소리를 듣곤 한다. **저 사람이 마고 샤프야. 세상에. 정말 젊어 보여!**

40대 초반의 마고 주위에 예전의 제자들이 모여 엘리트 그룹을 형성하고 있었다. 경쟁이 치열한 이 분야에서 종신 재직권과 명성을 얻은 이들은 할아버지 세대인 노벨상 수상자 밀턴 페리스와 부모 세대인 마고의 뒤를 잇는 일종의 3세대라 할 수 있다. 마고는 필요한 경우 여느 친부모들 못지않게 그녀의 아이들을 보호해준다.

마고는 한결같이 E. H.를 보호해준다. 기억상실증 환자를 '당혹스럽게' 할지도 모르는 실험을 제안하는 것만으로도 마고 샤프의 노여움을 살 위험이 있다. 그녀는 재치 있는 말을 잘하기로도 유명하다. "신경과학 분야에 신사가 있다면 엘리후 후프스뿐이에요."

또한 E. H.를 연구하는 동료들이 제안을 열 가지 내놓으면 그중 마고 샤프가 거부하는 제안이 평균 열 개라고들 말한다.

마고의 소속 학과가 아닌 외부 동료들의 제안은 사실상 모두 거부하는 것으로 악명 높지만, 그래도 같은 대학 동료들에 대해서는 좀 더 외교적 태도를 취해왔다. E. H.는 뇌염 때문에 해마와 편도체가 손상되었을 것으로 오래전부터 추정되었고, 이 해마와 편도체에 특별한 관심을 가진 신경생리학자 칼 퍼스 교수 같은 연구 과학자의 제안에 대해서는 마고도 거부할 만한 타당한 근거가 없었다. 그리하여 그녀는 결정을 미루고, 연구자와의 만남을 미루고, 마지막에는 연구자와 환자의 만남을 최대한 미루는 전략을 썼다.

"마고 샤프가 E. H.를 소유한 건 아니잖아요, 맙소사! 그의 후견인도 아니고요."

(연배가 높은 남자) 동료들이 입을 모아 투덜거린다. 농담 삼아 늘어놓는 불평이지만 그래도 신랄하다.

마고 샤프는 자신에게 반감을 품은 무리가 존재한다는 것을 간접적으로 알고 있다. 이러한 반감에는 그녀의 연구 활동과 끈기에 대한 마지못한 감탄도 뒤섞여 있었다. 그들은 조롱하듯 말한다. **샤프는 일과 결혼한 거야. 그 남자의 아내인 거지.**

정말이지 진저리가 난다! 그의 두개골에 구멍을 냈고 퍼즐 조각을 떼어내듯 뼛조각을 떼어냈으며 세심하게 다뤄야 하는 경뇌막에 구멍을 뚫었다. 왜 뇌에 이런 끔찍한 수술을 했는지 이유는 기억나지 않지만 돌이킬 수 없다는 걸 알고 있다.

한 남자의 뇌에 낯선 이들의 손길이 닿았다. 영혼 깊숙한 곳까지 조명을 환하게 비추었다. 고무장갑을 뒤집어 벗듯 그의 속까지 뒤집어 놓고는 그냥 팽개쳐버렸다.

그가 두 눈을 꼭 감는다. 방금 전 여자아이의 시체가 발견되었다. 사촌인 그레천이다. (그러나 두 번 다시 그녀의 이름을 입에 올려서는 안 된다. 누구도 그녀의 이름을 들어서는 안 된다.) 그는 아이들의 눈을 피해 베란다 나무판자 밑에 들어가 내내 숨어 있었다. 아버지는 수치심과 경멸이 뒤섞인 표정으로 그를 보고 있다.

넌 아무것도 보지 않았어, 엘리. 꿈을 꾼 거야.

침대로 돌아가, 아들. 네가 여기 있을 이유가 없어.

"후프스 씨? 일어날 수 있어요? 다리를 흔들 수 있으면……."

그가 부축을 받아 일어선다. 지금껏 팔다리가 벨트로 고정된 채 번쩍이는 금속관 속에 누워 있다가 이제 부축을 받아 일어서는 것이다.

무릎에 힘이 없고 머릿속은 펌프로 공기를 잔뜩 집어넣은 것 같다. 더 많은 공기를 꽉꽉 눌러 담아 높은 압력으로 집어넣은 것 같다.

쳐다보지 마. 넌 아무것도 보지 못했어.

거기엔 아무것도 없어.

엘리후 후프스가 곁에 없을 때 마고는 그녀의 삶이 철저하게 외롭고 고독하다는 사실을 절대 생각하지 않는다.

지독한 외로움이다. 온몸이 꽁꽁 얼어붙는 바람이며, 아주 메마른 바람이다. 골수를 빨아들이는 바람이다. 그러나 끝없이 뻗어 있는 하얀 포말의 급류를 타고 미끄러지는 것처럼 바쁜 일상 업무에 빠져 있을 때면 그러한 외로움을 거의 느끼지 못한다. 인터뷰를 하게 되면 밝고 행복한 음성으로 말할 것이다. 과학자의 삶은 끝없는 모험이에요. 끊임없는 발견이지요. 심지어 실패조차도 모험이에요.

그녀는 말할 것이다. 사생활이 없어서 후회되느냐고요? 그녀는 행복하게 웃으면서 말할 것이다. 이게 내 사생활이에요. 나의 활동이고, 나의 일이고, 나의 과학이고, 나의 삶이지요.

그는 자기 나이가 여전히 서른일곱 살이라고 고집스럽게 믿고 있다.

거울에 비친 늙은 남자를 보면서도 그렇게 믿는다. (거울 속의 남자가 어떻게 그가 아닐 수 있겠는가?)

"그걸 어떻게 설명할 건가요, 후프스 씨?"

"'설명하다니'…… 무엇을요?"

"거울에 비친 얼굴이 서른일곱 살 남자의 얼굴이 아니라는 거요. 그렇게 생각하지 않나요?"

이 질문은 마고 샤프가 하는 게 아니다. 마고는 젊은 동료 중 한 명이 기억상실증 환자 E. H.와 인터뷰하는 모습을 지켜보는 중이다. 그녀라면 이 젊은이처럼 직설적으로 묻지 않았겠지만 그렇다고 끼어들지는 않는다. 밀턴 페리스와는 달리 자기보다 아래인 동료와 연구원들을 그 자리에서 바로 (면전에 대고) 비판하지 않는 게 마고 샤프의 원칙이다.

밀턴 페리스는 결국 많은 이들에게 원망을 샀다. 위대한 사람은 바로 그 위대함 때문에 원망의 대상이 된다.

마고 샤프는 자신이 좋은 과학자라고, 어쩌면 아주 좋은 과학자일지도 모른다고 생각한다. 그러나 위대한 과학자라고 생각하지는 않는다. 이는 마음을 비우는 데서 나오는 겸손이다. 그녀는 위대한 사람과 겨루려고 하지 않는다. (앨빈 캐플런의 표현을 빌리자면) E. H.라는 '금광'을 물려받았으니 그녀로서는 엄청난 행운을 얻은 셈이다. 그녀가 유일하게 바라는 것이 있다면 그건 그 위대함이 어떤 식으로든 울타리가 되어 그녀를 감싸주고 보호해주는 것이다.

E. H.가 마지못해 거울을 들여다본다. 주변 사람들이 지켜보는 앞에서 자기 얼굴을 자세히 들여다보는 건 사실 자연스러운 일이 아니다. 거울을 자세히 들여다보더라도 대개는 아주 내밀한 행위처럼 완전히 사적인 공간에서 이루어질 것이다.

마고는 그에게 연민을 느끼며 생각한다. 피할 수만 있다면 그는 자기 얼굴을 보지 않을 거야. 그 얼굴은 더 이상 '그의' 얼굴이 아니니까.

E. H.가 약간 허세를 부리며 젊은 교수에게 말을 건다. "뭐가 문제죠, 닥터? 저건 거울에 비친 나의 '상'이에요. 엄밀히 말해 '나'는 아니지요."

"그럼 당신 얼굴이 낯익은 거로군요. 당신 얼굴을 봐도 놀랍지 않고요."

어정쩡한 말이다. 질문도 아니고, 그렇다고 서술도 아니다. 하지만 마고는 끼어들지 않는다. 아직은 그러지 않는다.

젊은 남자가 말한다. "그럼 거울에 비친 당신 상이 낯익은가요? 당신이 말했듯이 어떤 점에서 '엄밀히 당신'은 아니더라도……."

"거울에 비친 당신 상은 '당신'인가요, 닥터?"

젊은 남자는 허를 찔려 바로 답을 생각해내지 못한다. 그는 얼굴을 약간 찡그리며 마고 샤프를 흘긋 쳐다본다.

"거울에 비친 나의 상은 내 겉모습이 비친 상이에요. 당연히 내가 아니고요."

"그렇다면 나도 같아요." E. H.가 턱을 어루만지면서 웃는다. "지금 우리는 재미있는 대화를 하고 있는 게 아닌교?"(E.H.는 얼핏 시골말처럼 들리는 이상한 말투로 농담하는 습관이 생겼다. 마고는 최근 들어 E. H.가 '아닌가요?'라는 말 대신 '아닌교?'라고 말하는 걸 기록해놓고 있다. 어디서 나온 말인지 의아하게 여기는 중이다.)

잠시 후 E. H.가 얼굴을 찡그린 젊은 남자를 달래려는 듯 말한다. "이곳 거울에 특별한 점이 있나요, 네?"

"거울요? 연구소 거울요?"

"네. '연-구-소'요."

E. H.가 여전히 허세를 부리면서 어깨를 으쓱한다. 마고 샤프의 도움을 바라는 것처럼 곁눈질로 이 여성 관찰자를 흘긋 쳐다본다.

(마고 샤프의 이름을 더 이상 알지 못하고 그녀가 왜 자신을 지켜보는지 정확하게 알지 못하므로 그가 그녀를 잊어버렸다고 할 수 있겠지만, 한편으로 그는 그녀에게 뭔가 위안이 되고 마음이 편해지는 구석이 있다고 기억하는 듯하다.)

"이곳에 '요술' 거울이 있어요. 바다 깊숙이 있는 동굴 같은 곳이지요. 이곳에서는 아무도 실제의 자기가 아니에요. 그래서 그들이 나를 테스트하는 거지요. 날 제대로 속였는지 알아보려고요." E. H.가 경멸이 담긴 쓴웃음을 짓는다. "날 완전히 속였다고 생각하도록 놔둘 때도 있고, 전부 헛소리라고 말해줄 때도 있어요."

"후프스 씨, '그들'이 누구예요?"

“‘그들’은 의사이고 그들이 당신에게도 수술을 했어요.”

“그렇다면 당신 생각에는 내가 어떤 수술을 받은 것 같나요?”

“뇌엽 절제술요. 얼음송곳으로 수술했지요.”

젊은 남자의 깜짝 놀란 얼굴을 보면서 E. H.가 조롱 섞인 웃음을 터뜨린다.

(마고는 매우 흥미롭다고 생각한다. 실제로 1940년대 말과 1950년대 초 미국에서 시행된 초기 뇌엽 절제술 중 일부가 흔한 얼음송곳을 이용해 급하게 대충 이루어졌다는 걸 E. H.는 어떻게 알았을까? 정신외과 수술의 역사에 관한 글을 최근에 읽었다 해도 그는 머릿속에 정보를 저장할 수 없다. 잘 알려지지도 않은 이 사실을 알고 있다면, 분명 병에 걸리기 전 이에 관한 내용을 읽었거나 들어서 알고 있었을 것이다. 그리고 손상되지 않은 뇌 부위로 이 사실을 ‘기억하고’ 있었던 것이다. 하지만 마고는 이유가 궁금하다. 엘리후 후프스는 왜 그런 걸 기억하고 있었을까?)

기억상실증 환자와 ‘거울-자아’, 이는 중대한 테스트다.

기억상실증 환자는 거울에 비친 자기 모습이 보이는데도 이를 보지 않는다. 혹은 거울에 비친 자기 모습이 분명하게 보이지만 ‘그의 모습’이 아니라고 자신과 분리시킨다.

동시대 사람들이 곁에서 늙어가는 동안 엘리후 후프스는 이런 식으로 계속 서른일곱 살에 머물러 있다.

마고 샤프가 그의 곁에서 나이 들어가는 동안에도 그랬다.

E. H.는 머릿속으로 미래를 그려보는 것도 고집스럽게 거부한다.

마고와 함께 일하는 연구원 중 한 명이 달력을 보여주고 일주일, 열 이틀, 한 달 내 특정일에 무엇을 할 가능성이 높은지 예상해보라고 요구하면 E. H.는 확연하게 그와 '거리를 둘' 것이다.

예를 들어 수요일에 E. H.는 연구소에 와서 하루 종일 테스트를 받는 경우가 많다. 그런데 다음 달 첫째 수요일에 (아마도) 무엇을 하게 될 것 같으냐고 물으면 그는 두 눈을 가리면서 달력을 피하는 듯한 모습을 보인다. 그러고는 마지못해 애매하게 말한다. "아마도 해야 할 일을 하겠지요."

"좀 더 구체적으로 말해줄래요, 엘리?"

"내가 뭘 하냐면요……. 뭔가 일이 생기고, 그 일을 할 거예요. 아니면 그 일을 당하게 되거나요."

마고가 공책에 기록한다. 환자가 수동의 의미를 사용한다. 어떤 일을 한다, 라고 하지 않고 당한다고 말한다. 왜일까?

"좀 더 구체적으로 알려줘요, 엘리."

검사자가 재촉하지만 E. H.는 머릿속이 멍하다. 아직 일어나지 않은 일을 어떻게 더 구체적으로 말할 수 있단 말인가?

"아니면…… 오늘 뭘 하고 싶은지 말해줘요."

E. H.는 한 가닥 끈으로 뇌의 미로 사이를 헤치고 가는 것처럼 본능적으로 생각과 투쟁을 벌이는 듯한 인상을 준다.

"나는, 내 생각에는……. 앞으로…… 앞-으로……."

마고는 E. H.가 **앞으로**라는 단어에 걸려 힘들어한다는 걸 알아차린다. 그녀가 신중하게 개입한다. 심리학과 후배인 검사자가 점점 당황하고 혼란스러워하는 게 보인다. 마고는 E. H.에게 오늘부터 3주 동안 그가 별일 없이 일상적이고 익숙한 일을 하게 될 '높은 개연성'에 대해 생각해보라고 한다. (아마도) 그는 몇 번의 식사를 할 것이다. 그리고 수첩에 메모를 하거나 스케치북에 그림을 그리거나 혹은 두 가지를 다 할 것이다. 밤이 되면 졸릴 것이며 늘 자는 시간에 침대로 갈 것이다. "내 생각엔 심야 뉴스가 끝난 뒤인 11시 30분쯤이 될 거 같은데요. 글래드와인 파크사이드 애비뉴에 있는 당신 집에서 말예요."

"그……그래요."

그러나 E. H.는 갈피를 잡지 못하고 머뭇거리는 듯하다. 마고는 이유가 무엇인지 궁금하다.

(뇌 손상을 입지 않은 보통 사람의) 대화에서 사람들은 아무 생각 없이 늘 앞으로의 계획에 대해 말한다. 미래시제는 융통성을 지니고 있고 누구도 거기에 대해 굳이 따지지 않는다. 미래가 어떤 식으로든 현시점에 존재하지 않는데도 그들은 마치 실제 장소에 대해 말하듯 이야기하며 그곳으로 들어가는 데 대한 불안이나 걱정은 느끼지 않는다. '천국'을 눈곱만큼도 믿지 않으면서도 아무 생각 없이 '천국'에 대해 이야기하는 것과 같다. 그러나 기억상실증 환자의 입장에서 미래는 결코 생각할 수 없는, 즉 상상할 수 없는 뭔가와 연결되어 있다.

교착상태에 빠져버린 것 같다. 아무리 질문의 표현을 바꿔봐도 E. H.는 대답하지 못한다. 정상적으로 또박또박 발음하던 남자가 말까지 더듬고 있다. 기억상실증 환자의 손상된 뇌 영역이 '계획'하는 기능도 담당하고 있어서 환자가 미래를 생각하지 못하는 거라고 마고는 짐작한다. 정상인의 경우 미래를 생각할 때 과거 회상이 어느 정도 들어간다. 과거를 떠올릴 수 없다면 미래를 예상하지 못한다. 일상생활의 많은 부분이 주기적으로 반복되기 때문이다. E. H.가 떠올릴 수 있는 과거는 몇십 년이나 지난 일이라 이를 다시 떠올린다 해도 미래를 상상하는 데 자극이 되지는 못하는 것 같다.

두 가지 정신 활동이 같은 뇌 회로를 이용하고, E. H.는 이 부위에 손상을 입은 걸까?

마고가 흥분하기 시작한다! 꿈의 한 가닥을 붙잡아 마침내 꿈을 의식으로 끌어올린 사람처럼 황홀한 기분이다.

물론 이 이론을 연구하는 데는 많은 시간이 필요할 것이다. 기억상실증 환자를 대상으로 몇 달에 걸친 테스트와 꼼꼼한 실험을 해야 할 테고, E. H.만큼 전면적인 기억상실증을 보이지 않는, 통제변인이 될 만한 사람들을 대상으로도 동일한 테스트와 실험을 진행해야 한다. (다행히 치매와 알츠하이머 병동에 가면 연구소에 장기간 머무는 이들 중 부분적 기억상실증을 보이는 사람들이 있다.)

마고 샤프는 자신의 획기적 논문에 「기억상실증에서 보이는 일화 인출과 '미래' 정체성 시뮬레이션」이란 제목을 붙일 것이다. 그녀는 이 논문을 새로운 간행물 중 가장 권위 있는 『신경심리학 및 신경생리학 저널』에 보낼 것이고, 이후 몇십 년 동안 샤프 교수의 논문은 해당 분야에서 가장 자주 인용되는 논문의 하나로 꼽힐 것이다.

이 논문을 보강하여 가장 많은 찬사를 받은 저서 『기억의 생물학』의 핵심 장으로 넣을 것이다.

마고 샤프는 이러한 미래의 성취, 미래의 성공을 언뜻언뜻 본다. 떠다니는 구름 사이로 산 정상이 언뜻언뜻 보이는 것과 같다. 마고 샤프가 너무 먼 곳을 바라보지 않는 한 미래를 향해 도약하는 데에는 별 어려움이 없기 때문이다.

마고는 E. H.의 손을 어루만지며 그를 위로해줄 수 있으면 좋겠다고 생각한다. 현재시제 속에 갇힌 사랑하는 친구가 불안에 휩싸여 있는 게 보이기 때문이다. 그의 목 힘줄이 긴장하고 있다.

사실 미래 동사는 형이상학적인 이상한 표현이다. 어떤 행위를 할 시간이 (아직) 오지 않았는데, 무엇을 할 거라고 어떻게 이해할 수 있겠는가? 이는 실존적인 수수께끼다. 보통 사람은 여기에 대해 깊이 생각하지 않는다. 이런 수수께끼를 깊이 생각한다는 건 스스로 비정상이라고, 즉 노이로제에 걸린 사람이라고 밝히는 것과 다름없고, 분명 프로이트도 그렇게 지적할 것이다.

마고 샤프가 권위 있는, 부드러운 목소리로 알린다.

"아주 좋았어요! 모두들 고마워요. 후프스 씨는 지금껏 우리에게 협조하며 잘 참아주었고 지금은 심한 중압감을 느끼고 있어요."

그러고는 다른 사람이 자원하기 전에, 혹은 교활한 고양이 얼굴을 한 캐러멜색 피부의 간호조무사가 앞으로 나서기 전에 얼른 엘리후 후프스에게 신선한 공기가 필요하다고 알린다. 바람 부는 늦가을날 그를 데리고 밖으로 나가 기분 좋게 산책을 할 것이다. "그가 좋아하는 늪지대로 가서."

"사랑해요."

"나도 당신을 사랑해요."

외로움에서 시작된 작고 강렬한 불꽃이 둘 사이에 타오른다.

그럴 때면 마고는 상대의 **육체가 주는 감각**을 깊이 느낀다. 상대로서 존재하는 남자.

이것은 생각도 과학 이론도 아니다. 이것은 사랑이며 사랑을 나누는 행위다. 육체적 행위가 있거나 아무 일이 없거나 둘 중 하나다.

마고는 엘리후 후프스의 얼굴에서 어떠한 가식도 없는 날것의 굶주림을 본다. 팽팽하지도 않고 젊지도 않지만 **그의 얼굴이다.**

마고가 이 굶주림을 어떻게 거부할 수 있겠는가? 불가능하다.

이건 잘못된 일이야. 당연히 그렇지. 윤리를 어기는 거야.

고전적 규범으로 볼 때 이건 '학문적 위법행위'야.

학계의 폭로와 불명예를 감수해야 하는 위험이 따를 거라고 마고는 생각한다. 엘리로 인해 이런 위험을 감수해야 할지도 모른다.

아찔한 현기증이 일 만큼 둘 사이에 흥분이 빠르게 고조된다. 공원 안쪽, 가장 우거진 숲으로 들어서자 두 사람은 말을 잊는다. 마고는 자신의 목에 얼굴을 묻으며 파고드는 남자를 와락 끌어안는다. 두 사람은 반라의 몸이 되었다. 순식간에 돌이킬 수 없이 벌어진 일이다. 행위가 가져다주는 육체적 감각이 매번 그녀에게 새로운 충격을 안긴다. 그녀는 약간의 통증, 즉 육체적 불편과 고통을 느낄 것이다. 남자가 아주 거대하고, **매우 강한 힘으로 밀어붙이기 때문이다.**

몸이 잔인하게 쪼개지는 듯한 느낌이다. 그럼에도 남자의 포옹과 불안한 입맞춤에는 다정한 마음이 담겨 있다. 마고가 갈구하는 것이 바로 이런 다정한 마음이다. 이런 다정한 마음이 그녀의 영혼을 살찌우는 양분이다. 그녀는 일상적 삶에서는 이를 잊고 지내려 애쓴다.

몸이 쪼개지는 듯한 느낌이 가시고 그로부터 어떤 온전한 느낌이 살아난다. 행복감이다. 순식간에 지나간 광란의 성관계 속에서 그녀가 한 남자에게 강렬한 기쁨을 선사했다. 그리하여 이제 그는 혼자가 아니고 그녀 역시 혼자 아니라는 걸 깨닫는다.

평소의 그녀로 돌아와 이성을 되찾았을 때 뜻밖의 생각 하나가 문득 그녀를 사로잡는다. 그의 아이를 가지게 될까? 이렇게 해서 그런 일이 이루어지는 걸까?

아직 채 가시지 않은 사랑의 감각 속에서 그녀는 아이처럼 갈피를 잡지 못한다. 이 순간 그녀는 과학자라고 할 수 없으며 생각도 또렷하지 않다. 감정들이 따뜻한 물결처럼 그녀에게로 밀려온다.

마고는 땀에 젖은 채 바싹 붙어 있는 남자를 끌어안는다. 남자도 그녀를 끌어안고 있지만 그녀의 포옹이 훨씬 격렬하다. 그녀는 이런 자신이 놀랍기만 하다. 자신이 육체관계를 좋아하는 사람이라고 생각해본 적 없었고 관능적인 사람이라고는 더더욱 생각해본 적 없었다.

이렇게 새로운 사람이 된 거야. 하지만 지금 여기, 이 순간에만.

오로지 엘리와 함께 있을 때에만.

두 사람의 가쁜 호흡이 서서히 가라앉는다. 차츰 외부 세계의 소리가 들려오기 시작한다.

하늘 높이 지나가는 비행기 소리. 귀에 거슬리게 끽끽거리는 사슬톱 소리.

"엘리! 사랑해요……."

"……내 사랑, 당신을 사랑해요."

그는 틀림없이 그녀의 이름을 잊어버렸다. 뒤로 물러나 그녀를 바라볼 때쯤이면 분명 그녀의 얼굴마저 잊었으리라.

두 사람이 과거에 사랑을 나눈 적 있다는 걸 그가 기억하는지 마고는 궁금하다. 과거의 사랑이 이번과 완전히 똑같지는 않았어도 그래도 같은 사랑이었다. 그의 몸속에서 무엇을 떠올릴지 궁금하다.

하지만 두 사람은 함께했고 친밀했다. 그녀는 영원히 이를 잊지 않을 것이다.

그의 씨가 내 몸 안에 있어. 이 사실은 절대 바뀌지 않아.

마고는 옷매무새를 가다듬고 머리를 빗는다. 바스러진 나뭇잎과 너무도 분명한 증거가 될 잔가지들을 머리카락에서 꼼꼼하게 떼어낸다. 이런 때 다른 남자를 생각하는 것은 잘못이라고, 저급하고 상스럽고 혐오스러운 일이라고 생각하면서도 그녀는 과거 밀턴 페리스와 이 남자만큼 친밀한 적이 없었다는 사실을 어쩔 수 없이 떠올리며 어떤 만족감, 비난이 섞인 만족감 같은 것을 느낀다.

마고는 오래전 밀턴 페리스를 지독하게 사랑했다는 사실을 차츰 잊어가고 있다. 얼마나 오래되었을까? 15년, 20년쯤 되었나? 이제 그 일은 생각하지 않을 것이다. 지금 이 순간 잃어버린 사랑을 떠올리는 것은 어리석은 짓이다. 그녀는 이 남자의 이름을 부르거나 남자를 쳐다볼 필요조차 없을 만큼 아주 가까이 있다. 상대의 심장박동 소리가 너무도 가까이서 들린다! 그녀의 두 눈에 아주 진한 행복의 눈물이 차오른다.

엘리후 후프스로 인해서 내 인생이 망가진다고 해도 좋아. 그건 어쩔 수 없는 일이지.

그의 아이를 갖게 되면 그것으로 충분해.

E. H.가 진심으로 묻는다. "당신이 내 아내인가요? 날 집으로 데려가려고 왔나요?"

답을 미리 알면서 묻는 것처럼 E. H.의 목소리에 아쉬움이 담겨 있는 걸 마고는 느낀다.

마고는 머뭇거리다가 그렇다고 말한다.

그날 글래드와인에 있는 집까지 차로 그를 데려다줄 테지만 아직은 그의 집에 함께 머물지 않을 거라고 말한다.

왜요? E. H.가 묻는다. 내 아내라면서요.

그의 목소리가 심술과 놀라움으로 높아진다.

두 사람은 이제 나뭇조각이 깔린 널찍한 길로 돌아가야 한다. 사람들 발길이 잦은 이 길에 있다가는 남의 눈에 띌 우려가 있다. 그럴 가능성이 높다. E. H.는 이런 사실을 알지 못하고 전혀 의식하지 않는다. 그러나 마고는 예민하게 신경을 쓰면서 확실히 느낄 정도로 그에게서 멀리 떨어진다.

E. H.가 그녀의 팔꿈치를 잡는다. 다시 양어깨를 붙잡더니 그녀의 몸이 자신을 향하도록 돌려세운다. "내 아내라면서 왜 나와 함께 내 집에서 지내지 않는 건가요?"

마고가 말한다. "난…… 당신과 함께 집으로 가게 될 거예요, 엘리. 머지않아서요. 약속해요."

"'머지않아서'라고요? 그게 무슨 뜻이에요?"

"조금 더 있다가 갈 거예요. 언제인지는 확실치 않지만요."

"몇 주 뒤요? 아니면 몇 달 뒤? 몇 년 뒤?"

"몇 주 뒤요. 몇 달 뒤가 될 수도 있고요."

E. H.는 상처받고 화를 낸다. 두 사람은 지금 연못을 돌아 나뭇조각이 깔린 길을 걷고 있다. E. H.가 몇 번인가 마고의 팔꿈치를 붙잡지

만, 마고는 매몰차게까지는 아니라도 단호하게 그의 손길을 뿌리쳐야
한다.

E. H.의 흥분된 목소리에 마고가 놀란다.

"엘리, 제발! 후프스 씨! 낯선 사람이 우리 이야기를 엿듣는 건 싫잖
아요."

"그럼 우리가 왜 여기 온 거죠? 나는 왜 여기 있는 거죠? 집에 가고
싶어요. 내가 운전할 수 있으니 우리 집으로 가요."

"네, 좋아요. 내가 운전할 수 있어요, 엘리. 내가 운전해도 돼요. 오
늘 당신을 차로 데려다주려고 준비를 해두었어요. 아마 기억하지 못
하겠지만 오늘 아침 멋진 젊은 운전사가 당신을 이곳으로 데려왔어
요. 의대 진학을 희망하는 도미니크회 수사지요. 이제 내가 당신을 고
모 집까지 차로 데려다줄 거예요."

"우리는 리튼하우스광장에 살아요. 다른 데서는 살고 싶지 않아요."

"엘리, 일시적으로 루신다 고모님과 함께 사는 거예요. 여건이 될
때까지만요."

"'일시적'이라니 무슨 뜻이에요? 내가 왜 그렇게 나이 든 사람과 함
께 살아야 하죠? 난 당신과 함께 살고 싶어요. 내 아내와 함께 살 권리
가 있다고요."

"하지만 우린 아직 결혼하지 않았어요, 엘리. 머지않아 새해가 되면
필라델피아 유니테리언교회에서 결혼할 거예요……."

엘리후 후프스가 미심쩍다는 듯 얼굴을 찡그린다. "'필라델피아 유
니테리언교회'는 오래전 일이었지요. 지금은 그 사람들을 몰라요. 당
신을 믿을 수 없어요. 난 당신 이름도 몰라요, 닥터."

엘리후 후프스의 얼굴이 분노와 슬픔으로 일그러진다. 눈에는 눈물이 가득하다. 마고는 두려움으로 오싹해진다. 그나마 위안이 되는 건 연못가에서 점심을 먹던 병원 직원 두 명이 두 사람을 알아차리지 못했다는 사실이다. 아무튼 엘리후 후프스나 마고 샤프를 알 만한 직원도 아닌 듯했다.

마고가 불안해하는 남자의 손을 잡고서 마치 흥분한 동물을 다독이듯 어루만지며 위로하고 진정시켜보려 한다.

그녀는 속이 메슥거리고 가슴이 철렁 내려앉는 전율을 느낀다. 엘리후 후프스가 억지로 손을 빼내 주먹으로 그녀를 때릴 것이다.

마고가 걱정 섞인, 다정하고 친밀한 목소리로 나지막이 그를 안심시킨다. "당신은 내 이름 '마고'를 알아요. 난 당신 삶으로 들어가 당신을 사랑하고 돌봐주게 되었어요. 당신도 알잖아요. 기억에 뭔가 문제가 있다는 거요. 신경외과 수술을 받은 적 있어요?"

"내가요?"

"당신은 치명적인 병원균에 감염된 적이 있어요. 뇌염으로 뇌가 부어올랐고 올버니에서 응급수술을 받아야 했지요."

"정말요? 그렇다면 많은 게 설명되는군요. 언제 그 일이 있었나요, 닥터?"

"1964년 늦여름에요."

E. H.가 손가락으로 셈해본다. (마고는 그가 무엇을 세는지 알지 못한다.) "그게…… 지난해였나요?"

"아니요. 좀 오래되었어요."

이렇게 위태로운 순간이면 늘 그렇듯이 E. H.는 아무 말이 없다. 기억상실증 환자는 정신의 시간 여행을 하지 못한다. E. H.의 심정을 비유하자면, 밖으로 나가려고 문을 열었다가 그 문이 벽돌로 막혀 있는 걸 깨닫게 된 사람의 심정일 거라고 마고는 상상한다. 이는 정신은 물론 마음 깊은 곳의 본능마저 뒤흔드는 충격일 것이다.

마고가 부드러운 말로 그를 격려한다. "잠깐만 생각해보면요, 엘리, 병에 걸렸던 기억이 떠오를 거예요. 감염으로 고열이 났지요. 가장 심했을 때는 39.5도까지 올라갔었어요. 호수에서 병을 앓던 그 기간 동안 당신이 직접 체온을 재고 기록해놓았어요."

정말일까? 마고는 기억나지 않는다.

어떤 점에서는 사실이라고 마고는 생각한다. 그렇게 확신한다.

E. H.가 생각해보려고 애쓴다. 시선을 한곳에 고정한 채 미간에 주름이 잡히도록 얼굴을 찡그린다. 정말 신기한 일이다. 마고는 남자의 **생각**을 고스란히 느낄 수 있다.

손상된 뇌를 다시 연결하고 채우려는 노력이다. 마고의 가슴은 뭉클해지고 연민과 동정, 무의미한 희망으로 가득 찬다. 그러나 뇌 회로는 끊겼고 뉴런은 제대로 '발화'하지 못한다. 하반신마비 환자가 다시 걸어보려고 애쓰는 것과 다를 바 없다. 걸었던 기억, 걸으려는 의지만으로 되는 일이 아니다.

가엾은 엘리! 마고는 그를 다시 안아주고 싶은 마음이 간절하지만 공공장소라 엄두를 내지 못한다.

E. H.가 머뭇거리며 말한다. "내 기억에 무슨 문제가 있는 것 같아요. 예전에 알던 것도 기억하지 못해요. 내 생각에는 그게 문제인 것 같아요." 하지만 확신은 없는 듯하고 그녀가 자기 말을 반박해주기를

바라는 것 같다.

"문제가 생긴 지 얼마나 된 것 같아요, 엘리?"

"내 생각에는 아마도 6개월쯤?" E. H.가 불확실한 대답을 내놓고는 마고를 자세히 살핀다. 그녀의 얼굴에서 뭔가를 예민하게 포착해낸 모양이다. 그러더니 얼른 바로잡는다. "아마 18개월은 더 되었을 거예요. 그 정도로 오래된 것 같아요, 닥터. 당신도 그렇게 생각해요?"

마고는 자신이 의사가 아니라 신경심리학자라고 설명한다. 이 시간 이후 옆에 함께 있어주겠노라고 E. H.를 안심시킨다.

"사랑하는 엘리, 제발 날 믿어요. 난 결코 당신을 버리지 않을 거예요."

E. H.가 들어야 하는 말은 이것이 전부다. 그녀의 말이 액면 그대로 사실은 아닐지라도 보다 깊은 의미에서는 진실이라고 그녀는 느낀다. 내 마음속에서 결코 당신을 버리지 않을 거예요.

E. H.는 미심쩍은 마음을 완전히 떨쳐버린 건 아니더라도 얼마간 진정된 듯 보인다. 눈앞에 연구소가 보이고, 지금 걷고 있는 길이 연구소 입구로 이어지는 게 보이는데도 별로 놀라지 않는다.

연구소 안으로 들어설 때 E. H.는 언제나 그렇듯이 마고 샤프가 먼저 회전문으로 들어갈 수 있도록 옆으로 비켜선다. 그는 신사이며 정중하다. 공원을 벗어나 기다란 유리창이 빛을 발하고 있는, 높다란 건물로 향하는 사이 E. H.의 얼굴은 무표정하게 바뀌고 태도 역시 어딘가 빈정대는 듯한 분위기를 풍기며 경직된다.

그의 차림새는 흐트러진 구석이 없고 머리(이제는 숱이 적고 약간 푸석한 은발이 되었다)도 헝클어지지 않았다. 그의 안에, 그의 몸속에 에로틱한 기억이 조금이라도 남아 있을까, 마고는 궁금하다. (여자라면 분명

'에로틱한' 기억이 남아 있지, 하고 마고는 생각한다.) 그러나 E. H.도 그럴지는 분명하지 않다. 그는 뒤도 돌아보지 않고 공원을 등진 채 안으로 들어갈 것이며 만일 당신이 그를 본다면 어디로 가고 있는지 정확하게 아는 사람이라고 여길 것이다. 그는 당당해 보이고, 같은 연배에 비해 자세가 꼿꼿하다.

마고 샤프를 비롯한 다른 몇몇 사람(낯선 이)과 함께 엘리베이터에 탄 그가 주머니에서 작은 수첩을 꺼내 뭔가를 열심히 적는다. 4층에서 엘리베이터 문이 열리자 E. H.는 바로 내릴 준비를 한다. 그러나 (마고가 알기로는) 몇 층에 가는지 아느냐고 물으면 그는 아무것도 알지 못할 것이다.

E. H.는 엘리베이터에 탄 어느 여자에게든 장난기가 약간 섞인 다정하고 정중한 태도로 먼저 내리라고 양보한다. 그럴 때면 마고는 그가 나이 든 남자 친척의 행동을 따라 하는 건지, 아니면 자신이 격식을 갖출 때의 모습을 떠올리는 건지 의문을 품곤 했다.

실험실에 들어서서 마고 샤프가 미소를 지으며 후배 연구원들에게 그를 인계하는 동안 E. H.는 순순히 응한다. 그들은 기억상실증 환자에게 나타나는 정보를 부호화하고 저장하고 검색하는 과정까지 포함하여 복잡한 일련의 테스트를 실시하기 위한 준비를 마친 상태였다. E. H.는 '낯선 이들'과의 만남을 기뻐하는 듯한 태도로 그들과 악수한다.

"의대생들인가요? '인턴'인가요?"

마고는 곁에서 관찰한다. 70초가 지나면 엘리후 후프스는 테스트에 집중하느라 그녀를 잊을 것이다. 엘리후 후프스에게는 테스트를 잘 받아서, 상냥하게 그를 대하는 이 낯선 젊은이들로부터 칭찬과 애정을 얻는 것이 급선무다.

마고는 장차 발표할, 서로 연관된 두 편의 논문을 위해 기록하고 있다. 「기억상실증 환자 E. H.에게 나타나는 기억 결함과 기시감 현상」과 「심각한 역행성 기억상실증과 부분적 순행성 기억상실증에서 나타나는 잘못된 기억과 기시감 현상」이라는 제목의 논문이다.

임신했을까? 그렇다면 그의 아이를 낳을 것이다.

8

마고 샤프는 엘리후 후프스의 기록 보관인이 될 것이다. 반드시 그러리라 결심한다.

마고 샤프는 E. H.가 죽기를 바라지 않는다. 그를 사랑하므로 당연한 얘기다. 그럼에도 그녀는 언젠가 E. H.가 죽을 것이고, 자신은 그보다 오래 살 거라는 사실을 냉정하게 고려한다. 그녀가 더 젊으므로 이 또한 당연한 일이다.

E. H.가 죽은 뒤 기억상실증 환자의 유품에서는 똑같은 크기의 작은 수첩 수백 권이 발견될 것이다. 마찬가지로 수백 권의 스케치북도 발견될 것이다.

(E. H.는 죽는 순간에도 고모와 함께 살고 있을까, 아니면 다른 곳에서 살고 있을까? 루신다 매티슨은 앞으로도 장애를 가진 조카를 돌봐야 하리라고 마고는 생각한다. 이 사실을 조만간 그녀에게 이야기할 것이다.)

언젠가 마고 샤프는 조수들과 함께 『E. H.'의 수첩』과 『E. H.'의 스케치북』을 편집하여 펜실베이니아대학 출판사에서 여러 권의 책으로 출판할 것이다.

방대한 'E. H. 프로젝트 자료'에는 기억상실증 환자의 인터뷰가 담긴 오디오와 비디오뿐만 아니라, 그에게 실시한 수많은 테스트 관련 오디오 및 비디오 기록들도 포함될 것이다. 1965년 이후 수천 가지 테스트가 실시되었다! CD와 DVD도 엄청나게 많다. 연구자들은 엘리후 후프스의 특이한 (사후의) 뇌를 MRI로 열 시간 동안 촬영할 것이다. 그의 뇌를 가로로 얇게 자르고, 2000개에 달하는 조각들을 냉동시킨 뒤 젤라틴 속에 넣어 보관할 것이며, 이 조각들을 마침내 디지털 자료로 정리하여 종합한 뒤 삼차원 영상으로 만들어 향후 연구에 활용할 것이다. 페트리접시에서 엄청나게 많은 세균이 생겨나듯 이 보물 같은 수집물에서는 엄청나게 많은 신경심리학 박사와 신경과학 박사가 태어날 것이다! 밀턴 페리스가 이렇게 예언한 바 있다. 그의 뇌는 과학 역사상 가장 많이 연구된 기억상실증 환자의 뇌가 될 것이고, 그 뇌는 바로 우리 손에 있어!

영광스런 일이에요! 샤프 교수는 확실한 소식이라고 들었다.

그 소식은 학과장을 통해 전해졌다. 미국국립과학재단이 그녀에게 권위 있는 큰 상을 수여할 거라는 소식이다. 너무 **빨라**! 그녀가 생각한다. 놀라서 허둥대지 않으려고 애쓰는 중이다.

밀턴 페리스도 그 상을 받았었다는 사실이 머리를 스치지만, 그가 상을 받은 건 쉰 살이 넘어서였다. 마고 샤프가 받기에는 아직 너무 이르다.

"마고? 무슨 문제라도 있어요? 알다시피 아주 좋은 소식이에요. 당신에게도, 우리 학과에도, 대학에도, 연구소에도, 그리고 'E. H. 프로젝트'에도요."

하지만 너무 빨라서 밀턴이 날 괘씸하게 여길 거야. 그녀는 가벼운 현기증을 느낀다.

나중에 마고는 재단의 이사 중 한 명이었던 밀턴 페리스가 그녀에게 상을 주도록 개입했을지도 모른다고 생각하게 된다.

그들은 밀턴 페리스가 내 연인이었다는 걸 알게 될 거야. 밀턴 페리스가 날 버렸다고, 그가 잘못을 인정하는 의미에서 내게 상을 주려는 거라고 여기게 될 거야.

마고는 머뭇거리며 설명하려고 한다. 당연히 아주 좋은 소식이지만 보다 많은 과학자와 유사 과학자가 E. H.를 연구하고자 관심을 보이면서 좋지 않은 영향을 미치게 될 거라고. 그리하여 연구소에 갖가지 제안이 쇄도할 것이고 이 모든 제안을 마고 샤프에게 넘겨 살펴보게 할 거라고 설명한다.

"E. H.를 보호해야 해요. 그의 신분이 알려지게 놔둘 수 없어요. 그가 일종의 괴짜처럼 취급받도록 둬서도 안 되고요. 1년에 수백 개씩 내 앞으로 오는 거의 모든 제안을 거절할 수밖에 없어요."

마고는 말을 더듬거리고 있었다. 애초 무슨 말을 하려고 했는지도 알 수 없게 되었다.

대학 동료들은 마고의 반응에 놀라면서 웃는다. 그러나 애정이 담긴 다정한 웃음이다. 마고가 정말 이상해지고 있다. 아직 쉰 살도 안 되었는데!

다른 과학자라면 기뻐했을 텐데 그녀는 충격과 두려움을 느끼는 것처럼 보인다. 그녀의 연구가 중요한 의미를 지닌다고 공식적으로 인정받은 것인데도 그녀는 위협으로 받아들이는 듯하다.

마고 샤프는 연구할 때 가장 행복하기 때문이다. 훌륭하고 열정적이며 신뢰할 수 있고 책임감 있는 대학 교수지만 동료나 학생과의 관계가 집중력을 얼마간 흐트러뜨리기도 한다. 그녀의 진정한 삶은 실험실 혹은 연구실에서 기억상실증 환자 E. H.를 테스트할 때다.

그녀는 E. H.에게 평생을 걸었다. 그 일이 유일한 경력이다.

사실과 데이터를 확보하고, 결과를 종합했다.

이론을 구성하고, 새로운 테스트를 설계했다.

"물론 매우 감사하게 생각해요. 너무 영광스럽지요."

오랫동안 이어지는 축하 인사. 오랫동안 이어지는 칭찬과 아부.

악수. 그러나 그녀의 유일한 행복인 E. H.와의 악수는 없다.

이 상을 꼭 받아야 한다고 (지금은 학장이) 그녀에게 말하고 있다. 그녀가 직접 나가서 수상해야 한다고, 그 자리에 후배를 대신 보내서도 안 된다고 한다!

그녀가 생각한다. 내게 '몸'이 없다면 어떨까? 그러면 어떻게 해야 할까?

다른 이들이 이야기할 때, 심지어 그녀의 분야인 신경심리학에 대해서 말하거나 '마고 샤프'를 특정해서 이야기할 때도 언제부터인가 집중하기가 힘들고 거슬린다고 종종 느끼게 되었다. 다른 사람들이 하는 이야기를 따라가기가 힘들다고 느끼기도 한다.

그녀는 다른 이들의 피부 속 두개골 안에 들어 있는 뇌에 자꾸 신경이 쓰인다. 뇌주사腦走査 사진으로 보는 것처럼 뇌의 작용을 거의 관찰할 수 있을 것 같다.

생각과 말로 활기를 띠는 뇌는 안에서부터 환하게 빛난다. 전기 충격과도 같은 뉴런의 신속한 불수의적 발화가 일어난다. 무슨 목적을 위한 것일까?

그러한 빛의 아름다움이 있을 뿐 다른 어떤 목적도 없다.

그녀는 몇 배로 확대한 뇌세포 사진을 찍었다. 가장 아름다운 빛깔과 모양과 질감을 지녔다. 언젠가 그녀는 아주 얇게 잘라놓은 엘리후후프스의 뇌를 자세히 조사하게 될 것이다.

아, 내 사랑. 당신 없이 살아가는 삶을 견딜 수 없어요.

그녀는 견딜 것이다. 그가 없는 세상을 살아갈 것이다. 낮이나 밤이나 항상 E. H.가 곁에 없을 때에도 그녀는 그가 없는 세상을 살아가야 한다.

그와 함께 있을 때 둘 사이를 연결하는 끈을 어떻게 계속 이어가는지 생각한다.

다른 연인에게서는 도저히 있을 수 없는 일이지만 E. H.와의 관계는 언제나 원점으로 돌아간다. 두 사람은 항상 처음 만나는 사이가 된다.

"……우리 모두를 생각하면 너무 행복해요. 하지만 수상식 시기가 안 좋아요. 해야 할 일이 너무 많은 때거든요. 기능적 자기공명영상촬영을 위해서 E. H.를 대학 병원에 데려가야 하고……."

그녀의 음성은 이상하게 힘이 없고 콧소리가 난다. 중부 미시간을 아주 멀리, 아주 오래전에 떠나왔는데 어떻게 이런 일이 가능한가!

엘리, 당신이 여기 있었으면 좋겠어요. 함께 있을 수 있으면 좋겠어요.

내 손을 잡아주는 당신의 손길이 그리워요. 당신의 사랑이 그리워요.

그녀는 연구 이외의 다른 일에 시간을 낼 수 없는데도, 또 수차례 항의했는데도 결국 지금 인터뷰를 하고 있다. 연구소장이 『필라델피아인콰이어러』와의 이번 인터뷰를 고집했다고 얘기를 들었다.

인터뷰 기자가 스스로 과학 저자라고 밝히면 마고 샤프의 마음이 누그러지기라도 할 줄 아는 모양이다.

바보 같은 미소인지 히죽거리는 헛웃음인지 알 수 없는 웃음과 함께 날아온 질문. "샤프 교수님, 과학자로서 우리에게 '영혼'이 있다고 믿으십니까?"

논쟁을 유도하려는 질문이다. (여성) 기자는 미소를 짓고 있지만 호의적인 미소는 아니다.

그래서 샤프 교수는 신중하게 대답한다. "'영혼'은 본질적으로 신학적 개념이지 과학적 개념이 아닙니다. 그래서 이 질문에는 대답할 수 없습니다." 존중의 의미로 조심스럽게 미소를 지어 보인다.

"다른 표현으로 질문드린다면……."

"글쎄요, 질문을 잘 이해하지 못하겠어요. 과학자인 제가 우리에게 '영혼'이 있다고 믿는지를 물어보시는 건지, 아니면 공교롭게도 제가 과학자이긴 하지만 우리에게 '영혼'이 있다고 믿는지를 물어보시는 건지요."

인터뷰 기자는 샤프 교수의 의도가 재치 있게 답하려는 것이지, 결코 상대의 기를 죽이려는 게 아니라고 생각하는 듯 웃는다.

"어느 쪽으로든 대답하셔도 돼요. 부탁드려요. 분명 독자들이 흥미를 가질 겁니다."

"과학자로서 저는 우리를 '우리'라고 할 수 있다고 믿지 않아요."

“잠깐만요, 샤프 교수님. 무슨 의미로 하신 말씀인가요?”

“무슨 의미라니요? 정확히 그 말 그대로입니다.”

“우리를…… ‘우리’라고 할 수 없다고 하셨나요?”

“우리는 저마다 뚜렷하게 규정할 수 있는 불변의 정체성을 갖고 있어요. 말할 때는 ‘우리’가 존재한다고 하지만요.”

“하지만 우리가 우리가 아니라면 누구죠?”

“우리가 누구냐고요? 어떤 존재냐고 물어야 하지 않을까요.”

“우리는 어떤 존재인가요?”

“그게 맞는 질문입니다. 과학은 이제 겨우 그런 연구를 시작한 단계입니다. 신경과학은 그런 연구로 들어가는 입구고요. 하지만 단지 입구에 지나지 않아요.”

인터뷰 기자가 당혹감을 드러내며 어색해한다. 샤프 교수가 아주 공손하게, 진심을 담아 다정하게 말했기에 망정이지, 그렇지 않았다면 기자는 모욕을 당한 셈이다.

“엘리? 후프스 씨? 무슨…… 문제가 있나요?”

그녀는 오른손 셋째 손가락에 켈트 문양 반지를 꼈다. E. H.가 반지를 보지 않을 것이며 설령 보더라도 알아보지는 못할 거라고 생각한다. 대학이나 연구소에서 반지를 끼고 있을 때 그녀는 기쁨을 느낀다.

“엘리, 지금 테스트를 하고 싶지 않은 거라면 기다릴 수 있어요. 이따가 할까요? 여기 창가에 앉아서 수첩에 글을 쓸래요? 그림을 그릴래요? 어떻게 하고 싶어요, 엘리?”

오늘 아침 엘리는 그녀에게 관심이 없는 듯 보인다. 그녀를 ‘알아보는' 것 같지 않다.

그녀를 향한 감정, 그녀를 향한 성적 관심이 사라진 것 같다. 어떻게 그게 가능할까?

그는 이제 더 이상 젊은 남자가 아니다. 그는 '나이가 들었다'. 나이든 신사가 되었고 의료진은 그를 그렇게 부르고 있다.

마고는 걱정된다. 겁이 난다. 놀라우리만큼 협조적이던 기억상실증 환자가 어느 날 갑자기 협조를 거부할 수도 있으리라고는 한 번도 생각해본 적 없었다. 20년이 넘도록 한 번도 그런 생각을 한 적 없었다(그런 생각을 했더라도 그녀는 잊었다). 밀턴 페리스도 이런 일이 일어날 가능성에 대해서는 결코 생각해본 적 없으리라고 그녀는 확신한다.

그녀를 바라보는 그의 시선에는 아무 감정도 담겨 있지 않다. 정중하지만 냉담하다.

그는 그녀를 알지 못한다. 전에 한 번도 본 적 없다.

손가락에 반지가 없는데도 그가 무의식적으로 왼손 셋째 손가락의 (보이지 않는) 반지를 돌린다.

"고마워요, 닥터."

닥터. 왜 그녀를 그렇게 부를까! 그녀는 흰 가운도 입지 않았고 청진기도 갖고 있지 않다. 지금쯤이면 그를 연구하는 심리학자와 연구소 의료진의 차이를 알텐데…….

그러나 당연히 엘리후 후프스는 이를 알지 못한다.

마고는 어찌할지 결정을 내리지 못한다. 그냥 한 시간 또는 몇 분 동안 기다리면서 어떻게 전개될지 지켜볼 수도 있다. 분명 그녀가 포기하고 집에 가는 일은 없을 것이다.

그녀는 이번 주에 일련의 복잡한 테스트를 실시할 계획이었고 사흘 연달아 E. H.를 볼 예정이었다. 젊은 연구원 몇 명과 대학 부교수인 동료 한 명과 함께 일하고 있고, 고전적인 조건 형성을 기반으로 새로운 테스트를 이들과 함께 설계했다. '지연 조건 형성'과 '흔적 조건 형성' 테스트다. 기억의 미묘한 변화를 측정하기 위한 것이므로 수차례 반복하고 거듭해야 하는 복잡한 테스트다. 기억상실증 환자가 온전히 협력하지 않거나 기분 때문에 마음이 딴 데 가 있다면 소용없을 것이다.

(엘리후 후프스는 기분 때문에 마음이 딴 데 가 있는 걸까? 마고는 그의 이런 행동이 무슨 의미일지 궁금하다.)

간호조무사 한 명이 환한 미소를 띠고 E. H. 쪽으로 다가온다. 마고는 그 모습을 관찰하고, E. H.의 반응도 지켜본다. 간호조무사를 본 그의 얼굴에 불꽃이 타오르는 것처럼 환한 빛이 떠오른다.

"후프스 씨, 잠깐 산책하고 싶으세요? 좋아하시는 곳으로 나갈까요? 제가 모셔다드릴게요, 후프스 씨."

캐러멜색 피부를 가진 여자. 이국적이고 아름답고 무척 젊다. 윤기가 도는 검은 머리를 여러 가닥으로 땋았다.

이를 본 마고 샤프는 고통스럽게 고개를 돌린다. 손가락에 낀 켈트 문양 반지를 돌린다.

여러 가지 테스트. 눈과 손의 협응. 반사작용의 민첩성.

E. H.는 과거 오랜 기간 운동을 많이 했기 때문에 이 테스트에서 좋은 점수를 얻는다. 그러나 과거의 기술과 얼마간 충돌되는 새로운 기술을 가르쳐주면, 그 기술이 원래의 기술보다 '간단'하다 해도 익히는

데 어려움을 겪을 것이다.

마고는 반복적인 테스트 사이의 간격을 놓고 실험하는 중이다. 서너 시간의 간격을 둘 때 운동학습 경험이 기억상실증 환자의 비서술 기억 속에 응고화되는 것 같다는 사실을 발견해나가고 있다. 간격이 이보다 짧으면 기억이 완전하게 응고화되지 않고, 간격이 너무 길면 기억이 소실된다.

첫 기술을 배운 지 몇 시간도 지나지 않아 E. H.에게 새로운 운동 기술을 배우라고 요구하는 경우, E. H.의 기술 '숙련'에 방해가 된다는 건 놀라운 일이 아니다. 두 번째 기술을 간직할지는 몰라도 첫 번째 기술은 잊어버리기 때문이다.

그러나 기억상실증 환자에게 첫 번째 기술을 반복해서 가르치면 훨씬 쉽게 습득할 수 있다. 환자가 의식상으로는 첫 가르침을 전혀 기억 못 할지라도 눈과 손의 협응이 갑작스레 향상되고, 과정을 편안하게 수행하는 모습을 보임으로써 실은 그가 '기억'하는 게 아닌가 하는 시사점을 던진다.

마고 샤프와 그녀의 동료들은 8개월 전 E. H.가 했던 '첫 단서 점화' 실험으로 돌아가서 다시 한번 실험을 한다. 그리고 8개월의 간격을 두었다가 또 한 번 한다. E. H.에게 어떤 단어의 처음 몇 글자만 단서로 던져주고 단어를 떠올려보라고 할 때, '기억'하라고 요구하는 대신 그저 머릿속에 맨 처음 떠오르는 단어를 말해보라고—"그냥 말해요, 엘리! 생각하지 말고요"라고—하면 사실상 그가 보통 사람과 별반 다를 바 없이 잘해낼 수 있다는 걸 발견하고 그들은 흐뭇해한다.

이런 식의 첫 단서 테스트를 해본 적 있느냐고, 혹은 도형의 일부만 그린 일련의 그림들을 보고 무슨 도형인지 알아내는 테스트를 한 적 있느냐고 물으면 E. H.에게서는 늘 한결같은 대답이 돌아온다. "아니요! 난 한 적 없어요."

그렇지만 E. H.에게 연필을 주면 팔각형, 가지가 많은 나무, 다이아몬드, 4등분한 오렌지, 첨탑이 있는 교회의 윤곽선을 완성해낸다. 테스트가 진행될수록 점점 알아보기 힘든 도형을 제시하지만 그럼에도 몽유병 환자가 눈을 뜬 채 천천히 길을 잘 찾아가듯 기억상실증 환자는 도형의 대부분을 완성해낸다. 마침내 전체 윤곽의 10분의 1 정도만 제시하여 보통 사람의 눈에도 별개의 끊어진 선 몇 개로만 보이는 상태가 되어도 기억상실증 환자는 연필로 그림을 완성해낸다.

E. H.는 자신의 손가락 끝에서 도형이 모양을 갖춰가는 걸 보고 놀란다. "이봐요! 이게—이름이 뭐더라?—'장사방형'이네요."

마고가 그를 놀린다. "전에 이 테스트를 해본 적 없다고요, 엘리? 그런데 너무 잘하고 있잖아요. 이걸 어떻게 설명할 건가요?"

"당신이 설명해야죠."

다른 환자들은 E. H.만큼 그림을 완성하지 못했다고 말해주자 그가 더욱 우쭐해한다.

E. H.는 비밀스러운 지식을 알고 있어 몹시 기쁘다는 듯이 미소 짓는다. 물론 어떻게 이런 걸 해낼 수 있는지 알지요. 과거에 여러 번 숙달했거든요, 라고 생각하는 것처럼.

마고는 E. H.가 그런 지식이 있는 척 가장한다는 걸 안다. 기억상실증 환자는 사회적으로 정해진 반응을 검사자에게 제시하려 하는데, 정상적인 실험 대상의 경우에는 그럴듯하게 보일 법한 반응을 내놓지만 E. H.의 경우에는 순전히 꾸며낸 반응을 내놓는다.

마고는 반응을 꾸며내는 E. H.의 전략을 탐구하고 있다. 이 주제는 모든 인간이 지닌 믿음, 즉 신화의 (가능한? 개연성 있는?) 토대라는 점에서 한없이 매력적이다. 마고는 E. H.가 왜 왼쪽이 아닌 오른쪽 손목에 시계를 차고 있는지 물을 것이고, E. H.는 무덤덤하게 말할 것이다. "나는 항상 오른쪽 손목에 시계를 차기 때문이지요."(실은 이날 일찍 마고의 조수 중 한 명이 E. H.에게 시계를 다른 손목에 바꿔 차라고 지시했다.)

마고는 실험을 가장하여 E. H.의 손가락에 켈트 문양 반지를 끼워준 뒤 "친구가 준 선물"이라고 말한다. 그러고 나서 한 시간 뒤 반지에 대해 물으면 E. H.는 전에 한 번도 본 적 없는 것처럼 물끄러미 반지를 쳐다본다. (그는 정말로 그 반지를 본 적이 없다.) 그는 이렇게 말할 것이다. "오래전부터 내려오는 가문의 반지예요. 내가 늘 끼고 다니는 반지지요."

또 다른 때는 이렇게 말할 것이다. "결혼반지예요. 아내와 나는 똑같은 반지를 갖고 있어요."

"그럼 아내는 지금 어디 있나요, 엘리?"

"리튼하우스광장 44번지에 있는 아파트에 있을 거예요. 나를 기다리고 있을 겁니다."

있을 겁니다, 라고 했다. 마고는 가정법을 사용한 대답에 흥미를 느낀다.

다른 한편 마고는 연인의 말에 얼마간 상처를 받는다. 그가 힐난하듯이 그녀를 손등으로 살짝 때린 것 같다.

"그런데…… 아내 이름은 뭔가요, 엘리?"

그녀는 머뭇거리며 힘없이 묻는다. E. H.가 이를 드러내며 고집스러운 미소를 짓는다.

"뭐일 것 같아요, 닥터? 내 아내라면 당연히 '후프스 부인'이지요."

'E. H. 프로젝트'의 기억상실증 환자는 E. H.이지만 마고 샤프와 그녀의 동료들은 뇌 손상을 입은, 연구소의 다른 환자들과도 이따금 함께 일한다. 또한 대학생 가운데 지원한 '정상인'과도 함께 일하는데 이들 '정상인'이 통제군이 된다.

'의미론적 지식'이 있고, '일화적 지식'이 있다. 전자는 사실에 기반하고 있으며 개인적인 것이 개입되지 않은 비맥락적 지식이고, 후자는 개인적이며 자서전적이며 문맥적인 지식이다.

E. H.의 경우 1965년 7월 병이 난 이후에 생긴 기억은 모두 사라졌다. 즉 모든 서술 기억이 사라진 것이다.

E. H.가 병이 나기 전에 응고화된 보다 일반적인 기억은 얼마간 손상되지 않은 채 남아 있는데 그 양이 상당하다. 그는 많은 교육을 받았고 매우 똑똑한 사람이었기 때문이다. 그러나 마고가 보기에 개인적인 기억은 심각하게 훼손되었다. 기억상실증 환자가 60대가 되었을 무렵에는 기억상실증에 걸리기 이전 일에 대한 회상이 신빙성을 잃었고 때로는 초현실적인 양상을 띠기도 했다. (E. H.는 이렇게 말할 것이다. "그런 일이 있었나? 아니면 내가 그런 꿈을 꾼 건가?") 유년기와 소년기에 대한 기억들을 바탕으로 2년마다 한 번씩 기억상실증 환자에게 테스트를 실시한 결과 기록상으로 기억 쇠퇴가 나타났다. 그런데 왜 이런 일이 생기는 걸까? 마고의 이론에 따르면 정상인과 달리 E. H.는 기억을

응고화할 수가 없기 때문에 개인적인 기억이 희미해지거나 지워져버린다. 설령 E. H.가 어떤 사건이나 인물을 또렷하게 떠올리더라도 이 기억을 의식상에 보존했다가 나중에 다시 생각해내지 못한다. 그에게는 현재의 기억이 없기 때문이다.

E. H.는 역사적 사건에 대해서는 빠짐없이 기억한다. 진주만, 히로시마, 1945년 9월 2일 일본의 항복. 케네디와 닉슨의 선거운동, 케네디의 당선. 쿠바 미사일 위기. 그러나 이들 사건과 E. H. 본인의 개인적인 삶을 잇는 연결 고리는 차츰 무너지고 있는 듯 보인다. 그는 마치 이들 사건이 자신이 의식이 전혀 없을 때 일어난 것처럼 이야기한다. 그가 씁쓸하게 말한다. "구멍을 엉망진창으로 때워놓은 것 같아요. 다 무너지고 있지요."

수면을 전문적으로 연구하는 심리학자들이 별도의 테스트를 진행하여 E. H.의 수면 패턴을 모니터링한 적이 있다. 뇌전도에서는 E. H. 뇌 속의 뉴런이 만들어내는 전기 활동을 기록했다. '정상 상태의 수면'으로 추정되는 E. H.의 수면이 자주 방해받는다고 마고 샤프는 관찰한 바 있다. (그녀는 연구소 수면 실험실에서 오랜 시간 E. H. 곁을 지키며 꼼꼼하게 기록했다. 이 시간은 그녀에게 깊은 만족감을 주었다. 이루 말할 수 없는 친밀감을 느낀 시간이었다.) 잠든 기억상실증 환자는 이를 갈고, 몸을 꼼지락거리고, 부들부들 떨고, 몸부림을 친다. 앞뒤가 맞지 않는 말을 중얼거리기도 한다. 마고의 몸을 관통하며 전율을 일으키는, 한 번도 들어본 적 없는 음성으로 욕설을 내뱉기도 한다. 렘수면 상태일 때 검사자가 E. H.를 흔들어 깨운 뒤 무슨 꿈을 꾸고 있었느냐고 물으면 그는 혼란스런 표정으로 눈을 깜박이다가 이야기를 시작한다. 그러나 그의 말투는 익숙한 일화를 이야기하는 듯 유창한 느낌을 풍기지, 결코 실제 있었던 꿈을 머뭇머뭇 회상하는 느낌이 아니다. 나는 어린 소년이고 크리스마스였어요. 우리는 할아버지 집으로 가던 중이었지요. 산악 지대 어딘가에 있는 집이었는데 그곳에 말이 있었어요. 행복한 시간이었지만 엄청난 눈보라가 몰아쳤어요.

수면 검사 담당자는 E. H.의 대답이 꿈을 설명하는 것이라고 기록하지만 마고 샤프는 단순히 꾸며낸 기억이라고 확신한다. 기억상실증 환자는 잠에서 깨어난 뒤 몇 초가 지나면 꿈을 기억하지 못한다. 그러므로 꿈 내용을 그럴듯하게 지어내거나 과거에 있었던 일화를 이용하는데, 이런 과거의 일화 자체가 시간이 흐르면서 훼손되었다. 뇌전도 모니터를 보면 기억상실증 환자가 정상적으로 꿈을 꾸는 것처럼 보이지만 그의 꿈은 '정상인'의 꿈에 비해 훨씬 빨리 사라진다. 상냥하고 신사다운 엘리후 후프스는 검사 담당자의 기분을 맞춰주고 싶은 마음에 깔끔하게 묘사한 꿈 내용을 전달해준다. 마고는 E. H.가 잠들기 전 몇 가지 제안을 내놓아 그의 꿈이 영향을 받는지 실험한 바 있는데, 그의 의식적인 뇌에 기억이 없는 것처럼 무의식적인 뇌에도 기억이 없는 것 같았다.

마고의 흥미로운 이론에 따르면 기억상실증 환자 E. H.는 여러 강박적 기억에 시달리는데, 현시점에서 이 기억들을 평가할 능력이 부족한 탓에 기억들을 한곳에 묶어두지도 못하고, 떨쳐버리지도 못한다. 또한 이것이 실제 기억인지, 유사 기억인지, 아니면 병이 나기 전의 존재와 현재의 그가 동일하다는 걸 느끼지 못하도록 동질감을 무너뜨리는 잘못된 기억인지 (검사자도, 그도) 확실하게 구분하지 못한다.

이런 이유로 현재의 스케치북에 강박적 그림이 등장한다. 마고와 함께 일해온 기간 동안 E.H.는 수많은 스케치북을 채웠다.

마고는 기억상실증 일지에 이렇게 쓸 것이다.

현재의 우리가 누구인지 알지 못한다면 과거의 우리가 누구였는지 어떻게 알겠는가?

과거의 우리가 누구였는지 알지 못한다면 현재의 우리가 누구인지 어떻게 알겠는가?

마고는 연구소 1층 수면 실험실에서 좀 더 익숙한 4층까지 E.H.를 안내한다. 이런 공공장소를 함께 걸을 때 E.H.는 앞장서서 걷는 것처럼 보인다. E.H.의 걸음걸이를 보면 그가 어디에 있는지, 어디로 가고 있는지 전혀 모르는 사람이라는 걸 짐작조차 할 수 없다. 그는 자기 옆에서 걷고 있는 여자의 동작을 예민하게 포착하여 그녀가 어디로 방향을 잡는지 예상할 수 있다. 엘리베이터가 보이면 서슴없이 그쪽으로 향한다. 마고는 E.H.가 본능적인 것처럼 4층에서 내릴 준비를 하는 모습을 메모한다. 그러나 E.H.에게 몇 층에 가느냐고 물으면 그는 짜증스럽게 어깨를 으쓱할 것이다. "그걸 누가 아나요? 엘리베이터가 서면 내리는 거죠."

혹은 좀 더 상냥하게 말할지도 모른다. "닥터, 당신은 의사잖아요. 당신이 답을 알지요."

마고가 가녀린 손을 E.H.의 마디 굵은 커다란 손 옆에 놓는다.

"봐요, 엘리! 우리가 똑같은 반지를 끼고 있어요."

하루가 끝나는 시간이고, 하루 중 가장 행복한 시간이다.

E. H.가 무척 기뻐한다. 반지를 주의 깊게 살펴본다.

"그럼 당신이 내 아내인가요? 내 아내가 이 병원 의사인가요?"

"난 의사가 아니에요, 엘리. 난…… 그래요, 난 당신 아내예요. 하지만 이건 비밀이고 누구도 알아서는 안 돼요."

"왜요? 왜 '누구도 알아서는 안 되는' 거죠?"

"사람들에게는 나중에 알릴 생각이기 때문이에요, 여보. 지금은 우리 둘만의 비밀이기 때문이에요."

"하지만…… 그게 왜 비밀이죠? 이해가 안 가요."

"당신 집안이 인정하지 않을 테니까요."

마고는 다른 대답이 떠오르지 않는다. 무모하게 이야기를 꺼낸 걸 후회한다. E. H.의 손가락에 반지를 끼워주고 그와 짝을 이루는 같은 반지를 그녀의 손가락에 낀 걸 후회한다. 아니, 살짝 그런 마음이 든다.

E. H.가 경멸하듯 어깨를 으쓱한다. 누군가를 한 대 치고 싶은 것처럼 손가락을 꼼지락거린다.

"우리 집안이 그런다고요? '후프스 집안사람들'이요? 그들은 모두 죽어 지옥에 갔습니다."

E. H.가 너무도 엄숙한 태도로 말하는 바람에 문득 마고는 그의 말이 농담임을 깨닫는다. 아내로서 느낄 법한 분노가 치민다.

"아, 엘리! 전혀 웃기지 않아요."

1993년 2월 마침내 E. H.의 뇌 '지도'를 작성한다. 연구소에서 MRI 스캐너를 구입했고 신경 손상 환자 가운데 가장 먼저 E. H.를 이 스캐너로 촬영하게 되었다.

마고 샤프가 방사선과까지 E. H.와 동행한다. 그녀는 오랫동안 이 기회를 기다려왔다. E. H.의 뇌에 어떤 문제가 있는지 알게 된다니 설레면서도, 한편으로는 연인이 걱정스럽고 뇌 지도에서 무엇이 드러날지 두렵다. E. H.가 30분이 넘도록 고된 과정을 견디는 동안 마고는 창문 없는 방 바깥에서 기다린다. E. H. 곁에 있고 싶은 마음이 간절하다. 천둥소리만큼 시끄러운 소음이 그의 귀를 불규칙하게 때리는 동안 기계 안에 끈으로 고정된 채 시체처럼 누워 있는 그의 손을 잡고 위로해주고 싶다.

싸늘한 냉기가 감도는 방사선과에서는 아무도 마고 샤프를 알아보지 못한다. 'E. H.'가 누구인지 아는 사람도 없는 것 같다. 얼굴에 희미하게 당혹스런 미소를 띠고 있는, 이 큰 키의 예의 바른 은발 신사가 실은 얼마나 유명한 환자인가.

E. H.는 그를 어디로 데려가는 중인지 몇 번이나 물었고 마고는 연구소 밖으로 나가는 게 아니라 그저 다른 층으로 가서 그의 뇌를 '촬영'할 거라고 여러 번 말해주었다.

그럴 때마다 E. H.는 자기 머리를 두드리면서 말했다. "좋아요! 이 안에 뭔가 촬영할 만한 게 있는지 찾아내기를 바랍시다."

이후 휘청거리며 방에서 나와 아무 영문도 모르는 사람처럼 눈을 껌벅거리는 E. H.를 에스코트한다. 철컥철컥하는 거슬리는 소음을 막기 위해 그는 내내 이어폰을 꽂고 있었다. 마고는 사랑하는 친구가 오랫동안 심한 충격으로부터 보호받으며 지냈다는 생각이 불현듯 든다. 그녀뿐만 아니라 루신다 매티슨이 그의 생활을 꼼꼼하게 체크해왔기 때문이다.

마고는 얼른 앞으로 가서 E. H.의 팔을 잡는다. 그는 그녀가 누구인지 알지 못하지만 그녀가 마치 아내처럼 자신을 매우 걱정하고 있다는 것, 다른 사람들과 달리 유니폼을 입지 않았다는 것을 알아차린다.

흥분한 그가 그녀를 "자기", "여보"라고 부른다. 흥분한 그가 그녀에게 자신이 어딘가 멀리 여행을 다녀왔다고 말한다. "그리고 시간 여행도 했어요. 젠장, 카메라를 잊어버리고 왔네요!"

이후 위층의 신경심리학과로 돌아온 E. H.는 두통을 호소하고 머리에 뭔가 "이상한 점"이 있다고 불평한다. 그로부터 시간이 더 지나 MRI 촬영에 관해 완전히 잊어버린 그는 마고에게 농담을 한다. "있잖아요, 닥터. 아무래도 내가 '불임 시술'을 받은 것 같아요. 그런 내용의 동의서에 서명한 적 없으니 그자들을 상대로 소송할 수 있어요."

정말 진저리 난다! 그의 두개골에 구멍을 냈고 퍼즐 조각을 떼어내듯 뼛조각을 떼어냈으며 세심하게 다뤄야 하는 경뇌막에 구멍을 뚫었다. 왜 뇌에 이런 끔찍한 수술을 했는지 이유는 기억나지 않지만 돌이킬 수 없다는 걸 알고 있다.

한 남자의 뇌에 낯선 이들의 손길이 닿았다. 영혼 깊숙한 곳까지 조명을 환하게 비추었다. 고무장갑을 뒤집어 벗듯 그를 속까지 뒤집어 놓고는 그냥 팽개쳐버렸다.

넌 아무것도 보지 않았어, 엘리. 꿈을 꾼 거야.

침대로 돌아가, 아들. 네가 여기 있을 이유가 없어.

"후프스 씨? 일어날 수 있어요? 다리를 흔들 수 있으면……."

그가 부축을 받아 일어선다. 지금껏 팔다리가 벨트로 고정된 채 번쩍이는 금속관 속에 똑바로 누워 있다가 이제 부축을 받아 일어서는 것이다.

무릎에 힘이 없고 머릿속은 펌프로 공기를 잔뜩 집어넣은 것 같은 느낌이다. 더 많은 공기를 꽉꽉 눌러 담아 높은 압력으로 집어넣은 것 같다.

쳐다보지 마. 넌 아무것도 보지 못했어.

거기엔 아무것도 없어.

기능적 자기공명영상 촬영 결과는 1965년 밀턴 페리스가 세웠던 가설 그대로 나왔다. 기억상실증 환자의 뇌는 해마와 해마곁이랑(비주위피질과 내비피질도 포함된다) 영역이 심각하게 손상되었고 그보다는 덜하지만 편도체와 측두엽 몇몇 부위도 손상되었다. E. H.의 다른 뇌 부위(대뇌피질, 두정엽, 소뇌)는 정상에 가까운 것으로 보였다.

마고 샤프는 여느 아내처럼 커다란 안도를 느끼면서, E. H.의 뇌 가운데 정말로 중요한 영역을 정상이라 일컬을 수 있다고 판단한다.

오래전부터 마고는 일정한 가정을 토대로 E. H.에 대한 실험을 해왔다. 해마가 심각하게 손상되었다는 것, 감정 및 성적 감각과 관련 있다고 여겨지는 편도체가 해마만큼 뚜렷한 손상은 아니어도 역시 손상되었을 개연성이 있다는 가정이었다. 이제 뇌가 어느 정도 손상되었는지 밝혀졌다. 기억상실증 환자의 뇌 가운데 해마가 적어도 절반은 손상되지 않은 상태로 남아 있지만 해마로 정보를 전달하는 경로가 사라져서 어떤 신경 활동도 해마 속으로 들어가지 못한다. 이로써 하나의 의문이 풀렸다! 뇌와 기억에 대해 여전히 남아 있는 미스터리가 해결된 것이다.

일련의 새로운 테스트들이 진행될 것이다. 시각 자극, 청각 자극, 후각 자극, 촉각 자극, '잠재'의식의 복잡성을 제각기 다른 수준으로 설계한 테스트도 필요하고, 중단, 관심 돌리기, 모순된 내용, 지연, 가속 등 방식을 달리하는 여러 테스트도 필요하다. 앞으로 이 모든 테스트를 설계하고 실시할 것이다. 수십 년 동안 영장류의 뇌를 대상으로 진행되었던 실험은 이제 기억상실증 환자 E. H., 즉 인간을 대상으로 한 연구로 대체될 것이다.

마고 샤프는 매우 설렌다. E. H.의 미스터리를 풀기 위한 연구가 이제 겨우 시작된 것 같다.

그녀는 스물세 살로 다시 돌아갈 것이다! 처음 밀턴 페리스의 실험실에 들어서던 시절로, 처음 손을 뻗어 '엘리후 후프스'와 악수하던 시절로 돌아갈 것이다.

그녀는 기능적 자기공명영상의 정밀 검사 해독 방법을 익힐 것이다. 정교하고 수수께끼로 가득한 미술 작품을 대하듯 E. H.의 정밀 검사 결과를 세세히 살펴볼 것이다. 사실상 그 정밀 검사들과 함께 살아갈 것이고, 정밀 검사에 대한 꿈을 꿀 것이다.

이는 성관계를 나누는 것처럼 엘리후 후프스를 그녀의 몸 안으로 받아들이는 것과 같다. 긴장을 늦추지 않는 그녀의 굶주린 뇌가 남자의 유령 같은 뇌, 그의 영혼을 빨아들이고 있다.

엘리, 그 어느 때보다 당신을 사랑해요. 결코 당신을 버리지 않을 거예요.

1990년대에 나온 마고 샤프의 여러 논문은 머지않아 신경심리학의 고전이 될 것이다. 「심각한 해마 손상 사례에서 보이는 익숙함과 회상」「기시감과 미시감에 관한 이론에 대하여—기억상실증 환자 E. H.의 시각 자극과 회상」「편도체의 기능에 관한 이론에 대하여」「잠복 기억에 관한 이론에 대하여」「심각한 기억상실증 사례의 미로 학습과 신체 인식」「공간 기억, 시지각, 해마」. 마고 샤프는 처음으로 실험실 외부의 동료와 공동 연구를 하는 데 동의했다. 그는 같은 대학의 신경 과학자로, E. H.의 기능적 자기공명영상 정밀 검사를 바탕으로 일련의 실험을 거쳐 꼬리감는원숭이의 뇌에 E. H.와 똑같은 신경 손상을 일으키는 외과 수술을 했다. 두 사람의 유명한 논문들 가운데 맨 처음 나온 것이 「인간 뇌와 영장류 뇌의 패턴 인식, 미로 수행 능력, 신체 기억」(1994년)이다.

마고는 기시감/잠복 기억과 그 반대 현상인 미시감(사실은 전에 본 적이 있고 아마도 자주 보았을 테지만 한 번도 본 적 없다고 확신하는 것) 현상에 특히 흥미를 느낀다. 그녀는 이 주제를 철저하게 연구했고 E. H.와 관련하여 이 주제에 대해 수없이 많은 글을 썼다. E. H.는 뭔가를 과거에 본 적 있다고 자주 느끼지만 기억하지는 못한다. 그러면서도 한편으로는 과거에 본 적 있는 뭔가를 한 번도 본 적 없다고 확신하는 모습 또한 변함없이 보인다.

마고는 의문이 든다. 이런 신기한 정신 현상은 (묻혀 있는) 기억들과 관계가 있을까? 이런 현상들에 반응하는 뉴런은 그런 기억들을 저장하는 뉴런과 인접해 있을까? 아니면 몇몇 연구자들이 주장했듯이 그저 뉴런이 제멋대로 발화한 결과이며, 하늘에서 소리 없이 번쩍이는 번개처럼 어떤 의미나 중요성도 없는 뇌의 신경 흥분성인가?

그러나 마고는 이런 현상들에 아무 의미도 없다는 주장에 동의하지 않는다. 그 의미가 무엇인지 아직 모르는 것뿐이다.

전에 뭔가를 경험했다고 믿지만 그게 언제인지, 어디에서 있었던 일인지 기억하지 못하는 이상한 느낌.

전에 뭔가를 경험했다고 알고는 있지만 그런 경험을 한 적이 없다고 믿는 이상한 느낌.

"후프스 씨? 여기에 무엇이 보이는지 말씀해주세요."

E. H.가 어둑어둑한 테스트실에서 좋아하는 안락의자에 앉아, 마고 샤프와 그녀 밑에 있는 연구원들이 스크린에 비추는 이미지를 보고 있다. 이 테스트는 부분적으로 E. H.가 과거에 받았던 테스트와 같다. (1964년 이전의 사진 중에서) 그가 쉽게 알아보는 '낯익은', '유명한' 사람들의 사진을 연달아 보여준다. 따라서 그는 에이브러햄 링컨, 프랭클린 델러노 루스벨트, 드와이트 D. 아이젠하워는 알아보지만, 지미 카터, 조지 W. 부시 시니어, 빌 클린턴을 보고는 당황해서 어찌할 바를 모른다. 「오즈의 마법사」에 도로시로 나온 주디 갈런드는 어려움 없이 알아보지만 「스타워즈」의 주인공이 누구인지는 전혀 알지 못한다. 조 루이스는 즉시 알아보지만 무하마드 알리는 알아보지 못한다.

조너스 소크는 알아보지만, 오랫동안 연구소에서 의사와 환자로 만나온 신경과 전문의 리처드 브라워는 알아보지 못한다.

마고는 E. H.가 모를 거라고 예상되는 낯선 사람들 속에 E. H.가 알 거라고 예상할 수 있는 후프스 집안사람, 친척, 지인들의 사진을 섞어놓았다. 1964년 이전 사진이라면 E. H.가 곧바로 알아볼 수 있지만 그렇지 않은 경우에는 불확실했다. "비현실적으로 퇴락해버린 에밋 삼촌의 모습이라고 할 수 있겠네요. 저건 노인의 모습이에요."

이렇게도 말한다. "이 사람은 내 사촌 조너선 매티슨처럼 생겼네요. 그런데 그에게 뭔가 큰일이 있었나 봐요. 저런 모습의 조너선은 본 적이 없어요."

충동적으로 내뱉기도 한다. "저게 나예요? 20년이 지나면 저런 모습일까요?"

E. H.가 웃는다. 마고가 함께 웃으려고 애쓴다. 사실 스크린에 비친 사진은 약간 수척한 얼굴에 희미하게 낯익은 미소를 띤 쉰 살의 엘리후 후프스다. 16년 전 연구소에서 찍은 사진이다.

이윽고 E. H.가 말없이 앉아서 스크린을 응시한다. 거기에는 뜻밖의 놀라운 사진 한 장이 떠 있다. 연이어 올라오는 흑백사진들 속에 인상적인 그림 하나가 보인다. 대략 열한 살쯤 된 여자아이를 그린 목탄화인데, 아이는 벌거벗은 채 아주 창백하고 생명이 꺼진 듯한 모습으로 얕은 개울 속에 누워 있다. 여자아이의 무거운 눈꺼풀은 닫혀 있고 입술은 살짝 벌어져 있으며 짙은색 머리카락이 얼굴 주변에 퍼져 있다. 수면에 이는 잔물결 때문에 아이의 벌거벗은 몸이 또렷하게 보이지 않는다. 그림의 톤이 어두워서 또렷하게 보이지 않는다. 시점은 위쪽이며 누군가 개울 위 대략 3미터 높이에서 내려다보는 듯한 구도다.

E. H.가 숨을 쉬지 않는다. 마고는 아직 그를 쳐다볼 엄두가 나지 않는다.

"후프스 씨? 엘리? 이 그림 알아보겠어요?"

"아, 아니요."

지난번 테스트 기간에 마고는 기억상실증 환자가 알아채지 못하도록 그의 스케치북을 확보했고, 주목할 만한 그림 몇 장을 사진으로 찍어 슬라이드로 만들었다. 이번에 마고는 필름을 뒤집어놓는 아이디어를 생각해냈고, 지금 E. H.가 보고 있는 것은 원래 그림의 좌우가 뒤바뀐 이미지다.

이 변형 이미지에서는 물에 빠진 여자아이의 머리가 오른편 위쪽 구석에 오고 가녀린 창백한 발은 왼편 아래 구석에 온다.

"엘리, 이 그림 전에 본 적 있어요?"

"아니요."

E. H.의 기분이 바뀌었다. 좀 전까지는 스크린에 정확하게 알아볼 수 있는 인물들이 많이 나와 무척 패기만만했지만, 이제 그는 불안한 얼굴로 거칠게 숨을 쉬기 시작한다.

"그림을 설명해줄 수 있겠어요, 엘리?"

"설명하라고요? 내가 왜 그래야 하죠?"

"그림은 또렷하게 보이나요?"

"내 눈은 멀지 않았어요, 닥터."

"이 장면이 어디에 있다고 생각하나요?"

"어디에 있다니요? 목탄화잖아요. 양피지 위에 있지요."

"목탄화라고요? 어떻게 알았어요?"

"음, 그렇지 않나요? 나는 알아요."

슬라이드 상태로는 사진에 찍힌 그림이 목탄화인지 아닌지 정확히 알 수 없다. 번져 있는 부분이 그저 어둡게만 나와 있다.

"그림을 설명해줘요, 엘리. 머릿속에 맨 처음 떠오르는 단어를 말하면 돼요.”

E. H.가 아니라고 고개를 젓는다. 스크린에 희미하게 비친 그의 얼굴은 주름이 두드러지고 지쳐 보인다.

“이 그림을 보고 어떤 이야기를 한다면, 엘리, 뭐라고 할 건가요? 그냥 생각나는 대로 말해보세요.”

하지만 E. H.는 이번에도 고개를 세게 젓는다. 마고가 그의 손목을 살짝 만지자 그녀의 손을 떨쳐낸다.

“솜씨 있게 잘 그린 그림이라고 생각하나요, 엘리? 그림을 그린 화가를 알겠어요?”

“화가라고요? 불쌍한 남자 에드바르 뭉크요.”

“다시 한번 말해줄래요?”

그러나 E. H.는 다시 말하지 않는다. 두 팔로 팔짱을 낀 채 눈을 가늘게 뜨고 입술을 실룩거리고 있다. 마고는 공포와 분노로 언제 달려들지 모르는 야생동물 옆에 있을 때처럼 오싹한 불편함을 느낀다.

“좋아요. 계속할게요.”

마고는 물에 빠진 여자아이 그림에 이어 익숙한 알베르트 아인슈타인의 초상화, 엠파이어스테이트 빌딩의 실루엣 등 여전히 흥분 상태인 E. H.가 어렵지 않게 알아볼 수 있는 덜 충격적인 이미지들을 보여주었다. 기억상실증 환자가 조금 차분해졌을 때 E. H.의 그림 중 삼림지대 호수, 산과 늪지대, 언덕에 서 있는 한 그루 자작나무 등 감정이 들어가지 않은 배경의 그림 복제품으로 다시 돌아간다. 마고가 보기에 아주 잘 그린 이 이미지들은 좌우가 뒤바뀌지 않은, E. H.가 그린 그대로의 그림이다. E. H.는 한동안 홀린 듯이 이 그림들을 응시한다.

"이 그림들을 알아보겠어요, 엘리?"

"네-에. 그런데 이유를 모르겠어요."

"배경이 어디인지 알겠어요?"

"조지호예요."

"그걸 어떻게 알죠?"

"난…… 알아요. 그냥 알아요."

"이 그림들도 목탄화인가요?"

"그럴 거예요."

다음 이미지는 옆으로 길게 뻗은 커다란 통나무집이다. 그 아래로 상록수가 빼곡히 둘러싼 호수가 보인다. 1층과 2층에 덱이 있고, 자연석으로 만든 거대한 굴뚝들이 솟아 있으며 가파른 지붕 위 뾰족뾰족한 꼭대기 중 하나에 수탉 문장의 피뢰침이 달려 있다. 그림 뒤편에는 호수 안쪽으로 뻗어 있는 부두가 보이고 기둥에 여러 척의 배가 매여 있다. 그중 한 척은 범선이다. 해 질 녘인가? 해 뜰 녘인가? 곰보 자국이 나 있는 듯한 어두운 수면 위로 칼날 같은 햇살이 비스듬히 비치고 있다.

"봐요! 저건 조지호에 있는 우리 별장이고, 우리 부두예요. 우리 보트 창고도 있고요."E. H.의 말투에는 소년 같은 흥분과 함께 어떤 근심이 섞여 있다. "저기 카누를 타고 있는 소년이 나인 것 같아요."

"그럼 카누에 함께 탄 사람은 누구예요, 엘리?"

"카누에 타고 있는 게 나라고 말하지는 않았어요, 닥터. 나인 것 같다고 했지요."

"어릴 때 조지호에서 자주 카누를 탔나요?"

"네, 물론이에요. 아빠가 틈날 때마다 부지런히 가르쳐주었어요."

그러면서 격한 감정으로 덧붙인다. "지금도 나는 조지호에서 카누를 타요, 닥터! 지난달에도 거기에 갔었고 몇 주 후에도 다시 갈 거예요. 내 상태가 나아지면 곧 갈 겁니다. 나한테 무슨 문제가 있든 상황이 좋아지면요⋯⋯." E.H.의 목소리가 자신감을 잃고 점점 작아진다.

"지금도 조지호에 가면 별장에 머무나요?"

"말했잖아요, 거기 갔었다고. 눈보라가 치지 않는 듯하니 몇 주 후면 다시 갈 거예요. 저곳은 1926년부터 후프스 집안의 소유였어요. 난 아기일 때부터 매년 저기 갔어요. 그러니까 37년 된 거예요. 저 마을 이름은 볼턴랜딩인데 옛날과 그리 많이 달라지지 않았어요. 저곳에는 믿을 수 있는 충직한 지역 주민이 있어요. 이름은 앨리스터 레어드인데 난 앨이라고 부르지요. 그 사람이 이것저것 준비하려면 내가 어느 주말에 가는지 알려줘야 해요⋯⋯."

E. H.는 이 말을 마치고 입을 다문다. 어떤 생각이 떠오른 것이다. 마고는 방해하지 않는다.

"아마 다들 죽은 모양이에요. 다들 떠났어요. 마지막으로 그곳에 갔을 때 나 혼자였지요."

"그때 숲속으로 도보 여행을 갔나요? 숲속에서 캠핑을 했나요? 마지막으로 갔을 때요?"

E. H.는 기억나지 않는 듯 어깨를 으쓱한다. 아니, 어쩌면 검사자의 질문을 피하려는 의도인지도 모르고 너무 우울한 기억이라서 꺼내고 싶지 않은 건지도 모른다.

마고가 보여준 다음 그림은 흙으로 된 간이 착륙장에 소형 싱글 프로펠러식 비행기가 서 있는 그림이다. 다른 그림들은 어두웠지만 이 그림은 노란색이 들어가 있어 밝다. 비행기는 밝은색으로 칠해져 있고, 엉뚱함과 불길함이 한데 섞인 샤갈 그림처럼 약간 추상적으로 그려져 있다. 이 그림은 다른 몇몇 그림과 마찬가지로 목탄과 파스텔을 함께 사용해 그린 것이다.

"할아버지의 비치크래프트 비행기처럼 생겼어요. 추락 사고가 나기 전에요."

"혹시 저 안에 누가 타고 있나요? 보이나요?"

"할아버지가 조종사예요. 앞 좌석에 꼬마 남자아이가 있는데, 나 같아요."

"앞 좌석에 탄 아이가 당신이라고요, 엘리?"

"음, 그런 것 같아요. 얼굴이 또렷하게 보이지는 않아요."

"할아버지의 비행기가 저렇게 밝은 노란색이었나요, 엘리?"

"추락 사고가 나기 전이라면, 맞아요."

"그럼 추락 사고가 난 후라면요?"

"으음…… 그렇다면 비행기가 없었겠죠. 그 후로 할아버지는 두 번 다시 비행기에 오르지 않았어요."

"할아버지가 부상을 당했나요?"

"아니요. 아니, 어쩌면 그랬는지도 몰라요. 할아버지의 '운동 반사'—'눈과 손 협응' 같은 거요. 할아버지는 다시 비행기를 조종할 자신감을 잃어버렸어요. 그래서 비행기도 고치지 않았고요."

E. H.가 한동안 침묵을 지킨다. 지난 일을 생각하는 중이다. 두 눈에 눈물이 어른거린다.

"추락 사고가 일어난 뒤…… 사람들이 죽었어요. 그해 여름이 지나고 사람들이 떠났어요. 어디로 갔는지 나는 알지 못해요."

개인과 상관없는 여러 가지 자연 풍경 슬라이드를 중간에 끼워 넣는다. E. H.는 별 어려움 없이 벅스 버니, 루이 암스트롱, 로버트 프로스트를 알아본다. 그런 다음 얕은 개울에 빠진 여자아이 목탄화로 돌아온다. E. H.가 급히 숨을 들이마신 뒤 말없이 가만히 앉아 있고 마고는 이 모습을 기록한다.

"이 그림을 알아볼 수 있나요, 엘리?"

"아, 아니요."

"이 그림을 전에 본 적 있나요?"

"아니요." 그러나 E. H.의 말투에 자신감이 없다.

"확실히…… 이 그림을 본 적 없어요?"

"이 '그림'은 본 적 없어요……. 아니에요. 이 그림이 목탄화인가요?"

"그래요. 네…… '목탄화'예요."

E. H.가 거슬리게 웃는다. "아주 잘 그린 그림 같지는 않아요, 내 생각엔."

"잘 그린 그림이 아니라고 생각해요? 왜 아니죠?"

"'왜 아니냐고요?' 그렇지 않으니까요. 누가 그린 건지 모르지만 이 그림을 그린 사람은…… 뭔가를 두려워하고 있어요."

"두려워하다니…… 무엇을요?"

"여름날 애디론댁산맥의 개울에 빠져 있는 여자아이가 실제로 어떤 모습일지 보게 될까 봐 두려워하고 있어요. 이건—말하자면—낭만적 헛소리지요.”

“어쩌면 화가가 특별한 인상을 만들어내려고 애쓰는 거 아닐까요? 특별한 분위기나 특별한 감정 같은 거요.”

“그런 게 바로 ‘낭만적 헛소리’죠. 화가는 냉정해야 해요. 그래야 보여요.”

마고가 엘리후 후프스의 팔을 살며시 잡는다. 그의 팔이 떨리고 있다. “이 그림에 대해 설명해봐요, 엘리. 당신의 시각 능력과 언어능력을 테스트하려는 거예요. 얼마나 좋아졌는지 확인하려고요.”

“‘좋아졌는지’……. 이 말이 낙관적으로 들리네요! 우리와 같은 미국인이라면 낙관적인 자세를 가져야 해요.” E. H.가 거슬리게 웃는다. 그가 자발적으로 잊으려 한다고 마고는 생각한다. 단지 기억상실증 때문만이 아니다. 손상된 해마까지 정보가 전달될 길을 찾지 못하기 때문만은 아니다. 여기에는 고의성도 들어 있다. 테스트로는 측정할 수 없지만 숙련된 신경심리학자는 판단할 수 있다.

그러나 마고는 E. H.가 얼른 잊도록 내버려두지 않을 것이다.

“그림 속 인물에 대해 즉흥적으로 이야기를 지어볼래요?”

“난 주식중개인이지 이야기를 지어내는 사람이 아니에요, 닥터. 내가 왜 즉흥적으로 이야기를 지어내요?”

“내가 부탁하니까요, 엘리.”

마고는 E. H.가 스크린을 보고 있지 않다는 걸 깨닫는다. 그의 눈은 감겨 있고, 그는 보지 않으려 한다. 그녀는 E. H.의 몸이 떨리는 걸 느낄 수 있다. 추위로 경련하며 날카로운 끝에 서 있는 사람 같다.

“만약에…… 이 그림에 이야기가 있다면, 엘리, 그냥 만약이라고 가정한다면 말이에요, 어떤 이야기가 있을까요?"

마고는 최면 문학을 잘 알고 있다. 암시가 작용하여 인간 정신이 보여줄 수 있는 최고의 감수성을 발휘한다. 엘리후 후프스는 '최면에 잘 걸리는' 사람이 아니라고 마고는 생각했다. 그는 강한 의지를 지녔고 심지어는 고집스럽기도 하다. 이야기를 들려주겠다는 본인의 자유의지가 있을 때만 입을 열 것이다.

그가 머뭇거리는 목소리로 말한다. "사람들이 그녀를 찾고 있지만 찾아내지 못해요. 그녀가 어디 있는지 아무도 몰라요."

"누군가 그녀를 저곳으로 데려갔나요?"

"네."

"누구였어요? 누가 데려간 거예요?"

"……사람들은 그녀를 보지 못하게 우리를 막았어요. 난 베란다 밑에 숨어 있었지요. 그녀가 어디 있는지, 그녀에게 무슨 일이 일어났는지 우리에게 말해주지 않았어요. 사람들이 그녀를 찾아 나서는 바람에 우리도 수색 활동에 대해 알게 되었지만, 이유가 뭔지, 어디서 그녀를 발견했는지는 몰랐어요. 우리는 알면 안 되었거든요. 우리가 알게 되었는데도 원칙적으로 우리는 알면 안 되었지요. 우리가 물으면 다들 '그레천은 멀리 갔어'라고 대답했어요. 우리 부모님도, 조부모님도, 그레천의 부모님도 그랬어요. 모든 어른들이 '그레천은 멀리 갔어'라고 말했죠. 집에 돌아온 뒤에도 어른들은 계속해서 '그레천은 멀리 갔어'라고 말했어요. 그러던 어느 날 우리끼리만 있을 때 애버릴 형이 말했어요. '그레천한테 무슨 일이 일어났는지 알아, 그 애는 죽었어.' 내가 물었어요. '그런데 그레천은 어디 있는 거야?' 형이 나를 보고 웃으면서 말했어요. '죽은 사람이 가는 곳으로 갔지, 바보야. 넌 어디일 거라고 생각한 건데?'"

E. H.가 부드럽게 말하며 턱을 쓰다듬는다. 그의 얼굴에 육체적 고통의 표정이 떠오르며 일그러진다.

"내가 누군가를…… 죽였을지도 모른다는 생각이 가끔 들어요. 날 괴롭히고 놀렸던 망할 형. 날 보호하는 일에는 손 하나 까딱하지 않았던 또 다른 형. 그리고 역시 필라델피아 출신으로, 호수 옆 우리와 가까운 곳에서 여름을 보내던 손위 남자아이가 있었지요. 그 애의 할아버지가 매켈로이 주교였어요."

"그들이 당신을 괴롭혔나요? 놀렸어요?"

"아니요! 하지만 그런 시도는 있었어요."

"그레천은 친척이었나요, 엘리? 여자 형제였어요? 사촌이었어요?"

그러나 E. H.는 자기 안으로 깊이 침잠한 채 이제는 스크린 쪽을 보려고 하지 않는다. 그의 몸은 떨리고 있고, 슬픔인지 분노인지 알 길 없는 눈물이 뺨 위로 반짝이며 흐른다.

"그만할까요, 엘리? 잠시 쉬었다가 다시 해도 돼요."

E. H.가 기운 없이 어깨를 으쓱한다. 곧 잠 속으로 빠져들 것처럼 눈꺼풀이 무겁게 내려앉는다.

마고와 다른 검사자들의 기록에 따르면 기억상실증 환자 E. H.는 테스트 도중에 더러 살짝 잠이 들기도 한다. (이 현상은 일종의 기면증으로, 'E. H. 프로젝트'에 함께했던 다른 기억상실증 환자에게서도 보고된 바 있다. 그 환자는 뇌졸중을 앓은 뒤 기억상실증에 걸린 사람이었다.) 마고는 E. H.가 불면증일지 모른다고 생각한다. 수면 실험실에서 관찰한 그의 수면은 지속적이지 않고 깊지도 않았으므로, 아마 그는 렘수면을 충분히 취하지 못할 것이다. 하지만 그녀로서는 알 길이 없다. E. H.는 꿈을 기억하지 못하듯이 잠을 잘 잤는지, 설쳤는지도 기억하지 못하므로, 그의 수면에 관한 객관적인 데이터를 얻기는 힘들다.

E. H.가 연구소 밖에 있을 때, 다시 말해 마고 샤프에게서 멀리 떨어져 있을 때 이루어지는 그의 일상의 모든 부분이 그녀에게는 알 수 없는 영역으로 남아 있다. 월식에서 달의 저편처럼 깜깜하다.

E. H.는 피곤에 지쳐 있으면서도 흥분한 듯 보인다. 테스트를 계속하기에는 집중력이 몹시 흐트러져 있다. 마고는 그가 한동안 음료도, 음식도 전혀 먹지 않았고, 탈수증상에 빠질 위험이 있다고 확신한다.

마고가 E. H.에게 사과주스를 가져다주자, 그가 잠깐 공손한 미소를 짓고는 그녀에게서 주스를 받는다. "고마워요, 닥터."

마고는 저편으로 가서 일지에 기록한 뒤 지난주에 나온 테스트 결과를 자세히 살펴본다. 40분 뒤 기억상실증 환자와 다시 작업을 시작하는데, 놀랍게도 E. H.는 여전히 불안하고 화가 나 있는 상태다. 그는 그녀가 누구인지 전혀 알지 못한다. 그가 공손하지만 경계하는 듯한 태도로 그녀에게 미소를 보내고, 부유한 지주가 자기 땅에 온 손님을 맞이하듯 손을 내민다. "안녕-하세요!"

"안녕하세요, 엘리."

마고는 엘리후 후프스가 지금과는 다른 환경에서 그녀를 환영하며 조지호에 있는 후프스 집안 소유지로 맞아들이는 모습을 상상할 수 있다. 그녀는 오래전부터 내려온 저 애디론댁 별장들에 대해 얼마간 알고 있다. 백만장자들이 머무는 통나무집 여름 별장으로, 미시간 북부 반도 지역에 있는 부자들의 여름 별장보다 훨씬 멋진 곳이다.

"당신 이름이……?"

"마고 샤프예요, 엘리. 우린 전에 만난 적이 있고, 상당히 중요한 작업을 함께 해왔어요. 이제 시작해볼까요?"

"내가 선택할 수 있는 대안은 뭐죠?" E. H.가 장난스럽게 던진 말로, 전혀 위협적이지 않다.

마고는 조심스럽게 E. H.와 상관없는 일반적인 사진부터 꺼내놓는다. 이런 사진은 그에게 고통을 주지 않을 것이다. 그녀는 그러기를 바란다. 앤설 애덤스, 에드워드 웨스턴, 이머전 커닝햄, 카르티에브레송의 대표적인 사진들, 모네, 고야, 피카소의 그림들, 록웰 켄트의 목판화들을 연이어 보여준다. E. H.는 거의 모든 사진을 즉시 알아보았지만 록웰 켄트의 목판화들에 대해서는 머뭇거리는 모습을 보인다. 마고가 계획한 것은 아니었지만 이 목판화들은 공교롭게도 애디론댁산맥 인근 지역을 묘사한 작품이다.

마고는 물에 빠진 여자아이를 다시 보여주지 않기로 결정한다. 대신 E. H.의 다른 그림을 보여준다. 달빛이 비치는 조지호, 신비스럽게 불타는 소나무, 아이들 장난감처럼 작아 보이는 2인승 비행기의 한쪽 날개가 지면 쪽으로 기울어 있는 그림. E. H.는 머뭇거리면서 이 그림들이 조지호를 배경으로 그린 것이라고 답하지만, 자신이 그린 작품이라고 알아보지는 못하는 것 같다.

"제기랄."

마고가 비행기 사진을 다른 것으로 교체하려는 순간 E. H.가 느닷없이 분노를 터뜨리며 그녀 쪽으로 몸을 돌린다. 평소 친절하던 남자가 그녀의 손목을 움켜잡더니 세게 흔들어댄다. 그녀를 마구 흔든다. E. H.가 증오의 눈빛으로 마고를 노려본다. 그녀는 그가 힘센 손으로 그녀의 손목을 비틀어버릴까 봐 겁이 난다.

"당신……. 이 빌어먹을 년! '엘리후 후프스'를 어떻게 한 거야."

마고가 E. H.를 진정시키려고 한다. 테스트실 안에는 두 사람뿐이고, 마고는 누군가 그의 성난 음성을 듣고 뛰어 들어올까 봐 두렵다.

"왜 그래요, 엘리……. 무슨 문제예요?"

E. H.는 자신에게 고문 변호사가 있다고 말한다. 실제로 후프스 집안에는 변호사가 많다. "당신과 이 거지 같은 병원을 의료사고로" 고소할 거라고도 한다. 병원이 그의 뇌를 수술했고 뇌 속에 뭔가 집어넣었다고 말한다. "전극이나 자석, 뭐 그런 걸 넣었다고! 당신들이 내 뇌를 망가뜨렸고 이제 내 안의 손상된 걸 이용해서 날 이리저리 끌고 다니는 거라고. 난 그렇게 끌려다니는 실험동물이 아니야."

충격적일 만큼 격한 분노가 터져 나온다. 마고는 할 말을 잊는다.

하지만 당신은 그렇게 끌려다니는 실험동물이에요.

E. H.는 이제껏 마고가 한 번도 들어본 적 없는 격한 비난의 목소리로 말을 쏟아낸다. "당신! 당신들 모두! 내가 무슨 특별한 사람인 것처럼 알랑거리지만 사실 난 괴물인 거야. 하지만 그저 당신들 경력을 높이기 위해서만 존재하는 괴물은 아니라고."

마고는 맞서보려고 한다. 엘리가 오해한 거다! 그는 뇌염으로 고열을 앓았고 올버니에 있는 병원에서 응급수술을 받았지만, 그건 어디까지나 뇌의 부종을 가라앉히고 목숨을 구하기 위한 수술이었지, 신경외과 수술은 아니었다고 맞선다. 그에게 해를 입힌 게 아니라 의료

처치로 그를 구한 거라고 항변한다.

"다 헛소리야! 난 믿지 않아. 내가 직접 의료 기록을 확인하고 새 의사를 구할 거야. 당신들 중 어느 누구도 신뢰하지 않아. 당신들이 나를……." E. H.는 자신이 하려는 말을 시각적으로 표현할 적당한 물건이 있는지 차분하게 둘러보더니 쓰레기통에서 구깃구깃한 휴지 뭉치를 꺼낸다. "이런 꼴로 만들었어. '쓰레기'처럼 내던져버렸다고."

심한 충격을 받은 그녀는 아무 대답도 하지 못한다.

심한 충격을 받은 그녀는 두 눈에 눈물이 고이는 걸 느낀다.

그렇다면…… 기억상실증 환자는 줄곧 알고 있었나? 그가 손상을 입었고 되돌릴 수 없다는 걸?

이 순간 E. H.를 보고 있으면 인간의 망가진 모습을 보는 것 같다. 참혹한 지경에 놓인 인간의 얼굴. 한때 '엘리후 후프스'였던 사람, 아니, '엘리후 후프스'였을지도 모르는 사람의 불꽃이 쓸쓸하게 그녀를 응시하고 있다.

제발 도와줘요! 인간적인 연민이 조금이라도 남아 있다면 이 상황에서 벗어날 수 있게 날 도와줘요.

내가 죽을 수 있게 도와줘요.

대처법은 간단하다. 벗어나는 것이다.

서둘러 벗어나야 한다. 그러나 도망가는 것으로 비칠 만큼 서두르지는 않으면서, 흥분한 기억상실증 환자로부터 벗어나야 한다.

마고는 차분한 목소리로 간호조무사를 부른다. 그녀가 빠른 걸음으로 들어와 마고가 잠시 자리를 비운 사이 흥분한 환자를 감시한다.

간호 담당 직원들은 환자가 아무리 격렬한 행동을 하거나 일탈 행동을 보여도 결코 놀라거나 충격에 빠지지 않는다. 젊은 여자가 얼른 E. H.에게 말을 건다. 그녀의 음성은 편안하고 상식적이며 절제되어 있다. 그러나 마고는 이미 도망가서 같은 층 여자 화장실로 피신한다.

"두 번 다시 하지 않을 거야. 절대로."

그녀는 맹세했다. 개울에 빠진 여자아이를 그린 목탄화를 두 번 다시 E. H.에게 보여주지 않을 것이다.

차분하게 몇 분을 보낸 뒤 마고가 실험실로 돌아간다. 실험실 판유리 너머로 눈에 띄게 차분해진 E. H.가 웃는 듯한 얼굴로 간호조무사와 이야기하는 것을 지켜본다.

마고가 기억상실증 환자에게 오렌지주스를 가져다준다. 포도당이 그에게 활기를 주어 이후 서너 시간의 테스트를 견디게 해줄 것이다. 그리고 기억상실증 환자는 자신을 친절하게 대하는 매력적인 여자에게 늘 그렇듯 마고 샤프도 따뜻하게 대해줄 것이다.

"후프스 씨, 안녕하세요!"

"아? 안녕-하세요!"

마고 샤프는 기억상실증, 뇌 손상, 손상된 기억, 선택적 기억에 관한 주요 문헌을 전부 다 읽었다. 알렉산더 루리아의 『지워진 기억을 좇는 남자』 같은 고전들도 읽었다. 이 책은 제1차 세계대전에 참전했다가 뇌 손상을 입은 러시아 군인의 고통스러운 유사 회고록이다. 루리아의 또 다른 저서 『모든 것을 기억하는 남자 : 어느 기억술사의 삶으로 본 기억의 심리학』도 읽었다. 한 남자의 사례를 연구, 기록한 것으로, 책 속 남자는 뇌 손상을 입었지만 E. H.와는 미묘하게 다른 방식으로 손상을 입어 무한한 기억력을 갖게 된 듯했다. 마고는 밀턴 페리스와 그의 유명한 옛 제자들이 쓴, 기억과 기억상실증에 관한 출판물들도 당연히 읽었다.

(보다 높은 지위로 올라가고 싶다면 현재로서는 여전히 윗세대의 판단에 의존하지 않을 수 없으므로 불가능한 일이겠지만) 언젠가 때가 오면 마고는 매우 사적인 산문집을 펴내고 싶다. 루리아의 '이야기 과학'처럼, 그저 과학적인 내용만을 다루는 책이 아닌, 사색적이며 나아가 '시적'이기까지 한 책을 내보고 싶다. 연구 과학자로서 알고 있는 내용을 넘어서서 E. H.의 개인적 삶에 관한 내용, 적어도 E. H.의 개인적 삶에서 감정적 지표가 될 만한 내용까지 보강하여 『기억상실증 일지』를 E. H.에 대한 보다 포괄적인 탐구로 발전시킬 것이다.

마고는 애디론댁산맥 조지호 지역에 있는 신문사와 잡지사에 편지를 써서 1930년대와 1940년대 "필라델피아의 후프스 집안과 관련이 있을 만한" 어린 여자아이의 죽음에 관해 문의했다. 하지만 별 소득은 없었다. 신문사와 잡지사들이 그사이 없어졌거나 혹은 마고 샤프의 편지를 열어본 누군가가 꼭 답장해야 한다는 의무감을 느끼지 못했을 것이다. 워런 카운티 보안관 사무실을 비롯하여 그 지역의 법 집행을 담당하는 다른 사무관들과 전화 통화를 하기 위해 몇 시간씩 쓰기도 했다. 워런 카운티 법원의 기록 보관 부서에도 몇 차례 편지를 보내고 전화를 걸었다. 전화 통화를 시도한 일은 별 보람이 없었고 편지도 대부분 답장을 받지 못했다.

언젠가 애디론댁산맥으로 직접 차를 몰고 찾아가는 것 외에는 별

다른 대안이 없지만, 그럴 생각을 하면 왠지 모르게 외로움과 두려움이 몰려온다.

엘리후 후프스와 함께 갈 수 있다면 얼마나 좋을까! 단둘이서 갈 수 있다면.

나는 '불타고 있었어요'. 불은 며칠이 지나도록 좀처럼 꺼지지 않았고 연기가 났지요. 내 골수가 녹아내렸고, 난 시큼하게 상한 우유 냄새를 맡을 수 있었어요.

지금도 그 냄새를 느낄 수 있어요. 내 몸 전체에서, 내 머리속에서 불길이 타오르고 연기가 나는 걸 느낄 수 있어요. 나무들이 불탔어요. 소나무도 활활 불탔지요. 할아버지의 비행기가 불시착했고 불꽃이 확 일었어요. 그래서 이곳 복도에 노란 장벽을 세워놓은 거예요. 불탄 곳으로 들어가지 못하게 하려고요. 뭔가 탄 냄새가 나는 것도 그 때문이지요. 하지만 나는 이제 거의 회복되었어요. 면도기로 밀었던 머리카락도 다시 자랐고요. 부모님이 나를 집으로 데려가기 위해 다음 주에 올 거예요. 난 부모님이 말한 '재활' 치료소에 오랫동안 머물게 될 거예요.

내 생각에 그레천은 발견되지 않았어요. 그녀는 아직도 조지호의 숲속에 있고, 여건이 허락될 때 그곳으로 그녀를 찾으러 갈 거예요.

마고 샤프의 마음을 심란하게 하는 소식.

기억상실증 환자가 "그답지 않은 행동을 보였고, 때로 위험한 행동을 했다"는 소식이 다븐파크연구소에서 올라왔다고 전해 듣는 중이다.

마고 샤프에게는 그녀만의 소식도 생겼다. 개인적인 소식이고 엄청난 소식이지만 누구도 거기에 대해 알지 못한다. 그녀는 가파른 계단을 뛰어 올라온 사람처럼 가쁘게 숨을 몰아쉰다. 얼굴에는 상황과 어울리지 않는 미소를 머금고 있다. 그녀의 귓가에 웅얼거리는 학과장의 놀란 목소리에 거의 귀 기울이고 있지 않기 때문이다. 그녀가 생각한다. 당신들 중 어느 누구에게든 내가 관심이나 두겠어요? 마침내 내가 임신을 했는데! 엘리후 후프스의 아이를 가졌다고요.

그녀가 배에 손을 갖다 댄다. 배는 아직 홀쭉해서 어떤 비밀도 드러내지 않는다. 그녀는 눈을 들어 신임 학과장 헨드릭 라타의 걱정스러운 눈을 순진하게 마주 본다.

라타, 밀스. 밀스는 어떻게 되었을까? 마고는 밀스를 좋아하지도 않았고 신뢰하지도 않았지만 그래도 그를 알고 있었다. 마고는 자신보다 나이가 어린 라타에 대해 알지 못한다. 그의 분야는 신경과학자들이 경멸하는(별로 비밀도 아니다) 사회심리학이다.

샤프 교수는 이 남자로부터 사실을 말해달라는 호출을 받았다. 빨리 와달라는 호출을 받았지만 용기 없는 작은 개처럼 며칠 동안 무시했다. 그러다 이제 우편함에 편지를 갖다 놓으려고 우연히 들른 것처럼 학과 사무실에 왔다. "아, 안녕하세요! 저랑 이야기하고 싶어 하셨다고요?" 그녀의 목소리는 다급하고 가식적이다. 그녀는 검은 바지, 검은 실크셔츠, 검은 퀼트재킷 등 온몸을 검은 옷으로 휘감았다. 왼손 셋째 손가락에 결혼반지처럼 보이는 가느다란 은반지를 낀 것 말고는 어떤 보석도 걸치지 않았다. 그녀는 손가락보다 큰 헐렁한 반지를 신경질적으로 돌리고 있다.

마고는 두렵지만 설렌다. 충격으로 멍하지만 놀라지는 않는다. 차분하게 생각한다. 우리 아이를 가질 거야. 당신들 중 누구도 우리를 막을 수 없어. 애디론댁산맥 같은 시골 어딘가에 가서 살 거야. 아무도 우리를 알지 못하고 아무도 우리를 판단하지 않을 곳으로 갈 거야. 나는 아이와 아이 아버지를 보호할 거야. 내 평생을 바쳐서 그들을 보호할 거야.

귓가에 웅얼거리는 소음 사이로 라타의 목소리가 들린다. 그의 말에 귀를 기울이도록 애써야 한다.

"마고." 호기심 많은 남자가 무슨 권리라도 가진 듯이 거슬리는 친근함을 표하면서 "마고"라고 부른다. "우리는 다븐파크연구소로부터 E. H.가 가끔 '폭력적'으로 돌변해 '통제 불능 상태'가 된다는 심란한 보고를 들었어요. 그가 간호조무사들에게 버럭 화를 내고 당신 손목에 타박상을 입혀 해를 끼쳤다는데, 그게 사실이에요?"

마고가 얼른 손목 위로 소매를 끌어 내린다. 그러고는 조롱하는 듯한 웃음을 지으며 말한다. "아니에요! 사실이 아니에요."

귓가에 들려오는 소리가 너무 산만해서, 자신이 무슨 말을 했는지 확실히 알 수가 없다. 그녀가 더 큰 소리로 다시 말한다. "그러니까 내 말은…… 그 보고가 사실이 아니라고요."

라타가 그녀에게 자리에 앉으라고 한다. 하지만 마고는 앉지 않을 것이고, 이 남자의 사무실에 붙잡혀 있지 않을 것이다. 그가 근엄하게 말한다. "당신이 연구하는 기억상실증 환자가 예전만큼 협조적이지 않다고 들었어요. 그의 건강에 문제가 있다는 이야기도요……."

마고는 젊은 실험실 동료들이 이런 소문을 퍼뜨린 게 아닐까 생각한다. 최근 그녀는 이들이 E. H.에게 접근하지 못하도록 멀리 떼어놓고 혼자서 기억상실증 환자와 일하고 있었다. E. H.의 '기분 상태'는 그리 염려할 게 없다. E. H.가 그녀를 신뢰한다고 마고는 믿는다.

만일 E. H.에 관한 소문을 퍼뜨린 게 연구소 직원이라면 마고 샤프가 할 수 있는 일은 별로 없다. 그러나 그녀의 실험실에 있는 사람 혹은 사람들이 그런 거라면 조치를 취할 수 있다.

"사실 엘리가 이번 겨울에 호흡기 질환을 앓았어요. 예전만큼 테니스도 잘 치지 못하고요. 예전만큼 아이처럼 고분고분 협조하지도 않아요. 하지만 그 사람도 늙었잖아요. 예순다섯이에요."

예순다섯 살! 가엾은 엘리.

사실 E. H.는 최근에 예순여섯 살이 되었지만, 마고는 **예순여섯 살**이라는 말이 입에서 떨어지지 않았다.

마고는 E. H.가 괴팍해지고 있다거나 다루기 힘들어지고 있다는 소문들을 일축한다. E. H.가 나이에 비해 여전히 젊다는 사실을 지적한다. 그는 여전히 신경 써서 옷을 입고 매일 아침 면도를 한다. 시민권운동, 주류 백인들의 심한 편견, 마틴 루서 킹 주니어 목사, 경제학, '게임 이론' 등 오래전부터 좋아하던 주제에 대해 여전히 열정을 불태우고 있다. 좋아하는 시, 노래 가사, 연설 문구를 암송하는 실력도 여전했다. 지금도 수첩에 꼼꼼히 기록하고 스케치북에 그림을 그린다. "E. H.는 뛰어난 화가예요. 원래 갖고 있었지만 잃어버렸던 재능을 시간이 흐를수록 되찾아가는 것 같아요." 마고는 매우 설득적으로, 매우 차분하게 말하지만 그녀의 심장이 얼마나 빨리 뛰고 있는지 아무도 짐작하지 못할 것이다. 그녀는 무의식적으로 손가락의 반지를 돌린다.

E. H.가 수첩과 스케치북을 기억 실험실에 보여주는지 묻는 라타의 질문에 마고는 솔직히 바보 같은 질문이긴 하지만 그럼에도 정중하게 고려해보겠다는 듯이 딱딱한 어투로 말한다. "아니요. 대체로 보

여주지 않아요. 하지만 가끔 내게는 보여줄 겁니다.”

“그럼 환자와 단둘이 있는 일이 자주 있나요?”

“아니요. ‘자주’는 아니에요. 그렇다고 생각하지 않아요.”

“당신 옆에 누군가 있을 때가 많나요?”

“연구소의 신경심리학 부서는 사람들로 붐비는 곳이에요, 헨드릭!” (이 대목에서 마고는 그를 ‘헨드릭’이라고 불렀다. 마고는 이런 사려 깊은 양보로 그의 기분이 풀리기를 바란다.)

그러나 헨드릭 라타는 여전히 근심스런 표정으로 마고를 바라본다. “그가 당신을 해치지 않았나요, 마고?”

“나를 해쳐요? 어떻게요?”

“음, 신체적으로요. 우연이든 아니면…… 고의든 말예요.”

“절대 그런 일 없어요! 엘리후 후프스는 신사예요.”

“당신을 위협한 적 없나요?”

“엘리후 후프스가 어떻게 다른 사람을 위협할 수 있겠어요? 그 불쌍한 사람에게는 사실상 미래라는 개념이 없어요.”

마고가 웃는다. 손가락의 반지를 돌리면서.

말해놓고 보니 이상했고, 그다지 논리적이지도 않았다. 그러나 마고는 철회할 마음이 없다.

“그가 한 번도……. (어색한 침묵이 흐른다. 라타는 걸핏하면 화를 내기로 유명한 마고 샤프를 자극하거나 불안하게 하지 않을 신중한 표현이 없을지, 어떤 말로 이 질문을 건넬지 생각하는 중이다.) 어떤 식으로든 당신에게 성적인 암시를 하거나 그런 식으로 행동하거나 당신 몸을 만진 적이 없나요?”

“절대로 없어요.”

"미안해요, 마고. 하지만 그런 말이 내 귀에 들려서 부득이 물어볼 수밖에 없었어요."

"엘리후 후프스는 '성적인' 사람이 아니에요. 우리 모두 그런 점을 관찰했고요. 뇌 손상으로 인해 '성적', '감정적' 애착을 갖지 못하는 것으로 보여요. 당신이 한 모든 질문에 종합해서 대답하자면, 헨드릭…… 그런 적 없어요."

마고는 뒤도 돌아보지 않고 허리를 꼿꼿하게 세운 채 단호한 모습으로 학과장실을 나온다.

뭐야? 네가 아무것도 모르는 것처럼 속이고 있잖아.

(행여 손목에 멍이 들었을까 봐 손목을 가린다. 손목을 자세히 살피는 일은 없지만 혹시 어쩌다 손목을 살펴보고 멍을 발견하면 아르니카 몬타나 오일을 바른다. 언젠가 그가 한두 번 그녀의 팔뚝 위쪽을 움켜쥐고 그녀를 마구 흔든 적이 있었다. 심하게 망가진 뇌로 의사소통을 하지 못하는 데 크게 절망했기 때문이었다. 마고가 짧은 소매 옷을 입지 않기 때문에 팔뚝 위쪽의 멍 자국은 어떤 경우에도 드러나지 않는다.)

(그녀는 두 번 다시 그를 혼란스럽게 하지 않기로 맹세했다. 의미 있고 흥미로운 결과가 나온다고 해도 그건 잔인한 일이다.)

(그녀는 두 번 다시 그를 혼란스럽게 하지 않기로 맹세했지만 그럼에도 가끔은 위험을 무릅쓰고 기억상실증 환자를 혼란스럽게 해야 한다. 개울에 빠진 벌거벗은 여자아이의 목탄화를 다시 한번 E. H.에게 보여주고 그녀가 누구인지, 장소가 어디인지 확인해달라고 한다.)

(기억상실증 환자의 입장에서는 매번 처음이기 때문이다. 각각의 테스트는

단 한 번의 고유한 의미를 지니며 결코 반복될 수 없다. 그리고 연구 과학자의 입장에서는 이런 각각의 고유한 테스트가 실험의 입증 자료가 되며, 실험에서 가장 이상적인 것은 바로 꼼꼼하게 기록한 데이터다.)

샤프 교수는 말하자면 광신도라고 할 수 있어요. 함께 일한 과학자들 가운데 그녀와 같은 사람은 한 명도 없었어요. 참고로 난 하버드대학에서 박사학위를 땄어요. 그녀는 자기 일, 즉 E. H.에 관해 기록하는 일에만 전념했지요. 그녀는 "기억의 비밀을 푸는 일"이라고 표현하더군요. 우리가 아는 한 그 어떤 일도 사실상 그녀를 방해하지 못했어요. 새로운 상이나 새로운 연구기금을 받게 되었다는 전화가 걸려오기도 했지요. 마고는 전화를 건 사람에게 공손하게 고맙다고 말한 뒤 전화를 끊고는 다시 자기 일로 돌아갔어요. 때로는 그게 무슨 일인지 우리에게 알리지도 않았어요. 우리는 나중에 신문을 통해서 소식을 접하곤 했지요. 그녀는 과학뿐만 아니라 다른 영역에서도 우리가 만나본 사람 중 가장 겸손하고 사심 없는 사람이었어요. 일이 아닌 다른 모든 것은 그녀에게 있어 딴짓에 불과했고, 그녀는 자기가 가르치는 학생과 동료에게도 똑같은 수준의 헌신을 요구했지요. 남자들의 분야에서 여자로 활동하기 때문에 그런 것만은 아니었어요. 남자 연구원과 마찬가지로 여자 연구원에게도 엄격했거든요. 아마 그녀에게는 남자든 여자든 별 차이 없었을 거예요. 성별에는 신경도 쓰지 않았지요. 마고 샤프와 함께 일하는 게 늘 즐겁지만은 않았지만 덕분에 커다란 깨달음을 얻었고, 그녀로 인해 우리 모두가 변했어요. 마고 샤프를 만나고 나서 비로소 과학자가 된다는 게 무슨 의미인지 알게 되었어요. 그러니 모든 게 그녀 덕이라고 말해야 공정할 거라고 생각해요.

네, 사실 그녀는 E. H.에게, 당시에는 그를 그렇게 불렀어요. 아무튼 그에게 이상할 만큼 애착을 보였어요. "병적으로" 애착을 보인다고 말하는 사람들도 있었지요. 하지만 분명 직업적인 관심 외에 다른 것은 없었어요. 마고 샤프는 전적으로 직무에 충실했고 주변 사람들에게도 그렇게 하도록 했어요. 내가 마고의 실험실에서 처음 일을 시작할 당시 불쌍한 엘리후 후프스의 나이는 60대에 접어들어 있었고, 그는 필라델피아 교외에서 늙은 고모와 살고 있었어요. 대개 운전사가 그를 연구소까지 태워주었어요. 그는 무슨 일이 일어나고 있는지 아무것도 알지 못했어요. 주변에 보이는 모든 것이 그에게는 늘 수수께끼였고, 한 시간만 지나도 우리를 알아보지 못했지요. 당연히 마고 샤프도 알아보지 못했고요. 그는 그녀를 "닥터"라고 불렀어요. 나도 "닥터"라고 불렀지요. 그는 오래전 필라델피아에서 알았던 어떤 사람과 나를 혼동하기도 했어요.

고모가 세상을 떠나고 얼마간 어려움을 겪었는데, 마고 샤프가 그 문제를 어떻게 해결했는지 나는 확실히 알지 못해요. 당시에 나는 그 대학을 떠나 캘리포니아공과대학에 내 실험실을 열었거든요. 내가 아는 모든 것은 마고 샤프가 가르쳐준 거예요. 그리고 마고 샤프는 자신이 아는 모든 것을 밀턴 페리스에게서 배웠다고 늘 이야기할 거예요.

세대로 표현하자면 페리스가 나의 '할아버지'예요. 마고 샤프는 내 '어머니'고요. 지금까지 만난 여자들 중에서 가장 모성애가 없는 여자였지만요.

그녀가 그에게 말한다. "나 임신한 것 같아요, 엘리."

그녀가 그에게 말한다. "여보, 엘리, 내 생각엔…… 임신한 것 같아요."

그녀가 그에게 말한다. "사랑하는 엘리, 당신이 당황하거나 충격받지 않았으면 하지만, 아마도…… 내 생각엔…… 어쩌면……."

그녀는 그에게 아무 말도 하지 않는다. 단어가 떠오르지 않는다. 단 둘뿐이지만, E. H.가 행복한 얼굴로 내내 그녀를 사랑하는 아내라고 부르고 있었지만, 아무 말 하지 않는다.

물론 그녀는 임신하지 않았다. 한 번도 임신한 적 없었고 앞으로도 영영 임신하지 못할 것이다. 그녀는 자신이 40대 후반에 들어섰다고 어렴풋이 느끼지만 사실 그녀는 쉰세 살이다.

쉰세 살! 자신이 여전히 순결한 딸이라고 믿는 그녀로서는 너무도 충격적인 일이라, 그녀는 이런 사실을 의식 속으로 받아들이지 못한다.

또한 마고 샤프는 매우 가녀린 체구를 갖고 있다. 사춘기 이후 줄곧 체중 미달이었고, 이런 상태가 되면 정상 체중의 여자에 비해 생리 횟수가 훨씬 적어지므로, 어쩌면 일부러 저체중 상태를 유지했을 것이다. 그녀는 스스로에게 늘 이렇게 가르쳐왔다. 여성으로 살아가는 건 약한 사람이 되는 거고 시간을 허비하는 거야. 여성으로 살아가는 건 부차적인 선택이야. 이런 상황에서 설령 오래전이었더라도 그녀가 임신할 가능성은 거의 없었을 것이다.

그럼에도 마고는 임신 생각에 마음이 혼란스럽다.

가슴은 작고 단단하다. 임신한 여자의 가슴이라고 할 수 없다. 그럼에도 젖꼭지는 '민감하다'. 빗줄기가 유리창을 때리는 추운 겨울날 새벽, 잠에서 깬 마고는 엘리후 후프스가 수 킬로미터 떨어진 곳에서 그녀를 까맣게 잊고 있는데도 자주 속이 울렁거리곤 했다.

물론 마고는 상상임신에 대해 알고 있다. (반)의식 상태의 망상에 대해서도 알고 있다. 인간의 감수성이 얼마나 극도로 예민해질 수 있는지, '최면에 잘 걸리는' 사람이 얼마나 많은지 알고 있다. 그녀의 복부는 판판하며 실제로 등을 대고 누워 있을 때는 살짝 들어가기까지 한다. 그녀의 골반뼈는 (예를 들어) 추수감사절 식탁에 오를 칠면조 고기의 위시본처럼 또렷하게 드러나 보인다. 그렇지만…….

마침내 그녀는 임신인지 아닌지 확실히, 그리고 명명백백하게 알아보기 위해 같은 대학교 의과대학의 산부인과 의사를 만나기로 예약을 한다.

닥터 류는 '그녀의 담당' 산부인과 의사지만, 그녀는 6년간 닥터 류를 찾지 않았다. 마고 샤프가 과학자이며 건강검진을 회피할 만큼 어리석지 않다는 점을 감안하면 터무니없이 긴 시간이다. 유방 촬영, 자궁경부암과 자궁암, 대장암 검사를 받기로 한다. 그토록 똑똑한 여자가 어떻게 자신의 건강을 이 정도로 돌보지 않을 수 있을까!

"임신요? 당신이 임신했는지…… 궁금하다고요?"

닥터 류는 놀란 표정을 숨기지 않는다. 어차피 마고 샤프는 가임기 여성이 아니기 때문이다. 그럴 수 있을까? (닥터 류는 환자가 쉰세 살이라는 사실을 똑똑히 알고 있다.) 마고는 당혹감과 반항심으로 얼굴이 달아오르는 걸 느낀다.

"네, 닥터. 난…… 오늘 알아야겠어요."

닥터 류가 아주 간단한 테스트를 시행하자 마고가 예상한 대로 결과가 음성으로 나온다.

그러나 닥터 류는 확실히 알지 못한다. 이게 샤프 교수에게 좋은 소식일까, 안 좋은 소식일까? 검사대 위에 깔아놓은 흰 종이가 찌글찌글 구겨져 있고 가느다란 두 다리를 벌린 채 그 위에 누워 있는 마고는 눈물이 뺨으로 흘러내리지 않도록 두 눈을 감는다. 그럼에도 어쩔 수 없이 눈물이 흘러내린다.

"임신이 아니에요, 샤프 교수님. 당신한테 이게 좋은 소식이기를 바라요."

반듯이 누워 있는 환자에게 이 소식이 좋은 소식이 아닐지도 모른다는 가능성을 한시도 생각하고 싶지 않은 닥터 류는 서둘러 다음 말을 꺼낸다. 자궁경부암 검사 결과는 월요일에 자신의 사무실로 전달될 것이며 이 검사도 음성이면 샤프 교수에게 전화가 가지 않을 거라고 알린다. "무소식이 희소식이에요."

마고는 거의 듣지 않고 있다. 닥터 류가 상투적인 말을 주섬주섬 늘어놓으며 마고의 기분을 풀어주려고 하지만 그녀는 알아차리지 못했다. 입술을 움직이는데도 감각이 없다.

"네. 희소식이죠. 감사합니다, 닥터."

마고의 심장박동 소리가 조소를 띠며 날카롭게 파고든다. 앰버 맥퍼슨의 회색 석조 주택에 있던 오래된 정교한 대형 괘종시계의 청동 시계추 같다. 이 시계추가 빠르고 잔인하게 움직인다는 것만 빼면.

임신요! 무슨 그런 농담을 해요, 교수님.

그녀가 한 잔 들이켠다. 삐죽삐죽한 머리에 몸이 호리호리한 상대가 한 잔 들이켠다.

할 말이 없다. 그래서 두 사람은 말하지 않는다.

마고가 작고 실용적인 주방의 수납장 선반에 보관해온 **조니워커 블랙라벨**이 천천히 줄어든다. 하도 오래되어 술병 입구가 끈적거린다. 원래는 옛 연인이 그녀와 함께 마시려고 갖다 놓은 술이었다. 연인의 이름을 입에 올리려니 뇌 속에서 작고 날카로운 드릴이 드르르 소리를 내며 돌아가는 듯 고통스럽다. 지금은 그를 생각할 수 없어. 보카러톤에서 뇌졸중으로 죽음을 맞은 불쌍한 밀턴. 결국은 그의 늙은 아내가 더 오래 살고 말았지.

마고는 한때 순진한 상상을 했었다. 지나친 상상이었다.

널 나의 유언집행자로 지정할 거야, 사랑하는 마고. 내 인생에는 네가 필요해.

물론 그런 일은 일어나지 않았다. 그녀의 삶에는 일어나지 않은 일이 아주 많았다.

한 잔 더 할까? 한 잔 더 마신다.

타는 듯 뜨거운 기운이 목을 타고 내려간다. 좋군!

그녀가 두 눈을 가리고 웃음을 터뜨린다. 나이 어린 상대에게 너무도 털어놓고 싶다. 믿을 수 있겠니, 이 나이에 임신했을지도 모른다고 상상했다면 말이야. 게다가 아이 아빠는 기억상실증 환자라서 우리 사이에 태어난 아기는 물론이고 나조차도 기억하지 못할 사람이지.

'해구(마고 샤프는 한국인의 이름을 제대로 발음하지 못한다)'가 밤늦게 약에 취한 사람처럼 멍한 눈을 한 채 대학 실험실에 혼자 우두커니 있는 자신의 상사를 집까지 데려다준 건 이번이 처음은 아니다. 형광등이 환하게 켜진 방구석에 쓰러져 있던 그녀를 보고서, 한순간 그는 팽개쳐놓은 옷가지나 누더기로 착각했다. 그런데 알고 보니 대학에서 가장 유명한 교수 중 한 명인 마고 샤프였던 것이다!

교수님, 일어나실 수 있게 부축해드릴게요.

괜찮아……. 911에 전화할 필요는 없어.

아마 그녀는 그날 내내 먹는 걸 잊었을 것이다. 물 마시는 것조차 잊어버려 탈수증상이 나타났다. 해구는 샤프 교수가 자신의 상태를 인지하지는 못해도 거식증일 거라고, 아마 줄곧 거식증 환자에 가깝게 살아왔을 거라고 짐작한다. 동료들 가운데 가장 많이 걱정하는 이가 이런 사실을 지적하면 그녀는 화를 내며 부인할 것이다.

그녀가 자신의 상태를 인지하지 못하는 것은 기억상실증 환자 E.H.가 자신의 상태를 인지하지 못하는 것과 같다고 해구는 생각한다.

샤프 교수가 '해구'에게 술을 한 잔 혹은 두세 잔 하고 가라고 요구한 게 오늘 밤이 처음은 아니었다. 냉장고에서 뭐든 찾아서 배를 채우고 가라고도 했다. 냉장고에는 저지방 플레인 요거트와 딱딱한 곡물 빵, 꺼멓게 무른 칸탈로프, 표면이 변색된 치즈, 랩을 씌워놓은 오래된 밥, 불어서 서로 달라붙은 파스타 따위가 들어 있었다.

'해구'는 마고 샤프가 괜찮아졌다고 웬만큼 확신할 수 있을 때까지 곁에 머물 것이다. 제정신이 아닌 가엾은 여자가 우발적이든 고의적이든 자해를 저지르지는 않을 것이다.

해구는 교수가 무슨 일로 이토록 마음이 상했는지 추측해보려 하지 않는다. 너무 많은 것을 알고 싶지 않기 때문이다. 그는 교수가 밀턴 페리스에게 극도로 애착을 보였다는 걸 당연히 알고 있었고 그런 감정이 오래전에 정리되었다는 것도 알고 있다. 그는 교수가 엘리후 후프스에게 극도로 애착을 보인다는 걸 알았지만 그런 감정이 조만간 정리되어야 한다고 굳이 생각하지는 않는다.

마음을 진정하기 위한 것이다. 마고 샤프가 술을 마시는 건 오로지 그 때문이다.

(이 일이 심리학과에서 공공연한 비밀인가? 마고 샤프가 혼자 술을 마시는 게? 해구는 다들 알고 있다고 여긴다. 그러나 아무도 해구에게 이 사실을 언급하려 하지 않듯이, 마고 샤프의 제자인 해구 역시 그녀의 동료들 중 어느 누구에게도 이를 언급할 생각이 없다.)

'해구'는 더 이상 젊은이가 아니다. 밀턴 페리스와 함께 일하려고 이 대학에 들어온 유망한 젊은 대학원생들 중 한 명이었지만 이제는 심리학과 소속이 아니다.

'해구'가 이른 아침까지 마고 샤프 옆에 머물게 되는 것도 처음은 아니다.

해구는 흙먼지가 딱딱하게 굳은 청바지와 스웨터 위에 걸친 대학 후드티를 벗지 않을 것이다. 해구는 마고 샤프의 구두만 벗길 뿐, 감히 그녀의 옷을 편안하게 풀어주지 못할 것이다. 땀에 젖어 뒷목에 엉켜 있는 머리카락을 정리해주면 울퉁불퉁 덩어리져 보이는 베개에 좀 더 편안하게 머리를 뉘일 수 있을 테지만 감히 그녀의 머리에 손대지 못할 것이다.

한 갈래로 땋아 내린 얇은 머리 타래가 마고 샤프의 왼쪽 얼굴 아래로 내려와 있다. 이 헤어스타일은 이 여자의 별난 특징으로 굳어졌지만, 뭐라고 설명하기는 힘들고, 심리학과 연구원들이 그린 캐리커처도 이 특징을 제대로 담아내지 못한다.

가엾은 마고 샤프! 하지만 원하는 삶을 살아온 마고 샤프를 왜 가엾게 여긴단 말인가. 사람들은 그렇게 생각할 것이다.

이날 저녁 해구는 단답형의 몇 마디만 중얼거렸을 뿐 거의 말을 하지 않았다.

해구는 주름진 소년의 얼굴이다. 그는 놀랄 만큼 늙어서(해구 자신이 놀라고 있다는 얘기다) 마흔 셋이나 되었다. 손목에 살가죽만 둘러놓은 것처럼 빼빼 말랐다. 놀라울 정도로 새까만 머리는 펑크 뮤지션처럼 삐죽삐죽한 모양이고 금속 테 안경을 썼다. 피부도, 치아도 차 색깔을 띠고 있다. 밀턴 페리스가 가장 신뢰했던 실험실 기술자이며, 마고가 그대로 인계받아 젊은 한국인의 지식과 신뢰성에 감사하고 있다.

한 잔 더 할래요? 안 해요? 왜요?

해구는 좋은 생각이 아닌 것 같다고 교수에게 말한다. 말보다는 몸짓을 더 많이 섞어가며 이 말을 한다. 금속 테 안경 너머로 근심이 가득 담긴 시선을 던진다.

과학자의 길로 들어섰지만 특별한 까닭 없이 중도에 흐지부지된 똑똑한 젊은이들에 대해 다들 알고 있다. 이들은 자신을 키워준 학과를 떠나지 못한다. 집을 떠나지 못하는 실험실 가족인 셈이다.

해구는 실험실 기술자 중에서 가장 믿을 만한 사람이지만, 스스로 아이디어를 생각해내는 능력이 부족하다. 메모장과 연필만 준 채 아무것도 없는 방 안에 그를 혼자 두었다가 한 시간 뒤에 가보면 메모장은 처음과 마찬가지로 비어 있고 연필은 손도 대지 않은 정도는 아니지만 사용한 흔적이 없음을 알게 될 것이다. 오래전 밀턴 페리스가 그에 대해 이런 불만을 말한 적이 있었다.

해구는 1977년 페리스와 함께 인지심리학 분야에서 야심찬 박사과정 프로젝트를 시작했다. 그렇게 몇 년이 지났지만 박사학위 논문은 나오지 않았다. 페리스 교수가 은퇴할 때 심리학과에서 해구를 해고할 수도 있었지만 마고 샤프가 재빨리 개입했고, 덕분에 이 유능한 젊은이는 3년짜리 계약직을 연달아 얻었다. 과거 10년 혹은 그보다 오랜 기간 동안 그가 밀턴 페리스의 노예로 살았던 것처럼, 이 계약으로 그는 사실상 그녀의 노예가 되었다.

마고 샤프와 해구, 두 사람은 앞으로도 오랫동안 한 팀으로 지낼 것이다. 이제는 유명해진 '기억' 실험실에 많은 대학원생, 박사 후 연구원, 심리학과 동료가 왔다가 사라질 테지만 해구는 충직하게 이곳을 지킬 것이다. 샤프 교수의 실험실을 벗어나서는 살아갈 수 없으니까.

마고 샤프가 그를 보호해주듯이 그 역시 마고 샤프를 보호해줄 것이다. 어떤 의미에서는 해구가 승진을 도와준 신경심리학과 상급 기술자 가운데 그만큼 자발적인 노예는 없을 것이다.

인지심리학 박사학위는 오래전에 포기했다. 대학에서 존경받는 지위, 심지어는 2등급이나 3등급 지위의 정규직 자리를 얻을 희망도 오래전에 포기했다.

(해구가 샤프 교수를 사랑하는 건가? 이런 의심을 하는 이들도 있다.)

(샤프 교수가 해구를 사랑하는 건가? 이런 의심은 신빙성이 훨씬 떨어진다.)

해구는 자신이 마고 샤프의 '노예'라는 걸 인정하지 않으며, 다른 누군가의 노예라고 생각하지도 않는다. 해구는 실험실 기술자로서 받는 연봉이 심리학과 기술자 연봉 중 가장 높다는 데 자부심을 느끼고, 많은 교수들이 그에게 조언과 도움을 청하는 걸 자랑스럽게 여긴다.

마고 샤프가 대학에 남아 있는 한 해구는 그녀의 조수로서 행복하게 일할 테고, 마고 샤프는 결코 은퇴할 마음이 없다.

해구는 자신이 모시는 여자 상사에게 절대 무례한 말을 하지 않을 것이다. 여자 상사에게 오로지 감탄과 존경이 담긴 말만 할 것이다. 그것도 아주 짤막하게.

사실 해구는 말을 거의 하지 않는다. 그는 '외국인'이라는 신분 뒤에 숨는 법을 오래전에 터득했다. 그의 과묵함을 따라갈 사람은 아마 없을 것이다.

그렇지만 과거의 밀턴 페리스와 마찬가지로 마고 샤프가 학과장에게 전화 한 통만 걸어도, 혹은 컴퓨터 자판을 한 번 누르기만 해도 자신을 망가뜨릴 수 있으리란 걸 해구는 알고 있다. 마고는 해구에게 완전히 의존하다가 마침내 그가 필요 없다고 판단되면 다른 누군가를 훈련시킬 것이다. 둘 사이에 (확실한) 합의가 없다는 사실이 둘을 묶어주는 암묵적인 합의다. 둘 사이에 (확실한) 유대 관계가 없다는 게 둘을 묶어주는 유대 관계다.

여러 권의 책과 저널, 논문들이 정돈되지 않은 채 쌓여 있는 어둑어둑한 침실. 한 번도 바꾼 적 없는 듯한 좁은 침대. 마고 샤프는 한동안 이 침대에서 흐느껴 울기도 하고, 딸꾹질도 하더니 마치 플러그를 뽑아버린 것처럼 한순간에 꿈 없는 잠 속으로 빠져든다.

아주 길었던 이날 새벽 2시 10분 (해구는 알지 못하지만 이날은 마고 샤프가 '임신하지 않았음'을 확인한 날이었다) 해구는 마침내 마고 샤프가 잠들었음을 깨닫는다. 그녀의 손에 들려 있는, 거의 빈 술잔을 집어 침대 탁자에 올려놓는다. 별로 비싸지 않은 단풍나무 재질의 침대 탁자에 동그란 술잔과 컵 자국이 마치 희미한 목성 고리처럼 얼룩져 있지만, 그는 마음속으로도 아무 말 하지 않는다.

심리학과 건물에서 0.8킬로미터 거리의 N. 리딩가, 사암으로 된 교수의 이층집 안에 (사실 밀턴 페리스 이후로) 해구 말고 다른 사람이 들어

와본 지는 오래되었다. 싱글 침대가 공간의 대부분을 차지하고 있는 교수의 침실을 해구 말고 다른 사람이 본 지도 오래되었다.

벽에는 커다랗고 빳빳한 흰색 종이에 연필화와 목탄화 여섯 장이 붙어 있다. 빛이 별로 없는 방 안에서는 어둠에 가려 그림의 주제가 잘 보이지 않는다.

해구는 물론 이 그림을 알아본다. 그러나 이 그림에 대해 결코 어떤 말도 하지 않을 것이며, 이 그림들이 왜 그녀의 집에 걸려 있는지 마고에게 묻는 일은 더더욱 없을 것이다.

"교수님? 실례할게요."

해구가 머뭇거리다가 교수의 축 늘어진 차가운 손을 잡고 가느다란 손목에서 맥박을 확인한다. 냄새를 풍기며 불규칙하게 이어지는 교수의 거친 호흡을 눈으로 확인할 수 있고 귀로도 들을 수 있다. 교수의 닫힌 눈꺼풀이 파르르 떨리는 게 보인다.

해구가 이제 가보겠다고 사무적인 목소리로 말한다. "안녕히 주무세요, 교수님."

해구가 집 안 뒤쪽에 있는 전깃불 스위치를 끈다. 병 입구가 끈적거리는 비싼 위스키 술병을 선반에 올려놓고 조심스레 수납장 문을 닫는다.

해구가 싱크대에 놓인 유리잔을 닦는다. 그는 매우 꼼꼼한 사람이며, 혹시라도 밤새 샤프 교수에게 무슨 일이 일어날 경우 남아 있는 지문이나 DNA 샘플 때문에 그가 범인으로 지목되는 일이 없기를 바란다.

해구는 살며시 교수의 집을 빠져나갈 것이다. 유리창들이 어둡다. 출입문 위에 걸린 외등이 고장 난 모양이다.

새벽 2시 18분 해구가 문을 잠그고 나가려는데 어둠 속에서 간신히 기운을 내어 말하는 희미한 목소리가 들린다. "해구? 내일 7시 45분까지 실험실에 와요. 늦지 말고. 차는 거기 있을 거예요. 8시 30분까지 우리 둘 다 다븐파크에 가야 해요."

9

의식. 칼. 그는 왜 나무판자 다리의 난간을 꽉 붙잡고 있을까. 왜 바람에 쓰러지지 않도록 몸에 힘을 주고 있어야 할까.

조지호에서는 아이들이 라이플총과 산탄총을 만지지 못하도록 캐비닛 안에 넣고 열쇠로 문을 잠가놓는다는 사실을 떠올린다. 그러나 거의 잠가놓지 않는 또 다른 캐비닛이 있고 그 안에 여러 가지 칼이 보관되어 있다.

사냥칼도 있고, 낚시용 칼도 있다.

어른들이 잠자리에 들 때까지 기다린다. 집 안 가득 장작 타는 냄새와 담배 연기 냄새가 퍼져 있다.

아래층에서는 위스키 냄새가 난다.

그의 손에 들려 있는 사냥칼이 무겁다. 어린아이 손인데 칼은 성인용이다.

그가 칼을 들어 올린다. 칼날이 날카로운, 무거운 사냥용 칼이다.

침대에 바로 누워 있는 남자를 찌르고, 찌르고, 또 찌른다. 남자는 술에 취한 채로 눈을 번쩍 뜨더니 필사적으로 달아나려 하다가 침대 시트 속에서 뒤엉켜버린다.

미워! 죽어버려.

왜 죽어야 하는지 나만 알고 있어.

공포와 충격으로 일그러진 아버지의 얼굴. 밤중에 몰래 들어온 사람이 아들임을 확인한다. 아버지를 죽여야 하는 아들.

벽난로 뒤쪽, 집 뒤편에 있는 작고 눅눅한 침실이다. 위층에 올라가지 못할 정도로 술에 취할 때면 아버지는 가끔 이 방에서 잤다.

과다 출혈로 인한 사망, 그렇게 결론이 날 것이다. 가슴과 목을 찌른 자상이 수십 개나 되고 복부에도, 사타구니에도 상처가 있다. 극도의 증오로 정신이 혼미한 상태에서 찌르고, 또 찔렀다고 결론이 날 것이다.

다섯 명의 아이들은 의심받을 리 없다.

이후 사냥용 칼을 꼼꼼하게 씻는다. 부엌 옆에 있는 작은 욕실에서.

다른 칼들과 함께 캐비닛 선반에 놓여 있던 무거운 칼을 꼼꼼하게 씻고 말린 뒤 원래 있던 자리에 놓아둔다.

또다시 반복된다. 부들부들 떨면서 맨발로 어두운 계단을 내려온다. 아이는 조심조심 열다섯 계단을 세면서 내려온다. 위층으로 올라갈 때도 열다섯 계단을 세면서 올라가야 한다.

캐비닛 문을 연다. 캐비닛은 잠겨 있지 않다.

그가 고른 칼은 가장 큰 칼도, 가장 무거운 칼도 아니다. 사슴 내장을 제거하는 칼도 아니다. 생선 내장을 제거하는 칼도 아니다. 그런데도 생각보다 칼이 무겁다. 피 때문에 손이 미끄덩거리면 칼을 놓칠지도 모른다는 걱정이 든다.

아버지의 칼 중에서 어떤 걸 고르든 생각보다 무겁다.

부들부들 떨면서 맨발로 어두운 방들을 지나간다. 그는 플란넬 파자마를 입고 있고, 워낙 빼빼 마른 탓에 바지가 밑으로 끌린다. 통나무 집에는 언제나 장작 때는 냄새가 난다.

시트 속에 있던 남자가 놀라 꼼짝하지 못한다. 너무 놀라서 도움을 청하는 비명을 지르지 못한다. 너무도 순식간에 찔려서 도움을 청하는 비명을 지르지 못한다. 목을 찔려 입 안에 피가 고이고, 비명은 나오지 않는다. 아버지는 살인자 아들로부터 자신을 지키려고 애쓰지만 소용이 없다. 곧바로 두 손이 베인다.

날카롭고 무거운 칼이 위로 높이 솟구쳤다가 힘껏 내려온다. 여러 번 찌르고, 찌르고, 또 찌른다.

이윽고 아침이 왔지만 아무것도 달라지지 않았다.

술 취한 남자가 지금은 술에 취하지 않았다. 술 취한 남자는 아버지이며, 그에게 윙크를 한다.

오늘은 큰 카누를 탈 거야, 엘리. 노를 제대로 저을 줄 알게 되었으니.

"후프스 씨? 죄송한데요……."

눈을 뜬 그가 깜짝 놀라며 경계의 빛을 보인다. 생각했던 것과 달리 전혀 엉뚱한 곳에 있는 것을 깨닫고 무척 놀란다. 그러나 그는 매우 영리한 사람이라 이를 드러내지 않는다.

캐러멜색 피부를 가진 젊은 여자. 윤기 흐르는 새까만 머리를 여러 가닥으로 가늘게 땋아 내렸고, 아름다운 눈을 가졌으며, 칙칙한 녹색 셔츠와 바지 속에 아름다운 몸매를 감추고 있는 그녀가 웃으면서 그의 팔을 당긴다. 그러자 그가 천천히 반응을 보인다.

그는 일종의 공포 같은 것에 휩싸여 나무판자 다리 난간을 꽉 붙잡고 있던 중이었다. 아무것도 없고 별다른 위험이 없어 보이는데도 그의 심장박동은 빠르고 불규칙하다.

그가 있는 곳이 어디인지 확실히 알지 못하지만 호수가 아니라는 것을 얼른 깨닫는다. 애디론댁산맥은 아니다.

그는 실망하며, 놀라지 않는다.

이곳은 숲이 우거져 있는 늪지대다. 나뭇조각을 깔아놓은 산책로도 있지만, 낯익은 것이라고는 전혀 없다. 그가 아는 하이킹 코스가 없다. 그가 볼 수 있는 스트로브잣나무도 없다. 땅은 습기를 머금고 있고 대기는 눅눅하다. 멀리 산맥도 보이지 않는다.

"후프스 씨? 이제 돌아가실까요, 네?"

"네! 좋아요."

"당신의 멋진 그림을 잊으시면 안 돼요."

"그래요, 에바. 고마워요."

당혹감을 감추기 위해 미소를 지으면서 여자의 명찰을 확인한다. 에바.

이국적인 이름. 카리브해 출신일 거라고 짐작한다.

그녀는 간호사이거나 간호조무사일 것이다. 그녀의 목소리가 듣기 좋다. 그녀가 무슨 말을 하는가는 별로 상관없다.

에바의 키가 아주 작아서 마음 편하다. 157센티미터나 155센티미터도 안 되는 것 같다.

그렇지만 몸매는 성숙한 여자다. 칙칙한 녹색의 헐렁한 유니폼을 걸쳤는데도 엉덩이와 가슴이 맵시 있다.

간호사 혹은 간호조무사. 가는 뼈, 작은 키. 그러나 발달되어 있는 어깨와 다리 근육. 그의 눈길이 머무는 맵시 있는 몸매. 그리고 미소 짓는 얼굴, 아름다운 얼굴, 아름답고 친절하지만 그를 엄격하게 판단하지 않는 두 눈.

무엇을 잊은 걸까? 스케치북.

그가 얼른 스케치북을 집어 든다. 당연히 그림을 그리고 있었을 것이다. 손가락에 목탄 얼룩이 묻어 있다. 어딘가에 가서 혼자가 될 때까지 기다렸다가 새로 그린 페이지들을 자세히 살펴볼 것이다.

"잘하셨어요, 후프스 씨! 잊어버리면 안 돼요, 그렇죠?"

에바의 태도를 보면서 그는 그녀가 그를 잘 알고 그를 좋아하는 사람이라고 이해한다. 그러므로 그녀는 그가 잘 아는 사람이다.

그녀의 흠잡을 데 없는 귀에 금과 루비로 된 귀걸이가 달려 있다. 매그러운 피부, 따뜻한 피부, 아름다운 턱선, 아름다운 입. 키스하기 좋은, 사랑스럽고 도톰한 입술.

왼손 셋째 손가락에 가느다란 은반지가 있다. 에바가 결혼했나? 아마 에바는 젊은 엄마일 것이다.

너무 큰 상실감이 밀려와 하마터면 휘청거릴 뻔한다.

"에바, 도와줘요. 난 너무 외로워요……."

그가 웃는다. 흐느껴 우는 것보다는 웃는 게 낫다.

"그렇게 느끼실 이유가 없어요, 후프스 씨. 이곳의 모든 사람들이 당신에게 관심을 갖고 있거든요. 아시겠어요? 우리가 테스트실에 도착할 때쯤이면 그중 몇 명이 그곳에서 기다리고 있을 거예요." 그녀가 이제껏 만났거나 이야기를 들어본 다른 어떤 사람보다 그에게 박사들의 관심이 집중되어 있으니, 이를 기뻐하고 자랑스러워해야 한다고 에바가 말한다. "그들이 당신에 관한 책도 쓰고 있으니 당신은 '유명한' 사람이에요. 그들이 당신을 정말 잘 보살펴주고 있어요."

그렇지만 오늘 오전 그의 발걸음이 어딘가 불편해 보인다. 양쪽 다리, 특히 오른쪽 다리가 쑤신다. 혹시 관절염인가?

빌어먹을 관절염에 걸리기에는 너무 젊다. 그는 겨우 서른일곱 살이고 한창 건강할 나이다. 불과 몇 주 전만 해도 혼자 배낭을 메고 화이트크로스산의 바위투성이 길을 20킬로미터나 걸었다.

혼자 있는 두려움. 그는 그런 두려움에 움츠러든 적이 없다.

저 밑바닥 시커먼 진창 속에서 기억의 섬들이 툭툭 튀어 올라 머릿속에 떠오른다. 어둠 속에서 빛의 섬들이 빛난다. 그가 두 눈을 뜬 채 비몽사몽에 빠져 있고, 그동안 (일시적으로) 이름을 잊어버린 녹색 유니폼 차림의, 묘한 매력을 지닌 아름다운 여자가 나뭇조각이 깔린 산책로를 따라 그를 일정한 방향으로 안내하고 있다. 그쪽에 그녀가 잘 아는 익숙한 곳이 있는 듯하다. 그렇다면 결국 그도 그곳을 잘 알고 있을 거라는 의미다. 그러므로 걱정하는 기색을 내비쳐서는 안 된다.

그가 차분하게 생각한다. 그들은 날 버리지 않을 거야. 가족이 날 데리러 올 거야. 지금쯤이면 나를 용서했을 거야.

높이 솟은 건물은 한 번도 본 적 없는 생소한 곳이다. 하지만 그를 후문으로 데려가 힘차게 돌아가는 회전문으로 들어서도 그는 놀라지 않는다. 생각해야 할 일이 있다면 공포에 사로잡혔겠지만, 그가 저도 모르게 엘리베이터 쪽으로 향하는 데다 심지어 간호조무사까지 손가락으로 살짝 찌르면서 그를 그쪽으로 안내하기 때문에 생각할 일이 없다.

위로 올라가다가 4층에 멈춰 선다. 문이 열리고 엘리베이터에서 내릴 때도 그는 놀라지 않는다.

낯선 이들이 그를 기다리고 있다. 낯선 이들은 언제나 그를 만나면 반가워하며 미소 짓는다.

사실 그는 특별한 사람처럼 여겨진다. 정확히 무슨 이유인지는 알지 못한다.

"엘리? 안녕하세요!"

"안녕-하세요!"

그가 얼른 말한다. 미소도 짓는다. 손을 내밀고 아주 활기차게 흔들어 악수한다.

그는 이들이 의사일 거라고 짐작한다. 병원 침대가 보이지 않고, 다행히도 그가 환자복 대신 자기 옷과 신발을 신고 있긴 하지만 그는 특정 종류의 병원에 와 있다.

의사들이 따뜻하게 맞아주는 것으로 보아 이들은 그가 아는 사람이다. 그는 이들이 누구인지 전혀 모르지만 따뜻하게 인사를 건넨다.

"엘리, 안녕하세요! 어떻게 지내요?"

"잘 지내요, 고마워요. 당신은 어떻게 지내요?"

이들의 눈에 비친 자신의 모습을 보면서 생각한다. 이 사람들은 날 불쌓히 여기고 있어.

그가 생각한다. 어쩌면 이곳은 사후 세계인지도 몰라. 그런 느낌이 들어. 사후 세계인 것 같은 느낌. 확인할 방법은 없지만.

미소 짓는 낯선 이들 가운데 가장 나이 많고 권위 있는 사람은 중년의 여자다. 그녀는 놀랄 만큼 흰 피부와 강렬한 눈빛을 지녔고, 절박해 보이는 미소를 짓고 있다. 아름다운 외모라고는 할 수 없고, 적어도 40대 후반은 되어 보이는 걸로 봐서 그와 나이 차이가 많이 나는 게 분명한데도, 그는 이상하게 그녀에게 끌린다. 그녀가 마음을 달래주는 목소리로 말하는 동안 그는 귀 기울여 듣지만, 그럼에도 그녀의 말은 귓속으로 들어오지 않는다. 비록 잊어버리기는 해도 그녀의 말이 들리기는 한다. 전에 한 번도 본 적 없는 교양 있는 분위기의 여자 때문에 당혹스럽다. 그녀는 자기에게서 떨어지라고 도발이라도 하듯, 지나칠 정도로 옆에 바싹 붙어 서서 그의 손을 아주 꽉 움켜쥔다. 서로 잘 아는 사이인 것처럼 그를 엘리라고 부르는 것도 혼란스럽다.

살아오면서 그에게는 많은 여자가 있었다. 젊고 무모했던 시절의 일로, 이제는 손가락 사이로 모두 다 빠져나간 물과 같다.

이유는 모르겠지만 그는 그들 중 누구와도 결혼에 이르지 못했다. 그럴 만큼 사랑하지 않았다. 또한 그녀들이 그를 사랑했는데도 그는 그녀들에게 경멸을 느끼고 도망쳤다.

앰버는 그의 목숨을 앗아 갈 뻔했던 극심한 고열을 똑같이 앓고 죽은 것 같다. 그녀는 조지호에서 죽었을 것이고, 그가 그녀의 시신을 수습해 비행기로 그녀의 가족에게 보냈을 것이다. 사촌인 그레천과 마찬가지로 그녀 역시 사후 세계에서 그를 기다리고 있지나 않을까 걱정된다.

그리고 그가 배신했던 다른 죽은 자들의 유령도 함께.

"후프스 씨? 엘리……."

이상하게도 흰 피부의 여자가 그의 마음속을 휘저으며 갈망과 두려움을 동시에 불러일으킨다. 뱀이 살아나듯 성적 갈망이 그의 사타구니에서 똬리를 풀고 있다.

대체로 그는 (훨씬) 젊은 여자들에게 매력을 느끼는데 이 여자는 결코 젊지 않다.

하지만 그녀의 목소리! 그 음성이 마음을 달래주고 가라앉혀준다.

그녀의 목소리가 익숙하다(그는 그렇게 생각한다).

게다가 머리를 가늘게 하나로 꽁꽁 땋아 얼굴 왼쪽으로 늘어뜨린 모습이 뭔가를 떠오르게 한다. 그게 무엇일까? 카리브해인가, 사우스필라델피아의 여름 거리인가?

다른 이들이 열심히(그리고 존경하는 태도로) 경청하는 가운데 어울리지 않게 이국적으로 머리를 땋은 흰 피부의 여자가 그에게 말을 건다. 뭔가 기술적이고 복잡한 것을 설명하고 있다. 귀 기울여 들어봐야 소용없다. 어차피 기억도 못 할 테니. 그러면서도 그는 (고집스럽게) 그녀에게 끌리는 자신을 발견한다.

"후프스 씨? 엘리? 듣고 있어요?"

"네, 마님."

그가 사춘기 아이처럼 반항한다. 어딘가로 달아나서 숨어야 할 것이다. 젠장, 날 혼자 내버려둬. 여자를 밀쳐내고 도망가고 싶다.

그러나 이런 충동에 무릎을 꿇는 것은 잘못된 일이고, 그래서는 안 된다는 걸 알고 있다.

소울메이트. 이 여자가 그런 존재인가?

그러나 엘리후 후프스는 영리하고 신중하며 교육 수준이 높은 데다 후기 자본주의의 자기 기만적이고 비틀린 방식을 아주 깊이 알기 때문에 **소울메이트** 같은 순진한 생각을 믿지 않는다.

마르크스주의 원칙들. 계급의 적을 죽여 골짜기에 시체를 내버리는 문제에 순진하거나 감상적인 것은 끼어들 수 없다. 적들은 역사를 가질 자격이 없으므로, 적들의 역사를 지워버리는 문제에 있어서도 마찬가지다.

한편 걱정도 된다. 사람들이 엑스레이로 뇌를 촬영하면 그의 머리에 충격이 가해진 적 있다는 사실을 알아낼 것이다. 앨라배마군 보안관 대리의 곤봉에 맞아 두개골에 금이 생겼을 것이다. 머리카락처럼 가느다란 금이라서 당시에는 아무도 알아차리지 못했다. 또한 몇 년 뒤 뇌에 '충격'이 가해질 때마다 머리카락 같은 금이 하나씩 생겼다. 이런 기계 속에 갇혀 있으니 숨을 곳이 없다. 팔과 다리는 끈으로 묶여 있고, 목에도 고정용 끈 하나가 묶여 있다.

이들은 그의 머리를 면도한 뒤 (또다시) 뇌 수술을 할 것이다. 이번 수술은 치명적일 것이다. 고무장갑을 낀 손가락으로 그의 영혼을 건드릴 것이다.

영혼은 신경 말단에 있다. 신경 말단이 반응하지 않으면 영혼은 더 이상 살 수 없다.

그가 이전에 만나서 악수해본 적 없는 상대인 것처럼 낯선 사람 몇 명을 그에게 소개하고 있다. 뭔가 가득 밀려오는 느낌이 있는데, 뭐랄까, 기시감 같은 것이다. 흰 가운을 입지 않은 것으로 보아 아마 의사는 아닐 것이고, 섹시하게 머리를 땋은 흰 피부의 여자도 결국 의사는 아니다. 이들이 건네는 말들이 깨진 유리 조각처럼 그의 뇌에 상처를 낸다.

"아마도 날 기억하지 못하겠지만, 엘리, 내 이름은 '마고 샤프'예요."

"'마-고'……. 그래요. 내가 당신을 어떻게 기억할 수 있겠어요."

젠장, 실수했다. 그가 속 타는 듯이 낄낄 웃는다. "내가 어떻게 당신을 기억하지 못할 수 있겠어요."

정중하면서도 당당하게 말한다. 다리에 통증이 있지만 허리를 꼿꼿하게 편다. 여자의 태도가 거슬리지만 그럼에도 상냥하게 대한다. 이는 후프스 집안의 오래된 외교술이다.

자신을 마-고(그녀의 성은 잊어버렸다)라고 밝힌 여자가 목탄화에 관심을 보인다. 기분은 좋지만 당혹스럽다. 그를 염탐한 게 아니라면 그가 스케치북에 그림을 그려왔다는 사실을 마-고가 어떻게 안단 말인가?

"우리에게 그림을 보여줄 수 있어요, 엘리?"

그는 스케치북을 옆구리에 끼고 있는 걸 확인한다. 지금까지 줄곧 사람들은 그레천을 죽인 살인자를 쫓고 있었고, 목탄화 속에 살인자의 정체가 숨겨져 있다.

"아니요, 그럴 수 없을 것 같네요. 다른 사람에게 보여줄 만큼 잘 그린 작품들이 아니에요."

"그렇지 않아요! 당신의 그림도 사진도 훌륭해요. 필라델피아 미술관에서 당신 작품을 전시한 적이 있었어요, 엘리. 그만큼 좋은 작품이에요."

사실이다. 그가 그 일을 떠올리면서 놀란다.

이상한 일이다. 흰 피부의 여자가 미술관에서 열렸던 그의 개인 사진전에 대해 알고 있다. 이는 곧 그녀가 그에 관한 다른 것들도 많이 알고 있다는 의미가 아닐까, 하는 의심이 든다.

설득하느니 차라리 죽이는 게 훨씬 쉬울 때가 많다. 하지만 여자와 단둘이 있는 기회를 만들어 그녀의 흰 목을 두 손으로 조르기는 쉽지 않을 것이다.

"엘리? 후프스 씨? 우리는 당신 그림을 정말로 보고 싶어요. 예전에 당신 그림을 몇 점 본 적이 있는데, 매우 좋았어요."

백인 인종차별주의자에게도 이런 기분이었다. 시민권운동을 하던 시절에 백인 인종차별주의자에 대해 종종 이런 말을 했다.

설득하느니 차라리 죽이는 게 훨씬 쉬워.

살아오는 동안 적을 죽일 기회가 여러 번 있었다. 어렸을 때는 수치스럽게도 실패했다. 아버지가 술에 취해 누워 자는데도 힘이 없어 죽이지 못했다. 주교의 손자도 힘이 없어 죽이지 못했다. 야유하는 백인 인종차별주의자들, 증오로 가득 찬 추한 얼굴들을 죽이지 못했다. 애머스트대학 시절 냇 터너의 봉기에 대한 글을 읽고 영혼 깊이 전율을 느꼈다. 노예주뿐만 아니라 백인 여자와 백인 아이들의 목까지 벤 것에 쾌감을 느꼈다. 흰 피부를 가진 아이들은 정당한 칼날에 죽임을 당하면서 비명을 질렀다.

"엘리, 내가 봐도 될까요?"

미소를 띤 여자가 그의 손에 있는 스케치북을 가져가려는 듯한 동작을 취했다.

그러나 그가 더 빨랐다. 스케치북을 꼭 움켜쥐고 순순히 내놓지 않는다. 그녀의 얼굴에 놀란 표정이 떠오르는 것을 본다.

이 여자는 누가 그레천을 물에 빠뜨렸는지 알고 있어. 지금까지 줄곧 널 쫓으면서 네가 실수하기만을 기다린 거야.

"안 돼요, 닥터. 손대지 마세요. 이건 내 개인 소유물이에요."

그가 사람들의 얼굴에 나타난 표정을 보면서 웃는다. 개가 침이 흐르는 이빨을 드러내고 숨을 헐떡이면서 웃듯이.

사람들을 어리둥절하게 만들면서도 위안을 주려는 듯이 그가 대신 작은 수첩을 꺼낸다. 심각한 목소리로 중얼거린다.

"여정이 없으니 길이 없다. 지知가 없으니 공空이다. 공空도 없다." 잠시 쉬었다가 다시 덧붙인다. "이것이 붓다의 지혜다. 그러나 지知가 없으니 붓다도 없다."

사랑하는 남편에게. 내가…… 임신할 수 있을 거라는 희망이 있었어요.

하지만 지금은 불안해요, 엘리. 임신은 착각으로 밝혀졌어요.

네, 우리는 무척 행복했었어요! 우리는 결혼해서 함께…… 리튼하우스광장에서 살았어요.

아, 엘리, 그런 슬픈 표정 짓지 말아요! 우린 다시 행복해질 거예요! 약속해요.

테스트가 전부 끝나면 우리는 떠날 거예요. 애디론댁산맥으로요. 조지호에 있는 당신 집안의 아름다운 별장에서 살 거예요.

내가 당신을 차로 그곳까지 데려가서 함께 살 거예요. 나는 당신을 사랑하고, 당신이 살아 있는 날까지…… 우리가 살아 있는 날까지 당신을 보살필 거예요. 맹세해요.

"후프스 씨? 엘리? 안녕하세요……."

그녀가 출입구에 서서 그를 관찰한다. 그녀는 화를 내지 않겠다고 마음먹는다. 질투는 가장 수치스러운 감정이다. 성적 질투심, 더 말할 것도 없이 수치스럽다.

에바, 간호조무사. 아주 예쁘고 조그맣다. 칙칙한 녹색 셔츠와 바지를 입은 간호조무사에 지나지 않지만 자신감에 차 있다.

음, 그렇다. 아주 예쁘다. 검은 마스카라를 칠한 눈은 선이 또렷하고, 입술은 촉촉한 분홍색을 띠고 있다. 비록 체구가 작고 다리도 묘하게 짧긴 하지만, 그녀의 앙증맞고 조그마한 몸은 아름다운 형태를 갖추고 있다. 멀리서 보면 열두 살 정도로 보이지만 가까이서 보면 도저히 열두 살 아이로 착각할 수 없다.

에바가 오기 전에는 욜란다가 있었다. 엘리는 그녀를 완전히 잊어버렸지만 카리브제도 출신의 캐러멜색 피부를 가진 미인이었다. 지금은 카리브제도 출신의 또 다른 캐러멜색 피부의 미인 에바가 있다.

물론 연구소에는 늘 간호사와 간호조무사, 간병인들이 있다. 이들은 젊고 착하고 애교 많은 여자일 가능성이 높고, 다수가 짙은 피부색을 지녔으며, 그렇다, 아주 매력적이다.

"말도 안 돼. 네가 질투를 할 수는 없어. 당장 그만둬."

마고 샤프가 눈을 가늘게 뜨고 화장실 거울에 비친 자신의 모습을 노려본다. 피부색이 어쩌자고 이렇게 하얀가? 게다가 예전에는 늘 검고 윤기 흐르던 그녀의 머리를 이제는 은발과 회색 머리, 심지어 흰머리가 점령해가고 있다.

과학 모임에서 자주 최연소로 논문을 발표했고, 심리학과에서도 최연소 정교수가 되었으며, 종종 최연소 수상자에 오르곤 했던 그녀가 더 이상 젊지 않은 중년이 되었다는 게 너무 이상하다. 이제 촉망받는 과학자가 아니라 업적을 이룬 과학자가 되었으며, 부러움의 대상이 아니라 존경의 대상이 되었다는 것도 낯설다.

매끄럽고 흰 피부에는 가느다란 잔주름들이 잡혀 있다. 가까이서 보아야만 보인다.

그럼에도 그녀는 여전히 매력적인 여자다. 젊을 때는 미인이 아니었지만 나이가 들면서 점잖은 품위가 생겼고, 심지어 중년의 거만한 분위기마저 풍긴다. 머리 손질에 공을 들여, 얼굴 왼쪽으로 머리를 땋아 내리는 그녀만의 독특한 헤어스타일을 완성한다. 그녀의 상징이라 할 수 있는 검은색 옷을 입고, 요즘은 가끔 굽이 있는, 반짝이는 검은색 신발을 신어 키가 커 보이도록 한다. 또한 사랑하는 친구 E. H.가 그녀에게 선물한(그가 할 수만 있다면 분명 그녀에게 선물했을 거라고 상상한) 실크 스카프와 숄을 걸친다. E. H.가 몸매 좋은 젊은 여자의 등장으로 한눈팔지 않는다면 틀림없이 그녀에게서 형식적인 감정 이상의 무엇을 느낄 거라고 그녀는 확신한다.

"그는 날 사랑해. 그는 '아내'를 사랑해. 그 사실은 변하지 않아."

보통의 결혼 생활과 다를 바 없을 거라고 마고는 생각한다. 중년의 결혼 생활이란 이런 거라고.

그의 관심이 그녀에게서 멀어져 다른 데로 향하고 몇 분이 지나면 그녀를 잊어버린다는 게 놀랄 일은 아니다. 그러나 에바가 있을 때는 아주 빠르게 그의 관심 밖으로 '밀려난다'는 사실이 마음 아프다. 리듬감이 있는 카리브 억양의 에바. 아름다운 짙은 속눈썹과 작고 예쁜 몸매를 지녔으며 발걸음에 생기가 넘치는 에바. 나이가 무척 어린 데다 외모까지 어려 보이는 에바.

마음이 아프다. 당혹스럽다. 마고 샤프가 E. H.에게 말할 때 그의 관심은 온전히 그녀에게 향해야 하는데도, 그는 아주 쉽게 한눈을 팔고 뒤편에 밀려나 있는 사람들에게 관심을 보인다. 남자의 눈에 한없이 부드럽게 보이는 간호조무사 에바가 있을 때면, 그는 그녀 쪽으로 아예 시선을 돌려 공공연하게 한눈을 팔다가 끝내는 마고 샤프를 간단히 무시해버리고, 그녀를 완전히 잊어버린 척하면서 고개마저 돌리고 큰 소리로 외친다. "안녕-하세요! 이 사람이 '에바'죠?" 그녀의 가슴에 달린 플라스틱 명찰을 쳐다보면서 이렇게 소리친다.

마고 샤프는 생각한다. 우린 결혼했는데! 정말 당혹스럽다.

그러나 그들은 결혼하지 않았고, 연구소의 모든 사람이 아는 한 마고 샤프와 엘리후 후프스 사이에는 오로지 학문적 관계만 존재한다. 아니, 모두 그렇게 알고 있어야 한다. 그녀는 'E. H. 프로젝트'의 연구책임자이며 그는 E. H.다. 그 사실보다 단순한 것은 없을 것이다.

마고는 당황한 나머지 기억상실증 환자의 관심이 딴 데로 흐르는 걸 다른 사람들도 분명 알아차렸는데도 이에 대해 농담을 던지지 못한다. 게다가 나이 든 환자가 자신을 돌보는 젊은 여자에게 끌리는 건 드문 일도 아니다. 늙은 바보만큼 어리석은 바보도 없지.

자신이 저 여자의 할아버지뻘이라 할 만큼 늙었다는 걸 모르는가!

마고는 이성을 찾으려 한다. 그녀는 비열한 사람이 아니다. 간호조무사에게 신랄한 말을 퍼붓는 대신 (아마도) 젊은 여자의 감독관을 찾아가 항의하고 에바를 연구소의 다른 층으로 보낼 수 있는지 알아볼 것이다. 그렇다, 분명 마고는 그렇게 정리할 것이다.

"알다시피 그 아가씨가 심각한 지장을 주고 있어요. 우리 환자에게 교태를 부리는데, 자신도 모르게 그런 행동을 하는 것 같아요. 아주 젊고 예쁜 아가씨니까요. 게다가 우리 환자는 60대이고 쉽게 흔들릴 수 있지요. 그녀를 다른 자리로 꼭 옮겨주세요. 고마워요!" 마고는 이런 말로 예행연습을 한다.

E. H.가 관심을 둘 만한 상대가 오로지 그녀밖에 없다면 몰라도 그렇지 않은 상황에서는 그의 관심을 통제할 방법이 없다. 단둘이 있을 때만 마고는 남자의 온전한 관심을 요구할 수 있다.

실제로 마고 샤프는 기억상실증 환자의 '관심' 현상에 대해 논문을 썼다. 「역행성 기억상실증과 순행성 기억상실증의 여러 가지 기억 체계, 시지각, '관심'」이라는 제목으로 『실험심리학 저널』에 곧 논문이 실릴 것이며, 향후 『기억의 생물학』에도 부록으로 실릴 것이다.

마고는 극도로 마음이 불편하지만 겉으로 드러내지는 않는다. 적어도 공개적으로는 절대 드러내지 않는다. 사람들이 뭐라고 이야기할지 알고 있다. 존경받는 존재, 심지어는 위협적인 존재가 되었기 때문에 사람들이 그녀에 관해 뭐라고 말할지 알고 있다.

기억상실증 환자가 이제는 60대 중반에 들어섰음에도 여전히 스스로를 서른일곱 살로 여기는 탓에 자신의 부자연스러운 행동을 인지하지 못하는 거라고 그녀는 이해한다. 서로에게 관심이 있다는 듯이 기억상실증 환자가 젊은 여자와 이야기를 주고받으며 미소를 짓고 농담을 하고 웃음을 터뜨리면서 애를 쓰지만 그러는 동안에도 그의 얼굴에 떠오르는 뜨거운 갈망의 표정은 속마음을 드러낸다.

마고는 오래전 자신이 E. H.의 관심의 대상이 되고, 이로 인해 밀턴 페리스가 도외시되었다는 사실을 떠올린다. 당시 E. H.는 그녀에게 관심을 보이며 손을 꼭 붙잡고 그녀의 머리카락 냄새를 맡았었다!

오래전 그 시절. 그녀는 아주 젊은, 순결한 딸이었다.

날 사랑할 수 없는 걸까? 이제 그에게 나는 너무 늙은 여자야.

이날 오후 그녀는 E. H.를 데리고 산책을 나갈 것이다. 다른 누구에게도 맡기지 않고 그녀가 데리고 나갈 것이다.

이날이 끝나갈 무렵 E. H.를 글래드와인에 있는 집까지 차로 데려다줄 것이다. 다른 누구에게도 맡기지 않고 그녀가 데려다줄 것이다.

그때쯤이면 에바는 잊힐 것이다. 그리고 에바는 연구소의 다른 층으로 자리를 옮길 것이므로 영영 잊힐 것이다.

마침내 간호조무사가 떠날 때가 되었다. 그녀가 뒤로 물러나며 쾌활한 목소리로 E. H.에게 소곤거린다. 그럼 안녕히 계세요, 후프스 씨! 오늘 하루 잘 보내세요. 아셨죠? 그러는 동안 여자를 바라보는 E. H.의 시선에는 그녀를 향한 숨김없는 갈망이 담겨 있다.

이 모든 일이 일어나는 동안 (2분도 안 되는 시간이었지만) 마고는 인내심을 갖고 차분하게 기다린다.

젊은 여자가 가고 난 뒤에야 E. H.가 마고 샤프에게 고개를 돌리고는 여느 때처럼 놀라면서 관심을 보이고 얼른 매력적인 미소를 띤다.

그녀가 누구인지 정확히 알지는 못하지만 단순한 간호조무사보다는 훨씬 중요한 사람이라는 걸 제법 확신하는 듯 보인다.

"안녕-하세요!"

"그림자가 없는 사람이 있을 수 있나요? 기억이 없는 건 그림자가 없는 것과 같아요."

"아마도 내가 그런 사람일 거예요."

그가 조심스럽게 소리 내어 말한다. 그의 귀에 자신의 목소리가 낯설게 들렸다.

얼마나 커다란 신뢰를 보여주는가! 아내의 존재에 오랫동안 길들여진 여느 남편과 다를 바 없다.

존재는 있지만 종종 **사람**이 확실하게 보이지는 않는 어떤 꿈속 같다.

(마고는 꿈속에 나타나는 그런 기이한 정신 현상을 탐구하고 싶었다. 낯익은 사람 혹은 사물에 관한 꿈을 꿀 때 왜 시각 이미지가 종종 또렷하지 않은지 궁금했다. 이러한 기억들이 뇌세포 속에 암호화되어 있으면서도 정확하게 전달되지 않는 것이다. 그런 기억과의 연관성에서 볼 때 꿈은 어디에 '들어' 있는가? 「꿈은 어디에 속해 있는가?」—이것이 논문의 예상 제목이다.)

그리하여 하루의 테스트를 끝내고 마고가 E. H.를 차에 태워 집까지 데려다주는 동안 기억상실증 환자는 그녀가 그의 '운전사'라고, 또 한편으로는 '아내'라고 당연히 받아들인다.

‘마고 샤프’를 기억하지는 못해도 오랜 시간이 지나는 동안 E. H.는 그녀의 분위기나 향기에 익숙해졌다. 그녀에게서는 늘 라일락 오드콜로뉴 향기가 났다. 그는 다정하지만 자신 없는 목소리로 “당신이 나의 사랑하는 아내예요?”라고 물을 테고, 마고는 “네, 엘리. 물론이에요”라고 그를 안심시킬 것이다.

마고가 E. H.의 의식 범위 안에 머무는 한 그는 그녀를 잊지 않을 것이다. 아마 그녀의 이름은 잊어버리겠지만 그녀를 잊지는 않을 것이다.

E. H.에게 실시한 여러 테스트를 기반으로 마고 샤프는 ‘(순행성) 기억’과 ‘익숙함’의 차이에 대한 논문을 썼다. 보통 사람에게는 미묘한 차이일지라도 E. H.에게는 매우 중대한 차이다. 기억상실증 환자가 멀쩡한 정신으로 살아가기 위해서는 연상의 그물망을 만들어내야 하는데, 이 연상들은 비록 구체성은 부족해도 최소한 어디선가 본 것 같이 익숙해야 하고, 따라서 마음이 편해지는 연상들이어야 한다.

그리하여 두 사람이 함께 차를 타고 가는 사이 마고가 주간고속도로를 벗어나 몇 분 동안 E. H.와 떨어져 있어야 하는 경우가 생긴다면 (이를테면 화장실에 가야 하는 상황) 그녀가 다시 돌아왔을 때는 익숙한 느낌을 주는 손길로 E. H.의 팔을 톡톡 건드릴 것이다. 기억상실증에 걸리기 이전, 특히 어린 시절에는 그런 손길을 자주 느꼈을 테니 그는 익숙하게 느낄 것이다. 그리고 그녀는 자신의 정체를 알리는 하나의 방법으로 재빨리 그에게 말할 것이다. “엘리, 여보! 사랑하는 내 남편, 어떻게 지냈어요?”

엘리는 순간의 주저함도 없이 말할 것이다. “아주 잘 지냈어요! 사랑하는 내 아내는 어땠어요?”

가슴 뭉클한 순간이다. 당신이라면 비극적이라고 말하겠지만.

이렇게 기억상실증 환자는 자신의 기억상실증을 은폐하는 법을 알게 될 것이고, 이 때문에 (빈틈없는 마고가 생각하기에) 그가 자신이 무엇을 하는지 본능적으로 이해한다고 늘 확실하게 단정 지을 수는 없다.

E. H.의 행복이 마고의 (은밀한) 행복이다. 마고가 누리는 모든 행복은 (은밀하게) 그의 행복과 이어져 있다.

글래드와인 초등학교, 글래드와인 사립 고등학교, 애머스트대학 등 E. H.가 몇십 년 전 다닌 학교의 졸업 앨범을 자세히 살펴봄으로써, 통찰력 있는 마고 샤프는 '둘이 함께 아는' 학교 친구들에 대해 E. H.와 대화를 이어갈 수 있다. 그녀는 "그 애 소식 들었어요?"라고 말하면서 엘리후 후프스의 과거 학급 친구나 팀 동료의 이름을 댈 것이다.

그러면 E. H.는 아주 즐거워하면서 이 사람에 대한 이야기를 하고 기억을 생생하게 떠올릴 것이다. E. H.가 대화의 대부분을 이어가는 가운데, 마고는 매우 그럴듯하게 이 대화에 참여할 수 있으므로 자신의 회상이 **전부 꾸며낸** 이야기라는 사실, 즉 **거짓말**이라는 사실을 쉽게 잊을 수 있다.

그렇지만 하루나 이틀 뒤, 혹은 한 달 뒤에 마고는 E. H.와 나눈 대화 주제로 다시 돌아갈 수 있고, E. H.는 이 주제에 관해 지난번과 같은 감정을 드러내며 같은 이야기를 할 가능성이 높으므로 마고는 대화 내용을 예상할 수 있다. ("크리스마스 휴가가 끝난 뒤 클로드 제르베가 다시 돌아오지 않았을 때 우리 모두 얼마나 충격을 받았는지 기억나요?" "스코티는 우리 모두와 정말 가까운 친구였는데 졸업 후에 한 번도 소식을 듣지 못했다니 정말 이상해요." "에드워즈 교수는 실력 있는 사람이었지만 너무 냉소적이었어요.")

이런 가짜 회상을 들려주는 과정에서 마고 샤프는 엘리후 후프스의 가까운 친구나 여자 친구, 혹은 친구의 친구에 대해 한 번도 틀리지 않고 정확하게 이름을 댐으로써 그녀가 그저 그런 수준의 지인이 아니라 아주 친밀한 친구임을 보여준다.

학교 도서관에서 입수할 수 있는 글래드와인 초등학교 졸업 앨범에서 마고는 엘리후 후프스의 어릴 적 학급 친구들을 찾아보았다. 그의 어린 시절 사진들을 오래도록 보았다. 놀랍게도 그리 잘생긴 아이는 아니었지만, 엘리후 후프스라는 걸 알아볼 수 있었다. 열 살, 열한 살까지의 엘리는 '작은' 아이였는데, 이후 갑자기 키가 자라 반에서 큰 아이들 축에 끼게 되었다. 피부가 좋지 않았던 시절에도 어린 엘리에게서는 자신감이 넘쳐흘렀다. 분명 훌륭한 학생이었던 모양이다. 늘 우등생 명단에 올랐을 뿐만 아니라 라크로스, 수영, 테니스, 육상 등의 종목에서 선수로 활동했고, 학급 반장과 부반장도 맡았다.

영어 클럽, 라틴어 클럽, 수학 클럽, 역사 클럽, 연극 클럽, 성가대원, '하이로 게임'. 졸업 앨범에 실린 사진 아래 작은 글씨로 열거해놓은 엘리후 후프스의 교내 활동 세부 항목이 대다수 친구들에 비해 아주 많다는 것을 확인하고 마고는 놀라움과 감동을 느낀다.

또한 졸업 앨범에서 엘리후 후프스와 같은 반이었던 '마거릿 매든', 즉 '마기 매든'을 발견한다. 가녀린 여자아이인데 예쁘지는 않다. 길게 찢어진 작은 눈, 가르마를 비대칭으로 탄 탓에 얼굴 왼편으로 몰려 있는 머리, 아쉬움이 담긴 작은 입. 그래요, 내가 평범하다는 거 알아요. 하지만 난 특별하니까 나를 사랑해줘요. 나를 사랑해줘요. 그녀의 입이 이렇게 말하는 것 같다.

이런 모습의 사진을 보면서 마고는 새삼 깨닫는다. 자세히 들여다보면 이 여자아이는 그녀를 닮았다. 길게 찢어진 눈, 그리고 역시 눈 밑에 희미하게 드리운 다크서클. 입 모양, 작은 코, 날렵한 턱 등. 영리해 보이며 경계를 늦추지 않는 여자아이다. 성인 마고 샤프와 아이인 마거릿 매든이 보통 사람들의 눈에는 완전히 딴판으로 보일지 모르지만, 엘리후 후프스처럼 눈썰미가 뛰어난 사람이 보기에 두 사람의 얼굴에는 자매로 연결할 만한 뭔가 본질적인 점이 있다.

얼굴 인식은 인간 뇌의 경이로운 기능이지만, 극히 일부분밖에 알려져 있지 않다. 뇌에는 얼굴을 즉시 '기억해내는' 영역이 있고, 아는 얼굴 하나하나를 특별히 담당하는 '얼굴 세포'가 있다고 한다. 심리학과에 있는 신경과학 전공 동료들이 이 현상을 마고에게 설명해주려고 애썼지만 그녀는 이 개념을 이해하기 힘들었다.

당연한 말이지만 기억상실증 환자의 '얼굴 세포'는 더 이상 형성되지 않는다. 기억도 더 이상 응고화되지 않는다. 그러나 오래전에 본 얼굴과 관련 있는 '얼굴 세포'는 여전히 살아 있다.

마고는 마거릿 매든이 겉보기에 소심하고 체구가 작은 듯해도 사실 엘리후 후프스에 버금갈 만큼 활동적이었다는 걸 확인하고 기분이 좋아진다. 그녀는 영어 클럽, 라틴어 클럽, 역사 클럽, 여자 합창단, '하이로 게임' 등에서 활동했다. 더욱 놀라운 것은 조그만 마거릿 매든이 여자 발리볼팀에 속해 있었다는 점이다.

마고가 미소 짓는다. 1930년대 말에 자신과 얼굴이 비슷하게 생겼던 자매가 자랑스럽다.

"엘리, '마기 매든' 소식 들은 적 있어요? 기억나죠? 우리와 함께 글래드와인 초등학교를 다녔잖아요.”

마고가 아주 웃긴 이야기라도 한 것처럼 엘리가 웃음을 터뜨린다. 그러더니 얼굴에 구름이 드리운다. 그가 경계의 빛을 보이며 묻는다.

“당신이 마기 매든이잖아요?”

마고가 아니라고, 자신은 결코 마기 매든이 아니라고 고개를 젓는다.

그녀가 항의의 의미로 웃는다. 엘리가 미심쩍은 눈으로 바라본다.

“그녀를 닮은 것 같긴 해요. 그러니까 내 말은 예전에 우리가 닮았다고요. 학교에서 우리를 종종 헷갈렸고 특히 몇몇 선생님들이 그랬지요. 하지만 내 이름은 ‘마고 샤프’예요.”

“‘마-고 샤프.’ 그래요.”

하지만 엘리는 이야기를 더 해야 할지 말아야 할지 결정하지 못한 듯이 여전히 미심쩍은 눈길로 마고를 바라본다. 과거에 다녔던 학교를 주제로 이야기할 때 엘리가 이렇게 말이 없는 경우는 흔치 않다.

“엘리, 무슨 문제라도 있어요? 왜 그런 눈으로 날 쳐다봐요?”

마고가 밝은 음성으로 말한다. 심장이 빠르게 뛴다. 그가 알고 있어. 이 모든 게 연기라는 걸. 전부 알고 있는 거야.

그러나 엘리는 그저 마고의 팔을 살살 다독이고는 그녀의 손을 잡아 깍지를 낀다. 그녀가 거기에 응해 그의 손을 꼭 쥔다.

아니야. 그는 나의 사랑하는 남편이야. 어떤 의심도 하지 않아. 그는 나를 사랑해.

“저기, ‘마-고’. 지금 셈을 해보는 중인데요. 마기 매든은 대략 서른일곱 살쯤 되었을 텐데 어떻게 당신과 함께 글래드와인 초등학교에 다닐 수 있죠? 여보, 당신은 아름다운 여자지만 분명 지금은 서른일곱

살의 여자가 아니에요." 엘리는 마고의 얼굴에 상처받은 표정이 나타
나는 것을 보고서 다급하게, 그러면서도 장난스럽게 그녀의 손을 들
어 입을 맞춘다.

"걱정 말아요, 여보. 난 예전처럼 변함없이 당신을 사랑해요. 당신
이 그녀가 아니라고 해도 말이에요."

카펫 혹은 기다란 어떤 것이 깔려 있고 내가 그 위를 걷고 있어요. 그런데
내 뒤에서는 카펫을 걷어 둘둘 마는 중이지요. 그 때문에 내가 걷는 곳에만 카
펫이 깔려 있고 내 앞에도, 뒤에도 카펫은 없어요. 가끔 너무 피곤할 때가 있지
만 쉴 곳이 없지요.

결혼한 부부가 그렇듯이 그들은 사소한 다툼을 벌인다.
그런 다툼에는 즐거움이 있다. 친근함이 있다.
말을 듣지 않는 남편을 자동차 조수석에 억지로 앉히고 안전벨트
를 매준다. 마고에게는 늘 도전과도 같은 일이다. 남편의 입장에서는
언제나 낯선 일이기 때문이다.
그녀가 웃으면서 간청한다. "엘리, 제발! 말도 안 되는 소리 마요. 차
를 타고 갈 때마다 늘 이렇게 했어요." 그러면 엘리가 말한다. "젠장, 차
를 타는데 '안전벨트'를 매는 사람은 없어요. 비행기라면 몰라도 차를
탈 때는 안 매요." 이어서 마고가 말한다. "음, 이제 펜실베이니아에 새
로운 법이 생겼어요. 모든 시민이 지켜야 하는 주법이 있어요."
엘리가 조롱하듯 코웃음을 치고는 말한다. "'벨트'를 매고 싶으면
당신이나 매요. 나한테까지 이러지 말고."

"엘리, 제발요! 내 부탁을 들어주는 셈 치고 안전벨트를 매면 안 돼요?"

"안 돼요."

"엘리, 당신은 똑똑한 사람이니까 알 거예요. 차에 안전벨트가 있다면 애초부터 그걸 사용하라는 의미인 거예요. 그리고 애초부터 그런 의미였다면 그렇게 하는 게 옳기 때문이고요."

"나 원 참! 무슨 그런 비논리적인 말이 있어요?"

"안전벨트는 안전장치예요, 엘리. 당신도 믿어야 해요."

"왜 내가 그걸 '믿어야' 하죠? 만약에 사고가 나면 어떻게 빠져나오라고요? 불타는 차 안에 갇히게 될 거예요."

"음, 본래 의도는…… 당신이 차창 밖으로 팅겨 나가지 않도록 막아 주려는 거지요."

"본래 의도는 나를 '안전벨트'에 묶어둔 채로 불태워 죽이려는 거겠지요. 불타는 재앙 속에서 말이에요."

결국에 가서는 엘리가 수그러든다. 당당하면서도 화난 남편이 보여줄 법한 적절한 태도는 바보 같은 걱정을 하는 아내의 기분을 맞춰 주는 것이기 때문이다.

이윽고 그는 그녀에게 종종 화를 내기 시작한다. 성냥을 확 그은 것처럼 난데없이 화가 폭발한다.

이날 저녁 해 질 녘에 글래드와인 출구를 향해 차를 타고 주간고속도로를 달리던 중 엘리는 앨라배마의 "미쳐 날뛰던" 군 보안관 대리가 그의 카메라를 빼앗아 박살낸 일에 대해 이야기하고 있었다. 마고가 전에도 많이 들었던 이야기다. 그러나 이 회상 가운데 비슷한 대목은 그냥 넘겨버리고 오직 그녀만이 감지할 수 있는, 사소하지만 미묘한 차이들에 주목하다 보면 여러 번 들은 이야기라 해도 흥미롭다. 그러던 중 문득 엘리가 카메라의 행방을 궁금해한다. 마고는 카메라가 "집에" 잘 있다고 안심시킨다. "엘리, 당신 소지품은 모두 당신이 놔둔 그대로 집에 잘 보관되어 있어요. 안전하게 '집에' 있어요."

마고가 깨달은 바로는 집에 있다는 말이 기억상실증 환자의 마음을 편하게 해준다. 그렇더라도 기억상실증 환자가 생각하는, 집에 있다는 개념은 마치 꿈처럼 아무 실체가 없을 것이다.

그리고 기억상실증 환자의 팔과 손을 토닥여주는 것도 종종 도움이 된다.

마고는 E. H.의 간호사가 되었다. 그에게 예전의 욜란다와 에바 같은 존재가 되고 싶었다. 그들의 존재가 성적 편의를 암시하는 측면이 있기는 하지만 그럼에도 여성적 위안의 원천이라고 할 수 있었다.

그러나 오늘 저녁 엘리는 짜증을 부리며 간호사의 손을 뿌리친다. 버럭 화를 내면서 스케치북이 어디 있는지 알아야겠다고 요구한다. 카메라 문제가 정리되었으니 이제 스케치북이다. 스케치북이 어디 있냐는 것이다.

그가 의자에서 몸을 돌리려 하지만 안전벨트 때문에 움직이지 못한다. 욕설을 내뱉고 씩씩거리면서 소란을 피운다. 핸들을 잡고 있는 마고가 그를 진정시키려 한다. 그녀가 말한다. 차를 세울 거라고, 그러면 (확신하건대) 늘 그렇듯 스케치북이 다른 물품들과 함께 뒷좌석에 놓여 있는 걸 확인할 수 있을 거라고 말한다. 하지만 엘리는 흥분해서 계속 화를 낸다. 반대편에서 다가오는 헤드라이트의 스치는 불빛에 그의 수척한 얼굴이 비치자 마고는 그 얼굴에서 자신을 향한 혐오의 표정을 보고 하마터면 차에 대한 통제력을 잃을 뻔한다. "엘리, 제발! 스케치북은 바로 뒤에 있어요."

마고가 브레이크를 밟고 차들이 빠르게 지나다니는 도로 옆 갓길에 차를 세운다. 엘리는 여전히 욕설을 내뱉으면서 겨우 안전벨트를 풀고 몸을 홱 돌린 뒤 더듬거리며 스케치북을 찾는다. 차를 타고 글래드와인에 갈 때면 늘 그렇듯이 스케치북은 그의 좌석 뒤쪽에 놓여 있다.

그러나 스케치북을 찾은 뒤에도 엘리는 진정하지 못하고 의심스런 눈길로 스케치북을 넘겨보다가 스케치북 몇 장이 찢겨 있다고 걱정한다. 마고는 아무도 그의 스케치북에 손대지 않았노라고 장담한다. 그녀가 연구소의 어느 누구도 스케치북을 만지지 못하게 하기 때문이다. 그러나 엘리는 그림들이 사라졌고 자신의 작품이 '파괴'되었다고 확신한다.

마고가 함께 스케치북을 살펴봐주겠다고 제안하고, 아무것도 손댄 적 없다는 사실을 확인하지만 엘리는 불같이 화를 내며 그녀를 밀친다. 그리고 그녀가 미처 자신을 보호할 새도 없이 발작적으로 분노를 터뜨리면서 주먹으로 그녀를 때리고는 두 손으로 목을 조르며 질타한다. "당신! 꺼져버려! 난 당신을 몰라! 당신을 믿지 않아! 도대체 '닥터', 당신은 누구야!"

마고가 손톱으로 엘리의 손을 할퀴어보지만, 그녀가 어찌할 수 없을 만큼 너무 힘이 센 데다 광분한 상태다. 다행히 공격은 몇 초 만에 끝난다.

너무도 빨리 끝나버리자 마고가 멍한 상태로 혼잣말을 한다. 이 일은 일어난 게 아니야. 이 일은 없었어.

순식간에 지나가버렸고 고의로 저지른 일도 아니었다. 말하자면 사고 같은 것이므로, 향후 마고 샤프의 저서 『기억상실에 관한 메모 : E. H. 프로젝트』에 실리지는 않을 것이다.

어쨌든 사적 감정이 담긴 공격은 아니었다. 그냥 두 팔을 허우적거린 것이다. 물에 빠진 사람이 자신을 구하려는 사람을 향해 팔을 휘두르는 것과 다름없다. 그리고 마고는 한순간도 의식을 잃지 않았다. 그렇게 확신한다.

마고가 회복되었을 때 그녀는 차 안에 혼자 있다. 숨을 몰아쉬며 통증으로 얼굴을 움찔한다. 시야가 얼룩져 보인다. (눈에 출혈이 있나?) 보이지 않는 남자의 힘센 손이 지금도 잔인하게 그녀의 목을 조르고 있다.

몇 분 동안 마고는 너무 멍해서 무슨 일이 일어났는지, 자신이 어디에 있는지 도무지 가늠이 되지 않는다.

주간고속도로 갓길인가? 차 안에 그녀 혼자 있는 건가? 차량들이 끔찍한 눈사태처럼 빠르게 스쳐 지나간다.

지평선에 걸린 황혼의 해는 커다란 노른자가 깨져, 뇌처럼 울퉁불퉁 덩어리진 구름 속에 피를 흘리는 것 같다.

그녀는 글래드와인을 향해 남쪽으로 가는 주간고속도로 위에 있다. 기억이 난다.

"엘리? 오, 하느님. 엘리…… 어디 있어요?"

15미터쯤 떨어진 곳에서 그를 발견한다. 차에서 멀리 달아나고 싶은 듯이 술에 취한 사람처럼 비틀거리며 고속도로 가장자리를 걷고 있다. 마고가 용기를 내어 그의 팔을 잡는다. 그가 고개를 돌려 그녀를 보고는 그대로 무너져 바닥에 쭈그리고 앉는다. 그의 눈은 다가오는 헤드라이트 불빛 속에서 들짐승의 눈처럼 공포에 질려 번뜩인다.

그가 숨을 헐떡이며 훌쩍거리기 시작한다. 지나가는 자동차들이 무례하게 바람을 일으키고, 그의 얼굴에 흙먼지와 낙엽 부스러기가 날아든다.

자신이 어디 있는지 모르는 거야. 완전히, 완전히 길을 잃었어.

그는 내 사람이야.

마고 자신도 심하게 흔들리고 있지만 그래도 자제력을 발휘해야 한다고 생각한다. 기억상실증 환자가 그녀에게서 달아나지 못하게, 혹시라도 차량들 속으로 뛰어들지 못하게 막아야 한다. 그녀의 목소리를 들려주고 심하게 떨리는 그의 손을 토닥이면서 그를 달랜다. 부드러운 목소리로 그를 부른다. "엘리. 사랑하는 남편, 엘리." 마침내 기억상실증 환자가 평온을 되찾는다. 아니, 어쨌든 최소한 진정은 된다. 엘리가 갑자기 피곤을 느끼면서도 간신히 희미하게 희망의 미소를 짓는다. "여-보. 사랑하는 나의 아내."

아주 오랫동안 두 사람은 현재시제 속을 떠다녔다. 아주 오랫동안 각자 그림자 없이 떠다녔다.

하지만 1994년 10월의 어느 날 저녁, 별다른 계기도 없었던 것 같은데 글래드와인 파크사이드 466번지 응접실에서 늙은 루신다 매티슨 부인이 머뭇거리는 음성으로 애디론댁산맥의 개울에 빠져 죽은 여자아이 이야기를 꺼낸다. 지금 마고는 놀라면서 귀 기울여 듣고 있다.

"……끔찍한 일이었어요. 정말…… 끔찍했지요. 그레천은 내 조카였어요. 에드거 오빠의 딸이었고 그해 여름 열한 살이었지요. 그레천은 엘리와 그 형제를 포함해 동생들 몇 명을 돌보고 있었어요. 그런데 분명 '누군가 그곳에 찾아왔고' 모두가 알다시피 그레천이 사라져버렸죠. 그 후로 아이들은 그 애를 다시 보지 못했고요."

마고는 지금 무슨 이야기를 듣고 있는 건지 확실히 알지 못한 채 한마디도 하지 않고 가만히 앉아 있다. 그녀와 매티슨 부인은 백합 향기가 가득한 응접실에 함께 앉아 있고, 마고가 한 번도 가보지 못한, 이 웅장한 고택의 위층에서는 엘리후 후프스가 두 사람을 까맣게 잊은 채 얼굴도 내밀지 않고 숨어 있다.

마고는 이제 친구가 된 매티슨 부인을 위해 백합을 한 아름이나 가져왔다. 매티슨 부인은 이런 자리가 있을 때마다 그래왔듯이 얼그레이 홍차와 은 접시에 담긴 과자를 대접했다.

백합 향은 정말 향기로우면서도 강력하다! 지나칠 정도라고 마고는 생각한다. 마치 술에 취하듯 향기에 취한 기분이다.

저음의 쉰 목소리로 60년도 더 된 가족의 비극을 털어놓는 동안 매티슨 부인의 시야가 눈물로 흐릿해진다.

"그 일로 우리 가족의 삶은 어두워졌어요. '그림자가 드리운' 거지요. 어여쁜 꼬마 조카가 꼬임에 빠져 자기보다 나이 많은 어떤 남자아이와 함께 숲속으로 들어간 것으로 밝혀졌어요. 남자아이 역시 필라델피아 출신으로, 그 가족들도 조지호에 별장을 갖고 있었고 후프스 집안과 가까이 지냈지요. 그 애의 이름은 '액슬', '액슬 매켈로이'로 열일곱 살이었고, 키가 크고 호리호리하며 어깨가 구부정하고 문제가 많은 까다로운 아이였어요. 자기보다 나이가 한참 어린 아이들과 노는 걸 좋아했고, 이 아이들, 특히 여자아이들을 괴롭힌 이력이 있었어요. 신문에서는 액슬이 매켈로이 주교의 손자라고 했지요. (아마 당신은 이 이름을 모를 테지만 당시에는 필라델피아의 이름난 가문이었어요.) 그러나 사실 남자아이는 주교의 조카가 입양한 아들이었으니 혈연관계는 전혀 없었지요. 신문이 어떤지 아시잖아요. 요즘 텔레비전은 더 심하고요. 유명 가문이 연루된 일이라면 최대한 부풀려서 스캔들을 만들지요. 영국 성공회의 주교였던 그 사람은 이 비극적 사건으로 큰 타격을 입고 곧 물러났어요.

당시 1929년 7월 4일 직후 우리 가족은 대부분 조지호에 머물고 있었어요. 엘리는 다섯 살이었지요. 그레천이 액슬과 함께 떠나기 전 그 애를 마지막으로 본 사람이 엘리라고 다들 믿었지요. 엘리는 그레천이 자기와 형들을 봐주고 있긴 했지만 종일 그레천을 보지 못했다고 주장했어요. 그레천 말고도 나이가 위인 또 다른 여자아이가 있었거든요. 엘리는 화가 나서 그레천을 본 적 없다고 말했지만, 나중에는 그레천이 카누를 타고 '호수를 건너가는' 걸 봤다고 했어요. 하지만 액슬은 그레천을 데리고 호수를 건너가지 않았지요. 즉시 그레천을 찾기 위해 수색을 벌였어요. 어린아이를 제외한 모든 사람들이 동원되었어요. 내 아버지, 그러니까 엘리의 할아버지는 소형 프로펠러 비행기를 타고 호수와 호수의 다른 섬들 위를 돌면서 그레천을 찾아보겠다고 고집했지요. 아버지는 의지가 강한 분이었어요. 아버지는 최소한

한 번은 엘리를 비행기에 태우고 가셨을 거예요. 오빠와 올케언니, 그러니까 엘리의 부모는 아들이 함께 가는 걸 못마땅히 여겼는데 어떻게 된 건지 몰라도 아버지는 엘리를 데리고 가셨어요. 문제가 생겼고 아버지는 섬에 불시착했지요. 아버지와 엘리는 밤새 바깥에서 지냈어요. 그레천에 대한 걱정이며 수색도 문제였지만 이 일도 큰일이었지요! 얼마나 악몽 같은 시간을 보냈는지, 얼마나 오랫동안 그러고 있었는지 나는 알지 못해요.

그레천의 시체는 호수에서 3킬로미터쯤 떨어진 숲속 개울에서 발견되었어요. 그 애는 목이 졸리고 바위에 머리를 부딪혀 죽었는데, 그 후 시신을 얕은 개울까지 끌어다 옮겨놓은 거지요. 피가 묻은 바위들이 있었으니, 그레천은 거기서 죽었을 거예요. 그는 그레천에게, 그 애의 시신에 몹쓸 짓을 했어요. 액슬은 정말 끔찍한 아이였지요. 정확히 어떤 잔인한 짓을 했는지는 듣지 못했어요. 적어도 나는 들은 적이 없어요. 아마 가족 중에 아는 사람이 있을 거예요. 남자들은 알 수도 있겠군요. 하지만 여자나 여자아이들에게는 이야기해주지 않았고 우리도 듣고 싶지 않았어요.

액슬이라는 아이는 수색이 벌어지는 동안 아주 이상한 행동을 보였어요. 호수에 있는 집안 별장에 몸을 숨겼고 그가 어디 있는지 아무도 알지 못했지요. 사람들에게 발견된 직후 바로 체포되었어요. 손톱 밑에 피가 묻어 있었고 팔과 얼굴에는 할퀸 상처도 남아 있었지요. 그 애는 주교의 손자가 아니었지만, 다들 그렇게 생각하고 싶어 하는 것 같았어요. 다른 사람이 아니라 영국 성공회 주교의 손자가 그레천에게 그런 짓을 한 게 훨씬 나쁜 일인 것처럼 그랬지요. 액슬은 결코 정확하게 털어놓지 않았어요. 무슨 일이 일어났는지 '기억나지 않는다'고 주장했고, 그레천이 '새끼 사슴'을 찾으러 가자며 자신을 숲속으로 데려갔다고 했어요. 나중에는 자기 말을 번복했고 그 이후에는 또 다른 이야기를 했어요. 그레천이 그를 '발로 차고 할퀴는' 바람에 방어하기 위해 '때릴' 수밖에 없었다고 이야기하기도 했대요.

매켈로이 집안을 알던 사람들 사이에서는 그레천 후프스의 죽음이 액슬의 부모 책임이라는 이야기도 돌았어요. 정신적으로 불안정한 아이가 우리들 속에 섞여 어린아이들과 어울리도록 방치하지 말았어야 했다는 거죠. 수많은 비난과 맞대응이 오갔어요. 몇십 년이나 이어졌지요.

그레천에게 무슨 일이 일어났는지 나이 어린 아이들은 아무 이야기도 듣지 못했어요. 아이들에게 그런 끔찍한 일을 어떻게 설명해야할지 알 수가 없었어요, 당시에는요. 아니, 다른 때라도 마찬가지였겠지요. 세상에, 무슨 말을 하겠어요?

엘리는 오랫동안 악몽을 꾸었어요. 사촌에 대해서는 아무 이야기도 하지 않았고, 묻지도 않았지요. 엘리의 부모는 혹시 그 애에게 어떤 간질 질환이 있는 게 아닌가 걱정했어요. 발작 증상이나 경기를 일으키기도 했으니까요. 검사를 받았지만 정상으로 보였어요. '정상적'으로 행동하는 일도 많았고요. 초등학교에서는 인기 있는 아이였지요. 하지만 어느 날 엘리는 형인 애버릴에게 **그레천을 해친 사람은 자신이라**고 '털어놓았고' 애버릴은 이를 부모에게 말했어요. 부모는 그 얘기가 사실이 아니고 사실일 리도 없는데 대체 엘리가 왜 그런 소리를 한 거냐고 물었지요. 애버릴은 엘리가 종종 사실이 아닌 '미친 얘기' 혹은 어떤 점에서 사실이긴 해도 전부 비틀어놓은 '미친 얘기'를 한다고 했어요. 애버릴의 말에 따르면 엘리는 '내가 그레천을 해쳤지만 아무도 그 사실을 몰랐기 때문에 처벌받지 않은 거야'라고 말하더니 소리 내어 웃기 시작했다는 거예요.

이 무렵 액슬 매켈로이는 청소년 시설에 들어가 있었어요. 뉴욕주 북부에 위치한 '정신이상 범죄자'를 수용하는 정신병원이었지요.

조카 엘리는 상당 기간 '정상인'처럼 보였어요. 학교에서는 인기 있는 아이가 되었고 운동선수로 활약하기도 했지요. 어릴 적엔 물을 무서워하는 아이였는데 자기 의지로 수영과 다이빙을 익혔고 조지호에서 카누도 탔어요. 다른 한편 집에서 가족과 있을 때는 기분 변화가 심한 아이였지요. 부모가 그에게 그레천을 '해쳤다'고 말하지 않았느냐며 들이대면 자신은 그런 말을 한 적이 없다고 부인했어요. 엘리는 그레천의 이름이 나오기만 해도 심하게 화를 냈지요. 물론 우리가 그녀의 이름을 말하는 일은 없었어요. 우리 중 어느 누구도 '그레천'이라는 이름을 입에 올리지 않았지요. 너무 마음 아프고 끔찍했으니까요. 60년이 지난 지금도 나는 엘리에게 사촌 이야기를 꺼낼 엄두가 나지 않아요. 연구소에 있을 때는 엘리가 반듯하게 처신하고 그곳 사람들이 모두 그를 애지중지해주니까 아마 당신은 그의 성미가 얼마나 불같은지, 얼마나 쉽게 화를 내고 흥분하는지 모를 거예요. 우리 집안사람들 중 일부는 엘리가 신학교에 들어가고 시민권운동에 참여한 것도 어쩌면 나름의 방식으로 그레천에게 '속죄'를 하는 걸지 모른다고 생각했어요. 그렇다고 그가 '속죄'해야 할 어떤 이유가 있다는 얘기는 아니에요. 엘리 입장에서는 그럴 이유가 있다고 생각했을 수도 있다는 거지요. 살아 있는 그레천을 마지막으로 본 사람이 자신이었으니까요. 음, 그 아이를 죽인 살인자를 빼면 말이에요.

그러니 어떤 점에서는 엘리가 지금처럼 사는 게 오히려 다행일지도 몰라요. 기억이 없으니 불행할 이유도 없지요.”

“하지만 매티슨 부인.” 마고가 이의를 제기한다. “엘리는 당연히 과거를 기억해요. 그가 기억하지 못하는 것은 현재예요. 그 점을 아셔야 해요.”

위층에서는 엘리가 텔레비전 뉴스를 보는 중이다. 소리가 크다 보니 멀리서 싸우는 소리처럼 들린다. 엘리는 청력이 나빠졌는데도 보청기를 끼려고 하지 않는다. 서른일곱 살밖에 안 되었는데 무슨 망할 놈의 보청기를 끼냐고 경멸조로 말한다.

“내 조카가 기억하고 싶은 것만 기억한다는 생각이 가끔 들어요.” 매티슨 부인이 굽히지 않고 말한다. “원하는 것만 보고 듣는 것처럼요.”

마고는 이의를 제기하고 싶다. 뇌 손상을 입은 사람에게 그런 말을 하는 것은 너무 어리석고 잔인하다! 하지만 뇌 질환을 앓는 사람에게 화살을 돌리는 것은 전문 지식이 없는 사람들이 보이는 일반적인 태도다.

매티슨 부인이 60년 전 물에 빠져 죽은 여자아이 이야기를 계속 이어가는 동안 마고는 엘리후 후프스가 강박적으로 그린 여자아이의 그림들을 생각한다. 매티슨 부인의 경솔한 말과 달리, 엘리가 과거에 사로잡혀 괴로울 일이 없다는 건 사실이 아니다. 현재도, 미래도 없기 때문에 그는 더욱더 과거에 사로잡혀 있다.

마고는 매티슨 부인에게 '액슬 매켈로이'가 아직 살아 있는지 묻는다. 매티슨 부인은 괴팍스럽게 치를 떨며 말한다. "내가 어떻게 알겠어요? 살아 있지 않았으면 좋겠네요."

많은 세월이 흘렀지만 아마도 그렇지 않은 것 같다. 마고는 많은 세월이 흐른 게 아니라고 확신한다.

마고는 예전에 매티슨 부인에게 조카가 '물에 빠진 여자아이'를 수없이 그렸다고 이야기했지만, 부인은 이런 현상에 대해 한 번도 의견을 말한 적이 없었다. 그래서 마고는 부인이 이 현상에 대해 할 말이 없는 모양이라고 짐작했었다. 그런데 오늘 밤 부인은 이렇다 할 이유도 없는데 고통스러운 표정으로 머뭇거리면서 천천히 이야기를 꺼내놓기 시작했다.

요즘 들어 자주 그러듯이 마고가 집까지 엘리를 데려다주면 루신다 매티슨은 따뜻하다고는 할 수 없지만 늘 예의를 갖춰 그녀를 맞아준다. 많은 시간이 흘렀고 매티슨 부인이 처음보다 확실히 마고 샤프를 신뢰하기는 해도, 마고와 자신의 조카가 어떤 관계인지 아는 것 같지는 않았고 부인이 마고에게 예의를 갖추는 수준을 넘어서서 뭔가 감정을 느끼는 것 같지도 않았다. 티타임에 이루어지는 의식의 일환으로 마고는 매티슨 부인에게 엘리후 후프스의 '경과보고서'를 보여주지만 보고서 내용은 별반 달라진 게 없다. "엘리는 아주 잘하고 있어요, 매티슨 부인! 연구소에서 인기도 많고요. 그곳에서는 엘리 같은 사람을 찾아보기가 힘들거든요."

마고는 엘리가 저지른 실수에 대해 매티슨 부인에게 말한 적이 없다. 어느 누구에게도 말한 적 없으며 앞으로도 말하지 않을 것이다. 남편이 아내에게 비이성적 행동을 저질러도 그 행동이 일시적이며 별 의미 없는 것이라면 이를 말하지 않는 것과 마찬가지다. 마고는 늘 스스로를 이렇게 위로한다. 그는 날 사랑해. 그가 사랑하는 사람은 나뿐이야.

지난주 주간고속도로 위 마고의 차 안에서 엘리가 분별을 잃었던 건 극단적인 일이었다. 분노와 좌절이 가득한 표정으로 마고의 목을 조르고, 그녀에게 고함을 지른 것은 일탈 행위였다. 다시는 일어날 가능성이 없는 우발적인 폭력이었다.

마고가 추측하건대 엘리는 온종일 이어진 테스트로 피곤했을 것이다. 그리고 좌절했을 것이다. 그날의 테스트는 기억상실증 환자가 몇 년 전 연구소에서 받은 체지각 테스트를 변형한 것이었고, 이번에는 MRI를 이용하여 그의 뇌 속에서 이루어지는 신경 활동을 추적하고 기록했다. 이는 보기 드문 실험이었고, 결과는 매우 흥미로웠다. 또한 기억상실증 환자는 과거와 똑같이 반복한 테스트를 '기억'하지 못했음에도 역시 마찬가지로 가만히 있지 못하고 고집스러운 모습을 보였다.

마고 샤프는 인정하고 싶지 않지만, 사실 기억상실증 환자는 예전만큼 협조적이지도 않고 착하지도 않다. 그의 성격은 조금씩 달라졌다. 아니, 성격이 달라졌다기보다는 '더 거친' 이차적 성격이 때때로 표출되고 있다. 이는 진정한 엘리후 후프스라고 할 수 없으며, 이 문제를 둘러싸고 논쟁과 반대 의견이 제기될 가능성이 있다. 그러나 마고 샤프는 이러한 엘리후 후프스를 다룰 수 있다.

엘리가 마고의 차에서 도망쳐 주간고속도로 갓길을 비틀거리며 걸었던 사건이 지난 뒤 마고는 그를 안전하게 다시 차로 데려왔다. 겁먹고 당황한 남자를 진정시킨 다음, 팔로 그의 허리를 감싸 안은 채 걸어

왔다. 걷는 동안 남자는 무거운 몸을 그녀에게 의지했다.

마고는 그의 시에 나오는 한 구절을 나지막이 읊어서 그의 마음을 편안하게 해줄 수 있었다. "아, 내 사랑, 서로에게 진실하도록 해요!" 때로는 이 시구에 자극받은 엘리가 이어서 시 전체를 암송하기도 했고, 때로는 집에 데려간다는 약속처럼 그를 진정시키는 정도에서 그칠 때도 있었다.

차에 탄 엘리는 고분고분하게 말을 잘 들었다. 그녀가 안전벨트를 매줄 때도 아무 말 없이 그냥 따랐다. 스케치북 문제로 놀랐던 것도 잊었고, 스케치북 자체도 잊었다. 신중한 마고가 스케치북을 도로 뒷좌석에 옮겨놓은 상태였다. 마고가 다시 운전을 시작하자 그는 곧 잠에 빠져들었다.

다음 날 아침 마고는 목 주위에 보기 흉한 멍이 든 걸 보고 놀랐다. 턱 아래쪽이 익은 자두 색깔처럼 거무스름한 빛을 띠었다. 하지만 캐시미어처럼 부드러운 질감의 검은 터틀넥 스웨터로 남자의 손자국을 쉽게 가릴 수 있었다. 그 위에 다시 흰색과 검은색 스트라이프 무늬의 스카프를 둘렀다.

집을 나서기 전 거울을 보니 감쪽같이 아무 일 없었던 것처럼 보였다. 소중한 비밀을 간직한 사람처럼 거울에 비친 자신을 보면서 미소를 지었다.

매티슨 부인이 그녀에게 말을 걸고 있다. "마고? 차 한 잔 더 드릴까요?"

"네, 고맙습니다."

"이 정도면 따뜻한가요? 조금 미지근한 게 아닌가 싶기도 하고요."

"좋아요, 매티슨 부인. 얼그레이는 제가 좋아하는 차예요."

사실 마고는 얼그레이를 싫어한다. 카페인도 그녀의 예민한 신경을 자극해 밤에 잠을 이루지 못하게 하므로 좋아하지 않는다. 그녀가 아주 좋아하는 것은 와인이나 위스키지만 매티슨 부인은 결코 술 종류를 대접하는 일이 없다.

오랜 기간을 거치면서 마고는 루신다 매티슨과 가까워졌다. E. H.를 차에 태우고 집까지 바래다주는 일이 자주 있었다. 그녀의 설명에 따르자면 연구 지원금을 절약하기 위한 것이었다. 그녀는 심리학과의 몇몇 (남자) 동료들과는 달리 돈을 마구 쓰는 걸 꺼리며 검소한 생활을 하는 것으로 알려져 있다. 마고는 교묘하게 과부의 환심을 샀고, 이런 행동이 전적으로 고의적인 것은 아니었지만 완전히 순수한 의도였다고도 할 수 없었다. 처음 만날 당시 50대였던 과부는 추정컨대 70대가 되었을 것이다. 루신다 매티슨은 이제 머리가 백발이 되고 어딘가 이 세상 사람 같지 않은 면모를 보여서, 마고가 가장 감탄하는 유형의 아름다운 할머니가 되어 있었다. 침착하고 자기 연민에 빠지지 않는 사람으로 보였으며 사람과 어울리고 싶어 하는 마음도 그다지 뚜렷하게 내비치지 않았다. 얼굴은 막 화장을 했고 홀쭉한 뺨에는 볼연지를 연하게 발랐다. 마고는 외모에 신경을 쓰는 매티슨 부인이 안쓰럽게 느껴진다. 손님이라곤 마고 샤프 한 사람뿐인데도 그녀는 고가의 개성 있는 옷을 차려입었다. 실내화 대신 구두를, 양말 대신 스타킹을 신고 있었다. 반짝거리는 예쁜 반지를 끼고 있지만 가느다란 손가락에 헐렁하게 끼워져 있어 손목에 차고 있는 시계와 마찬가지로 마고가 시선을 빼앗긴 채 바라보는 동안 주르르 미끄러져 빠져버릴 것만 같다.

(마고는 엘리에게 고모에 관한 것을 물어보려고 했지만, 그는 거의 30년을 함께 살아온 여자에 대해 단편적이고 불완전한 정보밖에 알지 못했다. 병이 나기 전의 루신다 고모로만 '알고' 있다. 기억상실증 환자는 어떤 대상에 대해 알고 있는 정보 속에 기억상실증 이후 알게 된 사항을 무의식적으로 통합하는 듯 보인다. 이는 매우 흥미로운 현상으로 마고 샤프는 이에 대해 논문을 쓴 바 있다. 손상된 뇌 부위와 인접한 영역에서 뉴런이 그런 정보를 우연하게 흡수하는 게 분명하다. 엘리후 후프스는 원칙적으로 루신다 매티슨이 훨씬 젊다고 알고 있지만, 집에 돌아왔을 때 자신을 맞아주는 늙은 고모를 보고도 놀라지 않는다. 이는 거울 속에 비친 기억상실증 환자가 '노인'까지는 아니지만 생각보다 훨씬 나이 든 모습을 하고 있는데도 이를 보고 '드러나게' 놀라지 않는 것과 마찬가지다.)

마고는 그녀에 관한 이야기를 엘리가 아닌 루신다 본인에게서 직접 들었다. 그녀는 50대 중반에 남편을 잃고 이후 재혼하지 않았다. 후프스 집안의 야심 찬 형제자매와 같은 세대지만 딸이었던 탓에 대학을 겨우 1, 2년밖에 다니지 못했고, 인생의 대부분을 가족을 위해 살다가 남편이 죽고 자식들이 떠나간 후로는 세상에 대한 관심을 끊고 지냈다. 지금은 마고에게 늘 말하듯 모든 삶이 교회(글래드와인의 성 누가 성공회교회)를 중심으로 돌아가며 집안 살림과 재산을 관리하고 "나 없이는 아무것도 하지 못할, 장애를 가진 조카를 돌보면서" 살아간다.

마고는 루신다 매티슨에게 호감을 느끼고 그녀가 자신을 더 많이 좋아해주기를 바란다. 두 사람이 친구였던 적은 없지만 어찌하다 보니 오랜 지인 사이가 되었다.

사실 마고는 루신다 매티슨에게서 (죽은) 엄마와 손위 친척들을 떠올린다. 그런 생각이 들 때면 죄의식이 마음을 파고들고 한순간에 방어적 태도를 취하게 된다. 어쩔 도리가 없었어. 내 일이 있었으니까. 내 일을 태만히 할 수는 없는 거야. 걸핏하면 비행기를 타고 미시간으로 돌아갈 수는 없잖아.

마고는 늙은 과부에게 꽃을 가져다준다. 한 아름이나 되는 커다란 꽃다발은 호의의 표시라고 그녀는 생각한다. 엘리는 꽃다발을 보자 감동하며 코를 갖다 대고 냄새를 맡는다. 백합과 치자꽃에서는 향기로운 냄새가 날 것이다. 백합은 마고가 좋아하는 꽃이다. "당신은 사려 깊은 아내예요. 다음 생에도 나와 함께해요." 때로는 그의 눈에 눈물이 가득 차오르고, 때로는 기분 좋게 소리 내어 웃는다.

엘리가 무슨 의미로 이런 말을 하는지는 명확하지 않다. 난데없이 이상한 말을 할 때가 자주 있을 것이다. 마고 샤프는 이 말을 거의 이해하지 못하지만 시간 여유가 생기는 대로 공책에 기록해둘 것이다.

예를 들어 최근에 엘리는 이런 말을 한 적이 있다. 소멸하는 게 두렵지는 않아요. 소멸해가는 과정이 두렵지요.

또한 자신을 비하하듯 조롱의 미소를 띠면서 이런 말도 했다. 난 엘리후 후프스라고 해요. 죽은 사람이지요. 안녕-하세요!

매티슨/후프스 집안의 일원으로 자연스럽게 섞이고 싶은 마고 샤프는 엘리후 후프스를 차로 집까지 데려다줄 뿐만 아니라, 다른 날에도 종종 들러서 치과나 이발소, 남성복 가게와 구두점 등 필요한 장소에 엘리를 데려간다. (남성복 가게에 갈 때는 루신다 매티슨이 동행하는데, 이는 엘리 본인이나 마고가 그에게 어울리는 옷을 살 수 있으리라고 생각하지 않기 때문이다.)

또한 마고는 루신다 매티슨이 병원이나 치과, 미용실에 가거나 쇼핑을 하러 갈 때도 효성스러운 딸처럼 나서서 차로 데려다준다. 매티슨 부인은 가정부를 두고 있는 듯하지만, 가정부가 한집에 기거하지는 않으며 마고가 보기에 그다지 신뢰할 만한 인물도 못 되는 것 같다. (마고는 외부인이 늙은 매티슨 부인을 이용하여 수표를 위조하거나 훔쳐 가지 않을까 염려한다. 또한 엘리가 누구인지 알아채고 그를 이용하지 않을까 염려하기도 한다.) 매티슨 부인이 엄청나게 큰 이 집으로 마고를 불러들여 함께 살자고 청한다면, 정말 현실적이고 합리적이며, 시간 낭비를 방지하는 일이 되리라고 그녀는 종종 아쉬워하며 생각했다.

부인은 외로운 사람이야. 나도 외롭고.

우리 둘 다 엘리 말고는 다른 사람이 없잖아.

사실 루신다 매티슨에게는 장성한 자식들이 있고 아마 손주도 있을 것이다. 그러나 매티슨 부인과 자식 사이가 그리 원만하지 못하다는 걸 마고는 알게 되었다. 부인은 조너선, 새뮤얼, 로레인이 "늘 너무 바쁘고, 휴가 때는 항상 여행을 다니며, 내가 필요할 때 한 번도 들르지 않는다"고 불평을 한다.

특히 장남 조너선에 대해서는 신랄한 태도를 보인다. 아무래도 그가 루신다를 노인 요양 시설에 보내려 했던 모양이다. "신중하게 말을 가려 하지 않는 사람들의 표현을 따르자면 양로원"에 보내려 했다는 것이다. 또한 조너선은 자신에게 위임장을 달라고 어머니를 압박했다. "내게 그럴 마음이 있기라도 한 것처럼 말이야!" 그녀는 어림없다는 듯 코웃음을 친다. "내가 자만심이 강하고 이기적이고 구제 불능인 노인네인지는 모르지만 바보는 아니야. 아직까지는 아니라고."

　마고가 맨 처음 엘리후 후프스를 집까지 바래다주고 그의 초대로 집 안에 들어가 루신다를 만난 후로 많은 세월이 흘렀다. 오랜 세월이 지났건만 시간은 거의 흐르지 않았다. 가정의 일상은 박물관의 입체 모형처럼 달라진 게 별로 없다.

　마고와 함께 집 안에 들어서자마자 엘리는 텔레비전 뉴스와 영화를 보기 위해 곧장 위층으로 올라간다. (엘리는 고전 영화를 좋아하며 전에도 여러 번 보고 내용을 모두 암기한 상태다.) 그러나 이제 엘리의 두 다리는 민첩하게 계단을 오르지 못한다. 엘리는 위층으로 뛰어가지 못하고 통증으로 얼굴을 찡그리면서 힘겹게 계단을 오른다.

　양쪽 무릎에 관절염이 생겼다. 고관절도 최소한 한쪽은 문제가 생겼다. 관절 치환 수술을 받아야 하지만 미래에 관한 일이라면 어떤 것에도 응하지 않는 사람에게 그런 큰일을 어떻게 설명할 수 있겠는가?

　엘리후 후프스가 원하지 않는 한 어떤 일도 강제하기 어렵다. 사실상 불가능하다. 대장 내시경 검사는 말할 것도 없고 근관 치료, 보청기, 시력검사도 무조건 거절한다. 단번에 거절한다. 마고는 그에게 대장 내시경 검사를 실시하려고 연구소의 담당 의사들과 공모하여 어느 날 그에게 경구용 약과 정맥주사로 진정제를 놓았다. 엘리의 아버지가 67세에 대장암으로 죽었다는 사실을 알게 되었고, 그녀가 아는 한 엘리는 평생 대장 내시경 검사를 받은 적이 없었기 때문이다.

　(이러는 게 윤리적인 걸까? 기억상실증 환자의 동의 없이, 심지어 그에게 알리지도 않고 건강검진을 받도록 일을 처리해도 될까? 마고는 명확한 결론을 내리지 못하지만, 엘리후 후프스의 생명을 구하기 위해 필요한 일이라면 비윤리적인 행동도 감수할 것이다.)

'E. H. 프로젝트'를 맡고 있는 신경심리학 실험실의 연구 책임자로서 마고 샤프는 기억상실증 환자에 대한 테스트를 비롯하여 모든 결정을 내린다. 물론 그녀는 E. H.의 담당 의사가 아니다. 법적 후견인도 아니며 법적 권한에도 제한이 있다. E. H.를 연구하고 싶어 하는 다른 과학자들의 요청을 거절할 수는 있지만 E. H.의 사생활에 대해서는 아무런 권한도 갖고 있지 않다. 언젠가 마고는 매티슨 부인에게 엘리를 부양하기 위한 유언을 마련해두었는지 조심스레 물어보았지만 직접적인 대답은 듣지 못했다. 늙은 여자에게 그런 질문을 하기가 겸연쩍지만 그래도 마고는 용기를 내어 다시 한번 묻는다. "궁금한 게 있는데요, 매티슨 부인. 혹시 엘리를 부양하기 위한 유언을 마련해두셨나요? 미래 언젠가……."

매티슨 부인이 퉁명스럽게 답한다. "네, 물론이지요, 샤프 교수. 신탁재산을 마련해두었어요. 실은 오래전에 준비해두었지요. 당신이 처음 물어보기 한참 전에요. 엘리의 형제자매들은 그를 위해 손 하나 까딱하지 않을 테니 내가 책임질 생각이에요."

이 말을 들은 마고는 놀라면서 안도한다. 그 밖에도 물어볼 게 많지만 늙은 여자가 마고에게 짜증이 나 있는 것 같아서 그녀의 화를 돋우게 될까 봐 걱정된다.

"엘리의 여동생은 가망 없는 결혼 생활을 하고 있어요. 남편은 바람둥이인 데다 그 애 돈을 다 날려버렸지요. 아마 그 애를 버리고 다른 돈 많고 어리석은 여자와 결혼할 거예요. 엘리의 형들은 후프스앤드어소시에이츠에서 몇 가지 현명하지 못한 판단을 내리는 바람에 상당한 손실을 입었고요. 아무도 내게 이런 이야기를 해주지 않아요. 내가 직접 나서서 알아냈어요. (실은 내 회계사가 알려주었지요. 샘 퓰러는 40년간 내 회계사로 일했고 나는 모든 면에서 그를 신뢰해요.) 애버릴과 해리는 돈을 멋대로 쓰는 여자와 결혼했고, 둘 다 딴살림을 차렸어요. 심지어 두 군데나 차렸다니까요. 자식들은 구제 불능일 정도로 엉망이고요.

고모인 루신다만이 불쌍한 엘리를 책임질 거예요. 조카를 사랑하는 사람은 나뿐이에요." 매티슨 부인은 역정과 자부심이 뒤섞인 투로 말한다.

마고는 이의를 제기하고 싶다. 아니에요. 당신 혼자가 아니에요, 매티슨 부인!

마고는 이런 제안을 내놓을 적절한 때를 기다려왔고, 루신다 매티슨이 솔직히 터놓고 엘리의 장래와 관련된 심각한 문제를 처음으로 제기한 지금이 그때라고 믿는다. 대담한 제안이었다. 마고 샤프를 엘리후 후프스 앞으로 상속된 신탁재산의 집행자로 지정해달라는 것이었다. 그리하여 마고가 재정 관리를 맡아 엘리의 부양 문제를 감독하고, 그가 최상의 생활을 유지하도록 해주며, 신탁재산이 충분하면 E. H.의 이름으로 대학원 연구 장학기금을 마련하자는 내용이었다. "이 장학기금은 연구소의 신탁 이사회에서 관리할 거예요. 기억상실증과 기억을 연구하는 젊은 과학자에 한정하여 연구 장학금을 지급할 거고요." 마고는 자신의 돈으로 이미 대학에 신경심리학 연구 장학금을 기부했다는 이야기를 매티슨 부인에게 하지 않는다. 장학기금 명칭에는 당분간 'E. H.'라는 이름이 붙을 것이다. 언젠가 엘리후 후프스의 신분이 더 이상 기밀이 아닌 때가 오면 엘리의 이름 전체를 장학기금 명칭에 쓰게 될 것이다.

엘리후 후프스 신경심리학 펠로십.

마고가 맨 처음 학과장과 장학금 기부 문제를 논의했을 때 라타 박사는 자기 이름으로 장학기금을 설립하지 않을 거라는 마고의 이야기에 놀라움을 표했다. 그러나 마고는 움츠리듯 웃으면서 말했다. "아, '샤프'라고 하면 사람들이 관심을 보이지도 않을 거고 누가 알기나 하겠어요? 'E. H.'가 의미 있는 이름이지요."

라타는 마고가 내놓으려는 액수에도 놀라움을 표했다. 그의 계산으로는 지난 12년간 마고가 받은 연봉에 비해 상당히 큰 액수였다. 마고가 다시 말했다. "아, 그렇지만 내 돈을 달리 어디에 쓰겠어요? 사는 데 최소한의 생활비 말고는 거의 돈이 들지 않거든요."

이 말이 학과장에게는 마음 아플 만큼 애처롭게 들렸던 모양이지만, 마고는 뭔가 칭찬받을 만큼 장한 일을 털어놓은 것처럼 묘한 미소를 지었다.

지금 루신다 매티슨은 얼굴을 찡그린 채 마고 쪽으로 시선을 주지 않는다. 마고는 자신이 실수를 했을까 봐 염려하며 두려워한다. 신경이 예민한 여자를 화나게 했으니 곧 집 밖으로 쫓겨날 것 같다. (마고 샤프가 사회적으로 저명한 집안 출신이 아니기 때문일까? 후프스 집안은 한때 개혁적이고 진보적인 퀘이커교도였지만, 훗날에 가서는 엘리후 후프스를 제외하고 다들 정치적으로 보다 보수적인 입장을 갖게 되었다. 마고는 마음이 아프다. 계급적인 이유로 거부당하는 아픔을 느낀다!)

아주 간절하게 이런 말로 애원하고 싶다. "당신만큼이나 나도 당신 조카를 사랑할 거예요. 그를 더욱더 사랑할 거고, 그의 아내가 될 거예요. 난 그의 아내예요. 다른 누구보다 그를 잘 돌볼 거예요."

창피를 모르는 이런 간청이 확실하게 들리기라도 한 듯 잠시 후 루신다 매티슨이 길게 한숨을 내쉬며 태도를 누그러뜨린다. 그녀가 탁자 위에 찻잔을 내려놓는다. 그녀를 향해 도박꾼처럼 단호하게 현실적으로 말한다.

"음…… 제안해줘서 고마워요, 마고 교수. 유언장에 적어놓을게요. 유언장에 딸린 유언 보충서가 되겠네요. 우리는 당신과 엘리의 특별한 관계를 공식화할 거예요. 내 아들 조너선의 희망과는 상관없이요. 그렇더라도 나는 오래, 아주 오래 살 생각이에요. 약속해요!"

매티슨 부인이 유쾌해 보일 정도로 밝게 웃는다. 마고도 따라서 웃지만, 그녀가 무엇을 약속받았는지 확실하게 알지는 못한다.

"마고, 앞으로도 항상 엘리를 보호해줄 거라고 약속하지요? 어느 누구도 그를 부당하게 이용하지 못하도록 막아줄 거지요? 당신네 과학계 동료들이든 외부인이든 말이에요. 불쌍한 남자가 망각의 벽 속에 혼자 갇혀 간신히 버티면서 살게 놔두지 않을 거지요?"

"약속해요, 매티슨 부인!"

마고는 뭉클한 마음에 울기 시작한다. 루신다 매티슨을 끌어안으려고 했지만 그녀는 날카로운 웃음을 살짝 흘리고 팔꿈치를 들어 올리면서 포옹을 거부한다. "아, 아니에요. 아니, 됐어요. 눈물을 보이지 말아요, 마고. 눈물은 엘리에게 아무 도움이 되지 않아요. 당신에게도 마찬가지고요. 삶의 손아귀에 일단 붙들리면 삶은 잔인해요. 그리스의 저 흉측한 큰바다뱀이 아버지 '라오콘'과 두 아들을 칭칭 감아 온몸을 조여서 죽인 것처럼 삶이 우리를 조여오지요. 당신에게는 그런 일이 일어나지 않았지만, 아직은 말이에요, 그러나 나와 불쌍한 엘리에게는 시작되었어요. 당신은 나와 조카를 위해 젊고 건강하게 살아야 해요. 우리가 견딜 수 있도록 도와줘야 하고요."

생각지도 못한 놀라운 말이다. 마고는 가슴이 뭉클해서, 또 한 번 퇴짜 맞을 각오로 루신다 매티슨의 참새 뼈 같은 손을 부여잡고는, 손마디의 가늘고 파르스름한 핏줄에 입을 맞춘다. 늙은 여자가 소스라쳐 놀란다.

"매티슨 부인, 난 엘리를 사랑하고 당신도 사랑해요. 두 사람이 나의 유일한 가족이에요. 내 삶에서 뭔가 의미 있는 사람은 당신들 두 사람뿐이에요."

나무판자 다리 위에 서 있다. 난간을 꽉 붙잡고 있다.

허리케인급의 바람에 대비할 수 있는데도 당신은 결코 그럴 준비가 되어 있지 않다.

그리고 당신은 결코 용서받지 못한다.

10

그는 내 삶의 전부였습니다. 'E. H.'를 빼고 나면 내게는 삶이라 할 것이 없었어요.

여러분이 내게 주는 이 상을 오로지 그의 이름으로 받을 겁니다.

사후에 상을 받는 셈이지요. 그를 대신해 여러분에게 감사드립니다.

"여보세요? 교수님? 안타깝게도 나쁜 소식이 있어요. 오늘 엘리후 후프스가 다븐파크에 가지 못할 거예요."

커다란 충격을 받은 마고가 손으로 더듬거리며 의자를 찾는다. 뭐라고요? 뭐요? 귓가에 울리는 떠들썩한 소음 사이로 마고가 들은 것은 엘리후 후프스가 죽었다거나 쓰러졌다는 끔찍한 소식은 아니었다. 엘리후 후프스의 고모이자 후견인인 루신다 매티슨이 전날 밤 심각한 뇌졸중으로 필라델피아의 대학 병원에서 죽었다는 소식이었다.

"죽어요? 매티슨 부인이…… 죽었다고요? 몰랐어요. 그건…… 생각도 못 한 일이에요.”

마고가 별 소용도 없는 주장을 한다. 힘없는 목소리로 더듬거린다. 어떤 죽음을 접하든 본능적으로 나오는 첫 반응은 죽음을 부정하는 것이다. 죽음은 삶 속에 동화될 수 없기 때문이다. 마고는 오직 엘리후 후프스가 죽지 않았다는 것만 알 뿐이다.

연구소에서 엘리를 기다리던 사람들은 뭔가 문제가 생겼다는 걸 깨달았다. 오랜 기간 함께했지만 기억상실증 환자가 지각한 건 처음이었다. 한 시간이 흐르고, 90분이 흐르고, 세 시간이 흘렀다. 매티슨 부인의 집에 전화를 걸었지만 아무도 받지 않았다. 심지어 가정부도 전화를 받지 않았다. 다븐파크까지 엘리에게 차편을 제공하는 리무진 서비스에도 전화를 걸었다. 전화를 받은 배차 담당자는 운전사가 평소처럼 이른 시각에 글래드와인 파크사이드 주소에 도착해서 기다렸지만 승객이 나오지 않았다고 했다. 운전사가 집으로 가서 현관 벨을 눌러봤지만 아무 대답이 없었고, 인기척도 없었다고 했다. 게다가 예약을 취소하는 전화도 없었다고 했다.

“저희 회사에서 요금을 청구할 예정입니다, 부인. 후프스 씨를 다븐 파크까지 데려다주었든 아니든 상관없이 청구할 거예요. 운전사는 요청한 시각에 도착했지만 누구에게도 요금을 받지 못한 채 돌아와야 했으니까요.”

“걱정 마세요, 요금은 지불할 테니까. 당신네 회사의 서비스에 대해서는 늘 우리 연구기금에서 돈을 지불해왔어요. 앞으로도 그럴 거고요!” 마고는 화가 나서 부들부들 떨며 전화를 끊는다.

마고는 지난 금요일에 엘리후 후프스를 차로 집까지 데려다주었고 루신다 매티슨도 만났으며, 매티슨 부인의 유언장에 마고 샤프와 관련된 유언 보충서를 넣는 일도 모두 잘되어가는 듯 보였다. 하지만 뭔가 문제가 생겼다는 걸, 심각한 문제일 거라는 걸 마고는 깨달았다.

또한 마고는 우려와 점점 커지는 불안감을 감춰야 한다는 걸 깨달았다. 대학 실험실과 연구소의 젊은 동료들이 시체처럼 파리한 얼굴로 의자에 가만히 앉아 있지 못하고 안절부절못하는 그녀의 모습에 의아해하리라는 걸 깨달았다. 지난 시대 뉴잉글랜드호의 선장 부인처럼 높다란 유리창 앞에서 연구소 주차장을 응시하면서, 평소 같으면 기억상실증 환자를 태우고 다븐파크로 들어섰을 날렵한 검은색 링컨 타운 카를 기다렸다. 마고는 오전 7시 30분을 넘겨 연구소에 도착한 적이 없었고 E. H.는 오전 8시를 넘겨 도착한 적이 없었다.

마고는 주변 사람들이 자신을 가련하게 여길 거라는 걸 알았지만 그런 일에 신경 쓸 여유가 없었다. 너무 확실해, 마고 샤프가 'E. H.'를 사랑하는 거야. 슬프고 감동적이지만 당황스러워. 그런데 우리 사이에도 일종의 암묵적인 인정이 있었잖아. 우리가 그녀를 보호해야 해. 그녀의 사생활을 침해해서는 안 되지.

"오랜 세월이 지났건만 시간은 거의 흐르지 않았다." 모든 것이 달라졌으니 마고는 나중에 가서 이 어리석은 말을 떠올릴 것이다.

규칙적으로 정해진 일과가 있었다. 연구소의 테스트가 끝나면 E. H.를 고모 집까지 차로 데려다주고 늙은 과부 루신다 매티슨과 티타임을 가졌다. 어딘가 껄끄럽고 긴장된 티타임이었지만 그럼에도 (마고에게는) 즐거운 시간이었다. 이 시간에는 늘 마법 같은 동화처럼 커다란 행복이 이루어질 가능성이 있었기 때문이다. 아, 엘리! 우리랑 함께하려고 내려왔구나! 상냥하기도 하지, 우리 엘리. 어서 와서 마고 옆에 앉으렴. 차와 쿠키도 들고. 네가 이렇게 내려와주기를 지금껏 간절히 기다려왔단다.

오후 2시가 거의 다 되어서야 마침내 사정을 설명하는 전화가 걸려왔다. 매우 무뚝뚝하고 사무적인 전화였다. 낯선 이가 다급하게 "거기 있는 의사들 중 '샤프 교수'"와 통화하고 싶다고 했다.

마고는 심장이 쿵쾅거리는 걸 느끼며 멍하게 듣고 있다. 아니, 들으려고 애쓰는 중이다. 그녀의 귀에 낯선 이의 음성, 남자의 음성이 들리는데, 엘리후 후프스의 목소리는 아니다. (마고는 사랑하는 친구의 목소리를 전화상으로 한 번도 들어본 적 없었지만, 그런 일이 생긴다면 그의 목소리를 단번에 알아들을 것이다. 고모에게 이런 충격적인 일이 생겼는데 왜 엘리가 직접 전화하지 않았을까, 마고는 의아해하는 중이다.)

마고는 혀가 차츰 마비되는 느낌이다. 입술도 차갑게 굳어간다. 사지도 굳고 손가락도, 발끝도 굳어간다. 몸이 얼마나 신속하게 반응하는지 놀랍다. (지금은 자신과 분리된 상태로 신경과학자답게 생각하고 있다. 명성 있는 과학자라면 어느 누구도 '유체 이탈' 체험이란 걸 믿지 않겠지만, 지금 마고의 상태는 이런 현상에서 기인한다.) 의식이 충격을 받아들이면서 뇌가 신체를 통해 반응한다는 의미다. 마고는 숨이 막혀오지만 동료들이 위로하기 위해 주위로 모여들자 웃으려고 애쓴다. "정말 괜찮아요! 아무 문제 없어요! 죽은 사람은 E. H.가 아니라 나이 든 고모잖아요. 그 가엾은 분은 80대였어요. 조만간 E. H.를 볼 수 있을 거예요. 늦어도 이번 주 안에는요."

매티슨 부인 집에 여러 차례 전화를 걸지만 아무도 받지 않는다. 마고는 최후의 방법으로 차를 타고 글래드와인으로 가볼까 생각한다.

당연히 마고는 가능한 한 빨리 E. H.를 만나 그의 마음을 달래주고 위로의 뜻을 표하고 싶다. 기억상실증 환자가 고모의 죽음을 어떻게 받아들일지 그녀는 알지 못한다. 하지만 분명 그는 일상생활에서 고모의 빈자리를 느낄 것이다. "그의 삶에 꼭 필요한 누군가가 사라졌다는 걸 깨달을 거야. 하지만 무엇이 달라졌는지 일일이 짚어서 정확히 알 수 있을까?"

엘리는 자신의 삶에 공백이 생긴 걸 예민하게 느낄 것이다. 그리고 이전보다 훨씬 더 마고에게 정서적으로 의지할 것이다.

마고는 후프스 집안이 루신다를 위해 어떤 형식의 장례 절차를 준비했든 글래드와인으로 차를 몰고 가서 그 자리에 참석하고 싶은 마음이 간절하다. 하지만 그녀는 집안사람이 아니고 참석 요청을 받은 것도 아니며, 후프스 집안의 누구와도 연락을 주고받는 사이가 아니다. 오래전에 그나마 호의적이었던 엘리의 여동생 로절린과 관계를 쌓아보려고 애썼으나 그 후로 오랫동안 그녀와 이야기해본 적이 없다. 애버릴과 해리는 알지 못하며, 마고가 기억하기로 그들은 그녀를 무시했다. 조너선 매티슨과는 일면식도 없다.

마고는 전화를 걸어 가정부, 조수, 비서에게 메시지를 남긴다. 간절하게 이야기하는 자신의 목소리가 귀에 들린다. 하지만 나는 엘리후 후프스의 의사예요! 루신다 매티슨과 가까운 친구였고요! 내 말을 들어야 해요. 다븐파크대학 신경학연구소의 '마고 샤프'라고요.

분명 루신다 매티슨의 장례식이 있을 것이며 마고가 아는 글래드와인의 성 누가 성공회교회에서 '조용한 가족' 장례식으로 치를 것이다. 마고는 죽은 이가 82세였다는 걸 알게 된다. 겉보기보다는 나이가 많았다. 매티슨 부인의 죽음을 애도하는 비통함이 마고의 가슴을 파고든다. 엘리의 고모에게 신뢰를 얻지도 못했고 호감을 얻지도 못했으며 이제는 너무 늦었다.

며칠이 흐르고, 그사이 아무런 연락도 받지 못하자 마고의 절망은 더욱더 깊어진다. 대학에서 해야 하는 다른 의무들을 태만히 하고 동료들이 전해달라고 전화 메모를 남겨도 다시 연락하지 않는다. 그녀는 깊은 혼란에 빠져 있다. E. H.를 어떻게 다시 만날까? 기억상실증 환자는 지금 어떤 상태일까? 고모가 죽었다는 걸, 다시는 돌아올 수 없게 영영 죽었다는 걸 알기는 할까? 'E. H. 프로젝트'의 연구는 이대로 끝나는 걸까? 30년에 걸친 놀라운 과학 연구가 이렇게 끝나버리는 걸까?

수차례에 걸친 시도가 수포로 돌아간 뒤 마침내 마고는 루신다의 장남 조너선 매티슨과 연락하는 데 성공한다. 루신다 매티슨이 장남을 몹시 탐탁지 않게 여겼던 걸 떠올리면서, 전화상으로 심술궂게 말하는 듯한 조너선이 그녀의 유언집행자라는 게 아이러니하다고 생각한다. 조너선 매티슨이 마침내 어머니의 위임장을 손에 넣은 것이다.

"네, 여보세요? 누구시라고요? '닥터 샤프'요? 어머니의 담당 의사인가요? 당신에 대해서는 들어본 적 없는데요."

마고는 조너선 매티슨이 그녀에 대해 들어본 적 없을뿐더러 어머니의 유언장에 닥터 샤프 앞으로 된 유언 보충서가 딸려 있다는 것도, 사촌 엘리후 후프스에 대한 언급이 있다는 것도 전혀 들어본 적 없다는 사실을 악몽처럼 깨닫는다. 매티슨은 어머니 사후에 해야 할 일이 많아 사촌 엘리후에 관해서는 신경 쓸 시간도, 관심도 없다고 냉정하게 말한다. 또한 "뇌 손상을 입은" 사촌이 오랫동안 해온 대로 어머니 집에서 계속 머무르게 놔둘 의향도 없다. "어머니 주머니에 있던 돈으로 일종의 정신병원 같은 걸 운영했던 셈이지요. 이제는 끝이에요."

그의 노골적인 말에 마고는 충격을 받는다. 너무 놀라서 조녀선 매티슨에게 다시 한번 말해달라고 한다.

"성함이 뭔지는 모르겠지만 닥터, 이 문제는 협상 대상이 아니에요. 당신하고는 어떤 '협상'도 하지 않을 겁니다. 필라델피아 유언 재판소에 날짜가 잡혀 있고 어머니의 유산을 정리하는 문제는 쉽지 않을 거예요. 상속인이 많고 재산 소유권을 주장하는 사람도 많아요. 엘리후 후프스를 부양하기 위한 신탁재산도 있는 것 같은데 그 신탁재산의 집행자는 나예요. 우리는 엘리가 있을 만한 장소를 찾아줄 겁니다. 요양원이 되겠지요. 아니면 일종의 '사회 복귀 훈련 시설' 같은 곳도 있고요. 엘리후 후프스의 정신 상태는 정상이 아니에요. 법적 계약을 체결할 수도 없고 신탁재산 집행자의 허락 없이는 어떤 법적 계약도 그를 구속하지 못해요. 그리고 그 집행자는 나예요."

마고는 조녀선 매티슨의 사무적인 태도에 얼마간 당황한다. 엘리가 어떻게 되었는지, 지금 어디에 있는지, 고모의 갑작스런 죽음에 그가 어떤 반응을 보였는지 묻고 싶지만 그럴 엄두를 내지 못한다. 어느새 간청하듯 말하는 자신의 목소리가 들린다. "하지만 매티슨 씨, 엘리가 그만의 개인적인 장소에서 종일 돌봄을 받으며 살아갈 정도의 돈이 분명 신탁재산에 들어 있을 거예요."

"아니에요, 닥터. 미안합니다."

"그럴 만한 돈이 없다고요? 하지만 매티슨 부인에게 들은 얘기로는……."

"설명드렸듯이, 닥터, 신탁재산의 집행자는 나예요. 그 일은 어머니가 죽은 뒤 물려받은 일의 하나일 뿐이고 그리 중요한 일도 아닙니다. 엘리의 형들에게 연락을 했고 우리는 가능한 한 빠른 시일 내에 엘리가 있을 만한 적당한 곳을 찾을 거예요. 파크사이드에 있는 집은 가능한 한 빨리 매물로 내놓을 거고요. 그리고 지금……."

"그런데 엘리는 지금 어디 있지요?"

"엘리가 지금 어디 있냐고요? 당신이 누군데 그런 걸 묻는 겁니까?"

"난…… 그의 의사예요. '마고 샤프'입니다. 그의 의사, 그를 담당했던 의사들 중 한 명이에요. 1965년부터 줄곧……."

"1965년부터 줄곧이라고요! 그러니까 당신이 엘리를 대상으로 그 빌어먹을 많은 걸 한 사람이라는 거죠, 네? 그의 기억력은 예나 지금이나 나쁘고, 아니, 더 나빠진 거죠. 닥터들이라고! '신경생리학자들'이라고! 당신들이 왜 지금 그를 걱정하는 겁니까?"

마고가 더듬거리며 말한다. "왜냐하면…… 엘리는 내 환자니까요."

"그게 얼마 전 죽은 우리 어머니와 무슨 상관이지요? 우리 모두는 사랑하는 어머니를 잃고 깊은 슬픔에 빠져 있어요. 엘리가 뭘 할 수 있겠어요?" 조너선 매티슨의 목소리에는 경멸이 배어 있고, 마고가 엘리 후 후프스 편에서 호소할 수 있도록 직접 만나 이야기하자고 청하는 동안에는 경멸에 더해 일종의 곤혹스러움도 엿보인다. 조너선 매티슨이 바쁘다며 전화를 끊으려고 한다.

"내가 어떤 방법으로든 그 집을 사면 어떨까요? 당신 어머니 집 말이에요. 파크사이드 애비뉴에 있는 집요. 그러면 엘리는 익숙한 환경에서 계속 살 수 있을 거예요.”

“집을 산다고요? 진담이에요, 닥터? 그 집 가격이 얼마나 나가는지 알기는 해요?”

“난…… 몰라요. 얼마나 부르려고요?”

조녀선이 숫자를 댄다. 마고는 정확히 듣지 못했지만 다시 한번 말해달라고 할 엄두를 내지 못한다.

“게다가 재산세가 1년에 3만 4000달러예요. 재산세만요, 유지비 빼고요.”

성가시게 구는 개에게 돌이라도 던지듯 마고에게 던진 숫자를 듣고 또 한 번 정신이 멍해진다.

“1년에 3만 4000달러……. 재산세가요? 그게 가능한 얘기예요?”

마고는 개인 소유나 임대용 소형 주택이 모여 있는 대학 인근의 주택가에 대학 보증의 대출을 받아 작은 주택을 구입했다. 그녀가 매년 내는 재산세는 4600달러다.

조녀선은 짜증을 숨기려는 기색조차 없이 글래드와인은 필라델피아에서 “누구나 살고 싶어 하는” 교외 주택가라고 말한다. 게다가 파크사이드는 그곳에서도 “가장 살고 싶어 하는” 곳이라고 한다. 오래된 저택을 철거하고 그 자리에 새로운 현대식 주택을 짓기 위해 이 집을 구매할 가능성이 높다고 한다. “가족 중에는 이 집에서 살고 싶어 하는 사람이 아무도 없기 때문에 모두들 진심으로 팔기를 원해요.”

나는 거기에서 살고 싶은데! 그곳에서 엘리를 돌볼 생각인데.

더듬더듬 반대 의견을 내놓는 자신의 목소리가 마고의 귀에 들린다. 엘리는 고모의 집에 익숙하고 그곳을 자신의 집처럼 편히 여긴다고 말한다. 다른 집은 그만큼 알지 못할 거라고 말한다. "그는 어찌할 바를 모를 거예요."

조녀선 매티슨은 사촌이 지난 30년 동안 "어찌할 바를 몰랐다"고 점잔을 빼며 말한다. 어머니는 성인이라서 혹은 어리석어서 그를 돌보았을 거라는 것이다. "하지만 이게 끝이에요."

마고가 수화기를 꼭 움켜쥔다. 다른 손에는 조니워커 블랙라벨 위스키가 들려 있다. 그녀는 조심조심 위스키를 마신 뒤 떨리는 손으로 다시 조심조심 잔을 탁자에 내려놓는다. 틀림없이 아무도 듣지 못했을 것이다. 아무도 의심하지 못할 것이다.

그녀의 집에서 전화 통화를 하는 중이므로 안전하다. 그녀는 난방비를 절약하기 위해 온도 조절 장치의 눈금을 낮게 맞춰놓고, 거의 온종일 블라인드를 내리고 지낸다. 그녀는 두꺼운 니트스웨터와 모직양말을 신고 있으며, 하얀 입김이 날 만큼 공기가 차가워지면 머리에 니트 모자를 쓴다. 벽에는 엘리의 연필화와 목탄화가 보인다. 오랜 기간에 걸쳐 신중하게 엘리의 스케치북에서 잘라낸 그림들이다. 액자 속에 넣어놓은 것도 있지만 대부분은 양면테이프로 벽에 붙여놓았다. 가장 큰 것은 가로 90센티미터에 세로 45센티미터이고, 가장 작은 것은 명판 크기다. 이 두 그림은 E. H.의 다른 그림을 베낀 복제품이다. 마고는 그림을 가만히 응시한다. E. H.가 결코 아쉬워하지 않을 그림들이다.

마고의 눈에 보이는 그림은 훌륭하며 몽환적이고 아름답다. 에드바르 뭉크의 그림을 닮았는데, 햇빛이 비치는 얕은 개울에 짙은색 머리카락이 위로 뻗은 여자아이가 빠져 있고 그녀의 창백한 몸에 소금쟁이의 작은 그림자가 보일락 말락 하게 드리워진 그림들이 특히 그런 분위기를 띤다.

엘리는 죽은 사촌을 결코 보지 못했지. 그의 머릿속에서 상상한 거야.

앞으로도 지금껏 그랬듯이 엘리후 후프스를 보살펴야 하며 이 문제가 얼마나 중요한지를 마고는 조너선 매티슨에게 설명하려 한다. 엘리는 평범한 사람이 아니며 감정이 풍부한 영혼, 예술가의 영혼을 가졌다. 고모를 잃은 일은 그에게 끔찍한 트라우마가 될 것이고, 살아온 집을 잃는 것 역시 같은 정도의 트라우마를 남길 것이다. 그러나 이런 내용이 기억상실증 환자의 지나친 재산권 주장은 아닐 거라고 감히 추정한다. 그녀가 말한다. "매티슨 씨, 어머니는 당신 사촌이 인간답게 보살핌을 받을 수 있도록 그의 앞으로 신탁재산을 남겼어요. 그분은 그를 '요양원'이나 '사회 복귀 훈련 시설'로 옮기는 데 동의하지 않을 거예요. 엘리는 정신적으로나 신체적으로 아픈 사람들에게 소속감을 느끼지 못할 것이고, 이는 그에게 참담한 충격을 줄 거예요. 나도 어찌하다 보니 이를 알게 되었어요. 불과 2주도 안 되는 얼마 전에 루신다가 내게 자세하게 말해주었지요. 루신다는 나를 엘리후 후프스의 의료 후견인으로 삼겠다고 약속했어요."

"'의료 후견인'이라고요? 아니요. 어머니의 유언장에는 그런 언급이 없어요, 닥터."

"유언 보충서를 준비할 시간이 없었던 거예요. 하지만 그럴 계획이었어요."

"증거가 없어요, 닥터. 그리고 미안하지만 어머니를 '매티슨 부인'이라고 불러주면 좋겠어요. '루신다'라고 하지 말고요. 당신은 어머니의 친구가 아니었잖아요. 그랬다면 내가 당신을 알았을 거예요.”

“당신 어머니의 친구였어요. 오랫동안요! 나는 다븐파크에서 글래드와인까지 엘리를 차로 데려다주었고 당신 어머니와는 일주일에 두 번, 때로는 세 번씩 만나 함께 차를 마셨지요.”

어색한 침묵이 흐른다. 마고는 자신이 이런 이야기를 꾸며낸 건가 하는 생각마저 든다.

조너선 매티슨이 냉정하게 말한다. “음…… 유언 보충서는 없어요. 1987년 어머니가 엘리후 후프스 앞으로 해놓은 신탁재산에 변경 사항도 없고요.”

마고가 힘없이 항의한다. “하지만 매티슨 씨, 당신 어머니의 소망을 이대로 저버릴 건가요? 끔찍한 고통을 겪은 사람에게 어떻게 그토록 잔인하게 굴 수 있어요? 엘리후 후프스는 당신 친척이에요. 제발 집을 팔겠다는 결정을 재고해줘요.”

마고는 너무 멀리 나간 게 아닌지, 조너선 매티슨이 전화를 그냥 끊어버리지 않을지 걱정한다. 집의 가격이 워낙 높으니, 매티슨 집안과 후프스 집안이 지난 30년 동안 해왔던 대로 엘리후 후프스를 계속 그 집에 살게 해줄 거라고 상상하는 것은 분명 어리석은 생각이다. 나 말고 아무도 그에게 관심이 없어. 나는 힘이 없고.

“엘리후 후프스가 이렇게 되도록 당신은 무슨 일을 했나요, 닥터? 내가 보기에 ‘E. H. 프로젝트’는 불쌍한 남자를 마지막 남은 물 한 방울까지 비틀어 짠 것처럼 보여요. 앞으로 얼마나 더 오래 그를 대상으로 ‘실험’을 할 건가요?”

마고는 ‘E. H. 프로젝트’가 미국국립보건원과 국립과학기금의 재정적 지원을 받아왔으며 역사상 가장 중요한 신경심리학 프로젝트의 하나로 꼽힌다고 항의한다. 이 프로젝트에서 알아낸 사실 중 많은 것이 벌써 뇌졸중 후 치료 분야에서 유용하게 쓰였다. 예를 들면 뇌에서 기억상실증이 어떻게 일어나는지, 기억상실증 환자는 어떻게 치료될 수 있는지 하는 것들이다. 마고는 엘리후 후프스가 연구원들에게 항상 협조적이었으며 연구 책임자인 자신은 모든 테스트를 꼼꼼하게 감독해왔다고 말한다. "엘리의 삶에서 가장 즐거운 것이 연구소를 방문하는 일이라는 걸 알아야 해요. 뇌 손상을 입은 사람이 테스트를 받다 보면 이루 말할 수 없이 큰 도움이 되지요. 그렇지 않았다면 엘리는 오랜 세월 루신다 고모 말고는 사실상 아무도 만나지 못했을 거예요. 그를 찾아오는 사람이 없었으니까요. 그는 집에서 텔레비전이나 보면서 아무 하는 일 없이 지냈을 거예요."

"말도 안 돼요! 많은 사람들이 엘리를 만나러 갔어요. 하지만 그는 우리를 기억하지 못해요. 그렇다면 그를 '찾아가는' 게 무슨 의미가 있죠? 더럽게 우울한 일이에요. 그는 글도 완벽하게 읽을 줄 알고, 좋아하는 책도 여러 번 되풀이해서 읽을 줄 알고, 좋아하는 영화도 볼 줄 알아요. 어머니 말에 따르면 오래전에 나온 고전 영화를 여러 번 반복해서 보는 걸 무척 즐겼다더군요. 오래된 카메라를 사용한다면 사진도 다시 찍을 수 있을 테고요. 버스를 타고 미술관에 갈 수도 있었어요. 뇌 손상을 입기 전부터 필라델피아 지리에도 밝았고요. 어머니가 했던 것처럼 그를 어린애 다루듯 애지중지해봐야 소용없어요. 그래서 그의 상황이 전혀 나아지지 않았던 거예요. 사실 엘리는 누구나 부러워할 만한 삶을 살았어요. 늘 누군가 보살펴주지요. 미래를 걱정하지도 않고 과거에 대해서도 걱정하지 않아요.”

마고가 항의한다. “당연히 엘리는 과거에 대해 ‘걱정’해요. 과거는 그가 생각해야 하는 전부였어요.”

“좋아요, 그럼. 엘리가 과거에 대해 ‘걱정’한다고 치죠. 하지만 현재 그에게 일어나는 어떤 것도 기억하지 못해요. 그러니 그의 삶에서 ‘과거’는 점점 줄어들어요.”

일고의 가치도 없는 말이다. 마고는 이를 무시한다.

“하지만 당신 어머니가 없었다면 엘리는 무척 외로웠을 거예요.”

“우리가 찾아줄 시설에 가면 함께 어울릴 사람이 많을 거예요. 엘리 자신처럼 ‘장애’가 있거나 성격 혹은 신체 일부분을 잃어버린 사람들이 있으니까요. 엘리도 잘 지낼 겁니다.”

“엘리는 정신 질환을 앓는 게 아니에요! 그런 곳은 엘리에게 어울리지 않고 그는 불행해질 거예요.”

“엘리는 새로운 친구를 만들 거예요. 그에게 기회를 줘봐요.”

“엘리는 새로운 환경을 기억하지 못할 거예요. 새로 만나는 사람들도 기억하지 못할 거고요. 어찌할 바를 모른 채 길을 잃을 거예요.”

마고가 너무 낙담한 듯 말해서 조녀선 매티슨은 아직 전화를 끊지 못하는 것 같다. 마고가 이어서 말한다. “일단 당분간이라도 당신 사촌을 우리 집에 데려다놓으면 어떨까요? 그에게 쉴 집을 마련해줄 수 있을 거예요. 나는 대학 교수이고 캠퍼스 근처에 집을 갖고 있거든요. 내가 집을 비워야 할 때는 그를 돌봐줄 사람을 고용할 거고, 그러면 엘리는 24시간 보살핌을 받게 될 거예요. 당신이 시설에 지불하려는 비용, 아니, 그중 아주 일부라도 내가 받을 수 있다면 적당한 타협점이 될 거예요. 어떤가요?"

매티슨은 아무 말이 없다. 혼란스러운가? 망연자실하고 있나? 모욕감을 느끼는 건가?

"물론 이 모든 건 계약서에 명시될 거예요. 난 당신과 엘리의 다른 친척을 만날 용의가 있고 함께 계획을 짤 수 있을 겁니다."

"말도 안 돼요, 닥터! 왜 그런 부담을 떠안으려는 건가요? 엘리후 후프스를 오랫동안 만나지 못했지만 어머니 말로는 '점점 악화되고' 있다고 했어요. 도무지 이해할 수가 없군요."

"그러니까 이 모든 상황이…… 돈 때문이고 신탁재산의 돈을 내게 주지 않을 거라면 연구기금을 사용할 수도 있어요. 내가 대학에서 받는 연봉으로도 어떻게든 우리 둘이 살아갈 수는 있을 거예요."

마고는 속수무책으로 빠르게 말을 쏟아낸다. 이제 그녀의 몸에는 아주 따뜻한 온기가 돌아 두꺼운 스웨터를 벗는다. 사타구니에서 얼굴까지 몸 전체를 관통하며 화끈한 열기가 훅 올라온다. 순간 조너선 매티슨에게 그녀의 모습이 보이지 않을까 하는 걱정이 잠시 스친다. 그녀는 마구 헝클어진 짙은색 머리에 흰머리가 잔뜩 나 있는 중년 여인이며, 한때 소녀 같았던 얼굴은 갈망과 희망과 수치심으로 일그러져 있다.

매티슨은 마고 샤프 때문에 당황하는 듯하다. 그녀의 목소리에서 날것의 갈망을 느꼈기 때문이다.

친척도 아닌데 왜 부담을 지면서 아픈 사람을 돌보려고 하는지 매티슨이 다시 묻자 마고가 딱딱한 어조로 말한다.

"그게 옳은 일이니까요, 매티슨 씨. 엘리에게는…… 돌봐줄 사람이 필요해요."

엘리에게는 내가 필요해요. 마고는 하마터면 이렇게 말할 뻔했다.

제정신이 아니며, 극도로 절망적이며, 어리석다.

조녀선 매티슨은 상황을 가늠해보는 중인 것 같다. 아마도 불현듯 그녀에게 연민이 들었을 것이다. 그는 마고에게 그녀의 제안이 상식 밖의 것이며 엘리후 후프스의 문제에 대한 실현 가능한 해결책 같지는 않지만 그래도 생각해보겠다고 말한다. "내일 엘리의 형제들과 그 문제를 의논해볼게요. 내 느낌으로 그들은 '뇌 손상을 입은' 자기 형제를 애지중지 다루는 데 꽤나 진저리를 내는 것 같았어요. 그럼, 전화 줘서 고마워요. 닥터…… '샤프'라고 했나요?"

"네, '샤프'요."

마고는 조용히 숨을 들이마시면서 전화를 끊는다. 끈적거리는 손으로 위스키 잔을 비운다. 이윽고 머리가 너무 어지러워서 간신히 침대까지 비틀거리며 걸어가 그대로 쓰러진다.

굶주린 연인. 마고는 잠 속에서 그를 느낀다. 남자의 손길, 남자의 입술, 남자의 몸이 생명으로, 욕망으로 뜨겁게 타오르며 아파한다. 그녀는 피부 전체로 그를 느낀다.

너무도 강렬하게 다가오는 느낌이 두렵다. 예전의 그녀는 이런 느낌을 두려워하던 겁쟁이 여자였다. 성적 쾌감이 그녀를 완전히 파괴시키고 자포자기의 상태에서 스스로를 주체하지 못하게 만든다. 이런 느낌, 완전히 파괴되어버리는 이런 상태를 통해 자신이 남자를 사랑하고 있다는 걸 깨닫는다. 그를 위해 위험을 감수할 것이다. 자신을 완전히 내던져버리는 위험을.

그녀보다 그가 훨씬 강하다. 그의 두 팔은 커다란 새가 날개를 접어 먹이를 움켜잡듯 그녀를 강하게 조여온다.

펜이 그녀의 손에서 바닥으로 떨어진다. 공책이 바닥으로 떨어진다.

우리 사이에 무슨 일이 지나갔든 결코 기록되지 않을 거야. 누구의 기억에도 남지 않을 거야.

그의 이름은 액슬. 구부정한 어깨의 깡마른 남자아이가 엘리의 팔을 등 뒤로 꺾어 비튼다. 엘리가 고통으로 훌쩍거리자 액슬 매켈로이가 낄낄대며 웃었다. 묵직한 야외용 목재 의자에서 캔버스 천 쿠션을 가져와 엘리의 얼굴에 대고 누른다. 액슬이 능글맞게 웃으면서 말한다. 사람들이 엉덩이를 대고 있던 지저분한 쿠션이야. 엘리는 질식해서 죽을까 봐 두렵다. 힘에 눌려 땅바닥에 뻗어버린 엘리의 얼굴에는 캔버스 천 쿠션이 덮여 있고 그 위로 액슬이 몸을 실어 더욱 세게 눌러댄다. 장난이었다. (엘리는 장난이라고 생각하고 싶었다.) 그러나 너무 오래 지속되었고 엘리의 살갗이 긁혔으며 코에서는 피가 흘렀다. 비명을 지르려고 애써보지만 그럴 수 없었다.

아이들이 주교의 손자라고 일컬었던 남자아이. 아이들이 알던 어느 누구와도 달라서 엘리에게 미움과 두려움의 대상이 되었던 액슬. 액슬이 무슨 말을 하고 어떤 행동을 하든 어른들은 결코 알지 못했기 때문에 엘리의 형들도 자기네보다 나이 많은 남자아이를 두려워했다. 손으로 자기 몸을, 사타구니를 잡아당기던 추잡한 몸짓. 여자아이들이 혐오감을 보이며 외면했다. 엘리는 액슬을 자신의 몸에서 떼어내려고 애썼지만 몸집이 작고 힘이 없었다. 엘리의 팔뚝은 액슬이 웃으면서 한 손으로 거머쥘 수 있을 만큼 가늘었다. 여자 사촌들이 웃었다. 사촌 누나 그레천이 고개를 돌렸다. 누나는 수치스러운 불쌍한 엘리를 두고 웃고 있었다. 정말 그랬을까? 누나를 영원히 용서하지 않을 것이다. 누나가 죽어버렸으면 좋겠다. 함께 카누를 타고 나가서 빌어먹을 배를 뒤집어버리면 누나는 호수에 빠질 것이다. 엘리는 액슬에게서 도망치고 싶었지만 액슬은 팔을 잡은 채 머리카락을 잡아당기면서 엘리의 '머리 가죽을 벗기려는' 시늉을 했다. 엘리는 너무 작은 꼬마였고 겁쟁이였다. 그보다 나이 많은 사촌들은 엘리를 불쌍하게 여기면서도 그를 보고 웃었다. 애버릴도 그를 보고 웃었고 해리도 웃었다. 베란다 밑에 숨은 엘리. 그가 어디 갔는지 아무도 알지 못했다. 나무 격자 사이 작은 틈새로 아이들을 엿보던 엘리. 맨살을 드러낸 여자아이들의 다리, 수영을 하기 위해 포니테일 형태로 묶은 머리. 사촌 누나 그레천은 겨우 열한 살이었지만 나이에 비해 키가 크고 '성숙했으며' 어린아이들은 그녀를 믿고 따랐다. 작고 납작한 가슴에 분홍색 홀터넥 상의를 걸치고, 늑골 부위가 고무 밴드로 된 분홍색 수영복을 입었다. 햇빛에 빛나는 옅은 갈색 머리, 등 뒤로 늘어진 포니테일 머리. 하얀 다리, 아무것도 신지 않은 맨발. 사촌 누나네 가족은 얼마 전 호수에 도착해서 그해 여름의 첫 주를 보내고 있었다. "엘리? 엘리?" 그녀가 그를 불렀다. 엘리는 밖으로 기어 나가지 않았다.

사촌 누나는 다른 아이들에게 부두에서 놀지 말라고, 곧 돌아올 거라고 이야기했다. 아마 누나는 자기보다 나이 많은 액슬 매켈로이, 주교의 손자, 엘비스 프레슬리처럼 머리를 뒤로 빗어 넘긴 열일곱 살 남자아이의 아첨에 우쭐했을 것이다.

누나가 어디로 갔는지 보지 못했다. 어느 방향으로 갔는지도 보지 못했다. 베란다 밑에 숨은 채, 액슬 매켈로이, 주교의 손자뿐만 아니라 그레천까지 모두에게 가슴 가득 증오심을 품으면서 당혹감과 수치심에 빠져 있었다.

시간이 흐른 뒤에는 수치스러워할 일이 더 많아졌다. 상황을 바로잡을 방법도 없었다. 얼마나 비겁했는지, 다른 사람이 알고 있던 것보다 얼마나 더 경멸스러웠는지 말로 다 표현할 수 없었다.

아버지가 술을 너무 많이 마신 것도 창피했다. 그레천이 실종되었을 때 바이런 후프스는 술을 너무 많이 마신 나머지 다른 어른들과 함께 숲속에서 수색활동을 하지 못했다. 할아버지의 바나나색 비치크래프트 싱글 프로펠러 비행기가 있었다. 후프스 집안 땅에 공터를 만들어 할아버지의 비행기가 뜨고 내릴 간이 착륙장도 마련해놓았다. 실종된 여자아이를 찾을 거라고 믿었다. 숲속에서 헤매고 있는 그레천을 찾아 소형 프로펠러 비행기에 태우고 집으로 데려올 거라고 확신했다. 하지만 호수 상공에서 급작스레 비행기의 고도가 떨어졌고 할아버지는 '불시착'해야 했다. 사람들은 그레천을 찾지 못했다.

숲속에서 사촌 누나를 찾지 못했다. 당시에는 찾지 못했다.

죽은 사촌 누나를 보지 못했다. 누나를 버렸고 누나에게 화가 났으며, 다시는 누나를 보지 못했다.

그레천을 돌려달라고 신에게 기도했다. 하지만 신은 가장 높은 스트로브잣나무보다 더 높이 있었고 그의 기도에 귀 기울이지 않았다.

(여기가 어디지? 왜 여기 있는 거지? 후프스앤드어소시에이츠 사무실이 희미하게 기억난다. 높이 솟은 건물 유리창으로 가까운 경치를 바라보던 기억이 난다. 유리창들이 윙크하듯 햇빛에 반짝인다. 이 유리창 너머에는 누가 있을까?)

이곳 유리창으로 보이는 경치는 전혀 다르다. 이곳은 필라델피아 중심가가 아닌 오래된 주택가다. '병원' 혹은 '전문 진료 센터'에 있는 것 같다. 이 건물 높이에서는 가까운 거리가 보인다. 나무들이 들쭉날쭉한 높이로 늘어서 있다. 어린 시절을 몹시 안타까워한다. 그때는 신의 존재를 아주 쉽게 느끼곤 했다. 그러고는 신에 대해 무관심해졌고 자신에게 몰두한 탓에 신을 잃었다. 이제는 너무 늦었고 그는 저주받았다.

백인의 흰 피부로 살아가는 저주를 받았다.

창문을 올리려고 한다. 하지만 올릴 수 있는 창문이 아니다. 낙담하고 화가 치밀어 유리창에 머리를 박는다. 이마가 판유리에 부딪친다. 피가 흐를 만큼 세게, 더 세게 이마를 박는다.

그녀는 너무 두렵다. 목이 바싹 마른다.

샌프란시스코에서 미국실험심리학협회를 상대로 연설을 하고 있다. 대연회장은 아주 넓어서 멀리 맞은편 벽이 간신히 보일 정도다. 시카고에서는 미국국립인지신경과학자연구소를 상대로 연설한다. 연단 아래 청중석에서 고개를 든 채 끝없이 줄을 이룬 청중들의 얼굴이 꿈속의 얼굴처럼 부옇고 희미하게 보인다. 워싱턴의 미국국립보건원. 그녀의 발 부근에서 철썩거리는 박수의 파도들이 빠르게 그녀의 입을 덮어버리고 그녀를 삼킨다. 플로리다의 올랜도, 워싱턴의 시애틀, 콜로라도의 덴버, 보스턴, 뉴욕시, 필라델피아에서 그녀의 귓가에 피가 몰리고 심장이 빠르게 뛰는 걸 느끼면서 번쩍번쩍 쏟아지는 빛 사이로 연단까지 걸어간다. 누군가 쏜살같이 옆으로 다가와 그녀가 쓰러지지 않도록 팔꿈치를 잡아주지만 그의 얼굴이 잘 보이지 않는다. "이쪽으로 오세요, 교수님. 거기 계단 조심하세요."

그녀가 기조연설을 한다. 상을 받는다. 논문을 읽는다. 심포지엄에 참여한다. 인터뷰 기자의 질문에 답한다. 그러는 동안에도 그녀의 마음 한쪽에서는 그를 갈망하고 있다.

오랫동안 우리에 갇혀 있었던 탓에 영혼이 파괴되어, 우리의 문이 열린 뒤에도 여전히 그 안에 남아 있는 실험동물 같다.

동물보호 운동가들 덕분에 '풀려났음에도' 침팬지들은 여전히 우리 속에 몸을 웅크리고 남아 있었다.

(밀턴 페리스가 이 불쌍한 동물 이야기를 들려주었다. 미소를 지으면서 이야기해주었다. 그에게는 이 이야기가 재미있었기 때문이다.)

"샤프 교수님?"

마고가 얼른 시선을 든다. 사람들이 기대에 찬 눈길로 그녀를 보고 있다. 낯선 이들이다. 그들은 샤프 교수가 물살이 거센 넓은 강에서 소형 보트를 탄 사람처럼 아주 멀리 떠내려가고 있었다는 걸 전혀 알지 못한다.

마고는 날카로운 통증이 가슴을 파고드는 걸 느낀다. 하지만 슬픔을 드러내지 않으리라 굳게 마음먹는다. 사람들 앞에서 자신의 진짜 마음을 조금도 드러내지 않으리라 굳게 마음먹는다.

기억상실증 환자 'E. H.'를 인터뷰하기 위해 연구소로 찾아온 컬럼비아대학의 저명한 신경과학자를 E. H.에게 인사시키던 일을 이야기한다. 평소 예의 바르던 모습과 달리 'E. H.'는 남자와 악수하기를 거부한 채 가슴 앞에서 팔짱을 끼고 뒤로 물러섰다.

그가 말했다. 닥터, 유감이네요! 나의 불쌍한 뇌는 이제 얼마 남지 않아서 더 이상 돌아다닐 형편이 못 돼요. 말라비틀어진 마지막 한 조각까지 의사들이 다 먹어치웠거든요.

마고가 웃는다. 기억상실증 환자의 말이 아주 재치 있었다고 생각하기 때문이다. 그녀의 두 눈에 눈물이 반짝거린다. 대부분 신경심리학자와 신경과학자인 청중들은 웃어야 할지 말아야 할지 모른 채 어색하게 웃고, 그 소리가 파도를 이루며 원형극장 내에 퍼진다.

"죽음 이후의 삶. 그건 바닷속에서 가느다란 빨대로 숨을 쉬는 것과 같아. 간신히 버티는 삶이지만 가능하긴 하지."

그녀는 죽음 이후 이런 삶을 살아가면서 혼자 속으로 말한다. 쓸쓸하면서 기분 좋을 때가 많다. 인터뷰를 하는 때도 많다.

그녀는 숨이 막힐 만큼 웃어젖히면서도 아무도 보지 못하게 무릎 위에서 작은 두 주먹을 꼭 쥔다. (물론 옆에서 지켜보는 이들 눈에는 보일 것이다. 마고 샤프는 매우 신기하고 괴팍한 여성 과학자가 되어 있었고, 이런 그녀를 둘러싸고 갖가지 전설이 생겨날 것이다. 땋아서 얼굴 한쪽으로 늘어뜨린 그녀의 머리는 우스꽝스러우며, 애처롭고, 바보같이 이국적이며, '섹시'하다! 거기에 풍성한 실크 숄을 두르고 등 뒤로 길게 늘어뜨렸다.)

아주 엄숙한 표현들을 쏟아내면서 그녀를 소개하는 동안 박수갈채가 파도처럼 솟구치며 그녀를 집어삼킨다.

그러나 마고 샤프는 웃지 않는다. 얼굴 하단을 클램프로 고정한 듯한 미소만이 줄곧 얼굴에 걸려 있을 뿐이다.

『기억의 생물학』에서 보여준 비범한 활동, 수십 년에 걸친 마고 샤프의 연구, 연구 활동뿐만 아니라 삶에서도 마고 샤프에게 영감과 가르침을 얻기 위해 그녀를 우러러보는 젊은 여성 과학자들의 모범…….

헬륨 가스를 넣은 풍선처럼 잔뜩 부풀린 단어들이 들려오는 것으로 보아 분명 이곳은 공개 석상일 것이다. 그렇다, 여기는 공개 석상이다. 눈을 들어 위를 보자 조명이 보인다. 무대다. 고개를 돌리면 원형

극장처럼 계단식으로 배치된 좌석이 보일 것이다.

그녀는 헛수고인 줄 알면서도 어떤 얼굴을 찾는다.

'얼굴 인식.' 젖먹이 아기가 가장 먼저 보여주는 정신 작용이다.

거기에 생존 여부가 달려 있기 때문이다. 얼굴 인식은 인간의 가장 기본적인 행위이며 가장 원시적이고 심오한 행위다.

그렇다, 이전에 나무 패널로 장식된 어두운 조명의 스테이크하우스에서 호화로운 저녁 식사가 있었다. 영광스런 손님은 씩씩하게 음식을 먹으려 애썼지만 먹을 수 없었다. 포크를 입으로 가져갔다가 내려놓았다. 와인 잔을 입으로 가져갔다가 내려놓았다. 그녀는 알고 있다. 저들은 날 관찰하고 기억할 거야. 이런 이야기들은 내가 죽은 이후에도 남아 있을 거야.

이곳에서는 그녀를 '샤프 교수'라고 부른다. 아무도 그녀를 '마고'로 알고 있지 않다. 이 식사 자리에서 그녀보다 나이 많은 사람은 한 명뿐이다. 반짝이는 대머리를 한 그는 신경과학자로, 1940년대 하버드대학에서 위대한 B. F. 스키너와 함께한 젊은 공동 연구자로 명성을 쌓았다.

이 늙은 노신사에게 눈빛으로 간청한다. 제발 내게 밀턴 페리스 이야기를 하지 말아줘요. 위로의 뜻이라도 그 사람 이야기는 하지 말아줘요.

마고 샤프가 대화의 주제가 되는 한 당연히 대화는 자주, 아니, 어김없이 밀턴 페리스 이야기로 이어진다.

이 두 사람에 대해 얼마나 많은 이야기가 있었던가! 펜실베이니아대학, MIT, 하버드대학, 프린스턴대학, UC버클리, 솔크연구소의 아래 세대 신경과학자라면 틀림없이 이야기를 들었을 것이다. 겨우 대학원생이던 마고 샤프가 페리스의 기억 실험실에 발을 들인 첫날부터 이름난 바람둥이 페리스가 그녀를 '알아보았다는' 이야기, 스물세 살 짜리가 매우 똑똑한 과학자라고, 혹은 그렇게 될 거라고 페리스가 단박에 알아보았다는 이야기, 페리스가 먼저 주도하여 마고 샤프와 불륜을 시작했으며 이 관계가 오랫동안 지속되면서 페리스가 성적으로, 학문적으로 그녀를 착취할 수 있었다는 이야기, 페리스가 자기 자신을 위해 노벨상을 타려고 안간힘을 썼지만 마고를 위해서는 애쓰지 않았다는 이야기, 밀턴 페리스가 마고보다 어린 다른 여성 신경과학자를 유혹하느라 수십 년간 지속된 마고와의 관계를 갑작스레 끝냈다는 이야기 등이었다. 이보다 훨씬 충격적인 이야기도 있다. 겨우 대학원생이던 마고 샤프가 승진을 위해 주도적으로 위대한 밀턴 페리스와의 불륜 관계를 시작했다는 이야기, 후에 마고 샤프가 늙은 과학자를 협박해서 기억 실험실의 책임자 자리를 따냈지만 페리스를 구슬려 노벨상을 공동 수상하는 데까지는 이르지 못했다는 이야기(마고 샤프를 헐뜯는 사람들도 그녀에게 노벨상 공동 수상의 자격이 있다고 믿는다)가 있다. 심지어 마고 샤프가 기억상실증 환자 'E. H.'와 오랫동안 (감정적, 성적) 관계를 맺었다는, 그에 못지않게 충격적인 이야기도 돌았다. 그러나 이런 이야기들은 신경과학과 신경심리학 분야에서 아주 재미있는(그러나 대부분은 입증되지 않은) 스캔들이었던 **페리스와 샤프** 이야기만큼 특별한 반향을 일으키지는 못했다.

한편으로 마고 샤프는 젊은 여성 과학자의 모범으로 꾸준히 명성을 쌓았다. 그녀는 열성적인 **페미니스트**라지만, 그보다는 오히려 열성적인 **반反페미니스트**다. 그녀가 가르친 예전 제자들은 그녀를 존경한다면서도 그보다는 오히려 그녀에게 겁을 먹었다. 그녀를 사랑한다면서도 그보다는 오히려 그녀를 미워한다. 그럼에도 자기들의 삶에서 샤프 교수 같은 사람은 없었다고, 그녀를 닮기를 (어떤 면에서는) 소망한다고 인정한다.

내 삶을 바꾸어주신 교수님, 감사합니다.

그리고 나의 생명, 당신도 고마워요!

지금이 어떤 상황인지, 어느 도시인지 마고는 확실히 알지 못한다.

어리둥절한 상태로 혼란에 빠져 있다. 목이 탄다.

혀와 입술과 팔다리가 마비된 듯한 느낌은 조금도 나아지지 않았다. 그 끔찍했던 전화 통화를 한 뒤로, 늙은 과부가 죽은 뒤로 그녀는 줄곧 마비된 상태였다.

그 전화 통화 이후로 줄곧 E. H.를 보지 못했다.

두 번 다시 E. H.를 보지 못했다.

매티슨 부인이 중증 뇌졸중으로 죽었다고 전해 들었다. 일련의 가벼운 뇌졸중이 이어진 뒤 한 차례 심각한 뇌졸중이 왔다고 한다. 중증 뇌졸중은 번개와 같다. 순식간에 뇌가 정지되고 의식이 꺼진다. 문이 꽝 닫히고, 모든 것이 어둠 속에 갇힌다.

그녀는 자신의 이름이 불리는 걸 듣는다. 마고 샤프 교수, 공식적인 이름이다.

화려한 미사여구로 그녀를 소개하고 있었다. 형형색색의 색종이처럼 갖가지 표현들이 쏟아지지만 마고는 거의 듣지 않고 있다. 그를 빼앗겼고, 너무 외롭기 때문이다.

그녀가 자리에서 일어선다. 걷는 모습이 어딘가 불안해 보인다. 지켜보는 이들은 그녀가 잠시 멈춰 서서 누군가를 찾는 듯이 멀리 청중석을 바라보는 데 주목한다. 누구를 찾는 걸까?

그녀의 귓속에서 뭔가 윙윙거리며 요동치는 느낌이 난다. 피가 몰려서 그런 게 아니라 박수갈채 때문이다.

그녀가 다룬 주제는 '66세 기억상실증 환자의 기억, 감각 등록기, 역행성 기억상실증', '기억상실증 환자의 뇌 속에 있는 새로운 기억 회로', '기억상실증의 기억 결함과 보상', 'E. H. : 기억상실증 환자의 뇌 지도 만들기' 등이다. 1990년대에 기능적 자기공명영상이 도입되면서 새로운 연구 자료가 풍부해졌고 심지어 마고 샤프 같은 전통주의자도 이제는 신경물리학자와 공동 작업을 하고 있다.

그녀는 북미여성과학자협회 명예회장으로 선출된 바 있다. 토론토의 어느 추운 고층 호텔 40층 방 창문 너머로 강철처럼 단단히 얼어붙은 온타리오호의 풍경이 내려다보였다. 외풍이 센 연회장에서 기조연설을 끝낸 뒤 기립 박수를 받은 그녀의 눈에 갑자기 눈물이 흐른다.

"마고 샤프." 숭배받는 과거의 이름처럼 그녀의 이름이 메아리치는 듯 들린다.

"마고 샤프." 우울한 이름이며 외로운 이름이다.

박수의 물결이 밀려온다. 귓속의 피가 마구 휘몰아치는 느낌이다.

설령 실제로 사람들이 마고 샤프를 조롱하고 있다고 해도 이것이 조롱인지 아니면 최고의 칭찬 혹은 과찬인지는 구분되지 않는다. 또다시 유명한 상을 받는다. 무거운 청동 메달도 함께 딸려 온다. (빌어먹을 메달은 너무 무거워서 가방에 넣을 수가 없었다. 부득이 메달을 휴지로 꼼꼼하게 싸서 호텔 방 쓰레기통에 넣어두고 왔다.) 여자가 거의 없는 미국국립과학원의 회원도 되었다.

보스턴에서 열린 미국예술과학아카데미 5월 컨퍼런스에서 마고 샤프 혼자만 상을 받은 건 아니지만 그녀가 받은 상은 주요한 상의 하나로 그녀의 분야에서는 노벨상 다음가는 상이다.

커다란 원형극장 좌석 첫째 줄에 그녀가 아주 꼿꼿한 자세로 가만히 앉아 있다. 척추와 목과 머리를 쇠막대로 고정해놓은 것처럼 고개까지 빳빳하게 든 채 아주 꼿꼿한 자세로 앉아 있다. 그녀가 강박적으로 뭔가를 삼킨다. 목이 너무 탄다. "샤프 교수님?" 그녀는 시상식 중이라는 사실을 잊었다. 사방에서 그녀 머리 위로 소나기 같은 박수갈채를 퍼붓지만 그녀는 이 박수 소리가 어디서 들리는 건지 한동안 어리둥절한 것 같다.

아, '상'이 정말 무겁다! 어느 성실한 젊은 과학자가 마고 샤프라는 이름이 새겨진 30센티미터 높이의 크리스털 명판을 건네는데, 예상보다 너무 무거워 그녀는 명판을 떨어뜨릴 뻔한다. 청중은 넋을 잃고 두려움 속에 지켜본다. 하지만 그녀는 다소 일그러지긴 했으나 미소를 지은 채 두 손으로 명판을 높이 들어, 상을 준 사람들이 이 모습을 보고 순수한 기쁨을 느끼도록 해준다. 날개를 단 승리의 여신상 모양으로 만든 순수한 크리스털 재질의 장중한 명판으로 아래에는 광택이 나는 목재 밑받침이 있다.

그녀가 처음에는 뭔가 머뭇거리듯이 진심 어린 어조로 말하기 시작한다. 이윽고 점점 확신이 붙고 나중에는 거의 유창한 수준에까지 이른다.

……젊은 대학원생 시절이었지요. 위대한 밀턴 페리스의 선구적인 '기억 실험실'에서…….

이윽고 목소리가 떨리기 시작한다. 숨을 고르기가 힘든 듯 거칠게 몰아쉰다. 갑작스런 돌풍에 몸이 휘청거리는 것 같다. 얼굴은 손으로 구겨놓은 흰 종이처럼 일그러져 보인다. 떠듬떠듬 말이 끊기며 심하게 더듬는다.

그녀는 감사를 표하기 위해 이 자리에 섰다. 그는 나의 삶 자체입니다. E. H.가 없었다면 내 삶은 무의미했을 겁니다.

내가 과학자로서 이루어낸 그 모든 업적. 여러분에게 내 이름을 각인시킨 모든 활동. 그 모든 업적은 E. H.가 내 삶에 있었기에 가능했던 결과입니다.

과장이 아닙니다. 나는 지금 과학자이자 한 여자로서 가장 솔직한 진실을 말하고 있습니다.

고통 속에서 힘들었던 사람은 내가 아니라 그입니다. 다른 이들이 그랬던 것처럼 나는 기회를 발견했던 겁니다. 과학자는 기회를 발견하고 기회를 잡는 사람이에요. 나의 경력은 1964년 7월 필라델피아에 사는 서른일곱 살의 남자가 뇌염에 걸린 덕분에 얻은 겁니다. 우리의 과학은 연구 대상의 삶을 그대로 모방한다는 점에서 잔인합니다.

그녀가 준비해 온 메모가 연단 위에 놓여 있지만 그녀는 보지 않는다. 청중은 숨죽인 듯 조용하다. 그녀의 두 눈에 눈물이 반짝거린다. 화장이 환하게 빛난다. 아니, 뜨겁게 불탄다. 피부에는 게이샤처럼 하얀 분을 발랐다. 그녀의 두 눈이 뜨겁게 불타고 있다.

그는 내 삶의 전부였습니다. 'E. H.'를 빼고 나면 내게는 삶이라 할 것이 없었어요.

여러분이 내게 주는 이 상을 오로지 그의 이름으로 받을 겁니다.

사후에 상을 받는 셈이지요. 그를 대신해 여러분에게 감사드립니다.

하지만 그녀의 이야기는 여기서 끝나지 않았다. 어떤 광기 같은 것이 그녀를 덮쳐 계속 말을 이어간다. 그녀는 자신을 지켜보는 청중을 향해 왼손을 들어 손가락에 낀 은반지를 보여준다.

이 반지는 남편이 내게 준 것이며, 그의 반지 역시 내가 준 것입니다. 우리는 오랫동안 부부로 살아왔습니다. 은밀하게 유지된 관계였지요. 지금까지는 아무도 몰랐던 사실입니다.

그녀의 목소리가 점점 작아지더니 침묵으로 빠져든다. 쓰러지지 않으려고 연단에 몸을 기대느라 체중의 대부분이 한쪽 다리에 실려 있었기 때문에, 이제 허리를 펴고 자세를 바르게 하려고 하자 다리가 반쯤 마비되어 있는 걸 깨닫는다. 엉덩이부터 무릎까지 오른쪽 다리를 따라 신경이 꽉 조여 있는 듯한 느낌이 타고 흐른다. 그녀는 겁에 질려 실신할 것만 같다. 밀턴 페리스의 실험실에서 시작되어 30년간 이어진 기억상실증 환자 E. H. 관련 실험에 대해 연설을 준비해 왔지만 어디까지 이야기했는지 까맣게 잊어버린 듯하다. 그녀가 휘청거리며 연단에서 내려온다. 누군가 얼른 옆으로 가서 부축해준다.

"샤프 교수님! 거기 계단 조심하세요."

희뿌연 시야와 윙윙거리는 소음 사이로 지친 여자가 몽유병자처럼 걷는다. 잠에서 깨어날 엄두를 내지 못하는 것 같다. 실험실 조수 해구가 그녀를 데려가기 위해 앞으로 나섰다. 실례합니다. 샤프 교수님의 조수예요. 제가 교수님을 호텔 방까지 모셔다드릴게요.

다음 날 아침 입 안에 쓴 담즙이 고인 걸 느끼면서 갑자기 잠을 깬 그녀는 옷을 입은 채로 낯선 침대에 누워 있는 자신을 발견한다. 이불이 목까지 덮여 있었고 신발은 간신히 발로 차 벗어놓았다. 지금은 햇빛이 들어 쓸모도 없는 램프가 환하게 켜져 있고 침대 옆 탁자에는 커다란 크리스털 조각이 술에 취해 넘어진 것처럼 옆으로 쓰러져 있었다.

어떻게 된 거지? 아무 생각도 나지 않는다. 온몸이 기진맥진해서 일어나 앉을 수도 없고 명판을 들어 거기 새겨진 문구를 읽을 수도 없다.

그녀는 아주 필사적으로 간청했다. 그를 어디로 데려간 거예요? 제발 말해줘요.

여동생이 신중하게 말했다. 엘리 오빠가 안전한 곳에 있다는 것만 아시면 돼요.

11

풍선처럼 부풀어 오른 밝은 여자 목소리다. "엘리, 안녕하세요!"

그의 깊은 바리톤 목소리도 풍선처럼 부풀어 올라 가볍게 튀어 나간다. "안녕-하세요!"

빠르게 주고받는 대화. 테니스를 치는 것 같다. 이에 맞춰 그도 얼른 눈꺼풀을 올린다. (잠들어 있었던 걸까? 유일하게 알 수 있는 방법은 창밖을 보는 것이다. 세세한 것들이 보이고, 또렷한 형태들이 복잡하게 등장하며 질감까지 명확하게 보이면 꿈이 아닐 가능성이 높다.) 알지 못하는 이 낯선 곳에서 그는 분명 경계하고 있을 것이다.

"성이 뭐예요, 엘리?"

"망할 놈의 이름표 팔찌가 보이잖아요, 부인. 왜 묻는 겁니까? 거기 뭐라고 적혀 있어요? '엘리 커스터'라고 적혀 있나요?"

"부탁이니 성을 말해주세요, 엘리."

"성이란 내 이름 끝에 붙는 망할 호칭을 말하는 거겠지요. 그건 '후프스'예요. '입김을 후 하고 불 때 그 뒤에다 우프스를 붙이면' 돼요."

여자가 웃는다. 처음 보는 사람이지만 그를 잘 아는 듯하고 그의 유머도 이해한다. 이는 중요하다.

당신을 좋아하는 사람이라면 당신을 해치지 않아요.

그렇게 심하게 해치지는 않을 거예요.

"생년월일은 어떻게 돼요, 엘리?"

"'생년-월-일'은 27-04-18요."

바보 같은 질문이 이어서 나오기 전에 먼저 말한다. "내 사회보장 번호를 알고 싶나요, 부인? 120-28-1416. 집 전화번호는 215-582-4491. 후프스앤드어소시에이츠 전화번호는 215-661-7937. 볼턴랜딩에 있는 별장 전화번호는 518-301-9928이에요."

그의 입에서 숫자들이 빠르게 흘러나온다. 낯선 이의 표정을 보고는 웃음을 터뜨린다.

"고마워요, 엘리. 아주 훌륭해요. 난 이런 숫자를 알 필요는 없지만, 알고 싶은 게 있어요. 오늘이 며칠이지요?"

그가 잠자코 있다. 생각하는 중이다. 이건 속임수이며 어쩌면 예전에 받았던 질문인지도 모른다. 너무 빨리 대답을 내놓으면 실수를 할 것이다. 그래서 그는 잠자코 있으면서 생각한다. 그의 전략은 다른 사람이 기대하는 대답을 내놓는 것이지만 이 경우에는 다른 사람, 전에 한 번도 본 적 없는 낯선 이가 어떤 대답을 기대하는지 전혀 알 수 없다.

사실 '오늘'은 그저 오늘이다. 동시에 빌어먹을 하루하루는 신문 맨 위에 새로운 날짜로 박히는 새로운 오늘이다.

근처 탁자에 신문이 놓여 있다. 활자체로 짐작하건대 『뉴욕타임스』

이다. 반듯하게 접혀 있지 않은 것으로 보아 그가 가져온 『뉴욕타임스』일 가능성이 높다. 열심히 탐독하다가 옆으로 밀어놓고 잊어버린 듯 낱장으로 흩어져 있다. 망할 놈의 날짜 질문을 받을 줄 알았더라면 신문을 좀 더 가까이 두었을 테지만 이미 너무 늦었다. 간호사로 보이는, 옅은 녹색 셔츠와 그에 어울리는 바지 차림의 여자가 이쪽을 뚫어져라 지켜보고 있어서 몸을 내밀어 신문을 들여다볼 수가 없다.

눈을 가늘게 뜨고 창문을 본다. 하얗게 빛나는 눈이 내리고 있으니, 이게 단서가 된다.

그러나 이곳 벽에는 크리스마스 장식이 없다. 신년 장식도 없다.

"분명—(그는 신사다운 미소를 띤 채 속으로 셈을 하면서 차분히 생각하는 중이다)—1966년 1월이에요. 내가 한동안 아팠던 것 같거든요. 지난 7월 이후로요."

"오늘이 1966년 1월의 어느 날일 거라고 생각하나요, 후프스 씨?"

"그럴지도 모른다고 생각은 하지만 확실하게 알 수 있는 절대적인 방법이 없어요. 그런 게 있나요? 우리가 아는 모든 것은 예전에 들었던 거예요. 위대한 존 로크는 각 사람의 정신이 백지 상태의 마음이라고 믿었어요. 데이비드 흄도 그와 비슷한 주장을 했지요. 우리가 아는 모든 것은 외부 세계로부터 지시된 것인데, 외부 세계는 겉모습만으로 알 수 없고 '우리 앞에 꿈속의 땅처럼 펼쳐져' 있다고 했어요. 그러니, 네, 오늘은 1966년 2월의 어느 날일지도 모르고 혹은—(그가 웃는다. 그는 매우 재치 있는 사람이고 자신의 농담에 기꺼이 웃는 간호 담당 직원들을 즐겁게 해주는 걸 좋아한다)—1996년 2월이며 우리들 대다수는 죽어서 여기 '더 좋은 곳'에 와 있는 건지도 몰라요."

　그는 고통스럽고 초조하다. 왜 걸어서 가지 못하게 하는 걸까? 그는 바퀴 달린 환자 이송용 침대에 누워서 실려 가는 중이다. 늙고 병든 환자처럼 실려 가고 있다. 그가 입고 있던 옷을 벗기고 병원 옷을 입히느라 한바탕 소동이 일어났다. "옷 뒤쪽에 끈이 있어요, 후프스 씨. 이렇게요."

　도대체 어디로 데려가는 중이냐고 그가 반복해서 묻고 사람들이 반복해서 답해준다. 그가 또 묻고 사람들이 또 답해준다.

　마침내 한 인턴이 커다란 고딕체로 카드를 인쇄하자고 탁월한 아이디어를 내놓았다.

　외래환자 진료. 대장 내시경 검사.

　한 시간 미만.

　쉽게 흥분하는 환자에게 이 카드를 주지만, 얼마 지나지 않아 어찌된 일인지 카드를 잃어버렸다.

　그가 항의를 하는데도 어디론가 이송해 간다. 덜커덕거리는 환자 이송용 침대에 실려 간다. 시체 안치실로 가는 건가? 그를 시체 안치실로 데려가는 중일까? 그는 아직 죽지 않았다고 항변한다.

　일어나 앉으려 애쓰고, 일어나 앉으려 애쓰고, 수차례 반복해서 일어나 앉으려 애쓴다. 간병인이 수차례 반복해서 그에게 도로 누우라고 재촉한다.

　지금은 그의 (왼)팔에서 정맥을 찾으려고 애쓰는 중이다. 젠장, 아프고 화가 난다.

　그의 (오른)팔에서 정맥을 찾으려고 애쓰는 중이다. 젠장, 아프고 화가 난다.

그를 진정시키려고 애쓴다. 그를 안심시키려고 한다.

그냥 절차예요. 수술하는 게 아니고요. 사람들이 늘 하던 대로 할 거예요, 후프스 씨.

죄송하지만, 후프스 씨. 여기서 기다리세요, 괜찮으시죠?

나중에 다시 돌아와 그의 손목을 살짝 잡아당긴다. 괜찮으시죠, 후프스 씨? 여기서 기다리시는 거예요?

혼자 남게 되자 그는 곧바로 일어선다. 투덜투덜 중얼거린다. 어디에 있는 건지 도무지 알 수 없지만 벗어나야 한다.

엉덩이와 축 늘어진 고환과 페니스에 차가운 공기가 느껴진다. 그가 입고 있는, 빌어먹을 헐렁한 셔츠가 좌우로 벌어진다. 너무 당황스럽다!

허벅지 근육이 줄어들었다. 그리고 복부, 판판하고 단단한 근육이 있으리라 예상했던 부위에 조금 단단한 둥근 원통이 둘러져 있다.

팔에 망할 놈의 주삿바늘이 꽂혀 있지만 조심하지 않는다. 팔꿈치 안쪽에 '줄'이 달려 있다.

신발이 벗겨져 있고 앙상한 발에는 우스꽝스럽게 생긴 슬리퍼 양말(바닥에 가죽을 댄 방한용 양말―옮긴이)이 신겨져 있다. 지금 있는 곳이 필라델피아 어딘가라면 걸어서 리튼하우스광장까지 갈 수 있을 것이다. 아무 문제 없다. 그곳에서 짐을 싸서 호수로 갈 것이다. 고독, 온전한 정신. 찰싹거리는 호수, 차분한 심장박동. 지난여름 조지호에서 크게 앓은 이후로 (그가 셈해본다) 몇 달이 흘렀다. 적어도 대여섯 달은 되었을 것이다.

복도 끝에 세로로 기다란 유리창 하나가 있으며, 천장 높이는 3.6미터쯤 된다.

얇게 두들겨 편 주석, 흰색. 하지만 깨끗한 흰색은 아니다. 유백색이다.

창가에 가서 선다. 높다란 창문, 유리창 바깥에 빗물이 주르르 흐른다.

그는 기다리는 중이다. 무엇을 기다리는가? 그는 기다린다.

여기가 감옥이라면 천장이 아주 높고 다리에 족쇄도 채우지 않는 이상한 감옥이다. 팔꿈치 안쪽에서 주삿바늘이 뽑혀 바닥에 핏방울이 뚝뚝 떨어진다.

깜둥이를 두둔하는 자! 깜둥이를 두둔하는 자! 눈을 감는다. 너무 많은 얼굴이 보인다. 완전한 진실은 그가 '깜둥이'도, '백인'도 충분히 사랑하지 않았다는 것이다. 누군가를 사랑해본 적은 있었던가…….

다시 한번 기회가 주어지면 좋겠다고 생각한다. 다시 한번 살 수 있는 기회가 있기를.

후프스 씨! 어디 가세요! 정맥주사 링거 줄이 어떻게 되었는지 보세요, 아프지 않으세요? 이런, 세상에.

후프스 씨, 제발 여기 누우세요. 주삿바늘을 뽑아버렸군요, 후프스 씨. 주삿바늘 꽂는 것부터 다시 해야 해요.

근육들이 저항한다. 일종의 발작 같은 저항. 무릎을 사용하여 간호사를 거칠게 떠민다. 그가 숨을 헐떡인다. 욕을 퍼붓는다. 제기랄, 모두 다 꺼져. 내 몸에 손대면 죽여버릴 거야. 이제는 더 이상 빌어먹을 약한 꼬마가 아니다. 이번에는 자신을 방어할 것이다.

후프스 씨? 잠깐만요.

그가 맞서 싸우지만 이들은 훨씬 힘이 세다. 팔 안쪽에 독성 강한 주사를 놓는다.

망할 놈의 주삿바늘 때문에 따끔거리고 아프다. 이들이 새로운 정맥을 찾아냈고 독성 강한 주사액이 핏줄 속으로 흘러 들어간다. 이들은 직장을 통해 그의 내장, 뒤얽혀 있는 수 미터의 창자 속으로 엑스레이 관을 집어넣을 것이다. 방사성 물질도 넣을 것이다. 예전에 고열을 없애기 위해 그의 두개골을 톱으로 자르고 뇌 속에 넣었던 것과 같은 방사성 물질이다.

턱수염은 왜 엉망으로 면도했을까? 빌어먹을 손이 떨린다. 마흔 살도 되지 않은 인생의 황금기인데 속이 메스껍다. 뭔가 끔찍하고 돌이킬 수 없는 일이 일어난 것이다. 그녀, 고모가 그를 찾아오기를 기다린다.

루신다 매티슨, 아버지의 여동생. 고모는 어디에 있을까? 그는 왜 집에 있지 않은 걸까? 집은 어디인가?

그는 그녀를 찾아야 한다. 텔레비전 옆 의자에 앉아 있던 그녀가 구겨진 인형처럼 바닥으로 쓰러졌다. '눈으로 보지' 않아도 그녀를 알아볼 수 있을 것이다. 오랫동안 '보지' 못했다. 목소리로 사람을 알아볼 수 있다. 버릇으로 알아볼 수도 있다. 그녀의 목에 손가락을 갖다 대는 순간 바로 알았다. 맥박이 뛰지 않았다. 911에 전화를 건다. 차분한 목소리로 앰뷸런스를 보내달라고 요청한다. 고모가 뇌졸중으로 쓰러진 거라고 생각한다. 주소는 글래드와인 파크사이드 466번지.

그가 바깥에서 서성였다. 앰뷸런스가 도착했을 무렵 자신이 앰뷸런스를 불렀다는 사실도, 앰뷸런스를 부른 이유도 잊어버렸다.

비틀거리며 집을 나서는 그를 데리고 간다. 소지품은 모두 집에 놔둔 채로 간다. 더 이상 그곳에 혼자 남아 있을 수 없다. 왜일까? 그가 어디 갔는지 루신다 고모가 궁금해할 거라고 항의한다.

엘리 오빠, 나랑 함께 지낼 거예요. 제발, 날 알잖아요. 로절린이에요. 여동생 로절린요. 오빠?

로절린이 나이에 비해 너무 늙어 보여서 충격을 받는다. 아직 서른네 살도 넘지 않은 여자의 얼굴에 주름과 근심이 가득하다. 아팠던 걸까? 암이었나?

이런 사실을 왜 몰랐지?

로절린이 그의 품에 안겨서 흐느낀다. 누군가 죽었단다. 누가 죽은 거지?

아, 오빠, 우리가 돌봐줄게요. 오빠, 엘리 오빠, 너무…… 슬픈 일이에요.

이윽고 그는 깨닫는다. 이 여자는 사기꾼이다. 여동생은 죽었고 사기꾼이 그 자리를 차지한 것이다.

여자를 밀어낸다. 꺼져, 네가 있던 지옥으로 꺼져버려.

그리고 지금 여기 세로로 기다란 창문 앞에 서 있다. 그의 팔에 꽂혀 있던 주삿바늘이 뽑혀 있고 망할 상처에서는 피가 흐른다.

그리고 지금은 바깥이다. 환하게 불을 밝힌 건물의 뒤쪽이다. 비가 내린다. 따가운 빗줄기, 얼굴을 때리는 얼음 알갱이. 보도에 물웅덩이가 있고, 양말만 신은 두 발이 젖어 있다. 망할, 어이없네. 남자의 품위가 이렇게 망가지다니. 하지만 신속하게 움직일 수 있다. 쫓기는 짐승처럼 공포는 그를 영리하게 만든다.

그가 출입구 쪽에 몸을 숨긴다. 비틀거리며 달린다. 호흡이 빨라지고 얕아진다. 폐에 무슨 문제가 있다. 세균 감염인가, 숨을 깊이 들이마시지 못한다. 거리 표지판이나 지형지물을 알아볼 수 있다면 집을 찾아갈 수 있을 거라고 판단한다.

리튼하우스광장으로 가자, 거기가 집이다. 14층.

아니면, 볼턴랜딩으로 가자. 그가 정말로 도망가고 싶은 곳은 볼턴랜딩, 조지호다. 하지만 자동차 열쇠를 놓고 온 데다 차가 어디 있는지도 모른다. 어떤 차인지, 차종이 무엇인지도 모른다. 기억하려고 애쓰지만, 젠장, 아무 생각도 나지 않는다.

게다가 돈도 없다. 지갑이 보이지 않는다. 이 종이양말은 이제 갈가리 찢겨 있다. 앙상한 맨발, 웃음밖에 안 나온다. 부유한 백인, 부유한 백인 가문, 네가 당연하게 누리는 것들. 최초의 노예 식민지 버지니아주에 살던 너의 후프스 가문 노예 소유자들은 필라델피아와 노예제 폐지론자보다 훨씬 오래전부터 앞서갔고, 독실한 필라델피아 퀘이커교도보다 앞서갔다. 지갑을 찾을 수 있다면, 혹은 자동차나 자동차 열쇠를 찾을 수 있다면, 그도 아니고 이 거리 중 한 곳이나 주요 지형지물을 알아볼 수 있다면 애디론댁산맥으로 도망갈 것이다. 하지만 여기가 어디인지 알지 못하며, 심지어 필라델피아인지 아닌지조차 확신하지 못한다. 그리고 지금이 언제인지, 그의 인생에서 어느 시기인지도 알지 못한다.

여정이 없으니 길이 없다. 지知가 없으니 오직 공空뿐이다. 하지만 공空도 없다.

지知가 없으니 붓다도 없다.

그는 기다린다.

12

“엘리, 안녕하세요!”

“안녕-하세요!”

그가 눈을 가늘게 뜬 채 올려다보면서 그녀의 눈을 마주 본다. 그녀가 내민 손을 천천히 마주 잡는다. 그녀의 손가락이 얼음처럼 차갑다고 느낀다.

“나 기억해요, 엘리?”

그녀는 너무 흥분해서 몸이 떨린다. 펜실베이니아 화이트오크에 위치한 홈스테드 요양원 주차장에 차를 세운 뒤 2층 복도로 이어지는 계단을 올라 시설 2층에 위치한 그의 방으로 향하는 내내 생각한다. 그가 아직 살아 있어! 다른 건 아무것도 중요하지 않아.

그녀의 심장은 미친 듯이 울려대는 종처럼 세차게 뛴다. 7개월 3주 6일 동안 엘리후 후프스 곁에 있지 못했다. 이 기간 내내 그와 한 마디도 하지 못했다. 그가 매우 집중하는 표정으로 그녀를 바라보고 있다는 걸 깨닫는다. 기억상실증 환자 특유의 표정이다. 당신은 누구일까? 내가 아는 사람일까? 나를 아는 사람 같은데 이것은 어떤 의미일까?

이 사람이 정말 엘리후 후프스인가? 남자는 68세보다 훨씬 나이 들어 보인다. 왼쪽 팔꿈치 안쪽에 정맥주사가 꽂혀 있고 심하게 멍이 들었다. 두 뺨은 움푹 꺼져 있고 눈밑의 피부도 시커멓다. 광기 뒤에 피로가 몰려온 듯 그의 눈은 불그레한 물기로 반짝거린다.

"나 기억해요, 엘리? '마거릿 매든'—'마기'예요."

그녀는 꽃을 가져왔다. 향기가 강한, 한 아름의 치자꽃으로, 화이트 오크에 있는 어느 꽃 가게에서 되는대로 산 것이다.

그가 많이 아프다고 들었다. 몇 달 동안 그를 만나지 못하게 막았으며, 방문도 허락해주지 않았다. 이제 그녀는 떨리는 몸으로 희미한 불빛의 방 안에 들어간다. 엘리는 공격적인 치료의 일환으로 8주간의 화학요법을 막 마친 상태이며, 조만간 PET 촬영을 통해 3기 대장암이 더 퍼지지 않았는지 그동안의 치료 효과를 확인할 예정이다. 그의 정맥은 약해졌고 혈소판 수치도 매우 낮아졌다. 빈혈도 심각한 상태다.

그녀는 침대에 있는 형체를 간신히 알아본다. 체격이 왜소해졌다. 눈에 눈물이 그렁그렁 고인다.

엘리는 『뉴욕타임스』에 실린 십자말풀이를 하는 중이다. 연필을 사용하고 있는데 손가락이 굳어 힘들어 보인다. 시간이 흐르면서 십자말풀이에 시사 관련 소재가 등장하여 훨씬 어려워졌다. 마고가 처음 방으로 들어갈 때 그는 간호사 중 한 명이 들어왔을 거라고 예상하며 그녀 쪽으로 눈길도 돌리지 않는다. 힘없고 몸이 편치 않은 듯 보이긴 해도 크랭크로 침대를 세워 간신히 앉은 자세를 유지할 수 있었다. 마고는 읽다가 버려둔 신문이 침대와 바닥에 쌓여 있는 것을 확인한다.
E. H. 특유의 습관이다. 그는 아픈 와중에도 전혀 달라지지 않았다!

이제 엘리가 미소 짓고 있다. 소년의 희망이 부풀어 오르듯 그의 얼굴에 상기된 기운이 올라온다.

"그래요…… '마기'. 내 친구, 어떻게 당신을 잊을 수 있겠어요?"

그가 신문을 밀쳐놓고 연필도 옆에 내려놓는다. 그가 그녀의 손을 더욱 세게 쥔다. 마고가 몸을 기울여 그의 뺨에 입을 맞춘다. 뺨은 놀랄 만큼 따뜻하며, 누군가 손으로 아무렇게나 면도를 해놓았다. 그가 직접 면도한 솜씨가 아니었다.

그녀가 웃고 있다. 악수를 하면서도 웃고 있다.

그를 찾고 나니 일이 얼마나 수월한가! 하지만 그를 찾기 전까지는 완전히 불가능해 보였다.

E. H.가 눈을 문지른다. 방문객은 화장을 하여 환하게 빛나는 얼굴에 눈물이 흐르지 않게 하려고 애쓰고 있다.

"엘리! 나 보고 싶었어요?"

"당신은 내가 보고 싶었어요?"

"그럼요, 보고 싶었어요. 아주 많이."

"그럼, 그동안 어디 있었어요?"

"으음, 당신을 찾아다녔어요."

"날 찾으러 어디로 다녔어요?"

"여기저기 다요! 당신을 찾는 게 쉽지 않았어요."

엘리가 흐뭇해하며 웃는다. 마고의 과장된 말에 으쓱해진다. 그의 기분을 으쓱하게 해주는 것은 늘 쉬웠다.

아주 오랜 기간에 걸친 길들이기였다. 마고는 이 전략을 공책에 기록하지 않았다.

엘리가 예전처럼 진심 어린 미소를 짓는다. 지금 그는 이 여자를 알며 (정말 아는 걸까?) 그녀와 함께 있는 것을 편히 느낀다. (그렇기는 하지만 여자는 그에 비해 상당히 나이가 많고 같은 연령대의 여자와는 거의 닮지 않았다. 그는 이 점에 대해 호탕한 태도로 그냥 무심하게 넘겨버리는 것처럼 보일 것이다.) 왜 그런지 모르지만 어쩌다 보니 오래전 초등학교 시절의 친구 마기 매든과 감정적으로 가까운 사이가 되었을 것이다. 그가 보기에 미소 짓는 여자는 확실히 그를 사랑하고 있으며, 그는 그녀를 사랑해 줘야 할 책임이 있다.

엘리후 후프스가 어깨를 편다. 숱이 별로 없는 헝클어진 머리를 쓱 빗어 넘긴다. 뒤에 끈이 달린 우스꽝스러운 환자복을 입고 있는 게 너무 낯설다! 이 방문객이 찾아온 뒤 그는 일종의 수혈을 받은 듯한 효과를 보인다. 마고는 피가 그의 몸속으로 흘러 들어가는 효과를 자신의 작고 팽팽한 핏줄 속에서 느낀다.

"여보, 당신을 오랫동안 찾아다녔어요. 내게서 영원히 당신을 빼앗아 갔다고 생각했어요."

"음…… 여기 갇혀 있었어요, 보다시피."

엘리가 몸짓으로 병실과 침대 옆의 링거대, 수액이 똑똑 떨어져 팔 정맥 속으로 들어가는 링거 줄을 가리킨다.

마고는 켈트 문양 은반지를 끼고 있다. 똑같은 반지를 가방에서 꺼내 남편의 손가락에 끼워준다. 반지가 헐렁하다.

"반지를 잃어버렸다고 생각했어요?"

"아니요. 당신이 갖고 있을 줄 알았어요."

마고가 그를 찾아다닌 이야기, 마침내 여동생 로절린이 그녀를 가엾게 여겨 이곳 주소를 건네준 이야기를 들려준다. 후프스 집안에 대해 화가 치밀었던 이야기, 엘리를 위해 쓰도록 마련된 신탁재산의 명목상 집행자인 사촌 조너선 매티슨이 형법상 태만죄에 해당할 정도로 무관심해서 화가 났던 이야기는 하지 않는다.

여동생 로절린에게 연락을 취할 때 '마고 샤프'가 아니라 '마거릿 매든'의 이름을 사용한 일도 말하지 않는다. 그녀는 "오래전 글래드와인 초등학교 시절의 같은 반 친구"라고 여동생에게 자신을 소개했다.

마고는 설득력 있는 목소리로 로절린 후프스에게 몇 년 전 엘리를 만났고 그가 그녀를 기억했다고 이야기했다. 엘리가 입원했다는 이야기를 듣고 가엾다는 말도 했다. "부빙을 타고 떠다니는 거잖아요, '기억상실증'이란 게. 어떤 식으로든 내가 도울 수 있으면 좋겠어요."

정말 기발하다! 마고는 그렇게 생각하며 흐뭇해한다.

로절린 후프스가 연구소에서 샤프 교수를 만난 지 조금 오래되기는 했지만 그럼에도 마고 샤프, 즉 '샤프 교수'를 알아보지 못한 건 분명 얼마간 절망과 죄의식을 느꼈기 때문일 거라고 마고는 생각한다. 물론 그 후로 상당한 시간이 흐르긴 했다. 이제 마고는 누가 봐도 중년의 나이고 헤어스타일도 많이 바뀌어서 예전의 그녀와는 별로 닮지 않았다. 이제는 앞머리를 빗어 넘겨 이마를 드러냈으며 머리 색도 백발이 조금씩 섞인 아름다운 은발이다. 얼굴 옆으로 늘어뜨렸던 이국적인 땋은 머리도 사라지고 없다. 게다가 지금은 검은색 대신 약간 어두운 녹색, 파란색, 베이지색 등 색깔 있는 옷을 입고 있다. '마거릿 매든'이라면 검은색이 아니라 이렇게 색깔 있는 옷을 좋아했을 거라고 상상했다. 아무튼 아직은 엘리후 후프스가 살아 있으니 애도할 때가 아니다.

'E. H. 프로젝트'가 돌연 중단된 이후 마고는 대학의 유명한 기억 실험실을 닫았다. 장차 저서『기억의 생물학 : 'E. H.'와 함께한 나의 삶』을 집필할 때 다른 삶의 이야기와 합쳐서 첨부할 자료들과 함께 그녀의 공책도 처박아두었다. 그녀는 충직한 조수인 해구 한 명만 데리고 있을 것이고, 대학원 강의도 기억의 생물학 한 강좌만 개설할 것이다. 그녀는 사실상 평생 동안 높은 연봉을 보장받는 대학의 석좌교수가 되었고 (그녀로서는 얼떨떨하게도) 심리학과의 전설적 인물로 꼽히게 되었다. 스승 밀턴 페리스에 맞먹을 정도로 전설적인 인물이 되었다.

그리하여 삶의 여유가 생겼고, 다른 사람을 신경 쓸 여유도 많아져서 온 마음을 다해 이타적으로 그를 돌볼 수 있게 되었다.

그 일이 기이하긴 해도 이해 못 할 건 아니었다. 엘리후 후프스의 여동생은 마고 샤프의 얼굴을 빤히 쳐다보았지만 그녀를 알아보는 것 같지는 않았다. 마고가 사기죄를 지은 건가? 그게 뭐 중요한가? 연구를 진행하는 동안 비윤리적 행위가 있었던 것처럼(누군가는 그렇게 주장할지도 모른다) 이번에도 비윤리적인 일을 한 건가? 그녀는 눈곱만큼도 죄의식을 느끼지 않는다. 오히려 자기 자신에 대해 흐뭇해하고 있다. 어디에도 알린 적은 없지만 이 일은 그녀의 삶에서 가장 독창적인 실험이었기 때문이다.

이 일의 일부는『기억의 생물학』을 통해 인정하게 되겠지만 대부분은 그렇지 않을 것이다. 왜 그녀가 인정해야 하는가? 이 일은 그녀의 일이지 다른 누구의 일이 아니지 않은가? 그녀는 삶의 대부분이 가면이라는 결론에 이르렀다. 특히 성생활에서 더욱 그렇다. 그리고 가면 중에서 가장 강력한 것을 꼽으라면 사랑 말고 뭐가 있겠는가?

엘리후 후프스를 방문하기 위해 그녀는 약간 어두운 파스텔톤의 옷을 입고, 라일락 향의 오드콜로뉴를 뿌렸으며 흰빛이 강한 은발 머리에는 납작한 은색 모자를 썼다. 그리고 왼손 셋째 손가락에 켈트 문양 반지를 꼈다.

엘리후 후프스를 바라보는 마고는 충격과 연민으로 마음이 아프다. 그는 8주간의 화학요법을 받느라 이루 말할 수 없는 고통에 시달렸다. 그렇기는 해도 전해 들은 바에 따르면 고비를 넘겼을지도 모른다. 그보다 더 심한 암 환자도 비록 생명력이 현저하게 줄어들고 몸이 많이 마르기는 해도 살아남았다. 그녀는 종양 전문의와 약속을 잡은 뒤 그의 차트를 살펴볼 생각이다. 그나마 엘리는 혈관에 독한 약이 들어가던 힘든 시간을 잊게 될 것이다. 맨 처음 진단을 받았을 때 느꼈던 충격도 잊게 될 것이다.

엘리후 후프스의 인생에서 남은 몇 년 혹은 몇 달 동안이라도 함께 지내고 싶은 게 마고 샤프의 소망이었다.

"우리가 결혼했다면 그를 애디론댁산맥에 데려갈 수 있었을 거야. 결혼하지 않은 건 정말 끔찍한 실수였어."

마고는 종종 이런 소리를 입 밖에 내어 말하곤 한다. 루신다 매티슨이 마련해놓은 신탁재산의 (결정 권한을 지닌, 눈앞에 없는) 집행자에게 하는 말이다. 그녀는 빈번하게 그에게 간청하곤 한다.

홈스테드 요양원은 돌봄 서비스를 제공하는 초현대식 시설로, 노인 요양원과 호스피스를 겸하고 있다. 비바람에 풍화된 듯 보이는 아름다운 석조 주택으로, 작은 공원 안쪽에 자리 잡고 있다. 전에는 필라델피아 부촌 교외 지역 화이트오크스에 있던 마리아 성심 수녀회 소속 수녀원이었다. 엘리후 후프스는 작은 발코니까지 딸린 2층의 1인용 스위트룸을 쓰고 있다. 그 아래로 비스듬히 연못이 내려다보이며, 숲속 연못을 본떠 만든 이곳에는 시끄러운 청둥오리와 거위들이 한 무리 몰려와 있다. 그는 가벼운 정신장애를 앓는 사람들과 같은 동을 쓰고 있으며, 이들은 심각한 치매나 노망, 우울증을 앓는 환자는 아니다. 가족들이 격리시켜 숨겨두기 위해 많은 돈을 지불하는, 정신분열증이나 피해망상증에 걸린 미친 사람들은 다른 동에 있다.

홈스테드 요양원의 간호사들은 매우 상냥하고 반갑게 맞아준다. 2층에 있는 엘리후 후프스에게 방문객이 찾아오는 건 드문 일이다(그런 것처럼 보인다).

로절린 후프스는 간절한 마음에 거의 말을 더듬기까지 하면서 마고에게 말했다. "아, 네. '마기'요. 엘리는 당신을 기억할지도 모르겠군요. 오랜 과거의 사람이나 일을 대할 때 오빠의 기억력이 가장 좋아요. 함께 초등학교를 찾아간다면 최소한 당신과 관련 있는 일은 오빠가 기억해낼 거예요. 오빠에게는 큰 힘이 될 겁니다. 당신이 오빠를 방문한다면, 마기, 오빠에게 큰 행복을 줄 거예요. 그래요!" 당신은 내게 큰 행복을 줄 거예요. 여동생은 이렇게 간청하는 것 같았다.

마거릿 매든인 척하는 일은 쉬웠다. 말하자면 자매가 되는 것이다. '마기'를 만나본 듯한 착각마저 들 정도다. 마고는 성인이 된 여자의 사진을 찾아낼 수 있었고 그녀가 모을 수 있는 자료로 판단하건대 마거릿 매튼은 더 이상 이 세상 사람이 아니었다. 마고는 한쪽 입꼬리를 올려 미소 짓는 법을 배웠고 왼쪽 귀가 잘 안 들리는 것처럼 고개를 엘리 쪽으로 살짝 돌리는 법도 익혔다. 마고의 목소리는 강의실에 금방 적응할 수 있을 정도로 중성적이지만, 마거릿의 목소리는 달콤하고 치찰음 소리를 내며 마음을 편안하게 달래준다.

"우린 글래드와인에서 같은 초등학교를 다녔지만 그때는 그렇게 많이 친하지 않았어요. 그러다가 나중에 당신이 애머스트대학을 다니고 나는 브린모어대학을 다닐 때 가까워졌어요."

"그랬군요."

"고등학교도 달랐어요. 하지만 서로 잊은 적이 없었고 계속 다시 만났지요."

"그래요."

"물론 우리는 젊었을 때 처음 사랑하게 되었어요. 여러 실수도 했지요. 후회스러운 실수였지만 돌이킬 수 없는 건 아니었어요."

"'마거릿 매든.' 우리가 서로 사랑했다는 거죠? 당신이 내게 돌아와서 정말 행복해요. 이렇게 예쁜 꽃도 갖고 왔네요. 이 꽃 기억나는 거 같아요."

엘리가 진심으로 말한다. 뭔가 기억나는 게 분명하다.

마고는 탁자 위에 놓아둔 치자꽃을 꽂기 위해 간병인에게 꽃병을 갖다 달라고 부탁해야 할 것이다. 치자꽃은 거의 모든 냄새를 뒤덮을 정도로 무척 향기롭다.

병실에 들어온 이후 그녀는 신성한 장소에 들어온 듯한 기분과 함께 깊은 행복감을 느낀다. 마침내 마고 샤프가 이 세상 모든 장소들 중에서 자신에게 꼭 맞는 자리를 찾은 것이다.

"당신이 기운을 차리면, 엘리, 차를 타고 조지호에 갈 거예요. 당신에게 별장 열쇠가 있으면 좋겠는데, 갖고 있나요?"

"물론이에요! 당연히 나한테 열쇠가 있지요."

"그곳 호수에 집을 관리해주는 사람이 있나요? 언제쯤 도착할지 보다 확실하게 정해질 때 내가 그 사람한테 연락할게요."

"앨 레어드…… 앨리스터예요. 내 생각에는 그곳 볼턴랜딩에 여전히 앨리가 살고 있을 거예요."

"당신이 그곳에 다녀온 지 오래되지는 않은 것 같은데, 맞아요? 지난 7월 가족 별장에 있을 때 당신이 아팠던 거죠?"

하지만 엘리는 지금 이맛살을 찌푸리고 있다. 그다지 확신이 없는 모양이다. 무슨 이유인지 눈을 가늘게 뜨고 손을 바라본다. 손톱 색깔이 변색되었고 이상하게 갈라져 있다.

"으음. 지난 7월보다는 좀 더 오래되었을 거예요. 아마 몇 년쯤. 그 정도 된 것 같아요."

"그래도 물론 호수에 가면 아직 집이 있지요. 거기 머물면서 단둘이 지낼 수 있어요. 그러면 행복하지 않을까요, 엘리?"

"물론이지요. 지금 나는 너무 행복해요. 그동안 내가 얼마나 외로웠는지 깨닫지 못했어요. 당신이 내 아내인가요?"

"그래요."

"절대로 나를 버리지 않을 거죠? 정말이죠?"

엘리가 몹시 애타게 이야기하고 마고는 울먹이며 그에게로 다가간다. 그녀는 엘리의 왼팔에 꽂혀 있는 정맥주사 바늘이 빠지지 않도록 조심하면서 그의 품에 꼭 안긴다. 그녀가 엘리에게 키스하자 엘리도 간절하게 굶주린 듯이 키스를 한다.

그녀가 엘리의 헐렁한 환자복 안으로 손을 넣는다. 엘리는 너무도 수척해졌고 갈비뼈가 튀어나왔으며 가슴의 뻣뻣한 흰 털도 거의 없다. 엘리가 그녀의 복숭아색 누비재킷 안으로 손을 넣는다. "여보, 내 사랑." 그가 행복감에 도취되어 그녀에게 속삭인다.

그녀는 병원 침대 그의 옆자리에 몸을 동그랗게 말아 누울 것이다. 이렇게 누워 있는 건 매우 불안정한 자세이고 그녀에게는 무척 낯선 일이다. 그런데도 마음의 긴장이 풀린다. 이렇게 누워 있을 때는 어떤 방어적 태도도 없다. 엘리의 병이 어떤 '상태'인지 로절린이 알려준 내용을 떠올려보려고 하지만 머릿속이 윙윙거려 방해가 된다. 엘리는 전이된 대장암 때문에 공격적인 치료를 받는 중이다. 로절린에게 그렇게 들었던 것 같다. 조지호에 가면 이 점이 문제가 될 수 있으므로 좋은 치료를 받기 위한 준비를 해야 한다. 의사 처방이 나오면 방사선 치료를 받기 위해 엘리를 차에 태우고 올버니까지 가야 할지도 모른다.

엘리가 차도를 보이더라도 주기적으로 종양 전문의에게 혈액검사, PET 촬영을 받아야 한다. 그녀는 올버니에서 최고의 종양 전문의를 찾을 것이고 치료비도 낼 것이다. 마고 샤프에게는 돈이 많다.

마고는 엘리의 방에 수첩도 스케치북도 보이지 않는다는 걸 알아차린다. 이것이 무엇을 의미하는지 알지 못한다. 그녀는 자신이 세운 계획에 대해 흥분해서 이야기한다. 엘리후 후프스의 연필화와 목탄화 전시회를 열 계획이다. 필라델피아미술관을 찾아갈 것이고, 미술관장은 분명 관심을 보일 것이다. 엘리후 후프스의 그림이 의미 있는 작품일 뿐만 아니라 후프스 집안은 오래전부터 미술관의 중요한 후원자였기 때문이다. 훌륭한 그림이 수백 점, 아니, 수천 점 있으며 마고는 이 그림들이 어딘가에 보관되어 있을 거라 추정한다. 그중에는 유난히 흥미로운 그림들도 많다. 그녀는 이미 엘리의 여동생 로절린에게 이런 이야기를 한 바 있으며 여동생은 '매우 협조적인' 태도를 보인다. (사실이기는 하지만 로절린은 스케치북이 어디 있는지 정확한 장소를 알지 못하는 것 같았다.) 마고는 가능한 한 빨리 작업을 시작할 것이다. 아마도 이들이 조지호에 갈 때 중요한 그림 몇 점을 들고 가서 그곳에서 그녀가 전시회 브로슈어 서문을 쓰게 될 것이다. 「기억상실증 환자의 회상 작품」.

"그래요. 내가 조금 나아지는 대로 바로 그렇게 합시다. 다음 주쯤이면 아마 퇴원할 수 있을 거라고 의사가 말했어요."

"정말요!" 마고는 사실일 리 없다는 걸 알고 있다.

"그 후에도 치료를 받아야 해요. '물리치료'요."

"물론이죠. 차편이 필요하면 내가 병원까지 차로 데려다줄 수 있어요."

"나도 운전할 수 있어요. 그래도 고마워요, 여보."

엘리가 이 전시회에 대해, 혹은 그의 '훌륭한 그림 수천 점'에 대해 더 이상 묻지 않는 게 무슨 의미일지 마고는 궁금하게 여긴다.

두 사람은 엘리의 침대에 함께 누워 있다. 어색하지만 다정한 모습이다. 마고가 이야기하는 동안 엘리가 졸린 표정으로 동의를 표한다. **그래, 맞아요!** 마고는 한 번도 이렇게 행복감에 가득 차본 적이 없다. 불쌍한 엘리의 숨결에서 화학적인 시큼한 냄새가 희미하게 난다. 숱이 별로 없는 그의 머리카락에서도 냄새가 난다. 그럼에도 그녀는 그에게 키스를 하면서, 그런 건 상관없다고 마음속으로 말한다.

하지만 얼마간 시간이 흐른 뒤 그녀는 복도 끝에 있는 화장실에 가기 위해 그의 품에서 빠져나와야 한다. 그를 깨우지 않도록 최대한 조심조심 움직인다. 그녀가 문을 닫고 방을 나선다. 이윽고 다시 방으로 돌아왔을 때 치자꽃의 강한 향이 확 풍겨온다. 향기가 지나칠 정도로 강하다. 예쁜 흰 꽃이 방 안의 산소를 빨아들이고 있는 것만 같다. 마고가 나간 사이 엘리는 등에 베개를 높이 받치고 앉아 다시 신문과 연필을 든 채 눈을 가늘게 뜨고서 십자말풀이를 하고 있다. 겨우 반밖에 완성하지 못했다. 이것은 좋은 징후인가, 그럴까? 엘리는 잠들지 못하고 십자말풀이를 하고 있을 만큼 불안한 것이다. 하지만 불빛이 희미한데 왜 머리 위쪽에 있는 불을 켜지 않는 걸까? 침대 옆에는 스위치가 있고 그는 분명 사용법을 알고 있다.

마고가 침대로 다가가자 엘리가 눈을 들어 그녀를 보고는 놀라고 당황한다. 이곳이 병원이라는 걸 알 수 있을 테니 틀림없이 간호사가 온 거라 예상했을 것이다. 마음 아프도록 분명한 사실이지만 그는 이제껏 살아오면서 마고 샤프를 한 번도 본 적 없다.

엘리가 신문을 내려놓고 연필을 옆에 던져놓는다. 갑자기 그의 표정에 간절함과 희망이 가득 찬다. 핏발이 선 그의 눈이 밝아지는 것 같다. 오래전 1965년 그들이 처음 만났던 날 아침, 마고가 그의 얼굴에서 보았던 바로 그 표정이다(마고는 확신한다).

기억상실증 환자는 방문객(창백하고 주름진 얼굴에 놀란 눈을 하고 있는, 매력적인 은발의 날씬한 여자)이 울고 있다는 걸 알아차리더라도 매우 신사적인 사람답게 모른 체해줄 것이다.

"안녕-하세요!"

이 소설을 준비하는 데 도움을 준 여러 훌륭한 책과 글 중에서도 수잰 코킨의 『영원한 현재 HM : 헨리 몰레이슨이 세상에 남긴 것들과 뇌과학의 거대한 진보』(2013)는 특히 중요한 역할을 했다. 아울러 브렌다 밀너, 래리 스콰이어, 니컬러스 터크브라운의 자료들도 참고했다.

원고를 특히 꼼꼼하게 읽어준 헌터대학의 허터그 연구원 클레어 태시오에게 고마움을 전한다. 또한 지속적으로 소중한 우정을 보여주고, 날카로운 눈과 귀로 흠잡을 데 없는 문학적 판단을 내려준 그레그 존슨에게도 고마움을 표한다. 마지막으로 내 작품의 '첫 번째 독자'인 신경과학자이자 나의 남편 찰리 그로스에게 늘 감사한다. 그는 이 작품을 처음부터 끝까지 철저하게 검토해주었고 줄곧 더할 나위 없는 열정과 지지와 공감을 보여주었다.

사랑이라고 말할 수 없는
사랑의 기록

이 작품은 인간 뇌의 비밀을 연구하는 여성 과학자 마고 샤프와 그녀의 연구 대상인 엘리후 후프스의 30여 년에 걸친 관계의 기록이다.

아직 기능적 자기공명영상이 도입되지 않아 간접적 방식으로 인간 뇌를 연구할 수밖에 없었던 1965년, 23세의 마고 샤프가 신경심리학연구소에 첫발을 디디면서 이야기가 시작된다. 이후 그녀는 뇌 손상 환자 엘리후 후프스가 사망할 때까지 30여 년간 오로지 그를 연구하는 일에 삶을 바친다. 그녀의 모든 삶은 연구소에 있으며, 집은 그저 쓰러지듯 잠들었다가 아침 일찍 다시 나서는 수면 공간에 지나지 않는다. 친구도 지인도 없고 가족과도 멀어진 그녀가 만나고 관계를 맺는 사람들 역시 연구소 사람들뿐이다.

한편 그녀의 연구 대상인 엘리후 후프스는 뇌염으로 인한 고열로 뇌 손상을 입은 환자다. 그는 과거의 일은 모두 기억하지만 발병 이후로는 새로운 기억을 형성하지 못한다. 과거에 습득한 지식과 기술, 유머 감각과 판단력 등은 그대로 남아 있지만 이후의 기억은 70초를 넘기지 못한다. 70초라는 순간만 무한히 반복되며, 그의 의식은 발병 당시인 37세에 머문 채 영원히 현재만 살아간다. 명문가 출신인 그는 한때 인권운동가로, 기업 경영자로 화려한 삶을 살았지만 발병 이후에는 약혼녀도, 형제자매도 모두 잃고 나이 든 고모의 보살핌 속에 혼자 흘러간 고전 영화를 보고 십자말풀이를 하면서 좁은 세상에 갇혀 지낸다. 일주일에 한두 번 연구소에 와서 테스트를 받는 것이 그가 누릴 수 있는 사회생활의 전부다.

마고 샤프는 가부장적 구조로 운영되는 20세기 과학계에서 스승 페리스와 부적절한 관계를 맺어 그의 '순결한 딸'이 되고, 수제자가 되어 연구소를 이어받는 등 경력이 한없이 상승 곡선을 그려가지만, 그러는 동안 그녀의 내면은 깊이를 알 수 없는 외로움으로 무너져 내린다. 게다가 페리스의 관심이 다른 여성에게로 옮겨 간 이후에도 그를 잊지 못하고 괴로워하는데 이런 그녀를 구원하는 사람이 놀랍게도 엘리후 후프스다. 마고는 누구에게도 털어놓지 못하는 마음속 비밀을 그에게 고백한 뒤, 상냥하고 신사다운 그에게서 마음의 위안을 얻는다.

수천 번을 만나도 늘 처음 만난 듯 "안녕하세요"라고 깍듯하게 인사하는 남자, 한 발도 나아가지 못하고 늘 원점으로 되돌아가 다시 시작해야 하는 관계에서 과연 위안을 얻을 수 있을까? 순간의 마음은 간절하고 진실한 사랑이지만 돌아서면 모든 것을 잊어버리는 이런 마음도 사랑이라고 말할 수 있을까? 이야기가 진행되는 동안 불쑥불쑥 의문이 고개를 쳐들지만 그럼에도 매번 우리는 작가에게 설득되어 이를 사랑이라고 인정할 수밖에 없게 된다. 쓸쓸한 사랑일지언정 그 속에 스며 있는 간절함과 뜨거움이 대가의 솜씨로 우리에게 전해지기 때문이다.

그리하여 책장을 덮는 순간 가슴속에 한 가지 물음이 남는다. 아마도 이 물음에 대한 답은 저마다 삶 속에서 찾아나가야 할 우리의 몫일 것이다. 책장을 덮은 뒤 자기 마음에 대고 조용히 물어보게 될 것이다. 사랑은 어디에 머무는 것일까? 내 마음속인가? 상대의 마음속인가? 마음과 마음이 만나는 그 순간일까?

아울러 이 작품에서 작가는 엘리후 후프스의 삶을 통해 기억, 정체성, 자아, 죄책감의 문제를 다루면서 지적 독서의 즐거움도 함께 안겨준다. 신경과학자인 남편 찰스 그로스의 도움이 컸을 것으로 짐작되는 대목이며 작가는 이 작품을 남편에게 바치기도 했다. 문학과 과학이 어우러진 그녀의 작품을 앞으로도 더 읽고 싶은 마음이 간절하지만, 안타깝게도 2019년 오츠는 남편의 사망 소식을 트위터로 알렸다. 애도의 마음을 전한다.

2019년 8월
하윤숙

그림자 없는 남자

초판 1쇄 인쇄 2019년 8월 30일　초판 1쇄 발행 2019년 9월 10일

지은이 조이스 캐럴 오츠 옮긴이 하윤숙
펴낸이 연준혁

출판 2본부 이사 이진영
출판 7분사 분사장 최유연
편집 이소중
디자인 함지현

펴낸곳 (주)위즈덤하우스 미디어그룹 출판등록 2000년 5월 23일 제 13-1071호
주소 (410-380) 경기도 고양시 일산동구 정발산로 43-20 센트럴프라자 6층
전화 (031)936-4000 팩스 (031)903-3895 홈페이지 www.wisdomhouse.co.kr

값 16,800원
ISBN 979-11-90305-11-2 03840

· 인쇄·제작 및 유통상의 파본 도서는 구입하신 서점에서 바꿔 드립니다.
· 이 책의 전부 또는 일부 내용을 재사용하려면 사전에 저작권자와
　(주)위즈덤하우스 미디어그룹의 동의를 받아야 합니다.

· 이 도서의 국립중앙도서관 출판예정도서목록(CIP)은 서지정보유통지원시스템 홈페이지(http://
　seoji.nl.go.kr)와 국가자료종합목록 구축시스템(http://kolis-net.nl.go.kr)에서 이용하실 수 있습니
　다. (CIP제어번호 : CIP2019032415)